他完了. 他彻底沦陷了.

被眼前这一幕深深地震撼到整个人都呆住

只知道呆呆地看着水中灵动摆尾的鱼尾.

她怎么会这样好看.

连头发丝都好看.

整个人带着蓬勃的生机

毫无预兆地出现在他的生命里.

点亮他荒芜灰暗的人生.

—— 请叫我山大王

有爱的青春陪伴者

沦陷黑月光

― 上册 ―

请叫我山大王 著

江苏凤凰文艺出版社

图书在版编目（CIP）数据

沦陷黑月光：全2册 / 请叫我山大王著. -- 南京：江苏凤凰文艺出版社，2024.12. -- ISBN 978-7-5594-9060-5

Ⅰ．I247.5

中国国家版本馆CIP数据核字第2024NN2386号

沦陷黑月光：全2册
请叫我山大王 著

责任编辑	王昕宁
特约编辑	狐小九
出版发行	江苏凤凰文艺出版社
	南京市中央路165号，邮编：210009
网　　址	http://www.jswenyi.com
印　　刷	天津睿和印艺科技有限公司
开　　本	880mm×1230mm 1/32
印　　张	18
字　　数	625千字
版　　次	2024年12月第1版
印　　次	2024年12月第1次印刷
书　　号	ISBN 978-7-5594-9060-5
定　　价	65.80元（全2册）

江苏凤凰文艺版图书凡印刷、装订错误，可向出版社调换，联系电话025-83280257

上册目录
contents

第一章 / 001
这个护工不简单

第二章 / 057
招惹与悸动

第三章 / 113
她的小孩?

第四章 / 170
不属于他的美人鱼

第五章 / 226
沦陷与嫉妒

下册目录
contents

第六章 / 283
交往协议

第七章 / 339
越界

第八章 / 396
天才从未陨落

第九章 / 456
假戏真做

第十章 / 509
独占月光

独家番外 / 560

/第一章/
这个护工不简单

桐市，初秋。

赵家的老爷子因为高血压突发脑梗后在轮椅上瘫了三年，在一个秋高气爽的好天气选择用安眠药平静地结束了自己的一生。

葬礼并没有如赵老爷子生前所愿一切从简，反而操办得十分盛大，殡仪馆内外堆满了花圈。灵堂里，赵老爷子的遗像也几乎要淹没在由黄白色菊花结成的巨大花环里。殡仪馆外的停车场停满了豪车。

赵老爷子白手起家，五十多岁开始发迹，用了二十年的时间才打下现在的丰厚家业，赵家算是桐市上流社会的"新贵"。

赵老爷子生前在生意场上风评甚好，再加上为人正派，待人处事温和厚道，积累下不少人脉，来吊唁的也多是桐市有头有脸的人物。

庄严肃穆的灵堂里，宾客交谈时都刻意放低了音量。

"这阵仗真够大的，可一点都不像赵老爷子的行事作风。"褚方给赵老爷子上了炷香，转头对旁边上香的裴邵低声吐槽。

裴邵听到褚方一贯不着调的话，只轻描淡写扫过来一眼。

褚方收到警告闭了嘴，看着赵老爷子的遗像，笑了笑，还是没个正形："老爷子可别见怪。"

都知道赵老爷子一手创下了这么大的家业，却最爱忆苦思甜，平时一向节俭朴素。葬礼这么大操大办，实在不像是赵老爷子的遗愿，倒像是他那败家儿女的作风。

因为是来吊唁的，两人都穿了一身黑。褚方穿了件休闲的黑色风衣，头发稍短，很好看的一张脸，笑起来的时候有些玩世不恭。裴邵却是一丝不苟地穿着一身黑西装,身上带着很有距离感的疏淡冷意,透着股与生俱来的高傲矜贵。

裴家的家世远不是赵家这样的桐市"新贵"能比的,只是赵老爷子晚年的时候和裴家老爷子机缘巧合之下成了棋友,多了这一层交情,才有了今天裴邵亲自过来吊唁。至于褚方,纯属是没事做闲的。

"小裴总!"赵家长子赵旭章已经年过五十,此时带着自己的一双儿女匆匆赶了过来。

裴邵并不喜欢这个称呼,但他从不将喜恶放在脸上,一张脸依旧是矜贵又淡漠,只微微一颔首,淡声说道:"节哀。"

裴家的人亲自到场,而且来的还是未来的继承人,赵家自然觉得脸上有光,让赵旭章脸上失去亲人的哀伤都少了几分,反而透出了几分热切。

他伸手去握裴邵的手:"太感谢了,今天太忙,怠慢了,改天我专门请客感谢。"他又介绍身旁的儿子和女儿,"对了,这是我的儿子赵靖,刚从同安大学毕业,还有我的女儿赵雯。这是小裴总,你们爷爷在世的时候就总夸小裴总年轻有为,以后你们要多跟小裴总学习。"

赵老爷子死了,可这份好不容易跟裴家攀上的交情,却不能就这么断了。

裴邵对赵旭章的热情也不过是淡淡的,倒是因为赵旭章一直握着他的手不放而生出几丝厌恶。

赵靖显然是正在为自己的爷爷去世伤心难过,眼圈都是红的,对赵旭章如此谄媚的态度也有些排斥,只是不怎么情愿地点了下头。

赵雯就显得热情得多,虽然是爷爷的葬礼,但她精心化了妆,眼睛虽然有哭过的痕迹,但妆容却完好无损。她长相比不过自己的哥哥,算不上漂亮,只能算是清秀,头发上别出心裁地别了一朵小白花,倒是衬出了几分清纯柔弱,一双眼睛却黏在裴邵的脸上根本移不开:"小裴总好。"

褚方眼见着赵旭章一脸殷切谄媚地握着裴邵的手不肯放,甚至还一边说话一边摇上几下,裴邵表面上看不出什么来,实际上已经淡得不能再淡了,他就极自然地把赵旭章的手抓过来握住,笑眯眯地说:"赵总不用客气。"

赵旭章看着他愣了愣:"你是……"

他不认得褚方,但能够跟裴邵同行,来头肯定也不小。

褚方笑嘻嘻地张口就来:"我是裴总的司机。"

赵旭章哑然,一是分辨不出他说的是真的还是开玩笑,只是干笑着悻悻然缩回了手。

就在这时,灵堂外传来的一声尖厉的咒骂打断了灵堂内的交谈。

灵堂内宾客的交谈声都为之一静，所有人都不约而同地往灵堂外望去。

赵旭章有心想要跟裴邵再攀谈几句，然而听到这声音，脸色顿时变了，往外看了一眼，只尴尬地对裴邵说了句："小裴总不好意思，我先过去看看。"又对一旁自己的儿子赵靖说，"你好好招待小裴总。"说完就匆匆过去了。

赵靖和赵雯自然也留意到了那边的动静，两人脸色都变了变，但是表情各有不同。

赵旭章前脚刚走，赵靖就把他交代自己招待裴邵的话抛之脑后，也急匆匆地赶了过去。

赵雯倒是没走，但也有点不敢跟裴邵说话，看着那边吵闹起来，脸上隐隐有些难堪。

褚方挑了挑眉，有几分幸灾乐祸的意味："有好戏看了。"

赵雯有些吃惊地看了他一眼，见他跟裴邵是一起的，也不敢对对方明显幸灾乐祸的调侃表现出不满来。

灵堂外，赵家的大儿媳正用手指直直指着对面的年轻女人，声音尖厉地骂道："你知道这是什么地方？你还敢来这里？你怎么这么不要脸啊？"

她说着，一个巴掌就甩了过去。没想到年轻女人反应却快，退了一步就把这个巴掌躲开了。

反倒让一巴掌打空的人显得有些狼狈，顿时恼羞成怒起来，还要举手再打，就被赶过来的赵旭章拦住了，低喝道："你疯了！不看看这是什么场合？"

"这是怎么了？"灵堂内有人低声询问。

有知道内情的人压低了声音说："这事传得沸沸扬扬，你没听说？说是赵老爷子留了套房子给照顾他的那个女护工，被家里人知道了，就把那女护工告了，估计是来闹的吧。"

"这女的真够狠的，居然跑到葬礼上来闹，赵老爷子尸骨未寒呢。"

"不能吧，这护工那么年轻，长得挺漂亮的，赵老爷子都八十多了……"

"不是为了钱，长那么漂亮又年轻，能来干这个？要不怎么能哄得赵老爷子给她一套房？听说值好几千万呢。"

"赵老爷子不是那样的人，你们别胡说了。"

"那谁知道呢。不然你说说，赵老爷子怎么舍得给护工一套房？总不能是把她当孙女吧？"

"这护工胃口也太大了，赵家人不得活撕了她？"

"所以说啊，贪心不足蛇吞象，要是就捞个几十百万的，估计赵家也懒得跟她计较了，心也太黑了，估计到最后什么也捞不着。"

"行了行了，赵老爷子看着你们呢，瞎说什么呢。"

大概是终于意识到场合不对，低声议论的人纷纷住了嘴。

赵雯清秀的脸微微涨红，忍不住看向身旁的裴邵，却见他正望着风波中心，脸色很冷。

把这些议论听了个大概的褚方也不禁往灵堂外看去，上下打量了一眼站在那里的女人，微微挑了下眉。

赵老爷子这件事的确传得沸沸扬扬，就连他也耳闻过几句，但没想到当事人居然那么年轻，不过倒不像传闻中渲染的那样妖艳，打扮得挺朴素，格子衬衫，牛仔裤，清清瘦瘦。

看不清她长什么样，只看见一个侧影，背倒是挺得很直，像是一棵宁折不弯的青竹，被人在大庭广众之下指着脸羞辱，也看不出一点羞恼胆怯，倒透出几分淡定自若的从容来。

是个狠角色。褚方不禁想道。

赵旭章似乎正在跟她沟通。他们离门口有些距离，也听不见她说了什么，只看见她嘴巴动了动。又看见赵旭章的脸色也不大好看，他老婆的脸色就更难看了，还是赵旭章跟旁边的人说了句什么，有人拿了一沓钞票来，赵旭章老婆抓过那把钞票，狠狠地砸向了那个女人的脸。赵旭章想拦没拦住，那沓钞票就全砸在了那女人的脸上，纷纷扬扬的，全落在了地上。

褚方莫名好奇那个女人的反应。然后就看见那个女人就这么蹲下去，把地上的钞票尽数收拢捡起来，甚至还把钞票拿在手里地上轻点两下整理齐，然后才拿着钱站起身，接着居然就在那么多双眼睛下，旁若无人地点起数来。

褚方不禁挑了挑眉，眼睛里带着几丝惊奇。

围观的人也都诧异地望着她。人们窃窃私语，目光在她身上扫射，她却旁若无人地一张一张点完了钞票。

贺莹点完了钱，坦然地看向站在对面的赵旭章夫妇。之前她照顾赵老爷子的时候，每次见面，他们都对她很客气，赵老爷子一死，他们就变了嘴脸。

"这里一共是一万八，你们拖欠我的工资是一万三，这五千，我还给你。"贺莹说完，把分出来的五千砸回了赵旭章老婆的脸上。

赵旭章老婆不敢置信地看着贺莹，随即扑上来就要撕打。赵旭章死死拦住了她，黑着脸对贺莹说："你快走吧！再不走我叫保安了。"

赵靖也拦住了妈妈，一脸复杂地看着贺莹："快走吧。"

"不用催，我事情办完了自然会走。"贺莹说完向着灵堂转过身来。

褚方终于看清了她的脸，漫不经心的狐狸眼忽然眯了一下。

那张脸上的五官没有丝毫浓墨重彩的部分，脸上的线条如工笔画般薄浅清淡，可偏偏那双眼，美丽、幽深，透着冷冷的光，亮得惊人，里面仿佛有一股暗流，把人的视线往里卷。

贺莹没有看任何人。她看着灵堂上赵老爷子的遗像，然后在那么多双眼睛的注视下，对着灵堂深深鞠了一躬，接着直起身，没有丝毫停留地转身离开。

褚方幽幽说道："我今天算是长见识了。"

一旁的裴邵没有说话，一如既往的冷淡矜贵、惜字如金，只是没有人注意到，他的视线始终没有离开那道身影。

婉拒了赵家的再三挽留，裴邵和褚方走出了殡仪馆，才发现外面居然飘起了雨。

赵家的人又急匆匆赶出来送伞，借机又攀谈了几句。

两人撑着伞上了车。刚开出停车场不到两百米，褚方忽然发现前面不远处就是那个在葬礼上拿了钱的女人，正淋着雨往前走。而赵旭章的儿子正跟在她身后，神色焦急地说着什么，甚至还伸手去拉她。

褚方急忙说道："哎，开慢点。"

裴邵不经意地扫过去一眼，目光有一瞬间的凝固。

车速放慢了几秒，在男人的手抓住女人的手腕时又骤然加快，从那对男女身边疾驰而过。褚方下意识地扭头，嘴里"哎"了一声，为错过一场热闹而遗憾。

路边，贺莹转身抽开赵靖拉她的手，静静地看着他。

赵靖尴尬地缩回手，嘴巴抿了抿，有些愧疚："对不起，让你受委屈了。"

他很年轻，皮肤白净，高高瘦瘦的，看起来干净又斯文，做出这样一副愧疚表情的时候，让人情不自禁地对他宽容一些。

贺莹静静地看着他，想着不久前他向自己告白时脸红局促的样子，她当时还觉得他有几分腼腆可爱。可是刚才他站在他父母身后，一脸为难愧疚地看着她，却始终也没有站出来帮她说上一句话。她此时再看他，就只剩下厌恶了，说出来的话无论是态度还是声音，都很冷淡敷衍："不关你的事。"

赵靖急忙道:"对不起,我真的没想到我爸妈他们会这样……"

贺莹嘴角勾起一个讥讽的弧度:"那就把房子还给我,你最清楚是怎么一回事了,不是吗?"

赵靖神情窘迫,嗫嚅着说:"我知道……我也跟我爸妈说了,可他们根本不听……"

"哦。"贺莹歪了歪头,似乎有些困惑,"那你是来干什么的?"

雨下得不大,细细的雨丝把她头发打湿了一些,更衬得她一张脸白瓷一般,眼睛黑似深潭。

赵靖心口涌上一丝悸动,又被她眼里凛冽的寒光刺到,忙把手里的伞递过去:"我看下雨了,你没带伞……"

"谢谢。"贺莹面无表情地接过伞,撑在自己头上,转身就走,留他一人站在雨里。

赵靖下意识地往前跟了两步,张了张嘴,最终还是什么都没有说出来,只是怅然若失地看着她撑着伞走远了。

贺莹在公交站台等车的时候收到了赵靖发过来的三万块钱的转账。

赵靖:对不起,你把钱领了吧。

她毫不犹豫地把钱领了,然后把他拉进了黑名单。

第二天,贺莹就收到公司的通知,让她去公司一趟。

"赵家找上来了,要求我辞退你。"公司老板陈梅让贺莹坐下后开门见山地说。

贺莹听到这句话没有多大的反应,像是早就预料到了。她平静地看着陈梅,等着陈梅后面的话。

陈梅也不意外贺莹的镇定。两年前公司刚创立,贺莹是她面试的第一个员工,从正式工作开始半年后,每季度评一次的优秀员工,贺莹都在其中,客户满意度也很高。

"你也知道,赵家在桐市还算有点势力。这样,你先暂时休息一段时间,我会跟赵家说已经把你辞了。正好你进公司以后也没怎么请过假,趁这个机会休息休息,等风头过去了再回来。"

贺莹对这个处理结果没有任何意见:"好。"

陈梅轻描淡写地补了一句:"休息这段时间你的工资照发,也不会影响年终奖。"

贺莹并不意外。陈梅知道她的家庭情况，总会额外关照她几分。她也从不推辞，只是感谢："谢谢梅姐。"

陈梅没说什么，抬了抬下巴，示意她可以出去了。

贺莹从公司出来，决定先去看看哥哥贺康。

上次见面，还是三个月前贺康生病，吵着闹着要见她，特殊学校里的老师怎么哄都不好，无奈给她打电话，她才请了半天假过去看他。

这家特殊教育学校在郊区，从公司过去，差不多得穿越大半个桐市，贺莹总是缺钱的，舍不得打车，转了两趟地铁、一趟公交车，花了一个半小时的时间才到学校。

"贺小姐，你好久没过来了。"前台小妹笑着和她打招呼，拿出访登记册给她登记。

贺莹接过前台小妹递来的笔，淡淡地笑了一下："最近有点忙。"

前台小妹说："你哥哥前两天还一直在问你什么时候来看他呢，没想到你今天就正好来了。"

贺莹签好字，询问道："他还听话吗？没有惹什么麻烦吧？"

前台小妹忙笑着说道："没呢，他很乖很听话，我们都很喜欢他的。"

贺莹笑笑："那就好。"

她把笔还给前台小妹，正准备询问贺康在哪儿，忽然一道声音响起。

"哈喽。"

贺莹转过头去。跟她打招呼的是个二十来岁的年轻男生，高高瘦瘦的，很帅气，穿着一件蓝色卫衣，袖子撸起来露出两条白皙修长的小臂，看起来很阳光，是时下很讨女孩子喜欢的那一型。

她记得他，是美院的学生，上次跟几个同学一起来这里做志愿者，教贺康他们画画。她的视线不动声色地掠过他身上那件蓝色卫衣上的品牌logo，是最近很火的一个潮牌。这样一件看似简单的卫衣，价格却近万。

贺莹微笑了一下："你好，又来教他们画画吗？"

她长着一张清冷柔淡的脸，一双眼睛却格外沉静幽深，笑起来的时候眼神才变得柔和几分。

林宙见她还记得自己，不禁有些高兴："我们这次是来帮这里画一些壁画。你来看你哥哥啊？"

贺莹点了点头。

林宙主动说道："他们现在在看动画片，我带你过去吧。"

明明知道怎么走，贺莹却还是微笑着说："好啊，谢谢你。"

林宙走在前面给她带路。她并不主动说话，只是安静地走在他身边。

虽然安静，却很难叫人忽视。她身上散发着一种淡淡的香味，清冷中好像又带着甜，很好闻。林宙毫无平时在女同学面前的游刃有余，反而莫名地有些紧张局促。他突然转头，看着贺莹："对了，我叫林宙，宇宙的宙。"

贺莹看着他，眼睛弯了弯，里头泛起粼粼的光："你好，林宙。"

林宙蓦地脸上一热，心跳漏跳了一拍，有些慌乱地把脸转了回去，不敢再看她，语气故作轻松："我还不知道你叫什么名字呢。"

看出他的紧张，贺莹嘴角的弧度又浅浅地扬了扬："我叫贺莹。"

影音室在二楼。为了防止意外情况发生，门的上半部分是玻璃，能让门外的人很好地观察房间里的动静。

电视里正放着一部低龄儿童看的动画片，观看者却是一群十几二十多岁的人。他们坐在一起聚精会神地看着动画片，画面有些荒诞。

贺莹一眼就看见了坐在右排的贺康，他正专心致志地看着动画片，侧脸白皙干净。

"要叫他出来吗？"林宙小声问。

"不用。"贺莹看着里面说，"等他看完吧。"

林宙看了里面一会儿，又忍不住偷偷看她。贺莹正神情专注地看着里面，她的侧脸不如正脸看着那样柔和，线条高低起伏，干净流畅，添了几分精致漂亮，鸦黑浓密的睫毛长长的，轻轻扇动一下，他的心口就跟着跃动一下。

她和他身边的那些女生都不一样，有种很难形容的气质，像是看似平静的湖面，下面却藏着许多不被人窥见的东西，让人忍不住想要探究。

"林宙，你在那儿干吗呢？吃饭去了！"有声音从后面传来。

林宙回过神来，忙收回视线，和贺莹同时转头看过去。是他的几个同学，正站在走道另一头等他。

"你先过去吧，我在这里等着就好，谢谢你了。"贺莹说。

林宙连忙掏出手机，眼睛亮亮地看着贺莹："那个，我们加个微信吧。上次我拍了你哥哥画画的照片，我发给你。"

贺莹微笑着说："好啊。"

"那我先走了。"林宙加上了微信，笑得更阳光了。

贺莹点点头："再见。"

"再见。"林宙朝她摆摆手，笑着去找他的朋友们。

贺莹远远地听到他们的说笑声，无忧无虑的。她转过头，把视线重新

投到房间里，脸上的微笑也收了起来。她不笑的时候，看起来总有几分对什么都不关心的淡漠疏离。

就在这时，贺康好像心有灵犀似的，突然扭过头往这边看过来。看到贺莹的一瞬间，他的眼睛一下亮起来。贺莹脸上的笑容又挂了起来，微笑地对着他轻轻挥了挥手。

贺莹本来以为要等风头过去，少说也要一两个月，但没想到仅仅不到半个月，陈梅就把她叫了回去，表示有新工作安排。

在公司的会客室里，贺莹见到了裴老爷子的助理，然后她得到了一个新工作——照顾裴老爷子因车祸而双腿残疾的孙子。

裴老爷子和赵老爷子是棋友，赵老爷子瘫痪之后，裴老爷子也时常过来探望、下棋。赵老爷子偏瘫以后手脚不便，就让贺莹充当他的手，后来才发现贺莹居然也会下棋，而且还下得不赖。渐渐地，赵老爷子就干脆让贺莹陪裴老爷子下棋，他只在一旁观战过瘾。

贺莹十三岁入段，曾经还上过报纸，被誉为"天才少女"，被棋院重点培养，之后虽然荒废了，但也远不是裴老爷子这样的业余水平可以企及的。

贺莹平时看起来温温柔柔，温和无害，可一旦坐在棋盘前，整个人气势就完全不一样了。她还只有十岁的时候，就能凭借坐在棋盘前那种目空一切的气势把前辈都盯得心里发怵。

无论对方水平高低，她都从不让棋，所以裴老爷子和她下棋从没赢过。但裴老爷子平时下棋被让得多了，反而更欣赏贺莹这种无论对手水平如何都全力以赴的作风，虽说每次都输得惨不忍睹，却也下得很畅快，之后也时不时地过来找她下棋。

直至赵老爷子去世前两个月，裴老爷子因为身体不适去了国外疗养，贺莹没再见过裴老爷子。

她曾经从裴老爷子和赵老爷子的交谈中偶尔听到过他们说起那个出车祸的孙子。但那时她没想过这和她有什么关系，依照那时候赵老爷子的身体状况，她以为她会一直照顾他，甚至以为自己有可能嫁给赵靖。

只不过赵老爷子一走，她之前的计划就全化为了泡影。

"我是裴家的管家，你可以叫我玲姨。"

玲姨五十多岁的年纪，并不严肃，反而十分和蔼。因为贺莹是裴老爷子亲自指定的人，也不需要再面试，在大厅聊了几句，就把贺莹带到了她的房间，等她放好行李后，交给她一部新手机和手册："这是你的工作手机，二十四小时都要开机，任何时间，只要顾宴有需要，你都要及时出现。工作内容和注意事项都在这本手册里，你可以好好地看一看。顾宴很独立，生活基本能够自理，虽然陪护的时间长一些，但是不会太辛苦。还有，你需要多照顾和注意他的情绪，有什么异常情况，随时告诉我。"

贺莹接过手机和手册，点头说"知道了"。

玲姨又不禁看了看她。面前的贺莹一张白净清婉的脸，穿着合身的浅蓝色护工服，乌黑绸亮的长发一丝不苟地梳在脑后。对于这个职业而言，她有些过于年轻，长相也有些过于出挑了。但难得的是，她身上有股静气，不轻佻不浮躁，看起来是个沉得住气、经得起事的。

被老爷子看中的人，想来也是差不了的。玲姨这样思忖着，微微点了点头："行李就先放在这里，晚点再整理。顾宴下午才会回来，我先带你去熟悉一下环境。"

贺莹跟在玲姨身后走出大门的时候，迎面撞上了一个女人。

还是上午，深秋的太阳并不浓烈，女人却戴了一副大墨镜，几乎遮住了半张面孔，只露出一张夺目的红唇，墨镜后的眼睛上下打量了贺莹两眼，问玲姨："这是谁啊？"

玲姨脸上的表情没什么波动："林小姐，这是新来的护工。"

林冰玉摘下墨镜，露出精致描绘过后看不出年纪的艳丽眉眼："护工？"她似笑非笑，"会不会太大材小用了？"

玲姨淡淡地说："是裴总安排的人。"

玲姨嘴里的"裴总"指的自然不是裴行正，而是裴家真正当家做主的人——裴老爷子。

林冰玉眸子闪了闪，用墨镜的镜腿轻佻地勾住贺莹的下巴，眼神里带着毫不掩饰的讥讽："老爷子可别是老眼昏花了。"

玲姨对林冰玉的动作和评价都没有什么反应，仿佛早已经习惯了她的做派。而贺莹也平静地看着林冰玉。

林冰玉轻哼了一声："好好做事，心思别用错了地方。"

玲姨等人走了才说："她是顾宴的继母，你称呼她'林小姐'就可以了。"不冷不热的态度，听起来并没有多少尊敬。

贺莹点了点头，目光从林冰玉的背影上掠过，跟着玲姨继续往外走去。

下午贺莹刚吃过午饭，就收到了玲姨的通知——顾宴从医院回来了。

裴行正有过两任妻子,三个儿子。他和已经去世的前一任妻子顾文君生了两个儿子,一个随父姓"裴",一个随母姓"顾"。贺莹要照顾的,是随母姓的小儿子顾宴,去年出车祸双腿不能行走,坐上了轮椅。

贺莹刚走到大门,就看到玲姨推着轮椅进来。轮椅上的少年一双黑沉沉的眸子冷冰冰地扫了过来,他上半身裹在深黑色的毛衣里,苍白消瘦,腿上盖着一张浅色毯子,膝盖上趴着一只黑猫,金绿色的瞳仁,正幽幽地盯着她。

"小宴,这就是我跟你说的那个新来的护工,她叫贺莹。"玲姨柔声细语地向顾宴介绍起贺莹。

那双冰冷却漂亮的眼睛毫无感情地从她脸上掠过,顾宴皱着眉,毫不掩饰自己的不耐烦:"我说过了,我不需要护工。"

贺莹并没有主动说些什么,只是安静地站在一旁,等着玲姨下一步的安排。

玲姨俯身柔声安抚道:"这次的护工是老爷子亲自定的。"

听到这句话,顾宴皱起眉,再次把视线投向贺莹,带着几分打量,像是要看看她有什么特别的地方能让爷爷亲自指定。

贺莹一身淡蓝色的护工服,一头乌黑的长发整整齐齐地挽在脑后,低眉顺眼地站着,一副人畜无害的样子,却也像白开水一样寡淡无趣。

顾宴看来看去,都觉得她跟以前那些护工比起来,除了年轻一些并没有什么特别。

玲姨对贺莹使了个眼色:"送他回房间吧,每天这个点是午睡时间。"

贺莹安静地走过来,替换了玲姨的位置,推着轮椅往前走去。顾宴又狠狠地一皱眉,觉得贺莹木讷得像个没感情的机器人。

贺莹自然感觉到顾宴的排斥,但她不以为意,比他挑剔难搞的客户,她也不是没有遇到过。

裴家的别墅有三层,每一层都有电梯。房子很大,走廊曲折,贺莹记性好,玲姨只带她走过一次,她就记住了。顾宴的房间在二楼右侧走廊最里面的那一间,就在她保姆房的正上方。当然,她的保姆房面积只是他衣帽间的大小。

深秋下午的阳光从落地窗里洒进屋子。

顾宴坐在轮椅上一言不发,贺莹也没有要跟他搭话的意思,安静地把他推到床边,弯下腰去,想先把他腿上的猫抱开。然而手刚一伸过去,那原本伏在他膝盖上看着十分慵懒温顺的猫却猛地伸开爪子挠了过来!

贺莹只觉得手背上一阵刺痛，疼得"嘶"的一声立刻缩回手，低头一看，只见手背上多了几道血痕，破了皮，有一道还见了血。她微微皱了皱眉。她皮肤白，一点痕迹就看得清楚，这几道痕看着就异常刺眼。

顾宴见她被自己的猫抓伤，却没有丝毫歉意，反倒是摸了两把猫，冷笑着："抓得好，不经过主人同意就碰猫，活该。"

贺莹听了这句话，抬眼看他，幽亮的一双眼，没什么情绪，反倒是异常平静，随即又垂下视线去看他膝盖上那只抓了人还得意扬扬的猫。

那黑猫对上她的视线，金绿色的眼珠子转开，若无其事地低头舔了舔爪子，随即又伸了个懒腰，就从顾宴膝盖上一跃而下，从她脚边溜走了。

顾宴看着黑猫溜出了屋子，又皱起了眉头。

贺莹没有要先去处理伤口的意思，继续准备把顾宴弄到床上去。

她刚一弯腰，顾宴一双漆黑的丹凤眼就瞪圆了，匪夷所思地瞪着她："你干什么？"

贺莹停下动作看他，眼底一片澄亮淡定，解释："我抱你上去。"

当护工，肢体接触自然是免不了的，不过她照顾过老人和年纪不大的孩子，也有女孩子，倒是第一次照顾这么年轻的男性。

顾宴震惊地看着她这么理所当然地说出这么离谱的话，一时喉咙都哽住。见贺莹又要靠过来，他恼怒地喊："别碰我！"

贺莹再次停住，看着他。

顾宴对上她沉凝平静的眼睛，胸口的怒火莫名被压住一截，但还是狠狠地一皱眉，恶声恶气地说："你没看见那里有拐吗？去拿过来！"

贺莹顺着他的目光转头一看，果然看到墙角竖着一副拐。她走过去拿过来，交给顾宴，好心地问一句："需要我帮忙吗？"

再次得来顾宴不满的一瞪，以及不耐烦的一句："你出去，这里不用你了。"

贺莹似乎一点也没有因为他的态度感到不愉快，也没有勉强上去帮忙，语气一如既往的平和："如果需要帮忙的，你再叫我。"说完，她走出卧室。

她很能够理解顾宴不想被看到自己狼狈的样子。在外面等了一会儿，她感觉时间差不多了，这才敲门进去。

顾宴已经坐在了床上，那副拐被他放在了床头。他正皱着眉看着她，怎么看怎么不顺眼："你又进来干什么？不是跟你说了不用你了吗？"

贺莹走过去，平铺直叙："你午睡前需要按摩一下腿。"这都是玲姨给她的那本手册上写的工作内容。

顾宴很生气："你听不懂人话吗？我说了不需要！"

贺莹情绪都没什么起伏，只是平静地告诉他："这是我的工作内容，希望你配合。"

顾宴有些错愕地看着她，一时没有反应过来，就被贺莹掀开了被子，露出了被子下的腿。

他穿着长裤，长裤下的两条腿因为一年多没有行走过，肌肉已经萎缩，手触上去，是让人心惊的纤细。贺莹眉毛都没动一下，双手摸上去，娴熟地开始按摩。

"你可以睡午觉，不影响的。"

被子被掀开的时候，顾宴的脸色瞬间变了，哪怕小腿已经没有知觉，可是贺莹的手碰上去的时候，他还是条件反射地瑟缩了一下，心里涌上一阵排斥厌恶，眼神里还有几丝不易察觉的慌乱。

他漆黑的眼珠紧盯着贺莹，却没有在她脸上看出一丝一毫的异样。他的脸色青一阵白一阵地变了几变，到底没再说什么，安静下来。贺莹的反应和态度都太过自然寻常，仿佛他做出任何反应都显得过激。

按摩要十五分钟，说起来短暂，对顾宴来说却很漫长枯燥。虽然他被按摩的地方并没有任何知觉，但按摩的这个过程就像是在一遍又一遍提醒他现在已经是个残废的事实。

似乎是感觉到他的不耐烦，贺莹抬起头来看着他说："你可以睡觉，我会尽量不影响你的。"

顾宴的脸色一下子变得难看起来，眼睛直勾勾地盯着她，视线冷得吓人，嘴角扯出冷笑："反正我也感觉不到是吧？"

贺莹已经不是刚入行的新手了，知道这种时候越是解释，就越像是欲盖弥彰的掩饰，反而越会挑动他那颗敏感又脆弱的心。于是她看着他，无辜又诚恳地点了点头："嗯。"

顾宴居然愣住了。显然贺莹的反应在他的意料之外。以前那些护工如果被他这样责问，会立刻诚惶诚恐地解释，小心翼翼地讨好，说的话也颠三倒四，仿佛他就是个神经过敏的残废。

"躺下来吧。"贺莹趁他愣神的片刻走过来，照顾他躺下。

她的动作温柔又熟练，等顾宴反应过来，他已经好好地躺着了，错过了最佳的发脾气时机。

顾宴憋得胸口发闷，瞪了她一眼，愤愤地闭上眼睛。

顾宴其实并没有午睡的习惯。自从车祸以后,他开始失眠,晚上都睡不着,更别说白天。他说是午睡,只不过是想自己待在房间里不会有人来烦他。

自从他的腿残疾以后,他身边的所有人都开始变得小心翼翼,对他千依百顺,仿佛他是什么易碎的瓷器。他厌烦那些人怜悯、同情还要假装自然的目光,宁愿自己一个人待着。可这会儿他闭着眼睛听着那窸窸窣窣的声响,居然真的有了睡意。

大概是今天出了门累了。顾宴这样想着,然后就在这声响中睡着了。

贺莹轻手轻脚从顾宴房间出来,管家玲姨正等在走廊里。

"玲姨。"

玲姨问:"顾宴怎么样?"

贺莹说:"他睡着了。"

玲姨似是有些意外:"睡着了?"

贺莹点点头:"嗯,在我按摩的时候就睡着了。"

玲姨喃喃道:"那可能是今天出门累着了。"然后看了她一眼,"你也回房间休息吧,没有特殊情况的话,两个小时以后你再过来。"

贺莹说"好",正要离开,又被玲姨叫住。

"你这手怎么了?被猫抓的?"玲姨看着贺莹手背上几道刺眼的抓痕问道。

贺莹轻描淡写地说:"轻轻挠了一下,没事。"

玲姨皱眉说:"都破皮了,我让司机送你去医院打疫苗。"

贺莹笑了笑:"不用了,玲姨,家养的猫,打过狂犬疫苗的,没关系。"

"不行,疫苗还是得打。"玲姨说着就要安排司机。

"不用了,玲姨。如果没事的话,我就先回房间了。"贺莹还是拒绝。

玲姨见贺莹态度坚决,似乎很抗拒去打疫苗,也没有办法,只能交代她:"那只猫本来是流浪猫,去年才被顾宴捡回来的,除了顾宴,谁碰都不行,之前还咬伤了一个护工,你自己要多注意一点。你不肯去打疫苗,那就回去用肥皂水冲一下伤口。你那里有药吗?要是没有的话,去找厨房的周阿姨拿,她那里什么都有的。"

"好的,我知道了,谢谢玲姨。"贺莹笑着答应了,先下楼去了。

做护工的,总会受点小伤,所以贺莹自己常备着小药箱,但她还是去厨房找了周阿姨拿药。

周阿姨是裴家的做饭阿姨,在裴家工作六年了。贺莹进去的时候,她

正收拾冰箱，见贺莹受伤了，立刻放下手里的活，主动拿了药箱来给她处理伤口。说起顾宴的那只猫，周阿姨也是没好气："那只猫可刁了，不爱吃猫粮，就爱来厨房偷吃。可给它准备好一样的肉它又不吃了，就是要偷来的才吃，你说这只猫怪不怪？还鬼精鬼精的，知道谁才是它的老板，对谁都凶得很，对顾宴就听话得很。"

贺莹微笑着听周阿姨抱怨那只黑猫，处理好伤口，道了谢，就先回了房间。玲姨在带她熟悉环境的时候就委婉地提醒过，如果没什么事，不要到处走动。

寄人篱下，自然要遵守别人屋檐下的规矩。

她住的是保姆房，却一点都不简陋，反倒像是一间小公寓，装修和别墅的整体风格保持了高度一致，洗手池的水龙头都是镀金的，造型很华丽，浴室里甚至还装下了一个小浴缸，还有一个连接花园的小阳台。

行李在上午的时候已经整理好了，贺莹也没有再管手背上的伤口，把收到柜子里的围棋棋盘和棋盒摆到地上，盘腿坐了下来。

棋盘有些旧了，上面黑色的线条有些模糊，棋子因为经常使用也有了磨损的痕迹。她拿起一颗黑子，下到棋盘上，脑子里却开始复盘昨天在网上各种八卦新闻帖子里搜集到的关于裴家的信息。

她下棋的时候，心特别静，思绪会特别清晰，所以她喜欢在下棋的时候思考，一心二用。

贺莹小时候还因为下棋的时候不专注被妈妈打过不少次手掌心，后来她就开始学会一心二用的时候不被妈妈发现。

裴家现在的实际掌权人是已经年近八十的裴老爷子。但如果各种八卦小道消息属实，现在裴家的权力已经在逐渐下移给裴家的长孙裴邵了。

裴老爷子和早早过世的夫人感情甚笃，两人就裴行正一个独生子，可惜裴行正不成器，是个典型的纨绔子弟，快三十岁了还只知道跟女明星谈恋爱，是八卦小报上的常客，一向行事低调的裴家也因此被动地引起了外界不小的关注。

裴行正直到被裴老爷子安排和家世相当的顾家的长女顾文君联姻，这才"收心"，渐渐消失在公众视野中。

但还是有不少人好奇他和顾文君的婚后关系。毕竟比起裴行正这个彻头彻尾享受父辈庇荫只知道吃喝玩乐的纨绔子弟，顾文君就像是他人生的反面，从小品学兼优，十六岁留学国外，上名校，不泡酒吧不混圈子，是桐市上流圈子里一群聚在一起吃喝玩乐的富二代里最有名的另类。裴行正和顾文君婚后不睦几乎是可以预见的。

　　裴行正和顾文君结婚，是因为裴老爷子承诺只要他和顾文君结婚，生两个孩子，以后就不会再约束他。而顾文君则是想要逃离自己父亲的控制——无论她做得有多好多优秀，父亲都坚定地要把家族事业交给她那个远不如自己优秀的弟弟。

　　她需要一个放开手脚展示自己能力的平台。她和裴老爷子达成交易，裴老爷子承诺裴家会给她提供这个平台，至于裴行正，只是通向这个平台的梯子。

　　顾文君和裴老爷子的其中一条交易内容就是她会给裴家生两个孩子，其中一个必须要跟她姓。裴老爷子答应了。

　　顾文君和裴行正结婚后不到两年就生下了一个男孩。这是裴家的长孙，理所应当姓了"裴"，名字也是裴老爷子取的，对他寄予厚望。

　　顾宴是顾文君和裴行正结婚五年后才生的，而那个时候裴行正正和某个十八线的小明星打得火热，还被拍进小明星小区过夜的新闻，据传那段时间正好是裴行正和顾文君关系最恶劣的时候。但顾文君却对这个跟她姓的小儿子明显更加宠爱。

　　顾文君在生下裴邵后，基本上全身心都扑到了工作上，利用裴家和顾家的资源，成立了自己的公司，只用了五年时间，就做到了行业顶尖的水平。

　　在这五年时间里，她和裴邵很少一同出镜。顾宴出生后却截然不同，因为那段时间正是裴行正在跟女明星闹绯闻，狗仔盯得很勤，顾文君也时常被拍到带着顾宴去公园玩，或是和友人聚餐。裴邵却一次都没有出镜过。外界都猜测顾文君是因为两个孩子的姓氏不同而搞区别对待。

　　之后顾文君和裴行正的婚姻关系一直是名存实亡，屡次传出离婚的消息。但最终他们也没有离婚，因为顾文君在他们结婚后的十五年因病离世了。

　　裴行正在顾文君去世五年后娶了林冰玉。因为裴老爷子施压，没有举办婚礼，低调进门。

　　现在裴家的家族企业也逐渐由裴邵接手。据说，裴老爷子已经早早立下遗嘱，把家族企业留给了自己的长孙。至于顾宴，顾文君去世前留下了遗嘱，把自己创办的公司以及大部分财产都留给了他。

　　贺莹把一颗黑棋下到棋盘上，填上了白棋仅剩的最后一口"气"，吞吃掉了白棋的五颗棋子。

　　她把棋盘上的黑白棋子分别捡进棋盒，连同棋盘一起收进柜子。她看了眼时间，顾宴的午睡时间快结束了。

顾宴又做噩梦了。梦里，他坐在副驾驶，再一次眼睁睁看着车在暴雨中失控地撞向迎面而来的卡车。时间仿佛一下变得很慢，慢到他能清楚地看到在卡车车灯的刺眼光束下朋友惊恐的脸。

他明知道那是梦，明明已经经历过无数次这样的噩梦，却还是摆脱不了那令人窒息的绝望和恐惧。

他挣扎着想要醒过来，眼皮却怎么都掀不开。直到他的胳膊忽然被一只手握住，轻轻摇动。

一道声音如同闪电划开了充斥着绝望和痛苦的暴雨夜，将他从噩梦中拽了出来。

"顾宴，醒醒。"

顾宴骤然惊醒，睁开眼，漆黑的眼珠失焦着，看不清面前人的脸。

贺莹看他脸色苍白，轻声询问："要喝水吗？"

顾宴迟缓地点了点头。

贺莹折身出去，倒了一杯水回来，顾宴已经坐起来了。他的头发睡得有些乱，也有些长了，漆黑细碎的刘海半搭在眼皮上。他长得实在好看，苍白阴郁的脸阴沉沉的，却一点也不折损他的美貌。

她把水递给他。

顾宴刚接过杯子就皱起眉："怎么是热的？我要喝冰的，去换一杯。"

贺莹没说什么，默默接过杯子，出去重新倒了一杯。顾宴只抿了一口，看起来像是刚好润湿嘴唇。

顾宴脸色还是不好看，每次做噩梦，他的心情都会变得很差。换作平时，贺莹就要遭殃了，可是想到是她把自己从噩梦中叫醒的，他想发脾气又总有些理不直气不壮的心虚感。

他坐在床上，瞥了眼放回杯子的贺莹，冷冷地发号施令："去把我的轮椅推过来。"

贺莹把轮椅推过来，又把那副拐准备好靠在轮椅上，说："我先出去，有需要叫我。"

她说完就转身走了出去，倒是让本来已经准备好在她来"帮"他的时候再狠狠拒绝的顾宴一时没有反应过来。

顾宴下午的时间是在画室度过的。他出车祸以后就休了学，按照他的身体状况，他现在是可以继续上大学的，但他车祸以后，就不愿意见人，更不愿意回学校。

贺莹以为顾宴画画的时候她就能休息了,但没想到顾宴根本不让她闲着,让她一会儿拿这个,一会儿拿那个,一会儿饿了一会儿渴了,光是楼上楼下,她都跑了四五趟,被使唤得团团转,还要对她做的事指手画脚、吹毛求疵,明显是存心在折腾她。

顾宴一开始还兴致勃勃,但贺莹的反应却一点都不让他满意。准确来说,她根本就没有反应,不管他怎么折腾她,怎么用最恶劣的语气说最恶劣的话,她说得最多的一个字就是"好",就像一个只会完成指令、没有情绪波动的机器人。

这种感觉就像是对着空气挥拳,很快就让顾宴觉得无趣起来。

贺莹终于能休息了。她安静地坐在椅子上,对顾宴在做什么并不感兴趣,甚至安静到顾宴几乎都忘了她的存在。只是他偶尔想起来瞥一眼,就看到她坐在那小角落里看着墙发呆。

这样看着更像个机器人了,还是待机的那种。

贺莹其实并不是在发呆,而是在墙上下棋。她无聊的时候就会这么做,在墙面上想象出棋盘,然后和平时一样,自己跟自己下棋。

她曾经被众星捧月,被赋予众望。当时教她的老师说,她如果走职业棋手这条路,是很有可能达到她妈妈一辈子也没有达到过的成就的。

可她那时候一身反骨,痛恨和父母有关的一切,并不清楚自己放弃了什么,直到现在,她都在为当时的选择买单。那个曾经只能一直在她身后追赶她的人,如今已经取得了非同一般的成就,而她却已经泯然众人。

"我叫你,你没听到吗?"一道不耐烦的声音把墙上的棋盘搅得混乱。

贺莹回神起身,发现顾宴正拿着画笔,一脸不耐地看着她。

她道歉:"对不起,我没听到。要我做什么?"

顾宴冷冷地转过头去:"我渴了,去给我倒一杯水。"

贺莹不懂画,更看不懂顾宴的画,只看到一大片一大片深色幽暗扭曲的颜色混杂在一起,给人一种阴暗混沌的感觉。

见她的目光停在自己的画上,顾宴冷笑着讥讽:"看得懂吗?"

贺莹诚实地说:"看不懂。"

顾宴冷哼一声,倒也没说什么。贺莹过于坦诚的态度,总让人不知道要从什么角度去为难她。

贺莹从厨房端着给顾宴准备的水果盘出来，从大厅穿过，准备坐电梯上楼，有人从身后叫住了她。

"你是新来的护工吗？"

贺莹转过身去，不禁微微一怔。对方是个十几岁的男生，背书包穿校服，个子很高。

这应该就是顾宴同父异母的弟弟，裴墨。是林冰玉带回裴家的孩子。

贺莹见过他，在很多年前的八卦新闻上。小小的男孩跟在林冰玉身边，像是发现了藏在路边车里的摄像头，转头看过来的时候正好被拍到了正脸。是让人惊叹的一张脸，完全继承了母亲的美貌，精致又俊俏。

但让贺莹留下深刻印象的是，照片上的小男孩明明只有八九岁，却看着一点都不像个孩子，看起来心事重重的样子。

而此时站在她面前的裴墨，长相并没有太大的改变，只是长大了，依旧精致的五官遗传了几分来自母亲的明艳，可是气质却截然不同。

他走过来的时候脸上带着笑，明明就长着一张很有距离感的脸，却散发出阳光又和善的气息。

他是在八岁以后回到裴家的。八岁前，他是八卦新闻里女明星身世成谜的私生子。

一个私生子，要在原配两个儿子的阴影下生活，是怎么做到比八岁的时候还要阳光烂漫的？

贺莹思考的时候面无表情，看起来很冷漠，像是并不想回答他的问题一样。

裴墨脸上的笑也褪了下去，却没生气，就像是早就习惯了这样的冷漠和忽视，若无其事地从她身边走过，然后按下了电梯按钮。

贺莹跟着走上去，才慢了好几拍似的回答："嗯。"说完又解释，"不好意思，我刚才走神了。"

裴墨先是扭过头来看她一眼，随即像是觉得好笑，笑了一下说："姐姐，你反应不是一般的慢啊。"

他笑起来的时候，精致艳丽的脸都变得阳光柔和了，看起来很好相处的样子，和阴郁又浑身带刺的顾宴完全不一样。

"你知道我是谁吗？"他突然问。

贺莹说："知道。"

电梯来了。贺莹和他一起进了电梯，两人没有再交谈。到了二楼，电梯门打开，贺莹对着他微微点了下头："再见。"

裴墨似乎愣了一下，然后露出一个灿烂的笑容："姐姐再见。"

贺莹点了下头，端着水果盘走出电梯。

回到画室，把水果盘放在顾宴轮椅旁的茶几上，她回到自己的位置。从她的角度，可以看到顾宴小半张侧脸，精致漂亮，带着股矜傲的贵气。

裴墨的轮廓细看之下其实和他有几分相似，长相也并不逊于他，却没有他这种仿佛与生俱来的贵气。

晚上六点，玲姨敲开了画室的门，叫顾宴下楼吃晚饭。

顾宴问："我哥今天晚上回来吃晚饭吗？"

贺莹心中微动，抬眼看向玲姨。

玲姨说："他今晚不回来吃饭了。"

顾宴："哦，那我不下去了。"

玲姨习以为常："好，那就在楼上吃。"说完招呼一声贺莹，"小贺，你跟我下去吧。"

贺莹跟着玲姨下楼到了厨房，在玲姨的指导下准备好顾宴的晚饭。

玲姨交代道："裴邵如果不回来吃饭的话，小宴基本上都不下来吃饭，就在房间里吃。你就帮他准备好晚饭送上楼去就好了，他平时的饮食习惯周阿姨都知道的。"

贺莹适时问道："裴先生平时很少回来吗？"

玲姨说："除非去外地出差，否则都是会回来的。只是他工作忙，不会经常回来吃晚饭，回来的时间也比较晚。你如果碰到了，打声招呼就可以了。"

贺莹点点头，端上装满精致饭菜的托盘上楼去了。

顾宴吃饭的时候，贺莹也要守在一边，以防他有什么需要。

餐桌都是定制的，刚好符合顾宴轮椅的高度。

顾宴吃得很少，吃完了，碗里的饭还剩下大半，菜也没怎么动，水也只抿了几口。

贺莹观察到，顾宴好像在刻意控制饮水量，每次喝水都只是微抿一口，一天下来都没有去过洗手间。像他这样只是膝盖以下残疾的人，比起下半身都不能动的瘫痪病人上洗手间是要方便一点，但对比常人，却绝不是件容易的事，过程会艰难狼狈许多。她之前照顾的一个小男孩就因为不想让她帮忙上厕所，一直憋尿憋进了医院。

顾宴的心情总是很差，就连吃饭也是，皱着眉头吃完，就让贺莹端走。

贺莹把餐盘端下楼，玲姨看了一眼，叹了口气，让贺莹端去厨房了。周阿姨看到剩下那么多饭菜，也是唉声叹气："他这越吃越少了，都营养不良了，再这么下去身体怎么受得了？"说完又招呼贺莹吃饭。

贺莹食欲倒是好，周阿姨给她准备的饭菜她都吃干净了，又夸了几句周阿姨做的饭菜好吃，把周阿姨哄得眉开眼笑，问她爱吃什么，说下次给她做。

贺莹笑了笑："我不挑食的。"

作为家里那个不受重视的孩子，父母准备什么她就吃什么。挑食是受宠爱的孩子才有的特权，饭桌上的饭菜永远都是贺康爱吃的。

周阿姨笑着说："不挑食好。我女儿就挑食得很，猪肉不吃，羊肉不吃，烦都烦死了。"

她说这些话的时候，听着像是抱怨，脸上却带着无可奈何的笑。

贺莹微微笑了笑，把自己的餐盘清洗干净，说："那我先上去了。"

她回到楼上，顾宴却不在房间。她找了一圈，才发现洗手间的灯亮着。

在房间外等了十五分钟，顾宴都没从洗手间出来。她有点不放心，走过去敲了敲洗手间的门："顾宴？你在里面吗？"

里面安静了几秒，随即传来顾宴的声音："滚！"

贺莹听出顾宴愤怒中带着几丝慌乱的情绪，肯定是出了什么状况，但听他中气很足的样子，应该人没什么事。所以她也没着急，而是冷静地说："我在外面等你，如果你需要帮忙，可以叫我。"顿了顿，她又隔着门对着里面的顾宴说，"顾宴，我是个护工，照顾你是我的工作，你可以把我当成一件工具，不用在我面前感到羞耻。"

里面又安静了几秒，然后传来顾宴有些哑的声音："……给我找身衣服。"

贺莹说了声"好"，然后转身去衣帽间帮顾宴找衣服，很快就从衣柜里找出从里到外一整套的衣服，然后走回洗手间外，敲了敲洗手间的门："衣服给你拿过来了，我放到门口。你如果需要我帮忙，就再叫我，我就在卧室外面。"

里面低低地传来一声"嗯"。

贺莹本来想把衣服放在地上，想了想，又搬过来一张凳子，把衣服放在凳子上，才转身走出去。她也没走远，就站在卧室门外。

足足过了近半个小时，她才听到洗手间门开的声音，她没立刻进去，而是敲了敲卧室的门问："我可以进来吗？"

等到顾宴"嗯"了一声，她才推门进去。

顾宴坐在轮椅上，像是刚从水里捞出来，除了她给他的衣服看着还是干的，别的地方到处是湿的，轮椅上也都是水。他弓着背坐在轮椅上，头发的发梢甚至还在滴着水，湿润的发梢漆黑遮住了低垂的眼睛，本来就没什么血色的脸更是苍白，脚上也没穿袜子，惨白的一双脚光着踩在轮椅的踏板上。

"等我一下。"贺莹说着就去衣帽间拿了一块干燥的毛巾进来，把顾宴湿漉漉的脑袋全罩住，用柔软的毛巾把还在滴水的头发擦干了，又把他的脸抬起来。他漆黑的眼睛定定地盯着她，也不说话，偶尔睫毛颤动一下，脸色格外苍白。

贺莹没看他，耐心又温柔地拿着毛巾把他脸上的水擦干净了，刘海都捞了上去，露出他整张苍白漂亮的脸蛋，然后又蹲下去，把他的脚托起来，放在自己的膝盖上，把上面的水擦干了，踏板上的水也擦干了才把他的脚小心地放上去。她起身去外面把另一台轮椅推过来："你那台轮椅湿了，先换一台。"

她没像之前那样去抱他，而是去洗手间把那副拐拿了出来。她扫了一眼浴室里面，地上是他换下来的衣服和湿毛巾堆成一堆，活动的淋浴头也掉在地上，有些凌乱。她只扫一眼就出去了，把拐上的水擦干净了才交给顾宴："我再去给你拿身衣服。"

轮椅上到处是水，刚换的衣服也被沾湿了。

她去了衣帽间，给顾宴重新找了一套衣服，刚准备出去，就听到外面沉重的一声闷响，她急忙跑出去，就看见顾宴狼狈地摔在地上，却是一声也不吭，只是默默地用手撑在地上坐起来。

贺莹快步过去，把衣服往地上一丢就想先把他扶起来。然而她刚弯下腰，顾宴猛然抬眼，漆黑的眼睛盯着她，冷得像冰，声音却带着一丝不稳的颤动："别碰我。"

贺莹顿了一顿，随即在他面前蹲下来，平视他，面容很平静："你是想让我来帮你，还是就准备趴在这儿等我叫别人来帮你？"

顾宴听到她这句话，瞳孔震颤了一下，没什么血色的嘴唇抿得紧紧的，漂亮的眼睛愤恨地盯着她。

贺莹不闪不避地直视他的眼睛："我说过，你不用把我当成人，就把我当成一件工具。"她扫了眼旁边滑开的轮椅和地上的拐杖，"你可以把我当成你的轮椅和拐杖。"

她平静的面孔上没有任何情绪,好像真的是一件没有感情的工具。

顾宴盯着她,抿着嘴角没说话,眼神里的愤恨在摇摇欲坠。

贺莹看顾宴的脸色明显有些动摇,于是不再给他反对的机会,抓住他的手搭在自己的肩上,然后一用力——顾宴没反应过来就被贺莹半扛半抱地抱到了轮椅上,脸色隐隐有些发青。

贺莹没看他的脸色,又捡起被她丢在地上的衣服,问:"衣服用我帮忙吗?"

顾宴冷冷地嘲讽:"轮椅和拐杖可不会帮人换衣服。"

贺莹见他会讽刺人了,就知道他缓过来了,嘴角翘了一下:"我是多功能的。"说着把干净的衣服放到他膝盖上,"那你自己换一下,换好了再叫我。"

顾宴没说话,贺莹就推着湿轮椅先出去了。等了二十分钟都没等到顾宴叫自己,贺莹主动敲门询问:"我可以进来了吗?"里面没声音。

既然没不让她进去,那就是默认她可以进去了。贺莹这样想着,直接推开门,果然顾宴已经穿好衣服了,换下来的衣服就随意丢在地上。她走过去,把地上的衣服捡起来,然后发现顾宴还是没穿袜子,又捡起地上的袜子,半跪着帮他穿袜子。

顾宴坐在轮椅上垂着眼看她:"穿不穿都一样,有什么好穿的。"

贺莹没接话,帮他把两只袜子都穿上了,然后起身把他推到了墙角。

被推到墙角的顾宴皱起眉,一脸困惑地看着贺莹,一转身又进了浴室。不到两分钟,她又从浴室探出身来问:"吹风机呢?我没找到。"

顾宴:"……在床头柜。"

贺莹:"哦。"

贺莹从浴室出来,从床头柜里找到吹风机,走到角落插上电,开始给顾宴吹头发。

顾宴的头发看起来很多很黑,但实际上摸上去的感觉却很细软,特别是吹到半干的时候,手感很好。

贺莹虽然当护工没几年,但从小就学着照顾贺康,样样都得她来,照顾人的事对她来说可以说是驾轻就熟。

顾宴吹头发的时候倒是很安静。吹干的头发蓬起来,看起来十分蓬松浓密,手感很好,有点像贺康洗完头发的样子,贺莹习惯性地揉了两把。

顾宴猛地转过头来,瞪着她,像是被冒犯到了。

贺莹缩回手:"抱歉,习惯了。"

顾宴忍不住皱了下眉。什么叫习惯了？

贺莹帮顾宴吹干头发，又照顾他上了床，随手捡起地上的衣服，准备顺便去浴室把里面收拾一下。

顾宴却突然坐直了身子，神色紧张："你干什么？"

贺莹说："我去把里面收拾一下。"

顾宴很是紧张，身体都前倾了，绷着脸说："不用你去，玲姨会让人来收拾的。你可以走了。"

贺莹从顾宴紧张的状态可以猜到里面肯定有让他难堪的东西，于是点点头说："嗯，好。那你休息吧，我先下去了，有什么事你再叫我。"

顾宴没应声。贺莹就不走，站在原地看他。

顾宴瞪着她，半响，狠狠一皱眉，只能心不甘情不愿地"嗯"了一声，然后咬着牙微笑着说："现在你可以滚了吧？工具人。"

贺莹弯了弯嘴角，说："晚安。"然后帮他带上门，出去了。

贺莹下楼后找到玲姨，和她简单说了一下刚才在楼上的事。

玲姨却很紧张："那小宴他没事吧？有没有摔什么东西？我上去看看。"

贺莹温声说道："没事的，玲姨。顾宴已经上床休息了，也没摔东西，就是浴室他不让我收拾，说请您安排人过去收拾。"

玲姨有些诧异。上次顾宴在上洗手间的时候出了点意外，发了好大的脾气，把自己关在屋子里摔了不少东西，甚至一整天都没有吃喝，是后来裴邵单独找顾宴说了些什么，他才肯吃东西了。当时那个护工也被辞退了，又换了个新的。

可听贺莹这么一说，这回又出了意外，却风平浪静地就这么过去了。玲姨还是有点不敢相信，但当着贺莹的面只说："好，我会让人过去收拾的，你先回去休息吧。"

等贺莹一走，玲姨就匆忙赶到了二楼，准备看看顾宴的情况。然而还没等她敲门，就收到了顾宴的信息：玲姨，明天叫人上来收拾一下浴室。

玲姨看到这条信息，心里一松，终于舒展开眉眼，确认贺莹说的是真的了。她不知道发生了什么，但可以确定的是，顾宴似乎跟以前不大一样了。

玲姨看了看面前的房门，没有再敲门，安静地转身离开了。

顾宴睡觉前的心情不算太好，但也不算太坏，躺在床上，莫名其妙的，总觉得好像有人在摸自己的头，他忍不住伸手搓了搓头顶，想把那种微妙的感觉赶走，皱着眉头想来想去，还是吹头发那会儿被贺莹摸了两把弄的。

可莫名地，躺在床上又觉得头脑很轻，被窝里也很舒适暖和，就连那两条没有知觉的腿都没有那么沉重了，居然没有熬到头痛才睡着，想着明天要怎么折腾贺莹，想着想着就迷迷糊糊地睡着了。久违地睡了超过四个小时的顾宴都想不起来自己还在生贺莹的气了。

不过他的好心情也没有持续多久，因为这天下午就是一周一次的心理咨询。他不愿意出门，所以都是心理医生上门，二楼还有一间专门的心理咨询室。

下午三点半，心理医生按照预定的时间到了。玲姨来叫了顾宴三次，顾宴才终于不耐烦地答应过去。

心理医生姓周，三十岁上下，戴眼镜，穿得很休闲，气质温和斯文。

贺莹把顾宴推进去的时候，周医生的视线落在她脸上，对着她微笑着点了点头："交给我吧。"然后从她手里接过了轮椅，表示她可以先出去了。

贺莹离开的时候看了顾宴一眼，他被周医生推到单人沙发对面，一脸平静的麻木。

心理咨询正常情况下是四十分钟，这段时间她不用守着顾宴，可以去做些自己的事情。

贺莹在回房间的路上在走廊里遇见了那只没有名字的黑猫，它嘴里叼着一大块肉，正嚣张地从厨房大摇大摆地出来。看到她，它早已经忘了抓过她后那一瞬间的心虚，高傲地瞥了她一眼就继续往前走了。

厨房里传来周阿姨无奈的抱怨声。都知道这是顾宴的猫，就连骂也是不敢的。这就是"猫仗人势"。

贺莹静静地看着猫叼着肉走远了，然后走进厨房，正好可以跟周阿姨聊聊天，了解更多关于裴家的信息。

周阿姨倒是很乐意贺莹能陪她聊聊天。在裴家干活，要找个聊天的人可不容易。

周阿姨跟贺莹说着话，也不影响手上择菜的速度："你这么年纪轻轻漂漂亮亮的，怎么想到来干这个的？"

护工这活又脏又累还得受气，都是上了年纪的人才干得来。

贺莹微笑着说："长成什么样，也得赚钱吃饭。只要能赚钱，不去偷不去抢，就没有什么不能干的。"

周阿姨听完也不禁对贺莹刮目相看："哎呀！你说得太对了！现在像你这样的年轻人能这么想的人真不多。"又不免抱怨了一番自己那个总是眼高手低找不到工作的女儿，要是能像贺莹这么踏实务实就好了。

贺莹也只是淡淡一笑："每个人有每个人的活法。"

一番闲聊下来，周阿姨已经亲昵地一口一个"小贺"了，话也多了起来，不到半个小时的时间，就透出了不少内情。

"顾宴那孩子以前不这样的，性格挺好的，每次见了我都会跟我打招呼。自从去年出事以后，性格才慢慢变成现在这样了。"周阿姨叹了口气，"也是可怜，那么年轻就残废了，他以前还特别喜欢做运动，朋友也多，成天往外跑，现在也不出门了，以前还有朋友来看他，现在来看他的人也少了，就天天一个人闷在家里，这心理不出问题才怪。"

周阿姨忽然压低了声音，指了指楼上："心理医生都换好多个了，还有从国外找的，都没什么用。我听说那医生还贵得很，每次就关起门来说那么一小会儿话，就好几千。"

贺莹心里微微一动，似是不经意地问："我看他除了脾气差一些，也没什么别的问题，怎么每周心理医生都要来？"

周阿姨脸色变了变，像是犹豫该不该说，但还是没忍住，声音压得更低了："你不知道，去年过年的时候，顾宴给自己划了一道。"她说着比了比自己的手腕，做了个割腕的动作，"那天顾宴一直没出房间，敲门也不应，是他哥让人砸了门进去。顾宴就躺在床上，都以为他在睡觉，是他哥一掀被子才看到床上都是血。我远远地看了一眼，顾宴那脸白得跟纸似的，吓死人了。"

贺莹听了也不免心里一惊，这样一来，那就都说得通了。过于频繁的心理咨询，以及比起照顾更像是在观察监视的护工工作，都是这个原因。

周阿姨叹了口气，说："顾宴也是可怜，来来回回换了好多个护工，没一个称意的。小贺，我看你性格蛮好的，跟他年纪也差不多，待在一起应该也有话说，你多包容包容他，他就是现在脾气差了点，心不坏的。"

贺莹抿唇笑笑："谢谢阿姨，我知道的。"

周阿姨看贺莹，那是越看越顺眼、越看越喜欢："哎，小贺，你有男朋友吗？"

贺莹知道要是她说没有，周阿姨下一句就该是给她介绍男朋友了。她笑了笑，说："没有。我家庭情况比较特殊，暂时不着急找男朋友。"

一说特殊情况，周阿姨就来了兴趣，忙追问道："你家庭什么情况啊？还能耽误你交男朋友？"

贺莹微笑着说："嗯。我爸爸妈妈都不在了，还有个智力缺陷的哥哥需要照顾。"

周阿姨顿时哑然，"哎哟"一声，都不知道该怎么接话了，满眼都是心疼："小贺你……你也太不容易了。"

她是真没想到贺莹居然是这种家庭情况。怪不得年纪轻轻、长得又漂亮会来干这个。

这么一想，周阿姨就觉得贺莹更难得了，明明年纪轻轻长得又漂亮，要真想多赚钱，多少歪路子能走，但她却偏偏踏踏实实地干了这一行。

贺莹笑了笑说："最不容易的时候已经过去了，以后只会越来越好的。"

周阿姨一听这话，心里顿时更加怜爱了，看着贺莹的眼神异常慈祥，把手上的菜放下，握住她的手说："哎，你这么想就对了，你这么踏实能干，以后日子绝对会越过越好的。"

贺莹莞尔："我也是这么想的。"

周阿姨握紧她的手："以后你要是有什么困难，跟阿姨说，阿姨能帮你的一定帮。"

贺莹微笑着说："那阿姨先帮我一个忙吧。"

周阿姨忙说："哎，你说。"

贺莹垂下眸，抿了抿唇，说道："阿姨，我也不知道为什么，第一次见您就觉得很亲切，不由自主地就把家里的情况跟您说了。但其实我并不想让别人知道我家里的情况，我不希望大家都来同情我……"说到这里，她又抬起眼看着周阿姨，一双又清又亮的眼睛里充满了恳切和信任，"所以我希望您可以帮我保密，别告诉别人。可以吗？"

周阿姨对上她那双充满信任的眼睛，又是心疼又是充满责任感，连腰都挺直了，连连点头答应："你放心，我知道，阿姨绝对不跟别人说。"

贺莹反握住周阿姨的手，抿出一个充满信任的笑容："谢谢阿姨。"

多懂事乖巧的女孩啊。周阿姨眼神里的怜爱都要溢出来了，握紧她的手："这有什么。快，跟阿姨说说，晚上想吃什么？"她压低了声音，故意小声说，"阿姨今天给你单独做。"

贺莹弯了弯眼睛，乖巧地说："我不挑食的，而且阿姨做的菜都很好吃，我好久都没吃过这么好吃的饭菜了。"

周阿姨被哄得都合不拢嘴了："那今天晚上阿姨多给你盛点菜，你多吃点。"说着握握她纤细的胳膊和没半点肉的腰，"看看你这小胳膊小腰，太细了，要多吃点。"

贺莹乖巧地应了一声："好呢，阿姨。"

她说完，扫了一眼台面上准备的食材，明显比平时要多。她心下一动，问道:"阿姨,今天晚上怎么准备那么多菜啊?"

周阿姨笑着说:"今天晚上裴邵要带朋友回来吃饭。"

贺莹笑了笑,说:"难怪。"

今天的心理咨询半个小时就结束了,周医生走的时候脸上隐约带着几分无奈。

贺莹上楼发现做完心理咨询的顾宴也还是那副表情,看起来这场价格不菲的心理咨询并没有起到什么作用。想到周阿姨说就这样半个小时就要好几千,她也不免在心里感叹,这钱赚得真容易。

她下意识地看了一眼顾宴的手腕,他穿着毛衣,手腕被袖子遮住了,看不见曾经的痕迹。

顾宴的心情从心理咨询后就一直不好,一副连话也懒得说的恹恹的模样。只有裴邵今晚要回来吃饭的消息,让他勉强打起了几分精神。

褚方实在没想到一个多月前在赵家葬礼上看的那场热闹,还能看到后续,而且还是在裴邵的家里。在看到正推着顾宴轮椅进来的女人时,褚方脸上的表情足以称得上怪异,而裴邵深邃的眸光也有一瞬间的凝固,脸上依旧纹丝不动。

贺莹也察觉到了两人的视线,一抬眼,撞上了一双深邃的黑眸,正冷冷地盯着她。不知道是不是她的错觉,她似乎从那双冰冷的眼睛里看到了几丝厌恶,只可惜不等她确认,那双眼睛的主人就平静地移开了视线,只留给她半张矜贵冷峻的侧脸。

贺莹心里顿时一沉,如果没看错,这个人就是顾宴的哥哥,裴家未来的继承人,也是她一直想见的人——裴邵。

裴邵和顾宴是同父同母的亲兄弟,乍一眼看上去,无论是长相还是气质都截然不同。

裴邵很低调,不像顾宴,不仅从小到大被记者拍过不少照片,甚至还有自己的社交账号,上面也有不少他自己的照片。不过他也很注意,从来没有在社交账号上放过裴邵的照片。

贺莹能够认出裴邵,完全是因为他身上那种无形散发出来的与顾宴如出一辙的、仿佛与生俱来就高人一等的傲慢。

而坐在裴邵身边,正毫不掩饰直勾勾盯着她似笑非笑的男人,应该就是周阿姨说的那个裴邵带回来的朋友。她只是礼貌性地点了下头,把顾宴

安置在餐桌边，又给他倒了一杯水放到桌上就转身离开了。

裴家基因的确好。裴行正当年绯闻缠身，却还能让那么多当红女明星趋之若鹜，也不全是因为家世。十几年前的八卦新闻上，他和当时以"漂亮"著称的女明星从餐厅出来被偷拍，长相、气质丝毫不逊于身边的明星。

而顾文君虽然说不上特别漂亮，但是气质端庄大气，和裴行正站在一起也并不会被压下半分风采，外人眼里，都能称得上是般配。

两人生下的孩子长相自然也差不到哪儿去。更何况，无论是裴邵还是顾宴，长相都是两人颜值组合的最大值，比年轻时候的裴行正更惹眼。

贺莹把顾宴送到餐厅，就去厨房拿到了自己的晚饭。

裴家对雇佣的人很大方，从员工伙食上就可见一般。但看着自己的餐盘里五只手掌那么长的大虾，贺莹还是忍不住笑了："阿姨，太多了，我吃不完的。"

周阿姨立刻说："怎么吃不完，吃得完！这个虾很新鲜的，是下午超市送来的，说是空运过来的，还活蹦乱跳呢，肉鲜甜得很。你别的菜少吃点，把虾吃了。这虾营养好，老黄他们可都没得吃的。"

老黄是裴家的司机，他们是在另外的小食堂吃，而贺莹因为要随时照顾顾宴，是跟周阿姨一起吃的。

贺莹也没有再拒绝，只露出一个甜笑："阿姨对我最好了。"

贺莹平时看着清清冷冷不大好接近，但笑起来的时候却有一双弯弯的眼睛，清凌凌的，长得又清秀白净，看着实在招人喜欢，再加上嘴甜，实在是讨人喜欢，长辈就更喜欢了。

周阿姨笑得合不拢嘴："行了行了，快回房间吃吧，别凉了。等会儿顾宴那边吃完了饭还要你照顾呢，快去吧。"

贺莹端起餐盘，又状似无意地问道："对了，阿姨，我刚刚在餐厅看到顾宴的哥哥了，还有另外一个跟他一起的朋友……"

她只用说上半句，周阿姨就自动帮她补上了下半句："哦，那就是我跟你说的那个裴邵的朋友，姓'褚'。他经常来的，人也挺随和挺好的，你见到他打声招呼就行了。"

"好，我知道了，阿姨，那我先去吃饭了。"贺莹说完，端着餐盘走了。

今天晚上的菜色很好，贺莹本来也饿了，却有点吃不下，脑海里一直浮现出裴邵的那个眼神。他讨厌她，为什么？

贺莹一边吃饭一边面无表情地思索着，还有那个姓褚的男人看她的表情也很奇怪。

他们的反应，似乎像是见过她，而且还留下了不好的印象。可如果她见过他们，以他们的形象，也一定会让她留下深刻的印象，不可能无论怎么回想都想不起来是在哪里见过。

她一边思索着，一边吃着饭。她食欲向来不是很好，但不喜欢浪费，还是把盘子里的饭菜都吃得干干净净。

而另一边的餐厅，气氛也算不上热闹。餐桌上人不多，裴行正和林冰玉都不在，他们更热衷于参加各种社交活动，平常很难在家里的餐桌上看见他们的身影。

"刚刚那个是新来的护工？"贺莹一走，褚方就问顾宴。

顾宴心情不大好，随口"嗯"了声，就算是回答了褚方。

褚方笑着问："怎么了？心情不好？"

裴邵的视线也看了过来。

顾宴拨弄着面前的水杯，面无表情地说："我什么时候心情好过？"

这时，上完钢琴课回来的裴墨走进餐厅，礼貌地依次叫人："大哥，二哥，褚方哥。"

裴邵微微点了点头。顾宴却连一个眼神都不给，当裴墨不存在。褚方也只是笑了笑，然后转向顾宴继续刚才的话题："新来的这个护工怎么样？"

早已经习惯被忽视冷待的裴墨默默地在隔着顾宴一个位置的座位落座，听到褚方的话，抬起头来看了顾宴一眼。

顾宴没心情聊天："别说了，烦死了。"

褚方看顾宴被惹着了的样子，却一下来了兴趣，兴致勃勃地追问："怎么了？这个新来的护工惹着你了？"

裴邵忽然打断了褚方，语气冷淡："别那么多问题，吃饭。"

褚方理直气壮："我这不是关心小宴吗？"

角落的裴墨越发安静了。

晚饭结束离开餐厅，褚方就迫不及待地对裴邵说："你认出来了吗？那个新来的护工，不就是那天在赵家葬礼上闹事的那个吗？她可真够厉害的，得罪了赵家，一转头居然跑你家里来了，真够神通广大的啊……哎，你说她不会是又盯上你们家了吧？"

裴邵淡淡地打断他："饭吃完了，你可以走了。"

褚方忽然察觉到裴邵的心情似乎也不怎么好，识趣地把嘴闭上了。

贺莹照顾顾宴睡下，就离开他的房间，准备回自己的房间。顾宴看完

心理医生后心情就很不好，连话都不说了。

贺莹闷头走到电梯口，电梯自上往下，在二楼停下。

电梯门一开，贺莹往里一看，看到里面站着的人，呼吸都不禁停滞了一瞬。

里面正是从三楼下来的裴邵。他穿着黑色衬衫，电梯里的暖黄色光都压不住他冷白的肤色，反倒勾勒出他冷峻矜贵的侧脸，浑身都散发出高不可攀、生人勿近的气场。

除开这些，他这张脸也是实打实的好看。和顾宴尚带着少年感的精致漂亮不同，裴邵的好看带着一种高傲凛然的气势和压不住的高贵气质。

他视线定在她的脸上，一瞬间的凝固，眼神黑沉，带着一种扑面而来的沉沉压迫感，随即眼底涌出几丝冰冷厌恶的情绪，才错开了视线。

这次贺莹看得清清楚楚，他的确讨厌她，并不是她的错觉。她心里虽然沉了一沉，但她并没有试图躲避，而是淡定地和他打招呼："裴先生。"

意料之中地，没有任何回应。

裴邵迈动长腿从里面走出来，携着一道冰冷迫人的气息，从她身边走了过去，从头到尾，没有和她有任何形式上的交流。

贺莹站在电梯门口，看着裴邵离去的背影有些困惑，实在不理解他对自己的厌恶从何而来。

贺莹回到房间洗漱完，盘腿坐在地上一边跟自己下棋，一边整理自己的思绪。突然，灵光一闪，她解开了自己的困惑。

以裴老爷子和赵老爷子的交情，赵老爷子的葬礼，裴邵大概也出席了，而且正好撞见她在葬礼上向赵家要钱的那一幕，所以才会对她那么反感。先入为主的印象，往往很难纠正过来。

贺莹捏着一颗黑棋，有些举棋不定，裴邵对她的厌恶已经到了毫不掩饰的地步，她是不是该换个目标？

她只是想嫁给有钱人，并不那么在意这个人到底是谁。如果哥哥不行，那换成弟弟也不是不可以。她并不介意自己未来的丈夫身体残疾，只要他有钱，哪怕脖子以下都不能动，她都不在意。而且顾宴看起来比他的哥哥要好"骗"得多。

贺莹手里的黑棋下在棋盘上，发出清脆的响声，终于下定决心。

她决定从明天开始，对顾宴好一点。

贺莹从周阿姨那里了解到，裴行正和林冰玉平时都很少在家。除了入职当天她在门口撞见过林冰玉一次,接下来的一个星期,她都没有见过林冰玉。至于裴行正,贺莹更是一次都没见过。

林冰玉总是有很多聚会,而裴行正,就连周阿姨也不清楚他的行踪,只说他一年四季都不着家,一个月能在家里住个三四天已经算久的了。偌大的一个裴家,总是空空荡荡的。

裴邵早出晚归,贺莹起得早,会去花园里逛逛,倒是撞见过几次裴邵一大早去公司。

改变目标以后,贺莹对他也就没了那份讨好的功利心,每次看见了,离得远,就点一下头,离得近,就叫一声"裴先生",再加一个"早"字。裴邵一次也没有回应过她,连正眼瞧她一眼都没有。

贺莹也有点烦,裴邵毕竟是顾宴的亲大哥,要是一直对她保持这种厌恶的状态,她要想嫁给顾宴,只怕他这一关不好过。

裴邵这边是这样,顾宴那边,也可以说得上是没什么进展。

倒不是她没有头绪,只是心急吃不了热豆腐,这种事就要慢慢来,否则很容易就露了痕迹,更何况还有个对她意图有所察觉的裴邵在盯着她。所以在这一个星期里,她只是尽心尽力地做好自己的事,对顾宴更有耐心,其余的一切如旧,并不刻意讨好谄媚,反倒是更用心地跟在裴家工作的司机、保镖、家政阿姨拉近关系。

短短一个星期,在裴家工作的十几号人都一口一个"小贺"了。

园艺老丁有个八岁的小孙女跟他一起住在裴家,大家都叫她"小丁"。女孩平时在裴家没有什么玩伴,贺莹用一桶爆米花就把她收买了,一口一个"小贺姐姐",总偷偷溜进房子里来找她玩。

小丁年纪小,模样可爱,人乖巧嘴又甜,大家都很喜欢她,再加上裴家人少,多个孩子要热闹许多,玲姨就算看见她溜进来玩,也是睁一只眼闭一只眼。贺莹也很乐意去展示自己招小孩喜欢的一面。

贺莹除了要照顾顾宴,还要兼职照顾那只没有名字的黑猫。

周阿姨说顾宴没给黑猫取名字,其他人当然也不会给有主人的猫取名字,于是这只猫就一直没有名字。

大概是物以类聚,黑猫和它的主人一样,独立意识很强。准备好的猫砂盆,它从来不用,也不知道是在花园里的哪个小角落解决。进口的猫粮,它也不爱吃,只偶尔吃上几口,更多的还是在厨房偷肉吃。

但它吃不吃是一回事,贺莹还是要给它准备好。猫喝的水是她没见过的牌子,看瓶子的包装就知道不便宜。

这只黑猫对她的敌意特别大，像是把她当成了抢地盘的侵略者。周阿姨说它对别的护工也是这样，说它是养不熟的"白眼猫"。

贺莹不喜欢猫，要讨好一个人已经很难了，不想再去费心思去讨好一只动物，所以她只是尽自己的职责定期给它换猫粮换水。在任何一个地方看到它，也不会试图去呼唤它，只想井水不犯河水。

但猫这种生物，的确有点犯贱，你越是上赶着讨好它，它反倒对你爱搭不理；你要是不搭理它，它却反过来对你产生了好奇。黑猫总是出现在她周围，保持安全距离，用那双金绿色的眼睛幽幽地盯着她，像是监视又像是好奇。

这天，贺莹照往常一样给黑猫换水。她蹲下去的时候，余光瞥到那只黑猫正鬼鬼祟祟地趴在墙角，她若无其事地继续换水。突然，一道黑影从角落里蹿出来直冲过来，张开嘴就要来咬她的手腕，说时迟那时快，贺莹的手一把按了下去，居然就这么捏住了黑猫的后颈。

黑猫本来是攻击状态，突然被掐住要害，顿时吓得一激灵，想挣扎，却被贺莹按住了脖子压在了地上动弹不得。它不甘地挥起爪子，想在她手上再挠上一爪，却不想被压得死死的，爪子挥起来，只徒劳地挠了把空气，它只得发出一声不甘的叫声。

卧室里传来顾宴的声音："猫怎么了？"

黑猫听到顾宴的声音，顿时叫得更大声了，带着几分凄厉，显然是在求救。

贺莹一只手轻松地压着黑猫，嘴上淡定地说："没事。"

黑猫叫得更凄厉了。顾宴追问起来："它怎么了？怎么一直在叫？"

她没有回答顾宴的话，捏住猫的后脖子就把它从地上拎了起来。黑猫的要害被贺莹捏在手里，又一下四肢悬空不着地，顿时整只猫都僵住了，一双金绿色的圆眼睛瞪大了，呆滞中带着几分不敢置信。显然是抱上顾宴这条大腿以来作威作福惯了，还从没有人敢这么对它。

贺莹直勾勾地盯着它，一人一猫对视了三秒，贺莹拎着它站起身来。黑猫更紧张了，四肢僵硬地动了动又垂了下去，彻底放弃挣扎。

就在这时，顾宴因为没有得到贺莹的回应，不放心地从卧室里出来，就看见自己的猫正被贺莹抓着后脖子随意地拎在手里，顿时皱起眉，冷冷地质问道："你在干什么？"

贺莹淡定地说："它想出去，我正准备送它出去。"

黑猫："喵呜！"

顾宴："把它放下。"

黑猫底气渐壮："喵呜！"

贺莹没回答，拎着猫，径直往屋外走。顾宴难以置信地看着她："你去哪儿？我让你把它放下，你没听到吗？"

贺莹打开房间门，把黑猫丢了出去，并在它落地后一脸震惊和不敢置信的眼神中，"砰"的一声关上了门，然后转身面对同样是一脸震惊的顾宴。

"你疯了？你怎么敢的？"

贺莹用行动告诉顾宴，自己不仅敢，而且还做了。她淡定地告诉顾宴："它刚刚想咬我，只是先被我抓住了。"

顾宴冷冷地反问："所以呢？咬到你了吗？"

贺莹神情平静，语气却带着几分凉意："如果它咬了人，就不仅仅是被丢出去的事了。"

顾宴有些错愕地看着她，随即怒极反笑："你敢？"

贺莹没说话，只是淡淡地看他一眼，然后就径直越过他身边，继续给猫换水。她蹲下去，淡淡地说道："你放心，我没有虐猫的爱好，没有做什么伤害它的事情。但既然你养了它，就该对它负责，至少不应该让它伤人。"

顾宴气笑了："你在教训我？"

贺莹说："我是在跟你讲道理。"

顾宴冷笑，傲慢又不屑："讲道理？你凭什么跟我讲道理？"

贺莹转过头来，眼睛幽亮笃定："道理谁都可以讲，不需要凭什么。"

顾宴被这句话噎住了，一时间竟不知道该怎么反击。

贺莹又淡淡地说道："照顾你是我的工作，但不代表我就放弃了说话的权利。也许在你看来，你是雇主，理所应当就能高高在上，但在我看来，我们的关系是平等的。你要是对我不满意，可以辞退我，我对你不满意，也同样可以辞职。"

顾宴气得肺都要炸了："你……"

贺莹却还嫌把他气得不够狠，微笑着说："啊，好像有一点不对，你不是我的雇主，裴老先生才是，所以你就算对我不满意，也不能辞退我。"

顾宴什么时候见过那么嚣张的护工，简直瞠目结舌，握着扶手的手都气得发抖。他气急败坏地打了个电话把玲姨叫了上来。

玲姨急匆匆赶来的时候，看见顾宴的脸色，不禁愣了愣。

顾宴立刻指着贺莹，气急败坏地说："玲姨，我要开除她！"

玲姨看着情绪异常激动的顾宴很惊讶，她已经很久没见过顾宴情绪起

伏那么大了。玲姨下意识地看了眼站在墙边的贺莹，贺莹倒是看着风平浪静的，好像顾宴要开除的人不是她。

玲姨关切地问道："怎么了？发生什么事了？"

顾宴冷笑着看向贺莹："你让她说。"

玲姨又看向贺莹："小贺，你跟我说？"

贺莹开口了："我在给猫换水的时候，猫过来咬我，我就把它送出了房间。"

顾宴激动得连声音都扬高了："你那是送？你是把它从门里扔了出去！"

贺莹从善如流地改口："嗯，猫想咬我，我就把它扔出了房间。"

顾宴一噎，玲姨也愣了愣，随即看了眼顾宴，莫名地有点想笑。她轻咳了咳，嘴角往下压了压，问："猫没事吧？"

贺莹说："我只是把它扔出了房间，没有做别的。"

玲姨说："嗯，那就好。你先出去吧，我来和小宴说。"

贺莹点了点头，坦然地出门去了，还贴心地带上了门。

房间里只剩下顾宴和玲姨了。玲姨柔声问道："小宴，你就是因为这个原因想要辞退小贺吗？"

顾宴冷着脸说："她跟我气场不合，我看她不顺眼，看见她我就难受。"

玲姨说道："小贺是你爷爷为你挑的人，就算你不满意，想要辞退她，也得有个正当理由。"

顾宴皱着眉头："我看见她就心情不好，这不算正当理由吗？"

玲姨无奈地笑着说："可小贺不在的时候，你的心情也不怎么好啊，我看平时小贺好像还能跟你说得上话。"

顾宴气得都抓紧了扶手："谁跟她说得上话了！"

玲姨只能连忙安抚道："好好好。玲姨知道你不喜欢她，但她毕竟是你爷爷亲自帮你挑的人，你就算现在不喜欢她，也再观察一段时间。等过一段时间，你要还是想辞退她，我才好跟你爷爷交代。"

顾宴显然对这个结果不大满意，皱着眉头问："过一段时间是多久？"

看起来他是真的想辞退贺莹。玲姨心里有点意外，她还以为这个星期贺莹和顾宴相处得挺好呢。她只能说道："至少也得让人干满一个月的试用期吧？"

顾宴勉强接受了："那好，一个月以后我就让她走人！"

玲姨安抚好顾宴后从房间出来，一眼就看见了站在走廊里的贺莹。好像无论什么时候,她都站得很直,仿佛任何时候都不会松垮下来,有股向上的劲。

听到关门声,她转过身来,白净秀气的一张脸:"玲姨。"

玲姨微微笑了一笑,别的什么也没说,只说:"没事了,你回去工作吧。"

贺莹点点头,就回了房间。

玲姨看着贺莹纤细挺拔的背影。她之前对贺莹并不看好,现在却忽然觉得,老爷子这次选的人,可能真的选对了。

贺莹和顾宴的关系到了第二个阶段。

自从那天因为猫发生冲突后,顾宴就开始当贺莹不存在。两人一天到晚待在一起,却是一个比一个话少。

贺莹偶尔还会询问他各种需求,顾宴却一概只用眼神或者肢体动作来回答,更多的时候,他连眼神和肢体动作的回应都没有,好像听不到贺莹说话,完全忽视她。但贺莹根本不吃这一套,在她看来,顾宴幼稚得有点可笑。

她并不跟顾宴较劲。之前听够了顾宴的阴阳怪气,他现在突然安静下来,她反倒觉得清静,只专心做自己的事,并不关心顾宴跟不跟她说话,反正难受的是他自己。

贺莹想得没错,顾宴的确很难受。坚持了三天,他发现自己似乎在做无用功,也就坚持不住了,又开启了阴阳怪气模式。

这天下午,贺莹如往常一样给顾宴做按摩。她弯下腰把顾宴没有知觉的小腿抬起来,握住他的小腿做屈膝的动作。

顾宴的小腿已经完全没有知觉,当时在医院医生的建议是要截肢的,但他咬死了不肯截肢,甚至恶狠狠地威胁裴邵——如果被截肢,就去死。这才保住了两条小腿,只是也只能当个摆设。

他的两条小腿肌肉萎缩得厉害,苍白细长,贺莹很轻松就握住了,做得并不吃力。

顾宴坐在床上盯着她,突然问:"哎,你有男朋友吗?"

贺莹没有停下手上的动作,看了他一眼,然后回答:"没有。"

顾宴讥讽地哼笑了声:"也是,谁会喜欢一块木头。"

贺莹忽然抬眼看他,淡淡地说:"喜欢我的人很多。"

顾宴嗤之以鼻:"很多人喜欢你?"

他用怀疑的目光把她从头到脚扫视了一遍,然而这么一扫视,原本准

备好的刻薄话却突然说不出来了。

贺莹总是穿着一身淡蓝色的护工服，头发也总是一丝不苟地扎起一个低马尾，乍一看只觉得只能称得上是干净顺眼，却也普通到不会让他想再看第二眼。可细看之下，却发现她皮肤很白，脸上也没有妆，只是嘴巴上抹了一层薄薄润润的唇膏，脸也小小的，线条流畅，皮肤是温润的玉白，五官清淡却标致顺眼，特别是那双眼睛……

顾宴才发现贺莹的眼睛长得很好看，她也正看着他，清亮澄澈的眼睛，干净得仿佛没有半丝杂质。就算是块木头，也是个木头美人。

顾宴不愿意承认，贺莹这样的长相，的确是会讨男人喜欢的。直到贺莹眼睛里逐渐浮现出困惑，他才猛然惊觉自己盯着她看的时间有点太久了，故作镇定地移开视线。他低下头重新按亮手机，手指胡乱地滑动，嘴上用嘲讽的语气说："也没错，毕竟有些人就喜欢猎奇。"

贺莹垂下眸，也没搭腔，只继续认真按摩。虽然顾宴什么都感觉不到，但她并不敷衍了事，按照之前医师教她的步骤一步一步完成所有的按摩，一整套按摩流程做下来，鼻尖上都冒出了细汗。

顾宴忍不住冷冷地说："反正是两条废腿，再怎么按也没反应，有什么好按的。"

以前那些护工，刚开始来，还会像模像样地给他按几下，后来他说不需要按摩，他们一开始也还会装装样子，但没几天，就很自然地跳过这一步了。可贺莹呢，就算他每次都会在按摩的时候说些难听的话，但下一次，她还是这样认认真真地把一整套按摩流程走完。以至于他都产生了一种，好像只要坚持下去，他的腿真的会好的错觉。

他厌恶这种错觉，也觉得让他产生这种错觉的贺莹很可恶。

顾宴看着贺莹抬起头来，以为她又要拿出这是她的工作那一套说辞来回。但没想到，她居然认真地看着他说："按摩是医嘱，既然医生说要按，那就肯定是有作用的，对你身体好的。"

顾宴愣了愣，一双漂亮的眼睛有些发狠地盯着她，随即咬着牙冷笑："难道你觉得我这两条废腿还能好起来？"

本来以为她会说些奇迹什么的狗屁话，但没想到贺莹诚实地摇了摇头，说："这个我不知道，我不是医生。"

贺莹说的话、做的事，总在顾宴的意料之外，以至于原本攒好的怒气，总是会被她一句话泄了个干净。

这种感觉说不上的难受。像是拳头攒足了力气准备挥出去，却一拳挥了个空，胸口堵得慌。

顾宴烦躁得很，撑着身子往下一躺，眼一闭，说："你可以滚了。"

他每天张口闭口滚来滚去的，贺莹都听惯了。说起来，都说顾宴脾气差，可是他最生气的时候，也没骂过她一句真正的脏话。

她以前照顾的一个瘫痪在床的老太太，把她祖宗十八代都翻来覆去骂了个遍，她都硬是为了老太太的女儿多给的一千块钱红包忍了老太太两个月，更别说是顾宴这种小孩子闹别扭似的发脾气了。这种程度的坏脾气，她从小就从贺康身上见识过太多了。

所以贺莹也只是平静地拉过被子盖住顾宴的腿，又给他倒了一杯水放在床头，说了句"你睡吧，我走了"，就静悄悄地走了。

贺莹出了顾宴的房间，却没有回房间，而是去厨房找周阿姨借了个小盆，准备去花园里摘点桂花。

贺莹妈妈很喜欢桂花的香味，每年秋天，都会去摘桂花做香包，一个给贺康，一个给贺莹。小时候的贺莹总是很珍惜妈妈给的一切，上学的时候就把它挂在书包上，回家了还会把它摘下来放到枕头底下，闻着桂花的香味就会睡得很香。

妈妈去世以后，贺莹也学会了做香包。每年这个时候，她也都会做一个桂花香包放到枕头底下枕着睡觉，闻着桂花的香味，能缓解她的失眠。

听贺莹说要去摘桂花，周阿姨特地告诉她，要往右边去，往里走一点，那边几棵桂花树花开得多一些。

贺莹按照周阿姨说的，拿着小盆出了大门往右走，沿路摘了一些，又继续往里走，远远地看见另一条路上裴墨正和一个看起来和他年纪差不多的女孩子坐在桂花树下的石凳上，面前的石桌上摆着一副棋盘，看起来是在下棋。

她端着小盆，往那边走了过去。

裴墨正襟危坐，表情有些凝重，正对着棋局沉思。反观坐在他对面的女孩却神态轻松，手支在石桌上，正盯着他看。

贺莹也没出声打扰，只是走过去站在一旁观看。

裴墨注意力都在棋盘上，没有察觉。女孩却好奇地打量她两眼，问："姐姐，你是谁啊？"

裴墨这才抬起头来，看到贺莹，眼神中也有一丝惊讶。

贺莹说："我在这里工作，我可以看看吗？"

"当然可以啊。"女孩笑眯眯的，她长得漂亮，声音也甜，又歪着头问，

"姐姐你会下吗？"

"会一点。"贺莹微笑着说。

裴墨看了她一眼，也收敛了心神，重新把注意力放到棋盘上，随即谨慎地把黑棋下到一处。

女孩只扫了一眼，没有多加思考，就随意捏起一颗白棋下了。

贺莹只看了女孩下的这一步，就知道她的棋力远在裴墨之上。果然，裴墨看到女孩下的这一步，立刻皱起眉来。

女孩下了一步，却又扭头跟贺莹说起话来。

她看了眼贺莹手里的小盆："姐姐你在摘桂花？"

贺莹点点头。

女孩问："摘了干吗呀？"

贺莹的视线也从棋局上转开，看着她："做香包。"

"香包？"女孩忽地眼睛一亮，"那姐姐你也给我做一个吧，我也喜欢桂花香。"

她一脸天真，用着理所当然的语气。

裴墨听到她们的对话，忍不住蹙了蹙眉头，抬头看向贺莹。

贺莹却一点也不为难，微微一笑："可以啊，八十块一个。"

女孩忍不住嘟嘴。她自然是不缺钱的，却不喜欢用钱买到的东西。她扭过脸对裴墨撒娇："裴墨，你让姐姐给我做一个嘛。"

裴墨精致艳丽的眉眼似笑非笑："她不是说了吗？她答应给你做，八十块一个。"

女孩没能如愿，有点不大高兴，但不知道想到什么，又笑了起来，对贺莹说："姐姐，你刚刚不是说你会下围棋吗？这样吧，我们下一盘棋，要是我赢了的话，你就给我做一个香包，免费。要是你赢了，我就找你买一个香包，怎么样？"

贺莹淡淡笑了："我不欺负小孩。这样吧，我们就接着下这盘。"她说完，看向裴墨，"你介意我接着你的下吗？"

裴墨怔了怔，漆黑的眼睛盯着她，有几分诧异，还有几分怀疑："你确定？"他这盘棋败局已定，而褚沉的水平已经接近职业选手了。

褚沉也有点讶异，漂亮的圆眼睛眨了眨，好心提醒："姐姐，裴墨这盘棋已经输定了。"

贺莹还是微笑："不要紧。"

裴墨闻言，也不多废话，直接站起身把位置让了出来。

贺莹把装了些桂花的小盆放在石桌的角落，然后坐了下来。

裴墨正盯着贺莹的一举一动，却看到她在坐下来后，身上的气场都变了，仿佛所有的情绪都在这一瞬间收敛起来，沉着冷静，全神贯注。

褚沅也无法不察觉到贺莹气场的变化，有那么一瞬间，她甚至在对面的贺莹身上感受到了一种熟悉感，好像坐在她对面的是她那位严苛的老师，原本松垮着的身体不由自主地坐直了，连呼吸都放缓了，眼睛紧盯着贺莹，看贺莹这一步棋会下在哪一处。

贺莹浑然不觉，看着棋盘，接着看似随意地拈起一颗黑棋，没有任何犹豫，干脆利落地下到了棋盘上。

褚沅见她落子，忙定睛一看，脸色顿时变得凝重起来，讶异地看了贺莹一眼，有些惊疑不定。贺莹这一手下在了她意料之外的地方，直接放弃了被围困的棋子，不防守，反而选择进攻。裴墨也皱起眉，一时间也猜不透贺莹到底是会下还是不会下。

褚沅也没跟贺莹客气，拈起手边的白棋，堵住了那几颗黑棋被围困的最后一口"气"，全吃了。她笑眯眯地说："姐姐，你不欺负小孩，可别被小孩欺负了。"

贺莹嘴角微弯，也不跟她打嘴仗，面不改色，继续落子。

褚沅脸上的笑容渐渐消失了。裴墨站在一旁观战，只见每每褚沅落下一子，贺莹就会紧接着落下黑棋，几乎不经思考。时间一长，褚沅落子的速度越来越慢，贺莹每下一步，褚沅都要看着棋盘沉思半晌才落下一颗，脸上早已没有了之前轻松玩笑的表情，眼睛聚精会神地盯着棋盘，一张漂亮的脸蛋紧绷着，落子也越来越谨慎。倒像是刚才裴墨和她下棋时的状态了。

棋还没下完，褚沅已经被贺莹异常猛烈的进攻打得没了斗志，频频被逼进绝境，贺莹手边吃掉的白棋已经堆成了一小堆。

不到半个小时，棋盘上的局面已经彻底扭转。

褚沅白着小脸捏着棋子半天，不知道往哪儿下还有生路。最后没等贺莹催她，她自己倒先泄了气，嘴一瘪，棋子一丢，沮丧地说："我输了。"

贺莹安慰道："你已经很厉害了。"如果不是一开始女孩太轻敌，这盘棋还有一会儿下。

褚沅输了，输得很不甘心，听了这话非但不觉得安慰，反倒觉得贺莹虚伪，不高兴地讽刺道："你这意思难道不是在夸你自己更厉害？"

贺莹站起身，拿起自己装桂花的小盆，笑容清冽，毫不谦虚："嗯，的确我更厉害一些。"

褚沉不禁愕然地盯着贺莹。裴墨也忍不住盯着贺莹看，漆黑的眼底隐隐发亮。

贺莹问："香包还要吗？"

褚沉立刻说："当然要！愿赌服输，你加我的微信，我把钱给你。"

贺莹拿出手机来，然后收到了褚沉888元的转账。

贺莹说："你给多了。"

褚沉不服气地说："剩下的钱买你再跟我下一局！"

贺莹微挑了下眉，微笑着说："要下可以，不过要改天，我上班时间要到了。香包也要过两天才能做好，到时候我让裴墨带给你。"

"你是做什么的？"褚沉说完才注意到贺莹一身淡蓝色的制服，顿时有点惊讶，"你不会是顾宴哥哥的新护工吧？"

贺莹"嗯"了一声。

褚沉也知道顾宴身边离不了人，只能勉强说道："那好吧，那钱就当是定金了，等我有空了再来找你。"

出来一趟就赚了八百多块，贺莹当然不会拒绝这样的好事，连笑容都温柔许多："没问题，随时欢迎。那你们玩，我先走了。"说完端着自己的小盆走了。

褚沉冲着她的背影说："下次我一定能赢你！"

贺莹没回头，随意抬起手来比了个"OK"的手势。

褚沉看着贺莹头也不回地走了，突然笑了，转头对裴墨说："哎！你们家这个护工姐姐还挺好玩的哎！"说完又支着下巴研究起刚才下的那一盘棋来了。

裴墨看着贺莹离开的背影若有所思，眼神有些深邃。

距离顾宴起床还有点时间，贺莹又绕到另一边周阿姨说的那条路上去摘了小半盆桂花，刚走到大门口，就被叫住了。

"姐姐，等一下！"

她转身，就看见裴墨正朝她跑过来。

他腿长，没几步就到了她面前。他今天穿了件黑色卫衣，更衬得皮肤白，因为是跑过来的，还略有些气喘，额前的刘海都被风吹乱，露出俊秀逼人的眉眼，少年感十足。

贺莹有那么一瞬间被他的美貌冲击到，但很快就恢复过来了，淡定地问："有事吗？"

"你能给我当陪练吗?"裴墨单刀直入,直接开口问道。

不等她回答,他就接着补上一个让贺莹很难拒绝的条件:"我可以付费。"

贺莹几乎没有犹豫,也很果断地问:"什么时间?陪练费多少?"

裴墨想了想说:"我有空的时候就找你,一盘棋三百,怎么样?"

贺莹听到这个价钱,连一秒钟的考虑时间都没有,立刻答应:"可以。"多犹豫一秒,都是对钱的不尊重。

不过,她又补上一句:"不过得是我有空的时候。"

她今天看裴墨的水平,感觉不用多久就能下完一盘,这钱赚得容易,她当然很乐意。

月底,特殊学校那边又要交新一个季度的钱了,她手里的钱不多,等交完更是所剩无几了。贺康那样的情况要随时准备一笔应急的钱,虽然裴家给她开的工资很高,可钱永远是不够用的,自然是多赚一点是一点,能用在裴家工作的空闲时间接一笔兼职很划算,而且裴墨开的价钱很高,虽然他年纪小,但他姓裴,当然是不缺钱用的。

她不忘提醒裴墨:"还有,我希望我给你当陪练这件事情你可以保密,不要告诉其他人。"

裴墨扯了下嘴角:"你放心吧。在这个家里,我没有谁可以告诉。"

贺莹微怔,随即点了点头。她也感觉到了,裴墨在这个家里,似乎是不受待见的。

顾宴对裴墨的反感和厌恶几乎是毫不掩饰地摆在脸上,就算裴墨每次都会礼貌地和他打招呼,他也能视若无睹,不给任何回应。就连玲姨,对裴墨的态度也明显有别于顾宴。她对顾宴多了几分长辈的慈爱关心,而对裴墨,就冷淡许多,仅维持表面上的客气,甚至会显得有些冷漠。

这也很正常,玲姨是跟着顾文君到裴家来的,顾宴和裴邵又是她亲眼看着长大,而裴墨是裴行正和林冰玉婚内出轨生下的孩子,玲姨对他自然很难亲近起来。

裴行正常年不在家,林冰玉看起来也对自己这个儿子并不上心。贺莹也能猜到裴墨为什么想要她当陪练,大概是想下棋下得厉害些,去讨爱下棋的裴老爷子的欢心。

她看裴墨,就像看见曾经的自己,努力下棋想要得到妈妈的认可,拼了命地学,最后却发现,贺康什么都不用做,就能得到她倾注一切的爱。

她拼了命想要争取的,却是贺康天生就拥有的。这世界本来就不公平。

可裴墨看起来，似乎还没有认清这个道理。

贺莹和裴墨在门口商量好陪练的事，互相加上微信以便以后联系和交易，然后一起往里走。

"你下棋是在哪里学的？"裴墨问。

"小时候学过一阵。"贺莹答得含糊。

裴墨也没有再追问。两人到了大厅正要分道扬镳，突然，两个人的脚步同时顿了一顿。原本这个时间还应该在房间"午睡"的顾宴正坐在轮椅上面无表情地盯着他们。

裴墨看到顾宴，恭敬地叫了声"二哥"。如往常一样，没有得到顾宴的任何回应。

顾宴根本不看他，只定定地盯着贺莹，脸色阴沉。

贺莹并不愿意因为顾宴的态度就故意漠视裴墨，转头和他说一声："那我先过去了。"说完才端着装桂花的小盆朝顾宴走去，很自然地随手把小盆递给他，就去后面推轮椅，问他，"怎么提前起来了？要去哪儿？"

顾宴条件反射般接住了贺莹递过来的小盆，猝不及防被盆里的桂花香气扑了满怀。他冷着脸："去画室。"

贺莹就推他往画室的方向去了。

裴墨独自立在空荡的大厅里，目送他们离开。

等离开了大厅，顾宴就冷冷地问："你怎么跟他在一起？"

贺莹说："只是碰巧在大门口遇到了。"

顾宴皱了皱眉："以后少搭理他。"

贺莹没说话，顾宴就当她是默认了。

"你摘这些东西干什么？"顾宴抓了一把盆里的桂花，香气越发浓郁起来。

"做香包。"贺莹说。

顾宴"嚯"了一声，把桂花丢进盆里："真土。"

贺莹还是只当没听见。

第二天中午，贺莹才收到裴墨的信息，问她晚上有没有空。

贺莹回复：晚上九点。

裴墨：可以，你结束以后来三楼找我。

晚上九点，贺莹照顾顾宴上了床，就离开他的房间，没有径直坐电梯上三楼找裴墨，而是先去了趟一楼厨房切了一盘水果才重新坐电梯上三楼。

她给裴墨当陪练的事要是被发现,总归是不好,要是被撞见,她就说是来送水果的。

贺莹端着水果出了电梯口,按照裴墨微信里说的往右边走。

走到裴墨的房间外,她敲了敲门,同时谨慎地往左边看了看。

门开了。贺莹刚要迈步往里走,表情就凝固住了,脚也被生生钉在了原地。门里,裴邵正面无表情地看着她。

贺莹头皮都麻了,脑子里"嗡"了一下,下意识地扭头看了看电梯的方向,脑子里回忆了一下。她确定自己是走的右边,怎么……然而到底是她走错了还是裴墨发错了信息,现在都不重要了。

贺莹强作镇定:"我是来给裴墨送水果的……"

后面的解释她还没说出口,就被裴邵打断了:"这不是裴墨的房间。"

仿佛看穿了她拙劣的借口,裴邵本就冰冷的语气中带着毫不掩饰的轻视与厌恶。他开门那瞬间,贺莹正鬼鬼祟祟地往另一个方向看,一副做坏事怕被人瞧见的心虚样,已经证实了她的不轨之心。

贺莹假装听不出他的嘲讽,平心静气地说:"不好意思,是我走错了,打扰了。"然后果断地端着水果就要走。

"站住。"男人声音冷冽沉稳,带着不容置疑的压迫感。

贺莹只得硬着头皮停下脚步,转身看向他:"裴先生还有事吗?"

裴邵面色微冷,眼神像是结了冰的刮骨刀,冰冷刺骨,一层一层刮开她脸上的皮肉:"裴家不是赵家,你既然在这里工作,就做好自己分内的事,这样的事,我不希望还有下次。"

贺莹当下却没有感觉到羞恼尴尬,只是愣了愣,心里想的是,自己的猜测果然没错,裴邵果然是知道她和赵家的纠纷。

然而看着裴邵那张居高临下冷冷俯视她的脸,她突然没了要解释的欲望,更何况,裴邵也不算看错她,今天晚上虽然只是个误会,但她的确居心不良。

所以她只是浅淡地弯了下唇:"谢谢裴先生提醒,下次我不会再找错方向了。"存心把他的话曲解,说完微一点头,转身端着果盘走了。

走出没几步,就听到身后"砰"的关门声。

贺莹没有回头,重新走回电梯口才拿出手机,再次确认裴墨发给她的信息,的确是电梯往右。

于是,她一见到裴墨,就绷着脸说:"你发的信息说你的房间在电梯往右。"

开门的裴墨愣了一下，说："我发的是往左啊？"他说着拿出手机来看了一眼，却发现自己的确发的是往右，"哦，是我发错了。"

贺莹把果盘塞给他，皮笑肉不笑："谢谢你。我敲了你大哥的门，他以为我要勾引他，把我阴阳怪气了一顿。"

裴墨又愣了愣："我大哥？阴阳怪气？"

他平时连话都没跟裴邵多说过几句，可以说完全想象不出平时高冷矜贵的大哥"阴阳怪气"的样子。

贺莹抱怨了那么一句，气也消了，缓了缓语气说："算了，我们开始吧。"

裴墨"嗯"了一声，就把贺莹带到了书房，书房专门布置了一个角落是用来下棋的。

贺莹坐下以后看到位置边上还有几本棋谱，都有翻动过的痕迹，看得出来裴墨很努力。她又突然想起一件事，对裴墨说："我没当过陪练，只能跟你正常下。"

毕竟她小时候在棋院，都是别人给她当陪练。想一想，那时候的事，都像是恍如隔世了。

裴墨在她对面坐下来："嗯，你正常下就可以。"

贺莹就放心了。

裴墨昨天旁观贺莹和褚沉下的那一盘棋，已经对贺莹的风格有了初步的认知，做好了十足的心理准备。可只下了二十几步，他的眉头就紧紧皱了起来。

贺莹的棋路实在太诡异，他根本猜不出她的下一步会下在什么地方。时常贺莹落子的时候，他会忍不住诧异，思考为什么她会下在那儿，等再下几步，他才会恍然大悟。

如果说他跟褚沉下，能够清楚地知道褚沉比自己强多少，那跟贺莹下，可以说他根本摸不到贺莹的底。只觉得一步比一步下得艰难，从头到尾都被压制得死死的，根本没有挣扎反抗的余地，最后输了，反而重重地松了口气。

下完一盘，贺莹问："还下吗？"

裴墨盯着棋盘缓了缓，然后深吸了一口气，眼睛发着亮："再来一盘！"

虽然说自己和贺莹的差距很大，但跟贺莹下棋却能够很好地调动起他的脑细胞，贺莹下的每一步都能触发他新的视野和思考。

贺莹仿佛听到钱落袋的声音，嘴角弯了起来："好。"

第一盘结束得太快，贺莹这三百块钱拿得有点心虚，第二盘就略有收敛，总算让裴墨有了喘息的空间,除了感受到被碾压外,多少还有了一点体验感。

下完第二盘,已经快十一点了,裴墨虽然被贺莹全程碾压虐杀,却越挫越勇,兴致冲冲地还想再下一盘。

贺莹却不敢再待了。这钱好赚,但也不能太贪心,还是细水长流好。如果裴墨一直需要陪练,那对她来说也是一笔不小的收入,可以大大缓解她现在窘迫的经济状况。

下楼的时候她也没敢坐电梯,悄悄地从楼梯下去了。她刚回到房间,就收到了裴墨发来的六百块转账。

贺莹忍不住开心地笑了,现在好像只有收钱的时候才能让她真正地感到高兴了。

她真心实意地回了个"谢谢",心情愉快地把手机丢到桌上去洗漱了。

洗完澡出来,贺莹忽然发现外面下雨了。她走到窗边往外看,雨下得很大,云层中隐隐有闪电划过,像是在酝酿着一场暴雨。

贺莹原本因为赚了一笔意外之财的好心情忽然荡然无存。她吹干头发上床,试图入睡,却被屋外越来越大的雨声吵得难以入眠。

她曾经很喜欢下雨天,空气很舒服,也很凉爽。直到那年父母在暴雨中出了车祸。

她永远记得那天,父母要去给一个亲戚过寿,本来是当天去当天回的,但那天爸爸被亲戚劝酒,喝多了,就留到了晚上,结果晚上却下起了雨。如果回来的话,要开一段险峻的山路,为了安全起见,他们决定第二天再回来。

他们在电话里反复交代她好好照顾贺康。贺莹心情不好地挂掉了电话,又因为受不了贺康的吵闹,和他谎称自己发烧要死了,把自己锁在房子里不再管他。却没想到贺康居然信以为真,着急地给妈妈打了电话,说她发烧了,病得要死了。

那晚妈妈给她打了好几通电话,她看着手机亮起又熄灭,没有接。

她没想过,就因为那通没有被接通的电话,开车并不怎么熟练的妈妈坚持在那个暴雨天的晚上开车载爸爸回来,结果在路上出了车祸,连车带人翻进了深坳里。

从那天起,贺莹开始讨厌下雨天。

窗外一道闪电划过,紧接着,一阵"轰隆隆"的闷雷声响起。贺莹突然从床上坐起来,穿上衣服,开门出去了。

顾宴四肢冰凉地蜷缩在床上,用被子蒙着头,仿佛这样,就能把自己和被子外面的一切都隔绝开。

他出车祸那晚也是这样的雷雨天,暴雨中夹杂着闷雷,他被卡在车座里动弹不得,雨水铺天盖地地砸在他的脸上。一开始,雨水砸在脸上还很疼,但很快整张面皮就都麻木了,他全身都在痛,意识却无比清醒,手机就在离他不远的草丛里,可他却被卡在车座里不能挪动分毫,只能眼睁睁看着主驾驶座的好友慢慢失去意识在他面前逐渐死去。

之后的每一个雷雨天,他的脑子里都会出现好友那张被雨水打湿的惨白的脸和他意识模糊时不停嚅动着嘴唇,一遍一遍说着"对不起",直到悄无声息。

那种痛苦和绝望的感觉深入骨髓,日夜纠缠着他。

就像是又回到了那个雷雨天,他全身都被浸泡在雨水里,身体已经没有了知觉,只感觉到彻骨的寒冷。还有好友那张充满愧疚的惨白面孔,嚅动着嘴唇,不停地说着:对不起,对不起……

屋外雷声阵阵,伴随着暴雨倾泻而下。恍惚中,他忽然听到一声轻唤:"顾宴?"

他几乎以为自己出现了幻觉。

那道声音又响了起来:"顾宴?你睡着了吗?"

很轻,却异常清晰。带着一种令人安心的力量,一下子就帮他从那个绝望的夜晚拉了回来。

他猛地掀开蒙在头上的被子,那种呼吸困难的感觉一下子消失了,然后他看到床边正蹲着一个人影。

"顾宴,是我。"她又叫了他一声。

是贺莹。

他有些恍惚,睁着眼睛看着黑暗中她模糊的轮廓,半响才发出声音:"你……怎么在这里?"

贺莹沉默了两秒,然后轻声说:"我只是觉得,这个时候你可能不太想一个人待着。"

顾宴怔住,抿了抿唇,半天没有说话。

"要开灯吗?"贺莹低声询问,手伸向台灯。

"别开——"顾宴猛地伸出手抓住了贺莹的手腕,阻止她把灯打开。

贺莹被手腕上冰凉的触感惊了惊,没有再去开灯,而是极自然地握住了他的手:"你的手怎么这么冰?"

她的手很软，带着温热的体温。顾宴几乎是下意识地反握住了她的手，本能地想从她身上汲取那种温暖的感觉。

贺莹没说话，把自己的另一只手也覆上来，将他冰凉的手合握在掌心，把自己掌心的温度渡给他。

顾宴的手指无意识地蜷了蜷，怔怔地望着她。黑暗中，贺莹的脸看不清楚，只听到她今晚格外温柔的嗓音："另一只手也给我。"

顾宴莫名乖顺地把另一只手也从被子里抽出来递给她，又被她握在手里。

他看见她低头凑近了，朝着他的手哈了一口热气，潮热的气息浅浅地喷薄在他手上的皮肤上，那一片皮肤就灼灼地烧了起来，然后缓缓地朝四周蔓延开，一直蔓延到心口处。

"好点吗？"她柔声问。

顾宴喉咙有些干哑，低低地"嗯"了一声。

贺莹问："要不要给你倒一杯热水？"

顾宴下意识地攥住了她的手指，像是攥住救命的稻草："不要。"攥住的瞬间，心脏突然心悸了一下，像是被烫到，又立刻松开手指，却没把手从她手里抽出来，就这么任由她的手继续包裹着。

他侧躺着，借着黑暗的掩护用目光勾勒她模糊的轮廓，含糊地说："不用，我不喝……"

贺莹"嗯"了一声，继续帮他焐着手。

黑暗中两个人都没有说话，贺莹专注地给顾宴焐着手，顾宴漆黑的眼睛隐没在黑暗里明目张胆地盯着她。

焐了好一会儿，贺莹摸了摸顾宴的手，感觉没那么冰了，就松开手，把被子拉过来把他的手塞进去，然后作势起身。

顾宴忽然有点着急，连脑袋都从枕头上抬了起来，声音紧绷而又急促："你要走了？"

贺莹却只是转了个身，然后就坐了下来，背靠在床头柜上，转头看着他说："没有。你睡吧，我就在这里陪着你，哪里都不去。"

顾宴凝视着她，半响，才缓缓放松了脖颈，重新把头枕到了枕头上。这一会儿下来，他的神志渐渐清醒，嘴也硬起来："你是不是怕打雷才跑过来的？"

贺莹偏过头来，轻轻看他一眼，说："嗯，我怕。"声音却是四平八稳的，半点也听不出怕来。

她的确怕打雷,但那已经是很久以前的事情了。

被通知去医院的那天,也是风雨交加、雷鸣闪电,她带着贺康在路边打车,被淋了个透,好不容易才碰上一辆私家车愿意载他们去医院,她一路上都在发抖,下车的时候连"谢谢"都忘了说。从那之后,每个雷雨天的夜晚都会让她心惊胆战。

后来是怎么不怕了?是哥哥贺康每次都会在黑暗里紧握住她的手,用孩子般稚嫩的口吻说:"别怕,妹妹,哥哥保护你。"

所以,她才会上来。她知道顾宴出车祸那天也是这样的暴雨天,她猜想着,也许顾宴也和她当初一样,也需要一个握着他的手的人。

她猜对了。这个时候的顾宴和平时的他比起来,简直温顺得像一头小绵羊。

"一点都听不出你怕。""小绵羊"嘟囔着。

外面"轰隆隆"的雷声雨声还在响着,他却听不到了。

顾宴嘟囔了那一句后,房间里忽然就安静下来,外面的雨声渐渐变得格外清晰。

贺莹本来应该趁着这个机会趁虚而入,哄着顾宴打开心扉的,她也向来很会趁虚而入,可大概是这糟糕的天气实在让人讨厌压抑,以至于她想了半天,居然想不起来要说些什么。

反倒是顾宴先开了口:"你怎么不说话?"

贺莹偏头看他,才发现他不知道什么时候往这边挪了点,离自己近了很多。

两人在黑暗中对视上,大概是太黑了,只看得清彼此的轮廓,却看不清对方脸上的表情,反而有种让人放松的安全感。

黑暗里,顾宴的眼睛亮亮的,不像平时那么冷漠阴沉,反倒像是一只想要靠近她寻求温暖的小动物。

她看着他的眼睛,忽然放松下来,淡淡地说:"不知道说什么。"

顾宴说:"你平时话不是挺多的吗?"

贺莹有些困惑:"有吗?"

这还是第一次有人说她话多,倒是常常有人说她内向话少。

顾宴哼哼:"我说一句你顶一句,话还不多。"

贺莹不禁轻轻笑了笑:"那是因为你有时候说的话太难听,我忍不住。"

顾宴听到她这轻轻的笑声,莫名地,耳朵有点痒痒的,但心里却是一轻,嘴角也不由自主地扬了起来。他眼睛逐渐适应了黑暗,模模糊糊地,也能看见她的脸了，借着光线暗沉沉的，视线就肆无忌惮地盯在她脸上："哎，你怎么会做这个？"

像她这样年轻，长得也不算差，如果真的去找工作，应该有很多比护工更轻松的工作。

类似这样的问题，贺莹已经回答过无数遍了，但她还是不厌其烦地回答："工资高啊，不过你家给的是最多的。"

顾宴听了还挺得意，哼了声："那当然。"

贺莹弯了弯嘴角："工作也比别家轻松得多。"

之前她照顾的那个瘫痪在床的老太太，连大小便也需要她伺候，每天光是给老太太翻身都要出一身的汗。那老太太脾气是出了名的差，说的话比顾宴难听多了。

"所以你别总想着辞退我，你再找下一个，未必就比我好。"话题打开了，贺莹话也多了起来，嘴角带了点笑，转过头来看着他说，"我觉得我还不错的，在我们公司，我是金牌护工，每个月都上光荣榜的。"

顾宴听着贺莹挺骄傲的语气，忍不住想笑，冷哼着"喊"一声："你哪里不错了？"

这回贺莹连身子都转过来。顾宴就看见一双幽亮的眼睛在黑暗里眨了眨，然后忽然就凑得近了，也不知道是哪里来的亮光，那双眼睛居然亮晶晶的，含着那么点似笑非笑。

"我觉得我哪里都不错啊。"她语气带着笑，坦然得就像那天她说很多人喜欢她那样。

顾宴看着贺莹在黑暗中泛着粼粼亮光的眼睛，一时愣了几秒，随即心脏突然猛地一跳，突然惊觉两人的距离太近了，他又是什么时候都要挪到床沿边上来了？

他差点弹开来，但到底是克制住了。陌生的心悸中，他只装作不经意似的把脸别了过去，隐隐有些发热的脸朝向天花板，嘴里吐出四个字："脸皮真厚。"

他早发现了，她外表看着斯斯文文、安安静静的样子，脸皮倒是挺厚的，夸自己的话张口就来。

贺莹嘴角弯着："我说的是实话啊。以前有护工会跟我一样担心你睡不好，自己半夜不睡觉上来看你吗？"

当然是没有的。顾宴无从反驳，而且听她说是担心自己睡不好，脸上刚褪下去的热度又漫了上来。这话半真半假的，居然都让他不知道怎么接了，

可心里又突兀地浮起那么一点点疑心……

这的确不像之前的任何一个护工会做的事情。

那她为什么要做？真的只是出于对自己的关心？自己明明对她那么坏，她怎么还会关心自己？

她……她该不会是对自己别有用心吧？这种事在他们这个圈子可不算什么新闻，这种别有用心的人也不少见，他从小到大就见过不少……

顾宴越想越觉得不对劲，正胡思乱想、疑心警惕着，就听贺莹很快又接着说："所以啊，要是真把我辞退了，再想找我这么好的护工可就难了。"

顾宴听了这句，心里的疑心和警惕随着脸上的热潮褪了下去，心里反倒定了定。刚才有那么一瞬间，他还真怀疑她对自己有什么"非分之想"了，原来还是为了让自己不开除她讨好自己。

也是，看她之前跟他顶嘴的样子，哪里像是对他别有企图的样子，不应该对他满嘴讨好谄媚吗？

虽说不想她对自己有什么非分之想，可现在听她说这些话，她纯粹是为了工作来讨好自己，顾宴心里又有点不爽。他转过脸来，不满地盯着她，冷哼了声："你这叫担心我？"

贺莹却像是看穿了他的想法，也转过脸来盯着他看："当然，难道你以为我只是为了不被辞退才讨好你的？你忘了，我的去留并不是由你来决定的。你应该接受别人的好意，别想那么多，那么别扭。"

顾宴却突然像吃了毛的猫，激动得用手肘把身子撑起来："谁别扭了？"

贺莹的反应却很平静，也没被他吓到，淡定地回说："你啊。"

顾宴一口闷气上不来，直堵在胸口。他自上而下地盯着贺莹，贺莹也自下而上地看着他，却是一点都不闪躲不避让，没有半点要让着他的意思。他一口气陡然松了，重重跌回枕头上，头也扭到一边，恶声恶气地说："你闭嘴吧！我要睡了。"

这话说得重，语气更是不好。顾宴话一出口，自己心里反倒是惊了一下，马上就涌起那么一丝丝的后悔和心虚，耳朵不由自主地竖起来去听贺莹的动静。

贺莹却罕见地没跟他顶嘴，只轻轻"嗯"了一声，没有起身要走的动作，只是静静地不再说话了。

房间里陡然安静下来。

顾宴仰躺着，闭着眼睛。不知不觉，他和贺莹居然说了那么久的话，连窗外的雷声什么时候停了，雨声什么时候小了都没察觉。他也许久许久都没有和人说过这么多话了,以至于现在忽然停下来,都觉得周围有点太安静了,安静得他都有点不适应。

睡觉是睡不着的,就算是平常,也要熬到三四点,心力交瘁了才勉强睡着,更别说是今天这样的天气。但他刚刚才让别人闭嘴,现在又主动去跟她说话显得有点没面子。而且他刚才话还说得那么重。

这个贺莹也真是的,平时也没见她那么听话,怎么现在让她闭嘴,她居然就连一点响动都不出了。

顾宴就这么干躺着,想找个话头跟她说话,话都到了喉咙里,又咽了回去,百无聊赖,却忽然闻到一股若有若无的香气,像是桂花但又像是掺了点别的香气,忽然恍然,这香味是那天在贺莹身上闻到过的,气味很淡,清淡中带着几丝冷调。怪好闻的。

忽然,只听到床边窸窸窣窣的声响。顾宴猛地睁开眼,转了头问:"你干吗?"

倒是把以为他睡着了正准备走的贺莹吓了一跳,顿了一秒才说:"我以为你睡着了。"

这是要走的意思。

顾宴闷闷地说:"睡不着。"漆黑幽亮的眼珠只直勾勾地盯着她。

贺莹没说什么,只是又默默坐了回去。

顾宴嘴巴抿了抿,犹豫几下,像是为了弥补刚才的愧疚,还是开了口,可怜她似的语气:"哎,你坐在地上硬不硬?要是硬的话,你可以坐到床边上。"他还从来没让谁坐过他的床呢,不过看在她大半夜来陪自己的份上,让她坐一下就坐一下吧,大不了明天让阿姨把床单被套都换了。

"不用。"谁知道贺莹却不领情,只回了两个字就又沉寂下去。

顾宴默了一默,到底还是没忍住,试探着问:"你是不是生气了?"

贺莹说:"嗯,是有点。"

顾宴没想到她居然承认了,愣了愣,居然也有些心虚:"我刚才也不是故意的……"

这对顾宴来说,已经是低了好大的头了。可贺莹却不大买账的样子,只是淡淡的,又"嗯"了一声。

顾宴见自己已经屈尊降贵地委婉认错了,她却还是不肯搭理自己,心里就没由来地有些焦躁,嘟囔着:"我都已经说了我不是故意的了……"

贺莹说:"嗯,知道了。"

顾宴不爽起来,语气都扬高了:"你这是什么态度?"

贺莹转过头来看他，困惑地说："不是你说要睡了吗？"

顾宴定定地盯她几秒，赌气似的翻了个身，再也不说话了。贺莹也不哄他。

顾宴背对着她，等了许久都没等到贺莹主动来跟他说话。刚才他已经低过一次头了，这回是怎么也不可能再向她低头了。

顾宴心里煎熬着，肚子里生着闷气，脑子里乱七八糟想了很多，想来想去都是跟贺莹有关的，他想把贺莹从他脑子里赶出去。

可偏偏就算背对着她看不见人，却还是能隐隐约约闻到她身上那股若有似无的桂花香，然后，他居然就在这香气中迷迷糊糊地睡着了。

顾宴醒来的时候，竟不觉得头痛，好像好久没有睡过这样一个好觉，鼻尖还萦绕着一股熟悉的香气，淡淡的，若有似无，他忍不住深嗅了一口，在香气中缓缓睁眼，就看见床头柜上摆着一个透明的玻璃花瓶。

花瓶里插着几枝桂花，像是刚从树上折下来，新鲜又浓郁的绿色枝叶中点缀着小小的桂花，散发着幽香。经过暴雨洗礼的叶子尤为浓绿，四五枝枝叶没什么章法地挤在瓶口里。

他忽然有些怔愣，盯着这几枝桂花有些出神。他半梦半醒间就闻到了，还以为是在做梦。

躺了一会儿，昨晚的记忆渐渐回笼。

想到昨晚贺莹居然半夜溜到他房间里，先是他抓了她的手，后来又是她抓住他的手，两人还凑在一起说了好久的话，现在清醒过来想想，简直有些不可思议，总觉得昨晚发生的一切像是在做梦，脸上也一阵阵地发着热。

卧室的房门忽然被轻轻敲了几下。他吓了一跳，下意识地立刻闭上眼。

几秒后，门开了，脚步声从门口走进来，逐渐靠近床头，他忽然屏住了呼吸，莫名地有些紧张。

"小宴？醒了吗？"

床边响起的却不是那道冷淡轻缓的声音，而是另一道熟悉慈爱的嗓音。

他立刻睁开眼，有点困惑："玲姨？"

平时他起床一睁眼看见的人都是贺莹。

玲姨反倒被他吓了一跳，随即笑着说："醒啦？今天怎么睡得那么好？"

顾宴自己撑着手从床上坐起来，问："几点了？"

他都忘了自己昨晚是怎么睡着的了。他好像很久没有像昨晚那样不知不觉就睡过去的时候了。

"都快十点半了。"玲姨高兴地说。

自从车祸以后，顾宴失眠就成了个大问题，看了好多医生都不好，常常要吃药才睡得着，平时睡不够四五个小时，常常熬到半夜才睡着，早上六七点就醒了，有时候甚至一整晚都不睡。像今天这样睡到十点半才起来，那都是车祸之前才有过的事。

顾宴也蒙了蒙："我睡了那么久吗？"怪不得醒来的时候头也不痛了。

"是啊，都好久没睡到过这个时候了。"顾宴一直没醒，玲姨心里也悬着，上来看了好几次，见他只是睡着，才放心了，又笑着说，"饿了吧？我让周阿姨去帮你把早餐热上。"

顾宴"嗯"了一声。他下意识地往外看，没看到那道平时总会晃来晃去的身影，轻咳了一声，像是随口问道："那个……护工呢？"

玲姨见他主动问起贺莹，心里觉得稀奇，脸上却没表现出来，只说："小贺今天请假。"

顾宴"哦"了一声，好像不怎么在意似的，眼神飘忽了几下，落在床头柜上的桂花上："这桂花哪儿来的？"

那个人请假了，那应该不是她摘来的吧？

玲姨也才看到，略有些惊讶，随即笑着说道："这是小贺摘的。我今天一早看见她从外面摘了桂花回来，还找我要了个花瓶。我还以为是要拿回自己房间里的，没想到，是放到你房间里来了，还挺好看的。"

顾宴下意识说了句："哪里好看了。"

玲姨就以为他不喜欢："那我给你拿出去。"只是觉得可惜了贺莹的一番好意，说着就过来要把那瓶桂花拿出去。

"算了。"顾宴有点不自在地说，"就摆那儿吧，丑是丑了点，味道还挺好闻的……"

玲姨又笑容满面地说道："这桂花就是气味好闻。那我先下去让周阿姨给你热早饭，是给你拿上来还是下去吃？"

顾宴说："我下去吃。"

玲姨应了一声，笑着走了。

顾宴没忍住，凑过去又嗅了嗅那几枝桂花，凑近了闻，桂花的香气就更浓郁了，让他想起昨晚上在贺莹身上闻到的清淡的桂花香气。

这香气又一下子勾起了他昨晚的记忆。他忙撒开了，甚至还用手挥了挥，试图把空气里浅淡的桂花香味都挥走。

贺莹其实并没有什么事要请假的，只是昨晚和顾宴的关系一下拉得很

近，今天要是再见面，反而不好。

她也连续上了半个月班，干脆找个借口请个假出来，去学校接了贺康出来吃饭。

贺康难得出学校一次，更何况还是跟贺莹一起出来，表现得格外兴奋。他的情绪波动很大，一旦兴奋起来，就不受控制，一路上都在不停地说话，激动得白皙的脸微微泛着红，眼睛发亮，手舞足蹈，引得路人侧目。

昨晚下了一夜的暴雨，今天雨倒是停了，但也是阴着，温度也降了不少。贺康穿了一件蓝色的夹克，高高瘦瘦的，皮肤很白，眉清目秀的，外表看上去似乎和正常成年人没有什么两样。可当他说话的时候，就很容易能分辨出他和正常人的区别。他脸上常常有小孩子才有的夸张表情，兴奋起来，说话声音很大，摇头晃脑、手舞足蹈。

这样的举动如果出现在小孩子身上，往往会觉得活泼可爱；可如果出现在一个一米八多的成年男性身上，就会呈现出一种和正常人截然不同的怪异来。

贺康这样的身高长相，走在人群里本就引人注目，再加上他怪异的行为举止，不引起别人的注意是很难的。

贺莹早已经习惯这种侧目了，已经不会觉得难堪。只是在餐厅吃饭的时候，她会让贺康说话的声音小一点，免得打扰到邻座的客人。

贺康大多数时候是很听她话的，只是总会理解过度，贺莹让他小声一点，他就趴在桌上压低了嗓子用气音说话。隔壁桌的两个女孩大概觉得新奇，频频往这边看。

店里有客人过生日，服务员拿了灯牌过来围着给过生日的客人唱《生日快乐歌》，贺康一脸羡慕，眼巴巴地看着，还跟着鼓掌。

贺莹说："等你过生日了，我也带你来这里过，好不好？"

贺康高兴极了，重重点头："好！"

贺莹中途要去上洗手间，贺康猛地跟着站起来，要跟她一起去。

贺莹跟他解释："我要去厕所，马上就回来。"

贺康却听不进去，神情紧张地走过来抓住她的手，一双眼睛水汪汪地看着她："妹妹，一起去！"

贺莹皱了皱眉。贺康看她皱眉头，立刻低下头去回避她的视线，可是手却更加用力地攥紧了她的手。他不知道轻重，把贺莹的手攥得发疼。

贺莹吃痛，眉头皱得更紧："贺康，你攥疼我了。"

"对不起妹妹，对不起。"贺康慌慌张张地松开手，就看见贺莹的手背上都攥出了红印，又慌得抓起她的手放到嘴边吹起，"妹妹，吹吹就不疼了——"

他的怪异举止引起了不少人的注意，邻座的客人都纷纷往这边看过来。

"走吧。一起去洗手间。"贺莹说着拉着贺康走了。

贺康跟着她，止不住地道歉："对不起妹妹，我不是故意的。"

到了洗手间门口，贺莹终于冷静下来，嘴角向上牵动，扯出一个微笑来，转身对贺康说："没事了，哥哥，你站在这里等我，我进去上个厕所就回来，可以吗？"

贺康见她笑了，就不紧张了，又看了一眼女厕所的标识，点了点头，然后主动靠墙站着，认真地说："妹妹，我在这里等你。"

贺莹点了下头，进了女厕所。不到三分钟，外面就响起了贺康的呼喊声："妹妹！你好了吗？"

贺莹无奈，只能匆忙解决出去。

回到位置后，贺康不再动筷子了，眼巴巴地看着隔壁桌的年轻女孩吃冰激凌。

那女孩被他盯得脸红了。贺莹就给他点了一个，服务员端上来的时候，他兴奋得直拍手。

周围的人都看了过来。

那冰激凌是用小碗装着的，贺康也不用碟子上的勺子，直接捧起来就用舌头去舔。小孩这样还能称得上可爱，但成年人这种吃相就有点让人不适了，就算是贺康长得好看，吃相看着有些不堪。

一直偷偷关注着这边的隔壁桌的女孩顿时露出了一点一言难尽的表情。

贺莹皱了皱眉，说："别舔，拿勺子吃。"

贺康这才想到要用勺子，先小心翼翼地瞥了贺莹一眼，见她皱了眉，顿时有些惶恐地看着她，忙道歉说："对不起妹妹。"

他是知道自己常常会让妹妹丢脸的，但他不知道什么样的行为会让妹妹丢脸，所以一看到妹妹皱眉头，他就习惯性地先道歉。

贺莹拿了纸巾把他嘴角的冰激凌擦干净，扯动了一下嘴角："没事。"

贺康不懂别人脸上的复杂情绪，只知道皱眉是不高兴，笑了就是高兴了，见贺莹笑了，他就松了口气，脸上露出一个讨好的笑容，乖乖地拿起小勺子，一勺一勺地舀着吃，很幸福的表情。

贺莹看着他，有时候也会有些羡慕，他总是很容易就感到满足和幸福。她什么时候才能感到幸福和满足呢？

/ 第二章 /
招惹与悸动

下午四点,顾宴反常地没有待在自己的房间或者画室,而是罕见地坐在大厅里拿着一本书在看。说是看书,可精神却并不集中,大门口但凡有点风吹草动,都要抬起头来看一眼。

周阿姨都觉得稀罕:"今天有客人吗?"

玲姨笑着说:"静书和几个同学要来,他是在等他们吧。"

周阿姨说:"怪不得。"她说着,给顾宴倒了一杯水送过去,"小宴,静书他们没说几点过来吗?"

顾宴接过水杯,说:"说了,五点左右到。"

玲姨笑着说:"那你怎么这么早就在这里等着了?"

顾宴愣了一下,没说话,低头抿了口水。这时门口有人进来了,他下意识地望过去,看到是家政阿姨,眼神里闪过一丝失望,终于忍不住问:"那个,护工怎么还没回来?"

玲姨有些意外顾宴居然会主动问起贺莹:"小贺请假是请一天,具体什么时候回来我也不知道,应该要到晚上了吧。"

顾宴看了眼外面阴沉沉的天,光线昏暗得看起来已经像是晚上了。

"现在几点了?"他忽然问道。

玲姨愣了下,说:"四点了。怎么了?你是有事要小贺做吗?"

"没有。"顾宴丢下两个字,合上膝盖上一下午也没翻几页的书,自己推着轮椅离开了。

贺莹回来的时候已经晚上八点多了,还没走进大厅就听到了年轻男女的笑声。

在裴家听到笑声可不是件常事，她转头往那边看了一眼，脚步顿时一顿。

顾宴正坐在厅上，旁边坐着两男一女，像是正在看桌上的什么东西，说说笑笑的气氛很欢快，其中唯一一个女生抬起头来，一张漂亮明媚的脸顿时映入贺莹的视线。只见她笑着和顾宴说了句什么，而顾宴，居然也露出了那么一点笑容。他今天穿了件浅灰色的毛线开衫，往常冷漠阴郁的面孔也因为这淡淡的笑染上了几分暖色。

"哎，顾宴，那是谁啊？"一个男生无意间抬头看到了刚从大门口进来的贺莹，问顾宴。

顾宴转过头来，就看见了站在门口的贺莹，不禁愣了愣。而另一个男生也跟着抬起头看过去，然后也愣住了。

因为外出，贺莹穿了自己的衣服，米白色衬裙外面套了一件驼色长款风衣，一头乌黑微卷的长发也不像平时那样一丝不苟地盘起来，而是垂下来散在肩头。她个子高挑，身材纤细，皮肤白皙，五官清淡，立在厅里，带着几分清冷的气质。

贺莹的目光从顾宴脸上掠过，落在坐在沙发上的另一个男生脸上，心里有些讶异，没想到世界那么小。这个男生正是她在特殊学校认识的林宙，他也正一脸惊讶地看着她，显然也没想到会在这样的场合遇见。

她并没有要过去打招呼的意思，微微点了下头就走了。

乔静书也好奇地多看了她两眼。

顾宴回过神来，收回视线，淡淡地说："护工。"

"护工？真的假的？"另一个男生和乔静书都有些吃惊。

林宙也惊讶，不知道又想到什么，皱了皱眉，眼睛一直目送着贺莹离开。

乔静书说："她看起来好像很年轻的样子。"

林宙说："年轻怎么了，又没说护工只能是年纪大的人做。"他语气有点冲。

乔静书愣了愣，随即有些委屈地说："我又不是那个意思。"

林宙也反应过来自己的反应有点过度，解释道："我也不是那个意思。"

贺莹的出现只是一个小插曲，很快就揭过了，大家又继续看起桌上他们的毕业照来，只是四人中有两个人都集中不了精神。

林宙看了一会儿就拿出手机，打开微信，置顶的第三栏赫然就是贺莹，上次两人的对话还停留在半个月前，结尾是他给贺莹发了一个晚安的小猫表情包，之后两人再也没有聊过天。

他拿着手机，对话栏里的字打了又删，删了又打，最后还是烦躁地按灭了手机。

顾宴有些走神。她刚才那是什么反应？就跟没看见他一样，都没多看他一眼。不会还在为昨晚的事情生气吧？

顾宴的视线又落在对面一直低头打字的林宙脸上，她刚才好像一直盯着他看。

顾宴皱了皱眉。什么意思？觉得林宙长得帅？

林宙在学校的确挺受女生欢迎的，难道她也喜欢这种类型？

林宙按灭手机，一抬头就看到顾宴正用一种莫名其妙的眼神盯着自己，不禁一愣，后背莫名有些发凉："你看我干吗？"

"没事。"顾宴若无其事地转开了视线。

贺莹没回房间，而是借着喝水的理由来厨房找周阿姨打听情报。

"那都是顾宴的同学，以前经常来的，后来顾宴不爱见人，就来得少了，只有那个姓乔的女同学来得勤一些。不过他们今天晚上都在家里吃饭呢。"周阿姨说着又上上下下把贺莹打量两遍，笑着夸道，"平时都是看你穿那个护工衣服，今天穿这个衣服真是好漂亮好有气质！这要是在外面遇到你我都不敢认了。"

贺莹对周阿姨的夸奖只是淡淡一笑，却格外留心周阿姨说的那个来得勤的女同学。

"那个女同学跟顾宴关系很好吗？"

周阿姨显然对这类话题也很感兴趣，兴致勃勃地说："那当然了。那个女同学从小跟顾宴一起长大的，说是从小学到大学都是一个学校的。之前顾宴谁都不肯见，就只肯见这个女同学呢。她学舞蹈的，有气质吧？"

贺莹笑了笑，说："是很有气质。"

周阿姨对女孩很有好感："也有礼貌，每次见了我都打招呼的。"

贺莹喝了口水，问："她有男朋友了吗？"

周阿姨说："那我就不知道了。不过要我说，要是顾宴没出事，他跟这个女同学倒是蛮般配的，之前顾宴他爸还经常开玩笑叫她儿媳妇呢。"

贺莹想到刚才在大厅看到的顾宴对那个女生的态度，心里沉了一沉，嘴角的笑容很淡："嗯，看着是挺般配的。"

兜里的手机振动。贺莹拿起来一看，是裴墨。

裴墨：还没回来？

贺莹：刚回，有事？

裴墨：找你陪练，有空吗？

贺莹：有。等会儿上去。

她回房间放下包，就准备上楼去赚陪练钱，今天正好在贺康身上花了不少钱。

她路过大厅的时候没想打扰顾宴他们，就想安静地从楼梯上去找裴墨，但没想到林宙他们刚好也站起来准备走了。正好碰了个正面。

贺莹的注意力全在那个女同学乔静书身上，她不动声色地观察。

乔静书穿了件奶白色的卫衣，下身是牛仔裤，头发也是简简单单扎了个马尾，背了个米白色的帆布包，完全是在校大学生的普通打扮，但长得太漂亮，反而显得清纯朝气。

她看起来一点也没有美女的骄矜，脸上常带着笑，气质是柔和的、明媚的，是学校里最受欢迎的那类女生。她还对贺莹笑着点了点头，眼睛里带着一点善意的好奇。

哪怕贺莹已经提前拿当她是竞争对手的挑剔眼光去看，也对她生不出半点恶感来。

"你去哪儿？"顾宴也看见她准备上楼的样子。

贺莹刚想找个借口，就只见乔静书忽然冲着她背后雀跃地喊了一声："裴邵哥。"

林宙和另一个男同学也纷纷冲着她背后打招呼："裴邵哥。"

刚才状态还很随意轻松的三个人，一下子就变得拘谨起来。

顾宴也叫了声"哥。"

贺莹转身一看，就看见穿着黑色薄风衣的裴邵已经走到了她身后。她现在一看到裴邵就头皮发麻，跟着叫了声："裴先生。"随即默默地往边上挪了两步，让自己离他远一点。

裴邵略微低垂着的目光冰冷地从她脸上一掠而过，随即转向顾宴和他那几个同学，微微颔首，就算是对他们的回应了。

看到裴邵对顾宴的朋友也是一视同仁的冷淡态度，贺莹心里倒是略微平衡了一些。然后她忽然注意到了那位女同学的眼神。

她正目不转睛地看着裴邵，和刚才的明媚大方不同，那是一种专注而又热切的眼神，带着一点害怕被人发现却又克制不住的雀跃。喜欢一个人的眼神是藏不住的，就像她现在看裴邵的眼神。

贺莹看了看女同学，又看了看顾宴，最后又看了看裴邵，心下恍然，

心情忽然好了许多。她最后看裴邵的时候，还被他发现了。他的视线扫过来前一秒，贺莹连忙把脸转开，结果却跟顾宴对上了视线。

他正微皱着眉头看着她，眼神分明在说：你鬼鬼祟祟地看什么呢？

她露出无辜困惑的表情。

裴邵对三个桩子似的立在那里的同学说："你们现在准备走了吗？我让司机送你们回去。"

男同学连忙说："不用了，裴邵哥，我们自己打车走就行。"

裴邵说："不用，司机就在外面。"他说完，就打电话给司机，让对方过来接人。

三人只能局促地站在原地看他打电话给司机。贺莹留意到乔静书的眼睛一直黏在裴邵脸上，又不禁多看了裴邵两眼。

裴邵长着一张拒人于千里之外的脸，满脸高贵冷艳，多看两眼都怕冒犯亵渎，但也实在是好看。

贺莹看着他如人工雕琢出来般立体深邃的侧脸，也不禁在心里感叹一声，这张脸谁看了心里不扑腾两下。虽然她不喜欢他，但也不得不承认这人的脸生得的确有迷惑人的本钱。

她又转去打量裴邵和乔静书身上的衣服，一个冷酷深黑，一个温柔奶白，两人外表性格看起来也是一个高冷矜贵，一个明媚阳光，真是怎么看怎么般配。

贺莹打量得不动声色，再加上别人的注意力都在裴邵身上，也根本不会察觉到她的打量。却不料，裴邵打着电话，眼风忽然瞥了她一眼，正把她打量的视线抓了个正着，眉头顿时一皱。

贺莹心里突突两下，脸上却佯装淡定，若无其事地转开了目光。

裴邵也淡淡地收回了视线，挂断电话对林宙他们说："司机过来了，你们可以出去坐车了。我还有事，先上去了。"说完，余光轻飘飘地带过贺莹，从她面前径直走过，去坐电梯上楼了。

被裴邵余光扫了一眼的贺莹只觉得后颈都有点发凉。

裴邵一走，气氛顿时又活跃起来，刚才的拘谨也不见了。

"那我们先出去吧。"其中一个男同学说道。

贺莹自觉走到顾宴身后，推着轮椅和他们一起往大门口走。

裴邵不在，三个同学的注意力就又回到了贺莹的身上。

"姐姐，你真的是顾宴的护工吗？"乔静书好奇地问道。她的声音也是温温柔柔的，带着年轻女孩的干净甜美。这样温柔甜美的嗓音，仿佛说出任何话都难以让人反感。

贺莹微笑着点了点头:"嗯。"

另外一个男同学显然也对贺莹很好奇:"现在你们这个行业都那么年轻化了吗?"

只有林宙没说话,默默地看着她。

贺莹说:"嗯,还有比我年纪更小的。"

她就在护理课上认识一个比她还要小一岁的男生,身材矮矮胖胖的,之前是在餐厅做服务员,后来觉得工资太低了,就改行做了护工,性格很开朗也有力气。对一些完全失去自理能力需要抱来抱去的病人来说,他这样类型的护工是很受欢迎的。

像他们这种经过正规培训、有公司管理,只照顾一个顾客的护工工资待遇都是不错的。只是到底是要伺候人的活,年轻人来干,总会遭受一些异样的目光。

乔静书和男同学都很有教养,并没有追问一些让人难以回答或者会令人难堪的问题。倒是乔静书夸了一句贺莹身上的风衣外套:"这件风衣很好看哎,是在网上买的吗?"

贺莹看了一眼她身上那件看似不起眼,实则要三千多的潮牌卫衣,笑了笑:"嗯,要给你链接吗?"

乔静书弯了弯眼睛:"不用啦。这件风衣比较适合你穿,我肯定穿不出来这种感觉。"

如果单看这件风衣的话,其实颜色略有些老气,但贺莹的皮肤比乔静书还要白上几分,再加上有种清冷气质,才能压得住这风衣的老气,还反过来给它增添了光彩。

贺莹轻轻浅浅地笑了笑,也没再多说。

车很快就到了。

林宙看着贺莹,欲言又止,最后还是什么都没说,和乔静书他们一起上车了。

目送他们坐上接送裴邵的豪车离开,贺莹也推着轮椅上的顾宴回了大厅。

"要送你回房间吗?"贺莹问。

只剩下两人独处,顾宴想到昨晚上发生的事情,忽然有些不自在起来,喉结动了动,才低沉地"嗯"了一声。贺莹就推着他进了电梯。

刚进电梯,裴墨的微信就来了。

裴墨：来了吗？

贺莹拿出手机看了一眼，来不及回，电梯门就开了，她只能把手机塞回口袋先把顾宴推出去。

贺莹把顾宴推回房间就准备离开："那你早点休息，我先走了。"

顾宴酝酿了一路，正准备问她今天请假干什么去了，没想到她把自己往房间里一推就准备走，顿时有些反应不过来，脱口而出地问道："你去哪儿？"

贺莹转过身来问："怎么了？还有什么要我帮你的吗？"

顾宴顿了顿，问："你今天去哪儿了？"

贺莹轻描淡写地说："有点事情。"然后问，"你还有别的事吗？没有的话我先走了。"她还急着要去赚陪练的钱。

贺莹明显敷衍，顾宴却没生气，反倒是有点心虚，眼神飘忽着："你那么着急干什么？干吗？不会还在生昨天晚上的气吧？"

贺莹倒是没想到顾宴居然会主动提起昨天晚上的事，略有些诧异地看他。

顾宴被她看得不自在："你看我干吗？"

贺莹忽然又不着急走了，陪练费赚不到是小事，眼前这个却是一座移动的大金山。

她本来应该说自己没有生气的，本来她也根本就没放在心上，今天一天都没想起来，可是看到顾宴明显有些心虚的神情，她却故意垂下眸不看他，说："没有。"

顾宴却更加笃定她就是因为昨晚的事情生气了，甚至今天说有事请假，也有可能只是个借口。

他皱起眉："你怎么那么小气啊？就说了那么一句话，你就要生那么久的气？"

贺莹一眼就看穿了他的色厉内荏。显然经过昨天晚上，顾宴对她的态度已经明显软化了不少，只是他自己还没有察觉。她看着顾宴，忽然觉得他有点可爱，看似张牙舞爪攻击性很强，其实是只纸老虎。

贺莹忍不住嘴角翘了一下。顾宴皱着眉头盯着她："你笑什么？"

贺莹心情很好，微笑着说道："本来挺生气的，现在不生气了。"

顾宴有些困惑地看着她。

贺莹的手机又响了两声。

"等等，我回个微信。"她说着，把手机拿出来，还是裴墨发来的微信，大概是她耽误得太久，他有些不耐烦了。

裴墨：人呢？

贺莹低头回复：在顾宴这里，暂时上不去，不然改天？

她等了一会儿，没有收到裴墨的回复，刚收起手机，就听见顾宴问："床头柜上的桂花是你弄的吗？"

明明早上已经从玲姨那里知道是她摘的了，现在再问，就属于是没话找话了。

贺莹往那边看了一眼，看到她早上插的一瓶桂花，一天了，还是生机勃勃的。她点了下头："嗯，最近桂花都开了，我觉得很好闻，就给你摘了几枝来。没想到还挺好看的，你觉得怎么样？"

顾宴语气勉强，挑剔道："还行吧……瓶子太丑了。"

贺莹笑了笑说："那我明天找玲姨换一个瓶子。"

顾宴干巴巴地"哦"了一声。

贺莹忽然走过来，在他轮椅前蹲下来，仰头看着他，声线温柔："你要是还不想休息的话，要不要我带你去外面散散步？昨天下了雨，今天外面的空气很清爽，我们可以去花园里闻桂花，肯定很舒服。"

顾宴本来想拒绝的，可是垂眸看到她脸上的表情似乎很希望他能答应的样子，拒绝的话就莫名说不出口。他咳了下，移开视线，用无所谓的态度和语气说："反正没事干，走吧。"

"好。"贺莹弯了弯嘴角，起身绕到他身后推着轮椅往外走。

下楼的时候，没想到刚好在电梯里遇到了裴墨。他正好从三楼下来，身上还是穿着那件常穿的黑色卫衣。电梯门开的时候，他正靠在角落里看手机，抬眼看过来的时候，那双漂亮漆黑的眼睛带着几分疏离的冷淡，并不像平时那样热情。

但只是一瞬，他的眼神就恢复了温度。他先看了贺莹一眼，然后才叫顾宴："二哥。"

顾宴看到他，脸色一下冷了下来。

贺莹对裴墨点了下头，把顾宴推进电梯里。

电梯里三个人谁也没说话。好在就一层楼，电梯很快就开了，裴墨站在电梯角落里没动，贺莹推着顾宴走了出去。

刚走到大门口，口袋里的手机就响了两声。

她转头看过去。裴墨发完了信息，抬起头来，举起手机对她轻轻晃了晃，嘴角微微勾了勾，眉眼似笑非笑，带着点锋利的东西。

贺莹忽然敏锐地察觉到了裴墨不经意流露出来的另一面。

也是。这样的身世，又是这样的成长环境，怎么会养得出单纯烂漫的性格呢。

贺莹并没有多的心思放在裴墨身上。毕竟对她而言，顾宴才是她需要重点关注的目标。

"怎么样？外面的空气是不是很好？"贺莹推着顾宴到了花园里，笑着问道。

因为昨天才下过雨，空气里的灰尘都被洗净了，只有青草、树木和泥土潮湿的气息，掺杂着隐隐约约的桂花香。

顾宴很久没有在晚上出过门了，几乎忘了夜间的空气是这样的，周遭静谧又宁静，只有轮椅轮子滚过青石板的声音。可听到贺莹的话，他却只是故作敷衍地回了句："还行。"

贺莹现在已经学会每次把顾宴说的话重新解读一番。按照顾宴平时的别扭劲，他说的"还行"，已经算是很高的评价了。

贺莹推着轮椅，在花园的青石板路上慢慢往前走着，装作漫不经心地开口问道："刚才那三个，都是你的同学吗？"

顾宴才想起来，自己刚才都忘了给贺莹介绍，心里居然生出了一丝莫名的内疚。

他"嗯"了一声。

贺莹的语气听起来就像是随意聊聊天："那个女同学很漂亮，在学校一定有很多男孩子喜欢吧。"

顾宴还想着忘了给她介绍自己同学的事，听她说那个女同学，下意识就说道："她叫乔静书。"

贺莹嘴角的笑容淡了几分："哦。"

顾宴又接着说："还有那个穿蓝色卫衣的叫林宙，另外一个叫周喆。"

贺莹有些意外，愣了几秒，忽然意识到顾宴是在给她介绍他的同学。

原本这段介绍应该是在之前他们见面的时候进行的，但当时顾宴显然没有考虑到，她当时也没觉得有什么不对。可顾宴现在突然补上了这段介绍，这意味着他开始在意她的感受了。

贺莹的心情微妙地愉快起来，嘴角也轻轻翘起，微微笑着说了个"好"。

顾宴自顾自地把自己的朋友介绍了一遍，心里的内疚这才减轻了一些，忽然又想起一件事来："对了……"

贺莹："嗯？"

顾宴状似无意地问:"之前你怎么一直盯着林宙看?"

贺莹愣了一下,她自认为没有看多久,没想到顾宴居然会注意到。她只犹豫了一秒,就说:"哦,之前我见过他,在你家看见他有点惊讶。"

顾宴又把脑袋转了过来:"你见过他?在哪儿?"

贺莹说:"在特殊教育学校,他和一些同学在那里做义工。"

"哦。"顾宴是知道林宙在做义工的,他之前也做过,倒是没有深究贺莹怎么会在特殊教育学校,理所当然地认为她可能就是之前在那里工作过。

他问:"你们很熟?"

"也不算熟,就是见过两次。"贺莹笑着说,"对了,我还有他的微信呢。"

那天在特殊学校加上微信后,林宙偶尔会找她聊天。热情开朗又可爱的男大学生,一直很积极地找各种话题,喜欢发各种可爱的猫猫狗狗的表情包。

可惜那段时间她担心一时半会儿不能回去上班,所以给自己找了两份临时兼职,白天忙得昏天黑地,只能偶尔抽空回复,大多数时候急急忙忙的,回得很简短。有时候他给她分享他的午饭,她却忙到晚饭时间才有时间回复。渐渐地,他就不那么勤找她聊天了。

上次聊天,还是半个多月前,也就是她来裴家工作那段时间。接到裴家的工作后,她就把林宙抛在脑后了。既然已经确定了目标,那就专心致志地朝着目标前进。

顾宴听到她居然还有林宙的微信,立刻皱起眉头:"你有他微信?不是说不熟吗?"

贺莹说:"是不怎么熟,因为有点事情就加上了。"

顾宴又"哦"了声,又有点怀疑:"怎么刚刚林宙没跟你打招呼?"

贺莹说:"大概是在这种场合不好意思吧。"

顾宴眉心微皱了一下。以他对林宙的了解,林宙可不是那种不好意思的人,遇到认识的人,肯定会打招呼的。

贺莹忽然说道:"你还没有回答我刚才的问题呢。"

顾宴回过神来,一脸茫然:"什么?"

贺莹重复了一遍刚才的话:"我说,乔同学长得很漂亮,在学校是不是有很多男孩子喜欢她?"

顾宴扭过头来,不解地看着她:"你问这个干什么?"

贺莹眨了眨眼,一脸无辜:"好奇啊,随便问问。"

顾宴"喊"了一声，转过头去："八卦。"

贺莹戳了戳他的肩："说说嘛。"

顾宴侧头看了一眼那只戳他肩的手指，有点无奈地说："我怎么知道？我又不关注这些。"

"那你呢？你喜欢她吗？"贺莹语气中隐约带着点调侃，一点都听不出其中的试探。

顾宴皱眉瞪她，有些生气："你胡说什么呢！我们只是好朋友。"

贺莹看着反应激烈的顾宴，心里猜测着他是纯粹被冒犯的恼怒还是恼羞成怒。贺莹有些判断不出来，顾宴看起来对乔静书并没有什么特殊情愫，可之前在大厅，他因为乔静书而露出的那个笑容，却让她不敢掉以轻心。

贺莹低垂的眼眸里滑过幽亮的光，她轻声说："我感觉她好像有点喜欢你哥哥。"

顾宴猛地转过头来看她："你怎么这么说？"

贺莹仔细观察他的反应，看起来倒很寻常，除了强烈的震惊，似乎并没有别的微妙反应。

她继续用轻快的语气试探着："你没发现吗？你哥哥出现的时候，那个女同学一直盯着他看啊。"

顾宴皱起眉，回忆刚才的场景，却一点都想不起来有关于乔静书和裴邵之间的画面，他当时只顾着去留意贺莹了。

他下意识地反驳："你胡说什么，她跟我哥连话都没说过几句。"

他越是不假思索地反驳，贺莹的心就越是往下沉。

她淡淡地说："大概是你没留意到吧。"

顾宴不说话了，皱着眉头像是在回忆以前被他忽略掉的那些细节。

贺莹也没出声打扰，冷静地垂眸看他。

她想得很清楚，做人不能"既要还要"，她既然是冲着钱来的，就并不在意自己未来的丈夫对她是否真心。可偏偏要想嫁给顾宴，她就必须让他足够喜欢她，足够到愿意为了她，不顾一切、奋不顾身，去跟所有反对他们在一起的人拼命。

而现在，她必须把他对别的异性的好感和喜爱先抹去。哪怕只是假想敌，她也要把所有可能成为她障碍的威胁先排除掉。

见他眉毛越皱越紧，像是已经察觉到了什么，她轻描淡写地补上一句："你不觉得他们很般配吗？"

顾宴居然很认真地在脑海里想象了一下裴邵和乔静书站在一起的画面，

随即皱着眉说:"不觉得。"说完还瞪了她一眼,"你怎么这么八卦?"

贺莹一脸无辜:"只是随便聊聊天。"

顾宴不满地说:"工作的时候少说这些。"

贺莹说:"我今天休假。"顿了顿,还补上一句,"而且你刚才不也问我跟林宙的事了?"

从她嘴里说出林宙的名字,好像他们很熟似的。顾宴心里微妙地有些不爽,无语地看了她好一会儿:"我怎么发现你这么会气人啊?"

贺莹歪了歪头,嘴角微微翘起,眼睛却微微眯圆了,乌浓纤长的睫毛眨了眨,露出几分无辜的神情:"有吗?"

她清冷的面庞因为这神情而蓦地生动起来。顾宴眸光怔了一瞬,莫名有些不自在,转过头去,嘟囔:"我看你就是爷爷专门找来气我的。"

他说完,突然一阵冷风吹来,喉咙顿时有些发痒,抑制不住地咳嗽了几声。

"是不是冷?"贺莹说着绕到他前面来,极自然地握了握他放在扶手上的手。

顾宴漆黑的瞳孔骤然震了震,带着几丝愕然地看着她,以至于都忘了把手缩回来。等他反应过来准备抽手的时候,贺莹就已经先松开了。

"你的手好冰,衣服穿得太少了。"她说着脱了自己的风衣给他盖上。

顾宴被风衣裹了个严严实实,夹带着贺莹身上的体温和香气,扑了他满怀。他愣了愣,接着莫名有些脸热,脸上却露出一脸嫌弃的表情:"谁要穿你的衣服了,快拿走!"

他说着就要把衣服扒开,却被贺莹按住手制止了。

"盖上吧,会感冒的。"贺莹说着把他冰凉的手也塞进了衣服里。

顾宴还是有点不自在:"你自己不冷?"

贺莹身上就穿了一条衬衫裙,看起来就很薄。

"不冷,我抗冻。"她笑了笑,"我们坐一会儿再回去吧。"

她说着把轮椅调整一下方向,在旁边的长椅上坐了下来,然后抬起头,仰头看向天上的月亮,轻轻长出一口气。

每次看完贺康回来,心里总是会沉甸甸的,她很喜欢这样坐着发呆什么都不用去想的时候,是沉重的生活中可以让她喘口气的空隙。

顾宴听到她那声深深的长叹,转过头来看她,然后不禁微微一怔。

贺莹双手撑在两侧的长椅上,微微仰着头,安静地望着天边那一轮弯月。她的侧脸有着精致美丽的弧度,被月光笼上一层清冷的薄光,淡漠又疏离。

明明她就坐在自己的身边，两人的距离却仿佛很遥远。

"哎。"他忍不住叫了她一声。

贺莹收回目光，转过脸看来："嗯？"

顾宴对上贺莹的眼睛，却忽然闪躲开来："没什么。"

贺莹也没追问，她又看了看月亮，然后笑了笑说："你看，这样出来走走，吹吹风赏赏月，是不是挺好的？"

顾宴哼了声："没感觉。"

他嘴上这么说，心里却是久违的轻松宁静。虽然他觉得这风吹得怪冷的，也不觉得这一点点月亮有什么好看的，但是心情却有种说不上来的淡淡愉悦，转而又一皱眉，不满地扭过头看她："你会不会说话？什么叫出门走走，你看我能走吗？"

贺莹早就习惯了顾宴的有话不会好好说，他有钱，她可以接受他的残疾，他长得好看，她也可以接受他嘴毒。所以她只是微笑着说："要这样跟你说话会很累的。"

很奇怪。平时身边所有人说话都会小心翼翼地刻意避开他的腿，他反而会有股无名火，可贺莹这么说，他却生不起气来。他忍不住嘟囔："你迟早有一天会被开除。"

贺莹弯了弯嘴角："那就没有人放假还带你出来看月亮了。"

好像开除她是他的损失一样。顾宴阴阳怪气地说："哇，我好感动啊。"

贺莹仿佛听不出他的阴阳怪气，歪了歪头："那就给我涨点工资吧。"

顾宴瞪了她一眼："你想得美，没开除你就算好的了，还想涨工资。"

贺莹眨眨眼，笑了："我就是随便一提，万一你答应了呢。"

树叶被夜风吹得簌簌作响。

顾宴瞥了眼贺莹身上看着很薄的衬衫裙："走吧，回去了。"

贺莹从刚刚脱了衣服就一直觉得有点冷，只是为了能和顾宴多待一会儿才一直忍着，现在见顾宴主动提出要回去，也不再坚持，起身送他回去。

裴邵拿着一份文件敲门进了顾宴的房间，却发现往常这个时候都会躺在床上玩手机的顾宴此时并不在房间。他从房间离开，就在走廊上遇见了玲姨。

不等他问，玲姨就主动高兴地说道："你找小宴吗？小贺带他去外面散步去了。"

她一脸喜色。顾宴在车祸后就像变了个人一样，以前总是成天呼朋唤友出去玩,车祸以后却变得不爱出门、不爱见人,成天把自己关在房间里。她都不记得顾宴有多久没有去花园散步了,以前他还经常会去花园里跑步,可是车祸以后,除非必要,他连门都不出了。现在却愿意出门散步了,她是打心里觉得高兴。

裴邵听到顾宴和贺莹一起出门的时候,微不可察地蹙了一下眉。

玲姨没察觉,兀自高兴地说道:"可能是今天见了同学心情好,小贺一说带他去花园散步,他就同意了。今天还睡到十点多才起来,下午还问我小贺什么时候回来呢,看样子像是已经接受小贺了……"

裴邵越听,脸色就越淡,最后只是淡淡地一点头,说:"好,我知道了。"

玲姨对于裴邵的冷淡态度早已经习以为常。裴邵从小就性子冷淡,顾文君生下他,更像是纯粹完成她对裴老爷子的承诺。

顾文君和裴行正的婚姻是彻头彻尾的交易,她对裴行正没有爱,甚至反感厌恶,明明拥有那么多资源却不知道珍惜反而肆意浪费,凭借父母给的家世肆意妄为的纨绔子弟,甚至连那吸引女人的皮相都是父母赐予的。

理所应当地,她对裴邵的出生也没有什么期待,孕期又是一心扑在工作上,甚至连待产期都在公司亲自盯项目,裴邵带给她的只有孕期的各种不适。

于是从裴邵出生到会走路,顾文君甚至连抱都没有抱过几次。关于裴邵的一切,她都一概不管,完全交给玲姨去安排。

直到顾宴出生。顾文君对这个跟自己姓的孩子,天然就有一种更深的链接感。那时候她已经把事业做得很成功,有更多空闲的时间可以陪伴自己的孩子,而那时已经六岁的裴邵已被裴老爷子带到身边悉心教导,和顾文君的关系越发疏离。

玲姨就偶然看见过几次,小小的裴邵远远地看着自己的妈妈和弟弟玩闹在一起的亲密场景,他一张小脸毫无表情地看着。

玲姨看着,是打心底里觉得心疼,劝他上去和弟弟一起玩。但小小的裴邵只是绷着一张小脸拒绝,然后头也不回地走了。小小的背影却看着那么孤独。

她也劝过顾文君,希望对方能多关心关心裴邵。可裴邵的性格有一部分就是遗传了顾文君骨子里的淡漠疏离,要顾文君主动去亲近裴邵实在很为难,也努力尝试过几次,但都碰了灰,也就放弃了。

而顾宴天生热情黏人,就算顾文君总板着脸,他也能黏过来撒娇,正戳中了她心底最柔软的部分。

说起来也是讽刺。明明裴邵无论性格、长相都更像她，她却亲近不起来。而顾宴的性格长相更像裴行正，她却疼爱到了心坎里。

顾宴一天天长大。在爱里长大的孩子，自然就养成了热情活泼的性格，从小就长得可爱漂亮，极讨人喜欢，他倒是很喜欢崇拜自己这个做什么都很厉害的哥哥。

可裴邵对这个弟弟就冷淡许多，说不上多亲近关心。直到顾文君去世，兄弟俩的关系也并没有多大改善，总是隔着不远不近的距离，仿佛有一层看不见的隔膜横在两人中间，明明是血脉相连的亲兄弟，却并不亲近。

倒是顾宴出事以后，裴邵对顾宴的关心多了不少，甚至在顾宴自杀未遂后，特地搬回了家里来住。

作为从小就看着这两兄弟长大的人，虽然顾宴从小嘴甜又讨人喜欢，玲姨自然也是打心里疼爱的，可心底里，总是更心疼裴邵多些。

裴老爷子把裴邵当成未来继承人培养，又因为去世的夫人太溺爱孩子，导致裴行正被养废了，所以痛定思痛，对裴邵的要求就格外严格，反倒是对顾宴这个小孙子更宠爱纵容。顾文君更是对兄弟两个差别对待。裴行正倒是一碗水端平了，兄弟两个，他都不怎么管，只管自己快活。

现在大概已经没有人知道了。可玲姨还记得，更小时候的裴邵，也曾是和顾宴一样热情爱笑的。

贺莹把顾宴从大门旁的斜坡上推上去，刚走进大厅，就看见正好从电梯里出来的裴邵。

与此同时，裴邵也看见了他们。他一眼就看见了盖在顾宴身上的那件风衣，眼神顿时冻住。

顾宴看到裴邵的视线落在他身上，才反应过来自己还盖着贺莹的衣服，突然不自在起来，欲盖弥彰地把风衣一把扯下来，堆在腿上，叫了裴邵一声："哥。"

"我有事找你，上去谈。"裴邵走上前来，不带任何感情的目光带着无形的压迫感扫了贺莹一眼。什么都不用说，贺莹就已经默默往旁边让开。

顾宴却扭过头来看她："那你先回去，有事我再叫你。"

很寻常的一句话，但不应该是顾宴会说的话。

贺莹笑了："好。"

裴邵刚握住轮椅推手的手指无声收紧，目光再次扫向贺莹，看着她弯眼笑的样子。脑子里却浮现出另一张笑脸，异常嚣张又明亮的，带着赤裸裸的挑衅和骄傲。

贺莹注意到裴邵的视线，忙收起笑容，假装温顺，不给他任何挑刺的机会。

裴邵把她的表情变化尽收眼底，脸色无声地冷了几分，淡漠地收回视线，推着轮椅走了。

看着他们进了电梯，贺莹才拿出手机给裴墨发了一条微信：我这边结束了，还需要陪练吗？

裴墨回过来的信息很简短：上来。

贺莹又在楼下等了五分钟，才坐电梯上三楼。

裴墨手里捏着棋子，看着坐在他对面的贺莹，像是漫不经心地开口："姐姐，我雇你当我的专职陪练怎么样？"

贺莹正研究他的棋路，这钱赚得太容易，她心里总有几分心虚，于是就想着多下点功夫帮他提升。闻言，她一抬眼，没怎么反应过来："嗯？"

裴墨盯着她，嘴角是微微上扬的，瞳色很深的眼却很冷静，几分玩笑几分试探："他们给你开多少工资？我给双倍，怎么样？"

贺莹看着裴墨，微微的诧异之后，心底忽然泛起一片冷嘲。

真可笑。她之前居然还因为他和她相似的境遇短暂地产生过共情。可这个被她共情的十六岁少年却能轻描淡写随口允诺出一笔对于她而言已经很多的金钱。明明她才是那个困在沼泽里的人，却对着只是脚底沾了一点泥巴的人心生同情。

贺莹的脸色淡，语气也淡："不了。"

裴墨敏感地察觉到贺莹情绪变化，他有些不解："我说错什么了吗？"

"没有。"贺莹专注地看着棋盘，淡淡地说，"下棋不要一心二用。"

裴墨的心情也算不上美妙，无所谓地笑了笑："反正我再怎么专心也赢不了你啊。"

贺莹居然点了点头："嗯。"然后抬眼看他一眼，"但如果你肯真的用心，努努力，也许能赢过那天那个女孩。"

裴墨笑容不见了，盯着她，挑眉："你的意思是我没用心？"

贺莹抬眼正视他："你不喜欢下棋。"

裴墨俊秀的眉眼一点一点地冻住，突然把手里捏着的棋子丢在了棋盘上，把棋盘上几颗棋子都撞离了原有的位置。他歪着头，嘴角微翘，带着几分冰凉赤裸的嘲讽："有那么明显吗？"

"嗯,很明显。"贺莹头也不抬地说,随即把棋盘上那几颗被撞歪的棋用手指推回原来的位置,淡定地抬头看他,"还要继续下吗?"

从第一天当他的陪练她就察觉到了,他根本不喜欢下棋,下棋的过程就像是完成一项任务一样机械麻木。她知道裴墨为什么会强迫自己下棋,是因为裴老爷子喜欢下棋,他只不过是投其所好。她明白那种感觉,就像是她为了让妈妈也能把注意力放在自己身上,所以她才会那么拼命地下棋。直到那次少年全国赛,她已经进了决赛,而且很有机会夺冠。可那么重要的一场比赛,就因为贺康老师的一通电话,妈妈就丢下马上要比赛的她赶去了学校。

也是从那时开始,贺莹意识到,不管自己多努力、多优秀,在妈妈的心里,她都是比不上贺康的。哪怕她比贺康聪明那么多,哪怕她完美继承了妈妈的天赋甚至比妈妈更厉害,可是在他们心里,她永远都是贺康的附属品。

她没有参加决赛,也是从那天开始,她放弃了下棋。

裴墨大概也是这样,生活在裴邵和顾宴的阴影之下,无论他做什么,他在这个家里都是不被关注的。在这个家里,他像是透明的。越是透明,越是想要别人的关注。

裴墨瞳色很深的眸深深地看她,然后笑了:"下啊,陪练钱我都给了。"

贺莹陪裴墨下了两局,走到门口的时候,被裴墨叫住了:"对了。"

贺莹转头,看他懒散地站在门口,身形清瘦四肢修长,乌黑的发,漆黑的眼,漂亮艳丽的脸庞实在精致得过分,就连身上那身略显宽松中规中矩的蓝白色校服都被衬托得像是什么洋气的潮牌。

她不禁在心里再一次感叹裴家的基因实在逆天,脸上却还是一副对他的美貌不为所动的淡然:"怎么了?"

裴墨说:"褚沉让我问你,那个香包做好了没有?"

贺莹说:"明天我给你,你帮我带给她。"

他漫不经心地点了下头,就把门关上了。

贺莹走到电梯门口,犹豫了一下,还是决定走另一边的楼梯,免得又撞上不该撞见的人。

然而,她运气一向不好,刚准备走,面前的电梯门就开了,她心里顿时"咯噔"一下,下意识往电梯里望去,意料之中地,看见了一张最不想看见的脸。

电梯里,裴邵那张冷峻的脸一沉,贺莹的脸也跟着僵住了。

"裴先生。"

贺莹心里越是慌乱,脸上就越是镇定,可看着裴邵那张面无表情却充满压迫感的脸,还是不由自主地解释起来:"我上来找裴邵……"她迅速找到借口,"上次他的一个女同学托我给她做个桂花香包,我是上来……"

裴邵从电梯里走出来,这次他没有无视她,而是走到她面前,甚至还屈尊降贵地主动开口和她说话。

他说:"你辞职吧。"

贺莹大概愣了两秒,裴邵太高,她不得不仰起头看他。

这是裴邵第一次正眼看她,而同样地,她也是第一次站在他的面前这么仔细地看他。

她才发现像裴邵这么冷酷的人,居然长着一双桃花眼。只是这双桃花眼却一点也不多情,空有其形却没有其神,瞳色是墨一样的浓稠幽深,居高临下地俯视她,不含任何情绪,冷漠又高傲。

贺莹清冷明亮的眼睛直视他,忽然勾了勾唇,第一次在他面前撕掉温顺的伪装,露出尖锐的棱角和锋芒。她问:"凭什么?"

事情已经发展到了这种程度,再装温良已经没用了。而且她实在是受够了裴邵那高高在上的傲慢。

凭什么?

凭什么你让我辞职我就要辞职?

凭什么你投了个好胎就能这么高高在上、目中无人?

裴邵微怔,常年纹丝不动的面孔忽然皲裂出一丝裂纹,显然也没有想到贺莹会是这样的反应。他本以为她会继续装下去,但没想到她竟然撕得那么干脆。所以,她人前那些温顺老实的样子,果然都是装的。他并没有看错她。

裴邵眼神里溢出来的厌恶让贺莹胸腔里烧起来的火烧得更加旺盛。她冷笑起来:"裴先生,我不知道你那么讨厌我是误会也好,偏见也罢,我都不在意,也懒得跟你解释。"

贺莹越是生气,脸上的表情就越是平静,只是笑是冷的,眼神也全是寒气:"但我想告诉你,首先,我是裴老先生雇来的;其次,我是顾宴的护工,所以我的工作与裴先生你无关。如果我不想干了,我随时都能走,但真是对不起,我现在暂时还没有这个打算。"

"如果是裴先生不想看到我,我的建议是你可以去找裴老爷子辞退我。"

裴邵面色微冷,一双冷淡的桃花眼盯着她,瞳色深不见底,下颌隐隐绷着:"你说完了吗?"

"没有。"贺莹学着他那样面无表情地说,"我是来做护工的,领工

资干活,不是卖给你们家做奴才,裴先生大可不必每次见了我都要露出一副居高临下的面孔给我脸色看。"

她说完,却根本不给裴邵说话的机会,电梯也不坐了,扭头就往楼梯那边走。她只觉得最近在裴邵这里受的气全吐出来了,心里爽快了,也不管明天是死是活。

她想是这么想,下楼梯的时候还是忍不住盘算起后路来。也不知道裴墨之前说的话算不算数,或者应该对林宙更热情一些。

她忍不住扭头往上看,却正巧看到裴邵站在栏杆处垂眸看她。不知道是不是离得远,他那双桃花眼,也好像有了温度,似乎还隐隐带着那么几丝困惑。

像是没想到她会回头,他的眼神分明躲闪了一下,随即留给她半张冷峻的侧脸,面无表情地走了。

贺莹冷哼一声,抬起下巴,也高傲地走下了楼梯。

裴邵回到房间,洗漱完,却没有出去,而是反常地站在镜子前,端详着镜子里的那张脸。

端详半响,他皱了皱眉。无论怎么看,都没有从这张脸上看到什么所谓的居高临下。可贺莹居然一脸讽刺地说他总是一副居高临下的样子,还说他给她脸色看。他从小就学会喜怒不形于色,情绪轻易不外露,什么时候给她脸色看了?

贺莹刚走到二楼,顾宴就发微信来了:在哪儿?过来把你的衣服拿走。

贺莹没回信息,直接敲门进去了。

顾宴已经洗漱完了,身上穿了一身浅灰色的睡衣,正坐在轮椅上手里拿着她的风衣研究,看动作像是正在试图把它折起来。听到声音,他头抬起来看见她的瞬间,瞳孔都震了震,显然是没预料到她会突然出现。

贺莹看了一眼他手里折了一半的风衣,诧异地挑了下眉,嘴角微微弯了起来:"你在帮我折衣服?"

顾宴僵住,随即手忙脚乱地把好不容易才折好一半的风衣抓起来胡乱团成一团丢给她:"谁给你折衣服了?你想得美。"

贺莹接住衣服,习惯了顾宴的别扭劲,反倒看他慌乱的样子觉得可爱,不禁轻轻笑了声。

顾宴被她笑得有些恼羞成怒,气冲冲地说:"我要睡了,你可以……"一个"滚"字到了嘴边又咽了下去,"你可以走了。"

贺莹还是笑，笑得眼睛都弯起来："你头发还没吹干呢，我帮你吹完头发再走。"

他的头发只是用毛巾擦过，湿润胡乱地顶在头上，却比平时看着多了几分人气。

"不用你管。"顾宴说着自己掉转轮椅往床的方向走，哼着声说，"你不是放假吗？我可不敢要你给我吹头发，免得你说我压榨你。"

贺莹忍着笑："那我走了？"

顾宴闷着不吭声，但是推轮椅的速度明显放慢了，还是沉不住气，扭过头来："你还不走？"

贺莹把风衣放在床边上，然后走过去说："还是我来帮你吧。"

顾宴嘴硬："我可不会给你加班费。"

"嗯嗯。"贺莹把手机放到床头柜上，从床头柜的抽屉里拿出吹风机，"我是自愿被你压榨的。"

顾宴的嘴角控制不住地翘了一下，又生怕被贺莹看到似的，抿紧嘴唇，把嘴角翘起的弧度飞快压了下去。

吹风机声音很大，贺莹站在顾宴身后仔细地吹着他后脑勺的头发，没听到放在床头柜上的手机响了一声。

顾宴也没听到，但是他看见手机屏幕亮起来。

屏幕上出现一条微信提醒。顾宴不想看的，但视线自然而然落在了上面。怪他视力太好，把屏幕上弹出来的名字看得清清楚楚——林宙。

顾宴的眼神一下凝住了。不是说不熟吗？不熟为什么会给她发微信？而且都那么晚了。

他正怀疑着，刚熄灭的手机屏幕又亮了起来。他看过去，还是林宙。紧接着，又是一条。

顾宴眉头一皱，忽然觉得"林宙"这两个字碍眼得很。

突然，吹风机声停了。一只莹白的手插过来，把手机拿走了。

顾宴跟着扭头，难以置信地看着贺莹。

"等一下，我回个信息。"贺莹一只手拿着吹风机，一只手拿着手机点开了微信。

是林宙发来的。她挺意外的，本来以为林宙应该不会再主动联系她了。

他先发了个常用来打招呼的表情包——一只鬼鬼祟祟从墙角探出头来的小猫。

林宙：今天在顾宴家里看到你吓了一跳，都忘了跟你打招呼了。

林宙：你没生气吧？

又发来一张可怜巴巴的小狗表情包。

贺莹眸光微闪，回复：不会。没关系。

林宙几乎是秒回：太好了，我还以为你生气了呢。

接着又连发了好几条过来。

林宙：没想到那么巧，你居然在顾宴家工作。

林宙：我跟顾宴是大学同学，也是好朋友。

林宙：你今天放假吗？

贺莹刚想回复，就听到顾宴冷冷地说："还吹吗？"

"马上。"贺莹回了句，然后手指飞快回了条微信：在忙，晚点再聊。

她把手机放在了床边上。顾宴冷冷地瞥一眼："别放床上。"

"不好意思。"贺莹倒没多想，道了声歉就把手机从床上拿下来放在了地上。

顾宴反而难受起来了，质问她："你不是说跟林宙不熟吗？"

贺莹已经把吹风机打开了，听不清："啊？"

顾宴："没事了。"

贺莹也没追问，继续给他吹头，只是动作明显快了一些。

地上的手机又响了几声。顾宴的脸色越发冷了。

贺莹很快就把顾宴的头发吹好了，把吹风机卷好放进抽屉里，然后弯腰捡起手机就准备走了："那你早点睡，我先走了。"

顾宴操纵轮椅转过身来，面无表情地说："你急着回去跟林宙聊天？"

贺莹愣了下："没有啊。"顿了顿，她歪了歪头，笑着问，"想要我再陪陪你吗？"

顾宴顿时有些恼羞成怒，耳朵都发起烫来："谁要你陪了？"他看着贺莹，恼怒地说，"你去回林宙的消息去吧。呵，还跟我说不熟，不熟他给你发那么多微信？骗子。"

贺莹忽然眨了眨眼，有些迟钝地发现顾宴的反应似乎有点过激了。他似乎格外在意她和林宙的关系，不想他们走得太近。

贺莹倒是不会那么自恋地以为顾宴就这么喜欢上自己了。大概就是一种独占欲，类似不想和朋友分享玩具的孩子。但对她有独占欲，那就意味着他们的关系往前进一大步了。

贺莹忍不住笑了："我和他总共就见了两面，说过的话不超过二十句，我们的确不熟。他给我发信息只是因为他在你家看到我很惊讶。你要是不信，我给你看我们两个的聊天记录？"

她说着，就把手机递过去。但意料之中地，顾宴像是被侮辱了似的，瞪着她："谁要看你们的聊天记录？"

贺莹就势在他轮椅前蹲了下来，仰起头，清亮的眼睛里满是真诚地望着他："我就是想告诉你，我没有骗你，我也不会骗你。"

顾宴却被她这样的郑重其事弄得有点手足无措起来，好像自己真的冤枉了她，手指无意识地蜷缩起来，心里却有种微妙的满足感。他眼神闪烁了几下，脸莫名其妙地有点发热，只能别过脸去，佯装不耐烦："知道了，你好烦，你快走吧。"

"那我给你倒一杯水就走。"

贺莹去外面给顾宴倒了一杯水，回来的时候他已经躺在床上闭上眼睛了。她把水轻轻放到床头柜上，声音也轻："顾宴，晚安。"

顾宴闭着眼，顿了一秒，"嗯"了一声。贺莹的嘴角翘了翘，弯腰帮他整理了一下被子，然后出去了。

门一关上，她就打开了微信，看见林宙又发了好几条微信过来。

林宙：哦哦，你先忙。

林宙：是还在工作吗？

林宙：你今天不是放假吗？

林宙：那你先忙，等会儿再回我。

贺莹一边往外走一边回复：我今天放假，但是顾宴没人照顾，就帮一下忙。

聊天页面的顶端很快浮现出"对方正在输入……"的字体，看起来他像是一直在等她的信息。

贺莹脚步忽然顿住，她盯着那行"对方正在输入……"几秒，随即又扭头看向顾宴房间的那道门。

在这一瞬间，她忽然有些动摇。她刚才彻底得罪了裴邵，很有可能明天一醒来，就会被通知她被辞退了，顾宴又有个家世相当又漂亮的青梅竹马。林宙的家世可能不如顾宴，可从他平时的穿衣打扮，还有曾经在朋友圈晒过家里花园一角来看，他的家世也绝对不差。最重要的是，他喜欢她。就算知道她有个那样的哥哥，还在做着这样的工作，他也没有退缩。她可能不需要多费力就能把他抓在手里。

手里的手机响了。林宙的微信发了过来。贺莹低头。

林宙：辛苦了！

贺莹没有回复，手指动了几下，滑到了上面林宙给她发的微信。

光看他平时和她聊天的内容，就知道他是个不缺爱的人，在很好的家庭环境里长大，热情开朗，对全世界友好。他身体性格都很健全，人长得好，家境也好，样样都好。唯一不好的是，他的人生太阳光，也有太多选择了。她可以和他谈恋爱，却未必能走到结婚那一步。

他的父母大概是不会允许的，而他也大概不会有抛弃一切的决心。

想到这里，贺莹的心又一点一点凉了下去，忽然有些后悔刚才在裴邵面前那么嚣张了。她刚才要是再忍一忍就好了，反正裴邵早出晚归的，她躲着点，说不定都不用打照面。

贺莹没睡好，第二天醒来，眼皮都是肿的，还险些睡过头，赶紧洗漱一下准备去顾宴房间报到。结果刚跑到大厅，就撞上了正准备出门的裴邵。

贺莹的表情一下僵住了。昨天有多嚣张，今天就有多害怕。

更令她害怕的是，裴邵居然没有像平时那样对她视若无睹，而是停下了脚步，就站在那里看着她，好像在等着她去认错一样。

贺莹心里那股火又拱了起来。反正缩头是一刀，伸头也是一刀，她也不信，如果裴邵真要辞退她，她现在对他道歉求饶，他就会放过她。

所以贺莹决定破罐子破摔，不仅挺直了腰杆，连招呼也不打了，甚至还微微抬了抬下巴，面无表情地从他面前走了过去，把他平时不把她放在眼里的高冷傲慢学了个十成十。

裴邵把又一次没能说出口的话咽了下去，皱了皱眉，提步往外走了。

贺莹在裴邵面前表现得无所畏惧，其实提心吊胆了一整天，特别是每一次一见到玲姨，心都要"咯噔"一下，总担心玲姨张口就是她被开除了。

但一上午过去了，风平浪静。她却不敢松懈，对顾宴都更殷勤了一些，盼着要是裴邵真的去找裴老爷子要开除她，顾宴能把她留下来。

中午，裴邵办公室的门被敲响。褚方大摇大摆地从门外走了进来："裴总，下班了，吃饭去！"结果一进来，居然发现办公桌后的裴邵罕见地没有在忙工作，而是在——发呆？见他进来才回神，抬起手腕看了眼时间，看起来像是发呆发了挺久。

"怎么了？昨晚没睡好？"

裴邵抬手用力捏了捏紧绷的鼻梁，他昨晚的确没睡好。

"没事，走吧。"他起身拿起手机跟褚方去外面吃饭。

到了餐厅，褚方一边吃一边跟裴邵聊今天见的奇葩合作方，结果说了半天口水都干了，突然发现对面的裴邵根本没在听他说话。他刚要说话，忽然顿住了，一双狐狸眼眯了眯，开始仔细观察起裴邵来。

裴邵手里的筷子还夹着一片青菜，却没往嘴里送，紧皱着眉头不知道在想什么，他刚才说的话显然是一句都没被听进去。

他和裴邵是从幼儿园就认识了。刚认识的时候，他看裴邵可以说是哪儿哪儿都不顺眼，一天到晚绷着一张脸装大人，跟裴邵说话，裴邵也爱搭不理，老师还都偏心裴邵。连他都忘了，自己是怎么跟裴邵成为朋友的。

但这些年他身边的朋友来来去去换了一拨又一拨，就裴邵这么一个从小一起长大的朋友。他在第一次看到"泰山崩于前而色不变"这句话的时候，脑子里浮现出来的第一个人就是裴邵。

大概是因为之前养废了儿子，所以裴老爷子对裴邵这个孙子就异常严厉，从小就教他隐藏自己的真实情绪，要做到无论什么时候都要喜怒不形于色，不要被人猜到自己真实的想法。

褚方不知道裴邵是被裴老爷子教成这样的，还是天生的性格本来就这样。他认识裴邵的时候，裴邵就已经不像个正常小孩。这么多年，他都很少在裴邵脸上看到情绪上的波动，就连在顾文君的葬礼上，裴邵都完全没有表现出任何悲伤的样子。甚至事后还有不少人在传，裴邵和顾文君这对母子的关系果然和传闻中一样差。顾文君死了，裴邵连伤心的样子都不肯做。

但也只有褚方看见，葬礼那天，零下几摄氏度的天气，裴邵在洗手间不停地往脸上泼水，抬起头来的时候，眼眶是红的。那是他唯一一次看见裴邵情绪失控。

他屈指敲了敲桌面："哎，裴邵，你到底怎么了？"

裴邵回过神来，放下了筷子，冷不丁地问："我看起来居高临下吗？"

褚方一愣："什么？"他居然从裴邵脸上看出了几丝困惑。

裴邵忽然反应过来，眉头微微蹙了蹙，表情又冷淡下来："没事。"

褚方却一下来了兴趣，眼睛都亮了："有人说你居高临下？谁啊？那么大的胆子？"

裴邵脑子里一下浮现出贺莹那张肆无忌惮冷笑着的脸，唇角微抿，垂下眸，掩下情绪："吃饭。"

褚方说："别啊，跟我说说啊。"见裴邵不搭理他，他马上又换了个切入点，"你刚刚问我你是不是居高临下是吧？"

果不其然，裴邵又抬起头来，显然还是很在意这个问题。

褚方想了想，然后说："怎么说呢，我们俩是朋友，我当然不觉得，但如果换成别人，大概会这么觉得吧。不过也很正常，你的身份、地位摆在这儿，本来就站在金字塔上了，站在高处再去看别人，不就是居高临下吗？"

裴邵的眉头又皱了起来，显然对这个解释并不怎么满意。

所以，她说的是真的。他一直在给她脸色看？

褚方说："所以这人到底是谁啊？男的女的？"

裴邵从来不是一个会被别人的言论影响的人，更何况"居高临下"算不上是句多严重的指责，却能让裴邵那么在意。很明显，让裴邵在意的，不是"居高临下"这四个字，而是说出这四个字的这个人。

能够轻易影响到裴邵情绪的人，他可太想知道了！

褚方一双狐狸眼闪着光。

裴邵却已经冷静下去，面无表情地说："安静。"

一顿饭吃完，褚方都没能撬开裴邵的嘴，最后买单走的时候突然想起来问道："对了，小宴那个护工怎么样了？没出什么幺蛾子吧？"

裴邵忽然停下脚步："赵家的事，你清楚吗？"

褚方愣了下："什么意思？那天你不也在吗？"

裴邵没再说什么。褚方忽然隐约抓住了点什么，但一闪而逝，没能切实抓住，又想起了一件别的事："今天晚上盛文叫我们一起吃晚饭，你没别的事吧？"

裴邵回答得很干脆："有事。"

褚方跟着他往外走："你有什么事啊？又加班？"

裴邵："回家吃饭。"

两人刚走出餐厅，电梯里走出两个一边走一边说话的年轻女孩。

其中一个年轻女孩迎面看到裴邵和褚方，先是愣了一下，随即就叫出声来："啊，小裴总？"

裴邵和褚方闻言都看了过去。裴邵面无表情，并不记得对方是谁。倒是褚方盯着那打招呼的女孩看了两秒，突然想起来，小声提醒："赵老爷子的孙女，葬礼上见过。"

裴邵不知道想到什么，眼神微凝。

赵雯有些紧张，脸上的笑都不自然了："好巧啊，居然在这里碰到了。那个，小裴总你们吃过饭了吗？我请你们吧？"忽略了他们刚从餐厅出来，明显是已经吃过了。

褚方笑眯眯地说:"我们吃过了,就不劳赵小姐破费了。"

裴邵却忽然开口说道:"我有些事想要向赵小姐咨询,方便留个电话号码吗?"

褚方诧异地一扬眉,转头看他。

赵雯却激动得连脸都红了,有些不敢置信裴邵居然会主动找自己要电话,语无伦次地说:"可以,当然可以……你加我的微信吧。"

裴邵拿出手机,面容冷淡疏离:"报一下你的手机号码。"

赵雯又连忙报了自己的手机号码,因为太紧张,还报错了一次。

裴邵存下她的手机号,微一点头,就和褚方一起走了。

裴邵和褚方进了电梯。赵雯身边的女孩才激动得跳了起来,晃着赵雯兴奋地说:"天啦,赵雯!裴邵居然要了你的电话?"

赵雯也激动得连手都发抖,仿佛被从天而降的巨大好运砸中,都说不出话来了。

电梯里,褚方奇怪地问:"你有什么事要跟她咨询的?"

他完全不觉得裴邵会对赵雯感兴趣,倒不是因为别的,纯粹是直觉。

裴邵:"私事。"

褚方被噎住,他怎么总觉得裴邵有事在瞒着他呢?

"小贺,你的快递到了!"中午休息,司机老黄把贺莹的快递送了过来。

"谢谢黄师傅。"贺莹笑着道谢。

"小事儿!"老黄笑呵呵地走了。

贺莹拿着快递回了房间。她买的是几瓶猫薄荷和一小箱猫条,是用来对付那只黑猫的。

自从那天在她这里吃了亏,那只黑猫就对她颇是忌惮,每次在家里见了她都绕着她走,而且很有骨气,连她倒的猫粮也不吃,水也不喝了。

它本来就是只流浪猫,更何况在裴家作威作福惯了,也饿不着它,渴不着它。

贺莹本来就想跟它井水不犯河水,但现在她的目标从裴邵变成了顾宴,那么跟顾宴的宠物打好关系,也是很大的加分项。

贺莹看它不吃她准备的猫粮和水,只在厨房偷吃,就拜托周阿姨把厨房里的食材收好,不要让黑猫偷到东西吃。

到了第三天,贺莹就发现刚换上的猫粮下去了一点,吃得很均匀,如

果不是她在倒猫粮的时候特地观察了分量，还发现不了。

她在花园里闲逛的时候，偶尔碰见试图在花园觅食的黑猫，它都远远地用一种充满怨气的眼神盯着她看，像是知道害自己饿肚子的罪魁祸首是谁。

贺莹只是挑眉笑笑。

由简入奢易，由奢入俭难，黑猫已经在裴家过惯了好日子，一身皮毛都被养得油光水滑，哪怕是去厨房偷吃，也是被刻意纵容，现在怎么还能习惯在野外找食的艰难。

黑猫现在看她，那是仇人相见分外眼红。顾宴不在的时候，它还只是怨念地盯着她，不敢靠近；要是顾宴在跟前，它就立刻"猫仗人势"嚣张起来，又是哈气又是龇牙。

顾宴很困惑为什么黑猫对贺莹的敌意那么大，难道就因为上次贺莹把它丢出了房间？

贺莹对黑猫的挑衅视若无睹，而顾宴不在的时候，黑猫也不敢靠近她，上次贺莹拎住它脖子的威胁感还深深刻在它脑子里。

贺莹照着在网上学来的教程，先用足够分量的猫薄荷用开水泡了，等水凉了以后，把叶子过滤了，把水灌进一个喷壶里，然后往自己身上猛喷了小半壶，把自己喷成了人形猫薄荷。就不信拿不下那只猫。

"你身上什么味道？"

贺莹一不小心用力过猛，身上的味道浓得刚进门就被顾宴闻到了。

显然顾宴并不喜欢这种气味，脸上露出嫌弃的表情。

贺莹低头嗅了嗅，猫薄荷并没有什么特别的气味，但她大概喷得有点多，太过浓烈产生了一种怪异的气味，说不上太难闻，但闻不大习惯。

面对顾宴的嫌弃，贺莹张嘴就来："我中午泡了个药草澡，很难闻吗？那我尽量离你远点。"

顾宴面带勉强："……还好。"

贺莹倒是很有自觉，除了需要她推轮椅的时候都尽量离他远一些。

大概是她喷的浓度的确够高，黑猫迎风都闻到了，溜进画室，发现那股让它追过来的气味是从那个讨厌的人类身上散发出来的时候，顿时有些惊疑不定起来。特别是她竟然还笑眯眯地对它招手。

黑猫本能地察觉到这是一个陷阱，却还是抗拒不了骨子里对猫薄荷的痴迷，情不自禁地向贺莹那里挪了过去。

顾宴用余光看到贺莹竟然还在招猫，忍不住皱眉提醒："你小心它再挠你。"然而下一秒,他就看见那只高傲的黑猫踱过来,蹭上了贺莹的手。

贺莹挑了下眉,转过头来,笑眯眯地对一脸震惊的顾宴说:"看,它喜欢我呢。"

顾宴有多震惊,黑猫就有多没骨气,围着贺莹的脚边蹭来蹭去。

贺莹也不知道从哪里掏出猫条,撕开了喂给黑猫吃。黑猫在猫薄荷的诱惑下,意志力也在急速降低。一向不吃嗟来之食的它跟饿了好几个月似的,看到香喷喷的猫条,眼睛里都冒绿光,一顿狂吃,吃几口猫条就闻几下贺莹。

顾宴很震惊,却也一下子就联想到了贺莹身上的怪味:"你泡的什么药草?"

贺莹笑了,笑得又得意又狡黠:"喷了点猫薄荷。"

顾宴刚想说什么,贺莹就一脸无奈地说:"它总是想扑过来攻击我,我也是没有办法。"

黑猫一下子就把猫条吃完了。贺莹又掏出一根喂了,一边喂,一边把它捞到膝盖上来,开始摸它。黑猫吃着猫条吸着猫薄荷,身上也被摸得舒舒服服的,仿佛走上了猫生巅峰。

顾宴看着它这堕落的样子,简直没眼看。

贺莹一抬下巴:"你继续画画啊,不用管我们。"

黑猫清醒过来以后,回忆起自己的所作所为,觉得"猫格"受到了玷污,已经脏了,不干净了,看贺莹的眼神变得十分复杂,不知道躲到哪儿忏悔去了。

顾宴不赞同贺莹这种行为,让她下不为例,并且嫌弃地让她快点去把身上这股味道洗掉。

贺莹保证下次不会了,但大概是她喷得太多,都腌入味了,哪怕洗了个澡,身上都还有一股味道,虽然淡了不少,但离得近了还是能闻到。

"小贺你身上什么怪味啊?"周阿姨还凑过来闻了闻,"这弄了什么到身上?"

贺莹腼腆地笑了笑:"就是喷了点猫薄荷水。"

周阿姨显然不知道那是什么:"那是什么东西啊?花露水?"

贺莹笑着说:"不是,是猫喜欢闻的一种植物。"

周阿姨把切好的水果给她:"你喷那东西干什么?"

贺莹端着切得很精致的果盘,忽然问:"裴墨也有吗?"今天是周五,裴墨已经放学回家了。

周阿姨愣了一下,然后说:"一般都是他想吃了就自己来拿的。"说完,

又压低了声音提醒贺莹,"小贺,你可别在顾宴面前提裴墨啊,他不喜欢裴墨的,你要是提起来,他肯定会生气的。"

"嗯,我知道的阿姨,那我先上去了。"贺莹说完,转过身,顿时一愣,裴墨正站在门口,疏淡的目光落在她脸上,里面有些别的什么东西闪了一下,就消失不见了。周阿姨倒是怪尴尬的,也不知道他听到没有。

贺莹端着果盘走过去,也不知道他什么时候站在这儿的,很自然地把手里的果盘递给他:"刚切好的,你先拿去吃吧,我让阿姨再切一盘。"

裴墨也自然而然地接了过去,漆黑的眼盯着她,抿唇笑了一下:"谢谢姐姐。"说完又越过她,看向周阿姨,礼貌又客气地微笑,"辛苦阿姨了。"

周阿姨忙说"不客气",裴墨就端着果盘走了。

周阿姨松了口气,又有点后怕地拍了拍胸口:"哎哟,吓我一跳,他什么时候来的,我怎么都没看见?一点声音都没出。应该没听到我刚才说什么吧?"

"应该没听到。"贺莹微笑着宽周阿姨的心,但是她直觉裴墨肯定听到了一些,只是不知道是从哪里开始听的。

周阿姨又去切水果,一边切一边忍不住说:"说起来,你说裴墨也是怪可怜的,大人做错事,小孩也要跟着受罪,在这个家里跟个外人似的。"

贺莹却笑了笑,淡淡地说:"我倒是很愿意像他这样'可怜'。"

不只是裴墨,哪怕是要她现在跟下半生可能都要在轮椅上度过的顾宴交换,她也是愿意的,甚至还会心怀感恩。

有钱人,再可怜,又能可怜到哪里去呢,总可怜不过她。

周阿姨愣了愣,然后说了句:"也是。"

贺莹笑了笑,端上切好的水果出去了。

晚饭时间,贺莹不可避免地见到了在家吃晚饭的裴邵。

今天一整天都风平浪静的。贺莹也不知道是裴邵太忙了还没来得及跟裴老爷子说,还是说,又突然改变主意了?她倒是不敢想是裴老爷子不答应。毕竟裴邵和顾宴不一样,他是裴氏集团的未来掌舵人,要辞退她这么个无关紧要的小角色,可以说是轻而易举。

贺莹心里打鼓,脸上却是一脸淡定,甚至都没抬眼多看裴邵一眼。自然也不会知道,从她推着轮椅进来开始,裴邵的目光就一直在她身上。

贺莹晚上去三楼陪练的时候,顺便把给褚沉做的香包交给了裴墨,请他转交。

裴墨拿在手里把玩了一下，又闻了闻，忽然问："你那里还有多的吗？能给我一个吗？"

贺莹很爽快地点头："可以啊。"她原本就做了好几个，都是准备送人的。

裴墨一只手拿着香包，另一只手捏着棋子，问："收钱吗？"

贺莹说："你免费。"

裴墨的嘴角不易察觉地翘了一下，下了两步，忽然抬眼看她，突兀地问："二哥也有吗？"

贺莹凝神盯着棋盘，漫不经心地应了一句："嗯。"

裴墨垂下眸，嘴角翘起的弧度也落了下去："哦。"

今天只下了一局，裴墨就不想下了，说累了想睡觉。

贺莹很能理解他，除了学习，放学以后他还有各种课要去上，光她知道的，就有钢琴、画画和网球，她不知道的，可能还有更多。

贺莹和他约好明天早上把香包给他。

第二天一早，贺莹就在门口等着裴墨。结果没等到裴墨，先等到了裴邵。

以前贺莹看到裴邵，不管他对自己什么态度，她总会礼貌地和他打声招呼。但经过昨天以后，她现在也不装了，他讨厌她，她也讨厌他。所以一照面，她就把头一低，假装没看见他，眼不见心不烦。却没想到裴邵居然径直朝她走了过来。

她看到停在自己面前那双看着崭新锃亮的皮鞋，愣了一愣，抬起头来，就撞进裴邵一双桃花深瞳中。

她个子差太远，但不想输了气势，下巴一抬，和他对视。

"裴先生，有事？"

裴邵倒是很淡定："那晚我的话还没说完。"

贺莹的下巴抬得更高了："请说。"

对比贺莹明显高昂的斗鸡状态，裴邵反倒显得很平和："如果我想开除你，不需要通过任何人的同意，我让你主动辞职，是给你提条件的机会。"

贺莹愣了一下，紧接着皱了皱眉，心想，那你不早说？

裴邵接着说道："这个机会依旧有效。"

贺莹张口就来："那我要一个亿，你给吗？"

裴邵面无表情。贺莹笑了："我开玩笑的，裴先生不用那么严肃。不过不好意思，我选择拒绝。"她一脸诚恳，"我只想认认真真工作，靠自己的努力，拿我自己应得的。"

裴邵看着她清亮又诚恳的眼神，有那么一瞬间，内心对自己的判断产生了怀疑。但他的面孔依旧没有什么情绪波动，看起来完全不为所动，脸色冷淡，声音更淡："希望贺小姐真如自己所说。"

贺莹微笑。

本来以为对话进行到这里，裴邵就该走了。但没想到，他却还没有要离开的意思。

他那双冷漠的桃花眼低垂下来，扫了她一眼，然后开口说："如果不想让别人'居高临下'，那你应该努力再长高点，而不是去抱怨比你高的人俯视你。"

贺莹眨了眨眼，很意外裴邵居然会那么在意她那天晚上说的话，他现在的话明显就是在怼她说的那番话，话里有话地讽刺她"仇富"？

她轻轻一笑，一双清凌凌的眼睛直视他："人天生有高有矮，长得高的人的确运气好，长得矮的人也只会觉得自己没投好胎，不会去怪那些长得高的人，可怪就怪在这些长得高的人已经天生好运了，却还要跑到长得矮的人面前炫耀。这样就不大好了，裴先生你说对吧？"

裴邵从小到大，从不逞口舌之快，所以也从没有和人打过嘴仗，他也从不在意那些人说什么做什么，他从来只看自己脚底下的路。以至于贺莹说出一番长篇大论来的时候，他居然说不出什么可以占上风的话来。

这不禁让他想到他人生中第一次失败。

十年前，棋院那盘棋。那个比他小三岁的少女，赢了他三子，拍合照的时候，挤到他旁边来，笑得一脸得意灿烂，比耶的手指都快戳到他的脸上来，遮住了他的半张脸。就像现在站在他面前的这个女人，眼睛亮亮的，得意和挑衅全藏在嘴角翘起的弧度里。

就在这时，一道声音突兀地横插进来。

"大哥。"

裴墨背着书包走了过来，看到裴邵在和贺莹说话，显然有些意外，眼神探究地看了贺莹一眼。

裴邵微点了下头，目光又凉凉地掠过贺莹，然后对他说："走吧，顺路送你去学校。"

显然他对裴墨的排斥并不如顾宴那么深，只是语气是冷淡疏离的，并不亲近。

如果是平时，裴墨一定不会拒绝的，可这次，他却拒绝了。他笑着说："不用了，大哥，我还有事要跟姐姐说。"

裴邵又看了一旁的贺莹一眼,贺莹一脸无辜地回看他。

裴墨就站在她边上,一脸阳光。

裴邵忽然察觉自己的多余,胸口无缘由地升起一丝烦闷,冷着脸走了。

裴墨看着裴邵出了门才问贺莹:"刚刚大哥在跟你说什么?"

贺莹从裴邵刚才的态度中判断出他并没有要直接开除她的意思,心里轻快不少,笑着说:"哦,他让我好好照顾顾宴。"

裴墨不知道为什么,直觉贺莹在骗他。刚才他远远地看着,他们之间的气氛很奇怪,还有刚才他留意到,大哥看向贺莹的视线,似乎太频繁了一点。不过他也没有点破,向她伸出手:"我的东西呢?"

贺莹已经准备好了,笑着把香包递给他。

大厅外的裴邵在上车前忽然往这边看了一眼,正好看到贺莹把什么东西给了裴墨。两人说着什么,贺莹的脸上始终带着笑。

她也在他面前笑过很多次,只是不是那种虚伪的假笑,就是带着攻击性的挑衅的笑。

"裴总?"司机小王小心翼翼地叫他。

裴邵收回目光,面无表情地弯腰上车。

裴墨拿着贺莹给自己的香包,随手翻了一下,居然发现在上面绣了一个小小的"墨"字。他愣了愣,看着贺莹:"这是专门给我绣的?"

昨天他看过了,褚沉的香包上没有字,就是简简单单的一个香包。

贺莹微笑着说:"既然是送的,那总得费点心思才送得出手吧。如果你喜欢这个气味,可以把它挂在衣柜里,会香很久。"

裴墨捏着香包,看着上面那个小小的"墨"字。本来他没把这个香包当回事,又不只是他一个人有,可是当这上面绣上他的名字以后,这好像就成了独属于他的东西。无论是在这个世界上,还是在这个家里,他所拥有的独属于他的东西并不多。

他把香包捏在掌心里,看着贺莹,嘴角微微翘起,眉眼异常柔和:"谢谢,我很喜欢。"

贺莹没把这当回事:"你喜欢就好了,快去上学吧。我也要上楼去了。"

裴墨点点头,笑得很阳光,疏凉的眼睛仿佛也有了温度:"那我去上学了,姐姐再见。"顿了顿,又补上一句,"晚上见。"

贺莹摆摆手,一脸亲切大姐姐的笑容:"去吧,再见。"

裴墨手里紧紧握着贺莹给他的香包,背着书包走出了大门,脚下的步

子罕见的轻快。

"给你的。"裴墨路过褚沉的座位时,随手把褚沉的那个香包丢在了她的课桌上。

褚沉捡起桌上的香包,闻了一下:"是挺香挺好闻的。"然后就随便丢到了课桌里,扭头看向斜后座的裴邵,然后一眼就看见挂在他书包拉链上一晃一晃的香包,"那个护工姐姐也给你做了一个?你花钱了吗?"

裴墨把书包往桌上一放,挑眉,眉眼漂亮得让人难以直视:"我需要花钱吗?"

褚沉不屑地"喊"了声,然后说:"你好土啊,干吗把这个挂在书包上。"

裴墨脸上的表情瞬间敛了起来:"关你屁事。"

褚沉被骂了,居然也不生气,而是笑着说:"哎,我晚上去你家找那个姐姐下棋吧?"

裴墨冷着脸回:"她没空。"

褚沉皱眉:"你怎么总说她没空啊?那她什么时候才有空?我可把钱都给她了。"

裴墨没说话,从书包里拿出手机,操作一番,然后对褚沉说:"转给你了。"

褚沉愣了下,然后放在桌上的手机响了一声,她拿来看了一眼,裴墨给她转了一千。

"你有病啊?"

接连几天,都风平浪静。玲姨看起来也对裴邵想要她辞职的事情毫不知情。贺莹悬着的心,终于松了下来,看来裴邵暂时是没打算开除她了。

不过原来一个星期才能撞见他三四次,但最近裴邵回家的时间却变早了,见面的概率大大上升。

反正这几天,她只要一看到裴邵,离得远就干脆掉头就走,离得近就假装四处看风景,不然就低着头假装看不见他,尽量降低在他面前的存在感,免得他又突然看她不惯。

上次他说的话她一点都不怀疑。他要是真要开除她,她只有卷铺盖走人的份。惹不起,她躲得起。先夹着尾巴一段时间,等顾宴离不开她了,她再挺直腰杆做人。

几天下来,倒也相安无事。裴邵也没有来找她的碴儿。

那只黑猫打那一次吸猫薄荷上头后，再看到贺莹，已经不像以前那么充满攻击性了，也不再抗拒贺莹给的食物。

贺莹打一棒子，给了一筐甜枣，最近准备的都是黑猫最爱吃的。

她还给黑猫取了个名字。

当顾宴听到贺莹叫黑猫"小黑"的时候，瞳孔都震了震。

"谁让你给它取名字的？还叫得那么难听。"嫌弃溢于言表。

"顺口就好了。"贺莹手里拿着猫条，"我看它挺喜欢这个名字的。"说着，拿着猫条的手晃了晃，对着正在玩猫抓板的黑猫招呼了一声，"小黑，过来。"

在顾宴震惊的眼神中，就看到黑猫不情不愿地过来了。

贺莹笑眯眯地在黑猫后背上摸了两把，摸得它舒服得尾巴都翘了起来："看，它喜欢这个名字。"

贺莹的手机突然响了起来。她拿出手机，看到来电显示的时候，脸色顿时微微一变。

"我去接个电话。"她和顾宴说了一声就急急忙忙起身出去接电话了。

黑猫正被摸得舒服，顿时不满地叫了一声。顾宴皱起眉，只看到她急匆匆出门的背影。

电话是特殊学校打来的。跟上一所特殊学校不一样，这次的学校宣传的就是解放家长，所以除非家长要求汇报，他们通常不会打扰家长。贺莹却有另外的要求，平时如果不是什么重要的事情不要联系她。所以只有贺康在学校发生他们也处理不好的特殊情况时才会联系她。

贺莹从画室走到走廊，短短十几步路，脑子里已经设想了无数种贺康可能会出的状况。

接起电话的时候声音听起来异常冷静："喂，我是贺莹，贺康在学校出什么事了吗？"

通话时间不到两分钟。

贺莹回到画室，脸色不大好看，她和顾宴请假："顾宴，我有急事要去处理，可以请半天假吗？"

顾宴看贺莹的脸色不好，问："出什么事了？"

"一点个人的私事，有点急，我可以现在就走吗？"贺莹说。

"我让司机送你。"顾宴说。

"不用。"贺莹毫不犹豫地拒绝了，她现在并不能让太多人知道贺康的状况。

顾宴也没有勉强她，看她是真的着急，微抬了抬下巴说："放你半天假，你去吧。"

"谢谢。"贺莹感激地说。然后匆忙回到房间换了一身衣服，她本来要找玲姨请假，但是并没有找到她，只好让周阿姨代为转告。

"是不是你哥哥的事啊？"周阿姨倒是一下就猜到了贺莹为什么那么着急，毕竟贺莹家里也不剩下什么人了，能让她那么着急的，肯定只有那个智商有缺陷的哥哥了。但也还记得贺莹不想被人知道的嘱托，就算在厨房，她问的时候也刻意压低了声音。

贺莹点了点头。

周阿姨是个热心肠，也不禁跟着着急："是出什么事了？严重吗？要不要阿姨陪你一起去？"都顾不上自己晚上还要给裴家人做饭了。

贺莹勉强笑了笑，感激地说："不用了阿姨，我能处理好的。"

周阿姨心疼地握紧她的手，交代道："那你有什么事，给阿姨打电话。"

贺莹笑着说"好"，就先走了。

贺莹打了辆车就往医院赶。花了半个小时的时间才赶到医院，下车的时候又下起了大雨，她没带伞，从车上下来，淋着雨跑了几十米进了医院。

学校有负责贺康的老师在大门口等她，看到她淋湿了，连忙从包里翻出纸巾来："先擦擦吧。"

"我没关系。"贺莹接过纸巾没有擦，冷静地问，"怎么样了？"

老师一脸为难地说："蒋文博醒是醒了，但是意识不怎么清楚，现在还在照CT。对方家长都来了，而且那个孩子的妈妈有点激动，等一下你一定要冷静。"

贺莹用纸巾擦了擦脸上的水，问："贺康呢？他怎么样了？"

老师说："他的情绪已经稳定下来了，小文老师陪着他呢。"

贺莹略微放下心来。

一路上，老师把前因后果解释了一遍。受伤的是贺康平时在学校玩得好的一个男孩子，那个男孩子才十岁，但今天两个人不知道怎么吵架了，贺康发起怒来，一把就把那个男孩子推倒在地。他的心理年龄虽然可能还不如一个五岁的孩子，可他的身体却是一个一米八的成年人，愤怒之下的重重一推，对一个十岁的孩子来说是不可承受的。

那个男孩子仰面摔倒，后脑勺磕在地上，当场就昏了过去。

学校里的老师打了120，又给双方家长都打了电话。

老师领着贺莹过去。

"文博家长,这是贺康的家长……"

老师对着那里正站着CT室外的一男一女介绍,还没等介绍完,那个女人就冲过来,照着贺莹的脸上就是一巴掌。

贺莹猝不及防挨了这结结实实的一巴掌,一点迟疑都没有,第一时间就用尽全力反抽了回去。

接连两个耳光。一个扇在贺莹的脸上,另一个扇在对方家长的脸上。一个比一个响。

把学校老师都吓傻了,挨了一巴掌的家长也傻了,愣了几秒,走廊里其他等着做CT的病人和病人家属也愣住了。

紧接着,那个家长反应过来,就要来厮打贺莹。贺莹往后一退,冲过来的夫妻俩都被学校老师拦住了。

对方家长那个耳光虽然让学校的老师猝不及防,但因为打交道打得多,知道对方是个强势的性格,所以能打出那一巴掌,倒是在意料之中。贺莹那个反击的巴掌,才是打得让人震惊不已。

贺康在校期间,贺莹虽然来的次数不多,但是每次来,都会给老师们留下很好的印象,无论是对学校的老师,还是对贺康,态度都是温温柔柔的,说话也是慢条斯理、轻声细语,让人如沐春风,看着就很有礼貌和素质。

这打回去的一巴掌却是打得异常干脆利落,连对方家长都愣了三秒才反应过来。两个老师就更震惊了,完全想象不出平时温温柔柔的贺莹居然也会扇人巴掌,而且光是听声音,就听得出来她扇的那个明显更脆更响。

从楼上下来的褚方一行正好路过,就刚好目睹了这一幕,一眼就看到扇了对方一巴掌后冷静后退的贺莹。他不禁挑眉,怎么每次见这位护工小姐,她都在被人扇巴掌?

不过她倒是每次都不吃亏,他看她回的那个巴掌,比被打的那个还狠些。

走廊上一片混乱,很快就有护士过来制止。

"褚律,走吧。"同行的人说道。

褚方却笑着说:"你们先走。我有个认识的人在那边,我过去看看,马上过来。"然后和另外几人点了下头,就往那边去了。

护士的制止加上两个老师在中间的劝和,让蒋文博的家长好不容易压制住了火气,但蒋文博妈妈的眼神简直就像恨不得生吃了贺莹。

贺莹低着头,冷静地酝酿出了一些泪意。

蒋文博妈妈虽然看着高壮,但因为养尊处优,平时拎得最重的东西就

是她手上那只鳄鱼皮的爱马仕包包，虽说也是用了全力，但手上并没多少力气。贺莹就不一样了，她这几年干的都是重活，外表看上去纤细柔弱，却是一身的力气，她全力打出去的一巴掌，比蒋文博妈妈打得重多了。

偏偏蒋文博妈妈看着壮实，皮肤也黑，明明半张脸都火辣辣的又麻又疼，可偏偏脸上却看着不红不肿，一点都看不出来刚刚挨了个巴掌。

再反观贺莹，因为皮肤白，皮又薄，身上本就容易留印子，所以那一巴掌不仅在她脸上留下了一个清晰无比的巴掌印，脸更是迅速肿了起来，看着比蒋文博妈妈严重得多。

无论谁看，都觉得贺莹是吃亏的那个。更何况是根本就没看到贺莹反击的人了。

赶过来制止的护士和医院保安就是，没看到过程，只看到结果，一看蒋文博妈妈拎着爱马仕包，人又黑又壮，盛气凌人的样子，还捂着脸说贺莹打她，再看贺莹半张脸都红肿起来，非但没有管脸上的伤，还把背挺得直直的故作坚强，心里顿时就有数了，对蒋文博妈妈说话的语气都要严厉许多："这位病人家属，这里是医院，请你安静。"

教训完蒋文博妈妈以后，护士又扭头看向贺莹，一对上对方抬起头来时隐约湿润发红的眼眶，心顿时软了软，语气也柔和不少："你先去买个冰袋敷一下脸吧，等下肿得更厉害了。"

贺莹眼眶微红，感激地点了点头："谢谢。"

护士又转向蒋文博的家长："好了，都别闹了，这是在医院，安静一点。"

学校的老师连连道歉。

贺莹轻轻碰了碰自己肿起来的脸，疼得龇了龇牙。

"我怎么每次见你，你都在被人扇巴掌啊？"一道隐约带着几分笑意的懒散声音突兀地在身边响起。

贺莹扭头，顿时一愣。身边不知道什么时候站了个西装革履、拎着公文包的狐狸男人。她一眼就认出来，是裴邵曾带回家吃饭的那个姓褚的朋友。而且很快就从他说的这句话里分析出，他也去了赵老爷子的葬礼。怪不得上次在裴家，他会用那种眼神打量自己。

而现在，他那双狐狸眼也正似笑非笑的，看着像是来看热闹的。

果然，能和裴邵做朋友的人，也不是什么好东西。

贺莹脸色冷淡，没有搭他的话，好像他的话不是对她说的那样。

褚方受到冷遇也不介意，反倒是笑眯眯地递来一张名片："需要帮忙吗？"

贺莹随手接过，瞥了一眼上面的字：褚行律师事务所。

就听到对面蒋文博的爸爸忽然面露惊讶地走过来："褚总？您怎么在这儿？"

褚方一抬眼，看到对方却有些疑惑："你是？"

蒋文博爸爸一改刚才的激愤，态度热情："我是勤铭科技公司的总经理蒋灵杰，上个月我们在交流会上见过的。"

褚方微笑，态度冷淡："哦，蒋总。"

他和这位蒋总并无什么业务往来，对方的热情也并不是冲着他本人，而是冲着他背后的褚家。

蒋灵杰刚才看见褚方给贺莹递了名片，当下有些摸不准两人的关系。

"褚总来这里是……"

"来见个当事人，刚好路过，看见朋友好像遇到点麻烦，所以过来看一眼。"褚方说到朋友的时候瞥了贺莹一眼，很明显，他嘴里的这个"朋友"指的就是贺莹。

贺莹刚才还对看起来是来看热闹的褚方没什么好感，现在忽然发现他像是来给自己撑腰的，立刻很现实地露出了充满信赖且委屈的目光，好像两人的关系真的不一般。

褚方接收到了她的这个目光，狐狸眼闪了一闪，嘴角的笑也滞了一滞，这女人变脸也变得太快了，而且还变得那么自然。他一转头，看向蒋灵杰，微笑着询问："蒋总在这里是？"

蒋灵杰一听说贺莹是褚方的朋友，忙说道："啊，这个，就是小孩子之间玩闹不小心受伤了，不是什么大事。"

他老婆顿时激动起来："什么小孩子玩闹！"

蒋灵杰忙拦住老婆，同时示意让一起来的朋友先把她拉走，然后才对褚方解释道："我小孩受了点伤，所以我老婆比较激动。既然大家都是朋友，那就好办了，可以商量着处理。"

"那是最好了。"褚方笑着说道，但听到是小孩之间玩闹的时候，心里却暗暗有点讶异，瞥了贺莹一眼，没想到她居然都有孩子了。

随即他手里的手机响了起来，他看了一眼，然后笑着说："我朋友催我了，那你们先忙，我还有事，就先走了。"又对贺莹说，"小贺，后续有什么问题随时找我。"说着，还亲昵地拍了拍她的肩，以示亲近。

贺莹很配合地说道："好的，你先去忙吧。"

蒋灵杰也忙说:"褚总,您去忙,我们这边会好好处理的。"

褚方笑了一笑,视线在贺莹肿得厉害的右脸上停留了一秒,然后对蒋灵杰点了下头,先走了。

两个老师见事情看似有缓和,不禁都松了口气。

褚方一走,蒋灵杰再看贺莹越肿越高的侧脸,就尴尬了起来:"贺小姐是吧?真是不好意思,刚才我老婆情绪实在太激动了,我代她向你道歉,但我儿子受了伤,她心里实在着急,希望你能够理解体谅。"

贺莹倒也没有狐假虎威得寸进尺,只是冷静地点了点头:"我能理解您妻子的心情,她虽然打了我一巴掌,我也还回去了,就算扯平了。其他事情,我们就该怎么处理就怎么处理,该承担的我也会承担。"

毕竟现在受伤的是对方的小孩,情况怎么样都还不知道,她也能够理解为人父母的心情。最重要的是,她那一巴掌,打得绝对比挨的这一下要重得多,也不算吃亏。虽然现在她的脸肿得说话都有点张不开嘴了。

蒋灵杰一听她这么说,顿时也松了口气,冷静下来,也不禁对贺莹有些刮目相看,特别是看到贺莹那张惨不忍睹的脸,更是心虚内疚,毕竟是小孩之间的事情,迁怒到大人还直接动手,怎么都是说不过去的。

刚才看她和褚方的关系像是不一般。他公司之前还一直想和褚方家的公司合作,但手里的人脉都用不上,这事要是处理好了,说不定还能搭上线。

想到这里,他忙说道:"你说这些话真是太让我惭愧了。既然贺小姐是褚总的朋友,那大家都是认识的,什么都好说。"

刚说到这里,刚刚离开的褚方忽然去而复返。他把手里的冰袋随手抛给贺莹,又似笑非笑地说:"快把脸敷一下,都快肿成猪头了。"

贺莹还没反应过来,他已经又走了。

蒋灵杰看褚方居然又特地回来给她送冰袋,越显得两人关系非同寻常了,面对贺莹那张肿得过分的脸越发尴尬了,忙说道:"是,快敷一下吧,消消肿。"

贺莹也有些怔愣,觉得自己以貌取人实在不应该,随即把冰袋小心翼翼地按在了脸上,刺痛感顿时缓解了不少。

贺莹虽然挨了一巴掌,但也没走,在医院陪着做完了所有检查。

蒋灵杰大概是给他老婆做了思想工作,只是不搭理贺莹,倒是没再给她脸色看了。

最后检查结果是轻微脑震荡,要在医院住三天观察。

蒋灵杰原本不打算让贺莹出钱。贺莹看出他是想通过她去跟褚方拉关系，她还是先交了一部分钱。褚方那个人，她还有些摸不透，不敢欠他太多人情。

她手里一直存着一笔应急的钱，就是为了防止这种情况发生的。只是之前攒下来的钱一下子全花了个精光，一下子就捉襟见肘了。

处理完医院的事，已经是下午四点多了，她又坐上学校老师的顺风车一起去了学校看贺康。

为了不吓到贺康，她戴了个口罩，肿起来的那边脸被口罩磨得火辣辣地疼，也只能忍着了。

贺康早忘记了自己推了人，正在开开心心地玩积木。贺莹没叫他，而是先跟老师去看了监控。

监控里就看到贺康和那个叫蒋文博的小孩坐在一起玩拼图，一开始两人还玩得好好的，玩着玩着，两个人就吵起来了。

先是吵架，吵着吵着，蒋文博就站了起来，朝贺康吐了口口水，贺康生气地推了他一下，但并没有怎么用力，他就用头去撞贺康的肚子。贺康开始只是推开他，是他一直用头去撞贺康，看起来像是把贺康撞痛了，贺康才生气地用力推了蒋文博。

蒋文博一下仰躺着摔下去，后脑勺磕在地上，就不动了。

小文老师小声说："贺康平时从来不打人的，这也是蒋文博先动手，贺康才推了他。"她平时负责照顾贺康，和贺康关系亲近，看到监控更是替贺康委屈。

贺莹倒是松了口气。之前老师说得不清不楚，她就怕贺康无缘无故伤害别人，出现暴力倾向。现在看完监控，知道贺康是事出有因，她就放心了。

贺莹已经把监控内容都拍了下来，又问老师："对方家长看过监控了吗？"

老师顿时有些尴尬："还没来得及给他们看。"

当时事发突然，再加上蒋文博当时看起来很严重，在场的老师也只说看见贺康推了蒋文博，就没顾上查监控，先通知了双方家长到医院。

贺莹说："那请发给他们一份吧。"

老师立刻保证会给对方看的。

贺莹就去看贺康了。

小文老师把他安抚得很好，他看起来已经忘记了自己推人的事，只是高兴那么快又看到了贺莹。他很好奇贺莹为什么要戴口罩，贺莹骗他说是自己感冒了。

见贺康没什么事，贺莹就走了。

前几天才刚交完学校的钱，现在又交完了医院的钱，贺莹手里就只剩下一千多块了，现在只能指望这个月的工资了。多干几个月，她就能缓过这口气来。

现在她是真庆幸裴邵没有直接开除她，心里甚至一阵后怕。像她这样的人，想要挺直腰杆做人，是一件奢侈的事。

今天这样的事，如果不是褚方刚好路过帮了忙，她还不知道要被怎么为难。

只不过现在实在缺钱缺得厉害，平时都舍不得打车，今天就更舍不得了，虽然外面雨下得不小，贺莹还是走路去坐地铁回去。走的时候，小文老师好心借了把雨伞给她，让她不至于被淋湿。

她冰敷了一下午，脸上倒是消了一点肿，但巴掌印却从红色变成了淤青，看着挺吓人的，戴口罩又磨着疼，坐地铁的时候就没戴口罩，倒是引来不少人惊讶的视线，贺莹只当看不见。

坐完地铁又转坐公交车，贺莹在车上累得睡着了，结果醒来的时候，发现挂在前面横梁上的雨伞居然被人拿走了。

她的心情诡异地很平静，甚至都没有多余的愤怒和怨气，只是疲倦又麻木，想回去好好地睡一觉。

从公交站台走回裴家大门，足足有近两公里的路。雨下得不大，她就淋着雨走。

她在医院跑了一下午，又辗转去了好几个地方，已经很累了，越走步子越沉。

她真是……太累了。

虽然她一直试图忽略右脸的疼痛感，但那种疼痛感却仿佛蔓延开来，连太阳穴都开始隐隐胀痛起来。她机械麻木地抬起步子，想着自己那个小房间里的浴缸，想象着自己回去就能好好泡个澡，然后再睡一觉。可她抬头往前看，眼前只是漫漫雨幕，裴家的大门仿佛还是那么遥不可及。

一辆黑色轿车从她身边驶过。贺莹抬眼一看，看到熟悉的车牌，认出那是裴邵的专车。

她只看了一眼，就垂下眸，继续往前走，没察觉车子在开出十余米后忽然停了下来，然后倒退回来。

司机小王撑着伞从车上下来，急匆匆地跑到她面前。一看清她的样子，他顿时吓了一跳。

他是裴邵的专职司机,平时跟着裴邵一起早出晚归,跟贺莹算不上熟,也没说什么,只忙把伞撑到她头顶上来替她遮雨,随即说:"快上车吧。"

贺莹实在是走不动了,想着大概是小王好心,感激地说了声"谢谢",就跟着一起到了车子边上。

小王下意识地替她拉开了后座的车门。贺莹上车前却忽然犹豫了,抬头看小王:"弄湿了车,没关系吗?"

她想到裴邵那个人看着那么冷血,要是弄脏了他的车,只怕小王不好交代。

小王愣了一下,刚要说话,车里就传出了一道熟悉而又冷酷的声音:"上车。"

贺莹愣了一下,然后下意识弯腰看进去,就看见车后座的另一头,端坐着西装革履、面无表情的裴邵。

她只迟疑了一秒,就坐了进去。

"谢谢裴先生。"贺莹把自己湿透了的风衣衣摆从座位上拨弄下去,小声道谢。

她本来以为是小王开车路过,好心载她,万万没想到,裴邵居然在车里。

他不开口,小王肯定是不敢自作主张载她的。她不是不识好歹的人。

裴邵没说话,眸光似是不经意斜扫过来,却扫到她满是雨水淤青的右脸,黑眸瞬间一凝:"谁打的?"

她皮肤白,那片淤青就刺眼得很,隐约还能看出指印,一看就知道是被人打了巴掌。

小王也从后视镜中偷偷往后看。

贺莹怔了怔,才反应过来自己忘了戴口罩。她下意识抬起手遮住自己的右脸,另一只手从口袋里摸索出口罩戴上,见裴邵还在看着自己,沉默了一下,说:"我可以不说吗?"

裴邵却想起葬礼上那一巴掌,看她的反应,无非又是招惹了什么是非,被打了都说不出缘由。他侧过脸去,脸色渐冷,不再说话。

贺莹也安静下来。

小王只觉得车里的温度突然骤降了好几度,默默地把空调温度往上调了调。

贺莹却还觉得冷。她身上都淋透了,忍不住哆嗦了一下。

随即一件西装外套从旁边丢了过来,砸到她的膝盖上。

她看着自己膝盖上的西装,愣愣地转过脸去看裴邵。

裴邵冷冷地说:"别病了传染给顾宴。"

贺莹管他说什么,默默把自己身上淋透的风衣脱了,披上了他看着就很高档昂贵的西装外套。

她先前怕把车弄湿,是怕给小王惹麻烦,但既然是裴邵授意的,她也就不担心了。西装也是一样,他给的,她就接着,穿得十分坦然。

西装内衬上还带着他的体温,倒是没那么冷了,车里的温度也调高了,缓过来一点,贺莹就有力气腹诽,还以为裴邵是冷血动物,没想到身上还挺暖和。

车里很安静。

司机小王也就二十六七岁的年纪,平时也爱说爱笑的,但给裴邵开了几年车,知道裴邵喜欢安静不爱说话,所以开车的时候绝对不会多嘴。虽然他真的很好奇贺莹怎么会弄得那么狼狈,但还是一句不敢多问。

他同时在心里也犯起了嘀咕,老板看起来很讨厌贺莹,说话的语气都不大对。可要说讨厌,又特地让他把车倒回去载她,更离奇的是,居然还把那件新定制才第一次穿上身的西装都脱给她穿了。老板平时可是最爱干净的。

小王忽然迷惑了,老板原来是这么有同情心的人吗?

车停在大门口。

小王拿着雨伞下车,刚想去替裴邵开车门撑伞,就见裴邵自己打开车门走了下来,也没撑伞,淋着雨大步走进了大门。小王愣了愣,忙又绕到另一边,把伞撑到贺莹头上,把人送到了门槛下。

"谢谢。"贺莹说。

"嗐,别谢我,要谢就谢老板。"小王说完,看了看贺莹被口罩遮住的右脸,欲言又止,还是没说出口,"那我走了。"

"等一下。"贺莹叫住他,然后就要把身上的西装脱下来交给他,"衣服请你帮我还给你老板吧。"

小王一只手撑着伞,另一只手连连摆手,一边摆手一边退,像是生怕她把衣服丢给他:"哎,别,老板给你的,你自己还吧。对了,这衣服可贵,还是新的,老板第一次穿的,可别丢洗衣机啊。"他一边交代,一边往车那边走了。

贺莹顿时觉得就披了下裴邵的衣服,就去了一笔干洗费,算是亏大发了。这么一想,她又把西装穿上了,小王说这件衣服很贵,多穿一会儿,心疼得就没那么厉害了。

贺莹刚进大门,就看见大厅里裴邵正在和顾宴说话。

她本来想悄悄地从旁边回房间,却没想到裴邵和顾宴同时转头看了过来。她只能站住,对顾宴说:"我回来了。"

顾宴看到她浑身湿透的同时,也看到了她身上披着的西装,愣了愣,又转头看了一眼站在他面前只穿一件白衬衫的裴邵。很明显,贺莹身上那件西装就是裴邵的。

他们一前一后地进来,而且她身上还穿着裴邵的衣服,看着像是一起回来的,他一时有些搞不清楚状况。

裴邵在这儿,他也不好问什么,只皱着眉问:"你怎么搞成这样?"

贺莹只想快点回去洗个热水澡,却还是不得不耐心地回答:"我回来的时候把伞弄丢了。"

裴邵的视线掠过她还在滴水的发梢和从西装袖口探出来微微蜷缩着发着抖的手指,面无表情地说:"去把衣服换了,别弄湿地板。"

贺莹如蒙大赦,几乎有些感激,忙说:"那我先走了。"

顾宴也才反应过来,外面那么冷,她全身都淋湿了,肯定很冷。看她嘴上说着要走,眼睛却还看着他像是在征求他的同意,他心里揪了一下:"快去吧。"

贺莹这才匆匆一点头,连忙走了。回到房间,立刻往浴缸放热水,裴邵的西装被她脱下来后好好放在了床上,至于身上的其他衣服就只是脱了丢在地板上。

全身泡进热水里的时候,她感觉整个人都活过来了。开始庆幸幸好坐上了裴邵的车,不然还不知道要走多久。

再加上今天在医院也是他的朋友帮了她。

她是个务实主义者。不管他们是怎么看自己的,也不管他们平时怎么居高临下,但是他们帮了自己,她确实得了好处,她就领这份情。

贺莹泡完澡,站在镜子前,右脸还是肿。她脸上本来就没什么肉,右脸肿起来和左脸的对比很明显,更明显的还是上面的淤青。她本来就是容易留印的体质,经常不知道在哪儿撞一下,都要淤青好几天,只是没想到这回淤青上脸了。最少一个星期,她都只能戴着口罩不能露脸了。

贺莹别过脸去仔细观察自己脸上的淤青,因为皮肤白,衬得淤青的颜色很深,边缘处还有些深紫色,看着很吓人。而且比起在医院的时候,淤青还扩散了一些,都快到颧骨了。她现在只希望明天不要继续往外扩了,

不然连口罩都遮不住了。

她可不想一直解释自己为什么被打。

"你戴口罩干什么？"顾宴之前就觉得奇怪了，只是没来得及问。

"我感冒了，戴个口罩免得传染给你。"贺莹说着，假装咳嗽两声，却没想到喉咙一阵发痒，居然真的咳嗽了好一阵。

顾宴立刻皱起眉："快去喝口水。你怎么那么笨啊，伞弄丢了不会打车回来吗？淋成那样。"

贺莹好不容易才止住咳嗽，心里也觉得有点不妙，不会真的要感冒吧？

她跟顾宴解释说："那个地方很难打到车。"

而且刚开始她看雨也不大，谁知道后来越下越大，而且她也高估了自己的体力，走着走着就没力气了。

"那你怎么跟我哥一起回来了？"顾宴顿了顿，有点别扭地问，"还穿着他的衣服。"

"我回来的时候刚好裴先生路过，可能看我可怜，就让我上车了。"贺莹说，"衣服也是他好心给我的。"

顾宴从小就崇拜裴邵，自然也认为自己的哥哥很厉害有很多他难以企及的优点，但唯独跟"善良""乐于助人""好心"这样的词汇不沾边。更别说裴邵从小就很注重隐私，他的房间从不会让人进，属于他的东西也不喜欢被人碰，更别说是自己的衣服了。

可他不仅让浑身湿透的贺莹上了他的车，居然还会把衣服脱给她穿。大哥什么时候那么好心了？

贺莹又补上一句："裴先生说是怕我感冒传染给你了。"

"哦，难怪。"顾宴很容易就接受了这个理由。他以前总觉得哥哥讨厌自己，但自从自己出车祸以后，他才发现哥哥其实还是关心自己的。贺莹又总是跟自己形影不离的，担心她把感冒传染给自己也很正常。

他马上就关注起了另一个问题："你说话怎么怪怪的？"

"嗯？什么？"贺莹装蒙。其实她也感觉到了，因为脸肿了，说话都有点张不开嘴，黏黏糊糊的，她已经尽量让自己听起来正常了。

顾宴说："像含了什么东西在说话。"

贺莹借自然也是张口就来："唔，牙有点疼，可能有点发炎肿了。"

顾宴倒也没怀疑什么，"哦"了一声，又问："你那件急事处理好了吗？"

贺莹敷衍地"嗯嗯"了两声。

顾宴盯了她两眼,忽然问:"我给你发微信你怎么不回我?"

贺莹愣了下:"你给我发微信了吗?那可能是我在医院,我没看到,可能是我没注意,是有什么事吗?"说着就要拿出手机来看。

顾宴却别扭起来:"你别看了,没发什么。"

贺莹已经把微信打开了,顾宴果然发了微信给她,还不止一条。

一条是她刚到医院的时候。

顾宴:出什么事?要不要帮忙?

还有一条是四点多的时候。

顾宴:事情处理好了吗?什么时候回来?

贺莹看到这两条信息,心里微微一动,解释说:"那时候我可能没注意手机。事情我都处理好了,谢谢你。"

顾宴反而不自在起来:"谢什么,我又没做什么。"就是等她回消息等得有点心烦。

贺莹笑了:"谢谢你关心我啊。"

虽然她的下半张脸都被口罩遮住了,可是眼睛却弯了起来,像一汪清泉。

顾宴别过脸,自己推着轮椅往外走:"谁关心你了。"

贺莹跟过去推轮椅,也不反驳,只是口罩下的嘴角微微上扬。

她推着顾宴进电梯,就看见电梯里裴邵也在。

顾宴叫了一声:"哥。"

贺莹跟着叫了一声:"裴先生。"

她总是称呼他"裴先生",可是这次的"裴先生"和之前的"裴先生"语调上却有细微的不同。

裴邵似乎察觉到了,对顾宴点头后,目光轻飘飘地点了一下她。

不知道是不是贺莹的错觉,总觉得裴邵不像之前那么傲慢了。她心念一转,觉得这或许是个好机会。也许裴邵并没有表面上看起来那么冷漠,否则也不会载她,还给她衣服穿。兴许能够以此为契机渐渐让裴邵转变对她的态度。

她站在顾宴的轮椅后面,刚好和他站在一起,轻声说道:"你的西装我洗好了再还给你。"

裴邵淡淡地道:"嗯。"

坐在轮椅上的顾宴莫名地有点不舒服,贺莹和裴邵都站在他身后,说的话也与他无关,好像他是多余的。他鬼使神差地扭过头去,对裴邵说:"对了,哥,今天谢谢你送她回来。"

裴邵垂眸看着轮椅上的弟弟，他们的关系已经好到他帮她向他道谢的程度了？

顾宴的话倒是提醒了贺莹，自己好像还没有对裴邵道谢，于是也忙说道："是，今天谢谢裴先生载我。"

裴邵收回视线，嘴角微不可察地抿了抿，语调平且冷："不用。"

电梯里的温度无声冷了几度。

电梯门很快打开。裴邵目不斜视地从他们身边走了出去。

贺莹照顾顾宴上了床，就回了自己房间。她今天实在是太累了，脸还疼，就想快点睡一觉，希望明天能好点。

刚准备换衣服睡觉，就有人敲门，是玲姨。她连忙又把口罩戴上去开门。

玲姨手里拿着两盒感冒药站在门口，关切地说道："小贺，小宴说你感冒了，让我给你拿点感冒药。你怎么样啊？没发烧吧？"

贺莹说："玲姨，我没事，就是回来的时候淋了点雨，有点咳嗽。"

玲姨把感冒药给她："那快把这个感冒冲剂用开水泡了喝，睡一觉明天就好了。"

贺莹接过感冒药："谢谢玲姨。"

"谢我做什么？要谢也该谢谢小宴。要不是他告诉我，我都不知道你感冒了。"玲姨微笑着说，"小贺，你这段时间对小宴的用心没有白费。"

贺莹笑了笑："我只是做好我分内的事。"

玲姨越看贺莹，越是喜欢。这些天她都默默观察着贺莹，把贺莹的表现都看在眼里，笑着说："你放心，你的表现我都会反映给老爷子的，到时候给你加工资。"

贺莹笑得很甜："谢谢玲姨。"

玲姨欣慰地说道："踏踏实实的，裴家不会亏待你的。"

贺莹点点头。

玲姨走了，贺莹脸上的笑容也渐渐消失了。

踏踏实实的——她也想过，曾经也一直是这么做的。可是这世上不是每一份努力都是有回报的。

玲姨如果知道她的用心，估计也会对她很失望吧。

贺莹把两盒感冒药放在桌上没有动，刚换好衣服，门又被敲响了。

"小贺你在吗？我是小王。"

贺莹有点纳闷，小王来找自己干什么？难道是来要裴邵的西装？

她重新戴上口罩去开门。就看见小王拎着一个小塑料袋站在门口,门一开,他就把那个小塑料袋往她面前一递:"老板让我买的,给你抹脸的。"他说着还做了个摸脸的动作。

贺莹愣了愣,没反应过来。

"快拿着呀,我得走了,不然被人看见该误会了。"小王着急地抖了两下袋子,还鬼鬼祟祟地左右看了看,像是生怕被人撞见。

贺莹只能接过袋子。

"走了啊。"小王把袋子给她,就一溜烟跑了。

贺莹拎着小袋子回到房间,又看了看桌上那两盒感冒药,忽然有点茫然。

也不知道裴邵是怎么交代的,小王给贺莹买了半袋子的药膏还有药油,都是消肿散瘀的。贺莹认真挑了一会儿,也不知道哪样最有用,就随便挑一样抹了。抹在脸上清清凉凉,倒是很大程度上缓解了那种麻胀感。

第二天起来照镜子,脸上的肿胀的确看起来消得差不多了,只是淤青消得很慢,看着还是挺严重,还是得再戴几天口罩。

贺莹勤勤恳恳地把药膏抹上一层,又冲了一包感冒冲剂。

她昨晚为了骗顾宴才说自己感冒了,没想到今天真的感冒了,醒来的时候就头脑昏沉胀痛。

她是最讨厌吃药的,只是现在她也生不起病了,赶紧把昨晚玲姨送来的感冒冲剂冲了一包喝了,然后就出门工作。

刚走到大厅,就刚好碰到穿校服背着书包站在大厅里玩手机的裴墨。他手里拿着手机,时不时地抬头看一眼。

贺莹走进大厅的时候,他正好抬头看过来,脸上刚露出一点笑,见她戴了口罩,又愣了愣:"姐姐,你戴口罩干什么?"

贺莹清了清嗓子:"感冒了,怕传染给大家。"

她说着,扫了一眼挂在他书包上的香包。他单肩斜背着书包,香包斜坠下来,上面还加了个卡通小吊坠串在一起,看着格外显眼,想不注意都难。他的书包是黑色的,看着也是很洋气的一个款式,跟他整个人的气质都很搭。

准确来说,他浑身上下都很洋气,就连松松垮垮的校服也被他穿出了潮牌的效果,就只有她送的那个香包看起来格格不入。那个香包是挂在衣柜、车里或者是放枕头下的,第一次见有人挂包上。

贺莹想不通,裴墨看着审美挺好的,怎么会把一个那么和他不搭调的东西挂在书包上招摇过市。

裴墨皱眉:"怎么感冒了?昨晚上我给你发信息你也不回。"

"昨天淋了点雨就感冒了,就睡得早了点。是叫我陪练吗?今天晚上怎么样?"贺莹问。

她现在太缺钱了,看到裴墨就跟看到人形验钞机似的。

"可以啊。"裴墨说完,又觉得有点奇怪,"你怎么了?今天居然那么积极?"平时都是要他提前预约等她空档的。

贺莹干笑两声,很诚实地说:"最近缺钱。"

裴墨先是一愣,然后问:"缺多少?"

贺莹没反应过来:"啊?"

裴墨拿起手机,垂着眸,修长的手指在屏幕上点了几下。贺莹口袋里的手机就响了起来。

裴墨抬眼,说:"你看一眼,够不够。"

贺莹拿出手机,打开微信,看到一条三万的转账。

她不解地看着裴墨:"什么意思?"

"就当是我预付的陪练费。"裴墨一挑眉,眉眼蓦地多了几分少年的灵动狡黠,嘴角微微翘了一下,"一百场。"

"贺莹。"一道清冽冰冷的声音突兀地响起。

贺莹转头,就看见顾宴正坐在三米处的轮椅上,漂亮的眉眼像结了层霜,冷冷地看着她。

"还不过来?"

裴墨嘴角的笑意凝固了一下,随即又弯得更深:"姐姐,你先过去吧,我去上学了。"

他说着,又反手捞起书包上坠着的香包,连带着上面带着小铃铛的卡通吊坠一起,轻轻晃了晃,那一串吊坠就发出"叮叮当当"的脆响。他对着贺莹笑得很甜,小声地说:"谢谢你送我的香包。"

贺莹被他的甜笑晃了一下眼,有一瞬间的失神,随即催促说:"快去上学吧。"

察觉到某处传来的低气压越来越重,裴墨眉眼弯弯地说:"那我走了,姐姐再见。"他说着,又礼貌地对顾宴说了一声,"二哥我去上学了。"然后,又接着看着贺莹,垂在身侧的手翘起来对她偷偷地摆了摆,眉眼带着狡黠又带点小得意的笑。

她还是头一次见他这么"活泼"。她怀疑他这一串小动作都是故意做给顾宴看的,平时温顺礼貌的小绵羊,其实是头披着羊皮的小狼。但是想到被她握在手里的手机里那三万块钱的转账,贺莹实在很难生他的气。

贺莹过去的时候，顾宴的脸色已经很难看了，漂亮精致的脸上结着一层厚厚的寒冰，看着她的眼神里含着毫不掩饰随时有可能喷薄而出的愤怒。

"我说过让你别搭理他。"他似乎在竭力克制自己的怒气，声音压抑又冰冷。

贺莹说："只是正常打个招呼。"

顾宴忍不住了，手紧紧攥住轮椅扶手，气得发抖："你当我瞎吗？我看到你们一直在说话！他还叫你姐姐！"

他此时的情绪说不出是愤怒更多还是委屈更多，或者是两者纠缠在一起，又愤怒又委屈，还有深深的背叛感。

裴墨对贺莹做的那些小动作他全看在眼里，裴墨脸上还摆着那种恶心人的笑，一举一动，都像是在刻意炫耀他和贺莹的"亲密"。

他明明跟贺莹说过的，让她别搭理裴墨，可她却一点都没听进去，还跟裴墨站在一起有说有笑。他在这里坐了好久，她都没发现。

顾宴越想越难受，嘴角抿得死紧，眼眶也隐隐开始发红。

贺莹没想到顾宴只是看到她和裴墨说几句话情绪就那么激动，她刚想解释，听到顾宴声音的玲姨就匆匆从厨房里走了出来，担心地问："怎么了？出什么事了？"

顾宴立刻把脸别了过去，不让玲姨看到他的异样。

贺莹站在顾宴面前，把他挡住了，然后对匆匆赶来满脸焦急的玲姨说："玲姨，可以让我和小宴单独待一会儿吗？"

小宴？顾宴听到这两个字，又猛地把头转过来，盯着贺莹的后脑勺有些怔怔的。

玲姨被贺莹拦住，欲言又止，但看贺莹恳求的眼神，而且顾宴也没作声，就点点头说："好，那有什么事你随时叫我。"然后就犹豫着回厨房了。

贺莹这才转身面对顾宴。

顾宴见她转身，又把脸别开了，绷着一张脸不看她。

贺莹在他面前蹲了下来："我们去外面说好不好？正好床头的桂花也该换了，我们去折几枝回去插。"

顾宴脸别向一边，声音冷硬："不去。"

贺莹挪过去一些，又偏了偏头，把自己凑到他的眼皮子底下，假装咳了两声："那看在我生病的份上，求你陪我去，行吗？"

顾宴还是冷着脸不说话，却也没有再拒绝。贺莹嘴角抿了个笑，立刻起身推着轮椅把他往外推去。

"昨晚上还让我给小贺送药,怎么一大早又吵起来了?"玲姨回到厨房,还有点不放心,频频往外看。

周阿姨正从锅里盛出一碗粥,听到玲姨的话,就笑着说:"顾宴和小贺那不是经常拌嘴嘛。"

"刚刚可不是拌嘴。"玲姨忧心忡忡的,也不知道怎么说。她刚才过去看的时候,一闪眼,顾宴眼眶红红的,看着像是要哭了,怕她看见才把头转过去了。

顾宴从小到大都没红过几次眼睛,玲姨越想越是放心不下,不知道是不是自己看错了,脚下又往外走了:"我再去看一眼。"

结果刚走到厨房门口,就正好看见贺莹推着轮椅上的顾宴往外面去了。她又什么都没说,默默地退了回来。

"怎么又不去了?"周阿姨没看到外面的情形,只看到玲姨走到门口又走了回来,觉得奇怪。

玲姨松了口气:"应该是没事了,我看见小贺又带着小宴去外面了。"要是真有什么,顾宴肯定是不肯这么安安静静地让贺莹推他出去的。

周阿姨一笑:"我就说没事儿吧!有小贺在,你就放心吧!"

玲姨也不禁笑了笑,虽然没有附和周阿姨的话,但心里也同样对贺莹有种信任。毕竟这些日子以来,顾宴的变化,她都看在眼里。

贺莹把顾宴推到外面来,是为了避开别人的眼睛。把轮椅停好,她又绕到前面,在他面前半蹲下来,口罩上方一双清亮澄澈的眼睛认真地看着轮椅上的顾宴,轻声细语地问:"还在生我的气?"

顾宴不说话,也不看她,苍白的脸依旧裹着寒霜,不理她。

"别生气了,听我跟你解释。"贺莹说完,却忽然犹豫起来。

她当然可以随意找个借口糊弄过去。她很擅长找借口。

可下次呢?如果下次再被顾宴撞见,他有可能彻底对她失望。她赌不起。

顾宴等了好一会儿都没等来她的解释,忍不住把脸转了回来,冷冷地问她:"怎么,还要现编?"

贺莹抿了抿唇,然后忽然轻轻地笑了一下:"刚才的确是在想要怎么骗你。"

顾宴愣了一下,然后有些不敢置信地看着她。贺莹却看着他,有些无奈地扯了扯嘴角:"可我发现,我不想骗你。"

顾宴又怔住,眼神里多了些困惑和不解。

"小宴。"贺莹又这样叫他,很亲昵,又很温柔的声调。

顾宴心口处像是有什么小虫子爬过去,痒痒的,有点难受,又有些莫名的悸动。

"我不想骗你,其实这段时间,我一直在给裴墨当陪练。"

顾宴皱眉:"陪练?"

贺莹点点头,继续说:"嗯,我会下一点围棋,刚好比裴墨下得好一点,所以他请我当他的陪练。你也知道,我挺缺钱的,就答应了,所以在你休息的时候,我会去给他当围棋陪练。"

顾宴咬着牙:"我让你离他远一点,结果你背着我跑去给他当陪练?"

贺莹点头:"嗯,因为缺钱,他开的价格很高,我拒绝不了。"

顾宴恨恨地说:"你有那么缺钱吗?"

贺莹没说话,停顿了几秒,她低下头,摘掉了脸上的口罩。脸上的淤青顿时呈现在顾宴眼前。

顾宴心脏都紧缩起来:"怎么弄的?"

贺莹只是让他看了一眼,就把口罩戴上了。她看到顾宴眼神里的震惊和心疼,知道自己这一步是走对了。

在顾宴震惊的眼神中,贺莹又把口罩戴了回去,继续说:"我之前跟你说过,我和林宙是在特殊学校认识的,你没有问我为什么会在那里。"

她笑了笑:"其实我是去看我哥哥的。他出生的时候因为脐带缠住了脖子导致大脑缺氧,出生以后就有智力缺陷。我要工作,没办法照顾他,所以我就把他送到特殊学校。他原本在另一所学校的,那里的学费要便宜很多,但是那里的环境不好,老师还会打骂他。我就把他转到了现在这所学校。现在这所学校的学费很高,我赚来的钱,刚好只够让他在那里生活,存不到什么钱。

"昨天我接到的那通电话,就是学校老师给我打的,说他在学校推倒了一个小孩,送到医院去了。我赶到医院的时候,那个小孩的妈妈冲过来打了我一巴掌。"

顾宴听她用很平静的语气轻描淡写地说着这些,心都揪紧了,气得胸口堵得慌:"你就让她打?"

贺莹说:"当然不是,我当时没反应过来,不过我第一时间就打回来了,打得比她还重呢。"

顾宴却不信,看贺莹这细胳膊细腿的,能打得过谁?看看她的脸,都被打成什么样子了。她居然还笑得出来,眼睛弯弯的,好像还对自己还手

了挺得意的样子。

顾宴的心脏像是被人紧攥着,又闷又疼,脸色也很难看:"你还笑得出来?你爸妈呢?他们不管你哥吗?干吗让你来管?"

贺莹很平静地说:"他们都过世了。"

她说得很平静,不到必要时候,她其实并不喜欢卖惨。但有的时候,人们的同情心的确可以让她活得更舒服一些。在适当的时候,她不得不利用这些东西。

"前几天我才交了学校的钱,昨天又给那个小孩出了医药费,现在我全身上下的钱,只剩下一千多块钱了。"贺莹有些无奈地笑了笑,"顾宴,我没办法,我是真的很缺钱。"

顾宴已经彻底说不出话来了。之前贺莹也说过自己缺钱,但他没放在心上。他没想过,她过得这么不好,不好到了她居然能够那么平静地微笑着说着这一切,像是早已经习惯了。

他的心脏闷闷地发着疼,眼神里满满都是他自己都没有察觉到的心疼。

偏偏贺莹还要仰着脸,小心翼翼地看着他问:"所以能不能不要生我的气了?"

顾宴怎么可能还生气?他现在都快内疚死了!想到自己之前对贺莹的种种刻薄为难,都难过得要死。

"我哪有生气。"他眼神飘忽,心虚得连声音都是虚的。

贺莹笑了:"真的吗?"

顾宴心虚地不敢看她亮晶晶的眼睛,把脸微微侧到一边,嘟囔:"刚刚是有一点。"

那哪里是一点,他好久都没那么生气过了,气得胸腔都快爆炸了。现在想想,都觉得匪夷所思,他怎么会那么生气。

顾宴又把脸转回来看着她,明明长着一张盛气凌人的漂亮面孔,此时却委屈巴巴的,声调都是控制不住的委屈:"所以我刚才叫你,你为什么不过来?"

他都让她过来了,她却还站在那里等裴墨走了才过来,难道他还没裴墨重要?!

顾宴并没察觉到,让他真正生气的并不是贺莹没有听他的话和裴墨交谈,而是他在唤她过来的时候,她却没有立刻过来,而是在那里等到裴墨走了,她才向他走来。他在意的是,好像在她心里,他还不如裴墨重要。

贺莹看着顾宴委屈的脸,心里一片明亮,顾宴实在太不会隐藏自己了,情绪和内心都明晃晃地反射在他那双漂亮的眼睛里。于是，她说："我怕裴墨生气，不会再找我做陪练了……可是你不一样。"

顾宴听了更生气了，脸色发青："我怎么不一样了？哦，对，反正我不能开除你，是不是？"

贺莹微微笑了笑："当然不是。"她的身体不动声色地前倾，离他更近了一些，然后在顾宴不解的眼神中继续说，"你跟裴墨不一样是因为，我知道你不会真的生我的气。"

言下之意是：我和你的关系是不一样的，我会担心得罪了裴墨，但是却不担心会得罪你，是因为我们的关系更亲近、更好。

顾宴当然听懂了，所以心脏才会漏跳了一拍，然后紧缩起来，一阵一阵的收缩引起的陌生悸动，让他有种莫名心慌的感觉。他放在膝盖上的手指无意识地蜷缩起来，嘴里干巴巴地"哦"了一声。同时又有种隐秘的愉悦感和窃喜从心口丝丝缕缕地溢出来，让他有些手足无措，几乎有些不能直视贺莹那双带着笑意的眼睛。

顾宴清了清嗓子，借此把几乎要翘起来的嘴角压下去，声调带着点欲盖弥彰的高昂："反正我不喜欢你跟裴墨来往，以后不准去给他当陪练了。"

贺莹表情僵住："啊……"这好像不是她想要的结果。

顾宴又接着问："他给你多少钱？"

贺莹再次僵住，说实在的，裴墨给的价格，以他的水平和时间计算，已经算特别高了。她有点心虚："他开的价格，一盘三百。"

谁想顾宴一点也没在意价格多少，张口就说："我给你开三倍，你来给我当陪练。"

顾宴看她呆滞的眼神，一脸理所当然地说："你不是缺钱才去给他当陪练吗？我给你开更高的工资，你来给我当陪练，不行吗？"

这是贺莹没有预料到的发展。这些可恶的有钱人，真是让人又爱又恨。

她嫉妒他们天生富有，但当他们愿意用他们的富有来"接济"她的时候，她又免不了心生感激。

如果是在今天以前，她可能会毫不犹豫地答应，可是现在不一样了，她刚刚才收了裴墨的预付金。他解了她的燃眉之急，刚才收到那三万块钱的时候，她是心怀感激的，她不能不领这份情。

最近裴墨已经有了一些进步，她不能半途而废。而且和裴墨下棋的时间，也是她一天之中难得的娱乐时间。权衡之下，贺莹只能有些为难地跟顾宴解释："我已经收了裴墨的定金。"

顾宴皱眉："定金？"

贺莹心虚地补充："一百场。"

顾宴："那就把钱退给他，退多少钱，我补给你。"

贺莹看顾宴的表情像是认真的，她也郑重起来："顾宴，对不起，这件事我不能答应你，因为信守承诺是我现在仅存不多能够坚持住的底线了。"

顾宴的眉头皱得更紧了，因为现在知道了贺莹的处境，所以很难再像之前那样理直气壮地要求她一切以他为先。可他又实在不想她和裴墨待在一起，闷闷不乐地说："可我不喜欢你跟他混在一起。"

他一双漆黑又漂亮的眼睛看着她，像是在期盼着她能心软改变主意。

贺莹很坚持，且试图说服他接受："只是陪练，而且都是在你休息以后。"

顾宴更郁闷了。这根本就不是什么时间的问题。他就是……就是不想有别人和他分享她的时间和注意力，更别说是那个他最讨厌的人了。

贺莹见他还是不高兴，只能想出一个折中的办法："这样，我答应你，等他预付的钱都用完了，我就不再当他的陪练了。"

顾宴还是高兴不起来，但看着贺莹恳求的眼神，他说不出拒绝的话来。

贺莹看他没有一口拒绝，于是加大力度，双手轻轻搭在他的膝盖上，目不转睛地盯着他，放柔了声调："好不好？"

顾宴的心软了软，实在说不出拒绝的话来，只能闷闷地妥协："行吧。"

贺莹眼睛顿时一亮。

顾宴又很快补充道："但是除了陪练，你都不准跟他来往。"这还嫌不够，又说，"陪练的时候也不准和他说话。"

贺莹眼睛都不眨一下地说："除非必要，我不跟他说话，行了吧？"反正她和裴墨单独相处要说些什么，他又不知道。

贺莹话里对他的无奈和偏爱如此明显，顾宴自然感觉得到，心情总算好了点，还微妙地有些胜利者般的暗喜。

"你的脸，还疼不疼啊？"顾宴忽然问，眼神里带着藏不住的关切和心疼。

贺莹弯了弯眼睛："没事，已经不疼了。"

顾宴说："你再把口罩摘下来给我看一下。"

贺莹身体往后退了退："别了，很难看。"

顾宴却很坚持："让我再看一下。"

贺莹没办法，只能又把口罩摘了，露出惨不忍睹的半张右脸。

顾宴刚才还没看仔细，贺莹就把口罩戴回去了，现在再细看，那淤青看着更是触目惊心，而且还有点肿。他的手指动了动，忍不住想碰一碰，却又怕弄疼她。他闻到一股淡淡的清凉味，应该是药膏的气味。

他又突然想到她昨晚上的种种怪异之处，比如说话的时候为什么嘴里像是含了东西一样，她说牙疼，现在想想，应该就是脸肿了。

顾宴的眼神忽然结了霜："打你的人是谁？叫什么名字？"

贺莹笑着说："怎么，你要去帮我报仇吗？"

顾宴："嗯。"

她是开玩笑的，他却说得很认真。贺莹怔了怔，心口处忽然变得软软的，声音也异常温柔："傻瓜，我已经打回来了，不用你再去帮我报仇了。"她的眼睛盈盈弯了起来，温柔地注视着顾宴，"不过，还是谢谢你。"

裴邵从楼上下来，到餐厅吃早饭。

玲姨把早餐端上来。裴邵淡淡地问："顾宴呢？"

玲姨没有提及顾宴和贺莹的争吵，只说："小贺带他出去散步去了，你先吃吧。"

裴邵拿着瓷勺的手微微一顿，随即还是那样淡淡地"嗯"了一声。

这顿早饭，裴邵吃的时间比平时要稍久一些。

裴邵早上向来没什么食欲，但今天却慢条斯理地吃完了一碗鲜虾粥和一整份蒸饺。以至于玲姨都问是不是今天的早餐格外合他口味。

但直到裴邵离开餐厅，顾宴都没有回来。

裴邵坐在车上，不经意往窗外望去，不知道看到什么，眸光忽然凝固。

清晨花园的小径上，顾宴坐在轮椅上，而贺莹正蹲在他面前，不知道在和他说些什么，她微微仰着脸看着轮椅上的顾宴，清冷淡漠的脸上带着浅浅的笑，神态温柔又专注。

/ 第三章 /
她的小孩？

　　回来的时候，坐在轮椅上的顾宴手里多了一大捧刚从树上摘下来的桂花。浓郁的枝叶中点缀着点点的小黄花，被顾宴捧在手里，格外好看。
　　贺莹又把口罩戴上了。
　　玲姨一看轮椅上顾宴的神态，就知道肯定是雨过天晴了，笑着说："我去给你准备早饭。"
　　顾宴却扭头问贺莹："你吃了吗？"
　　贺莹说："没有。"她一般都是在顾宴吃早餐的时候去厨房和周阿姨一起随便吃一点的。
　　顾宴对玲姨说："玲姨，请你帮我准备两份早饭送到楼上吧。"
　　玲姨愣了一下，顾宴要两份早餐，明显就是要跟贺莹一起吃。
　　刚刚还在吵架，眼眶红得跟要哭了似的，这会儿倒好了，怎么感觉关系还更甚从前了？
　　她忙笑着说："好，那你们先上去吧。"
　　贺莹倒是有点不好意思："玲姨，等一下我自己下来拿吧。"
　　玲姨笑了笑，说："不用，玲姨这点事还是能做的，你照顾好小宴就行了。"
　　顾宴听了扭头看贺莹，眉微微上挑，说："听到没有，让你照顾好我就行了。"
　　玲姨又是一怔，觉得今天的顾宴似乎……很活泼，很有生气，都有点以前的样子了。
　　贺莹笑了笑："玲姨，那我们先上去了。"

113

玲姨笑着点点头，目送他们往电梯那边走，看着顾宴又时不时地扭过头来跟贺莹说话，脸上居然还带着笑，心里又惊讶又欣慰，实在想不出来贺莹是怎么做到的，最后摇摇头，笑着回厨房为他们准备早餐去了。

"你下围棋很厉害？"回到房间，顾宴忽然问道。

"唔……小时候学过几年，还算可以。"贺莹说着把床头柜上已经没有香味的桂花取出来丢进了垃圾桶，那只被顾宴嫌弃的玻璃花瓶也换成了象牙白的釉质花瓶，把桂花插进去，看着的确高雅了许多。

"那我们等会儿吃完早饭下一局！"顾宴兴致勃勃地说。他是裴老爷子的孙子，裴老爷子那么爱下棋，他自然也是会的。

"好啊。"贺莹说着，又忍不住咳嗽了两声。

"你没吃药？"顾宴立刻问。

"吃了。"贺莹说，"还要谢谢你让玲姨给我送药。"

顾宴又别扭上了，嘟囔着："我是怕你感冒了传染给我。"

"那也谢谢你。"贺莹笑眯眯地说。她现在觉得顾宴的别扭都很可爱。

顾宴："喊。"

顾宴还是第一次在自己的房间和人一起吃饭。贺莹也不扭捏，顾宴让她和他一起吃，她就搬了张椅子来和他对坐着。

早餐也很精致多样，鲜虾粥、蒸饺，还有小油条、豆浆。

贺莹是不挑食的，而且护工是个体力活，不吃饱了，很难支撑一天，所以长久下来食量也见长。

顾宴早上本来是没什么胃口的，但是看贺莹吃得香，他也多吃了几口。就是看着贺莹右脸上的伤，他总咽不下那口气，想去把打她的人狠狠打一顿才解气。

贺莹吃完了，自己收拾一下送下楼去。

"小宴吃了多少？"玲姨关心地问。

这也是工作的一部分，贺莹详细地汇报："吃了小半碗粥、四五个蒸饺，还有一根小油条。豆浆他说太稠了，喝了两口就没喝了。"

"那今天吃得不少啊。"周阿姨把餐具接过去惊讶地说道，"平时就吃几口。"

这个分量对于一个成年男性来说已经算是吃得少的了，但对于平时的顾宴来说，这已经算是吃得很多了，他有时甚至不吃早餐。只是玲姨会强迫他吃一些，他就勉强吃两口，像今天这样吃这么多，十分少见。

"今天早上你跟小宴怎么吵起来了？"周阿姨问道。玲姨也关注着。

"就是看到我跟裴墨在一起说话有点生气，已经没事了。"贺莹笑了笑说。

玲姨倒是没想到。周阿姨说："我就说吧，让你注意点。"

贺莹只是笑了笑，没有过多解释，说了一声就上楼去了。

裴家是有专门的棋室的。

顾宴听说贺莹给裴墨陪练的时候都是在裴墨的房间，顿时又不高兴了，皱着眉头："明明有棋室，你干吗去他房间？"

贺莹老实说："是我要求的，我那时候不想让别人知道，怕会丢工作。"

顾宴冷着脸说："以后陪练只能在棋室，不准再去他房间。"

"当然。"贺莹笑眯眯地说，"只要你批准了，以后我就可以光明正大地给他当陪练了。"

顾宴瞥了她一眼，冷哼了声："记住你说的话，不准跟他聊天。"

"知道了，知道了。"贺莹敷衍着把棋盘摆好，然后往顾宴的对面一坐，整个人的气场顿时沉了下来，一抬眼，眼里带着点凛冽的笑意，"执黑先行，你先。"

顾宴一怔，莫名地觉得贺莹像是忽然变了个人似的。

顾宴从小不爱下棋，他是个活泼好动的性格，根本坐不住，但裴老爷子有硬性规定，裴家的孩子都得学会下棋，还有老师专门来家里上课。

小时候顾宴为了不下棋，还嚷嚷着自己姓顾不姓裴，不用学。裴老爷子罚他在棋室里足足待满了一个月，吃住都在棋室。

顾宴勉强学了一段时间，但实在是喜欢不起来，年纪大一点后，裴老爷子不再管束，他就立刻抛开了。只是逢年过节的时候亲戚们聚在一起会下几局。

围棋这个东西，就跟刀一样，很久不用就会钝，下棋也一样，很久不下，脑子就会钝。真要论起实力来，顾宴的棋力连裴墨都不如，甚至比不过棋院里的六岁小孩。

第一局只下了十分钟，顾宴就无路可走了，嚷嚷着自己轻敌了要再下一局。然而，第二局还是同样的结局。

顾宴开始对贺莹刮目相看，真的开始认真起来了，然而还是在十分钟内就下成了死局。他看着棋盘半晌无语，最后郁闷又委屈地嘟囔："你就不会让让我啊？"

贺莹一脸无辜："我已经让了。"

比起跟裴墨下的时候，她已经放水了。实在是实力悬殊。要是换了她小时候,像顾宴这种水平,她是不屑陪他玩的。

顾宴佯装不经意地问:"你跟裴墨下的时候,也让他吗?"

贺莹摇头:"不让。"

顾宴低下头去收拾棋盘上的棋子,嘴角微翘:"哦。"

顾宴和贺莹下了一上午的棋,直到玲姨上来通知说吃午饭了,贺莹才得以脱身。和顾宴下棋对她而言,可以说是毫无乐趣可言。

玲姨看到他们在下棋,也是惊奇不已。她记得顾宴最讨厌下棋了,小时候被逼着学,学出了逆反心理,长大了平时是碰都不碰一下的,也就过年的时候玩一玩。

褚方拎着两个沉重的保温饭盒从二十八层电梯出来,对跟他打招呼的人一一点头回应,穿过外面的办公区,直奔最里面裴邵的办公室,象征性地敲了敲门,就推门进去。

自从褚方的律师事务所接下了裴氏集团的法律业务,褚方几乎把办公室搬到了集团总部,虽然找裴邵要了一间办公室,但有事没事都喜欢到裴邵办公室来晃一晃。

黑色办公桌后的裴邵正在看秘书刚送进来的项目方案,连头都没抬一下。

褚方轻车熟路地走到会客区,把保温饭盒往桌上一放,然后坐下,一边开盖一边招呼道:"行了,别卷了,快过来吃饭。我妈今天亲自下厨,刚刚让司机送过来的,让我跟你一起吃。"

裴邵淡淡地说:"我不饿。"他早上吃多了,胃还有点不舒服。

褚方说:"不饿也得过来吃两口。玲姨可是交代过我的,我得监督你吃午饭,不然你那脆弱的胃再出毛病,她可饶不了我。"

裴邵不想听他啰唆,敷衍了一句:"你先吃。"

褚方说:"那我先吃了,我早饭没吃,快饿死了。"他一边吃嘴也不停,"哎,你快来吃,味道真不错,我都好久没吃我妈做的饭了。"他又突然想起什么,停下筷子扭头看向裴邵说道,"对了,我昨天去医院见一个当事人,你猜我在那儿碰见谁了?"

裴邵兴致缺缺,只关注手里的合同。

褚方说:"小宴那个姓贺的护工。"

裴邵终于抬起头来。

褚方说:"我真不知道她是倒霉还是爱惹事,我发现我每次见她,她

都在挨巴掌。你昨天在家里看见她了没？她的脸怎么样了？我当时在医院的时候，看着挺惨的。"

裴邵在他对面坐下了："说清楚一点。"

褚方说："具体的我倒是不清楚，当时我还有别的事，就先走了。好像是她的小孩把别的小孩打了，对方家长就拿她出气吧。不过她也不吃亏，被打那一下当下就打回来了，看看细胳膊细腿的，打人巴掌的力气倒是挺大，那声音整条走廊都听得见。"

裴邵突然沉默了两秒："她的小孩？"

裴邵午饭只吃了几口就吃不下了，胃不舒服了一整个下午，心烦意乱到根本没办法工作。脑子里一直回荡着褚方说的那些话。

"对，她好像有个孩子，反正我听对方家长是这么说的。不过真看不出来，她看着也就二十出头，居然就有小孩了，而且能把别的小孩打进医院，估计这小孩年纪也不小了，八成是未婚先孕的单亲妈妈。难怪那么年轻长得又不差，会做这行了。"

裴邵想，所以她那年在少年围棋全国总决赛临阵脱逃，之后彻底放弃围棋，就是为了过现在这样的生活吗？

裴墨：什么时候上来？我都困了。

贺莹收到这条微信的时候是晚上九点。正常情况下，半个小时之前，她就下班了，但今天顾宴在浴室磨磨蹭蹭到现在都还没上床。

贺莹低头给裴墨回微信：今晚可能要晚一点，你困了就先睡吧，明天下也是一样的。

裴墨秒回：又是明天。

裴墨：不管，你答应我的。

裴墨：今晚不管多晚你都要上来。

贺莹看到裴墨连发三条微信，有些微微诧异，毕竟像之前这种情况，也不是没有发生过，但之前裴墨只会回个"哦"，今天却有点反常。

她又不禁想到今天白天在大厅，他故意在顾宴面前做的那些小动作。

她大概能够理解他那种心理。也许是想利用她在顾宴那里找存在感。不过三万块的预付金在前，贺莹现在对裴墨的包容度很高，至于他和顾宴之间的暗流，并不是她关注的重点。

她低头回复了一条：那好。

刚回完消息，浴室的门就开了。

顾宴湿着头发坐着轮椅从里面出来。之前他的头发都是自己吹干的，最近却默认是贺莹的工作了。

他一出来就看见贺莹刚好回完信息，一下就猜到是谁了，但还要装作不知道。

贺莹连忙放下手机，过去给他吹头发，因为跟裴墨有约，吹头发的动作明显比平时仓促。

顾宴自然感觉到了，但他忍了忍，没说什么。直到贺莹为了回消息，吹风机的热风烫到他的耳朵，他立刻偏开头。

"烫到了吗？对不起，我不是故意的，没受伤吧？"贺莹立刻把吹风机关了，拨开他耳边的头发想要看他被烫到的地方。

顾宴躲开了，一直压抑的不爽终于克制不住，一瞬间全发泄了出来，冷着脸说："你做事的时候能不能不要三心二意？要不你别管我了，直接上去？"

贺莹愣了愣，然后说："对不起。"

气氛一时冷下来。

顾宴忽然察觉自己的语气有点太重了，心里有点后悔，但他也觉得委屈："我答应让你去给他当陪练，但是我也说过了，我不喜欢你跟他来往、跟他说话，我不希望你在陪练以外还跟他联系。"

想到贺莹在给他吹头发的时候，还要忙着给裴墨回消息，不禁越想越气，质问道："他发的信息就那么重要？连在给我吹头发的时候都要给他回信息？"

贺莹沉默了一下，然后说："是玲姨。"

贺莹接着说："我没有在回裴墨的微信，是玲姨给我发的微信。"她说着直接把手机解锁，然后把手机屏幕撑到顾宴的面前，手机页面还停留在她和玲姨的聊天页面。

顾宴瞥了一眼，看到玲姨在问贺莹怎么还没下楼，而对话框里，还有贺莹没有来得及发出去的话，刚才窜起三丈高的气焰瞬间被浇灭了，只剩下心虚和尴尬。

"……哦。"

贺莹又按灭了手机，吹风机也放下了，然后把轮椅一转，把顾宴转向自己。

顾宴蓦地紧张无措起来，眼神飘忽。

"还生气吗?"贺莹问。

顾宴愣了愣。

"刚才是不是烫得很疼?"贺莹蓦地弯下腰来,手指轻轻拨开他遮住耳朵的碎发,带着些许凉意的指尖若有似无地触碰到了他发烫的耳郭。

顾宴呼吸都滞了滞,脸上蓦地发起热来,一直烧到耳尖。

贺莹看着顾宴的耳尖肉眼可见地变红,口罩下的嘴角微翘,极自然地轻轻捏了捏他的耳尖,语气却诚挚又无辜:"你的耳朵好红,是被烫的吗?要不要拿点冰块来冰一下?"

顾宴像是触电似的,猛地别开头,躲开她的手,呼吸错乱,心脏也"怦怦"乱跳。他苍白的脸上泛起异样的红,莫名的慌乱让他本能地想要逃开,毫不犹豫地回答:"要……快点去。"

贺莹佯装无事发生,直起身:"那我去给你拿冰块。"

贺莹一走出房间,顾宴就捂住了那只被贺莹触碰过、明显温度更高的滚烫的耳朵,心跳快得让他发慌。

一定是她刚刚靠得太近了,而且还碰了他的耳朵,才会让他有那么怪异的反应。

顾宴没有细想。他明明一直很讨厌在没有心理准备的时候被动地和别人发生肢体接触,更别说是耳朵这样相对敏感的地方。可是刚才贺莹碰他的时候,那种感觉分明不是讨厌。

贺莹回来的时候带着一些冰块,还有一杯玲姨提前泡好的温牛奶。

"我自己来。"贺莹要拿冰块给他敷耳朵的时候,顾宴连忙把冰块抓过来自己弄,眼睛也不自然地躲闪着一直不看她,"行了,你可以走了。"

贺莹正好也想快点上楼,说了一声"好",然后把吹风机的线卷起来收进抽屉里。

"那我走了,你早点休息。"

顾宴"嗯"了声。

贺莹刚走到门口,他又突然想起什么,把她叫住了:"等一下。"

贺莹转过身来:"怎么了?"

顾宴漂亮漆黑的眼珠子盯着她:"你现在是不是要去楼上?"

去楼上的意思就是去找裴墨。贺莹点点头:"嗯,今天约好了的。"

顾宴心里还是不爽,但也没办法,装作不在意:"哦,你去吧。"

贺莹弯了弯唇:"嗯,晚安。"

顾宴:"……晚安。"

从顾宴房间出来，贺莹就直接上三楼找裴墨了。敲门后，门从里面打开。

裴墨看起来也是刚洗完澡，带着一股清爽的水汽，开门的时候，手在半干的头发上胡乱抓了两下，但他一张脸实在太过明艳好看，随便抓两下头发，都有种青春逼人的少年感："你进来先等我一下，我把头发吹一下。"

贺莹说："那我去棋室等吧。"

裴墨转身转到一半又转了回来，有些疑惑。贺莹解释道："顾宴已经知道我在给你做陪练的事了，而且他也同意了，所以我们以后可以光明正大地去棋室下棋了。"

裴墨愣了一下，有些匪夷所思："他同意你给我当陪练？"

怎么可能呢？以他对顾宴的了解，顾宴是绝对不会允许的。

贺莹点点头，并没有说顾宴只同意一百局的事："嗯，他同意了。那你慢慢来，我去棋室等你。"

贺莹只等了不到五分钟，裴墨就来了，他的头发只吹到七八成干，发梢还有些湿润。

下棋的时候，他有些心不在焉，下了十来步，就忍耐不住地问："我很好奇，姐姐你是怎么让二哥答应的。"他微微笑了笑，并不故作失落，"你也知道吧，二哥他很讨厌我。"

他并没有察觉到他开始向贺莹展露出真实的情绪。

贺莹十分简练地说道："我跟他说我经济条件比较困难，他就答应了。"

裴墨并不完全相信这个答案。他这个二哥并不是一个同情心泛滥的人。而且他太知道顾宴有多讨厌他，不可能那么轻易就接受自己身边的人和他有什么交集。所以理由绝对不只是贺莹说的那么简单。

他又忽然问："今天早上他看到我们在一起说话，没有生你的气吗？"

晚饭的时候，他留心观察了，顾宴非但没有生她的气，反而两个人的关系看起来更亲近了。虽然顾宴一直在找各种理由使唤她，可是却更像是在向他"炫耀"。

贺莹看了他一眼，就把目光重新放在棋盘上，没有戳破他早上那些故意让顾宴看到的小动作，只是敷衍道："有一点，所以我才会告诉他我在给你当陪练的事。"

裴墨和她对视的那一眼，有一瞬间产生了一种被看穿了的心虚感。与此同时，他也忽然意识到，他早上那些刻意的举动，包括他的意图，她可能都一清二楚。可她当时却并没有立刻抛下他去讨好顾宴，而是冒着被顾宴迁怒的风险，选择和他站在一起，等他走了，才去顾宴身边。明明在那

个时候，第一时间抛下他才是更正确也是更理所当然的选择。

裴墨注视着坐在自己对面的人，疏离淡漠的眼中忽然涌现出复杂的情绪，胸腔里缓缓弥漫开陌生而又微妙的感觉，好像有什么坚硬的东西化开了，流淌出来的东西晦暗酸涩中夹杂着一丝丝的甜。

贺莹放在身边的手机响了两声。她拿起手机，是顾宴：下完没？

贺莹有些无奈，回复：刚开始。

顾宴：嗯？

贺莹：嗯？

顾宴：你已经上去半个小时了。

贺莹瞄了一眼时间：不到二十分钟。

"是二哥吗？"裴墨开口问。

贺莹没有抬头："嗯。"

裴墨看着她专注回顾宴信息的样子，再听到微信一条条消息窜出来的音效，忽然有些烦躁，眉头皱了皱："姐姐，到你了。"

贺莹放下手机，只是扫了一眼棋盘，不假思索就下了一步。

棋子落盘的声音和微信提示音同时响起。裴墨试图忽视这个让人听了烦躁的声音。但是每隔那么几分钟，贺莹的手机都会响。而每次手机一响，贺莹都会拿起来回复。

裴墨的表情冷了冷："姐姐，你这样我集中不了精神。"

"不好意思。"

贺莹道歉，然后给顾宴回了一条：在下棋，不方便回微信。

就把手机静音了。

终于清静了，裴墨心想。

然而十分钟后，棋室的门被人从外面打开。

门口，穿着睡衣的顾宴坐在轮椅上，理直气壮地对扭过头来一脸错愕的贺莹说："我睡不着，你快点下完陪我去散步。"

裴墨的眼神几乎在瞬间就冷了下去，他只是看了顾宴一眼，就转而看向了贺莹。贺莹也正好转过头来看向他。

裴墨什么也没说，脸上什么表情都没有，可他的眼神，却在无声挽留。

贺莹知道如果这时候离开，会让顾宴高兴，而对她而言，最重要的就是讨顾宴高兴，可是裴墨的眼神，她没法不心软。

于是她说："你先等一下。"

然后她起身走到门口顾宴的面前，没有指责他的出尔反尔，而是在他面前弯下腰来,轻声说:"你可以再等我一会儿吗?如果无聊的话,你可以进来看我下一会儿,等我下完棋就陪你下去散步,好不好?"

她声音温柔,神情也一点都没有被打扰的不耐烦,反而是轻声细语地请求他。顾宴本来给自己找了一堆理由和借口,却没想到她一点都没怪自己,反而还对他那么温柔,他反倒心虚起来,只能装出一副勉为其难的样子说:"那好吧,我等你一会儿。"

贺莹问:"那要不要进去等?看我下棋?"

顾宴一副无所谓的态度:"随便。"

贺莹笑了笑,没说什么,只是起身把顾宴推到自己的椅子旁边,然后重新坐下来,对裴墨说:"那我们再下一局,明天你还要上学,也该睡觉了。"

裴墨笑了一下,说:"好。"

他垂眸的瞬间,嘴角的笑意消失,淡漠的眼底全是晦暗不清的情绪。明明她留下来了,可是看到她刚才在顾宴面前的样子,他却一点都不觉得高兴。

剩下的半局棋,不知道是不是顾宴在旁边观战,裴墨的攻击性强了很多。

贺莹最近也在网上找了不少视频看,学着怎么更好地当一个陪练,已经学会尽量克制了一些自己的攻击性,所以剩下的半局棋裴墨坚持了小半个小时才落败。

顾宴大概是从小就被裴老爷子教导什么叫观棋不语,所以他们下棋的时候,他倒是安安静静没出什么动静。但他也实在不想看贺莹和裴墨下棋,于是视线飘着飘着,就飘到了贺莹的脸上。

贺莹长着一张看着让人很顺眼舒服的脸,乍一看,只觉得她那张脸上除了那双眼睛格外清亮,并没有什么特别出挑的地方。但细看的时候却发现她的长相有很多可圈可点的地方。她皮肤白,脸小,五官轮廓的线条清淡又流畅,头发是从来没有染过的浓黑,除了那次请假头发放了下来,其余时候,就像现在这样,都是规规矩矩地扎起来,乌黑的一大把。只是现在都被口罩挡住了,只露出了清冷的眉眼,却又越发显得她眼睛晶亮干净,鸦黑的睫毛又长又翘。

哪怕是之前两人关系并不好的时候,顾宴故意抱着一种挑剔的眼光去看她,最后也不得不承认,她是好看的。不是那种人群中一眼惊艳的好看,而是一种很耐看的好看,越看越顺眼的好看。

贺莹下棋的时候和平时的任何时候都不一样。顾宴今天上午就感觉到

了，但现在站在一个旁观者的角度，那种感觉就更加明显。她神情专注地看着棋盘，眉眼平和沉静，周身的气场都很静，一举一动，都带着一种不疾不徐、一切尽在掌握的从容。

这个时候的贺莹，看着清冷又淡漠，好像什么人都不会被她放在心上。

他都没有察觉自己的视线在贺莹身上停留得太久，久到以至于裴墨都察觉到了，看过来好几眼。

贺莹指尖的黑子落在棋盘上，随即抬眼，看向对面的裴墨，眼尾勾出自信又张扬的笑意："你输了。"

顾宴的心脏蓦地收紧了一下，心跳漏跳了一拍，紧接着又涌起了那种陌生的悸动感。心慌的感觉又来了。

在贺莹转头看过来的时候，他仓皇地先移开了视线，假装在看别的地方。

"那再下一局吧。"贺莹刚准备收拾棋盘上的棋子准备再来一局。

裴墨却说："姐姐，你陪二哥去散步吧，我们明天再下。"

贺莹转头看向顾宴。

顾宴莫名不自在，眼神躲闪着她的视线："看我干吗？走啊。"

贺莹又看向裴墨。

裴墨嘴角翘出一个似笑非笑的弧度："没关系，反正我现在是你的债主，随时都可以找你。"

这话贺莹一听就知道又是裴墨故意在顾宴这里找存在感的话，也不放在心上。但顾宴的脸色却一下子冷了下来，看裴墨的眼神更冷。

贺莹见势不妙，连忙起身，把顾宴的轮椅掉了个头，然后对裴墨说："那我们就先走了。"

裴墨笑得很甜："二哥再见，姐姐再见。"

贺莹只是点了一下头作为回应，趁顾宴还没发脾气，赶紧把他推出了棋室。

结果刚出棋室，就看见了刚下班回家的裴邵。

似乎没有预料到会在这里碰见人，裴邵是毫不设防的状态，他身上只穿着浅蓝色衬衫，领带依旧板正规矩地系着，西装外套被他随意抓在手里，深邃的眉眼间透着淡淡的疲倦。但只是一个照面，他就恢复成了平时那副高冷强势、生人勿近的模样。像是裹上了一层坚不可摧的外壳，把他所有的情绪都藏起来，同时也把所有来自外界的情绪都阻隔掉。

贺莹忽然在这一瞬间察觉到，裴邵原来也是个活生生的人。

"怎么还没睡？"裴邵的目光扫过贺莹，随即下落，落在轮椅上的顾宴脸上。

顾宴说:"我睡不着,想下楼去散散步。"

裴邵往他身后的棋室看了一眼,他留意到,他们是从棋室出来的。

贺莹他们出来的时候并没有关门,所以裴邵一眼就看见了坐在棋室里的裴墨。

顾宴对裴墨的厌恶和敌意从不掩饰,怎么会和他同时待在棋室里?

裴邵下意识地看了贺莹一眼,如果不出意料,这应该和她有关。

贺莹像是看懂了他这一眼的意思,不由得解释:"我们刚刚在下棋玩。"

但裴邵似乎对她会下棋这一点毫不意外,或者说,他毫不在意。他只是淡淡地一点头,说了句:"外面冷,多穿件衣服,早点休息。"然后就径直越过他们,走向了自己的房间。

贺莹低头看了一眼自己身上的护工装,总觉得裴邵说多穿件衣服的时候看了她一眼,像是在提醒她似的。不过她也没有自作多情地以为裴邵会关心自己,大概是在提醒她要多给顾宴穿件衣服吧。

贺莹知道顾宴也不是真的想散步,纯粹就是上去捣乱的,但还是推着顾宴去外面走一圈。

房子里开了中央空调,穿件单衣就很舒适,外面的温度低多了。幸好出门前有裴邵的提醒,两人都加了件衣服。

到了外面园子,顾宴就让贺莹把口罩摘了:"又没人了,还戴着干吗?不闷啊?"

贺莹也觉得闷,就把口罩摘了。

顾宴又让她过来:"你过来我看看你的脸好点了没有。"

贺莹走到他面前,花园里虽然有路灯,但都是太阳能的,最近连绵阴雨,光线就很昏暗,她就弯下腰去特地靠近一些让他看得清楚。

顾宴却因为她忽然靠近蓦地僵住。

贺莹微侧着脸,把自己的右脸撑到他面前问:"怎么样?淤青消了一点吗?我中午也擦了一遍药的。"

顾宴也闻到了她脸上传来的淡淡清凉味,身体顿时更僵硬了,但视线落在她右脸的时候,忽然皱了皱眉,虽然淤青看着淡了许多,但看着还是很刺眼,心口也跟着揪起来,有点疼。

他鬼使神差地抬起手,在她右脸淤青的边缘小心翼翼地碰了碰,语气是从未有过的温柔:"还疼不疼啊?"

贺莹怔了怔,脸转过来看着顾宴,清楚地捕捉到了顾宴眼神里的心疼。

她忽然意识到什么，胸腔里的心脏又快又轻地跃动起来，微微翘起嘴角："没事，只要不碰就不疼。"

顾宴闷闷地说："真想把那个人打一顿。"

贺莹轻轻笑起来。

"你还笑。"顾宴有点气闷，颇有点恨铁不成钢的意味。

"我是开心。"贺莹笑着说。

"被人打还开心？"顾宴一脸你是不是脑子有问题的表情。

贺莹说："我开心是因为你关心我。"

顾宴心口一跳，下意识地反驳："谁关心你了？"

贺莹弯了弯嘴角："已经很久没有人这么关心过我了。"

刚刚顾宴说想要把那个人打一顿的时候，虽然知道是孩子气的话，但她听了还是很开心。

顾宴愣了愣，心里忽然一软，忽然有种强烈的保护欲涌上来。他一脸认真地说："以后要是再遇到这种事，你就告诉我，我看谁敢再欺负你。"

贺莹认真地看着他，然后缓缓笑着说："好啊。以后你给我当靠山。"

两人都没有察觉到，此时就在他们的头顶上方，裴邵身上只穿着那件单薄的衬衫，正站在三楼阳台，垂眸静静地注视着他们，不知道已经站了多久。

"小王，麻烦你帮我把衣服还给裴先生。"贺莹特地赶了个早，把裴邵的那件西装装在她能找到的最好的一个包装袋里，准备让小王转交给裴邵。

小王却连连摆手，甚至还后退了半步："别别别，这是老板自己借你的，你要就直接还给老板，别还给我。"

贺莹很意外，本来以为就是件小事，没想到小王却不肯帮忙。

小王半开玩笑半认真地说："万一衣服有什么问题，我可付不起这个责任。"

贺莹无奈地笑了一下："你放心，衣服送过来我就检查过好几遍了，如果有什么问题，我负全责，拜托你了。"

小王油盐不进，说："别啊，老板马上就出来了，你等下自己交给他不就行了，干吗非得经我的手啊？"

贺莹心想，谁知道你老板又抽什么风？前天还好好的，昨天又开始不拿正眼看人了。也不知道她是哪里又得罪了这尊冷面佛。

昨天早上她刚好又在大厅遇见他，本想着两人的关系有所改善，于是主动热情地和裴邵打招呼说"早"，结果裴邵这回是没有居高临下了，却是连看也不看她一眼，就好像她只是大厅里的一盆盆栽，径直从她面前走过去了。

她甚至还回想了半天，自己有没有做什么又碍他眼的事，但想来想去都想不出来。本来想着借还衣服的机会再好好感谢他的，现在是一点想法都没有了。她实在摸不清裴邵的心思，顿时也消了讨好他为自己以后铺路的小算盘，不如干脆躲开。所以才想通过小王把衣服还给裴邵，免得又要打照面。

没想到平时很好说话的小王今天却一反常态拒绝帮忙，而且态度坚决。她倒是不信他说的怕衣服出问题的托词，也懒得想是为什么，想着不如让玲姨还一下算了。

这么想着，她就干脆转身，准备回去。却没想到刚好看见裴邵从大门出来。

就在这时，小王不知道什么时候凑了过来，在她边上嘀咕了一句："老板这不就出来了，还不快去还衣服。"

贺莹还没来得及反应，就感觉自己的后腰突然被小王推了一把，她毫无防备地往前扑去——

好老套的情节，贺莹脑子里浮现出这样一句话——可惜了，这不是在拍偶像剧。

贺莹决定从容地接受自己摔倒的命运的这一瞬间，余光却瞥到裴邵从台阶上迈下来，朝她快走了几步。然后出乎意料地，她被裴邵拦腰扶住了。

贺莹愣了愣，第一反应居然不是去看裴邵，而是扭头看向小王，眼神里飞出小刀。

小王显然也很震惊，龇着牙冲她露出了一个尴尬求饶的表情，他也没想到会出现这样的场面。

贺莹不得不抓着裴邵的手臂站稳了，退后两步，有点抬不起头来："谢谢。"她心想，裴邵本来就对她有"偏见"，这不就坐实了她对他另有所图吗？

总算是小王良心未泯，唯唯诺诺地蹭上来解释说："老板，对不起，小贺不是故意的，是我不小心撞了她一下。"

贺莹松了口气。

裴邵不动声色地收回手臂，瞥了一眼贺莹，矜贵地"嗯"了声。

小王又用手撑了撑僵站着的贺莹。

贺莹回过神来，把手里的袋子双手奉上："裴先生，这是你的西装，我已经送去干洗好了，谢谢你。"

"给我就好了。"小王这时候又狗腿地凑上来，就要拿贺莹手里的袋子。

裴邵却先一步从贺莹手里接过了袋子。小王惊讶地看了自家老板一眼，又悻悻地把手缩了回来，然后赶紧过去把后车门打开了。

贺莹莫名被小王的狗腿感染了，也跟着狗腿起来："裴先生慢走。"

裴邵本来都从她面前要走过去了，听到这句话，又转过头来看了她一眼，紧接着，脚步也停了下来，忽然说："告诉周阿姨，我中午会带朋友回来吃饭。"

贺莹一怔，才反应过来他是在跟自己说话，忙点头："好的。"

裴邵深深看了她一眼，然后上车走了。

贺莹没想到，裴邵带回来的朋友，居然会是张玉贤。

张玉贤四岁学棋，十三岁入段。她临阵脱逃那年的围棋少年全国总决赛，他大杀四方，拿下了总冠军，之后一路越来越强，打败越来越多的人，十六岁更是成了国内最年轻的世界冠军，同时成为世界棋坛最年轻的九段选手。至今，他不过二十一岁，拿下的冠军奖杯已经数不胜数，是现今棋坛最炙手可热的人物。

可如今这个被外界认为是少年老成、围棋天才的张玉贤，曾经天天跟在她屁股后面嚷嚷着一定会打败她。

张玉贤和小时候的模样变化很大。小时候他总剃个平头，穿白色小背心，因为很爱游泳，一到夏天就晒得很黑，又瘦又黑，像只猴子。可长大后的张玉贤，却长成了一副斯文样子，深蓝色圆领毛衣内搭白衬衫，戴金丝边眼镜，一头黑发，白皙的脸，气质也是天差地别，仅仅二十一岁，举手投足却和同龄人完全不一样的稳重。

贺莹能认出他，纯粹是因为这么多年她一直在关注他。

在她认出张玉贤的那一瞬间，张玉贤也认出了她。他原本还在听旁边的褚方说话，看到有人进来，只是不经意往这边看了一眼。两人对视的瞬间，他就愣住了，大概是因为她戴了口罩，他并不能确定，只是直勾勾地盯着她看。

褚方注意到他的目光，也扭头向她看了过来。

贺莹看张玉贤毫不掩饰的表情，明显是认出她了，但看起来又不是很

127

确定。她倒是没想到，都快十年没见了，自己还戴着口罩，居然还能被张玉贤认出来。

因为张玉贤的注目太过明显，以至于坐在轮椅上的顾宴都察觉出不对来。而裴邵，从始至终都很淡定。

贺莹也很淡定，把顾宴送到餐厅，就转身离开了。

"什么情况？你认识？"贺莹一走，褚方就问道。

张玉贤的目光还跟随着贺莹的背影，闻言才慢慢回过神来："像是一个我认识的人，我不确定……可能是认错了。"

裴邵淡淡地说："你没有认错。她姓贺。"

张玉贤转头看过来，满眼震惊。褚方诧异地挑眉，看向裴邵，察觉到自己好像错过了什么。顾宴则是不解，对张玉贤和裴邵的反应都很困惑。

"不好意思，我出去一下。"张玉贤饭也不吃了，起身拉开椅子就往外走去。

褚方看着张玉贤走出去，扭头看向裴邵："玉贤怎么会认识她的？你又怎么知道他们俩认识的？"

裴邵没有回答他的问题，面色微冷地看着门口。刚才贺莹的反应，分明是一眼就认出了张玉贤，却唯独没有认出他来。

"贺莹！"

贺莹走到大厅，就被叫住了。她转身，看着张玉贤朝她走了过来，离她一米远，镜片后的眼睛定定地盯着她，半晌，表情复杂："真的是你。"

贺莹其实不希望他认出自己。她也从来没想过，他们还能见面。

她离开那年，他还是个剃着平头、穿着小背心、只比她高一块豆腐块的小孩，现在却比她高出一大截了，气质变了，连声音都是稳重的声线。

她弯了弯眼睛，说："对啊，是我。好久不见啊，小玉。"

张玉贤愣了愣，一下子就被拉回到了小时候。那时候他常觉得自己是天才，天下无敌，世界第一，直到遇到她，连比三局，输了三局。他感觉天都塌下来了，不能接受，自此后，下定决心要赢过贺莹。可是屡战屡败，屡败屡战，还是败。

后来熟了，她就常常以"前辈"自居，还叫他"小玉"。听着像个女孩名字，他的名字本来就偏女性化，叫"小玉"更是不能忍。每次他都气得哇哇大叫，却又拿她没办法。

少年全国总决赛那年，他们住同一个酒店，隔壁房。晚上他溜到她房间，

说自己明天就要打败她，成为冠军。

他说，如果他赢了，以后她就不准再叫他"小玉"，而且还要叫他"哥"，虽然他比她还小几个月。

她明明答应了，那年他成为少年全国总决赛的冠军，却并没有打败她——她从那次比赛逃走了。从此他再也没有见过她。不知道过了多久，他才听说她父母出事的消息。再之后，她就像是人间蒸发了，再也没有了她的消息。

他没想过再见面，居然会是这样的情形。看她这么轻松又熟稔地跟他打招呼，就像是他们这十年一直有联系一样。

他沉默着，居然不知道该说些什么。他刚刚追出来，明明像是有很多话想说的，但是现在看着她，却什么都说不出来了，半晌，只回了一句：
"嗯，好久不见。"

贺莹淡定地说道："要叙旧晚点再叙吧，你先回去吃饭，我也要去吃饭了。"

她这么自然又淡定，反倒是张玉贤有些拘谨，对她说的话几乎是本能地听从："好。"顿了顿，又问，"那吃完饭我可以跟你聊一会儿吗？"

贺莹笑了笑说："当然可以啊，快回去吧。"

张玉贤点点头，一步三回头地走了。

贺莹等到他彻底消失在视线里，眼睛里的笑意也一点点消失了。她莫名地想起今天早上裴邵深深看她的那一眼，现在只觉得意味深长。

张玉贤回座后神情明显不对了，目光忍不住频频往门外看。

褚方是憋不住话的："你怎么认识小贺的？"

顾宴一对漆黑的眼珠子也目不转睛地盯着他。

张玉贤回过神来，一时间居然不知道该怎么回答，想到贺莹现在的境况，犹豫了一下才说："我小时候和她下过棋……很久没见了。"

褚方诧异："她小时候跟你下过棋？"

张玉贤四岁就开始学棋了，因为天赋异禀，很快就被发掘出来，从小就是当职业选手训练的。能跟他一起下棋的小孩，那也不是普通小孩了。

"……嗯。"张玉贤忽然察觉到自己说漏了嘴，只能急中生智，扭头转向一直没说话的裴邵，"裴邵小时候也跟她下过棋，你可以问他。"

这回连顾宴都震惊了，他惊愕地看向裴邵。贺莹都来家里快一个月了，但裴邵完全没有表露出半点认识贺莹的样子。贺莹也完全不像是认识裴邵的。可张玉贤居然说，裴邵小时候和贺莹下过棋。

褚方也有些匪夷所思，转头看向裴邵，眼神发出质问。

裴邵面上的表情没有一丝波动，慢条斯理地用手中的瓷勺撇去汤上浮着的油沫，淡淡地说："是吗？我没有印象。"

张玉贤皱了皱眉，会没有印象吗？那年裴邵跟着裴老爷子来棋院下棋，他输给裴邵，心里不服气，就把那天放假在家里睡觉的贺莹叫了过来。贺莹不负众望地赢了。

那之后，裴邵单独来过几次，都是来找贺莹下棋的。但贺莹不知道为什么，很讨厌裴邵，每次裴邵来，她总爱搭不理，还一口一个"少爷"地叫。谁听了都知道她是故意讽刺裴邵的。

裴邵居然也不生气，还是照旧来找贺莹下棋。但找十次，有五六次贺莹都会拒绝他，另有三四次，是棋院领导亲自出面找贺莹要她陪裴邵下的。

毕竟裴老爷子痴迷下棋，裴氏集团旗下的某个功能性饮料品牌是各种围棋赛事的赞助商，每次砸钱都很大方。都知道裴邵是裴老爷子当继承人培养的，未来金主的要求棋院领导自然要尽量满足。

只不过裴邵来棋院来得并不勤。那时候裴邵也不过十几岁，裴老爷子对他的要求很严格，除了学业，还有很多东西要学。

裴邵一个月也就来两三次，每次找贺莹下棋，如果贺莹和别人还没下完，他也不会去观战，而是会在棋院一边做卷子一边等。

后来贺莹离开了棋院，他就来得更少了，一年也才来几次，每次也就跟张玉贤下几局。

要说他没印象了，好像也能理解，毕竟也就三四个月的事。

贺莹离开棋院以后，裴邵也只是问起过一次，之后就再没问过。又过了那么多年，可能就算记得有那么个人，也可能忘记叫什么、长什么样了吧。

张玉贤想了想，又想通了，觉得可能大概就是个巧合。于是他决定帮裴邵加深一下记忆："你不记得了？你那次来棋院，下赢了我，但是输给她了。"

裴邵淡定自若的表情微不可察地僵了僵，然后重复道："嗯，不记得了。"

但实际上，怎么可能不记得了。葬礼上看见她的第一眼，他就认出她来了。

真正不记得的人，不是他。

褚方很震惊地看着裴邵："你居然下棋输给过小贺？"

裴邵在围棋上很有天赋，从他能在十六岁的时候赢过当时从小就被称作"围棋神童"受过专业训练的张玉贤就可见一斑。他也喜欢下棋，只是哪怕裴老爷子再怎么喜欢下棋，对比起裴氏集团偌大的一份家业，也只允许孙子把围棋当成爱好来喜欢。

裴邵能在十六岁的时候下赢十三岁的张玉贤，现在却绝不可能了，两个人的棋力已经完全不在一个水平上了。但裴邵下赢了张玉贤，却居然输给了贺莹？

顾宴对这一点倒没有那么震惊，因为他昨天已经在贺莹那里领教过了。最让他震惊以及在意的，还是裴邵以前和贺莹曾经下过棋这件事。

为什么在意，他也说不上来，总之除了震惊，心里还有种很微妙的不舒服的感觉。

贺莹端着饭菜回到房间刚坐下准备吃饭，就收到了顾宴的微信：你认识我哥？

她看到这没头没脑的一句，脑子里一头雾水：什么？

顾宴：你小时候认识我哥？

贺莹心想，这又是什么问题：我小时候怎么会认识你哥？

她和裴邵都不是一个世界的人，小时候怎么可能会认识。她倒是挺意外的，裴邵居然认识张玉贤，两个人还是朋友。不过想想也是，毕竟裴老爷子那么喜欢围棋，裴邵会认识张玉贤也不稀奇。有钱，什么样的朋友交不到呢。

顾宴没有再发微信过来。贺莹放下手机，咬了一口鸡腿，又有点发愁，待会儿要怎么跟张玉贤解释自己现在的处境。

顾宴看到贺莹的回复，心里莫名地松了口气，然后又忍不住抬眼看了一眼斜对面的裴邵。

他相信贺莹没有骗他，她对裴邵的态度完全就是个陌生人。可是裴邵呢？哥哥真的对贺莹毫无印象吗？毕竟哥哥记忆力很强，从小就过目不忘。更何况贺莹还下棋赢过哥哥。

顾宴突然想起那天贺莹淋雨回来，裴邵不仅载了她，而且还给她穿了他的衣服。

这并不是裴邵平时会做的事。准确来说，这是裴邵根本不会做的事。

他之前只是疑惑，现在想起来，却不禁让他更加怀疑。有没有可能贺莹没有认出哥哥，但哥哥认出了贺莹呢？

这个念头一起，顾宴的心脏猛地往下一坠，突然有种说不出来的心慌。

张玉贤看着贺莹弯着腰轻声细语地询问顾宴她可不可以和他去花园聊聊的时候，忽然有些恍惚。他记忆里的贺莹，绝对不是这样子的。那个连笑都很嚣张的贺莹，怎么可能这么……卑微。以至于和贺莹从大门走出去，到了外面的花园里，他还有些回不过神来。

"我一直在关注你，你现在很厉害了。"

听到这句话的时候，张玉贤才回过神来，转头看向身边的贺莹。她戴着口罩，但眼睛在笑，弧度浅浅的。

"没有……"张玉贤下意识地说，"如果你没走，你现在的成就一定在我之上。"

他刚说完，就察觉自己说错话了，刚要补救，就看贺莹笑了笑。

"那当然了。"她好像一点都没有把失之交臂的成功放在心上，对自己现在的处境似乎并不觉得难堪，很坦然地说，"不过现在我可下不过你了。"

张玉贤不知道她是真的不在意了，还是装出来的。他很认真地盯着她的眼睛看，但看不出来，只是心里有点难受。

他最开始并不理解贺莹为什么放弃围棋。她明明有那么高的天赋，而且他也知道，她喜欢下棋，却那么决绝地放弃了。

这么多年，他参加那么多比赛，总是格外留心那些参赛选手的名单。他总怀揣着一丝希望，希望她只是换了个地方继续下棋，希望有一天能在那些参赛选手里看到她的名字，可最终只是一次又一次的失望。

直到今天。

他没有问贺莹当初为什么放弃围棋。

他当时不知道，气了她很久。但后来，他从别的老师嘴里知道贺莹的家庭情况后，才渐渐开始理解她。他是独生子，父母从小把所有的精力和心血都倾注在他身上，他虽然不能感同身受，却也能理解贺莹的心情。她明明那么优秀、那么耀眼，可是在她父母的眼里，永远都看不见她。偏偏她又是个那么骄傲的人。在他面前的贺莹，永远都那么骄傲又自信，让人忍不住心生向往，想要追逐。

再后来，他从教练口中得知她家里出事，父母都出车祸去世了。只是他听说的时候已经过去一年多了，他去她以前住的地方找过，但她已经不在了。

没想到再见，居然会是在这种情形下。

贺莹见他一直闷头走路也不说话,不禁开玩笑道:"怎么了?我记得你小时候话可多了,怎么现在反而不说话了?是不是太多年没见,生疏了?"

张玉贤推了推眼镜,认真地说:"没有。"

一开始还有一点,但她开口叫他"小玉",他就一下子觉得好像什么都没变了。

贺莹笑了笑:"你就没什么想问我的?"

张玉贤想了想,犹豫了一下,还是摇了摇头。其实他有很多想知道的,但又担心问出来的问题会让她难堪。

贺莹扭头盯着他看。张玉贤有些不自在,掩饰性地推了推眼镜:"怎么了?"

贺莹笑着说:"你变化太大了,要不是我一直关注你,都快认不出你来了。"

张玉贤咳了咳:"有吗?"

他当然知道自己当年是什么样子。

贺莹笑眯眯道:"我每次看到新闻上说你少年老成、不爱说话,我都怀疑是不是我认识的那个张玉贤了。"

在人前一向以"斯文稳重"形象示人的张玉贤到了贺莹面前,却仿佛又变成了十三岁以前的张玉贤,羞恼地说:"我那是成熟了。"

说起来,成熟好像只是一夜之间的事。

围棋少年总决赛他没见到她,之后听教练说她退赛了。他整个人都是蒙的,紧接着又是她退出棋院的消息。

他一直把战胜她作为目标。她是他最想战胜的对手,却也是和他兴趣相投的好朋友。她连话都没给他留一句就走了,而且就这么"轻易"地放弃了他们共同热爱的东西。对他而言,是个很大的打击。

他花了很长时间才走出来,然后又知道了她放弃围棋的原因。他好像一下子懂得了人生好多事情并不只是他想象中那样简单,就自然而然变成了今天的模样。

与此同时,大门口的门廊上,褚方看着远处并肩边走边聊的两人,忽然对身旁的裴邵说:"你说你对贺莹没印象了,是在骗张玉贤吧?"

不然当时张玉贤怀疑自己认错人的时候,裴邵怎么会那么笃定张玉贤没认错,而且还说了句"她姓贺"呢?他分明也是认出来了的,却假装不认识。

裴邵没有否认。褚方又忽然问道:"那贺莹呢?她会不会也还记得跟你下过棋?"

裴邵沉默，看着那边渐行渐远的两个人的背影，半晌，才淡淡地说："她不记得。"

她怎么会记得他。

几年前，她和一个男孩站在暴雨中在路边拦车，她竭力把伞撑在那个男孩头上，自己被淋得湿透，狼狈又可怜。

他一眼就认出她，叫司机停车，让她和那个男孩上车，那个男孩一言不发，她也只是惨白着一张脸哆嗦着向他道谢，根本没有认出他来。更何况现在。

"下一盘吗？"贺莹忽然瞥见了不远处桂花树底下的棋桌，那是上次裴墨和褚沉下棋的地方，于是主动向张玉贤邀约。

聊了那么半天，张玉贤也不像之前那么拘束，状态放松下来，开玩笑说："你现在可下不过我了。"

贺莹一挑眉："那就试试。"

她当然知道自己现在下不过张玉贤了，但输人不输阵，气势不能弱。

张玉贤看她挑眉的样子，完全就是小时候的样子，有瞬间的怔愣，随即笑着说："试试就试试，终于也该轮到我虐你了。"

两人坐下来，贺莹弯腰把两盒棋子拿上来。

张玉贤忽然盯着她被遮了一半的脸问："你怎么一直戴着口罩？"

贺莹的借口张口就来："我的脸过敏了。"她已经混得够惨了，再让张玉贤知道自己被人打，估计都要给她捐款了。

张玉贤问："严重吗？你什么东西过敏啊？"

"没事，就是有点难看，过几天就好了。"贺莹糊弄道，"唔……我也不知道，反正突然就过敏了。"

"我怎么觉得你在骗我呢？"张玉贤狐疑地盯着她。贺莹糊弄人的时候，无论是表情还是语气，还跟小时候一模一样。

贺莹睁着一双无辜的眼睛看着张玉贤："怎么会，我骗你做什么？"

张玉贤不吃这一套，"喊"了一声："你小时候骗我还少啊？"

这么多年一直保持着成熟稳重、惜字如金人设的他，一到贺莹面前就崩了个彻底。贺莹忍不住笑了出来，忽然一下想起了好多小时候的事。

那时候她头顶着"围棋天才少女"的光环，在棋院众星捧月，人人都捧着她、让着她，只有张玉贤天天跟自己打擂台，上蹿下跳发誓一定要打败她这个大魔王。那对她而言，是一段非常美好的记忆，始终被她珍藏在

内心的最深处。

张玉贤也一样被勾起了回忆,不禁和贺莹一起笑了起来。

顾宴和裴邵、褚方三人一起过来的时候,看到的就是他们俩坐在桂花树下相视而笑的画面。

顾宴本来以为贺莹应该很快就回来了,但左等右等,都等不到她回来,给她发微信也不回。他想玩把游戏分散一下注意力,却完全集中不了精神,隔几分钟就要滑一下屏幕看看过了多久。

他看张玉贤吃饭的时候就心不在焉的,吃完饭就迫不及待地去找她,怎么看都不像只是小时候下过棋的关系。

顾宴越想越是坐立不安,眼看着都快半个多小时了,贺莹还没回来,他决定自己去看看。不想刚准备偷偷溜出去,就被在大厅喝茶谈事的褚方逮住了。

"哎,小宴,你一个人去哪儿啊?"

裴邵也转头看了过来。

顾宴被逮了个正着,有点心虚:"哦,那个,我吃饱了,出去转一圈。"

明显心虚的语气,裴邵一眼就看穿了。他忽然起身站起来:"正好,我也想去透透气,一起去。"

顾宴:"啊?"

于是三人就一起看到了贺莹和张玉贤坐在一起相视而笑的画面。

褚方意味不明地笑着"啧"了一声:"我怎么看出了点 CP 感呢?"

这话一出,无论是坐在轮椅上的顾宴,还是站在后面推轮椅的裴邵,眼神都不约而同地冷了几度。

还是张玉贤先发现他们:"你们怎么来了?"

绝对不是什么惊喜或者高兴的语气,显然是嫌弃他们打扰到他和贺莹叙旧了。

贺莹也转头看过来,不禁一愣。

褚方吊儿郎当地走过来:"怎么,我们就不能出来散散步了?"他面上带着几分促狭,"是不是打扰你们了?"

张玉贤修长的手指轻轻推了下眼镜:"的确打扰到了。"

褚方干笑两声,然后说:"哎,你们这是准备下棋吗?"他看向贺莹,"小贺,我听说你小时候下棋还下赢过裴邵啊。"

贺莹有点茫然地看向裴邵,裴邵站在顾宴身后,那双冷淡的桃花眼正看着她。贺莹就以为褚方说错名字了。

不想对面的张玉贤忽然也说道:"贺莹,你不记得裴邵了?小时候他来棋院下过棋。"

贺莹再次转头看向裴邵,这回裴邵那双冷淡的桃花眼里多了点别的东西,表情似乎也有些僵硬。

贺莹脑子里一片空白,完全想不起来跟裴邵下过棋。

她那会儿挺出名的,跟她下过棋的人实在太多了,经常有教练带人过来跟她下棋。她是真的想不起来什么时候跟裴邵下过棋了。

"你不记得了?"张玉贤见她僵住,提醒道,"那次还是我把你叫过来的,他下赢了我,但输给了你……你那时候还叫他'裴少爷',你记得吗?"

"裴少爷"三个字一出来,贺莹脑子里顿时灵光一闪,一下子就想起来了。

裴邵。原来他就是那个"少爷"。

她还记得那天是她放假,爸妈带贺康出去玩了,她一个人在家,难得在家睡个懒觉,结果就被张玉贤一个电话吵醒,说棋院来了个踢馆的,把他给打败了,让她去棋院帮他报仇。她脸都没洗,跑过去一看。

一个少年被众星捧月似的环绕着,平时很少出现的棋院领导还亲自陪同,一看到她,就招手让她赶紧过去陪裴邵下一局。

贺莹在棋院还没受过这种待遇。她平时都是棋院的宝贝疙瘩,现在居然来了个比她还宝贝的,当然看他不爽,更别说他来下棋居然还带保镖了。

她也不说废话,往他对面一坐就开始下棋。

但不得不说,他的确厉害,下法很稳,防守很强,好像怎么进攻都突破不了他的防御,而且攻击也时常在出其不意的地方。贺莹好几次都被逼得没了耐性,被他抓住破绽穷追猛打,但她也不是吃素的,最后还是凭借刁钻的一手,埋线几十步,一口气斩掉他一条大龙,才险胜了一局。

虽说赢得很艰难,但也不妨碍她赢了以后耀武扬威。她得意地对对面的少年说:"裴少爷,你输了。"

她记得后面他也来找过她几次。虽然说后面几次他身后没有跟着一群人,只有他自己,但也不妨碍她讨厌他,特别是被棋院领导还有教练强制要求她陪他下棋的时候。

她小时候觉得自己这是对权势不屑一顾,嫉恶如仇。现在回想起来,其实就是仇富加嫉妒。

嫉妒裴邵身上那种有别于她的天生高贵的气质,更嫉妒他被人众星捧月,连领导都要对他卑躬屈膝。

张玉贤说他家里很有钱,很多围棋赛事都是他们家赞助的,他是被当成未来继承人培养的,以后也会很厉害。就连老师也暗示她讨好他,以后对她很有好处。

可那时候的贺莹一身反骨,再加上每次裴邵来,她都会沦为配角,所以每次见了裴邵都会阴阳怪气地叫他"少爷",赢了棋更是一堆怪话。

贺莹一下子把这些事情全回想起来了,她看着裴邵,脸上的表情越来越僵。想到裴邵对她的态度,她甚至开始怀疑,他不会是一开始就认出她来了,所以才对她是这种态度的吧?

裴邵看着贺莹的眼神,就知道她已经想起来了,心口蓦地有一根细线微微收紧了。他莫名地,居然有些期待她的反应。

然而她开口却是:"呃……我记不大清了。"

她一边说,还一边心虚地瞥他。

裴邵盯着贺莹,一股沉闷感席卷胸口,薄唇缓缓抿直。

倏地,他冷笑了一声。

很轻的一声,意味不明。贺莹却连汗毛都竖起来了。

褚方和张玉贤也都诧异地看了过来。就连轮椅上的顾宴,都扭头看向了裴邵。

裴邵却只盯着贺莹,一双桃花眼冷得不能再冷了。

贺莹寒毛直竖,冷汗狂流,在裴邵极具有威慑性的目光中,艰难地说:"我好像突然……想起来了。"她转移话题,"我记得我们那天还合影了,对吧小玉?"她扭头看向张玉贤,眼神发射求救信号。

张玉贤成功接收到了:"啊,对……那张照片我现在还收着呢。裴邵你那儿应该也有一张吧?"

裴邵睨了贺莹一眼,语调平淡:"不记得了。"

褚方的关注点却不在照片上,而是似笑非笑地看向张玉贤:"小玉?"

张玉贤脸上一阵发热:"那是她小时候乱叫的。"说着,轻轻瞪了贺莹一眼,"以后不准乱叫了。"

贺莹看着他,满眼无辜地说:"你自己说的,你赢了我,我就不叫'小玉'了,你又没赢过我。"

张玉贤没好气地说:"那还不是因为你临阵脱逃,不然……"

"我要回去了。"一道冷冽的声音横插进来,打断了张玉贤的话。从头到尾都被忽视的顾宴坐在轮椅上,漂亮精致的脸上裹着一层寒霜,抿着唇,鸦黑的眼睛里压抑着某种情绪,冷冷地看了贺莹一眼,就自己调转轮椅的方向,往来的方向去了。

贺莹下意识地看向裴邵,毕竟人是他带来的。但见他却没有要和顾宴一起走的意思,她只能起身对张玉贤说:"棋下次再下,我先送顾宴回去。"说完对着裴邵和褚方点了下头,就追上了顾宴。

张玉贤愣了愣,看着贺莹匆忙追上顾宴,脸上隐隐有些失落,他还有好多话没跟她说呢。

褚方看到张玉贤脸上毫不掩饰的失落,挑了挑眉,转头看向裴邵,却发现后者的目光也一直追随着贺莹的背影,心里突然"咯噔"了一下,有种不祥的预感。

顾宴听到身后的脚步声,控制不住转头,看到贺莹跑了过来,冷着脸说:"你跟着我过来干什么?不是还要跟你的老朋友叙旧吗?"明明在生气,却控制不住委屈的声调。

贺莹知道他刚才受了冷落不高兴了,弯下腰,轻声说:"什么朋友都没有你重要啊。"

顾宴抿了抿嘴角,嘲讽道:"哦,是吗?我看你刚刚和你的老朋友聊得那么开心,还以为你根本就看不见我呢。"

他刚刚在那里坐了那么久,她就跟没看到自己一样。

贺莹说:"怎么可能呢,我刚想问你怎么没午睡出来了。"

顾宴不答反问:"你怎么又不回我信息?"

贺莹一摸口袋,摸了个空:"吃饭的时候手机忘拿了。"

顾宴脸色微冷:"反正我找你的时候永远都找不到。"

贺莹从后面揉了一把他的脑袋:"好啦,对不起,别生我气了。"

顾宴明明想躲开的,可是身体却不听使唤,被贺莹结结实实揉了两把。

"你跟张玉贤很熟吗?"他声音沉闷。

他问的显然是废话,刚才贺莹和张玉贤聊天时的语气神态,并不像是张玉贤说的只是小时候下过棋,他都没见贺莹笑得那么开心轻松过。但他还是想听贺莹说。

贺莹说:"嗯,我们小时候在一起学下棋,曾经是很好的朋友,不过已经很多年没见了。"

现在想想,大概裴邵也是那时候认识张玉贤的。不过她记得她还在棋院的时候,张玉贤也很讨厌裴邵的,也不知道这两人怎么变成朋友的。

顾宴冷不丁地问:"那你跟我哥呢?"

其实这才是他最想问的,他总觉得裴邵对贺莹的态度有些怪异。

"我跟你哥就下过几次棋,刚才要不是小玉说,我都忘了我小时候跟你哥下过棋。"贺莹实话实说。

"哦。"顾宴说,"可我怎么觉得我哥还记得你呢?"

不想贺莹也说:"你也这么觉得?"

顾宴扭过头来看她,微微皱眉:"……什么叫我也这么觉得?"

贺莹试探着说:"我刚才也在怀疑,是不是你哥还记得我以前赢过他……所以记仇了?"

她没说的是,她不止赢了裴邵,而且每次见了他,都是阴阳怪气地说话,就算被领导强迫跟他下棋,也没什么好脸色给他看。

现在想想,当时裴邵的修养的确好,他那时候也才十六七岁吧?正是青春期的少年自尊心最强、最要面子的时候,居然也能忍得了当时的她,而且还隔三岔五地专门找她下棋,每次下完棋,输了不说,还要被她一顿冷嘲热讽。

贺莹现在回想起来,都觉得自己那时候太过分了。要是放到电视剧里,她就是个衬托主角有定性修养好的反派角色。不过现在换她看裴邵的脸色了,也算是因果循环、报应不爽。她摸爬滚打了一圈,还是落在他手里了,怪不得他总不正眼看她呢。

但想想自己以前对裴邵的态度,对比起来,裴邵现在对她的态度已经算温和了。

"我哥才不是这种人。"顾宴听了贺莹的话,却不赞同地皱起眉,表情严肃地说,"他不是会计较这种事情的人。"

贺莹又觉得他的话也有道理,毕竟十六七岁的时候裴邵都能忍,不可能到现在反而来翻旧账吧?

"嗯,应该是我误会了。"她不经意地问,"你哥他跟小玉很熟吗?"

顾宴听她一口一个"小玉"地叫,有种说不上来的亲昵,忽然觉得烦躁,想到她之前也叫过他"小宴",但也就那么一两次,可是对张玉贤这个很久没见的人,却一口一个"小玉",好像两人关系很好,很亲似的。

他语调是冷的:"你不是跟他很多年没见了吗?怎么还叫他'小玉'?"

贺莹理所当然地说:"叫习惯了,我小时候就这么叫他的。"

张玉贤刚开始对这个"昵称"十分抵触,但后来被叫习惯了,不过整个棋院也就她可以这么叫,其他人要是开玩笑叫他"小玉"都会被他追着打。

顾宴听她总是说起她和张玉贤的小时候,心里更不舒服了,好像那是独属于她和张玉贤的一段过去,他无从参与。特别是就连裴邵都参与过那段过去,只有他被排除在外,就更难受了。他抿了抿唇,冷淡地"哦"了一声。

贺莹总是能很敏锐地察觉到顾宴的情绪变化,一听他"哦"就知道他情绪不好了。但他越是会在这种事情上生气,就越是证明他对她的在意。

贺莹的嘴角翘起来,故意逗他:"又生气啦?"

顾宴像是被踩了尾巴的猫:"谁生气了?我有什么好生气的?"

贺莹点点头:"是嘛,有什么好生气的。"

顾宴又不高兴了,扭头瞪她,苍白的脸色都气得红润了。

贺莹忽然眼疾手快地在他脸上捏了一下,笑眯眯地说:"小宴生气的时候看着真可爱。"

顾宴瞳孔震了震,错愕得半晌说不上话来:"……谁、谁可爱了?"他慌张地扭过头去,不让贺莹看到他迅速发烫变红的脸。

然而迎面走来的两个人却让他的脸僵住了。

"二哥。"裴墨的目光落在顾宴微微发红的脸上时微微凝固了一瞬,随即才抬眼看向他身后的贺莹,想到刚才看到她亲昵地捏顾宴的脸,表情越发冷淡,第一次没有张口叫她。

"顾宴哥哥。"褚沉笑容明媚地从裴墨身边走过来,还抬起手对着贺莹俏皮地弯了弯手指,"哈喽,护工姐姐,又见面啦。"

贺莹微笑回应。

褚沉又左右环顾一圈,然后对着贺莹身后挥了挥手:"哥!"

贺莹转头一看,就看见裴邵、褚方、张玉贤三人也正往这边走来。她才意识到,褚沉就是褚方的妹妹。

"你怎么来了?"褚方问自己的妹妹。

褚沉反问道:"怎么就你能来,我不能来啊?"说完又罕见地有些腼腆地对着张玉贤喊了一声,"玉贤哥哥好。"

张玉贤微笑着点了一下头,视线下意识地寻找贺莹。

在这种场合,贺莹是说不上话的,只是安静地站在顾宴身后。

张玉贤的心脏忽然揪了一下,有些酸涩。在他的记忆里,贺莹永远都是人群中的焦点,是被崇拜仰慕的那个人,可她现在却收敛起所有的锋芒,悄无声息地隐没在人群里。

"玉贤哥哥,你怎么一直盯着护工姐姐看啊?"褚沉忽然问道。

一时间,所有人都朝他看了过来,就连贺莹也抬眼扫过来。

张玉贤本来还算镇定，只是猝不及防对上贺莹投来的疑惑眼神，罕见地慌乱了一下，脸不受控制地红了。他佯装镇定，用那被粉丝称赞为"神之右手"的修长手指轻推了一下眼镜："没有。"

褚沅笑嘻嘻地开玩笑："是不是没见过姐姐那么漂亮的护工？"

褚方在褚沅后脑勺拍了一下："你玉贤哥哥和这位护工姐姐小时候就认识了，别乱开玩笑。"

"啊？"褚沅震惊的眼神在贺莹和张玉贤脸上转了一圈，"你们小时候就认识了？"

不管怎么看，张玉贤和贺莹都像是两个世界的人。

裴墨的视线也转过来，在张玉贤和贺莹脸上来回扫视了一圈，然后视线又落在轮椅上的顾宴脸上，敏锐地捕捉到了顾宴脸上微妙的不愉快的表情。他垂下眸，眼底飞快地闪过一丝什么。

贺莹不想他们又把焦点放到她和张玉贤的关系上来，适时说道："小宴的午睡时间到了，你们聊，我先送他回房间了。"

贺莹这种明目张胆的照顾和"偏爱"显然成功取悦了顾宴。

顾宴坐在轮椅上，默默挺直了腰，脸上带着一种微妙的胜利者的微笑："嗯，我要午睡了。你们聊吧，我们先走了。"

褚方挑了挑眉，忽然意有所指地说："小宴和贺莹的关系好像越来越好了。"

裴邵望着两人离开的背影，眸光冷了冷。就连褚方都看得出来，他们两个的关系越来越好，他又怎么看不出来，顾宴对贺莹那反常的关注和过度的亲密。

"玉贤哥哥，我们去下棋吧？"褚沅邀请道。

张玉贤忽然想起刚才那盘和贺莹还没来得及下的棋，就像围棋少年总决赛他没有等到她的那盘棋。

褚方毫不客气地取笑道："就你的水平也配跟你玉贤哥哥下棋？而且他下午还有约呢。"

张玉贤却开口说："没关系，那个约我已经推了。"然后转头对裴邵微笑着说，"裴邵，借用一下棋室。"

张玉贤原本只是过来吃个午饭，结果却被褚沅缠着下了一下午的棋，就这么一直待到了晚饭时间，顺理成章地留下来吃晚饭了。

而贺莹则被顾宴留在房间，一整个下午都没有露过面。直到晚饭时间，她才推着顾宴姗姗来迟。

裴家好久没有那么热闹，裴家三兄弟都在，还有褚家两兄妹，外加一个张玉贤。

张玉贤看贺莹把顾宴送到就要出去，立刻说道："你去哪儿？坐下跟我们一起吃吧。"

褚沅也热情地说："对啊姐姐，坐下来一起吃嘛，裴邵哥跟顾宴哥不会介意的。"

贺莹当然不可能跟他们一起吃饭，扯了扯脸上的口罩，轻咳了两声说："谢谢，不用了，我感冒了，不大方便。"说完对着他们微一点头就走了出去。

褚沅嘀咕道："难怪她一直戴着口罩呢，原来是感冒了。"

张玉贤忽然起身，跟着贺莹走了出去。

顾宴下意识就要跟出去。然而他的轮椅才刚偏了偏，就被裴邵制止了。

裴邵面容冷淡，嗓音疏凉："小宴，不要去打扰别人。"

顾宴微愣了一下，转过头来，才后知后觉地发现餐桌上所有人都在看着他，褚沅更是毫不掩饰自己惊讶又好奇的眼神。他忽然意识到自己的失态，抿了抿唇："我只是渴了。"

裴邵的视线投向坐在最边上的裴墨，淡淡说道："裴墨，去给你二哥倒杯水。"

裴墨似是有点意外自己被点到名，随即安静地起身走了出去。

他一走出去，就看到不远处贺莹和张玉贤正站在一起说话。就算贺莹脸上戴着口罩，他看着她弯起的眼睛，也能想象到她笑得有多开心。

裴墨眼神里微微泛起凉意。

她好像对谁都很亲切。他并没有什么特别。

"把你的手机号给我。"张玉贤拿着手机对贺莹说。

贺莹把自己的手机号码报给他。

张玉贤又抱怨道："我给你的 QQ 上发了好多信息，你都不回我。"

贺莹说："看到了，你骂我骂得挺凶的。"

张玉贤嘴角一抽："……那是刚开始，后来我不是跟你道歉了吗？"

贺莹无辜："后来我把密码忘了，没上去过了。"

贺莹说："好了，你快回去吃饭吧，别总让人等你。"

"那下次你什么时候有空，我们一起吃个饭。"张玉贤邀约，他还有好多话都没跟她说呢。

这时裴墨一言不发地从他们身边走过。张玉贤只看了一眼，目光就又

回到贺莹脸上。

贺莹也看了裴墨一眼,他看起来不大高兴的样子。

"下个星期吧。"她说。下个星期,她的脸应该就能见人了。

贺莹又笑眯眯地说:"到时候约你女朋友一起来吧。"

她时常会搜一搜张玉贤的消息,自然关注到他和另一位年轻的漂亮女棋手一直被称作围棋界的金童玉女,两人有不少CP粉,还一起上过热搜,外界都在传他们在谈恋爱。

张玉贤一愣,随即有些羞恼道:"你在胡说什么?我什么时候有女朋友了?"

贺莹挑眉:"王帆不是你女朋友?"

"那都是网友乱说的,她只是我的一个后辈。"他有点生气地推了推眼镜,"你怎么也看这些乱说的八卦新闻?"

"因为想知道你现在怎么样啊,所以经常去搜你的新闻看,偶尔就会搜到这些。"贺莹看他气鼓鼓的样子,忍不住笑,"不会真的生气了吧?我是觉得你们俩的确挺像金童玉女的,王帆长得漂亮,棋下得也好,你难道不喜欢?"

张玉贤恼羞成怒,但这么多年修身养性,再没有小时候跟她拌嘴时的反应快了,只能瞪她:"你还说?"

如果贺莹没有放弃围棋,那么被称作金童玉女的人应该是他和她才对。毕竟从小时候,他就一直在追随她的脚步,他们本来应该一起分享今天的荣誉。

贺莹看他恼羞成怒的样子,忍俊不禁:"好了好了,不跟你开玩笑,快回去吧,他们都在等你吃饭呢。"

张玉贤情绪冷静下来,知道贺莹那么关注他的新闻,他还是挺高兴的:"嗯,你也快去吃饭,我过去了。"

贺莹微笑着说:"好。"

张玉贤却抬抬下巴,示意她先走。贺莹就笑着转身先走了,在厨房门口恰好碰到从里面端了一杯水出来的裴墨。

和之前每次见了她都热情打招呼不一样,裴墨就像没看见她一样,端着水,一脸冷漠地从她身边走了过去。

贺莹有点不解地扭头看了他的背影一眼,但很快就抛到脑后。

这裴家三兄弟,性格脾气一个比一个更阴晴不定,难捉摸,还是顾宴好哄。

晚饭后，褚方提出想跟贺莹下一盘棋。褚沉立刻冒出来泼冷水："哥，你下不赢护工姐姐的，连我都下不赢她。"很明显，褚方的棋艺还不如她。

"你下不过她很正常。"褚方看向贺莹，挑眉轻笑，"她可是下赢过你玉贤哥哥和裴邵哥哥的人。"

褚沉震惊地看向贺莹："你下赢过玉贤哥哥？"

贺莹脸上露出"谦虚"的微笑："那是小时候的事了。"

"不是下赢过。"张玉贤纠正，"是我从来没有赢过她。"

贺莹更谦虚了："那都是小时候的事了，现在我们已经不在一个水平了。"

褚沉还是很震惊，她知道贺莹厉害，但没想到贺莹那么厉害，她还一直以为自己上次输给贺莹是太大意了。可如果贺莹以前都能下赢张玉贤，那她是不可能下得过贺莹的，毕竟张玉贤从小就是有名的围棋神童，能下赢他的都不是一般人。

这时褚沉忽然问出了一个让气氛僵住的问题："姐姐你那么厉害，怎么不跟玉贤哥哥一样做职业棋手啊？"

褚方闻言，挑了挑眉，也有些好奇地看着贺莹，毕竟做职业棋手，怎么都比做护工更有前途。更何况以她小时候的天分，肯定是棋院的重点培养对象，怎么会沦落到来干护工的？

就连顾宴也有些不解地看着贺莹。

气氛有些凝固。

裴邵在手机上轻点的手指微微一滞，撩起眼看了过来，淡漠的目光落在贺莹微微失神的脸上。

唯一知道内情的张玉贤眉头一皱，刚要替贺莹解围。

就在这时，裴邵按灭了手机，淡淡开口："做什么选择自然有别人自己的理由，何必多问。"

贺莹诧异地看过来。裴邵却没看她，仿佛刚才的话并不是他说的。

褚沉被裴邵淡淡扫了一眼，就察觉到自己说错话了。她平时被宠惯了，对自己亲哥都常常没大没小地开玩笑，却向来怵裴家大哥，当下往自家哥哥身后挪了挪，又冲着裴墨偷偷吐了吐舌头。却发现裴墨根本没有注意自己，而是目不转睛地盯着贺莹看。

褚方也反应过来，笑着岔开话题，对贺莹说："哎，那走吧。小贺，陪我下一盘？"

顾宴没反对,贺莹就答应了。于是,一行人到了三楼的棋室。

贺莹和褚方相对而坐,其他人则都在一旁观战。

褚方执黑棋先下,落子后,笑着对贺莹说:"我的水平很业余,不过你也不用放水,正常下就好了。"

贺莹一脸人畜无害地点头,手指伸进棋盒,随意拈起一颗白棋。

褚方忽然敏锐地抬眼看过来,虽然他只看得见她低垂的眉眼,却能够感觉到她整个人的气场都变了。

贺莹平时身上散发出来的那种温和无害的气质收敛得一干二净,隐隐露出了锋芒。他怔愣了一下,目光在她眉眼处停留了几息,随即收回视线,缓缓挺直了放松的腰。

褚方当初学下棋,纯粹是因为裴邵会,他想压裴邵一头,就也去学。但他天生不是那块料,学了一阵就学不下去了,就下着玩,水平在业余爱好者中算是很不错的了,平时跟朋友随便下下,基本都是赢,但在贺莹面前,却毫无招架之力。

这种感觉就跟裴邵下棋的感觉一模一样,用一个词来形容那就是——寸步难行。

不到十分钟,褚方就认输了。好久没被虐到那么惨,他忍不住说:"不是,你这水平,也不让让我?"

贺莹眨了眨眼,一脸无辜地看着他:"啊,不是你不让我放水的吗?"

褚方看着她,一阵无语。是他草率了。

褚沅"扑哧"一声笑出声来,不给褚方面子的嘲笑道:"哥,你也太丢脸了吧。"

褚方露出"慈爱"的微笑:"要不你来试试?"

褚沅挑眉:"试试就试试,还不快点起来给我让位置?"等褚方起身后,她一屁股坐上去,然后甜甜地对贺莹说,"贺莹姐姐,你上次就答应要跟我下一盘棋的。"

她对贺莹的称呼变了。

贺莹微笑着点头:"嗯,这次就当是还债了。"

说到还债,褚沅就心虚地瞥了裴墨一眼,上次裴墨把钱都转给她了,贺莹可不欠她的了。

但裴墨的表情好冷淡。褚沅总觉得他今天的心情好像不怎么好,不过这会儿也顾不上了。她看向对面的贺莹,笑盈盈道:"姐姐你也不用让我哦,我会尽全力的。"

贺莹还是露出温和无害的微笑："我会的。"

褚沉看着贺莹笑得那么温柔，脖子却莫名一凉。

褚沉的实力比十三岁时的张玉贤自然比不过，但比二十五岁的褚方却强了不止一点半点。但也很快就步了褚方的后尘。

褚沉这才充分了解到贺莹的恐怖，如果说上次那半局残棋她还输得不甘心，但这次她可以说输得心服口服了，看贺莹的眼睛都亮晶晶的："姐姐，你太厉害了！你不去当职业棋手真是太可惜了。"

贺莹微笑。她对自己有清晰的认知。她虽然的确有些天赋，但这些年疏于练习，而且也没再跟什么厉害的人对战过，已经被落下太多了。在这个领域里，根本不可能再取得多大的成就。以她现在这样的水平去当职业棋手，大概率就是和她妈妈当年一样，只不过是混一份普通工资。

她下意识地看向张玉贤，清楚地在他的眼神里看到他还没来得及隐藏的痛惜。

张玉贤和她的目光对视上，先是一怔，随即用微笑掩饰。贺莹心里微微一涩，也微微笑起来。

褚沉忽然提议道："姐姐，你跟玉贤哥哥再下一局吧！看看你们现在谁厉害。"

"下次吧。"贺莹起身说道，"今天太晚了。"

虽说她现在对上张玉贤，肯定是必输的，但她也同样有自信，不会让张玉贤赢得太容易，可能没一两个小时都不会起身，实在不大适合今天这样的场合。

她忽然惊觉，棋室里的人不少，就连裴邵都在场没有离开，个个长得都是异于常人的好看，不禁有些失神。

张玉贤、褚方他们走的时候将近十点了，夜色沉沉。

贺莹跟着顾宴把他们送到门口，张玉贤走的时候过来抱了抱贺莹，小声说："走了，记得你还欠我一顿饭和一盘棋。"

贺莹轻笑着拍了拍他环住她的胳膊："知道了。"

张玉贤却有点舍不得松手，贺莹身上的气味还和小时候的她一样，一年四季身上都萦绕着一股淡淡的桂花香，又甜又香。不知道是不是太怀念那段时光，还是太怀念她，他一时忘了松开。

张玉贤刚抱上去的时候，裴邵、褚方都只是看过来一眼，裴墨和褚沉也只是惊讶了一下，只有顾宴一直毫不掩饰地盯着。

可随着两人拥抱的时间越长，气氛渐渐开始变化。

裴邵的目光又淡淡转了过来，落在相拥的两人身上。顾宴一直盯着他们，表情越来越难看。褚沅一脸惊奇，还用胳膊撞了撞身边的裴墨，却没想到裴墨也一直在看着他们。褚方倒只是挑了挑眉，有些惊异于情绪不怎么外露的张玉贤也有这样失态的时候，看来两人小时候关系的确很好。

贺莹也觉得两人抱得有点久了，轻拍了拍张玉贤的胳膊，笑着开玩笑："干吗？又不是以后都见不到了。"

张玉贤这才察觉到自己好像抱太久了，脸上一热，故作镇定地松开怀里的人，顺手推了推并没有滑落的眼镜来掩饰眼神里的慌乱，顺着贺莹的话说："谁知道你会不会又突然人间蒸发。"

气氛顿时又松弛下来。

只有顾宴冷着脸。

褚沅对贺莹说道："贺莹姐姐，那下次我再来找你下棋。"

顾宴冷冷地说："她很忙，没空陪你下棋。"

贺莹低头看他，才发现他脸色很冷。

褚沅愣了愣。她小时候就常跟着褚方出入裴家，她长得漂亮又可爱，嘴又甜，很招人喜欢，不管是大人还是褚方的其他朋友，都很喜欢逗她玩，只有裴邵是个例外。

少年时期的裴邵就很高冷，不爱说话，也不爱笑，看起来就很不好亲近。认识了那么多年，自家亲哥还是裴邵最好的朋友，她也常常出入裴家，可她和裴邵的关系却一点都没有变亲近。反正每次看到裴邵，她就头皮发紧，从来不敢在裴邵面前造次，褚方都笑着说她见了裴邵就跟老鼠见了猫似的。

但顾宴就不一样了，她从小就叫他"顾宴哥哥"，顾宴也把她当妹妹一样，对她很好。虽然出车祸以后，顾宴的脾气差了很多，但也只是不爱见人，却也从来没有用这么冷冰冰、不耐烦的语气和她说过，而且还是在那么多人的面前。当下她就有点委屈，下不来台。

褚方也讶异地看了顾宴一眼，随即却马上明白过来，瞥了眼贺莹后，笑着拍了拍褚沅的后脑勺："小宴说得对，你贺莹姐姐要上班，哪有时间陪你下棋。"

褚沅今天一天都不顺，裴墨也不搭理她，她也是一向被宠着长大的，今天在裴家备受冷落没什么人关注她也就算了，好不容易说几句话还屡屡碰钉子，这会儿脾气也上来了，撇了撇嘴："不下就不下，再厉害不就是个护工吗？有什么了不起的。"说完就自己生着闷气先往车那边走了。

在场其他人脸色都是一变。

"褚沉！你给我回来！"顾宴脸色难看地冲着褚沉的背影喊了一声。

褚沉走得更快了。

顾宴连忙紧张地看向贺莹。

褚方也皱起眉，随即向贺莹道歉："小贺，你别介意，她不是冲你，我代她向你道歉，抱歉。"

贺莹知道褚沉不是冲自己，只不过是在顾宴那里受了气，却不敢发在顾宴身上，只能找她这个软柿子捏，撒撒气。

被人当成撒气的对象，她心里当然不舒服，特别是当着张玉贤的面。好像她这一天所有的故作潇洒都在这一瞬间被戳破了，把她的狼狈和难堪都赤裸裸地摆在了张玉贤的面前。

她甚至都不敢去看张玉贤的表情，但她也完全能够想象得到他脸上会是怎样的一副表情，担忧的，同情的……她常常利用人们的同情心，可唯独这一刻，她并不想要张玉贤的同情。

但即便如此，她也不能表现出来，因为她没有表现愤怒的立场和底气。

她现在的确就是那个软柿子，可以任人搓圆捏扁，更何况褚方还道了歉，她只能像个真正的软柿子那样，露出大方得体的微笑，说："我知道的，没关系。"

贺莹的反应在所有人的意料之中，好像她就该如此。

裴邵的视线淡淡扫过她平静到近乎麻木的上半张脸，嘴角的线条微微抿直了些，眼神也沉了沉。

本来这件事应该就这么轻轻揭过了。张玉贤虽然颇有微词，但顾及自己到底是客人，再加上褚方已经替褚沉道歉了，虽然心里堵得慌，也没有多说什么。却不想看起来对这件事情漠不关心也没什么反应的裴邵突然冷不丁地开口："叫褚沉回来。"

其他人都是一愣，看向裴邵。贺莹也微微有些惊诧地看着他。裴墨原本正低头给褚沉发微信指责她太过分，闻言也抬起头来。

裴邵面容冷淡，脸上没什么情绪："要褚沉亲自向她道歉。"

他口中的"她"，自然就是贺莹。

贺莹怔住，随即有些不解地望着裴邵冷峻淡漠的侧脸，不知道他怎么会替自己出这个头。

顾宴和裴墨也都看着裴邵，神情各异。只有张玉贤惊讶之后，满脸赞同。

褚方皱了皱眉。以他对裴邵的了解，裴邵既然说出了这些话，就代表

着没有商量余地。但同时他也很清楚，裴邵从来不会对这种事情上心，更不会主动掺和到这种事情里来。

这件事说到底，也只是褚沉耍小姐脾气，说了点让贺莹难堪的话，但他道歉了，贺莹也接受了，这件事就该到此为止了。可是裴邵却突然冒出来要替贺莹出头，难道只是因为和贺莹小时候认识？

褚方来不及想太多，知道现在这种情况，只有把褚沉叫回来道歉才能收场了，只能无奈地说："好，我过去叫她过来。"然后就往那边走了过去。

贺莹有点发蒙，愣愣地看着裴邵。无论怎么看，这都是一张冷酷不近人情的脸。他平时对她的态度也很冷漠。但他今天是什么情况？

贺莹暗自思索着，难道是因为张玉贤在，顾及她和张玉贤的关系，给他面子？这倒是很有可能。但是张玉贤都没说什么……

似乎是察觉到她的视线，裴邵的余光斜扫过来，只是淡淡地扫她一眼，就又收了回去。神情还是一样冷漠。

贺莹更加肯定了，是因为张玉贤。

她又看向褚方那边，看到他走到车边敲了敲车窗，里面的褚沉把车窗降下来，一脸气呼呼的。褚方跟褚沉说了什么，褚沉往这边看了过来，一脸的不敢置信。隐约可以听到她震惊地质问着什么，声音都扬高了。

两人激烈地交涉了一会儿，褚沉看起来并不打算妥协，直接把车窗关了。

只见褚方直接把车门拉开，弯下身去跟她说了几句什么，然后褚沉就从车上走了下来，跟在褚方身后，绷着一张漂亮的小脸往这边走了过来。

"说吧。"褚方说。

褚沉先看了裴邵一眼，见裴邵一脸冷漠地看着她，心里就是一虚，脸上不情愿的表情收了起来，转向贺莹，撇了撇嘴："对不起，姐姐，我刚才不是故意的。"

贺莹微笑："没关系。"

"我现在可以走了吧？"褚沉扭头看向褚方。

褚方看向裴邵，意思是：现在你满意了吧？

裴邵却看向贺莹。

贺莹一怔，连忙点了下头。裴邵这才又转向褚方，眼神示意。

褚方被裴邵明目张胆的操作搞得十分无奈，转头说："那我们先走了。"

褚沉从来没受过这么大的委屈，立刻转身就走。

"那我也先走了，随时联系。"张玉贤对贺莹说，还给了她一个鼓励的眼神。

贺莹摆了摆手,把他们都送走了。

然后,贺莹觉得好哄的顾宴马上就让贺莹知道裴家三兄弟没有一个省油的灯。

就因为晚上送张玉贤的时候,张玉贤抱了她一下,顾宴就开始生闷气了。到了睡觉时间,他还是气鼓鼓的。

贺莹并不知道顾宴并不只是因为张玉贤抱了她而生气,而是一些说不清道不明的原因。今晚发生的各种状况,他好像什么都做不了,而有些事本来他可以做,却没有去做。

贺莹看到生闷气不跟她说话的顾宴,非但不觉得烦,反而觉得高兴。顾宴越是容易吃醋,就越显得他在意;他越是在意,就越是离不开她。

她假装不知道他在生气,料理好一切,就准备离开。顾宴见她居然就打算这么走了,顿时从床上坐起来,委屈地问:"你就这么走了?"

"嗯?还有什么要我做的吗?"贺莹装傻。

坐在床上的顾宴默了一默,然后闷闷地说:"你先过来。"

贺莹走了回来。顾宴又拍了拍床沿:"你坐。"

贺莹有些困惑,今天怎么一个个都不怎么正常?顾宴之前可是连手机都不让她放床上的。

"坐啊。"顾宴见她愣着,又拍了下床催促道。

贺莹就一屁股坐到了床上,然后看着他,等着他说接下来的话。

顾宴看着她,几度欲言又止,最后憋出一句话:"你能先把口罩摘了吗?"

贺莹失笑,然后抬手把口罩摘了下来。她一天三次勤勤恳恳地抹药,脸上的淤青对比起第一天已经好了很多,只是她皮肤白皙,一点印子也看得很清楚,所以看到的还是很明显的一大片深深浅浅的淤青。

顾宴看着她半张脸的淤青,心口突兀地揪痛了一下,乌黑的睫毛轻颤了颤,忽然说:"对不起。"

贺莹怔了怔:"嗯?"

顾宴看着她,声音沉闷:"就是今天发生的那些事情……褚沅对你发脾气的时候,我应该叫她向你道歉的。"

贺莹一下就明白了他的意思,但她却假装没听明白,故意露出不解的表情:"她是跟我道歉了呀。"

顾宴皱眉:"可那是我哥让她跟你道歉的……这本来应该是我来说的,可我没有。"

明明之前还说要给她撑腰,要给她做靠山,可是她被欺负的时候,他却没有及时站出来帮她出头,反而是一向冷漠的大哥站出来替她出了头。

他低下头,脸色惨淡,对自己很失望:"对不起……"

贺莹很意外顾宴居然会对她说这些,他跟自己道歉已经在她的意料之外了,但更令她意外的是,他居然会把这些话毫无保留地告诉她。

她刚要说些什么,顾宴就猛地又抬起头来:"但是下次不会了。"

他漆黑的眼睛发亮,定定地看着她,像是下定了决心:"以后我一定不会再让人欺负你了。"

贺莹愣了两秒,然后轻轻笑了,晶亮的眼睛弯出一泓清泉:"好。"

顾宴的心脏猛地一跳,别扭地别开脸不看她:"好了,我话说完了,你可以走了。"

贺莹却没起身,而是说道:"我也还有话想说呢。"

顾宴又把脸转了回来,漆黑透亮的漂亮眼睛望着她。

贺莹心里微微一动,顾宴实在长得太好看,介于少年和青年之间的阶段。他用那双漂亮的眼睛亮晶晶又专注地望着你的时候,心脏很难维持平稳的跳动。

他的外表看着更像猫,漂亮又疏离,可实际上性格其实更像一只黏人的大狗,占有欲和领地意识都很强,看着很难接近且不好相处,但其实只要顺毛撸,就很乖很听话。

她不自觉地放轻了声音,柔声问道:"所以你之前不开心就是因为这个吗?"

顾宴的心忽然像是被烫了一下,像是某种塑料制品,被高温灼烫后蜷缩起来,缩得紧紧的,有一种莫名的心慌蔓延开来。

他心里很清楚,当然不只是因为这个。

自从知道贺莹和张玉贤小时候认识,他心里就闷闷的,不好受了,然后又知道哥哥居然也是小时候就认识贺莹了,他就更不舒服了。

紧接着,又是贺莹晚上和褚沅褚方下棋。她下棋的时候好像会发光一样,他总是不由自主地被她吸引,可却同时发现,被吸引的人好像不止他一个,几乎所有人的目光都集中在她的身上。至少他就从来没有见过哥哥的视线在一个人的身上停留过那么久。

晚上送张玉贤的时候,张玉贤又抱了她那么久,只是小时候认识而已,都那么多年没见了,难道还有那么深的感情吗?

他也不知道自己在在意什么,但就是在意,心里酸酸的、涩涩的,不舒服。

他一直不愿意去深想。可是贺莹这句话，却像是戳破了一层什么，里面有他不愿意面对的东西缓缓渗透出来。

　　顾宴怔怔地看着面前的贺莹，忽然发觉，她怎么长得这么顺眼好看？

　　此时的她正静静地注视着他，皮肤白白的，脸小小的，眼睛那么清澈又明亮，她不笑的时候很淡漠，但笑起来的时候眼睛就弯弯的，就像是一泓清泉，干净又温柔。

　　明明她半边脸上有那么大一片吓人的淤青，应该是很难看的，可好像就是因为这淤青在她脸上，所以他一点都不觉得难看，只是每次看到心里都会泛起刺痛。

　　顾宴的心跳突然快得让他心慌，乌浓的眼睫紧张地轻颤着，心底里似乎有什么东西即将要破土而出。他不知道那是什么，却本能地感到慌乱无措。他突兀地别开眼，避开贺莹的眼睛。

　　"……嗯。"

　　贺莹看到他回避的眼神，心里察觉到什么，但她没有追问，只是笑了笑说："那就好。"

　　"那就早点睡觉吧。"她说着，身体微微往前倾了倾，抬起手想在顾宴蓬松的头顶上揉两把。

　　顾宴却扭头躲开了，他皱着眉头看着她，有些不满地说："干吗总是揉我的头，我又不是小孩。"

　　他忽然发现贺莹似乎总拿自己当小孩子看。总是喜欢摸他的头，说些哄小孩的话来哄他。

　　虽然他并不反感她摸自己的头，但她明明跟张玉贤相处的时候都不是这样的。张玉贤才比他大两岁。

　　贺莹收回手，问："你不喜欢被人碰头发吗？"

　　顾宴："……不喜欢。"

　　他的确不喜欢被人碰头发，不仅是头发，平时被人碰到他身上哪里都别扭，可他并不讨厌贺莹碰。他讨厌的是，她这个动作看起来像是把他当小孩。

　　"那我以后不会了。"贺莹说。

　　"我二十岁了。"顾宴没头没脑地冒出这么一句，又补充道，"马上。"

　　贺莹点点头："我知道啊。"

　　"知道就别把我当小孩。"顾宴低下头，不满地嘟囔。

　　贺莹笑了："谁说我把你当小孩了？"

顾宴抬头看她。贺莹笑吟吟地望着他："不把你当小孩就可以摸你的头吗？"

顾宴呆了一呆。贺莹抬起手，在他头发上重重地揉了两下，把他的刘海都揉乱了，露出漂亮逼人的眉眼："没把你当小孩，摸你的头是因为你的头发很软很好摸。"

顾宴顶着一头被贺莹揉乱的黑发，还有点反应不过来，呆呆地说："哦……"

明明那么有攻击性的一张脸，有时候却总是露出很好骗的表情。贺莹莞尔，顾宴有的时候真的很像一只小狗。这怎么能让人忍得住不把他骗走呢。

"好了，很晚了，你该休息了。"贺莹从床上起来，"躺下睡觉吧。"

顾宴乖乖地躺下了，眼睛仍看着她："你也早点睡。"

贺莹笑笑："好。"

顾宴又看了一眼床头柜上已经没有多少香味的桂花，然后说："明天早上我们一起去摘桂花？"

"好。"

"明天跟我一起吃早饭。"

"好。"

"那你早点上来。"

"好。"

"贺莹。"顾宴忽然叫她的名字。

"嗯？"

"晚安。"他说。

贺莹嘴角微弯，抬手按灭了台灯，声音温柔："晚安。"

贺莹从顾宴的房间出来，站在电梯前，犹豫了一下，然后按了上楼按钮。

她穿过走廊，往棋室走去。到了棋室门口，她按下门把手，推开门，里面却不是预想中的漆黑一片，明亮的灯光下，她一眼就看到端坐在那里的裴邵。

裴邵听到开门声，也抬起眼侧头往门口看了过来，在看到站在门口的贺莹时，不禁微怔了一下。

贺莹没想到这么晚裴邵居然会在棋室，想到自己不应该这么晚到处乱走，顿时头皮发紧，赶紧说了句："对不起，我就是上来看看，打扰了。"说完就要关门离开。

裴邵沉冷的声音却赶在了她关门前响了起来："进来。"

153

贺莹关门的动作一顿，只恨自己关门的动作太慢。她在原地僵了两秒，只能硬着头皮把门又推开，一声不吭地走进去。

"坐。"裴邵轻抬下巴，示意她坐到他对面，然后开始捡棋盘上的棋子。

贺莹看了一眼，顿时了然，他在跟自己下棋。

见她站着没动，裴邵又撩起眼来看她一眼。贺莹连忙坐下了，干坐着也不好，就开始帮着捡棋盘上的棋子。

裴邵捡白的，她就捡黑的。两人也不说话，就这么一颗颗地把棋盘上的棋子尽数捡到棋盒里。

贺莹心里怪怪的，不禁想，要是换了小时候，她早就扭头走了，才懒得理他。真是三十年河东三十年河西，现在裴邵让她往东，她都不敢往西。

想到这里，心里不禁有几分悲伤。

等棋子都捡完了，裴邵淡淡地说："下一局。"

贺莹很想拒绝，理由也有的是，比如明天还要早起，这一盘棋一下就是一两个小时，她扛不住，但一张嘴，说出口的却是："好。"

贺莹只能在内心宽慰自己，这是看在他今天替她出头的面子上。

贺莹对着棋盘思索的时候，并没有察觉到坐在她对面的裴邵的视线落在了她的脸上。

裴邵端坐着，抬眼望向坐在对面凝神看棋的贺莹，眸间忽然恍惚了一瞬。

贺莹和小时候长得很像，并没有什么太大的变化，所以他才能在那个雨夜里只是往车窗外随意地扫了一眼，就认出她来。

十三岁的贺莹，像个太阳，张扬又耀眼，总是漫不经心地笑，会明目张胆地讽刺他，什么都无所谓也不在意的样子，像极了被宠坏的小孩。

直到某次他在棋院外，看见她冷冷地站在那里看着一个方向，他顺着她的目光看过去，看见一个女人正抬起手笑着给一个男孩擦汗。

他认得那个女人，他在棋院见过她，听人说，她是贺莹的妈妈，她以前也曾经是棋院的棋手。她在棋院的时候，大多数时候都是一张严肃的面孔，就算对贺莹也是，两人之间的交流很少。可是她对待那个男孩的态度却比对待贺莹要亲昵、温柔许多，更像一个妈妈，就像在顾宴面前的顾文君。

他看向站在那里的贺莹。她就独自一个人站在那里，静静地看了他们一会儿，然后一脸漠然地转身进了棋院。

他晚她一步进棋院，就看到她像没事人一样笑眯眯地跟棋院里的教练打招呼。

154

原来她也是不被偏爱的那个。

一个小时后。

贺莹凝视棋盘半响，忽然轻轻吐出一口气，把手里拈着的黑棋丢回了棋盒，发出棋子碰撞时的清脆声响。

她抬起头看向对面始终端坐的裴邵，嘴角微翘，带着几分释然："你赢了。"

没有了十年前的针锋相对、得意嚣张，笑也是风轻云淡、轻描淡写。

"嗯。"裴邵收回视线，垂下眸，开始捡棋盘上的棋子，平静到近乎冷淡的态度似乎对棋局的输赢一点都不在意。

贺莹倒是不吃惊，因为十年前他就是这副样子了，输给她的时候反应也很平淡，好像一点都不在乎输赢。她那时候就怀疑他是冷血动物。

可要说他真的一点都不在乎输赢，他又每次都专门到棋院来点名找她。贺莹实在看不透他，然后默默地跟着捡棋盘上的棋子。

捡着捡着，她的视线不由自主地被棋盘上裴邵的手吸引。下棋的时候她就发现了，他的手生得好看，白，骨节分明，手指又长，指甲修剪得很整齐，微微屈指的时候，骨节微凸出来，带着一种很有掌控力的力量感。

贺莹不禁偷偷抬眼看他。裴邵垂着眸，鸦黑浓密的眼睫半敛着，在灯下拖出影子，越发显得深浓，桃花眼搭上弧度陡峭的鼻梁和一张薄唇，勾勒出一张完全有别于顾宴的高贵淡漠的英俊面孔。

贺莹短暂地沉迷了一下裴邵的美貌，又忽然想起来，自己小时候第一次见他，也曾短暂地被惊艳过一下的，毕竟从来没有见过这么好看的人。

现在看着人模人样的张玉贤，那会儿还是个平头黑皮的小瘦猴，无论在学校还是在棋院都没什么特别好看的人，所以乍一看到十六七岁的裴邵，有点惊为天人的震撼感，不过这种惊艳很快就被讨厌和嫉妒取代了。

贺莹盯着裴邵的脸胡思乱想着。冷不丁地，裴邵抬眼看过来，深浓如墨的眼睛平静地看着她，深邃幽静犹如深海。

"明天继续。"

贺莹脸上的表情凝固了，甚至有些呆滞："嗯？"

是她的听力出了问题，还是理解能力出了问题？总之应该不会是裴邵明天还要跟她下棋吧？

贺莹试图拒绝："不好意思，我可能不是很方便……"

裴邵淡淡地说："这部分算是额外的工作，酬劳会以奖金的形式发放，金额会让你满意的。"

贺莹沉默了一下，然后——

"……方便问一下具体是多少吗？"

裴邵看她一眼，轻描淡写地说："不会比你现在的工资少。"

贺莹错愕了两秒，然后很不争气地狠狠心动了，眼睛都在冒光，咽了咽口水，佯装镇定地试探着说："其实钱什么的倒不是最重要的……主要是你找我的时候我可能不一定有时间，你也知道，我的上班时间是根据小宴的作息时间来定的……"

裴邵眸光微暗。她叫张玉贤"小玉"，叫顾宴"小宴"。她小时候叫他"少爷"，现在叫他"裴先生"，真是亲疏有别。

他垂下眼，把棋盘上最后一颗白棋捡进棋盒："我并不是每天都有空闲时间找你下棋，也不会影响到你的正常工作。"

贺莹心想也是，裴邵平就看起来很忙的样子，下棋又费精力，就算未必会经常找她下棋，可能只是休息时找她下棋。这么算起来，这钱赚得可太轻松了，而且也能趁这个机会好好在裴邵面前刷一下好感度。一举两得。

贺莹实在找不到什么理由拒绝："好，我可以。"

裴邵淡淡道："嗯。你可以下班了。"

"哦，好。"贺莹站起身刚要走，又忽然想起什么，踌躇了一下，还是停下来对裴邵说道，"今天的事情，谢谢你。"

裴邵抬眼看她，没说话，半晌，语气平淡道："但凡你拿出那晚在我面前的态度，也不用别人替你出头。"

贺莹一怔，随即马上明白过来，裴邵指的是那晚她一时气愤上头冲他发脾气的事，顿时有点尴尬。有种在他面前重拳出击，在别人面前唯唯诺诺，显得她在大家面前故意装柔弱扮可怜似的。

"本来也只是件小事……"

"那是我多此一举了。"裴邵语气冷淡。

贺莹本来不该再跟裴邵争执的，可不知道为什么，她总也忍不住："那我能怎么办呢？当场让褚沉跟我道歉吗？当时那种状况，不过就是她生顾宴的气迁怒我，褚方也替她道了歉，我还能说什么呢？不依不饶地让她给我道歉？没错，我心里的确不舒服，也觉得委屈，可我又能怎么办？"

贺莹嘴角露出一丝讥笑："你一句话就能让褚沉回来向我道歉，可同样的话由我来说，一点用都没有，只会让人觉得我得理不饶人。

"裴先生，你可能从小到大都没受过什么委屈，可对我来说，类似这

样说不出口的委屈我已经经历过无数次了,也不是每一次都有像你这样的'好心人'来替我出头的……"

贺莹控制不住又说了个过瘾,说完才忽然反应过来,带着几分后知后觉的忐忑去看裴邵的脸色。

裴邵坐在那里,微微抬着头看她。他脸上看不出什么被冒犯的不悦,反而异常专注地注视着她,似乎在认真倾听她的控诉。

贺莹紧绷的神经忽然松懈下来,默默咽了咽口水,话锋一转,把刚才生硬尖锐的声音放缓了:"不过还是谢谢你今天愿意帮我。那……那我就先走了。"

裴邵没再说什么,也没有对她刚才那番话发表什么言论,只是微微颔首。

贺莹一走出棋室,就懊恼地拍了拍自己的脑门。也不知道为什么,好像裴邵每次都能精准戳中她的肺管子。明明刚刚道完谢就可以走了,偏偏要义愤填膺地说些他根本不能理解的话。

他怎么会在意她说的那些话呢?

可贺莹脑子里却忽然浮现出刚才裴邵那个抬头专注望着她的眼神。看起来,并不像是对她的话不屑一顾。

贺莹摇了摇头,把裴邵的脸从自己的脑子里摇走,赶紧下楼回房间睡觉了。

贺莹前脚刚进电梯,裴墨后脚就从自己房间走了出来,刚好看见贺莹匆匆迈进电梯的背影。他皱了下眉,贺莹来三楼,但没有找他,是去哪儿了?就在这时,他看见走廊的另一头,裴邵从棋室走了出来,径直走向了自己的房间。

裴墨漆黑的眼睛顿时眯了起来。

贺莹记得和顾宴的约定,特地调了个七点的闹钟,被闹钟吵醒的时候,整个人都是昏昏沉沉的。

昨晚跟裴邵下完那盘棋,她躺在床上脑子里还一直在复盘,一直到后半夜才累得不行,昏睡过去,感觉刚睡着就被闹钟吵醒,戴好口罩顶着浮肿的眼皮上班了。

顾宴最近的睡眠状况好了不少,昨晚上更是早早就睡着了,虽然五点多就醒了,但头没那么疼了。

只是起得太早,时间就变得很难熬,想到昨晚上贺莹答应他会早点上来的,他就满怀期待地等着,手机里什么东西看不进去,游戏也没状态。

好不容易才熬到贺莹的敲门声响起,他立刻低头假装玩手机。

贺莹进来的时候就看到顾宴正坐在床上玩手机,连她进来都没发现。

"早啊。"

顾宴慢吞吞地抬起头来,像是才发现她来了,轻咳了一声,说:"早。"

"你眼睛怎么了?"吃早饭的时候,顾宴才注意到贺莹浮肿的眼皮。

"没什么,就是没怎么睡好。"贺莹说着还打了个哈欠,眼泪浸湿了睫毛,湿漉漉地半垂着。

"你昨晚上不是十点多就下去了,怎么还没睡好?你几点睡的?"顾宴问道。

贺莹心虚地轻咳了一声,含糊地说:"就是躺在床上睡不着。"

可不能让顾宴知道,她又在外面偷偷"接单"了。

贺莹还是睡着了。

顾宴在画室画画,贺莹照常坐在椅子上陪他,原本还在墙上复盘昨天晚上和裴邵下的那盘棋,决心今天晚上要再赢回来,结果复盘复着复着,人就睡着了。

顾宴和她说话没有回应,转头一看,就看到她坐在椅子上,人往后面仰,后脑勺抵在后面的墙上,歪着头就这么睡着了。

顾宴放下画笔,调转轮椅,朝她开过去,到边上停下来,就看她闭着眼睛睡得很香。

他让贺莹和他单独在一起的时候不用戴口罩,看着都闷得慌,贺莹就把口罩摘了。她脸上的淤青已经散了很多,只有靠近下颌线那边一片了。

这还是他第一次见她睡着时的样子。她歪着头,浓密的睫毛密密匝匝地覆下来,平时都没发现,她的睫毛原来这么长,垂下来的时候像把小扇子,头发也很浓密,额头两侧还有些细绒绒的额发,这样看着,一点都看不出来她比他还大几岁。

"昨晚上做贼去了?睡那么香。"顾宴嘟囔道。

这么歪着脑袋睡,等醒来的时候脖子肯定会疼。顾宴正准备叫醒她让她回房间睡,视线却忽然落在贺莹的嘴唇上。

她大概涂了点润唇膏,嘴唇上泛着水润晶亮的光泽感,粉粉的、肉嘟嘟的。看起来,很好亲的样子……

这个念头刚出现在脑子里,顾宴脑子里就"轰"一下像被雷劈了,整个人都僵住动弹不得,心脏"怦怦"乱跳,脸也"唰"地红了。

他怎么会有这种念头？

顾宴整个人都慌起来，推着轮椅就要离开，结果轮椅掉头的时候"砰"的一声撞到了贺莹的椅子。

顾宴下意识地回头，就看到贺莹一下睁开了眼睛，平时总是清亮的眼睛此刻却是雾蒙蒙的，带着点还没清醒的茫然无辜。

顾宴的心口突然一阵悸动，心脏紧缩起来。

贺莹猛地从梦里惊醒过来，人坐直了，睡眼蒙眬的，又还没完全清醒。看到顾宴坐在自己面前，她还以为是他叫醒的自己，不好意思地说："对不起，我不小心睡着了。"

顾宴心跳如擂鼓，瞬间把头转了回去，用后脑勺对着贺莹，语气慌乱中带着几丝生硬："困了就快点回房间去睡。"

贺莹说："没事，我都醒了。"

顾宴语气急躁起来："让你去睡觉你就去睡！"话一出口，又发现自己太大声了，顿了顿，强压着心底的慌乱说，"我现在就想一个人待着，你在这里影响到我了，你去睡觉吧，能睡多久睡多久。"

他现在需要自己一个人冷静一下。

贺莹愣了愣，然后从椅子上站起身："那你有需要随时叫我。"

顾宴"嗯"了一声。

贺莹说："那我走了？"

顾宴像是不耐烦了："走吧走吧，别烦我了。"

贺莹不再说什么，关门离开了。

顾宴等了两秒，才扭头去看，看到贺莹果然走了，这才松了口气，然后抬起手，红着脸，迷茫而又困惑地捂住自己"怦怦"乱跳的心口。

贺莹从画室出来，并没有直接回房间睡觉，而是先去跟玲姨打了声招呼。

"玲姨，顾宴现在在画室画画，他说我在画室会影响他，想一个人待一会儿。我可以先回房间吗？"

如果是以前，顾宴身边是离不了人的，但最近顾宴的状态眼见着一天比一天好，玲姨那根紧绷的弦也放松了不少，和蔼地说："没事。那你就回房间休息吧，等小宴叫你就可以了。"又关心地问起她的感冒，"怎么还戴着口罩啊？感冒还没好吗？"

贺莹微笑着说："还有点咳嗽，应该再过两天就好了。"

她今天照镜子，脸上的淤青已经散得差不多了，再过两天应该就能摘口罩了。

贺莹和玲姨打完招呼,就回房间睡觉了。这一觉就睡到下午三点,醒来的时候看了眼时间,吓了一跳,连忙检查手机,没有顾宴的电话和信息,应该就是没有找过她。

她不禁觉得奇怪,昨晚上还要她早点起来陪他,怎么今天倒是大半天都不找她了?

她洗了把脸,就准备去找顾宴。路过厨房的时候,被周阿姨叫住,叫她先把午饭吃了。

周阿姨一边帮贺莹端饭菜,一边笑着说:"顾宴特意交代的,说你最近工作辛苦,让你好好睡觉,叫我们都别去叫你。饭菜都给你热着呢,最近是累了吧?睡那么久。"她把饭菜都端到贺莹的手里,很为贺莹感到高兴,"你啊,这阵子的辛苦没白费,真把顾宴这块石头给焐热了。"

贺莹端过餐盘,笑了笑说:"我只是做了我该做的事。"

周阿姨最喜欢的就是贺莹这一点,所有人都看得到顾宴的变化,都夸她照顾得好,可她从不得意邀功。

周阿姨又忽然压低了声音:"过两天就要发工资了,阿姨告诉你一个好消息,前两天我听到顾宴找玲姨说要给你涨工资呢。"

她是真心为贺莹感到高兴,也觉得贺莹的确值得。

贺莹也有些惊讶,然后笑着对周阿姨说:"那等我发了工资,我请大家吃饭,谢谢大家对我的照顾。"

周阿姨却一脸不赞同:"吃什么饭啊,大家都不缺你这顿饭,你自己用钱的地方多着呢,自己留着,别用在不该用的地方。"

贺莹心里涌起一丝暖意,弯了弯眼睛:"我知道的,阿姨。"

"对了,下个星期就是顾宴生日了,你看要不要送他个什么小礼物,他肯定高兴。"周阿姨笑着提醒。

贺莹眼睛一亮:"好,我知道了,谢谢阿姨。"

周阿姨轻轻拍了拍她的背,亲热地说道:"好了,快吃饭去吧。"

"好。"贺莹端着饭走了。

她在房间里吃完饭,把餐盘拿到厨房自己洗了,才去找顾宴。然后她就发现顾宴有点不对劲,好像在故意回避她。两人一对视,他就猛地把脸转开,她不看他的时候却又能感觉到他的视线落在她身上。

贺莹有点莫名其妙,直接问:"怎么了吗?"

顾宴被她问得心里一慌,强装镇定:"什么怎么了?"

贺莹定定地看了他几秒，然后说："没事了。"

顾宴在这几秒钟的对视里，心跳又开始失速。

他不懂自己这是怎么了。以他这样的条件，从小到大喜欢他的女孩子不知道有多少，但他从来没有喜欢过谁。他的社交关系简单，常在一起玩的都是一起长大的朋友或同学，关系还算不错的女性朋友也就只有乔静书一个。

也不是没有人把两人往一堆凑过，小时候他们就一直被长辈们开着玩笑撮合。他自然也知道她很好，他也很欣赏她，但纯粹是从朋友的角度，她对他的意义和其他的男性朋友一样。除此以外，他对她并没有别的感觉。

他身边来来往往的漂亮女孩也不少，可从来没有过什么异样的感觉。所以他很困惑，自己对贺莹的感觉到底是什么？那种心脏紧缩、心率过快的感觉他从来没有体验过。

是喜欢吗？他喜欢她？这个念头只是浮现在脑子里，他都觉得荒谬。他怎么可能喜欢上他的护工呢？一定是他搞错了。

这种情绪未必就是因为喜欢，也有可能是，他们最近天天都待在一起，关系太好，他不可避免地对她产生了依赖心理……对照顾自己的人产生依赖心理这种情况应该很正常。一定是这样。

他这么一想，心里顿时舒服多了。

不过按照现在这种情况继续发展下去，他可能会越来越依赖她。不能再一天到晚和她黏在一起了。

"你再去给我摘一点桂花来吧，我想在房间里多插一点。"顾宴忽然说。

贺莹没多想，只是问："那你要一起出去走走吗？"

顾宴眼神躲闪了一下："我不去了。"

贺莹忽然察觉到一丝古怪，但也只是若无其事地说："那我去了。"

"嗯。"顾宴连看都不看她了。

贺莹皱了皱眉，转身走了出去。

贺莹摘完桂花回来，顾宴又让她去找几个漂亮的花瓶把花都插起来。

贺莹又去找玲姨，找了几个花瓶，顾宴却嫌花瓶不好看。贺莹又去找玲姨，把家里的花瓶都拿过来给顾宴看了个遍，无论是中式的、日式的，还是美式的、法式的，都不能让他满意。

贺莹捧着跟玲姨一起在仓库里翻箱倒柜找出来的最后一个法式奶油色花瓶，站在正在打游戏的顾宴面前，语调淡淡地说："这是家里最后一个花瓶了。"

她已经上下跑了四五趟，跟着玲姨到处搜罗家里的花瓶。就连玲姨都忍不住嘀咕，不知道顾宴这是要做什么，不过是插几枝桂花而已。倒像是之前故意折腾贺莹的时候了。

顾宴只是敷衍地瞥过来一眼，甚至都没有看清样式就低下头继续打游戏，嘴上说："我都不喜欢，家里没别的了？"

贺莹说："这是我和玲姨在仓库找到的最后一个了。"

顾宴"哦"了一声，头也不抬地说："那你去买几个回来吧。"

贺莹连眉头都没皱一下，只是看着他很平静地问："现在吗？"

顾宴正在手机屏幕上滑动操控游戏人物的手指微微一滞，然后若无其事地说："嗯。买回来以后找玲姨报销就行。"

贺莹说："好。"说完，就毫不拖泥带水地转身走了出去，别的话一句没有。

她走得那么干脆，反而让顾宴意外。他抬起头来，看着贺莹离开的背影，心口却忽然蔓延开另外一种感觉的心慌。

玲姨听贺莹说顾宴要她出门买花瓶，也有些难以理解："小宴是怎么了？你们两个是又闹别扭了？上午不还好好的吗？"

中午顾宴还特别交代她，让她别去叫贺莹，让贺莹好好睡呢，怎么才这么一会儿，好像又开始闹别扭了？

贺莹有点无奈地笑了笑："我也不知道，不过没关系，他应该很快就好了。"

"他就爱发小孩子脾气，一阵风似的。"玲姨也有些无奈，"那你就出去逛逛，我让老黄送你，你把单据拿好，回来找我报销。"

贺莹点点头说："那玲姨，我先去换身衣服。"

玲姨说："去吧。顾宴这里我会看着。你这个点出门，回来肯定也不早了，好不容易出去一趟，你就在外面把晚饭也吃了，叫朋友一起陪你吃也可以，吃点好的贵的，也不用着急回来。餐费阿姨回来都给你报销。"

贺莹心里顿时涌出一阵暖流，就算没有别的目的，她也是真心喜欢这份工作，无论是周阿姨还是玲姨，都对她像长辈一样慈爱照顾。她弯了弯眼睛，由衷地觉得幸福："好，谢谢玲姨。"

玲姨慈爱地摸了摸贺莹的头："去吧。"

她看着贺莹纤细却挺拔的背影，又看了眼二楼的方向，微微皱了下眉头。

她是心疼贺莹的。她也是从周阿姨嘴里无意间漏出来的几句，才知道贺莹的父母都不在了，还有个要她去照顾的哥哥，所以她才活得这样辛苦。

贺莹自己也还是个孩子，比顾宴大不了几岁，跟她一样年纪的女孩子，多数还没成熟，正是享受自己人生的时间段，可她却要在这里做着伺候人的活，要收敛自己的心性脾气，处处委屈自己。偏偏她还这样从容，不卑不亢，从不怨天尤人抱怨自己的处境。怎么能叫人看了不心疼？

贺莹换好衣服出门，黄司机已经开着车在外面等着了。

黄司机是裴家的老司机了，在裴家干了十来年，平时负责家里用车。

贺莹刚要上车，就恰好遇到放学回家的裴墨从另一辆车上下来，见她没有穿护工制服而是穿自己的衣服，就问："你要出门？"

贺莹点点头："嗯。"

裴墨问："去哪儿？"

贺莹说："顾宴让我去买花瓶。"

裴墨有些不解："买花瓶？家里不是有很多吗？"

再说买花瓶又怎么会用得着贺莹去买。

贺莹说："他要用来插桂花，家里的他都不喜欢，就让我去买一个。那我先走了。"

"等一下。"裴墨背着书包走上前来，"我跟你一起去。"他说着，径直拉开后座车门弯腰坐了进去。贺莹愣了愣。

裴墨没关车门，上车以后就往里面坐，让出外面的位置，然后探身过来看着她问："不上车吗？"

贺莹只犹豫了一瞬，就跟着上了车。

黄司机颇为讶异地看了裴墨一眼，又看了眼刚上车的贺莹，心里虽然奇怪他们怎么会一起出门，但这也不是他能管的事情，没说什么就开了车，然后问道："裴墨你是要去哪儿啊？我先送你过去。"

裴墨说："我跟她一起的，她去哪儿我就去哪儿。"

黄司机瞥了后视镜一眼，不说话了。

裴墨把书包抱在怀里，书包上坠着的桂花香包散发出来的桂花香味和贺莹身上的桂花香融为一体，淡淡地充斥在整个车内空间。

贺莹闻着这股沁人心脾的香气，整个人都放松下来，脑子里那些杂乱焦灼的念头仿佛被抚平了。

自己送出去的礼物被人珍视，是一件让人高兴的事。贺莹也不例外。

虽然她并不知道昨晚这只香包曾被裴墨从书包上解下来丢进了垃圾桶。只是今天早上临出门前，明明已经走到了大门口，他又折返回去，从垃圾桶里把香包翻拣出来，重新挂到了书包上。

黄司机开了一段路后，发现不知道从哪里散发出一股桂花香，味道就跟车里有棵桂花树似的，闻着很新鲜，怪好闻的，忍不住嘀咕道："哪里来一股桂花香味啊？"说完又对贺莹说，"小贺，待会儿我把你送到那儿我就先回去，等你逛完了再给我打电话，我过来接你。"

贺莹说："我逛完自己打车回去吧，不用你再跑一趟了。"

黄司机自然也图轻松："那也行。"

说完，他犹豫了一下，刚想问裴墨，裴墨就开口了："我跟她一起回去，你不用管。"

黄司机忙说："哎，好。"

黄司机把他们送到地方就开车走了。

"你是有什么东西要买吗？"贺莹问裴墨。

"没有，随便逛逛呗。"裴墨语气懒散。

他虽然穿着校服背着书包，但无论是身高、长相还是气质，走在人群里都有点鹤立鸡群的意思。

贺莹还是穿着上次休息时穿的那件长款风衣，里面搭了件浅色针织衫。她虽然并不是让人一眼惊艳的长相，却自有一种清冷淡定的气质，哪怕全身上下的行头加起来没超过五百块，但那种从容不迫的气场却让她看起来身价不低，只是深藏不露。

裴墨不笑的时候，身上也有种拒人于千里之外的疏冷，将他和芸芸众生很明显地区隔开来。

两人走在一起，倒有点像是一对长相不怎么相像的姐弟。

"你弟弟好帅哦。"家居品牌的女店员见贺莹说话温柔又没什么架子，趁着裴墨暂时走开去另一边的时候，忍不住对她说，"都可以去当明星了。"

女店员二十岁出头的模样，虽然穿着品牌的制服，却还是一脸稚气未脱的样子。贺莹顺着她发亮的目光往裴墨那边投去一眼，的确，她在电视上看到的最近很红的年轻男明星还不如他好看。

毕竟他也是个星二代，他妈妈林冰玉年轻时候也是被夸过神颜的女明星。如果他的爸爸不是裴行正，那他大概也是会进娱乐圈当明星的吧。

裴墨突然转头看了过来，挑了下眉，似乎在问她在看什么，然后就往这边走了过来。

女店员没扛住这个挑眉，脸都红了，默默地退到贺莹身后。

"挑好了吗？"裴墨走过来问。

贺莹说:"拍了一些,等一下让顾宴挑一下。"

她不打算现在就发给顾宴。她怎么会不知道顾宴根本就不是要她出来买花瓶,只是找了个借口,不想和她待在一起,所以他不会希望她那么快就买到花瓶回去,就算现在发给他,他也会鸡蛋里挑骨头,倒不如晚一些再发给他让他挑。

裴墨说:"那我们先去吃饭吧,我快饿死了。"

贺莹倒不是很饿,毕竟下午三点多才吃的饭,这会儿也才六点。不过裴墨说饿了,她就陪他先去吃饭。

裴墨随便找了家日料就带着贺莹进去了。

贺莹还是第一次来吃正经的日料。这几年,她几乎没有时间去交朋友,自然也很少有在外面吃饭的机会,之前也就吃过街边小摊卖的寿司。

他们刚坐下,就有服务员上来介绍菜品,晚市只有一千六百多的单人套餐和三千多的双人套餐。裴墨随口点了一个双人餐。

贺莹脸都麻了一下,心想,就算玲姨说要报销,她也不好意思找玲姨报销三千多的餐费。

服务员一走,裴墨看她脸都僵了,不禁有点好笑:"至于吗?脸都硬了,跟我吃饭我会让你买单吗?"

贺莹心里松了口气,笑了一下,毫不扭捏:"那我就放心了。"

她知道裴墨是永远都不会理解,哪怕她能够猜到这顿昂贵的饭会由他买单,但她还是要为那个万一悬心吊胆。

裴墨哼笑了声,嘲讽道:"你出来给二哥买东西,他都不给你报销晚饭钱?"

贺莹实话实说:"玲姨说要给我报销的。"她顿了顿,微微笑了一下,"只是这顿饭太贵了。"

人均一百以上,对她来说已经是很好的餐厅了。但还未成年的裴墨却能随意就请她吃一顿人均一千多的饭。怎么不羡慕,不嫉妒呢?

裴墨倏地一笑,似笑非笑地冷嘲道:"二哥又跟你发脾气了吧。不然买一个花瓶而已,用得着你亲自过来买吗?一天到晚要这么照顾他,你不累吗?"

贺莹再一次感受到裴墨对顾宴赤裸裸的敌意,她理解这种敌意,但她并不准备和他站在一起,只是淡淡地说道:"不会,他只是偶尔有点小孩子脾气,很快就没事了。"

裴墨看着她,本来还准备冷嘲热讽的话忽然咽了下去,嘴角带着几分冷嘲的笑意也消失了，嘴唇微微抿直了。他心里突然涌起强烈的嫉妒感。为什么有些人天生什么都不做就能得到别人的偏爱？就算那天在那么多人面前，贺莹都会毫不犹豫地选择把顾宴放在第一位，以他的需求为先。就算顾宴对她那么恶劣，她还是这么维护他。

裴墨的手在桌沿上一下一下地轻点着，修长的手指在灯下泛着莹白的光。忽然，指尖敲击的动作一顿，他盯着对面的贺莹，忽然开口："我之前的提议现在依旧有效。"

贺莹一时没有反应过来："嗯？"

裴墨往后一仰，后背懒散地靠在椅背上，接着说："我虽然在家里挺不受待见的，但我也不缺钱。你给我当陪练，我给你现在双倍的工资加奖金，我还可以跟你签合同，保证不会开除你。"他微微挑眉，"也就是说只要你想，你就可以一直当我的陪练，事少钱多，还稳定，绝对比你做护工要有前途得多。"

裴墨说到这里，停顿了一下，然后语气加重，强调道："我是认真的。"

贺莹从裴墨此时说话的神态和语气可以判断出，他的确是认真的。她如果答应，他的确会履行他说出口的这些承诺。

如果这话她在两年前或者是更早之前听到，她大概会欣喜若狂，毫不犹豫地答应。可现在，这已经不是她的目标了。

裴墨漆黑的眼睛紧紧盯着她，甚至连呼吸都放缓了，心口紧张焦灼的情绪交织着，等着她的答复。他想不出她有什么理由不答应。

"你给的条件很好，但是抱歉，我不能接受。"

当听到贺莹这句话的时候，裴墨居然并不感到多意外，好像在心底其实已经知道她会怎么选，只是仍抱着一线渺茫的希望。而现在，那线希望也泯灭了。裴墨面无表情地看着贺莹，心底深处那种叫嫉妒的情绪翻滚得越发激烈。

"为什么？"他不理解，"他对你又不好，为什么你要对他那么'忠诚'？"

贺莹淡淡地说："我有自己的原因。"

裴墨不接受这个敷衍的答案，皱着眉，盯着贺莹。他忽然发现，贺莹原来年纪并不大，只是平时在家里看到，总是扎着显老的发型，穿着护工服才显得成熟，实际年龄应该比他大不了几岁，跟顾宴的年龄差距就更小了。

因为店里暖气充足，贺莹已经脱了外面的风衣，穿着里面的浅色针织衫，衬得皮肤越发白皙莹润。原本扎得一丝不苟的盘发一天下来也松松地坠在脑后，露出细白修长的脖颈，脸颊旁垂着几缕弯曲的长发，清冷中夹杂着

几丝温柔。

他盯着贺莹看了半响，脑子里突兀地浮现出一个大胆的念头，脸色顿时僵了一僵："你是不是……"

贺莹抬眼看过来："嗯？"

裴墨一瞬不瞬地盯着她，眼神有种说不上来的深沉："你是不是很在意他？"

无论怎么想，他都不明白为什么贺莹会那么坚定地选择顾宴，但他刚才突然想通了，也许就是因为这个原因。

可不知道为什么，这个答案似乎更让他难以接受。

贺莹讶异地看着他，随即了然。从裴墨的角度，根本不知道她是因为什么拒绝他，唯一能想到的理由，大概也只有这个了吧。

她忍不住轻轻笑了笑。

裴墨以为被自己说中了，胸口一阵发闷，冷眼看她："你笑什么？"

贺莹笑吟吟地看着裴墨："比起顾宴，我更喜欢钱。"

裴墨皱了皱眉，但胸口的窒闷感却松了松："什么意思？"

贺莹张口就来，语气坦然："我会拒绝你的提议，不是因为顾宴，而是因为你爷爷裴老爷子。我是他招来的人，我可以辞职不干，却不能一转头去给你当陪练。"

裴墨眉头皱得更紧了，半信半疑地看着贺莹，似乎试图从她的脸上找到什么蛛丝马迹，但她说的理由，是说得通的。

更何况，比起她对顾宴就是无理由偏爱这个理由，他宁愿她说的这个理由是真的。

他眉头舒展开，僵直的肩膀都松散下来，脸上也恢复了淡漠懒散的神情，后背重新靠上椅背："哦，好吧。"

贺莹见敷衍过去，刚要专心吃饭，就听到裴墨凉凉地说："我劝你最好别跟我二哥太亲近，就算他是个残疾人，你跟他也没有可能的。"

贺莹嘴里刚塞进一个完整的手握，闻言眉头都没动一下，毫无负担地点头："嗯嗯嗯。"

裴墨看她这副样子，有点没好气，拿起筷子也夹了个手握塞进嘴里，嚼得很用力，像是泄愤。

"贺莹？"忽然，一道带着几丝犹豫的声音从裴墨身后响起。

贺莹一抬头，就看见许久未见的赵靖站在那里，表情惊疑不定地看着她。

裴墨也扭头看了他一眼，然后问贺莹："你认识？"

赵靖在裴墨扭头过来的时候看到了他的脸，心里顿时一惊。这不是裴家的小儿子裴墨吗？

赵靖在这里遇到贺莹已经够惊讶了，但怎么也没想到，她居然会和裴家的小儿子在一起吃饭。而且看起来还是两人单独出来的。

如果不是裴墨身上还穿着校服，提醒他裴墨还只是个学生，他都要怀疑贺莹是不是攀附上裴家了。因为太过震惊，赵靖提前想好的话顿时一句都说不出来了，脑子里一片空白。

贺莹默默咽下嘴里的食物，语气冷淡地说："是我前雇主家的儿子。"

裴墨从她冷淡的语气里察觉到她并不愉快的心情，"哦"了一声，然后又转过身看了杵在那里的赵靖一眼，毫不客气地下逐客令："你找她有事吗？没事的话可以别打扰我们吃饭吗？"

漫不经心的语调和眼神都像是完全没把他放在眼里。

贺莹在这瞬间，从裴墨身上看到了裴邵和顾宴的影子。

赵靖不敢得罪裴墨，贺莹又对他态度冷淡，当下只觉得尴尬，踌躇着对贺莹说了句"有机会再一起吃饭"，然后就匆匆离开了。

贺莹看着他狼狈离开的背影，一时都想不起来他以前干净斯文又腼腆的样子了。

裴墨用筷子敲了敲杯子，把贺莹的注意力又吸引回来："吃饭的时候别走神。"

贺莹轻轻笑了一下，低头继续享用这昂贵的美食。

手边的手机响了一下。她瞥了一眼，是顾宴发的微信。

顾宴：花瓶买好没有？

她没回，把手机屏幕翻扣在桌面上。

裴墨看了一眼她的手机："二哥找你？"

贺莹"嗯"了声。

裴墨盯着她问："你怎么不回？"

贺莹又往嘴里塞了一口吃的，然后轻描淡写地说："不急。"

裴墨的嘴角忽地翘了起来："你们真的吵架了？"

贺莹瞥了他一眼："你这是在幸灾乐祸吗？"

裴墨嘴角翘得更高了，挑了下眉："对啊，最好直接把你开除了，这样你就是我的了。"

贺莹微笑："我谢谢你。"

裴墨也笑，像只漂亮又狡猾的小狐狸："不客气。"

与此同时的裴家，顾宴却有点焦躁。

　　用买花瓶的借口把贺莹赶出去之后，他并不好受，可是为了改掉对她的依赖，他已经下定了决心，就一直找些事情来分散注意力。可眼看着天都黑了，贺莹还没回来，他实在忍不住，给她发了一条微信，却像是石沉大海，一点回音都没有。

　　他终于坐不住，自己推着轮椅到了大厅，正好遇到玲姨，就装作不经意地问："玲姨，贺莹的花瓶买回来了吗？"

　　玲姨说："还没呢。"

　　顾宴不满地抱怨道："怎么买个花瓶要那么久，都要吃晚饭了，还不回来。"

　　玲姨却说："是我让她别着急，吃了晚饭再回来的。"

　　顾宴愕然。

　　玲姨看着他，轻轻叹了口气，苦口婆心地说："小宴，小贺对你怎么样，我们看得到，你自己心里也有数，你也别总仗着她对你好，就这么折腾人家，小贺她……很不容易，你别欺负人家。"

　　顾宴愣了愣，下意识地为自己辩解："我知道，我没有……"

　　他有点委屈，同时又有些心虚慌张。会不会贺莹也知道他是故意的？

　　玲姨说道："你和小贺闹别扭也要有个度，要是哪天她真寒了心，你会后悔的。"

　　"发生什么事了？"刚下班回来的裴邵走过来问道。

　　顾宴心虚地掩饰道："没什么。"

　　玲姨虽然有些意外裴邵居然会来过问这件事，却也没有替顾宴遮掩："小宴和小贺又闹别扭了，好好地使唤人出门去给他买什么花瓶。"

　　顾宴刚要解释，裴邵就淡淡地说："她是护工，不是你的保姆，以后这种事交给专人去做。"

　　顾宴本来就心虚，被裴邵这么一训，更像是霜打的茄子，蔫了。

　　裴邵教训完顾宴，又转头问玲姨："她现在还在外面吗？"

　　玲姨愣了愣，说："对，是我跟她说让她吃完晚饭再回来的。"

　　裴邵"嗯"了一声，说："外面下雨了，让司机过去接她。"

　　玲姨应了，他微一点头，就先上楼去了。

　　顾宴看着自家哥哥离开的背影，皱起眉来，哥哥什么时候会管这种事了？

第四章

不属于他的美人鱼

贺莹走在前，裴墨拎着花瓶走在后面，一前一后地走进大厅。

顾宴正抱着猫在大厅等贺莹回来，一听到动静就立刻转头看过来，结果就看见贺莹和裴墨一前一后地走进来。

"'锅'往我身上甩，我不介意的。"裴墨走过来，站在她的身后小声说，然后把装着花瓶的袋子递给她。

"……谢谢了。"贺莹接过袋子，很平静地走向顾宴，"花瓶买回来了。"

顾宴居然一反常态，没有因为她和裴墨一起回来而发脾气，只是看了他们一眼就低下头去继续撸猫，冷淡地"哦"了一声，说："拿上去把桂花插起来你就可以下班了。"

"喵！"黑猫冲着贺莹叫了一声，作势要起身从顾宴膝盖上跳下来。

顾宴把它捞了回来，在它的猫头上拍了一下，语调冷冷："认清楚谁才是你的主子。"

黑猫委屈地"喵"了一声。

贺莹不为所动，说道："那我先上去了。"

顾宴也不理她。贺莹就拎着花瓶去坐电梯。裴墨漫不经心地扫了顾宴一眼，看到他紧抿的唇角，不禁嘴角微扬，心情愉悦地跟在贺莹身后一起进了电梯。

顾宴始终没有抬起头来，抱着猫，嘴唇抿得紧紧的。

"既然你下班了，那等会儿是不是就可以跟我下棋了？"裴墨在电梯里问。

贺莹："恐怕不行。"

裴墨皱眉:"为什么?你还有别的事?"
贺莹如实说道:"今天你大哥要找我下棋。"
裴墨沉默了两秒,有点没好气:"你知道你还欠我一百场吧?"
贺莹莞尔一笑:"不着急,慢慢还。"

贺莹把新买的花瓶拆出来,插上了桂花。不得不说,这个淡青色瓷花瓶插上桂花的确别有一番淡雅古韵。她把花瓶放置在边柜上,就准备离开顾宴的房间。

刚走到门口,顾宴就推着轮椅进来了,怀里的猫不见了踪影。

贺莹看着顾宴,情绪异常冷静:"我能跟你聊聊吗?"

聊聊到底是什么原因导致他突然的冷淡疏远。

顾宴却回避了,眼神闪烁几下,神情充满了防备:"聊什么?我累了,要睡觉了。"

贺莹定定地看他一眼,然后冷淡地点头:"好。那我就先下班了,你早点休息。"说完就径直从他身边走了过去。

顾宴忍不住叫了她一声:"哎。"

贺莹转过身,认真地看着他。

"没事了。"顾宴又把头转了回去,然后直接进屋了。

贺莹独自站在走廊里看着被顾宴关上的门,微微皱了皱眉。她能够感觉到顾宴内心的纠结,他看起来像是因为什么原因不得不故意疏远冷落她。

她很想知道到底是什么原因,但顾宴明显很抗拒和她谈论这个问题,一次又一次地回避。

一味地顺从讨好,在这种时候并不管用。那就不如顺他的意,他冷淡,她就比他更冷淡。

她轻轻吐出一口气,转身头也不回地走了。

贺莹罕见地在下棋的时候走神了。

"到你了。"坐在对面的裴邵神情淡淡地提醒她。

贺莹才发现自己居然走神了,有一瞬间的心虚,脸上却不动声色,捏起一颗棋子,匆匆扫视一眼棋局就落子。

裴邵看她落子的地方,微不可察地蹙了一下眉,抬起眼看她一眼,面色微冷:"现在下棋连专心都做不到了吗?"

贺莹心里"咯噔"一下,定睛一看,才发现自己刚才下的这一步棋非常不妙，裴邵只要三步棋，就能砍掉她半壁江山，这一步棋下上去，约等于直接认输了。再加上直接被裴邵指责下棋不专心，她不禁脸色尴尬，感到很羞愧。

贺莹端正态度，郑重地道歉："对不起。"

无论是出于对自己对手的尊重，还是自己拿了钱却不专心做事，她在下棋中间走神，都是很恶劣的行为。她一脸羞愧，认真地对裴邵说："要不你扣我钱吧。"

裴邵微冷的脸色因为她认错的态度略有些缓和，也没提要扣她钱，只是淡淡道："下不为例。"

贺莹连忙保证："下次绝对不会了。"

裴邵"嗯"了一声，随即垂眸捡棋："这局作废，重下一局。"

"好。"贺莹也忙开始捡棋子。

两人不约而同地去捡挨在一处的棋子，手指不可避免地碰到了一起。

裴邵手指上的动作滞了一瞬。贺莹心里一惊，忙缩手："不好意思。"然后去捡另一处的棋子。

裴邵若有所思地盯着自己的手指，只是被轻轻触碰到一下，手指指背却像是被烫了一下，莫名有些灼热。

完整地下完一局，已经是一个半小时后了。

贺莹使尽浑身解数，还是输了。她不得不承认，裴邵的棋力长进了不少，已经在她之上了，而她很长一段时间没有下棋，也没有棋力相当的对手可以磨炼自己，已经迟钝不少。但她没有泄气，反而被裴邵激起了久违的胜负欲，眼睛亮晶晶地盯着裴邵问："明天晚上还下吗？"

裴邵看她晶亮的眼睛里跳跃的亮光，眸间忽然怔了一秒，随即淡淡道："明晚我要开会，要晚点才能回来。"

他不自觉地没有把话说死，而是留着一丝松口的余地。

贺莹觉得他晚点回来更好，她能先去陪裴墨下两局还债，于是问道："那我等你？"

裴邵再次怔住，沉默了两秒，看着她满眼期待的眼神，垂下眸避开，语气平淡地回答："好。"

贺莹喜笑颜开，语气轻快地说："那你先去休息吧，我再复盘一下。"她说完，就不再管裴邵，低下头专注地研究起胜负已定的棋局来，研究自己到底是哪一步掉进裴邵布置的陷阱的。

裴邵没走，低垂的视线笼住贺莹，看着她弓着背几乎要趴到桌上，全

神贯注地盯着棋盘,不时挪动棋盘上的棋子,眉头时而紧皱,时而舒展,嘴里还时不时念念有词。

贺莹研究了半天,坐得腰都有点隐隐发酸了,她挪了挪屁股,终于长长地吐出一口气,结果一抬头,就看见依旧端坐在对面的裴邵,不禁一脸愕然,脱口而出:"你怎么还没走?"

裴邵抬眼看她一眼,脸上的神色没有一丝波动,淡然道:"我也需要复盘。"

贺莹看了一眼已经被她动得乱七八糟的棋盘。

"复盘完了吗?"裴邵问。

贺莹:"好了。"

裴邵"嗯"了一声,就开始把棋子往棋盒里捡。贺莹也默默地跟着捡,捡完了把棋盒盖起来,对裴邵说:"那我下楼了。"

裴邵点头。贺莹边起身边说:"那你早点休息。"然后就离开了棋室。

站在电梯前,她都还觉得她现在和裴邵相处得那么平和有些匪夷所思,难道就因为他和她小时候下过棋?

不过不管是因为什么,现在这种发展对于她来说都是有利的,慢慢和他打好关系,让他对自己不再有那么多偏见,到时候自己和顾宴在一起的阻力也会小很多。

想到顾宴,贺莹不免又轻轻叹了口气,随即沉下心来。

顾宴到底为什么会这样,一切都会有迹可循的。

她还有很多时间,可以慢慢来。她倒要看看,顾宴什么时候能沉不住气。

顾宴的冷淡疏远还在继续。他几乎一整天都待在画室,但是却拒绝让贺莹陪同,对她的态度也很冷淡,基本不同她交谈。

贺莹不用陪顾宴了,却也没有闲下来,陪着园丁老丁的孙女小丁玩了半天,还跟老丁学了一上午的园艺,中午又去厨房帮周阿姨准备饭菜,下午还陪着玲姨去医院体检,体检完还陪着玲姨去商场逛了一圈,一天下来可以说过得十分充实。

顾宴冷落了贺莹一整天,心里却隐隐期待着贺莹会因为他的冷落而难过。或者说,虽然他说着让她别打扰他,但她应该还是会忍不住来找他的吧!

可让他万万没想到的是,他让她别打扰他,她就真的一次都没来找过他。他下午假装渴了,给她发微信让她给自己倒杯水喝,结果她居然说她陪玲姨去医院体检了,叫周阿姨给他倒了水上来。

他假装若无其事地问起周阿姨，贺莹今天都做什么了。

结果周阿姨却是说了一大堆。什么跟园丁老丁的孙女玩了大半天，还在学着修剪盆栽，又是帮周阿姨准备饭菜，又是陪玲姨出门体检。

听得顾宴胸口一阵发闷。

她倒是忙得很。他不让她打扰他，她就把他抛之脑后了。昨天还跟裴墨一起回来，裴墨还帮她拎袋子。

他偷偷问了黄司机，黄司机说他们不仅是一起回来的，而且还是一起出去的。

他明明说过，不准和裴墨有下棋以外的相处，她也答应得好好的，结果一转眼，居然和裴墨一起出门，在外面待了那么久才回来。偏偏他现在还不能质问，昨晚气得到半夜都没睡着，难受得很。

他对她的态度有那么大的变化，她就不知道主动来问问他到底怎么了？

也对，本来就是他依赖她。他对她而言就是一个要她处处照顾的"病人"，和她之前照顾的那些"病人"没有什么区别。现在她不用照顾他，和他绑在一起，说不定不知道有多高兴呢。不然怎么会一天都不见人。

她根本一点都不在意他，只把他当成她照顾过的那些"病人"中的一个。

顾宴越想越难受，盯着面前没下过一笔的纯白画布，难受得眼眶都红了。

敲门声打断了顾宴的情绪。

画室门没关，他一扭头，就看见贺莹站在门口，手里拎着一个小袋子，冲着他笑："我回来了。"

顾宴的眼眶又猛地一酸，他忙把头转了回去，飞快地用力眨了眨发酸发涩的眼睛，嘴上毫无感情地"哦"了一声。

贺莹往这边走过来，边走边说："我给你带了些小吃。玲姨说你以前喜欢吃这些，我就都买了一点。我听周阿姨说你晚饭也没怎么吃，刚好可以尝尝这些小吃。"

顾宴见她快要走到自己身边，生怕被她看到自己的异样，把头扭到一边去："没胃口，不想吃。"

可心里却还是舒心不少，知道她虽然一天都不见人，但好歹还知道关心他没吃饭，还知道从外面带吃的给他。

贺莹一听顾宴说话的语气，就知道他是在赌气。

虽然是赌气，但他的态度却明显松动了，不像之前那样故作疏远的姿态。如果不是在意，又怎么会和她赌气？要真的是想和她疏远，那她一天没来

找他，他应该高兴才是。

贺莹心里有数了，却没有走上前去，嘴角翘了起来，声音却依旧平静："好，那我先放在这里，等你想吃的时候再吃吧。我不打扰你了。"说着把手里小袋小袋的小吃都放到了茶几上，就转身往外走了。

顾宴听到贺莹的脚步声往外去了，手用力握紧了轮椅扶手，用力到手指骨节都有些泛白。脚步声逐渐远去，越来越远，直到听不到了，他才不敢置信地扭过头去，只看见茶几上堆放着几个白的红的装着小吃的塑料袋，贺莹是真的走了。

虽然他打定主意要和她保持距离，但心里却隐隐期待着她会和之前一样，知道他心情不好就过来关心他，哄哄他。可没想到贺莹居然会就这么走了。

他定定地盯着门口，眼睛一眨不眨，眼眶酸得厉害，最后只是用力地揉了揉眼睛，把眼眶都揉红了，发狠地想，他再也不会和她好了！

他却忘了，本就是他故意要和她疏远的，可自己却先尝到了被疏远的苦果。

"今天终于有档期轮到我了？"裴墨哼笑着，藏着微妙的酸味。

贺莹把棋盒盖子掀开，语气淡淡："是啊，所以抓紧时间多下两局，不然下次我可不知道什么时候才有空了。"

说起来，裴家三兄弟，她跟裴墨相处起来反而是最自在随意的。在裴家，只有他这个看起来毫无存在感的人影响不到她的命运，她对他不用时时算计小心，想必，她之于裴墨也是如此。

他们都有八百个心眼，却都不会用在对方身上，因为没必要。

裴墨"喊"了一声，随即故意用阴阳怪气的语气说道："是，你是人人都抢着要的香饽饽，不像我，爹不亲娘不爱，是棵人人都嫌的小白菜。"

本来是开玩笑的话，他说出来后，眼神却忽然暗了暗，垂眸摆弄着棋子不说话了。

贺莹看了他一眼，没有安慰，反倒说道："你但凡过过我的日子，也说不出这种话来。"

裴墨抬眼瞥她，嘲讽："怎么，你也爹不疼娘不爱？"

贺莹没有看他，语气很平很淡："我爸妈都死了，给我留下一个智商有缺陷的哥哥和一屁股债。我被生下来是因为他们需要一个可以在他们不在了以后照顾我哥哥的人。"

她抬眼看着已经呆住的裴墨，冷淡地说："我在你那么大的时候，没有你这些烦恼，我只想着要怎么才能多赚一点钱养活我跟我哥。"

贺莹是在告诉裴墨：别跟我卖惨，难道你能比我惨？

裴墨怔住，半晌说不出话来。他大概能够模糊地感觉到，贺莹那么年轻，会来做护工，肯定家境不怎么样，但他没想过，她的处境比他想象中的艰难得多。

他以前总想着，宁愿自己生活在一个穷困却有父母疼爱的家庭里。可现在才发现，这并不是一个非此即彼的选择题，可以放弃一样，选择另一样。原来有些人，生来是两手空空，什么也没有的。

他以前那些痛苦和委屈，被衬托得像是在无病呻吟。

他在贺莹平和的目光中忽然感到无比羞愧，脸上像是被人扇了一巴掌，火辣辣地烧着。

"对不起。"他往日里总是神采飞扬的艳丽眉眼带着隐约的不安和好像亏欠了贺莹什么的愧疚。

"你不用跟我道歉，你没有做错什么。"贺莹淡淡地说，"家里有钱不是你的错，想要父母爱你、关注你更不是你的错。"

人总是不满足的。就像她，父母在的时候，虽然在家里不受重视，但至少父母没有让她吃过什么苦，可她偏要在意父母总是更爱哥哥。等父母都不在了，她才发现，原来那已经是很好的生活了。

贺莹看着裴墨，眼神温和又平静："我告诉你这些，不是让你同情我，而是想让你知道，人生总是会有求而不得的东西。你拥有的，恰好是别人求而不得的，所以不用总是介怀那些得不到的，不如努力珍惜现在拥有的和努力去争取未来能够靠自己创造得到的东西。"

裴墨的心脏被什么东西击中了。从小到大，从来没有人和他说过这些道理。

小时候，他是个没有爸爸的孩子。林冰玉的心思和注意力总是在她自己身上，对他这个儿子，只是将他看作一个筹码，一个可以让她嫁进裴家的筹码，对他并没有多少爱意。

他八岁进入裴家，终于见到了自己的父亲，他心里饱含期待，妄想着能够在父亲身上得到缺失的父爱，然而他再一次失望了。裴行正和林冰玉并没有什么区别。

裴行正已经有两个儿子，但连那两个儿子，裴行正都从来不会放在心上，对他这个从小养在外面没有见过的儿子更是没有什么感情。每次见了面，

裴行正也只会例行公事地问他一句"学习怎么样"。

他的两个同父异母的哥哥都很优秀,他也曾仰望过崇拜过他们,希望真的和他们成为一家人,可到底还是失望了。

大哥裴邵对他的态度只是冷漠,可他对所有人都是那样的冷漠态度,所以他心里还好受些。相较之下,顾宴对他的态度就恶劣得多,顾宴对谁都热情礼貌,唯独对他,连话也是从来不会跟他说的。

他知道是为什么,顾宴是为了他的母亲。听说顾文君很疼这个小儿子,可裴行正婚内出轨,而且还生下了他这个私生子。顾宴很难不讨厌他。

也因为顾宴对他的态度,导致那些在裴家工作的人,无论是玲姨还是司机,对他的态度都很冷淡,从不像对顾宴那样亲热。尽管他努力学着和顾宴一样热情又有礼貌,甚至比顾宴做得更周到、更好,可他们依旧和他保持距离。

他试图讨好所有人,可是他们永远都跟他隔着一层,好像他做任何事,都不能打动他们。

他生活在裴家那么多年,却始终像是一个外人,一个不受待见的外人。

他有时会觉得这都是他该承受的,谁让他是林冰玉的孩子。可有时也会觉得无辜,他没有选择出身的权利,也没有挑选父母的权利,为什么是林冰玉做错了事,就要他也一直不能抬起头做人?

外人总觉得他光鲜亮丽,是什么都不缺的裴家小少爷,他在外头也表现得很像他们想象中裴家小少爷的样子,他尽可能地学着大哥的样子,高傲、冷漠、高高在上。

他们也因为他姓"裴",让着他,捧着他,谁也不敢得罪他。可他也知道,那些讨厌他的人在背后议论他只是个私生子,他妈妈是小三上位。

他总觉得"私生子"这三个字像是一个烙印,总觉得自己是被亏欠的。可贺莹这番话,像是把他点醒了。

的确,他已经拥有了别人求之不得的,光是他姓"裴"这一点,就是多少人眼红却得不到的。冠上这个"裴"姓,他这一生都会顺畅无比。那些在背后说他的人,何尝又不是在嫉妒他,巴不得自己才是那个私生子。

裴墨忽然豁然开朗,一直困扰着他的那些东西,好像就这么消散了。他像是和以前那个纠结的自己和解了。

裴墨歪了歪头,眉眼皆笑:"姐姐,你好像是我的心灵导师。"

他眼底好像褪去了某些尖锐冷冽的东西,多了些清澈的暖意。

贺莹拈起一颗棋子,面带微笑:"好的,小裴同学,心理辅导课下课了,现在我们可以开始围棋课了。"

裴墨微笑着:"好的,小贺老师。"

晚上八点,集团高层会议。

褚方作为公司的法务也出席了,位置安排在了靠末尾的位置。而坐在会议桌最前的位置,自然是如今集团的实际掌权人裴邵了。

几个高层正在激烈地争执着项目方向。

裴邵依旧是那副面无表情的模样,他看着那些争得脸红脖子粗的高层,并没有出言阻止,面上纹丝不动。

只有褚方看出来,裴邵走神了。裴邵这个工作狂,居然会在会议上走神,简直就是奇观。

桌上被调成静音模式的手机"嗡嗡"振动了两下。裴邵回过神来,拿起手机。

褚方:陛下,醒醒,你的老臣们都要打起来了。

裴邵抬眼望向会议桌末尾,坐在那里的褚方正看着这边,对他抬了抬眉。

裴邵收回视线,看向坐在会议桌两边正争得不可开交的高层们,忽然皱了皱眉,他居然在会上走神了,刚才他们争论的话,他一个字也没听进去。他手指轻点了点支在桌上的扩音话筒,随即微微低头靠近,沉声道:"吵完了吗?"

上一秒还在鸡飞狗跳的会议室在他开口后瞬间安静下来,所有人都转过头来看这位年轻继承人的脸色。

这个从小被裴老爷子悉心教导的裴氏继承人,从十二岁起,就被裴老爷子带在身边参加公司大小会议,从小就展现了非常人的淡定、冷静,还有凛然不可侵犯的威严。即便在场的高层大多数是能做他叔叔、伯伯的年纪,却在他一句话之下瞬间偃旗息鼓。

方才还争得面红耳赤,站起来就差动手了,这会儿一个个都坐回座位上,清嗓子的清嗓子,整理衣服的整理衣服,喝水的喝水,却是都冷静下来了。

会议结束已经是将近十点。褚方又困又无聊,打了好几个哈欠,一开完会就立刻拿上手机叫裴邵:"去喝两杯?"

裴邵拒绝了:"不去了。"

褚方倚着会议桌,不满道:"这都多久没一起喝酒了?你最近怎么回家那么积极,家里又没有人等你。"

裴邵起身,淡淡道:"有。"说完就往外走去。

褚方愣了一下。什么意思？有？家里有人等他？谁？

裴墨今晚进步不小，就好像突然开窍了一样，而且越挫越勇，第三局居然在贺莹的轮番攻击下坚持了半个多小时，而且还趁贺莹大意吃掉了她一条小龙。

贺莹都忍不住挑眉夸他："进步很快。"

裴墨心情很好，嘴角微翘："是小贺老师教得好。"

贺莹拿起手机看了眼时间，突然一个激灵，发现居然快十点了，裴邵说要晚点回来，也不知道是晚到几点，但要是他知道她还在给裴墨当陪练，估计要以为她是穷疯了。于是，她赶紧对裴墨说："十点了，你回去睡觉吧，明天还要上学呢。"

裴墨站起身，却发现贺莹却没有要离开的意思："你不走？"

贺莹眼睛都不眨一下："我再复盘一下，下次就知道怎么教你了。"

裴墨心里感动她的用心，用开玩笑的语气说道："辛苦你了，小贺老师，教得好，我给你发奖金。"

贺莹可不敢再贪图他的奖金了，她已经拿得够多了："快回去睡觉吧。"

裴墨的确困了，打了个哈欠说："那我先去睡了。你也别弄太晚了，快点回去睡。"

贺莹点点头。裴墨走了。

贺莹看着面前的棋盘，和裴墨下棋，是用不着复盘的，裴墨下的每一步她都了然于胸，记得清清楚楚。她耐心地把棋盘上的棋子一黑一白分别捡回到棋盒里，然后开始等裴邵回来，也不知道裴邵说的"晚"是要多晚。

到了裴家以后，她失眠的症状改善了许多，也不知道是因为在裴家伙食吃得太好、干的活又轻松，还是因为到了裴家之后总有各种进项让她没有那种缺钱的焦虑了，最近都不用熬到很晚才睡着了。

还没等到裴邵，她就昏昏欲睡了，于是决定趴在桌子上小眯一会儿。

裴邵回来的时候，大厅的灯是开着的，但是偌大的空间，却空无一人，空荡寂静。好像偌大的一座房子里，只有他一个人，始终只是他一个人。

可就连他自己也不知道自己在期待着什么，脚步明显比往日要来得急切。

裴邵站在棋室紧闭的门外，即将握住门把手的一瞬间，却忽然停顿了一下，随即抬起手腕来先看了一眼表上的时间。将近十一点。很晚了，她不可能还在里面等他。

他早已经习惯不对任何人抱有期待。

他面无表情地缩回手,转身离开。然而走出七八步,他却骤然折返,握住门把手,一把按下去,推开门——

满室暖色的光亮中,他看见原本趴在棋桌上睡觉的人像是被吓了一跳,猛地弹坐起来,然后扭头一脸茫然地看过来,脸上还带着一片在手臂上压出来的红印。

她像是还没睡醒,脸上有些懵懂茫然,只是下意识说:"你回来啦。"

语气极其自然又熟稔,好像这样的事情,已经发生过无数次,未来也还会继续发生。

裴邵站在走廊上,瞬间怔了一秒,心弦忽然被轻轻拨动了一下。她说等他,就真的在等他。

贺莹见他一直站在门口看着她也不进来,不禁有些不安地站起身来面对他:"今天不下了吗?"

裴邵看着她白皙的脸上印出来的那一片红印子和睡眼惺忪中带着懵然的眼睛,喉结微微滚了一圈。

他的作息一向很规律,睡觉不会晚过十二点。一旦晚过十二点,就会失眠。

现在已经十一点了,和她下棋,没有一个小时不会结束。可他却莫名地,很想留住她。

最终,他遵循自己的本心,走进棋室。

"下。"

贺莹没想到他上班上到那么晚,居然还有精力下棋,心里暗暗叫苦,但也只能强忍着睡意,等裴邵坐下后才跟着坐下。

裴邵刚从公司回来,一身西装革履,坐在棋盘对面,不像是来下棋的,倒像是要谈公事。

看到贺莹有些怔然地盯着他的衣服看,裴邵沉默了一下,抬手解开西装纽扣,脱下后随手搭在椅子扶手上,又扯下领带,修长又灵活的手指熟练地解开衬衫最上面的那颗纽扣。

整个过程,贺莹一直忍不住目不转睛地盯着他的手看,这一连串的动作做下来,行云流水般随意,但莫名好看,叫人移不开眼睛。

只是他解衬衫纽扣的时候,贺莹的目光短暂地从他的手指上移到了他微微滚动的喉结上,只是一秒就赶紧收了回来。

贺莹盯着裴邵看的时候,却没有察觉到裴邵也在看着她。

她像是还没睡醒似的，眼神直勾勾地、明目张胆地盯着他看，他居然莫名滋生出几丝紧张，就连平时再熟练不过的动作都变得生涩笨拙。他不禁皱了一下眉。

　　贺莹见他皱起眉头，突然惊醒过来，以为他是被自己的眼神给冒犯到了，忙低下头不敢再看他了。

　　直到裴邵沉冽的声音响起："可以了，开始吧。"

　　贺莹："好。"

　　贺莹是真的困了，她用手支着下巴，努力抬起沉重的眼皮看着棋盘，却控制不住哈欠一个接着一个，眼睛都被泪水模糊了。

　　她擦了擦泪水，真的困得不行了。该她下了，她拈起一颗棋子，看向棋盘，棋盘上的棋子都是模糊的，她突然有点委屈地看向裴邵："我们可以明天再下吗？"

　　她泪汪汪地看着他，声音轻轻软软的，带着点委屈，听着像是在跟他撒娇。

　　裴邵猝不及防地感受到了异样的感觉，陌生的悸动，丝丝缕缕地缠绕着心脏。他看着贺莹故作可怜的恳切眼神，移不开视线，也说不出任何拒绝她的话。

　　"……好。"

　　贺莹如蒙大赦般开心："谢谢裴先生，那这盘棋先保留，我们明天再继续下。"

　　"裴先生"三个字忽然变得刺耳。裴邵语气淡淡的，听不出多少情绪："以后不要再叫我'裴先生'。"

　　贺莹一愣，茫然地看着他："啊……那我该怎么称呼你呢？"

　　裴邵看着她："我有名字。"

　　贺莹微怔，忽然想起来，无论是小时候还是现在，她都从来没有叫过他的名字。

　　"……哦。"

　　裴邵起身拿上自己的外套和领带，随即垂眸看着依旧坐着的贺莹："还不起来？不是困了？"

　　贺莹本来想等他走了自己再走，被他一问，忙站起身来，跟着他一起往外走。走到门口，贺莹转身把门关上，一关门，却发现裴邵还站在她身后没走。这是……在等她？

　　贺莹觉得今晚的裴邵有点怪，又怀疑是自己想多了，清了清嗓子，并没有因为这两天相处变多，就开始忘了分寸，礼貌又不失恭敬地说道："那你好好休息，我下去了。"

因着她这礼貌却疏离的态度，裴邵的脸色微不可察地淡了两分，冷淡着略一点头转身就走。

贺莹莫名觉得周边的温度好像降了几度，目送裴邵走出一段距离，自己才转身往电梯的方向走去。

贺莹第二天早上起来，就收到了银行的转账信息。昨天玲姨就告诉她，今天会发工资。但是……怎么会有这么多钱？

贺莹坐在床上看着短信里显示的她银行卡刚收到的转账金额，有些发蒙。她反反复复看了好几遍，确定金额的的确确就是五万整。

裴家给她开的工资是一个月两万，已经是高于市价很多了。裴邵说过会给她发奖金，可是她才陪他下了不到三盘棋，就算有奖金，怎么也得等到下个月了，怎么这个月就发了？而且还给了那么多。

她卡里还从来没有过这么多钱。裴邵的形象在贺莹心里，一下子从冷酷傲慢变得慈眉善目、光辉伟岸起来。

怨不得贺莹见钱眼开，她实在是穷怕了，洗漱的时候都要高兴得笑出声来，心情是好久没有过的轻松、愉悦。她甚至忽然觉得，要是能一直维持现状，好像就这么一直在裴家生活下去也不错，就当个普通的护工，顺便给裴墨做陪练，再加上陪裴邵下棋，一个月的收入居然有那么多，完全供得起她和贺康的生活了。她好好干，裴老爷子也还会有别的好处给她。

她偷偷算了一笔账，如果能一直这么干下去，再干三五年，她不仅能还清所有的债，还能存下不少钱。到那时候，她也还年轻，也许终于能去做点自己真正想干的事情了，也不必去处心积虑地讨好谁。

但也只是想想罢了。谁也不能保证能够一直维持现状。

这么多的钱，哪怕只是拿一次，也够她高兴好久了。所以在大厅遇到裴邵的时候，她的心情和往日截然不同，心里的喜悦简直溢于言表。

裴邵看见她，脚步微微一顿，不由自主地停留，等她过来。

贺莹没注意到裴邵的刻意停留，忙过去和他打招呼，"裴先生"三个字刚要脱口而出，却猛地想到昨晚裴邵看起来似乎并不喜欢这个称呼，特地让她改。但叫名字，她也一时叫不出口，于是干脆省略了称呼，热情洋溢地和他道了一声"早安"。

裴邵居然也罕见地回了她一句："早。"

贺莹还沉浸在喜悦中，并没有察觉到异样。她眉眼弯弯的，高兴又带着几分腼腆地说道："我刚刚收到工资了……你给得太多了。"

裴邵看得出来，她是真的高兴，眼睛都在笑，亮晶晶的，看着他的眼神不再是以前那样故作乖顺或者生疏冷漠，而是带着笑，愉悦的、雀跃的，像是在向他分享她的快乐。

他心里微妙地泛起几丝满足感。原来多给她发工资，就会让她这么高兴。但他面上依旧是淡淡的，语气像对待自己的下属："这是你应得的。"

贺莹听到这句话，更高兴了。原本她心里还怀着一丝忐忑，生怕是弄错了，听到这句话心里才踏实了，不禁笑得更甜了，忍不住向裴邵表起了"忠心"："以后我一定会更加努力工作，好好照顾顾宴，同时努力钻研棋艺陪你下棋。"

裴邵的嘴角微不可察地扬起一丝微末的弧度，只是转瞬即逝，依旧淡淡地说："嗯。"

贺莹笑着："那晚上我等你回来下棋，继续昨晚我们还没下完的那局。"

裴邵眼神里有了丝温度："好。"

贺莹站在原地目送裴邵离开，才转身准备上楼，结果刚转身，就愣在原地。

顾宴正坐在轮椅上看着她，漂亮的眼睛蒙着一层冰凉的阴郁，也不知道什么时候下来的。

"你什么时候跟我哥关系那么好了？"他开口讽刺。

看她刚才冲着裴邵笑得那么开心的样子，顾宴胸口又酸又涩，还缠满了丝丝缕缕的嫉妒。他不得不怀疑，这就是她对他的态度变冷淡的原因，因为自以为找到了比他更好的靠山，所以不必再像以前那样讨好他。

此刻的顾宴被嫉妒冲昏了头脑，完全忘了，是他冷淡疏远在先。

"你不会以为我哥帮你说过一次话就怎么样了吧？"

贺莹很坦然地走过来，带着点讶异地反问他："怎么会？你怎么会这么想？"

顾宴心里明明在意得要死，嘴上却还要嘴硬，语气很差："随便，反正跟我没关系。"

贺莹也不哄他，转开话题说道："那我先去给你拿早餐。"说完就去厨房了。

顾宴不敢置信地看着贺莹径自转身走了，只留给他一个无情又残酷的背影，胸口像是被人重重砸了一拳，又闷又痛。她现在居然连一句解释都懒得敷衍了？

顾宴没吃早餐，把自己关在了画室里。贺莹昨晚给他带回来的那些小吃他都没动，全被丢在了走廊里，汤汁淌了一地。

贺莹没有麻烦打扫的阿姨，自己把这些东西都收拾了。

玲姨开始担心了："你们还没和好？"

贺莹笑了笑说："我等下就去哄他。"冷了两天，也该给点甜头吃吃了。

玲姨颇为无奈地笑了笑，放心地交给她了。

贺莹端着早餐上来敲了敲画室的门，里面一点回应都没有。她一只手端着餐盘，腾出另一只手试探着按了一下门把手，发现门并没有被反锁，她嘴角微微翘了一下，推开门进去。

顾宴扭过头来看了一眼，又一秒转了回去，冷冰冰的话丢过来："谁让你进来的？出去。"

贺莹就当没听见一样，端着早餐朝他走过去："你昨晚就没吃东西，不饿吗？"

顾宴不理她，冷着一张脸，手里的笔刷在画布上用力划出一道浓郁的黑色。

贺莹把他手边桌子上的东西腾开，把餐盘放在上面："先别画了，吃完早餐再画吧。"

顾宴精致的侧脸紧绷着，覆着一层厚厚的寒霜，就是不理会她。

贺莹走到他的侧前方，像之前一样，在他面前半蹲下来，微微仰起头认真地看着他，轻声叫他："小宴。"

顾宴在贺莹在他面前蹲下来的瞬间，手上的动作僵住，又在她叫他"小宴"的瞬间，心脏被酸涩的情绪包裹，积攒了几天的委屈和他自己都没有察觉到的想念决堤，在心里剧烈地翻滚着，眼眶又酸又涩。

"是我做错了什么吗？我能够感觉到你这几天在疏远我。"贺莹仰着脸，脸上毫不掩饰地流露出失落难过的情绪，"虽然我不知道到底发生了什么，但我不想你不高兴，所以这几天我尽量不出现在你面前，惹你不高兴……"

顾宴的心脏骤然急跳起来。所以……所以她并不是不在意他，而是明知道他在疏远她，怕他不高兴，才故意不出现在他面前的。

原来他的疏远，也会让她失落难过。

他心脏紧缩着，涌起一阵接一阵的悸动，这几天的煎熬和无处安放的空落都仿佛被抚平了，其中还掺杂着一丝微妙的窃喜和满足。

贺莹微微停顿了两秒，垂了垂眸，又接着抬眼，有些勉强地微笑着说

道:"如果你还是讨厌我不想看见我,我以后只会在你需要的时候出现……"她微笑着,嗓音温柔,"小宴,我希望你高兴。"

顾宴感觉自己的心被紧攥住了,因为她的话揪痛着,内心深处又出现了那种微妙的满足感。

"我没有……"他违心地说,胡乱找着借口,"我就是这几天心情不大好,所以才会那样……没有讨厌你。"

贺莹的眼神里没有怀疑,只有雀跃和期待:"真的吗?"

顾宴看着她亮晶晶望着他的眼睛,忽然有些不自在起来,耳尖发烫,不敢再和她对视,生怕被窥破什么,鸦黑的眼睫轻颤了一下,眼神躲闪开:"……嗯。"

贺莹轻轻笑了:"那我就放心了。"

她的笑声很好听。顾宴好几天没和她好好说话,也没见她笑了,心里很满足。

贺莹接着问道:"那你现在的心情有没有好一点?"

顾宴"嗯"了声。明明刚才贺莹来之前,他还气得要命,下定决心以后再也不理她了。

贺莹站起身,柔声说道:"那你把早餐吃了好不好?你昨晚就没吃,还把我给你买的小吃都丢了……我排了好久的队买的。"

顾宴那是在气头上,故意拿那些小吃撒气,现在气消了,就觉得自己的行为真是又幼稚又过分,内疚地说:"对不起……"

贺莹眨了眨眼,一脸伤心:"辜负了我一片心意,你就打算一句对不起就把我打发了?"

顾宴明知道她是装出来的伤心,却还是问道:"那你说怎么办。"

贺莹笑了:"这样吧,你答应我一件事,就当作是补偿了。"

顾宴有点好奇:"什么事?"

"你先答应我。"贺莹笑着,歪了歪头,故意用激将法,"难道还有你做不到的事吗?"

顾宴想想也是,再加上他现在心情好,就随口答应了:"好,你说吧,什么事。"

贺莹说:"我想要你明天晚上陪我出门一趟。"

顾宴愣了愣,没想到她会提出这个要求:"去哪儿?"

贺莹笑盈盈地说:"去哪儿你别管,反正你都答应了。"

顾宴皱了皱眉:"我不喜欢去人多的地方。"

自从他的腿受伤之后,他已经很少出门,避免所有的社交和在人群中被注目的场合。他讨厌那些人看他的目光,那种高高在上的怜悯、同情、可惜。

贺莹说:"不会很多人的。而且不管有多少人,我都会陪在你身边,可以吗?"

顾宴心口被轻轻撞了一下,看她满脸期盼,明明讨厌出门,却说不出拒绝的话:"……就我们两个?"

贺莹笑着点点头:"嗯,就我们。"

顾宴不知道想到什么,耳尖又开始隐隐发烫起来,有些别扭地清了清嗓子,勉为其难地说:"那好吧。"

"终于和好啦?"周阿姨看贺莹端着空餐盘回来问道。贺莹也笑着点点头。

大家都知道这两天顾宴在跟贺莹闹别扭,心里都暗暗替她着急。周阿姨好笑:"顾宴这脾气,跟小孩子一模一样的,也就你能降得住他。"

任谁都看得到,贺莹来裴家以后顾宴的变化,别的先不说,光是东西就比以前吃得多了,脸色肉眼可见地变好了,笑容也变多了,不再跟之前一样,成天阴着张脸,叫人看了都害怕,说话都要小心翼翼,生怕惹了他不高兴。

贺莹笑了笑说:"顾宴其实很好哄的。"

顾宴虽然会把自己反锁起来,恶狠狠地告诉所有人不准打扰他,但实际上却期待着别人能来敲他的门。她就是那个敲他门的人。

贺莹下午又跟玲姨请了假,说自己发了工资,想出去买点东西。顾宴那边她也知会了。

顾宴现在已经确定贺莹在乎他了,心里那股煎熬没有了,于是决定继续放心地和她保持距离。她主动要出门,他当然不会不同意,但还是要求她在晚饭前回来。

贺莹出门,是为了去给玲姨、周阿姨等人买礼物,裴家工作的人平时都对她很照顾,她这次发了那么多工资,理当回报。

玲姨知道她要出门,特地派了空车给她。

傍晚,贺莹拎着大包小包回来,把自己精心挑选的礼物一个个送了出去,就连小丁,她也专门为她买了一套厨具玩具。她送了玲姨上次在商场看上却嫌贵没有买的丝巾,送了周阿姨一套护肤品。

所有收到礼物的人都很高兴,贺莹看到他们的笑容,也是真心感到高兴。

顾宴知道贺莹给玲姨、周阿姨甚至是司机、保安都买了礼物，忍不住问道："我的呢？"

贺莹随口说道："明天给你。"

顾宴皱眉，怎么又是明天？

"又回家吃饭？"褚方一双狐狸眼眯了起来，带着点探究看着拒绝他晚饭邀请的裴邵，"你最近回家很积极啊。"

顾宴那次自杀未遂之后，裴邵也有过那么一阵，推掉所有外地的工作，一下班就回家。

外人都说裴邵和顾宴虽然是一母同胞的兄弟，但不知道是不是不同姓的原因，兄弟俩从小就不亲近，也极少一同在公开场合露面，兄弟俩各有各的社交圈子。裴邵对这个弟弟的态度也总是很冷淡。

褚方也一度这么认为，直到顾宴出事，他才知道裴邵还是关心、在乎这个弟弟的。

但他上次去裴家，特别留意了顾宴的状态，明显看着比之前好多了。所以到底是什么原因让裴邵最近回家那么积极呢？甚至连昨晚开会的时候都心不在焉。

"昨晚你说家里有人等，谁啊？"

裴邵没有理会他，径直走出了办公室。

贺莹今晚的注意力格外集中，昨晚那盘没有下完的棋，她和裴邵缠斗了近两个小时，到底还是输了。

虽然输了，但是却下得过瘾。她适时地从脚边拿起提前准备好的礼品袋，起身双手递给裴邵。

"我今天发工资，这是我给你买的一份小礼物，请你收下。"

她选了很久，才挑中一条领带。一条领带三千多，在所有的礼物里，他的这份是最贵的，买的时候她肉痛了好久，想象不到那么一点布料居然就要那么贵的价格。但买便宜的怕配不上裴邵，她还是咬咬牙买了。裴邵系不系不重要，她的心意传达到了就可以了。

裴邵怔了一秒，随即也站起身，双手接过，语气还是淡淡的："谢谢。"

贺莹粲然一笑："应该的。"

贺莹把领带送出去，也没指望裴邵会系，毕竟裴邵肯定也不缺领带。在她看来，称得上奢侈贵重的东西，可能根本就不入他的眼。所以第二天在餐厅看到他系着她送的那条领带坐在那里吃早餐的时候,她脸上的惊愕一闪而过。

贺莹买的是一条深蓝暗纹领带,比裴邵平时戴的领带颜色要抢眼一点,并不是裴邵平时的风格,却意外地很配他。

顾宴一眼就看到了,因为跟裴邵平时的风格不大一样,所以多问了句:"哥,你买新领带了?"

裴邵撩起眼皮,目光轻飘飘地点了贺莹一眼:"别人送的。"

顾宴却忽然眼睛一亮,问道:"不会是哪个喜欢你的女孩子送你的吧?"

贺莹内心一阵无语,甚至想堵住顾宴的嘴。她看向裴邵,努力用眼神证明自己的清白。

裴邵喝了口咖啡,目光淡淡地扫一眼她,也不知道有没有看明白她的眼神,又淡淡收回了视线,没有回答顾宴的问题,语气平缓:"吃早餐。"

他在顾宴面前向来是很有威严的,平缓的语气听起来却有种不容置疑的威慑力。所以顾宴也不敢再追问,只是心里暗暗揣测起来。

贺莹连忙走出了餐厅。

裴邵吃完早餐从餐厅出来,玲姨特地等在大厅和他说话。她语气中带着小心,像是生怕让他不高兴:"裴邵,今天晚上老爷子安排了你跟周小姐吃饭,你别忘了。"

这时贺莹从旁边走过,正好听到了这句话,略有些诧异好奇地往这边看了一眼,却不想正好对上裴邵疏凉的视线,顿时头皮一麻,微点了下头,就加快脚步走开了。

裴邵看着她匆匆离开的背影,眸光暗了暗,随即收回视线,冷淡道:"我知道了。"

玲姨见他答应,松了口气,脸上也有了笑容。

褚方也一眼就看见了裴邵的新领带:"哟,新领带?不是你自己买的吧?"

裴邵淡淡地说:"别人送的。"

褚方立刻眯起了眼睛。有人送裴邵领带不稀奇,毕竟从小到大别人想要送他的礼物起码得用货车来拉。但关键是,裴邵极少会收,更何况是领带这种偏私人的礼物,裴邵不仅收了,而且还系上了。

他似笑非笑地试探:"不会是那位周小姐送的吧?还没见过面,礼物就先到了?"

裴邵冷淡地否认："不是。"

褚方问："那是谁送的？"他可太好奇了！这种明知道裴邵有情况，但他却一无所知的感觉真是太难受了。

领带这种东西，一看就知道是女性送的。据他对裴邵的了解，能和裴邵走得近的女人，这么多年基本上可以说是没有。准确来说，能和裴邵走得近的男人也很少。

裴邵性格冷淡，不喜欢社交，读书的时候他就毫不关注班里都有哪些人，偶尔他和裴邵谈论起班里哪个同学，裴邵都会用一种冷淡又疑惑的表情问他说的是谁。

对裴邵来说，男女都一样，并没有区别对待。谈恋爱，更是从来没有过。

褚方一直坚定地认为裴邵是个没有感情的工作机器，以后最大的可能就是找个家世相当的大家闺秀结婚，婚后相敬如"冰"。

而现在，裴邵居然系上了一条来历不明的领带。

"这样，我也不问是谁送的了，你就告诉我，送你领带的是不是女的吧？"

裴邵凉凉地扫了他一眼："你很闲？看来最近交给你的工作都太轻松了。"

褚方："……当我没问，我先走了。"

"我们什么时候出去？"顾宴从早上开始就在问。

因为答应了贺莹今天要出门，他昨晚上都没能睡好，一方面是太久没有出门，去人多的地方有点焦虑；另一方面，心里又有点期待，她要带自己去哪里，要干什么。

贺莹只能告诉他，自己发了工资，所以晚上要请他吃饭。

顾宴还有点不死心，问她："就是吃饭？"

贺莹点点头："对啊。你还有什么想做的吗？"

顾宴有点失望："没有。"

他还以为她要带他去干什么，结果就是吃饭。在外面吃饭跟在家里吃饭有什么不一样，外面的饭还未必有周阿姨做得好吃。只不过答应了她，他也不好反悔。

贺莹见他失望之情溢于言表，就说："那家餐厅很特别的，还有美人鱼表演。"

顾宴兴致缺缺："哦。"他又不是女孩子，美人鱼跟他有什么关系。

贺莹也没再说什么。

玲姨知道贺莹要带顾宴出门，有点担心。但贺莹保证会照顾好顾宴，她做事又向来稳妥，顾宴也难得愿意出门，玲姨也只好交代好黄司机接送。

傍晚的时候，贺莹就带着顾宴出门了。到了贺莹预约好的餐厅的时候天已经全黑了。

这家餐厅最有名的就是水族馆的置景，全包裹式的观景体验，弧形的全景玻璃，全被蓝色的海水包裹起来，抬头就可以看到五彩斑斓的大大小小的鱼群从头顶游过，十分梦幻，就餐的时候一转头，就能看到旁边有鱼群嬉戏。

贺莹推着轮椅，在服务员的引领下去预订的位置。

她今天穿了件奶白色的毛衣，领口隐约露出两条纤细精致的锁骨，一头乌黑浓密的长发松松地盘在脑后，衬得她整个人十分温柔。

顾宴则穿了件高领的黑色毛衣，黑发黑眸，皮肤雪白，一张脸漂亮精致得不像话，坐在轮椅上面无表情，却是一身贵气，一眼看上去就知道是个有钱人家的小少爷。

两人一进餐厅，就吸引了不少注意。

周曼青正对着那边方向，目光很自然地被吸引过去。她先是看到推着轮椅的年轻女人，对方虽然说不上长得特别漂亮，但气质却很特别，温柔又清冷，叫她不禁多看了几眼，接着，视线才落在轮椅上的男孩脸上，先是被惊艳了一下，紧接着，有些惊讶地对坐在自己对面、面色冷淡的男人说道："那个好像是你弟弟？"

裴邵闻言，转头望去，眸光顿时凝住，原本就冷淡的面色越发冷了下来。

"要过去打声招呼吗？"周曼青低声询问道。

"不用。"裴邵面无表情地收回视线，胸口忽然有种滞闷感，随手扯松了衬衫领口的领带。

坐在对面的周曼青却因为他这个随手的动作有些目眩神迷，只能端起面前的水杯喝水来强行压下自己内心的悸动。

她和裴邵是高中校友，同级不同班。裴邵是学校的风云人物，虽然他作风一直很低调，但光只是他的成绩和长相就很难真的低调。他的名字总是无数次出现在老师们的口中、女生们半真半假的玩笑中，还有学校光荣榜上的第一位。

她无数次仰望着那个名字。她不知道多少次假装不经意地路过他的班级，再假装不经意地从窗户望进去，视线不经意地从他的座位扫过，希望

能够偷偷地看他一眼。哪怕只是在学校里偶然的擦肩而过，也能让她半节课都平复不下心绪。

这些年，她一直在留意他的消息，努力让自己变得更优秀，能够跟上他的脚步，至少不被甩开太远。直到今天，她终于能够坐在他的面前，装出轻描淡写的语气说两人曾是高中校友。

她在学校也并不是寂寂无名，那些不经意的和故意的与裴邵擦身而过的无数个瞬间，也曾期待过或许他也会对自己有过留意。

然而裴邵的反应却让她十分失望，他看起来对她一点印象都没有。

但没有关系，她已经坐在他的对面了。

周曼青脸上重新扬起笑容，试图从顾宴身上找到话题，声音是一如既往的柔和："和顾宴在一起的那个女孩子，是他的女朋友吗？"

话音出口的瞬间，她就惊觉自己说错话了。坐在对面的裴邵周身的温度骤降了好几度。

她忽然记起，外界一直传言裴邵跟他这个弟弟的关系很不好。原来已经不好到这种程度了吗？就算只是提及，他都会不高兴。

"不是。"裴邵语调冷淡，"点菜吧。"

"啊，好。"周曼青面上还算冷静，翻起了菜单，其实脑子里一片空白，心里又懊恼又沮丧，自己怎么会犯这种低级错误。

"哥？"就在这时，一道清冽又略带几分诧异的声音响了起来。

周曼青抬头，惊讶地发现顾宴的轮椅正停在旁边的过道上，那个年轻女人站在他身后帮他推轮椅，目光和她交汇的时候，礼貌地对她笑了笑，清冷的一张脸，笑起来的时候却有种叫人如沐春风般的温柔。

周曼青也礼貌性地微笑了一下，随即又瞬间收敛起来，下意识地看向对面的裴邵，担心自己对他"讨厌"的人太友好会让他不高兴。然而她的担心是多余的，裴邵的视线并没有看向她。

"好巧。"贺莹说。

裴邵收回落在她脸上的视线，看向顾宴："你怎么出来了？"

顾宴扭头瞥了贺莹一眼，抱怨似的语气："还不是她，说发了工资，要请我吃饭。我都说讨厌人多的地方了，她还非要带我来这种网红餐厅。"

听着明明像是抱怨，可周曼青却莫名听出了炫耀的感觉。另外，顾宴和裴邵说话时的态度语气，显示出他们的关系好像并不差，那怎么刚才她提起顾宴的时候，裴邵会是那样的反应呢？

她小心翼翼地观察裴邵的反应。

裴邵脸上没有什么表情，淡淡的，看不出什么来，只有他的眼神，像是覆着一层凉霜，凉凉地看向贺莹。

她发工资，给所有人都准备了礼物，甚至是他的司机，也收到了她送的礼物。他只是其中之一。只有顾宴是被她区别对待的。

贺莹被裴邵带着凉意的眼神看着，以为是因为自己和顾宴打扰到了他的"约会"，忙说道："那我们就不打扰你们了，先过去了。"说完又礼貌地对周曼青点了点头，也不管顾宴的意愿，推着轮椅在走道上掉了个头，回了他们自己的位置。

"干吗？我还没问那个女的是谁呢。"顾宴被贺莹推回来，不满地说道。

贺莹把他推到餐桌边坐好，然后才回到自己的座位上，看了那边一眼，然后说："应该是你爷爷给你哥安排的相亲对象。"

不得不说，这位周小姐本人看着的确配得上裴邵，是个明艳大气的美人，气质端庄温和，看着知书达理、温文尔雅，刚才对她微笑的时候，也是善意的、温和的，看起来是很好相处的人。如果这位周小姐能嫁给裴邵，对她来说倒是一件好事。

"你怎么知道？"顾宴神色有些古怪，"我哥告诉你的？"

贺莹怪异地看着他："你哥怎么会告诉我？我是今天早上路过大厅的时候听到玲姨跟他说的，说是你爷爷安排的，让他跟这位周小姐吃个晚饭。"

顾宴"哦"了一声。

贺莹又往那边看了一眼。从她这边看过去，能看到周小姐正在低头点菜，这么看过去，周小姐的仪态也是极好的，有种高雅淡然的气质。她问顾宴："你觉得这位周小姐怎么样？"

顾宴皱了皱眉，不是很高兴她把太多注意力放到裴邵有关的事情上去，但还是扭头看了一眼，说："你说的哪方面？"

贺莹问："你觉得跟你哥配吗？"

顾宴漆黑的眼睛盯着她，故意说："配啊，挺配的。"

却不想贺莹也笑了："对吧？我也觉得挺配的。"

顾宴一愣："你也觉得配？"

贺莹点点头，说："对啊。你看她，明艳端庄、落落大方，人看着也很温柔，跟你哥哥不正好相配吗？"

顾宴心里那一点醋意没了。他也不知道为什么，最近总是很在意哥哥对贺莹的格外关照，更在意贺莹是不是也会对裴邵有别的心思，但现在心里放心了不少，也有心情开玩笑了，哼笑着："你上次还说乔静书跟我哥

配呢？"

贺莹忽然想起来，还有个乔静书。她又看了看周小姐，说道："那还是周小姐更配一些。"

刚才她也留意到了周小姐看裴邵的眼神，那种专注而又小心翼翼的眼神，是喜欢一个人却还要掩饰的眼神。

贺莹倒是挺意外的，无论是周小姐还是乔静书，都很优秀，却都喜欢裴邵。

她是不喜欢裴邵这种人的，太冷、太有距离感，需要努力去跟上他的脚步，看他的脸色照顾他的感受，实在是太累了。不过大概也是因为无论是这位周小姐，还是乔静书，人生都圆满了，所以才会不计较这些，只凭自己的心意。而她的人生已经很累了，才不会给自己找罪受。

"吃什么啊？"顾宴翻了翻菜单，随口问道。

贺莹回过神来，重新把注意力收回放到顾宴身上。她今天还有要紧的事，不应该被别的事分散了注意力。她弯了弯唇："我都可以，你点你喜欢吃的，我请客。"

顾宴"喊"了一声："就你那点工资，吃一顿饭你不得心疼死？"

"要是请别人，我当然心疼。"贺莹笑眼弯弯，"可是给你花我舍得啊。"

顾宴心跳又漏跳了一拍，耳尖又开始不受控制地发烫，不敢看贺莹笑意盈盈的眼睛，低头盯着菜单，不自在地嘟囔："算你有良心。"

贺莹吃饭的时候，偶尔留意裴邵他们那一桌。因为裴邵背对着她坐，她只能看到他挺直端正的背影，却可以看到那位周小姐的一举一动。周小姐偶尔轻声细语地跟裴邵说着什么，大多数时候都是安静地吃东西，气氛看上去有些沉闷。

坐在贺莹对面的顾宴倒是话很多。

餐上来的时候，因为太过精致好看，贺莹忍不住拿出手机拍了两张。顾宴说："这有什么好拍的？"

吃东西中途有鱼群从他们旁边游过，贺莹又忍不住放下刀叉拿起手机去拍，顾宴又有话说："吃完再拍。你不是饿了吗？那鱼又不会跑，等会儿还会再游回来的。"

贺莹很享受地吃完了这顿饭。她以前在这里工作过，但从来没有坐在这里吃过饭，她一直想着等以后自己有钱了，也能很放松地坐在这里吃上一顿饭。

顾宴也感觉出了她心情很好，就连拍窗外那些鱼的时候，脸上都是笑着的,他也不禁嘴角上扬,问她:"出来吃顿饭就让你这么高兴?"

贺莹笑着说:"对啊,因为是跟你吃啊。"

顾宴听了心里受用极了,笑着哼了一声,漂亮的眼睛睨着她:"那当然,一般人可没那么大的面子让我陪她吃饭。"

他已经不记得自己有多久没有这样出来过了。刚开始也觉得不舒服,但贺莹一直在跟他说话,渐渐地,他就不再留意那些人的目光了。原来走出来也并不是那么难。

贺莹也笑着说:"是,谢谢少爷给我这么大的面子。"

他们这边言笑晏晏,气氛愉快,衬得裴邵、周曼青那一桌气氛惨淡。周曼青的目光也总忍不住被他们吸引,她虽然看不见顾宴脸上的表情,但单看贺莹脸上的神情,就知道顾宴肯定也是开心的。再想到刚才顾宴那看似抱怨实则纵容的语气,不禁有些羡慕。

餐厅的美人鱼表演是八点半开始,所以吃完饭后,贺莹和顾宴还在座位上坐了一会儿。

顾宴坐在那里安静地看着玻璃幕墙外缓缓游过的鱼群,画面美好得像是文艺片的场景。贺莹忍不住拿起手机侧身拍他。

顾宴转过头来,见她在拍自己,莫名僵了一下,有些不自在:"你干什么?"

贺莹依旧举着手机,歪了歪头,抿了个笑:"你太好看了,我拍几张收藏起来。"

顾宴常常被贺莹太过直白的话弄得不知所措,脸上一阵发热,一时间都不知道该做何反应,呆怔无措的样子也被贺莹拍了下来。

贺莹忍不住轻笑。顾宴不禁有点恼羞成怒:"别拍了。"

贺莹真就放下了手机,然后往里坐,靠近了玻璃幕墙,笑着对顾宴说:"那你给我拍两张吧。"

顾宴愣了一下,不耐烦地嘟囔:"你怎么那么麻烦。"一边嘟囔,却一边拿起了手机。

手机屏幕框里出现贺莹的样子,她的背靠在玻璃墙上,嘴角微微弯着,那双清亮的眸望着镜头,也微微弯着,里头漾开浅浅的笑意,清波粼粼,干净又清澈。

她举起手,比了个剪刀手。顾宴嘴上吐槽:"真土。"眼睛却一眨不眨地盯着屏幕上她的笑脸,心跳偷偷加快,嘴角也控制不住地翘起来,手

指在拍摄键上连点了好几下，连拍了好多张。明明刚才还在抱怨她麻烦，现在又不厌其烦地指导她换动作，拍了许久。

"给我看看。"终于拍完了，贺莹伸手找他要手机，想看看他拍得怎么样。

顾宴却莫名心虚，按灭了手机："急什么，等一下我发给你。"

贺莹颇为无奈："好吧。"

顾宴突然问道："我的礼物呢？什么时候给我？"

贺莹失笑："哪有这么找人要礼物的？别急嘛，等一下就给你。"

顾宴皱眉不满："到底是什么东西，搞得这么神神秘秘的。"嘴上虽然抱怨着，但心里却很期待贺莹到底要送什么东西给自己。

"可以帮我拍张照吗？"周曼青握紧了手机，鼓足了勇气才向裴邵请求。

裴邵神情冷淡："抱歉，我不会拍照。"

他说完，随口拦下路过的女服务员，请她为周曼青拍照。女服务员热情地接过周曼青的手机为她拍照。

"我去洗手间。"裴邵起身离开。

周曼青的眼神跟随他离开，勉强微笑着让女服务员拍了两张照片，就拿回了自己的手机，下意识地往顾宴那边望去，然后发现那个和他一起的女孩子不知道什么时候离开了，只剩下顾宴独自坐在那里看手机。

裴邵在走廊里看见贺莹正和餐厅经理说着什么，她们看起来像是彼此认识，餐厅经理走的时候还笑着拍了拍贺莹的手臂，对她比了个"OK"的手势，然后走了。

贺莹笑着转过身来，就看见了裴邵，顿时一愣，随即走过去，主动向他解释："我以前在这里工作过，跟经理认识。"

她还想恭维一下他和那位周小姐看着十分般配，却不想裴邵看也不看她，径直从她身边走过，态度和语气都冷淡到极致："不必向我解释。"

贺莹愣了一下，明明昨晚裴邵还对她很友好，就连脖子上还系着她送的领带呢，怎么突然态度就急转直下了，难道是觉得她不应该带顾宴出来？还是觉得她别有用心？

贺莹也没想到会那么巧，会在这里遇到他和那位周小姐"约会"。不过眼下也顾不得裴邵了，她匆匆往另一个方向去了。

裴邵回座位的时候，视线淡淡地扫向顾宴那边，贺莹并没有回来，一个女服务员正弯腰和他说着什么，随即推着顾宴的轮椅往外走了。

"等下有美人鱼表演，是这家餐厅很有名的特色，我们去看看吗？"

周曼青小心翼翼地提议道。

裴邵收回视线，脑中浮现出刚才在走廊贺莹和餐厅经理的对话中提及到"美人鱼"的字眼，他眸光微动，不动声色地应声："可以。"

周曼青脸上是控制不住的雀跃，笑容都热切了几分："好。"

顾宴被服务员推到了大厅看美人鱼表演的最佳位置，巨大的玻璃幕墙后此时只是一些斑斓的鱼群在游动，大厅里三三两两站着一些客人在等着看美人鱼表演，不乏带着小孩的家长。

顾宴被推到了最佳位置，也是人群的最前面，无论是因为坐轮椅，还是因为他太过出众的容貌，都很难叫人不注意他，一道道目光或明或暗地投过来。

顾宴沉冷阴郁的脸色，倒是叫一部分目光收敛不少，只是偶尔还是能够感觉到视线从他身上掠过、停留、打量。他皱着眉，很不舒服地扭头问把他推过来的服务员："她人呢？"

服务员忙说："贺小姐请您在这里稍作等候，千万不要走动，她马上就会回来找您的。"

顾宴眉头紧皱，却也没有再说什么。等了六七分钟，他开始不耐烦，四处环顾，寻找贺莹的身影。

忽然只听到人群中一声惊呼，是小孩激动兴奋的稚嫩嗓音："哇！美人鱼！"

一时间，正在等待美人鱼表演的玻璃幕墙前的众人都望了过去，只见海水中几尾曼妙的美人鱼正穿梭过鱼群，往人群游来。画面十分唯美奇幻，所有人的目光都被吸引过去。

只见美人鱼绮丽梦幻的鱼尾摆动，已经游到了近处，散在各处隔着玻璃幕墙和外面的客人互动，小孩和年轻女孩的反应是最热烈的。

顾宴只看了几眼，就没兴趣地移开了视线，转头往后面望去，心里越来越焦躁。他拿起手机给贺莹打电话，电话那头却始终无人接听。

"好漂亮。"站在人群中的周曼青也被这唯美梦幻的画面所吸引，忍不住又是赞叹又是惊奇，"她们在水里居然都能睁开眼睛。"

裴邵的目光没有在那些美丽的"美人鱼"身上停留，他正注视着人群中的顾宴。他一个人坐在那里，不时左右张望，神情明显有些焦躁。贺莹并不在他身边，她好像从餐厅离开就没有再出现过。她究竟干什么去了？

没有得到回应的周曼青忍不住转头看向身边的裴邵，却发现他并没有在看美人鱼表演，而是在看着坐在前面的顾宴。那个跟在他身边的女孩也

不见了。

"顾宴怎么一个人在那里啊，那个女孩呢？"她忍不住问道。

裴邵却收回了视线，淡淡道："不用管。"

美人鱼表演了两分钟，就纷纷摆动着向上游去，要上去换气。

水中却仅剩下最后一条美人鱼，正在最右侧和外面兴奋的孩子们互动。在兴奋激动的惊叫声中，她对着孩子们飞一个吻，嘴中吐出一个泡泡，水圈旋转着往上。

她在水中也自如地睁着眼，金粉色的巨大美人鱼尾在身后缓缓摆动，脸上始终带着浅浅的微笑，乌黑浓密的长发在水中漂荡着，犹如茂密的水草，更衬得一张脸莹白清丽，仿佛真正是一条生活在深海中的美人鱼。

忽然间，她轻盈地摆动鱼尾，向着顾宴的方向游去。

只剩下这最后一条美人鱼，自然所有的视线都集中在了她的身上。周曼青也不例外，她忽然惊讶地睁大了眼睛，失声道："是那个女孩子！"

裴邵忽然意识到什么，深浓的眸望过去，清清楚楚地看到，那水中轻盈摆动着鱼尾朝着顾宴游去的人，是贺莹。

顾宴也发现了。他不敢置信地看着正穿过鱼群朝着自己游来的贺莹，她在看着他，在笑。

她轻灵地游过来，然后缓缓动着身后巨大又美丽的鱼尾，悬停在他面前，莹白的手掌轻轻贴在玻璃幕墙上，轻轻眨了眨眼，原本就纤长浓密的睫毛因为在水中显得格外乌稠沉重，连眨眼的速度都变得缓慢，乌黑的长发因为她游动的动作带起的水流一起摇曳着，如海草般浓密曼妙。

她白皙清丽的面庞微笑着，对着他说了一句话。没有发出声音，只是用口型，一个字一个字地说给他看。

他看清了。她在说：顾宴，生日快乐。

这……就是她送给自己的礼物吗？一瞬间，顾宴几乎有些恍惚，觉得眼前的一切美好梦幻得不大真实，心跳却不受控制地狂跳起来，胸腔里满胀滚烫酥麻的浓烈情绪，好像终于有什么东西奋力击破了他内心的最后一道防线。

他完了，他彻底沦陷了，被眼前这一幕深深地震撼到整个人都呆住，只知道呆呆地看着水中灵动摆尾的贺莹。

她怎么会这样好看，连头发丝都好看。整个人带着蓬勃的生机，毫无预兆地出现在他的生命里，点亮他荒芜灰暗的人生。

人群中的裴邵看着这一幕，眼神是难以形容的冰冷。

"哗啦!"水族馆粼粼的水面上,一条纤细莹白的手臂搭在了水池碧绿的沿壁上。破水的瞬间,她睁开眼,水珠从眼睫上轻轻坠下,又在白皙清丽的面庞上滚落。

贺莹将一头湿润的长发往后一拢,随即拉住池边工作人员的手,从水中出来,坐在池边。在工作人员的帮助下,她脱下在水中游动时无比灵动美丽,实际上却十分沉重的美人鱼尾。

"谢了。"贺莹笑着道谢,一张脸在水中浸泡过后白得发光。

贺莹之前在这里兼职做美人鱼表演。这份兼职的要求很高,不仅对长相、身材有要求,还要能在水下待的时间够长,很多是专业的美人鱼表演者,像贺莹这样的外行来干这个的很少,因为条件太高,一般人达不到。

但餐厅给她开的工资比别人的都高,因为她不仅长得漂亮,游得也漂亮,摆尾的动作做得十分灵活好看,皮肤也白,一头乌黑浓密的长发在水中游动的时候非常有氛围感,穿上美人鱼尾在水中游动的时候,简直就像是一条真正的美人鱼。而且她很会和观众互动,总有各种各样的小花样。

有的"美人鱼"在水下会懒得做动作,有时也会在跟观众互动的时候偷懒。只有贺莹是不怕费力的,每次表演都很卖力,始终笑着跟观众互动,她又漂亮,一起表演的时候,她的人气总是最高的。

经理看在眼里,给她开的是最高的待遇,只是私底下让她别告诉其他人。后来贺莹的眼睛因为经常泡水感染了,不能再做了,经理还惋惜了好一阵,毕竟当时贺莹和小朋友互动的视频在网上还小火了一阵,给餐厅吸引了不少客人。

这次贺莹提前过来说这天想过来游一场,经理很爽快就答应了。

贺莹去更衣间换回了自己的衣服,因为头发太多,完全吹干要不少时间,她怕顾宴等太久,只吹到半成干就散着头发去找顾宴了。

美人鱼表演已经结束了,大厅里看表演的客人都走得差不多了。顾宴还坐在大厅里等着,远远地看到贺莹笑着朝自己奔过来,他的心跳快得都快从喉咙里蹦出来了,眼巴巴地看着她跑到自己面前,在他面前蹲下来,微仰着脸笑着问他:"怎么样?这份礼物喜欢吗?"

不知道是不是在水里泡过的缘故,她的脸格外白皙莹润,半湿的乌发散落在肩头,整个人看着湿漉漉的,很柔软很清纯。

顾宴完完全全被贺莹迷倒了,心跳不受控制地乱跳,还莫名地紧张,手心都攥出汗来,只能点点头,低声说喜欢。

贺莹一笑他就不行了，心跳如擂鼓，脸都开始发烫。他太紧张了，有些慌乱地把视线转开，落在她半湿的头发上："怎么不把头发吹干再过来？"

贺莹笑着说："怕你等太久啊，而且我想快点见到你。"

顾宴鸦黑的睫毛轻颤着，喉结滚了滚，完全不知道该做何反应，半晌，干巴巴地"哦"了一声，苍白的脸色泛起潮红。

贺莹忽然问道："你知不知道我在水里的时候跟你说了什么？"

顾宴喉结滚动了一下，"嗯"了声。

贺莹弯了弯眼睛，放轻了声音："我知道明天才是你的生日，但我知道肯定会有很多人祝你生日快乐，而我想做第一个祝你生日快乐的人。小宴，生日快乐，我希望你永远快乐。"

顾宴怔怔地望着她，一颗心几乎要满涨开，漂亮的眼睛湿漉漉的，望向贺莹的眼神里充满了他自己都没有察觉到的信赖和依恋。

从餐厅离开的时候，贺莹忽然想起裴邵，随口问了顾宴一句："你哥走了吗？"

顾宴不喜欢贺莹和他在一起的时候还总是分神去关注裴邵，用敷衍的语气说道："应该走了吧，没看到他。他对这种东西不感兴趣的，应该吃完饭就走了。"

贺莹心存侥幸，只希望裴邵最好是没看到她今天这一番"用心"，不然他不可能察觉不到她的意图。

只是这件事她准备了很久，不可能因为裴邵就改变计划。所以就算冒着在裴邵面前彻底暴露自己别有所图的风险，她也不得不这么做。

顾宴觉得自己好像真的要完了，回家的路上，贺莹只是坐在他旁边，他的心跳都快不行了，整个人都是僵硬的，坐得规规矩矩，手放在大腿上，手指微微蜷缩着。贺莹一开口，他就高度紧张，连话都不会说了，反倒显得有些沉默。

他一沉默，贺莹心里就打起了鼓。明明之前在餐厅的时候，他看起来很喜欢她今天的安排，可现在却又表现得很冷淡，难道是忽然察觉到了什么？

两个人坐在车后座，各怀心思，一时间倒是安静下来。

顾宴跟着贺莹出门，玲姨虽然放心贺莹，但到底顾宴很久没出过门了，所以还是有些放心不下，早早就在大门口等着了。

黄司机忙跑到车后备厢先把轮椅搬下来，然后把顾宴从车上扶到轮椅上。玲姨笑着走过来问："怎么样？今天晚上玩得开心吗？"

顾宴瞥了站在一旁的贺莹一眼，含糊道："还行。"

玲姨察觉到顾宴的心情还不错就放心了："累了吧，快上楼去洗一洗，早点休息吧。"

贺莹说："那玲姨，我先送顾宴上去了。"

玲姨微笑着点点头。贺莹就推着顾宴进屋了。

吹头发的时候，顾宴也心跳加速，藏在发间的耳尖都红透了。贺莹虽然看见了，但也没有察觉出异样来，因为顾宴经常在吹头发的时候耳朵红红的。

吹干了头发，贺莹就照顾顾宴上床了。

顾宴今晚格外安静。贺莹和他说完"晚安"就走了，没注意到床上的顾宴眼巴巴的眼神。

贺莹在楼下遇到了下楼喝水的裴墨。

"听说你今天晚上带二哥出去玩了。"

贺莹点点头："嗯，发工资了，就请他出去吃了个饭。"说是她请客，但单最后却是顾宴买的。

贺莹发工资，裴家上下都有礼物，裴墨自然也不例外。她之前看到裴墨房间的书架上摆着好多个造型精美的八音盒，所以她也在礼品店为他挑了一个。

裴墨收到的时候很喜欢。他没和她说过自己喜欢八音盒，可她自己留意到了，特地买来送他，他很开心。可是得知贺莹晚上和顾宴出去吃饭了，这开心顿时就大打折扣了。

他语气里都是控制不住的酸："果然我跟二哥的待遇就是不一样，对我就随便送个什么东西打发，对二哥就专门请他吃饭。"

自从上次被贺莹"开解"过后，他自觉跟贺莹的关系亲近了很多，连说话都不伪装了。

贺莹失笑："怎么能说是随便送个什么东西打发呢？我看你房间里摆着很多八音盒，觉得你肯定会喜欢，跑了好几家店才挑中的，想给你一个惊喜。"她说着，向他伸出手，"你要是不喜欢，那还给我。"

裴墨盯了她一眼，然后在她手掌心拍了一下，轻哼道："送人的礼物还有往回要的？"

他的心情倒是因为她说的那些话好多了，不过还是有种不甘心，总觉

200

得她对顾宴比对自己好,虽然这原本就是理所当然的事,可他就是不甘心,想要争一争。

"反正我不管,你也要请我吃饭。"

他从小到大,很少任性,因为他清楚地知道,他并没有任性的资格,在这个家里,没有人会纵容他的任性。可是他几乎是本能地认为贺莹会包容他的任性。

贺莹也并没有让他失望,她只是无奈地笑笑:"好,等我哪天有空了就请你吃饭。"裴墨是值得这一顿饭的。

裴墨看着贺莹一脸无奈却还是纵容他的表情,心里有种异样的满足感,嘴角忍不住翘起来,轻哼着:"这还差不多。"又说,"你请他吃什么了?"

贺莹随口说:"就我以前工作过的餐厅。"

裴墨立刻说:"那我也要去那家吃。"

贺莹不解,但还是答应了:"好,你说去哪儿吃就去哪儿吃,随便挑。"

裴墨终于心满意足,问:"等会儿还下棋吗?"

贺莹摇摇头:"今天不行了,我有点累。"

"好吧。"裴墨倒也没勉强,但还是没忍住酸了一句,"谁让你没事找事带他出门的。"

贺莹颇为无奈地说:"好了,你快上楼吧,早点睡,别熬夜。"

很普通的一句话,可裴墨几乎从来没有听过这样的叮嘱。就像在这个家里,她比他的父母都更关心他。他漆黑的眸子染上一丝暖意,眼尾带了点笑:"知道了。"

贺莹回房间前又似是不经意地问玲姨,裴邵回来没有。玲姨说还没有。

深秋的桐城总是很多雨,这会儿窗外又开始下起雨来。

她忍不住想起裴邵。现在还没回来,应该是对那位周小姐颇为满意,所以从餐厅离开后又去别的地方约会了吧。

贺莹自然是巴不得他们能成的。裴邵要是能和周小姐谈恋爱,那他的注意力就会被转移到那位周小姐身上去,也就不会盯着她这些小动作了。然而,她又转念一想,裴邵要是谈恋爱了,是不是就没时间跟她下棋了?那她这个月的专项奖金会不会泡汤了?

贺莹躺在床上忧虑着,忽然床头柜上的手机铃声响了起来。她随手拿过手机看了一眼,是顾宴打来的。

她坐起来接电话:"喂,顾宴,怎么了?"

电话那头沉默了一下,然后传来顾宴低低的声音:"下雨了,你能不能上来陪我?"

贺莹到顾宴房间的时候,他房间里没有开灯,漆黑一片。听到她的脚步声,顾宴从床上半坐起来:"别开灯。"

贺莹收回了开灯的手,适应了一下黑暗的环境,向床边走去。

顾宴又倒下去。他的眼睛已经适应了黑暗,能看到贺莹正一步步向自己走来。

贺莹俯身柔声问道:"怎么了?睡不着吗?"

顾宴的声音也不由得放得很轻很低:"嗯。"

"那我陪你,等你睡着再走。"贺莹说着,就要和上次一样,坐到地上。

顾宴却叫住她:"别坐地上,地上很凉……你坐床上吧。"

窗外的雨声淅淅沥沥,并不是暴雨天气。

贺莹有点惊讶,沉默了一秒,然后坐了上去。

顾宴沉默了一下,又小声说:"你再坐过来一点……"

贺莹又往里挪了挪,背轻轻靠到了床头上:"好了,你安心睡觉吧,我就在这里陪你。"

顾宴轻轻"嗯"了一声。他朝向她侧躺着,可以在黑暗中看到她的轮廓,莫名觉得安心极了,就连那种紧张的情绪也因为她的安静而缓解了不少。他其实并没有觉得不舒服,就是突然很想她,想见她。他偷偷地往她身边挪了挪,又挪了挪。

"睡不着吗?"贺莹忽然问道。

顾宴顿时僵住,不敢动了,低低地应:"……嗯。"

"那要不要我陪你说会儿话?"贺莹的声音也很轻,听起来很温柔。

顾宴:"要。"

贺莹说:"明天就是你生日了,你请了哪些人啊?"

她看到顾宴有个聊天群,应该是他们一群玩得好的朋友,顾宴偶尔会看一看信息,但是很少回复。

顾宴回答:"就叫了林宙、乔静书他们。我不想过生日,他们非吵着要过来。"

贺莹微笑着:"挺好的呀。一年才有一次的生日,是应该跟朋友们好好庆祝一下。"

"那你呢?"顾宴忽然问,"你什么时候过生日?"

贺莹怔了一下,眉眼间恍惚了一瞬。

她的生日啊。她已经很久没有过过生日了。

"我不过生日的。"她轻声说。

"为什么?"顾宴追问,"女孩子不都喜欢过生日吗?"

贺莹淡淡地说:"我就不喜欢。"

因为她和贺康的生日离得很近,贺康的生日比她早半个月,所以每次都是她和贺康一起过的生日。所以她每次过生日,实际上,那只是在帮贺康过生日,她并没有过过自己的生日。

顾宴怔怔地看了贺莹好一会儿,轻声说道:"哎,你跟我说说你吧。"他忽然很想知道她的一切。

这是顾宴第一次主动问起她的事。贺莹笑了一下:"说什么?"

顾宴想了想,说:"你小时候不是下棋很厉害吗?比张玉贤还有我哥都厉害,为什么你不去当职业棋手?"

贺莹笑了笑,轻描淡写地说:"小时候不懂事,自己放弃了。"

顾宴彻底把身子侧了过来,手臂枕在头下看着她:"那你爸妈呢?你说放弃就放弃,他们不反对?"

贺莹说:"嗯,我妈只是让我为自己的选择负责,以后不要后悔。"

她当时咬着牙说自己不会,所以哪怕日子过得再困苦,她也极少抱怨,因为她的路是自己选的,咬着牙也要走完。

顾宴问:"那你后悔了吗?"

他为她觉得可惜,如果她当初没有放弃围棋,以她的天赋,应该会在这条路上有很大的成就。

贺莹忽然低下头看他,眼里有光:"本来是后悔的,但现在不后悔了。"

顾宴心口微微紧缩起来,试探道:"为什么?"

贺莹笑着,语气轻快:"如果我去当职业棋手了,就遇不到你了啊。"

明明是开玩笑的语气,顾宴却不争气地狠狠心动了。他小声嘟囔:"油腻。"可是又忍不住庆幸。

是啊,如果她成了棋手,那他可能就不会遇见她了,就算遇见了,也根本不会产生这么深的羁绊。

贺莹轻轻笑了笑:"至于我其他的事情你也都知道了。"

顾宴"嗯"了声,想起贺莹之前说过的她的悲惨身世,心里有点难受,而且不知道为什么,比那天刚听到的时候反而更难受了。他沉默了一会儿,语气郑重地说:"贺莹,你真的很了不起。"

贺莹微微弯了弯唇,轻声说:"嗯,我也这么觉得。"

顾宴见她笑,心里反而更难受了:"我有点难受。"

贺莹有点担心:"怎么了?"

"不知道。"顾宴闷闷地说,"想到你说的那些我胸口就有点堵得难受。"

"那就别去想了。"贺莹嗓音温柔,"我都不去想,你更不用想了。"

顾宴沉默了一下,小声说:"可我有点心疼你……"

贺莹怔了怔,随即心口软软的,她身体往下挪了挪,躺了下去。

她忽然躺下来,顾宴吓了一跳,身体都僵住了,傻愣愣地看着躺下来和他面对面的贺莹,呼吸都滞了滞。

贺莹坦然极了,朝向他侧躺着,然后说:"我坐着挺累的,可以躺着陪你聊天吗?"

顾宴的脸都红了,好在房间里没开灯,贺莹看不见。

"你躺都躺下了还问。"他别扭地嘟囔。

贺莹笑了。顾宴被她笑得有点害羞,连忙转移话题:"那你今天在那个餐厅扮美人鱼是怎么做到的?你怎么能在水底下闭那么久的气的?而且还能在水底下睁眼。"

贺莹说:"我以前在那里工作过,这次特地找经理说了一下,她就答应我了。至于闭气和睁眼,都是以前在那里工作的时候专门培训过的。"她微微笑了一下,"我想着我也没什么好的东西可以送给你,就想着要是能让你开心,就算是我送你的礼物了。"

何止是开心呢!顾宴眼睛亮亮的。他从小到大收到过不计其数的生日礼物,可是却觉得都不如收到贺莹送的这份礼物让他开心。

"贺莹……"他忽然叫她。

"嗯?"

顾宴似乎有些难以启齿,但还是小声问道:"你谈过恋爱吗?"

"没有。"贺莹笑了笑,"我这种情况,跟谁谈恋爱呢?"

她当然是有人喜欢的,她知道自己长得不错,自然会有喜欢她的人,可大部分知道她的家庭情况后都望而却步了。那些表示不介意的,也只是想和她谈一场不用负责的恋爱。

倒是有知道她的家庭情况还是真心实意喜欢她,想要和她在一起的。可她这种情况,如果不是家庭条件十分富裕的,和别人在一起,也不过是拖累别人。

顾宴却不知道在高兴什么,反正眼睛亮亮的,嘴角也翘了起来,小声嘀咕:"我也没有。"

贺莹倒是有点意外,盯着他看:"你没有谈过恋爱?"

虽然顾宴看起来并不是那种交过很多女朋友的男生,但怎么都不像是从来没有谈过恋爱的人。

顾宴瞪大了眼睛,像是受到了侮辱:"什么意思?难道我看起来像是那种随便和人谈恋爱的那种人吗?"他忽然降低了音量,"我又没遇到喜欢的人,怎么谈……"

贺莹笑了:"那你喜欢什么样的?"

顾宴心口一窒,黑眸不自在地闪了闪,喉结也滚了滚,声音压得很低,有些含糊:"就……温柔一点的那种……"

贺莹抿唇笑:"就这个要求?"

顾宴脸都红了,生怕被贺莹看出来,反问道:"那你呢?你喜欢什么样的?"

贺莹毫不犹豫地说:"长得好看,有钱,足够喜欢我。"

顾宴嘴上说:"肤浅。"可胸腔里一颗心却不争气地"怦怦"乱跳。

他长得好看是公认的,从小到大有很多女孩子向他示好告白。

他也很有钱,光是顾文君留下来的遗产,就够他花几辈子。

他也……也挺喜欢她的。

他情不自禁地想离她更近一些。他动了动腿,却忽然感觉到自己那两条毫无知觉的小腿无比沉重。顾宴忽然僵住,整个人如坠冰窟。没错,她说的那三条他都符合。可是……他身有残疾。

贺莹忽然打了个哈欠。

"你困了?"顾宴问。

"还好。"贺莹说,"你放心,我不会睡着的,等你睡着了我再走。"

说完这句话不到二十分钟,她就睡着了。

顾宴小声叫了她一声,发现她真的睡着了之后,不禁失笑。

他应该把她叫醒,让她下楼睡觉的,可他却舍不得就这么叫醒她。他这么躺着盯着她看了一会儿,忍不住想靠近她一点,于是往她身边挪了一点,又挪了一点,近到可以闻到她身上淡淡的桂花香,听到她轻浅的呼吸声。心口被一种莫名的满足感和窃喜充满了,连呼吸都放缓了。

她躺得离床边很近,身上没有盖被子,微微蜷缩着睡着了。顾宴用最小的动静半支起身,然后抓起被子,小心翼翼地给她盖上被子,然后再小心翼翼地躺回她的身边。

不知道是不是贺莹在他身边,所以他格外安心的缘故,很快就困了。他朝向贺莹侧躺着,两人离得很近,鼻尖萦绕着贺莹身上散发出来的又暖又甜的桂花香气，居然就这么昏昏睡去。

贺莹睁眼的时候，还有些将醒未醒，怀疑自己是不是还在做梦，否则顾宴怎么会睡在她的床上？

不得不说，早上一睁眼这么近距离看到顾宴这张脸，很难不怀疑自己是不是在做梦。他朝向她侧躺着，两人离得很近，近到几乎能感受到他清浅的呼吸，半边脸陷进柔软的白色枕头里。他看起来睡得很香很熟，脸上的神情放松又安稳，只是睡了一晚上却丝毫不见浮肿，精致漂亮得不像真人，一头浓密蓬松的黑发看着软蓬蓬的，让人很想揉上一把。

难道是梦到了她和顾宴的婚后生活？贺莹脑子里模糊闪过这个念头，随即忽然注意到床头柜上的鲜插桂花，整个人顿时一个激灵，彻底清醒了。

她弄错了。不是顾宴睡在她床上，而是她睡在顾宴床上。

记忆回笼。她想起昨晚自己上来陪他，结果听顾宴说话的时候不知不觉就睡着了。顾宴居然也没叫醒她。大概是他也睡着了。

贺莹冷汗都出来了，刚准备趁顾宴还没醒来，悄悄下床，却忽然发现自己的手上有个滚热的东西。她小心翼翼地掀开被子，发现手上滚热的东西是顾宴的手，他正攥着她的手。

贺莹头都大了，犹豫着要不要把顾宴叫醒，又怕昨晚是他先睡着的……要是他发现她居然没走，怕是会认为她图谋不轨。

她只能硬着头皮，小心翼翼地、一点点地把手往外抽。好在顾宴的手抓得并不紧，人也睡熟了，她一点点地把手抽出来，然后几乎是滑下床的，弯腰拎上鞋，鬼鬼祟祟地溜到外间才敢把鞋穿上。

卧室门刚掩上，床上"熟睡"的顾宴就睁开了眼睛。他微微抿着嘴角，看向虚掩的房门，漆黑的眼睛一点都不像是刚刚睡醒，湿漉漉的，闪着润亮的光泽。不知道想到什么，脸上一点点地漫上红晕，一直蔓延到耳后根，最后抓起被子蒙上头，把被子拱出了各种形状。

贺莹在外间弯腰穿上鞋，又整理了一下身上的衣服和头发，然后拉开门走出去。走出去的瞬间，她的瞳孔骤然紧缩了起来，脚步顿在原地，人也僵住。

走廊里，刚从电梯出来的裴邵往这边走来，抬眼看见她，脚步顿时停下，犹如刮骨刀一般锋利冷洌的视线落在她身上。

皱巴巴的衣服，略显凌乱的头发，和来不及掩饰的慌乱神情。

裴邵的脸色隐约有些发白，薄唇紧抿，眼神也越来越冷。他蓦地往前

几步,走到她面前,居高临下地盯着她,声音沉冷:"解释。"

贺莹被他极具压迫感的气场完全笼罩住,心跳都骤停了一瞬,不得不抬起头看他。他垂着眸一瞬不瞬地盯着她,如墨般深邃的黑眸像是在极力压抑着什么。

明明刚才出门前就已经想好的说辞却堵在嘴里说不出口,贺莹咽了咽喉咙,不自觉地降低了声量,老老实实地交代:"昨天晚上下雨了,顾宴让我上来陪他,我跟他聊天的时候就不小心睡着了……抱歉,我不是故意的,下次绝对不会再发生了。"

贺莹的脸色有些发白,因为很清楚这件事情的严重性。毕竟在裴邵眼里,她有"前科",而且他一直怀疑她居心不良,而现在这种状况,她的确很难证明自己的"清白"。

裴邵没有发话。贺莹只能僵站着,像个等待判决的犯人,等得越久,心脏就悬得越高,脸色也越来越灰败。

许久,只听到裴邵冷冽的声音:"下去把衣服换了。"

贺莹怔了怔,有些迟钝地看他。

裴邵微蹙着眉,眸光深沉:"你想让所有人都知道你昨晚在顾宴房间里过夜?"

贺莹急忙摇头否认:"没有。"她立刻反应过来,"我现在就去。"说完就立刻低头,几乎是小跑着从裴邵身边匆匆走过。

擦身而过的瞬间,她忽然闻到一股酒味,同时余光瞥到裴邵垂在身侧的手里抓着一团东西,露出来的花纹隐约有点像是她送给他的那条领带的纹路。

贺莹又后知后觉地发现裴邵还穿着昨天那套西装。难道是昨晚一晚上都没有回来?

贺莹回到房间换了衣服,心里还有点后怕,有点摸不准裴邵到底是什么态度。是准备就这么放过她了,还是准备秋后算账?

换上护工制服,她到厨房吃早饭,从厨房的窗户刚好看到褚方上车离开。周阿姨说:"他刚送裴邵回来的,吃了早餐走了。"

贺莹心不在焉地吃着周阿姨自己炸的油条,她本来还以为裴邵昨晚是跟那位周小姐在一起,看来不是。

周阿姨还在抱怨:"两个人回来的时候一身的酒气,裴邵本来胃就不好,喝了酒还不吃早饭,迟早又要进医院。"

晚上裴邵因为胃出血住院的消息传回来,周阿姨就狠狠拍了一下自己的嘴:"瞧我这张乌鸦嘴。"

贺莹也不得不说周阿姨的嘴是真灵,早上说裴邵迟早要进医院,晚上人就真进医院了。但贺莹接到玲姨的电话被叫下楼的时候还有点蒙。

大厅里站着玲姨,还有一个斯斯文文的年轻男人,他身边放着一只行李箱,是玲姨收拾出来的裴邵住院需要的衣物。

贺莹有点搞不清楚状况,走过去问:"玲姨,是有什么事吗?"

男人看到她,似乎有些惊讶,随即主动自我介绍:"贺小姐你好,我是裴总的秘书,我姓'张'。裴总需要住院几天,这期间需要护工照顾,所以我过来接你,麻烦你去收拾一些换洗的衣物和洗漱用品跟我一起走吧。"

贺莹愣了好几秒,下意识地看了眼玲姨。看玲姨的表情显然和她一样不知情,她才又看向张秘书,有些难以理解:"为什么要我过去?医院没有别的护工吗?"

张秘书淡定地说道:"这是裴总的要求。具体是什么原因,我这边不大清楚。"

贺莹更蒙了,难以置信地说:"你说这是裴邵的要求?"

张秘书点头:"这的确是裴总的要求。现在裴总一个人在医院,还请你尽快收拾一下东西,跟我走。"

玲姨说:"小贺,先别问那么多了。既然裴邵要求你过去,那你就去收拾一下,和张秘书走吧。小宴那里你放心,我会照看的。"

贺莹没办法,只能回房间收拾东西,跟张秘书走。

坐在车上,她开始猜测各种可能,想来想去,最大的可能性还是裴邵不放心她,所以才要把她放到他的眼皮子底下。

"张秘书,请问一下裴邵他很严重吗?"她问坐在副驾驶座的张秘书。

张秘书还有点不习惯别人对自家老板直呼其名,顿了顿才转头对她说道:"这是裴总第二次因为胃病住院了,这次有点严重,要住院观察几天。"

贺莹"哦"了一声,没再说话。

张秘书又把头转了回去,却又忍不住从副驾前的镜子里看她。作为护工,贺莹的年纪实在是过分年轻,长相也过分好看了。刚知道她就是裴邵指名要的那个护工的时候,他都愣了一下。

下车的时候,张秘书没让贺莹拎东西,他一手拖着裴邵的箱子,一手拎着贺莹装着衣物的袋子在前面带路。

裴邵住院的医院是私立医院,走廊宽敞明亮,到处是洁白崭新的颜色。

张秘书在病房门上敲了三下,然后推开门,向贺莹示意让她先进去。

"要我说你这就是活该。我都搞不懂你那么拼命是干什么?就你们家这么大的家业,你就算是当个败家子,十辈子也败不完。你要是英年早逝了,亏不亏啊?"门一打开,贺莹就听到了里面褚方说话的声音。

敲门声打断了褚方。贺莹走进去,褚方一脸惊讶地看着她:"小贺?你怎么来了?"

贺莹有点尴尬。

病床上坐着的裴邵也抬眼看了过来,然后淡淡地说:"我让她来的。"

褚方又一脸惊讶地转头看他,显然也不大能理解。裴邵没有要解释的意思,目光淡淡地看着贺莹跟着张秘书收纳行李。

褚方一直用一种怪异的眼神在他们两个人身上来回扫视。

张秘书收拾好了,过来向裴邵请示:"裴总,还有什么需要我做的吗?如果没有的话,那我就先回公司了。"

"嗯。"裴邵说着,转向坐在那里盯着贺莹看的褚方,"你也可以走了。"

褚方一愣。裴邵神情淡淡:"我要休息了。"

褚方看向贺莹:"那小贺呢?"

贺莹垂着眸,坦然接受自己被安排的命运。

裴邵的目光轻飘飘地扫她一眼:"她要留下来。"

张秘书解释道:"裴总需要陪护。褚律师,我们先走吧,别打扰裴总休息。"

褚方倒是想问贺莹来医院了,那顾宴怎么办?但是又觉得这场面有种说不出的怪异。他想法猜测很多,但暂时理不清头绪,只说自己明天再来探望,就跟着张秘书一起走了。

病房里一下子只剩下坐在病床上打点滴的裴邵以及直挺挺站在那里的贺莹。贺莹环顾了一下四周,私人医院的VIP病房,如果不是床头摆放的医用仪器,只看装修布置,不像是医院,倒像是酒店。只不过这间病房里就只有一张病床。

她又看向病床上的裴邵。他穿着浅灰色的薄毛衫,高贵俊美的面孔看着有些苍白,嘴唇的颜色也很淡。大概是因为病了,平时那种强势逼人的气场都淡了不少,看起来也没有那么高傲冷峻不可接近了。

贺莹犹豫了一下,还是问道:"那个,请问一下,我晚上可以睡觉吗?"

病房里只有一张病床,张秘书也没给她安排住的地方。

裴邵沉默了一秒,然后说:"可以。"

贺莹又四处看了一眼，确定没有可以让她睡觉的地方，有些局促："那我……睡哪儿啊？"

话音刚落，病房门被敲响两声，然后门被推开，护士推着一张活动的陪护床进来，摆在了裴邵床边距离不到一米远的地方。

裴邵淡淡地说："睡这儿。"

贺莹把自己的行李袋放到陪护床上，很想给自己找点事情做，但环顾四周，病房里到处整洁明亮，实在没有可以让她干的事，顿时有点无所适从的感觉。

她偷偷瞥了眼裴邵。他坐在病床上，也不看手机，就这么安安静静地坐着，等着点滴打完。

贺莹默默清了清嗓子，然后问："有什么要我做的吗？"

裴邵转过头来看她，神态语气都很平静："没有。"

贺莹："……好。"

裴邵不看手机，她也不好意思看，就只能干坐着。

坐了一会儿，她忍不住起身。裴邵看过来。

"我看一下药还有多少。"贺莹说着，走过去看床边支架上吊瓶里的药还有多少，一看，发现药还有一大半，正一滴一滴缓慢地滴进输液管里。

贺莹问裴邵："那个，你吃晚饭了吗？要不要我去给你买点什么？"

裴邵淡淡地说："医生说我今晚不能吃东西。"

贺莹才想起他是胃出血进的医院："……好的。"

她又默默回到了自己的陪护床上。刚坐下，她手机就响了。

手机铃声在安静的病房里显得十分刺耳。贺莹嘴里说着对不起，慌乱地把手机从包里掏出来，

"不好意思。"她看了眼手机屏幕，看到是顾宴打来的，又多了几分底气，起身说道，"是顾宴打来的，我去外面接一下。"

裴邵却说："不用出去，就在这里接。"

贺莹愣了一下，心想，果然，他让她过来，就是把她放在眼皮子底下盯着。

她接起来："喂，顾宴。"

电话那头的顾宴语气不太好："你在医院？"

贺莹瞥了裴邵一眼，然后"嗯"了声。

顾宴问："我哥怎么样？"

贺莹又看了裴邵一眼，除了脸色有些苍白外，精神看着倒还好："还好，现在在打点滴。"

顾宴不理解："我哥干吗要你去医院照顾他？医院没护工吗？"

贺莹又瞥了眼裴邵，他正目不转睛地看着她打电话，她默默挺直了腰，底气十足地说："可能比较信任我吧。"

裴邵的眼神中隐约出现了几丝困惑。

电话那头的顾宴沉默了一下，有点郁闷："那你什么时候回来啊？"

贺莹说："今天晚上不回去了。"

顾宴炸了："什么？为什么不回来？你要在医院过夜？"声音大到裴邵都隐约听到了。

贺莹刚要说话，裴邵忽然向她伸手："手机给我。"

贺莹愣了下："啊？"

裴邵："手机给我，我跟顾宴说。"

贺莹对电话那头的顾宴说："等一下，你哥要跟你说。"然后就把手机递过去给裴邵，贺莹看着他接起电话。

"是我。

"嗯。

"是我让她来的。"裴邵看向她，神情淡然，"这几天她都会在医院。"

不知道顾宴说了什么，他淡淡地说："不用。"又简单说了几句，他挂断了电话，把手机递还给她。

贺莹过去弯腰双手接过，恍惚间觉得自己太过谄媚，又默默挺直了腰杆。坐回陪护床，她把手机调成静音模式，然后手机屏幕上就弹出两条微信。

是刚刚跟裴邵通完话的顾宴：照顾好我哥。

顾宴：明天我过去医院找你。

贺莹：好。

顾宴：有没有什么东西没拿的？我帮你带过去。

贺莹：不用。我不在的时候照顾好自己，有事找玲姨。

顾宴：我又不是小孩，我知道。

他又发了个生闷气的表情包。贺莹回一个摸摸头的表情包。顾宴又发一个"你是猪，不想理你"的表情包过来。贺莹忍不住笑了声。

裴邵坐在床上，看着她对着手机傻笑，薄唇微抿，说："给我倒杯水。"

"哦，好。"贺莹连忙放下手机起身给他倒了一杯水。

裴邵接过杯子的时候，指尖不小心碰到了贺莹的指背。

贺莹被他指尖的温度冰了一下，不禁垂眸看了一眼他输液的另一只手，他这只手都那么冰，输液的手想必会更冰。

裴邵只抿了两小口，就把杯子还给贺莹。

贺莹把杯子放在床头柜上，对他说："我出去一下，马上回来。"

裴邵转头看着她拉开门走出去，急匆匆的，不知道是去干什么。

贺莹过了十分钟才回来。她怀里揣着一个东西，脸上带着笑，径直走到床边来，边走边说："我去借了个热水袋，已经加热好了。你的手好冰，放上去暖暖。"

她说着，走到床边来，很自然地掀开盖在裴邵身上的被子，把热乎乎的热水袋放到他腿上，然后抓着他放在外面的手放到热水袋上，同时习惯性地握了握他冰凉的指尖。放他输液的那只手的时候，怕针移位，她的动作小心许多，放好他的手后，她又小心翼翼地把被子给他盖上。

裴邵有些怔愣地望着她，僵冷冰凉的手被她放在热水袋上，焐在被子里，热水袋上的温度从掌心一直蔓延到心口，连眼神也染上了温度。

她仰起脸来："怎么样？是不是舒服多了？"

他的目光落在她脸上，她脸上带着笑，嘴角翘着，眼睛亮晶晶的，带着点邀功似的得意。

他面上的神情没有波动，喉结却微微滚了滚，被子下刚才被她握过的指尖不自觉地蜷了蜷。

"嗯。"

贺莹问他："要不要看一会儿电视？"

裴邵："不看。"他停顿了一下，又说，"你想看可以打开。"

贺莹找到遥控器："那我开了。"

裴邵："嗯。"

电视机开了，贺莹随便找了个综艺节目，声音调到偏小。

她倒不是想看电视，只是有电视机的声音，病房里不会显得那么安静，和裴邵单独相处的时候，她也能自在许多。但实际上她却在电视机旁边的白墙上下棋。

她在墙上下棋的时候精神必须高度集中，否则会乱，她全神贯注地盯着墙，表情看起来有几分严肃。

从裴邵的角度看过去，只见贺莹正襟危坐，一脸严肃地盯着电视机。而电视里的综艺节目吵吵闹闹的，嘉宾时不时发出爆笑声。

裴邵抿了抿唇，主动开口："不喜欢看可以换台。"

贺莹一分神，墙上的棋盘顿时乱作一团，她有点无奈地转头："我没看电视，我在下棋。"

212

裴邵微怔,随即道歉:"抱歉。"

贺莹却忽然灵光一闪,说:"不如我回去把围棋拿过来吧?我们可以在这里下棋。"

"可以。"裴邵说,"我让司机送来。"

贺莹高兴地点点头,能下棋就不无聊了。

小王送来了棋盘。贺莹把活动桌推过来架在床上,把棋盘摆上,棋盒放到两边,然后问裴邵:"我可以坐这儿吗?"她说的是裴邵的病床,毕竟他看起来就是那种自我领地意识很强的人。

裴邵淡淡点头。贺莹一屁股坐下,说:"开始吧。"

开始下棋,贺莹和裴邵都全神贯注。以至于裴邵的点滴输完了,都没有发觉,等发现的时候,管子里都回了半管血,手背上扎针的地方也肿起了一个肿包。

不知道是不是贺莹的错觉,感觉裴邵的脸色又苍白了几分。护士皱着眉没好气地谴责贺莹:"你怎么也不看着点?"

贺莹十分内疚。她晕针,看到护士拔针的时候脸色也白了白。

护士拔完针就走了。

"对不起,我刚才下棋太入神了,忘了你还在输液。"贺莹内疚又关切地问裴邵,"你没事吧?是不是很疼?"

裴邵看着她担心到发白的脸色,嘴角微抿了一下:"我没事,不疼。"

贺莹还是很内疚,急于表现,殷切地问:"热水袋还热吗?我拿去再加热一下。"

裴邵:"不用,还是热的。"

"不早了,这盘棋留到明天再下吧,你需要休息。我去给你倒水,你洗漱一下睡觉吧。"贺莹说着就起身把棋盘端去桌上,又钻进浴室,连牙膏都帮裴邵挤好,端出去给裴邵。

她这么积极地献殷勤,把牙刷、杯子递给他的时候,眼巴巴的,像是很盼望着他能领情。以至于裴邵都不知道该怎么开口告诉她,自己生活尚且能够自理。

他从记事起,就学会自己照顾自己。顾文君对他并不亲近,裴行正更是从来没有尽过做父亲的职责,爷爷对他的要求也总是很严苛,包括日常生活琐事,都要求他不依靠别人帮忙,要独立自主。哪怕去年他住院的时候,玲姨亲自过来照顾,也似乎默认他不需要多余的照顾。

从来没有人会在他手凉的时候给他一个热水袋,帮他把牙膏挤好送到面前。他小的时候没有体验到的东西，居然在这个时候体验到了。

他接过贺莹递过来的温热的毛巾，心情像平静的湖面漾起涟漪，一阵接一阵，缓慢却不肯停息。

贺莹太习惯照顾人了，所以裴邵洗完脸后，她又拧了一条温热的毛巾过来给他擦手。她极自然地抓起裴邵的手给他擦手，擦到他扎针的那只手的时候，动作明显放轻了，绕开肿包小心又温柔地把他的手指都擦拭了一遍。

裴邵只是安静地注视着她，目光一瞬也没有从她脸上移开过。

…………

头顶的吹风机"嗡嗡"作响，裴邵坐在椅子上，罕见地有些僵硬。贺莹的压力也很大，她给很多人吹过头发，但第一次给人吹头发吹得那么紧张。

裴邵坐在椅子上，他的仪态似乎已经刻进了骨子里，就算生病了，仪态也是一等一的好，腰背挺得很直。他个子高，坐下依旧高出椅背一大截，刚刚洗过澡，穿着深灰色的棉质睡衣，脖颈上有一层带着潮气的湿意。

贺莹一只手举着吹风机，一只手轻轻拨弄裴邵湿润的头发，以便让吹风机的风能吹得更均匀，动作小心轻柔，完全不像平时给顾宴吹头发那样随意。

和顾宴细软蓬松的发质不同，裴邵的头发明显要粗硬得多，吹到快干的时候，手摸上去是一种沙沙的手感。兄弟俩的发量倒是一样的多，特别是裴邵的头发吹干以后，更显得蓬松。

贺莹绕到前面给他吹头发的时候，忽然发现他的头发比平时蓬松了一大圈，不禁愣了一下，手上的动作也明显滞了滞。

裴邵抬起眼皮看她。贺莹正好垂眸看下去，他平时并不留刘海，一头短黑发全一丝不苟地往斜后方梳起来，严肃又冷酷，冷漠又锐利，看起来不近人情。可此时他还带着些许湿意的黑发微微垂在额前，轻点在深浓精致的眉眼处。而他正抬眼看她，睫毛很长，鸦黑浓密，眼珠是很深的墨色。不小心和她对视的时候，他似是怔了一下，眼神微不可察地晃了一秒。

不知道是不是病房里的灯光太柔和，映照得他的眼神居然异常柔和。贺莹心口突然一紧，轻咳一声，先移开视线。

裴邵看了她两秒，也垂下眸，眸色深浓，不知道在想些什么。

"好啦。"贺莹吹干他的头发。大概是他的头发看起来实在太过蓬松，她一时忘了他的身份，习惯性地在他头顶上揉了一把。下一秒，她就反应过来，嘴角的笑意顿时凝固住。随即假装无事发生地拔下吹风机插头，随

手把线卷起来,并没有察觉到裴邵被她揉那一下以后的僵硬。

贺莹在浴室吹干了头发,推门出去,裴邵还没睡,正坐在病床上看书,见她出来,抬眼看过来。

贺莹衣着整齐,只是一头乌黑浓密的长发披散在肩头,衬得她越发白皙莹润。大概是因为刚洗过热水澡,她整个人散发出一种温温柔软的气息,让人忍不住想要靠近。

"已经很晚了,早点休息吧。"病房里很安静,贺莹也不由自主地放柔了声音,显得格外温柔。

"好。"裴邵"听话"地合上正在看的书。

"那我关灯了?"

"嗯。"

病房的灯关了,只有仪器的指示灯发出微弱的光亮。

贺莹躺下来,病房里很安静。刚躺下一会儿,手机"嗡"地振动一下,紧接着屏幕骤然亮了起来,弹出来一条微信提醒。

突然出现的光亮在漆黑的病房里格外刺眼。裴邵感觉到了光源,微微偏头看过来,就看见贺莹拿着手机钻进了被子里。

贺莹把手机藏进被子里,人也钻进去。是顾宴发来的微信:睡了吗?

贺莹缩在被子里回:刚躺下,怎么了?

顾宴:没事。

贺莹:哦。

她看到聊天页面上方显示"对方正在输入中……",但等了好一会儿,都没等到顾宴发来的信息。好一会儿,手机再度亮起,一连进来好几条微信。

顾宴:我睡不着。

顾宴:想跟你说话。

顾宴:想听你的声音。

贺莹无声地弯了弯嘴角,几乎能够想象得到顾宴躺在床上发出这几条微信时的表情。

贺莹:林宙他们都走了吗?

她走的时候,林宙和乔静书他们都还在陪着顾宴的,今天是顾宴生日,他心情很好,兴致很高,又是难得聚一次,她原本以为他们会待到很晚。

顾宴回她:早就走了。

知道贺莹去了医院,他就没心情跟林宙他们玩了,早早地就说自己累了,把他们都打发走了。

贺莹安抚他：晚一点如果再睡不着，我给你打电话好不好？

贺莹：你哥刚躺下，等他睡着。

顾宴：他怎么那么晚还没睡？你们干吗了？

贺莹看了一眼时间，10:38，并不算太晚。

贺莹：就下了一会儿棋。

顾宴发了一个噘着嘴的小猫表情过来，贺莹忍不住轻轻笑了声。

裴邵盯着她被子缝隙透出来的那一线光亮，捕捉到她细微的笑声，胸口忽然无缘无故地滞闷起来。

他知道她在和顾宴聊天。之前顾宴在电话里提起她的时候，态度也黏黏糊糊的。

裴邵原本称得上愉悦的心情忽然变得沉闷，甚至有些厌烦。可连他自己都不知道这是因为什么，只是心底的某个角落，嫉妒正在黑暗中扭曲滋长。

贺莹等了十几分钟，一直留心听着裴邵那边的动静，估摸着他睡着了，才小心翼翼地掀被坐起来，拿上手机，准备出去跟顾宴打电话。

然而她的腿刚放到地上，就听到病床上传来一道冷冷的声音："你去哪儿？"

贺莹一瞬间汗毛都竖了起来，惊愕地看向病床上的裴邵。她干咽口水，干巴巴地问："你还没睡着啊？"

裴邵声音沉冷："等我睡着了，你想去哪儿？"带着莫名其妙的质问语气。

贺莹哪敢说实话，语气微弱："我上个洗手间……"

裴邵沉默。

贺莹默默穿鞋，轻手轻脚地进了洗手间。关上洗手间的门后，她才后怕地拍了拍胸口，差点被裴邵吓得心跳骤停，缓了缓才给顾宴发微信：打不了电话了，你哥还没睡。

顾宴：你管他睡没睡，你不在病房里给我打不就行了。

贺莹心想，裴邵本来就盯她盯得紧，她哪敢这么明目张胆，正准备回消息，手里的手机突然振动起来。顾宴直接打了语音过来。贺莹惊了一惊，下意识挂断。

顾宴紧接着又打过来，贺莹无奈，只能接了。

电话那头的顾宴不高兴："你挂我电话？"

顾宴躺在床上，手机贴在耳朵上，有点闷闷不乐："你现在在哪儿？"

贺莹压低了声音："我在洗手间呢。"

顾宴更不高兴了："干吗这么偷偷摸摸的，跟做贼一样。"

贺莹心想，她的确是个贼，裴邵正在防着她把他的宝贝弟弟给偷走了。

"让你哥知道了不好。"

顾宴反问她："有什么不好的？"顿了顿，他闷闷地说，"今天可是我的生日……"

本来他跟林宙他们玩得挺开心的，谁知道忽然发现她不见了，问了玲姨才知道贺莹去了医院。

他不知道裴邵是怎么想的，他只是不高兴。今天可是他的生日，可她却不能陪他过完这一天。

他又一次感觉到自己对她的依赖性。知道她去了医院以后，他整个人就跟灵魂抽离了一样，林宙他们叫他干什么，他都提不起兴趣，心里有种莫名的恐慌和焦灼。

贺莹轻声说："对不起。"

电话那头的顾宴声音也低下来："不关你的事。"又嘟囔一句，"真不知我哥怎么想的。"

贺莹放柔了声音："没关系的，我们明天就见到了。"

话音落地，洗手间的门突然被敲响。

骨节叩门，发出冷硬的脆响。紧接着，是裴邵同样冷硬的嗓音："好了吗？我要用洗手间。"

贺莹拉开门出去，就看见裴邵站在洗手间门口，高大的身体犹如阴影一般笼罩下来，面容冰冷阴郁。

"我好了，你用吧。"贺莹说着就要从他身边溜走，冷不丁被抓住了手腕。

她惊得抬头。裴邵攥着她的手腕，冷峻的脸转过来，深浓的眉眼一半隐没在暗处，居高临下地盯着她。

贺莹被他盯得面皮发麻，只是面上却强作镇定，露出疑惑的神情。

半晌，裴邵冷冷地开口："贺莹，我希望你和顾宴保持距离，维持护工和病人之间的关系，不要越界。"

贺莹因为这段时间和裴邵的相处，对他已经大为改观，甚至站在一个客观的立场上来看，对一个处心积虑觊觎他弟弟的人，他的"警告"绝对称得上客气了。

贺莹换位思考了一下，如果换作是她在他的位置上，大概是不会这么"平心静气"地对待如她一样的人的。

明明谎话和借口对她而言都是张口就来的东西，可是被裴邵那双仿佛能够洞悉她所有谎言的眼睛紧盯着，本应该说出口的借口却堵在喉咙里说不出来。

裴邵依旧攥着她的手腕没有松开，反而随着她的沉默越来越紧，似乎一定要从她的嘴里听到保证。

贺莹感受到手腕上渐渐加重的力道，艰难地咽了咽口水。她忽然抬起眼，看着裴邵，然后认真地说："抱歉，我做不到。"

手腕上的力道蓦地加重，几乎让她感受到疼痛，裴邵眼神的温度骤降了好几度，冷得吓人。但贺莹没有移开视线，也没有退缩，依旧直视着裴邵越发冷凝阴沉的眼睛，重复了一遍："抱歉，我做不到你的要求。"

贺莹说出这句话，有点破釜沉舟的意味，但也并非全然是百分之百的冒险。她能够感觉到顾宴对她的依赖越来越深，已经到了有些离不开她的地步。而另一方面，也是因为她敏锐地发现裴邵并不如看上去那么冷酷不近人情，对她的几次施以援手和放纵都让她有了得寸进尺的底气。

她是在赌，也是在试探。赌顾宴对她的在意，试探裴邵对她的底线。

裴邵深浓的眉眼低垂着，眼底压抑着浓烈的情绪，眼神却越来越冷："为什么？"

贺莹察觉出他身上散发出来的极度危险的气息，预感到自己接下来要说的话尤为关键。

"因为我是人，不是机器，我没有办法控制我的感情。我们生活在一个屋檐下，每天朝夕相处，我不可能只把他当成普通病人看待。"贺莹在裴邵越来越冷的目光中，眼神坚定，语气镇定地说道，"对我而言，顾宴就像我的弟弟。"

空气静默半晌。

"弟弟？"裴邵皱眉，看起来并不相信她的说辞，眼神依旧带着冰凉的审视。

但贺莹却感觉到手腕上那只手攥着的力道轻了些。她心里定了定，随即垂了垂眸，露出几分失落的神情，有些自嘲地轻声道："我知道，大概在你看来，我这样的人是没有资格把顾宴当成弟弟来看待的。"

裴邵被她低垂的眉眼间拢着的淡淡失落刺痛了一下，罕见地，有了那么一丝慌乱，皱着眉解释："我没有这种意思。"

贺莹还是垂垂眸不看他，甚至连头都往下低了点，只留给他乌黑的头顶。

裴邵唇角微抿，面对贺莹的沉默和低落居然有些不知所措，下意识地

做出妥协:"就当我刚刚什么都没说。"

贺莹心里微微一动,有些意外裴邵居然这么轻易就被她哄过去了,但她依旧装出一副情绪低落的样子,轻轻"嗯"了一声,然后盯着自己的手腕。

裴邵忽然才意识到自己居然一直攥着她的手。他不动声色地松开她,垂回身侧时,下意识想要重新攥紧,却只攥到一团冰冷的空气。

贺莹默默揉着被他攥麻了的手腕,还是低着头:"那我先上床了。"

裴邵低声回应了一声。

贺莹心里自然没有脸上表现出来的那么镇定,躺回床上还有些心有余悸,又暗自庆幸自己又逃过一劫。

不过,裴邵的反应的确有些出乎她的意料。他看起来精明、强势又冷酷,但好像每次都能被她糊弄过去。

他今天的态度尤其不对劲。是因为生病了,心也变软了吗?

她躺在床上闭着眼睛,听着裴邵从洗手间出来,回到床上,没有弄出多少动静就安静地躺下了——很多时候,裴邵都很安静。

贺莹并不认床,但是因为在医院里,她有些睡不着,脑子里胡思乱想着,想着想着,就想起之前看的那些关于裴家的八卦新闻来,裴邵总是被拼凑塑造成一个高贵冷酷的继承人形象。

从小爹不疼娘不爱,爷爷虽然把他带在身边教养,却仿佛生怕略微放松就会让他变成另一个裴行正,所以总是吝啬于表达爱,过分严苛地管教他。

偏偏,他还有个弟弟。弟弟顾宴从生下来那一刻开始就毫不费力地得到了他曾经渴望得到却一直没有得到的,顾文君的爱、爷爷的宽容慈爱。顾宴不用承担继承裴氏的责任,所有人都肆无忌惮地宠爱他,让他可以无忧无虑地长大。

贺莹代入了一下裴邵,如果她是裴邵,大概会觉得很不公平吧。

贺莹忍不住睁开了眼睛,病房里的仪器指示灯亮着幽幽的光,她偏头往病床上望去。已是深夜,裴邵大概已经睡熟了,连翻身的动作都没有。一片寂静,她轻手轻脚地起身,来到病床边。

裴邵的睡姿都像是刻意矫正过的,睡得很端正,只有两条手臂压在被子上。

她弯下腰去,用指腹轻轻触了触他的手背,触到一片冰凉,于是小心翼翼地握住他的手臂,掀开被子,把他的手放进暖融融的被子里,又细心地把被子盖好,然后才又轻手轻脚地回了自己的陪护床躺下。

病床上,裴邵鸦黑浓密的眼睫轻轻动了动,偏头往陪护床的方向望去。

贺莹熬到下半夜才迷迷糊糊地睡着,也不知道是因为听到雨声,还是因为在医院过夜,她睡得很不安稳,刚睡着就做起了噩梦。

她梦到了父母去世的那晚。

梦里没有贺康,只有她自己,浑身湿透地站在如同冰窖的停尸房里,警察掀开白布,让她辨认那两具尸体是不是自己的父母,可是记忆里两张惨白的脸却变成了一片模糊,怎么都辨认不清。她越想看清越看不清,手脚冰冷、浑身僵硬,动弹不得。

裴邵觉浅,贺莹嘴里发出声音的时候他就醒了,下意识地问了一句:"什么?"

贺莹并没有回应他,呓语不断,声音并不大,像是从喉咙里挤出来的声音,有些变调,嗓子紧绷着,听不清说的什么。

裴邵彻底清醒了,叫了她一声,还是没有得到回应,随即毫不犹豫地掀被起床查看。

贺莹蜷缩着躺在陪护床上,眉头紧皱,睫毛轻颤,紧闭的眼皮下眼珠不安地滚动着。

裴邵在床边蹲下,蹙眉叫她:"贺莹,醒醒。"

但贺莹毫无反应,神情痛苦。

裴邵正准备把她叫醒,贺莹的手却忽然抬起来,在空中摸索着,做出抓握的动作,像是想要抓住什么,满脸惶恐不安。他犹豫了一瞬,忽然抬起手,递了过去,被贺莹一把抓住了。

裴邵的心脏仿佛也在这瞬间被一只无形的手握紧了,胸口一阵陌生的心悸。

贺莹抓住他的手,就像是抓住了一根救命稻草一样紧紧攥住,随即抓着他的手贴到了自己的面颊上。

掌心有冰凉的湿意。裴邵怔了怔,才发现贺莹的眼尾有莹亮的泪光,她抓着他的手,用自己的脸紧贴着他的掌心,仿佛带着无限的依赖和信任。

裴邵有些怔愣地看着贴着他的掌心安心下来的贺莹,掌心濡湿温热的触感生出细微的麻痒感。

他自记事起,就开始学着独立,不能依赖谁,也没有谁让他依赖,更从没有被人需要和依赖。可此时,他却感受到了被强烈的需要和依赖,对

他而言是一种从未有过的感觉，内心深处仿佛有个角落不受控制地塌陷下去，又生出一些陌生而又柔软的东西。

他的神情罕见地柔和着，手指微动，指腹在她湿滑软腻的脸上轻轻抚了抚，像是在抚摸一只在他掌心安稳睡去的小动物。动作笨拙又生涩，却又带着十足的温柔和小心，生怕惊动她。

第二天，裴邵可以进食了，但因为胃出血的情况比较严重，只能吃些流食。

粥是家里周阿姨熬的，让司机送过来。从保温桶里倒出来的时候，粥还是滚烫的，里面的虾肉也都是打碎的。

贺莹倒了一碗，一边用勺子搅一边吹，吹凉了一些才将粥放到床上的小桌上，体贴地嘱咐道："吃的时候再吹一下，有点烫。"

裴邵坐在病床上，左手又吊上了点滴，他费力地抬起右手，拿起勺子，动作肉眼可见地吃力僵硬。贺莹站在一旁看着，看着他舀粥的时候手都在微微发抖，她到底还是忍不住，小声说："要不我来吧？"

实在是因为裴邵的手成这样，都是因为她。

她简直无法形容自己醒来的时候看到裴邵坐在地上靠着陪护床歪着头睡着了，而他的整条小臂都被她紧紧抱在怀里时的震惊。甚至一度以为自己做了个魔幻的梦。

直到护士突然敲门进来，裴邵被惊醒，视线从他被她整个环抱在手里且已经失去知觉的手臂再到她的脸，眼神迷茫了几秒，然后清醒而又沉默地看着她，贺莹也沉默着松开他的手臂。

护士惊呼着："大清早你坐在地上干什么？"

裴邵抽回自己的手臂，什么也没说，沉默地从地上起身，坐回床上，动作明显带着一种艰涩僵硬感。整个早上，贺莹都看到他没有使用他那条右臂，安静又无力地垂在身侧。

而此时他的左手上扎着针，右手明显还没恢复过来，使用得十分吃力，贺莹实在顶不住良心的谴责，开口请求让自己帮忙。

裴邵看了她一眼，随即慢慢松开勺子，收回酸痛的手："好。"

贺莹连忙端起桌上的粥，舀了一勺，先递到嘴边吹凉，才故作镇定地递到裴邵嘴边。

裴邵微微一顿，然后低头，张嘴，把勺子含进嘴里，腾着滚滚热气的粥被她吹凉了，温度刚好可以入口。

刚吃下一口,她又吹凉一勺,默不作声地递过来。

裴邵依旧只是低头,张嘴,吞咽。

一个喂,一个吃。一口接一口,没有多余的话。

褚方进来的时候,刚好看到贺莹吹凉了粥把勺子递到裴邵嘴边,而他那位小时候都没被人喂过食的好友,如今极其自然地张开嘴,把贺莹喂到嘴边的粥吃了进去。

褚方在心里骂了一声,没骂出口。他是个有素质的人,不常用脏话表达情绪,但这会儿却实在忍不住了。

"这什么情况啊?"他盯着转过头来的两人,脸上皮笑肉不笑,看向贺莹的目光,第一次带着些冷意。

贺莹感觉到了。褚方之前对她的态度一直是疏离却礼貌友善的。这是第一次用这样的眼神看她,冰冷的,带着毫不掩饰的讽刺和警告。

但褚方什么态度,贺莹并不在意,她在意的,是他前面坐在轮椅上的顾宴,顾宴漆黑的眼睛正定定地盯着她,嘴唇微抿着,是个不高兴的表情。

她端着粥碗,下意识地看向裴邵。裴邵的目光转过来,落在她脸上,并没有要解释的意思,于是她只能解释道:"裴邵左手在打点滴,右手……睡麻了不好拿勺子,所以才由我帮忙。"

褚方推着顾宴过来,似笑非笑地问:"我记得你以前都是叫他'裴先生'的,什么时候开始直呼其名了?"

贺莹刚要解释,裴邵开口了。他语气很淡,带着些微妙的不悦:"我让她改的,有问题吗?"

有问题。简直太有问题了!

只是这话当然不能当着贺莹和顾宴的面说,褚方硬生生把话咽回肚里。

贺莹端着碗,是不喂不是,不喂也不是。就在这时,顾宴问她:"你吃早餐没?"

贺莹说:"还没有。"

顾宴说:"那你把粥给褚方哥,让他喂。周阿姨让我给你带了早餐,先过来吃早餐。"

贺莹看向褚方。褚方笑眯眯地过来:"可以,给我吧。你跟小宴吃早餐去吧。"

贺莹自然巴不得,连忙起身把粥碗交给他,然后推着顾宴去窗边的餐桌吃早饭了。全程都没有人问过裴邵的意见。

褚方拉过一张椅子坐下，勺子舀了勺粥，装模作样地吹了下已经不烫的粥，递到裴邵嘴边，夸张腻歪地说："来，张嘴，啊——"

裴邵的身体往后微微一仰，面无表情地拒绝："谢谢，我吃饱了。"

褚方却不依不饶，非赖着裴邵吃了一口他喂的粥。要强喂第二口的时候，裴邵给了他一个适可而止的眼神。

褚方随手把粥碗放在床头柜上，问："你的手怎么回事？"

此时窗台边，顾宴要贺莹把她手里的油条分他一半，命令式的话，语气是他自己没有察觉却很容易被别人听出来，只有对待十分亲近的人才会有的撒娇语气。

裴邵听得皱眉，语气冷淡地回应褚方的关心："没事。"

褚方挑眉："不是连勺子都拿不起来了？"

裴邵也不知道为什么，今天看褚方格外不顺眼，凉凉地反问："你很闲吗？宏兴建设集团的案子你处理好了？"

褚方跷起二郎腿，哼笑道："我是怕你在医院无聊，特地起了个大早跑过来陪你，你怎么那么不领情。"他说着，有意无意地往窗台边瞥了一眼，笑了，"既然不要我陪，那要不我叫周小姐过来陪你？我可听说了，那天见面，人家对你可满意得很，你呢？对她印象怎么样？"

顾宴听到褚方的话，也转头看过来，显然对这个话题很感兴趣："对啊，哥，你跟那位周小姐怎么样了？还在联系吗？"

贺莹嘴里嚼着油条，也看了过来，她也想知道裴邵和那位周小姐的后续情况。她对那位周小姐的印象很好，十分乐见其成。

然而裴邵的反应有些让她失望，他往这边看了过来，像是在看顾宴，又像是在看她，用没有任何情绪波动、冷淡至极的声音说道："没有。"

顾宴问："为什么？我对她印象还挺好的。"

褚方扭脸看过来，挑了下眉："你见过了？"

"见过。"顾宴回忆了一下周小姐的长相，然后评价道，"长得挺漂亮的，气质很好，看着跟我哥挺配的。"他说着，忽然看向贺莹，眼神有一瞬间的闪烁，"那天你也见到了，你觉得呢？"

贺莹没想到他会突然把话题抛给自己，同时裴邵和褚方也都看了过来，她点点头，十分赞同地说道："嗯，我也这么觉得。"

贺莹的语气十分诚恳真挚，因为她是真的那么觉得。

裴邵收回视线，脸色冷下来。

顾宴倒是对贺莹的回答莫名满意，很快就把周小姐抛之脑后，又催促

223

着让贺莹把她碗里的馄饨分他几个。

褚方看了看他们，又看了看裴邵过于冷淡的脸色，原本松懈下来的精神突然又警觉起来。

顾宴似乎是存心想要在裴邵面前展示他和贺莹的关系有多亲密，连话都比平时多，只是吃个早餐，却一会儿都安静不下来，一会儿让贺莹这样，一会儿让贺莹那样，语气也完全不是平时跟人说话的语气，多少带着点刻意的成分。连褚方都感觉到了，顾宴在贺莹面前黏黏糊糊得不正常。

贺莹却是心虚得很。她昨晚才在裴邵面前说自己拿顾宴当弟弟，结果顾宴却故意在裴邵面前表现他们的亲密。

她当然知道顾宴是为什么，他是在吃醋，像个争风吃醋的幼稚小孩。

好不容易吃完了早餐，贺莹把东西都收拾整理好，准备让顾宴等一下带回去。顾宴突然盯着贺莹睡的那张陪护床，冷不丁地问："你昨晚就睡的这张床？"

贺莹不明其意，点点头："对啊。"

顾宴难以接受："就离那么近？"

他虽然知道贺莹在医院陪护，是要住在病房里的，但他没有想过，两张床离得那么近。摆放的距离都不超过一米！伸伸手就能够到，这跟睡在一张床上有什么区别？

贺莹对比起顾宴的大惊小怪，显得很淡定："陪护就是这样的。"有时候面对生活不能自理的病人，擦身、照顾大小便，都很正常。

贺莹的淡定让顾宴也反应过来自己有点小题大做了，但心里还是有点不舒服、不开心，像是被迫分享自己独有的东西。

"我昨晚上都没睡好。"他闷闷不乐地嘟囔着。

昨晚他睡得很不安稳，反反复复地醒了好几次，每次醒来心里都空落落的，很不舒服。

贺莹说："昨晚下雨了吧，我也没睡好。"

顾宴昨晚迷迷糊糊醒来的时候听到下雨了，但下雨不是让他没睡好的原因，而是一下雨，他就特别想她。听到贺莹这么说，他就觉得贺莹说不定也跟他一样。

他的脸莫名有点红，心底压不住的窃喜。

褚方原本正在跟裴邵谈宏兴建设集团的合同细节，低头拿手机查了一下资料的间隙，一抬头，却发现裴邵正看着窗边，脸上没什么表情，却看得异常专注。于是他也扭头看了过去。

贺莹正在说着什么，顾宴坐在轮椅上，双手撑在大腿上，整个人都是朝向她往前倾的，眼睛一眨不眨地盯着面前的贺莹，嘴角时不时地抿一下又翘一下，藏不住的雀跃。

褚方忽然皱了皱眉头，收回视线，却发现裴邵还在看着他们，心里突然重重沉了一下。

/ 第五章 /
沦陷与嫉妒

　　周曼青来的时候，带着一束如她气质一般淡雅的花束。
　　她穿了一件米白色的长款风衣，随意却又不失优雅，看到贺莹和顾宴也在，有些讶异，随即微笑着和他们点了点头，然后才柔声对裴邵说："我听说你住院了，刚好我今天没有工作，就过来探望一下，希望没有打扰到你。"
　　她说话轻声细语，看起来极有教养，实在是很难叫人生出恶感来。
　　裴邵的反应一如既往的平淡，淡淡地说了声"谢谢"。
　　周曼青抱着花，环顾了一下四周，询问道："花放哪儿好？"
　　褚方很自然地转头看向贺莹："小贺，把花拿去插瓶吧。"
　　话音一落，顾宴皱起眉来，不喜欢褚方随意支使贺莹做事的态度。
　　裴邵也沉着眼，看了褚方一眼。
　　贺莹倒不觉得什么，走过来对周曼青微笑着说："把花给我吧。"
　　周曼青怔了一下，有些讶异。上次在餐厅见贺莹和顾宴的亲密姿态，她本以为贺莹是顾宴的女友，可褚方对贺莹的支使态度，却并不像是对待顾宴女友该有的态度。怔愣讶异间，她下意识要把花递给贺莹，依旧保持礼貌，微笑着说："谢谢。"
　　"不客气。"贺莹抱过花，也对她笑笑，然后就准备去拿柜子上的花瓶。
　　只听到褚方忽然问周曼青："我怎么觉得你那么眼熟呢？我们是不是见过？"
　　周曼青微笑着说道："高中的时候我们是校友，我比你们低一届，可能在学校见过吧。不过你和裴邵在学校很有名，你大概没有关注过我。"
　　褚方恍然大悟，笑着说道："我想起来了，我记得我一个朋友追过你，

被你拒绝了。"

"那都是很久以前的事情了。"周曼青脸红了一下,有些不好意思地抿唇微笑,下意识地看向裴邵,想看看他的反应。

可裴邵似乎并没有听到他们说的话,又似乎根本就不在意他们在交谈什么,他甚至没有看他们。他在看着那个被褚方称作"小贺"的女孩。

而贺莹,正背对着他们站在柜子前拿上面的空花瓶,她听到了褚方和周曼青的对话,正在心里感慨,真是偶像剧般的情节。

她忍不住低下头轻嗅了一下怀里的花束,一阵淡雅沁脾的花香,她弯了弯唇,随即拿下花瓶,转身准备去洗手间把花插起来。

裴邵却忽然开口:"不用拿去插了,就放上面吧。"

贺莹愣了一下,看了他一眼,确定自己没听错,才按照他说的,把花竖立在柜子上。

褚方却似乎是故意的,对她说道:"小贺,那麻烦你给我们倒杯水吧。"

语气是客气的,却藏不住他故意轻慢的态度。这下顾宴不乐意了,自己推着轮椅过来,阴着脸:"你要喝水不会自己倒吗?干吗叫她?"

褚方似笑非笑地反问道:"她现在不是裴邵的护工吗?让她给我们倒杯水怎么了?"

周曼青讶异地看向贺莹,有些难以置信。

贺莹头皮都麻了,虽然她知道褚方这是故意的,但她也不想让顾宴为了维护她和褚方起冲突,只怕会让裴邵对她的观感更差。

她连忙打圆场:"没关系的,这也是我的工作。你们坐吧,我去给你们倒水。"

顾宴立刻喝止道:"不准!"

"不用。"

两道声音交叠响起。裴邵皱眉。

周曼青有些不知所措,看不清局势,只觉得自己似乎是个局外人。

顾宴也怔愣了一下,看向裴邵。裴邵却没看他,而是对贺莹说:"楼下有个花园,你带顾宴下去转转。"

贺莹惊讶地看着他,带着疑惑和问询。裴邵在眼神对视间给予了她肯定的答复:"去吧。"

贺莹怔了一怔,不知道是不是她的错觉,居然觉得裴邵看向她的眼神和善温柔。她很快反应过来,说"好",随即礼貌地对褚方和周曼青点点头,就去推顾宴了。

顾宴也想和她单独相处,当然不会反对,只和裴邵说一声"我们等会儿回来",也没搭理褚方,高高兴兴地和贺莹一起出去了。

病房一下空旷起来。

褚方看着裴邵,眼神里含着质问。

他怎么可能看不出来裴邵对贺莹的维护。以他对裴邵的了解,裴邵从来就不是一个会在意别人感受的人。难道就因为少年时期那点曾经下过棋的交情?

褚方知道,这绝不是答案。而答案已经昭然若揭。

周曼青被冷落在一边,感受到褚方和裴邵之间微妙的气氛,同时也隐隐察觉到了什么,心底忽然涌上一种无力的恐慌感。她攥紧了包带,像是什么都没有发现一般,语气自然地问:"刚才那个女孩子是护工吗?好年轻啊。"

褚方这才反应过来周曼青还在,脸色缓了缓,转头已经换了张笑脸:"小贺本来是顾宴的护工,但这边裴邵住院了,临时也找不到其他人,就让她过来照顾一下。"

"原来是这样,不过这样的话那顾宴不就没有人照顾了?"周曼青试探着向裴邵建议,"我倒是认识一个护工阿姨,人很好,很专业,如果你需要的话,我可以让她过来帮忙两天。"

裴邵平淡地拒绝:"不用了,谢谢。"

这时护士进来检查了一下输液情况,看到见底了,就等了一下帮裴邵把针拔了。

护士看他脸色不好,冲着病房里另外两人说道:"病人养着病呢,需要多休息,这胃出血的毛病就是平时不注意饮食也不注意休息造成的。你们看完了就早点走吧,别打扰他休息。"

褚方笑嘻嘻地说:"行,您放心。"

护士点点头,走了。

裴邵对周曼青说了几句客气话,就示意褚方送人。

褚方看裴邵的脸色的确不好,也没再说什么,交代他好好养病,就送周曼青出去了。

褚方对周曼青倒是很满意。如顾宴和贺莹所说,这位周小姐说不上有多漂亮,但的确气质出众,再加上她的家世背景,也的确配得上裴邵。可惜他特地留意了裴邵对她的态度,和对待别人没什么特别的,依旧是冷冷

淡淡的，淡漠疏离。

对比起来，裴邵对贺莹的特别关注，就更明显了。

褚方眼睛眯了眯，忽然微笑着对身边从病房出来就明显表现得十分失落的周曼青说道："裴邵对谁都这样，你别介意。"

周曼青勉强弯起唇角："我知道。"

褚方停下脚步，单刀直入："你喜欢裴邵吧？"

周曼青微微错愕了一瞬，随即坦然地看着他，微笑起来："很难不喜欢吧。"

褚方挑了下眉，眼带赞许："高岭之花，可不是那么容易就能摘到的，不过我看好你。"

周曼青回以一笑，待转头，笑容却淡了些。褚方顺着她的目光望去。

医院前院的草坪上，贺莹正弯腰站在轮椅前，帮顾宴把膝盖上的毯子整理好。整理好毯子后，也不知道顾宴说了句什么，贺莹笑着在他头上胡乱揉了一下。而顾宴对她这样有些过于亲密的动作却并没有表现出反感，仰着脸又对她说了句什么，嘴角是上扬着的，而贺莹笑眯眯地又在他头顶上拍了拍。

褚方眯了眯眼。顾宴出车祸前虽然跟谁关系都挺好，但实际上界限感很强，和裴邵一样不喜欢肢体接触，就算和他那群好朋友在一起也不喜欢跟他们勾肩搭背。

贺莹的动作明显突破了顾宴的界限，但他却没有表现出任何反感，反倒看着像是已经习惯成自然甚至还乐在其中的样子。

周曼青欲言又止，到底还是忍不住说道："顾宴和他的护工关系似乎很好。"好到完全不像是护工和病人的关系。就像她无意间察觉到的裴邵对贺莹不同寻常的关注和他对待她并不像是对待护工的微妙态度，不得不让她在意。

褚方语气淡淡道："嗯，大概是因为年纪差不多，所以他们两个挺合得来的。"

周曼青很想问，那裴邵呢？但她很清楚，以自己现在的身份并没有资格去追问什么，于是只是礼貌地和褚方道别，自行开车离开了。

褚方独自站在门廊下，看到贺莹像是不知道说了什么惹恼顾宴的话，顾宴嘴里嚷着："你完了，我跟你说！你给我站住！"然后就自己控制轮椅去追她，电动轮椅开得飞快，坐在轮椅上的顾宴分明是一张灿烂明朗的笑脸。

住院部五楼，裴邵站在窗台前，深邃的眼眸低垂着，静静地注视着楼下追逐打闹的贺莹和顾宴。

贺莹和顾宴在楼下待了快一个小时才上楼。回到病房，褚方和那位周小姐都已经离开了，病房里只有病床上独自沉睡的裴邵。

贺莹知道他昨晚肯定也没睡好，没有吵醒他，先把顾宴送走了。顾宴走的时候还是有点不情不愿，不过还是被贺莹哄好了。

顾宴坐在车里，看着贺莹在车子开动以后，就头也不回地转身走了，似乎是一点留恋都没有。他心里突然有种说不上来的恐慌。不知道为什么，贺莹对他已经很好了，几乎可以称得上是百依百顺，可他心里总是会很慌很慌。他总觉得贺莹对他的好和温柔，并不只是对他的。就像是换作坐在轮椅上的人是裴邵，她似乎也一样会对他那么好。

她人缘很好，家里没有人不喜欢她，就连一向对人冷漠的裴邵对她似乎也有些不同。

可她呢？跟谁都好。看着很温柔好亲近，可真的靠得近了，却发现她身上似乎裹着一层薄薄的壳，总是隔着点什么。

贺莹回到病房，轻手轻脚地走到角落的沙发旁坐下，把棋盘摆上，自己下起棋来。

裴邵这一觉睡得很沉，贺莹自己下完了一盘他都没醒。她把棋盘上的棋子一一捡回棋盒，然后起身去看裴邵。她下棋的时候很专注，也没发现裴邵什么时候把被子掀开了，半边身子都露出来了。她给裴邵盖好被子，才注意到他原本苍白的脸上浮着不正常的潮红，眉头也微皱着，看着很不舒服的样子。

她心里微微一惊，掌心贴上他的额头，果然触手滚烫，还有一层温热潮湿的汗。

贺莹立刻叫了护士来。

护士给他测了体温，果然发烧了，38.7℃的高烧。医生又过来检查了一下他的状况，然后开了退烧药。

裴邵的脸色苍白，嘴唇看着很干燥，只有颧骨上微微泛着红。平时那么矜贵高傲的一个人，这会儿居然看着有几分脆弱。他把退烧药含进嘴里，接过贺莹递过来的水送服下去。干燥的嘴唇被水润了润，却仍是没什么血色，他神情也是恹恹的，看着没什么精神的样子。

贺莹看着他："你怎么样？还有没有哪里不舒服？"

裴邵抬眼看她，看到她正一脸担忧地看着他，眼里是明晃晃的关心。他眸光微晃："还好。"话音刚落，却皱起眉来，扭头咳嗽起来。

贺莹连忙挨过去给他抚背顺气，一下接着一下。

裴邵的后背有些发僵，剧烈的咳嗽中，却忍不住看了她好几眼，只看到她微皱着眉，像是跟着他一起难受的表情。他咳得厉害，可心里却莫名其妙地发软。

咳了好一会儿，他才缓过来，一张脸都咳红了，可因为脸上的底色是苍白的，反而更显得病态。

贺莹又连忙倒了一杯温水。她照顾病人照顾惯了，下意识直接把水杯送到他嘴边喂他："喝口水吧。"

裴邵的薄唇无意识地微抿了抿，看了她一眼，却见她满脸都是殷切的关心，丝毫没觉得自己做得有什么不对。他垂下眸，微微低头，唇轻轻挨上杯沿，被她照顾着，缓缓咽下半杯水。

贺莹喂完水又关切地问道："怎么样？舒服一点了吗？"

裴邵点了点头，却仿佛怕自己的回应太冷淡似的，顿了一下，又张口："嗯。"

贺莹又柔声细语地说："吃了药就好好睡一觉吧，睡醒应该就没事了。"

裴邵："好。"

贺莹照顾他重新躺下，又帮他把被子盖好，然后去了趟洗手间，用凉水浸过的毛巾帮他擦了擦脸，顺便带过他被汗液濡湿的后颈，动作温柔又利落。

裴邵只觉得脸上、脖子上都是一阵冰凉清爽，人都轻快了几分。

"谢谢。"

贺莹只是抿唇笑了一下："睡吧。"

裴邵却没有立刻闭上眼睡去，视线紧紧追随着她的背影。直到在药物的作用下困意席卷而来，他才终于睡去。

这一觉裴邵原本睡得并不十分安稳，贺莹每一次摸他的额头，他都在半梦半醒间感觉到了。

她似乎不放心，每隔一会儿都要过来摸一摸他的额头。每次她温热的掌心贴在他的额头上，他迷迷糊糊中都会有种从未感受过的安心的感觉。他潜意识里想要留住这种感觉，所以他无意识中，就这么抓住了贺莹的手，然后像是攥住自己最宝贵的东西那样紧紧攥在手里。

贺莹被突然抓住，吓了一跳，低头一看却发现裴邵并没有醒，似乎抓住她的手只是无意识的行为。

贺莹下意识往外抽了抽手，却被攥得更紧。她有些怔怔地看着自己被裴邵抓住紧攥的手，忽然就意识到昨晚发生什么了。

裴邵醒来的时候，天色已经暗下去，病房里的光线也随着天色昏暗下去，他意识逐渐清醒，只觉得很安静，安静到好像全世界就只剩下他一个人。

这种感觉他并不觉得陌生，即便有时候身处热闹的环境，他依旧会产生全世界只有他自己的错觉。忽然，他察觉到什么，怔愣着，缓缓垂眸。

他的床边，贺莹正趴在床沿上，歪着脑袋枕在自己的右手手臂上睡得正香，而她的左手，正被他紧紧握在手中。

裴邵怔怔地看着她。贺莹的侧脸枕在手臂上，被挤压变形，嘴角还有一点可疑的、反着光的水渍，睡相实在称不上美好。

可不知道为什么，他却移不开视线。胸腔里那颗要死不活的心脏仿佛受到了什么刺激，一下又一下，沉而有力地跃动起来。

贺莹睡一觉起来，不知道什么时候被裴邵松开的那只手是麻的，被她当枕头的另一条手臂也是麻的，最要命的还是脖子，动一下都疼得忍不住叫出声。

偏偏她两只手都处在一个麻痹状态，没办法给自己的脖子揉两下，只能含着眼泪，小心翼翼地活动脖子，牵扯到痛处，又是一阵龇牙咧嘴。还没法说自己为什么会趴在裴邵的床上睡着了。

裴邵似乎有些看不过去，叫她过去。

贺莹含着眼泪过来，眼巴巴地看着他，不知道他要干什么。

裴邵睡一觉醒来，烧退了，只是看着脸色还是不大好，眼神都没平时那么冷冰冰的了。他问："脖子疼？"

贺莹刚想点头，谁知道只是低了一点角度，又疼出了泪花。

裴邵看她这样，没说什么，只是起身去了洗手间，留下一脸莫名其妙的贺莹。半晌，他手里捧着一块叠好的腾着热气的毛巾出来，又叫她过来。

贺莹处在一个受宠若惊的状态，直到滚热的毛巾柔柔地敷到自己的脖子上，她还有点反应不过来，下意识要躲。

"烫？"裴邵问。

"没……"贺莹气息有点微弱，眼神里的震惊和疑惑不加掩饰。

"那就别动。"低沉又带着几分喑哑磁性的声音就在她的头顶，语气

并不严厉。

贺莹僵了僵,不敢动了。虽然热毛巾压在她酸痛的脖子上怪舒服的,但她心里却还是有些战战兢兢的疑惑。

敷了一会儿,贺莹感觉到毛巾的温度慢慢变凉了。裴邵拿开了毛巾,她以为结束了,刚准备道谢,却听到裴邵说:"先别动。"

余光只瞥到他把毛巾里温度更高的那一层翻出来,又叠成一块压回她的脖子上。

最后毛巾拿开的时候,贺莹后颈处雪白细嫩的皮肤被热毛巾氤氲开一片红色,颜色很惹眼。裴邵的目光扫过那处的时候凝了一瞬,随即像是被烫到似的,飞快转开了视线。

裴邵住院的第一天还算清静。可到了第二天,病房就几乎被裴邵当成了办公室,桌上摆着他的笔记本电脑,张秘书送来一沓文件都摆放在手边,他甚至还在病房开了个视频会议。

贺莹看着他开会时的冷酷神态,忽然发觉自己以前似乎一直误解裴邵了,原来裴邵对她的态度,居然都能称得上是"和颜悦色"了。反正她看着裴邵盯着电脑时的神态,都有点替屏幕那头跟他视频的下属捏一把冷汗。

贺莹看他开完会嘴唇的颜色都淡了,想到玲姨的叮嘱,于是盯着他吃完午饭后没让他去碰那些还没看完的文件,拉着他去楼下的花园散步透气,散步回来后又要求他至少睡半个小时。

贺莹提这些要求的时候都很注意语气态度,带着点小心翼翼的试探。但令她没想到的是,裴邵居然意外地很配合,不让他看文件他就不看,让他下楼散步他就下楼散步,让他睡觉他就睡觉,简直太听话了。

贺莹看着安安静静上床睡觉的裴邵,生出了一种极度不真实的感觉,又心想,大概是因为生病吧。

裴邵住院这两天除了顾宴、褚方以及那位周小姐外,裴墨也过来看望了一回。他和裴邵的关系向来疏远,只坐了坐说了几句话就走了,除此,来得最多的就是张秘书,再没有别的人过来探望。

贺莹和裴邵单独相处的时候因为闲得无聊,所以总会忍不住观察裴邵。

裴邵话很少,大部分时候极度安静。平时只觉得他高贵傲慢,永远高高在上俯视一切,这一生病,却像是从高高在上的云丛中跌落下来,散发出一种孤独冷寂、疏离又脆弱的气息。

贺莹被这种气息扰乱,总也忍不住主动找话头和他说话,好像看到一个陷在泥沼中的人，她就忍不住想要伸手拉一把。

虽然贺莹认为这大概只是她的错觉，毕竟她才是那个真正生活在泥沼中的人。但总归对他好一点是没有坏处的。

裴邵对她偶尔的没话找话，居然也没有不耐烦，每次都有回应。只是他实在太不擅长"聊天"，总会一句话就把天聊死，时不时冷场。贺莹刚开始还会费力圆场，次数多了，居然开始习惯和裴邵聊这种时不时冷场的天。

出院前一晚，贺莹洗漱完从洗手间出来，却发现在她之前就洗漱完的裴邵没有躺下睡觉，而是又坐回了窗边的餐桌对着电脑埋头工作。

贺莹不禁由衷地对裴邵生出了几分钦佩之情来。钦佩之余，连对他这样含着金汤匙出生的有钱人的嫉妒之心都淡了不少。看到像他这样的有钱人都在那么拼命地工作，她心里舒服多了。

虽然很乐意看到他辛苦工作的样子，但贺莹还是很尽责地做好自己护工的工作，像个老妈子一样过去劝他别工作了，早点上床休息。

裴邵说"好"，却没有从电脑前离开。

贺莹也没再催促，不过裴邵都没睡，她这个护工当然也不好意思先睡，于是就在他身后的沙发上坐着，一边等他一边静音点开了张玉贤发过来的他对战国外选手的围棋比赛视频。

这场比赛是今天上午进行的，下了三个半小时，对手是和张玉贤同段位的外国选手。这场比赛张玉贤赢了，但也赢得不轻松。

贺莹下午趁裴邵工作的时候已经看了一个多小时，现在接着看。

围棋比赛的会场墙上贴着裴氏集团旗下某款功能饮料的广告。这么多年，裴氏集团一直是各大围棋赛事的赞助商。

围棋一直比较小众，围棋赛事关注的人也不多，赞助一直是个难题，幸好是抱上了裴氏集团这条大腿，这么多年一直有各种形式的赞助。

贺莹那时候年轻气盛，不理解为什么棋院的领导要对裴邵那么毕恭毕敬，现在却完全明白了。必须拿到赞助，选手们的待遇才能变高，才能够吸引到更多的家长让孩子来学围棋，也能挖掘和培养出更多好的选手，促成一个良性循环。

不过近年来张玉贤的崛起，也为围棋的推广做出了很大的贡献。

张玉贤现在是国内顶级的围棋选手，在这个年纪就已经在国际上的排名杀进了前三，没得第一只是因为参加的比赛还不够多，积分不够，拿第一只是时间问题。这样的实力的确值得瞩目。

他此前也受到了一些关注，但真正出圈，一度让围棋成为热门话题的，

给围棋赛事增加了很大热度的，还是因为张玉贤的颜值。

去年他和国外选手比赛最终夺冠的视频被网友截图后上传到微博，然后这组照片被疯传，原因只是因为长得好看，尤其是他身上那种冷静沉着又淡然的气质很独特。一时间，各家媒体争相采访，对他的职业生涯进行深度挖掘，做了很多后续报道，霸占了很长一段时间的网络热搜。

之后他的一场比赛直播，在线观看人次居然达到了惊人的数千万，可以说得上是一夜爆红。

之前瞧不上围棋的各大品牌赞助商也都争相找上门来。张玉贤的身价也一下子水涨船高。

贺莹看视频，因为已经提前知道结果，所以并不为张玉贤悬心，倒是饶有兴致地欣赏了一番他被大肆称赞的美貌。

论长相，张玉贤并不是那种让人惊艳的大帅哥，但他身形清瘦高挑、皮肤白皙，五官周正斯文，再加上下棋时那种沉着冷静的气场，很有种清冷淡然、脱俗出尘的气质，的确很吸引人。

要不是这么多年贺莹一直在关注着他，否则她是无论如何都没办法把视频里这个沉着淡然已经完全是大师风范的张玉贤和小时候那个成天跟在她屁股后面叫嚣着要灭了这个、灭了那个的瘦黑猴联系在一起的。

贺莹短暂地沉迷了一下张玉贤的"美貌"，就继续关注棋局了。

裴邵忙完工作已经是一个小时后了，他下意识往陪护床望去，却发现上面并没有贺莹的身影，洗手间的灯也是暗的。病房里的格局一目了然，他视线扫一圈后没有发现，于是转过头，不禁微怔了怔。

贺莹果然就窝在他身后的沙发上，已经睡着了。沙发并不大，她蜷缩着手脚侧躺着，缩成小小的柔软的一团，睡裤的裤脚蹭了上去，露出一截莹白纤细的小腿，一头乌黑微卷的长发散着，右手虚握着的手机还在静音播放着视频，像是等他等到睡着了。

裴邵没有立刻叫醒她，而是转动转椅面向她，然后就这么看着她，眼神里有些许的迷茫和困惑。沉默半晌，他忽然俯下身，像是要确认她是不是真实存在似的，伸出手，用指背轻轻碰了碰她的脸。

贺莹睡得并不沉，隐约察觉到脸上有微凉的触感，迷迷糊糊地睁开眼，就看到一只快速缩回的手。

她有些迷茫地看着坐在自己面前的裴邵，有点没反应过来，愣了两秒才用手肘撑起身子，呆呆地问他："你工作完了吗？"

裴邵的眼神有一瞬间的慌乱，但只是一瞬间就恢复了平静，缩回的手指微微蜷缩了一下,不动声色地坐直身体,语气有些微妙的不自然:"嗯,你去床上睡吧。"

贺莹下意识地问了句:"那你呢?"

裴邵眸光微动:"我也睡。"

"那快上床吧,医生都说了让你多休息的,又熬夜……你都已经那么有钱了,干吗还那么拼命啊?我要是你,就每天躺在钱堆里睡觉,赚那么多钱,要是身体搞坏了,没享受到岂不是很亏……"贺莹嘴里念念叨叨地抱怨着,顺手关掉还在播放的比赛视频,从沙发上爬起来。

她穿着长袖长裤的棉质睡衣,顶着一头睡乱的长发,嘴里絮絮叨叨真情实意地抱怨着,眉头还微微皱着。

裴邵似乎是怔住了,目不转睛地盯着她看,看她乱糟糟的头发,看她小声抱怨时脸上皱着眉又略带不满的神态,一切都没有经过矫饰,自然又生动,像是笼罩在一团暖融融的光晕里,吸引人去靠近她,汲取她的温暖。

贺莹的声音在裴邵的注视中渐渐越来越小,她后知后觉自己似乎挑错了说话的对象。

她轻轻咳了两声,一脸诚挚地说:"我主要是担心你的身体。"

裴邵的眸光晃了一秒,忽然避开她的眼睛,把转椅转回了面向桌子的方向,背对着她。

贺莹心里顿时"咯噔"一下,心想他不会又要误会自己对他有什么企图吧?又忙补上一句:"这些都是玲姨交代的。"

裴邵的脸色骤然冷下来,薄唇紧抿,胸口席卷上一股毫无由来的恼怒和厌烦。他垂下眼睫,面无表情地合上电脑,语气平静却又冷淡至极:"你可以去睡了。"

听在贺莹耳朵里,这句话翻译过来就两个字——闭嘴。果然是嫌她话多了。贺莹低声说了个"好",就再不说一句话,连上床的动作都小心地放轻了。

裴邵察觉到了她的小心翼翼,胸腔里厌烦的情绪却越发强烈,连上床的动作都比平时大,仿佛是想要刻意弄出让人无法忽视的声响出来。

然而陪护床上的贺莹依旧悄无声息,闭着眼装睡,猜想着大概是工作上出了什么问题,所以他才心情欠佳。

熄了灯,病房里漆黑安静。

裴邵躺下来闭上眼,许久过去,却毫无睡意,胸口像是梗了团什么,有些窒闷。半响,他睁开眼,转头往陪护床望去。

床上的人整个蒙在被子里，一点声音都没有，看起来像是已经睡着了，如果不是被子边缘处没有盖严实的地方隐约泄露出来的光线的话。

裴邵喉结动了动，终于还是忍不住开口："你睡了吗？"

被子抖了一下，然后那一线光亮骤然熄灭。病房里一片沉寂。

裴邵沉默地盯着那一线光亮消失的地方，薄唇缓缓抿成了一条直线，胸口的窒闷感越发强烈。

突然，陪护床上的被子掀开，贺莹从被子里探出头来，小声问他："还没呢，你睡不着吗？"

裴邵沉默着，半响，低低应了一声："嗯。"

贺莹原本是因为已经睡了一觉所以暂时睡不着，就蒙在被子里偷摸着看刚刚没看完的比赛视频。听到裴邵的声音的时候，她吓得差点从被窝里弹起来，下意识按灭了手机，打算装睡。但很快她就反应过来了，裴邵的语气听起来像是睡不着想找人说说话的样子。

"怎么睡不着？是工作出什么问题了吗？"贺莹小声问道。她能够想象出来的可以给裴邵的人生造成困扰的大概就是他的工作了。

裴邵沉默了两秒才回答："不是。"

他从不会因为工作的原因失眠。他喜欢工作，因为工作的忙碌感能让他感觉到充实。他每天睁开眼的唯一动力就是还有工作等着他去做。

贺莹又问："你有哪里不舒服吗？"

"没有。"

贺莹有点没话说了，但还是用关心的语气问："那为什么睡不着啊？"

裴邵沉默。就当贺莹以为他不会回答了的时候，他突然开口了："因为你。"

贺莹心跳骤停，恍惚觉得是不是自己听错了，几乎控制不住自己茫然又讶异的腔调："啊？"

裴邵再一次沉默了。

贺莹也不敢再追问，脑子里正在进行头脑风暴。

病房里诡异地安静了近几分钟，谁也没说话。

半响，还是裴邵开了口："你为什么要放弃下棋？"

话题成功转移，但是转移到了一个贺莹并不想谈论的话题，这回换她沉默了。

等到她张嘴准备说出以前回答过无数次的答案时，裴邵打断了她："我想听真话。"

贺莹又把已经酝酿到喉咙口的话咽了回去,再一次沉默下来。她已经早就习惯了在别人问出"你为什么不继续下棋"的时候回答出那个标准答案了。

她换了个姿势,不再朝向裴邵的方向,而是仰面躺着,看着天花板,好一会儿才说出了那个从来没有说出口过的回答,带着点刻意的轻松和自嘲的语气:"为了跟我妈作对。"

说出这句话的时候,贺莹的胸口处瞬间被似乎压抑了许久的酸涩难言的情绪胀满,却同时感受到了一种难以形容的轻快和释然。复杂又浓烈的情绪交织在一起,居然让她有一种想要落泪的冲动。

她其实一直不肯承认,她一直都在为当初那个选择后悔,甚至有些怨恨当初那个幼稚叛逆、自以为很了不起的自己。可她一直都不愿意承认,就为了争那一口气,争那一口说过自己以后绝不会后悔的气。可实际上,嘴上说的不后悔,只是在自欺欺人。

她当然后悔。所以每一次看张玉贤的比赛,看到他在各种赛事中赢得胜利,她都羡慕,甚至嫉妒。甚至有一段时间那种嫉妒已经强烈到影响她的情绪,以至于她只能刻意不去关注任何有关围棋的新闻,来慢慢消化这种负面情绪。

她明明有机会可以成为比张玉贤更厉害的围棋选手,可以像张玉贤一样,赢得鲜花和掌声,还有荣誉。她本可以不为钱发愁的。这一切是被她自己亲手毁掉的。

她不愿意承认自己后悔当初的选择,也只是因为她不想承认自己现在艰难困苦的人生都是因为她一手造成的。她把自己承受的一切都归结于父母的不公平和贺康的拖累,因为这会让她好受一点。

贺莹说出那句话之后,忽然有一种如释重负的感觉,得到了一种久违的轻松和平静。她平躺着,很平静地看着面前一片漆黑的虚空,声音很轻,不像是在对裴邵说,更像是在说给自己听:"其实我那时候可能只是希望妈妈能够哄哄我,或者骂我一顿也好,至少证明她是在意我的。可她忙着照顾我生病的哥哥,连骂我一顿的时间都没有,她只是让我自己做选择,以后不要后悔。"

贺莹的声音轻得几近喃喃:"可她难道不知道吗?如果我放弃围棋,是一定会后悔的。她明明知道,却不阻止我,是因为她原本就更希望我成为一个普通人,接受她给我安排的命运。"那个从一出生,就被无数次告知提醒的命运——她的存在,就是给贺康上的一道保险。

裴邵静静地听着，心口处有陌生的闷痛感。他想起很久之前在棋院门口看到的那一幕，贺莹的妈妈在哄着一个男孩，而贺莹就在不远处冷漠地看着，像个外人。

贺莹轻叹着："可我那时候实在太蠢了，幼稚又很自以为是，以为自己有多了不起，就算不下围棋也能活。"她轻嘲，"不过我想得没错，不下围棋的确能活，只是活得没那么容易。"

"我经常看张玉贤比赛，他的每一场比赛我几乎都看了。"贺莹忽然轻轻笑了一下，"他输了，我不高兴；他赢了，我更不高兴。"

裴邵听得很认真，听到这里，怔了一下，随即也跟着她的笑声轻轻地弯了一下嘴角。

"我嫉妒他。"贺莹终于能够坦诚地把自己对张玉贤的复杂情绪说出口，这些一直被她认为难以启齿的阴暗情绪，就这么自然而然地从她嘴里说了出来，而且居然是说给裴邵听，这真是匪夷所思。但她就是说了，就像是笃定裴邵能够理解她这种心情似的。

"但不只是因为下棋。我在棋院的时候就开始嫉妒他了。他家里就他一个孩子，每次来棋院，都是他爷爷送他来，他还总跟我抱怨他爸爸妈妈工作忙，没有时间陪他，总是拿钱打发他，可他过生日的时候，他爸爸妈妈会专门请假给他庆祝生日。"贺莹笑了笑，"我长这么大，都没有单独过过自己的生日，每次都是提前跟哥哥一起过。

"所以我总是看他不爽，下棋的时候也会故意欺负他，他都不知道。"

贺莹忍不住笑了。

裴邵认真地听着，听到她笑，胸口的闷痛感反而越发强烈。他忽然想起，自己一开始讨厌褚方的原因了——是因为嫉妒。嫉妒褚方总是在班里炫耀他妈妈又给他买了什么东西，嫉妒他总是抱怨他妈妈太黏人，去哪儿都要他陪着。

后来他们是怎么成为朋友的，裴邵都不记得了，也几乎不记得，自己一开始，是很讨厌褚方的。

贺莹忽然转过头来，望向他，笑着说："我也嫉妒过你的。"

裴邵看着她，怔了怔。

贺莹说："你第一次来棋院的时候，好多人围着你，所有人都把你当成宝贝一样捧着，就连我们棋院平时最严厉的领导，也对你特别和蔼。平时在棋院，我才是最受重视的那一个，你一来，就把我的地位给动摇了，所以我就看你特别不顺眼。"

裴邵沉默，贺莹那时候对他的态度，的确称不上友善。他一开始并不明白为什么，因为他在棋院看到的贺莹张扬又耀眼，闪闪发光，吸引着所有人的目光。但她并不傲慢，总是笑眯眯的，对棋院里的清洁工都很有礼貌，离开棋院的时候还会帮忙把凳子摆正。可不知道为什么，她似乎很讨厌他。

第二次去棋院找她下棋，他特地给所有人准备了礼物，那几乎算得上是他人生中第一次主动向人"示好"。但她看起来更讨厌他了，一口一个"少爷"地叫他。

他从没有想过，贺莹的讨厌居然会是这样的原因。

贺莹说到这里，深沉地叹了口气："早知道我有一天会来你家打工，我那时候一定跟你搞好关系。"

裴邵的嘴角不自觉又弯了起来，又很快压平："晚了。"

贺莹也不禁抿唇笑了。

"话说……"陪护床比病床要低一些，贺莹的脑袋从枕头上抬起来，看向病床上的裴邵，试探着说出自己的猜测，"你是不是一开始就认出我了？"

裴邵："嗯。"在葬礼上他就认出来了。

"我就知道。"贺莹又躺回去，小声嘀咕。所以裴邵一开始对她那种态度，并不只是因为她和赵家的纠纷。

短暂的沉默后，裴邵忽然问："你有没有想过重新下棋？"

贺莹自嘲地笑了笑："我现在连你都下不过了，还怎么比赛？"

话刚出口，她就意识到自己说错话了，忙补救道："我没有说你不厉害的意思，你很厉害，但如果要成为专业选手，我现在这样的水平已经不能够在比赛里拿到很好的名次了。"

拿不到好的名次就意味着拿不到奖金，只靠选手那一点工资，是不够用的。

裴邵显然并不在意她的"冒犯"，平静地建议："重新下棋不代表只能当选手，你可以去当教练。"

"我上次参加比赛还是青少年全国赛，什么地方会要我这样的教练？"贺莹顿了顿，有些无奈地说，"就算有地方肯要我，工资也不会很高，我需要钱。"

裴邵沉默了。他知道她为什么需要钱。褚方说过，她有个孩子。

气氛一时冷淡。

贺莹听他没有再回应自己的话，也不再说话，心想大概裴邵很难理解

她为什么会那么缺钱。她也不准备解释了,今晚她已经说了太多不该说的话。不过她并不觉得懊恼,反而内心有种难以形容的平静。她忽然有了些困意,闭上了眼睛。

即将睡着的时候,恍惚间,她仿佛听到裴邵问了一句:"那孩子的父亲呢?"

什么孩子的父亲?贺莹脑子里模糊的念头一闪而过,但她实在是太困了,意识很快模糊不清,沉沉睡去。

贺莹一觉睡醒的时候,隐约听到了那种经常听到的短视频配乐,还有闷笑声。她还以为是裴邵在偷偷看短视频,有些震惊地睁开眼看过去,没看到裴邵,却看到裴邵的司机小王正坐在病床上拿着手机笑得双肩发抖。

贺莹愣了愣,开口问:"你老板呢?"

小王吓了一跳,忙按灭了手机,有点不好意思:"是不是我把你给吵醒了?老板公司有急事,先回公司了,让我等你睡醒后送你回去。"

贺莹有点没反应过来:"那他不回来了?"

小王说:"对啊,出院了。"

病房里的窗帘紧紧拉着,光线很暗,看着像是还没天亮。贺莹拿起手机看了一眼,却发现已经十点多了。缓过神来,她去洗手间洗漱换好衣服。

小王拎了个袋子给她:"老板让我给你带的,还温着呢,吃完再走吧。"

贺莹愣了愣,然后拿去窗台边的餐桌吃。

小王也不看手机了,跑过来坐她对面。他平时在裴邵面前不敢多说话,但私底下话很多,还很爱说八卦。这会儿看着贺莹,他眼睛里就透出一股强烈的求知欲来。

"哎,我老板为什么对你那么好啊?"

贺莹正夹个虾饺塞嘴里,闻言差点噎住。

她吞下饺子,才眼皮一掀,反问:"你老板哪对我好了?就因为他让你给我带了份早餐?我在这儿照顾了他两天呢,就让你带份早饭就叫对我好了?"

小王一脸"你真是身在福中不知福"的表情:"你照顾老板那不是应该的吗?又不是不给你工资。早上我跟张秘书来接老板的时候,老板还特地叫张秘书别叫醒你,让你睡,还专门让我过来医院等你醒了送你回去,又让我给你带早餐。这还不叫对你好啊?我给老板开几年车了,就从来没见他关心过别人……"

241

贺莹知道小王一直挺八卦的,平时送裴邵回来,遇见周阿姨,两人都能聊半天,听他说话,她也是左耳朵进右耳朵出,专心吃早饭。却突然听他语出惊人——

"你说,我们老板会不会是喜欢你啊?"

贺莹被他一句话说得汗毛都竖起来了,头一抬,表情管理都崩了,一脸"你是不是有什么毛病"的表情。她张嘴,欲言又止,然后苦口婆心地说:"小王,你少看点偶像剧吧。"

小王不满地说:"哎,我可比你还大两岁呢,好歹也叫我一声'王哥'吧。"他越说越起劲,甚至还往前蹭了蹭,"我跟你说,小贺,你别自卑。你虽然家世什么的跟我们老板当然那是没法比,但单看自身条件,你也不差啊,对吧?你看看你,长得又漂亮,性格又好,又温柔,哎,你还别说,有时候我看你跟我们老板站一起的时候,还真挺配的。

"我可还听说了啊,你小时候就跟我们老板认识了,这不就是青梅竹马吗?还有,老板对你还真是不一样,你想啊,要不然老板什么护工找不到啊,非得让你来医院照顾他?真的,我说真的,你要是哪天成了我老板娘,你记得我今天说的话,别忘了到时候帮我涨涨工资。"

贺莹一脸一言难尽的表情看他,也懒得跟他解释她跟裴邵压根跟"青梅竹马"四个字沾不上边,还有裴邵让她来医院纯粹就是为了防着她搞他弟弟。她敷衍道:"行,借你吉言,哪天我成了你老板娘,一定给你狠狠地涨工资。"

小王就跟真涨了工资一样,看着贺莹,呵呵傻乐起来。

车缓缓停下,贺莹解开安全带就要开门下车,小王连忙制止,咧着嘴:"别别别,老板娘你坐着别动,让我给你开车门。"

贺莹对小王很无语,自己开门下车了。

小王又狗腿地上来要给她拎行李包:"来来来,我来拎,怎么能让老板娘自己拎东西。"

贺莹见他不分场合乱开玩笑,皱了皱眉,避开他来给自己拎包的手,表情严肃起来:"在这里别乱开玩笑,被别人听到会误会的。"

小王没当回事,辩解道:"我知道,这不是没人嘛。"

贺莹神情有点冷:"没人也不能开,万一被人听到,你这就是害我了。"

小王平时见惯了贺莹笑盈盈的温柔样子,这会儿看她毫无笑意冷冰冰的一张脸,居然有了种见到裴邵的感觉,莫名有点发怵,这才收起了嬉皮

笑脸，点头答应。

贺莹神情又柔和下来："好了，谢谢你送我回来，我先进去了，你回公司吧。"

小王站在原地看着贺莹转身进去了，忍不住挠了挠头，他怎么觉得贺莹现在就有老板娘的气场了？

贺莹回来得突然。玲姨也是才知道裴邵出院了，又皱着眉头抱怨了一通，但又像是已经习惯了。

顾宴正准备下午去医院，没想到贺莹突然回来了，而且知道裴邵已经出院贺莹不用再去医院了，他的高兴劲儿根本藏不住，嘴角一直翘着，连贺莹回房间放行李，他都要自己推着轮椅跟着。

这还是他第一次来贺莹的房间。顾宴皱着眉有点不满："你的房间怎么这么小？"

他坐在轮椅上，尤其不方便。

贺莹把行李袋放地上，拉开拉链，从里面拿出衣物放到床上，随口回应顾宴的话："已经很大了。"

她就职的公司走的是高端路线，基本上接的雇主都是家境不错的，家里会准备保姆房。寸土寸金的房价，空间大多狭小，除了一张床，有些还会放上一些雇主家自己用的杂物做收纳用。对比之下，裴家准备的保姆房条件简直不要太好。

自然，顾宴嫌弃也是当然的，他连衣帽间都比这间屋子大。

但嫌弃只是一时的，顾宴更多的是好奇。这还是他第一次来女孩子的房间，最重要的是，这是贺莹的房间。不过，跟他想象中年轻女孩子的房间完全不同，贺莹的房间除了整洁，还是整洁。

贺莹的私人物品很少，放眼望去，房间里几乎没有能看出她个人特质的小物件，就连梳妆台上都干干净净，什么也没放。她习惯把擦脸的东西放在洗漱台，洗完脸就顺便抹了，衣柜里的衣服也挂得稀稀拉拉，拨来拨去，总是那几件基本款，耐穿，不过时。

顾宴明显有些失望："你这房间怎么一点都不像女孩子的房间啊？"

贺莹正把床上的衣物抱起来准备塞进衣柜，闻言也扭头扫了一眼自己的房间，没觉得有什么不对的，于是略有些好奇地看着顾宴，反问道："女孩子的房间应该是怎么样的？"

顾宴刚要说话，目光不期然落在她怀里抱着的那一捧衣物上，眼神忽然呆滞了一下，紧接着，脸一红，眼神仓皇地避开，推着轮椅和她错开，有些慌乱地说："我怎么知道。"

贺莹好笑地说："那你怎么说我的房间不像女孩子的房间。"说着拉开衣柜的门，把手里叠好的衣物都放进去，放在最上面的，是一件款式简单的白色内衣。

顾宴不说话了，背着贺莹偷偷摸了摸自己发烫的脸。

不知道是不是贺莹的错觉，总觉得她回来以后，顾宴变得格外黏人。贺莹刚起身，正在画画的顾宴就警觉地扭过头来盯着她："你去哪儿？"

贺莹说："去给你拿点水果上来。"

顾宴"哦"了一声："那我跟你一起下去，正好休息一下。"说着就放下画笔要跟她一起走。

贺莹倒是不介意顾宴黏她，这证明他更依赖她了。

到了楼下，顾宴还想跟着进厨房，被贺莹制止了，让他在大厅看会儿电视，又帮他把电视打开，找到上次他看了一小半没看完的海洋纪录片，才去厨房。

周阿姨正坐在厨房的小凳子上拿着手机看视频，灶台上开着小火炖着什么，见她进来，就要起身："顾宴要吃什么？"

贺莹笑着说："就给他切点水果。阿姨您坐着就好，我来弄。"

周阿姨也不跟她客气，又坐下了。

贺莹从冰箱里拿了水果，路过灶台的时候随口问了一句："这炖的什么呀？"

周阿姨说："哦，是给裴墨煮的粥。他感冒了没去学校，一天没吃东西了，说没胃口。我就给他煮点粥热着，等他饿了的时候吃。"

贺莹侧目："他感冒了？严重吗？"

周阿姨随口说道："早上给他测了体温，也没发烧，就是想睡，应该没事。"

贺莹点了点头，没说什么，只是多切了一盘水果。

"阿姨，我多切了一点水果，可以麻烦您等一下帮我送上去给裴墨吗？"

周阿姨愣了一下，然后笑着说："行。"

贺莹笑着道了谢就端着给顾宴的那盘水果出去了。

晚饭，裴邵没回来吃，裴墨也没下楼吃饭。贺莹问了周阿姨，裴墨一整天没下楼，厨房里的粥也一直炖着，他没下来吃。

贺莹陪着顾宴吃完晚饭，又陪着他去花园里逛了一圈，还被他缠着下了盘棋，结果下棋的时候他就困了，哈欠一个接着一个。

贺莹这两天不在家，他都没睡好。但他不想那么早就睡，强撑着说自己不困，但还是被贺莹哄上了床。

贺莹关了灯，坐在床边上陪他说话。

顾宴不知不觉就挪到了她的边上，几乎要靠着她。闻到她身上淡淡的桂花香，他就莫名充盈着一种安心的感觉。

"你明天早一点上来。"他闭着眼睛，已经很困了，意识都开始模糊了，还不忘交代她。

贺莹低头："怎么了？"

顾宴又往她边上蹭了蹭，意识模糊的时候，防备心也降到了最低，嘟囔着说："想一醒来就看到你。"

贺莹怔了一下，随即嘴角浮起笑意，轻声回应道："好。"

顾宴像是听到了，嘴角带着甜蜜的笑，蜷缩在她身边安心地沉沉睡去。

贺莹一直等顾宴睡熟才离开。她能够感觉到她离开两天，顾宴对她的依赖更深了，这当然是她喜闻乐见的事。但她不确定的是，顾宴对她的依赖里到底掺杂了几分喜欢。

目前看来，形势还是一片大好的。

最重要的是，住院这两天，裴邵对她的态度似乎已经有所转变。只要搞定了裴邵，她想要嫁给顾宴的阻力就会小很多。

贺莹进到电梯里，要按楼层的时候，忽然想起裴墨来，犹豫了一下，还是按了三楼。她来到裴墨房间外，敲了敲门，里面没有声音。

她试探着按下门把手，门开了。她推门进去，进到里间卧室。

房间里一片漆黑，也没有声音。借着门外倾泻进来的光线，贺莹看到床上有隐约隆起的形状，裴墨似乎还在睡。

她走过去，看到床头柜上摆放着她下午切的水果，还有一杯水。无论是水果还是水，看起来都没有被他动过。

床很大，裴墨却只蜷缩在床沿边，兀自沉睡着。

贺莹弯下腰去，听到他粗重的呼吸声。她用手掌心贴上他的额头，温度并不算高，却摸到了一脑门的冷汗。她收回手，却忽然被一把攥住。

裴墨倏地惊醒过来，睁开了眼睛，漆黑的眼珠没有焦距。

贺莹柔声轻唤："裴墨，是我。"

裴墨怔怔地叫了她一声："贺莹？"嗓子很哑，听起来很虚弱。

贺莹："嗯，是我。我听周阿姨说你感冒了，上来看看你。"

裴墨还有些迟钝："你回来了？"

"嗯，我回来了。"贺莹先回答他，然后再问他，"你吃东西了吗？"

裴墨微微摇了摇头。

贺莹直接蹲下来，眼睛平视他，温声询问道："还难受吗？饿不饿？要不要起来吃点东西？周阿姨给你煮了粥，我下去端一碗上来给你吃好不好？"

裴墨怔怔地看着她，似乎从未被人如此温柔细致地关心过，一时间有些恍惚，像是做梦。可他手里还攥着她的手，软软的、热热的，如此温暖真实。

他抿了抿唇："我不想吃。"

贺莹很有耐心，接着问："是没胃口还是不想吃粥？"

裴墨："不想吃粥。"

贺莹问："那你有没有什么想吃的？我做给你吃，或者我让司机去给你买。"

裴墨的喉结微微滚动了一下，声音很小："你可以做给我吃吗？我想吃面，要辣的。"

贺莹笑了："当然可以。那你再睡一下，我下去给你做，做好了给你端上来。"

裴墨慢慢松开她的手，抿唇笑了一下："好。"

贺莹没有想到裴邵回来以后会来厨房。

刚好水开，她抓着一把面条准备下，听到脚步声还以为是裴墨下楼了，一扭头，就看到西装革履的裴邵站在门口，看起来是刚从公司回来。

裴邵的目光扫了一眼她手里抓着的面条，又回到她的脸上："你没吃晚饭？"

贺莹老实交代："裴墨感冒了，一天没吃东西，说想吃点面，我就帮他煮一点。你吃吗？我多煮一点？"

最后那句话，纯粹是出于礼貌。但没想到，裴邵居然点了点头，说："可以。"

贺莹也愣住了，没想到裴邵居然真要吃，连忙说道："那我等下一起端上去？"

裴邵："好。"

贺莹说："那你先上去休息吧，我等下做好了给你送去房间。"

裴邵："好，我先上去了。辛苦你。"

贺莹简直有点受宠若惊了，转身又往锅里加了一碗水，心想自己在医院那两天真是没白照顾他。

她做了两碗面条，一碗裴墨的加辣，一碗裴邵的清淡不加辣。

冰箱里的高档食材，她忍不住都放了点，差点做成豪华版麻辣烫，但最后尝一下，味道还真不错，她都忍不住多吃了几口，然后端着给三楼的两位少爷送去。

她先去送裴邵的。

敲门，裴邵开门。贺莹端着托盘站在门口，尽量让自己的表情看起来淳朴老实："碗有点烫，我帮你端进去吧？"

裴邵没说什么，只是把门打开，给她让路。

贺莹目不斜视，一眼不敢多看，把托盘放到茶几上，把面端下来，勺子、筷子都放好，然后端起托盘起身："那我去给裴墨送面了。你吃完早点休息，别工作了。"

这话她在医院的时候说顺嘴了，这会儿自然而然就脱口而出了。走的时候她依旧还是目不斜视，走到门口才发现裴邵站在那儿等着她。

裴邵对上她疑问的眼神，很淡定："我跟你一起过去看看裴墨。"

裴墨显然没预料到裴邵会跟贺莹一起过来，从床上坐起来的时候，表情很明显地从开心到震惊再到呆滞："大哥？"

裴邵连关心时的语气都是一如既往的平淡："我听贺莹说你感冒了，过来看看你。好点了吗？"

裴墨受宠若惊，坐在床上仰着脸看着裴邵，异常乖巧温顺："好多了，谢谢大哥。"

裴邵："那就先起来吃点东西吧。"

贺莹已经把面端到茶几上了，招呼裴墨："快过来吃吧。"

裴墨讷讷地看向裴邵："大哥，你要不要一起吃一点？"

"不用，我给他也煮了一碗的。"贺莹说着又转向裴邵，"你快回房间吃面吧，不然面坨了就不好吃了。"

裴邵站在那里没动，问她："你不走？"

贺莹一愣，然后说："我等他吃完吧。"

裴墨也跟着说："我不想一个人吃，让她留下来陪我吧。"

裴邵沉默了一下，目光不轻不重地扫了贺莹一眼，对裴墨说："嗯，你吃完早点休息，如果还觉得不舒服，随时找我。"

裴墨受宠若惊地点点头，和贺莹一起把裴邵送到门口。

裴邵又着重看了贺莹一眼，说："别留太久，不要打扰他休息。"

贺莹被点名，心里虽然觉得裴墨都睡了一天了，她在这儿怎么也打扰不到他，但还是老老实实地点头答应，和裴墨一起送走了这尊大佛。

裴墨从小到大没少生病，但这是第一次得到裴邵这样的关心，把人送走了，还有些反应不过来。人晕着，直到吃下第一口面，热腾腾的，又香又辣又滑溜的面条嗦进嘴里，整个人就好像被这一口面给救活了。

一天都昏昏沉沉没感觉到饿，现在却忽然饿得不行了，他囫囵着吃了几大口，忽然反应过来，抬头看向坐在他对面陪他的贺莹，有些怀疑："这面是不是本来要煮给大哥吃的？再顺便给我也煮了一碗？"

贺莹失笑："谁说的？是我在给你煮面的时候，你大哥正好回来了，他说要吃，我就给他也煮了一碗。"

裴墨嘟囔了一句："这还差不多。"低头继续吃面的时候，嘴角偷偷翘了起来。

他是真的饿了。贺莹煮的一大碗面，他连面带汤都吃完了，吃出了一脑门的热汗，把刘海都沾湿了。但他那张脸实在长得好看，刘海湿湿的，反而有种干净清透的少年感。

他放下碗，嘴巴上裹着一层亮亮的油光，眼睛也湿亮湿亮的："这是我吃过的最好吃的面。"

贺莹笑着说："那是因为你饿一天了。吃饱了吗？"

裴墨点点头："饱了。"

贺莹把碗端回托盘上，说："那你先消化一下，晚一点再洗个热水澡，再睡一觉，明天起来感冒就好了。"

裴墨眼巴巴地看着她："你就要走了？"他提议，"我们下盘棋吧。"

他并不想下棋，就是不想让她那么快走。

"下棋要精力，你现在需要好好休息。"贺莹端着托盘起身，又搬出裴邵那尊大佛，"你忘了，你大哥让我等你吃完面就走，不能打扰你休息。"

"我觉得我都好了。"裴墨跟着她站起来，亦步亦趋地跟着她往外走，"而且我都躺了一天了，好难受的。"

贺莹想了想，然后停下脚步问："那要不要下去走走？"

裴墨小鸡啄米似的点头："要！"又问，"你陪我吗？"

贺莹点点头，说："那你先去洗个热水澡，然后穿件厚点的衣服。我先下去，你好了就叫我。"

裴墨开心地答应了。

贺莹端着碗走了，到了电梯门前犹豫了一下，还是决定明天让家政阿姨去收裴邵房间的碗，她不管了。

她把餐具洗了，就回房间等裴墨的消息。玩了一会儿手机，裴墨就给她发信息说自己下楼了，她也加了件外套，才出门。

路上，她忍不住想，她这一天到晚的，也太忙了点，裴家三兄弟她是一个没落下，不过想想，以后说不定都是一家人，也不计较这些了，也算是提前打好关系了。

想到这里，贺莹的心情还不错。谁知道走到大厅，就看到裴墨身边站着个不该在这里的裴邵，手里还端着那只空面碗。

两个人齐刷刷地看过来。贺莹不由自主地裹紧了外套。

贺莹从来没有想过有一天会在大晚上的跟裴邵和裴墨一起在花园里散步。

她左边是裴邵，右边是裴墨。她个子比他们矮了一大截，被他们两个当夹心饼干似的夹在中间，很有压迫感。

关键是，这两个人都不说话。裴墨平时话也不少，也不知道是不是因为跟裴邵散步紧张，她起了几个话头，他都只干巴巴接了几句，然后就又冷场了。

三个人就这么沉默着在冷淡又诡异的气氛中、在深秋的冷风中，从前花园一路散步到了后花园。

借着一股迎面吹来的寒风，贺莹说："你们冷吗？要不我们回去吧？"

裴墨立刻扭头说："我穿得挺厚的，不冷。"他说着，视线抬高，看向裴邵，关心地问，"大哥，你冷吗？"

他不想那么快回去，毕竟这是他从小到大第一次跟裴邵散步。他从小就一直很崇拜自己这个大哥，而且裴邵也不像顾宴那样对他充满敌意处处针对，裴邵虽然对他冷淡，却不是针对他的冷淡。裴邵平等地对任何人都是一副冷淡态度。所以这并不影响他对裴邵的仰望。

而他今天居然得到了裴邵主动的关心，在他生病的时候来探望他。甚至刚刚在大厅遇见的时候，在他几乎不抱任何希望只是出于礼貌邀请裴邵要不要跟他还有贺莹一起去外面散散步的时候，裴邵居然就这么答应了。连他自己都觉得不可思议。

然而他话音刚落，就被一阵冷风呛住喉咙，引起一阵呛咳。

裴邵发话："裴墨，你先回去吧。"

裴墨止住咳嗽，忙说："我没事，就是被风呛到了。"

他的确不冷，贺莹交代他多穿点，他就翻出了一件冬天穿的加绒棒球服出来，很暖和。

裴邵淡淡地说："你还在生病，回去休息。"话本身并不具有压迫性，可从裴邵嘴里说出来，就有了。

裴墨却从这压迫感中感受到了来自大哥的关心，心里暖了一下，却更不想这在他人生中如此罕见的温情时光结束得那么快了。他抿了抿唇，有些踌躇地看了贺莹一眼，问裴邵："你们不回去吗？"

贺莹刚要说跟他一起回去，裴邵却没有给她机会，对裴墨说："我们再走一会儿，你先回去。"

贺莹没敢发表意见，总不能说"要不我跟裴墨先回去了，你一个人再走走吧"。

裴墨只能一个人委委屈屈地先回去了。

贺莹忍不住小声嘀咕："你自己不也是个病人。"

裴邵转头看向她，眼带疑问。

"没什么，走吧。"贺莹敷衍一笑，往前走去。裴邵微蹙了一下眉，跟了上去。

贺莹本来猜测着裴邵让裴墨先走，可能是有什么话要单独和她说。她想，总不能是让她也和裴墨保持距离吧？毕竟裴墨还是个学生，他总不能怀疑她对裴墨有什么企图。

可一口气走了好几百米，裴邵都没开口。贺莹忍不住试探着问："你没什么要跟我说吗？"

裴邵转过头来，眼神中透露着几丝困惑，反问："我应该要说什么？"

贺莹被他问住了。因为裴邵的反应让她发现，他居然并不是因为想和她说什么才让裴墨先走把她留下的，而是真的只是想散步。和她？

贺莹一脸意料外的表情，让裴邵忽然察觉到了她问那句话的意思。他怔了一瞬，表情也僵住，随即突兀地别过头去，躲闪开贺莹的视线，独自往前走去。

贺莹有点反应不过来，还站在原地。几秒后，却看见他突然停下脚步，在路灯下转身看她，也没说话，就这么看着她。

他本就深邃峻挺的五官在路灯下更显得英俊异常，穿着一件灰咖色的长风衣，气质典雅高贵，和他那张矜贵英俊的脸结合起来，有一种惊为天人的好看。

贺莹有那么一瞬间，被这种惊人的美貌震慑住，情不自禁地屏住了呼吸。

裴邵忽然蹙眉："还不过来？"

贺莹这才清醒，他是在等她，于是在他的注视中，一路小跑上去。

结果，路上的石砖大概是因为雨水太充足，又少有人经过，长了一片青苔，今天傍晚又下了一点雨。贺莹一脚踩上去，顿时脚下一滑，整个人就失去重心往后跌去。

这已经不是她第一次在裴邵面前摔跤了，上一次她踩空台阶直接扑进裴邵怀里，被他扶住了。这次就没那么好运气了，裴邵离她足足有两三米远，想救她也来不及。她就在裴邵面前结结实实摔了个屁墩。

贺莹只觉得尾椎一阵剧痛，手也因为在摔下去的时候下意识撑了一下而疼得不行。

裴邵大步过来蹲在她面前询问她状况的时候，她疼得两眼发黑，却因为这一跤摔得太过丢脸，只能咬着牙摇头，强颜欢笑："没事。"

裴邵抓起她的手看了一眼，看到上面一片挫伤的痕迹，皱起眉，又抬眼看她，她极力忍痛的表情全写在了脸上。他没说什么，小心握住她的手臂，声音低缓温和："能起来吗？"

贺莹怔了一瞬，随即点点头。然而被裴邵扶着准备起身的时候，尾椎被牵扯到而产生的剧痛却让她忍不住疼出声来。她下意识反手抓住了裴邵的手臂，又坐回去，哭中带笑："不行，我先坐一会儿。"

裴邵眉头紧皱，蹲在她身边，罕见地有几分焦灼："哪里疼？"

贺莹疼得表情都扭曲了，缓过来才苦着脸说："尾椎。没事，我坐一会儿就缓过来了。"

裴邵眉头皱得更紧，随即拿出手机拨出一通电话。

十分钟后，小王火急火燎地跑了过来，远远地就看到贺莹坐在长椅上，而自家身份尊贵的老板居然就站在她边上，跟个保镖似的。

就在这时，裴邵转头看过来，无形之中带着一种压迫感的气场。小王顿时浑身一震，赶紧跑上去："老板，车准备好了。"也不敢偷瞄贺莹。

贺莹坐在长椅上没动，显得有些抗拒，仰着脸对裴邵说："我真的没事，睡一觉明天就没事了，我现在都觉得好多了。"

小王也不知道发生了什么，只知道老板让他开车过来，只能给贺莹打眼色，问她发生了什么事。贺莹也不得不抽空回了他一个"晚点再说"的眼神。

两人的互动全落在裴邵眼里。裴邵忽然发现，贺莹似乎有一种能跟所有人都相处好的能力。他都不知道他的司机什么时候和她那么熟了，居然能在他的眼皮子底下互相递眼色。

但不知道为什么，看到小王和贺莹在他眼皮子底下互打眼色，他却有种微妙的不舒服的感觉。裴邵收回视线，看向小王："你去车上等。"

小王莫名感受到一种比平时更强烈的压迫感，愣了愣，下意识看了贺莹一眼，转身又回车上去了。

贺莹："我真的没事……"

裴邵垂着眸看她，面色冷淡："你是在工作时间受伤，我是你的雇主，需要为此负责。"

看出贺莹还想挣扎，裴邵接着补充说："如果你因为耽误治疗导致之后影响工作，我不仅不会为此负责，还会扣除你的一部分工资，包括奖金。"

扣钱。这两个字可以说是击中贺莹的死穴了。她无话可说，只能就范。

到了医院，小王被留在了车上。裴邵亲自陪同贺莹进了医院。

小王看着进医院时自家老板的身影，眼神全在贺莹身上。

贺莹被安排拍了个片，等片子出来的过程，裴邵又让医生检查了她的手腕，检查下来没什么事，开了个按摩的药油，然后安排护士给她处理掌根的挫伤。

裴邵一直寸步不离。

贺莹心里有点怪怪的。她想着，裴邵居然这么负责任。虽然她是因为陪他散步才受的伤，但要小王陪着也就行了，居然还亲自陪同。

她脑子里倒是有那么一瞬间，浮现过小王说的那些玩笑话，但也只是一瞬间，毕竟在她看来，裴邵喜欢她这种事，根本就是异想天开。

帮贺莹处理掌根挫伤的是个年轻的女护士，刚过来的时候，眼睛差点黏在裴邵脸上拔不下来。这会儿趁着裴邵低头看手机的工夫，她一边用棉签清理贺莹伤口处的脏东西，一边一脸艳羡地小声对贺莹说："你男朋友好帅好有气质哦。"

贺莹先是瞄了裴邵一眼，没错，的确很帅很有气质，随即抿唇笑了一下："他不是我男朋友，是我老板。"

"老板？"小护士半信半疑，"那他那么晚陪你来医院啊？"

贺莹张口就来："我老板人帅心善。"

裴邵投来一眼。贺莹向他露出一个"谄媚"的笑容。

最后尾椎的检查结果出来了，没有骨裂，用药油抹几天就没事了。

他们下去的时候，小王在车外抽烟看手机，见他们下来，赶紧按灭了手机装起来，然后把烟拿去垃圾桶灭了，才迎上来问贺莹，关心中多了几

分谄媚:"怎么样?检查没事吧?"

贺莹感觉出来了,瞪了他一眼示意他收敛:"没事。"

小王被她瞪一眼,反而觉得这是他们关系好的证明,想到因为自己的敏锐触觉提前抱对了大腿,心里别说多得意了,嘴角憋不住笑,埋头拉开了后座车门。

裴墨第二天就恢复健康上学去了,贺莹没有,尾椎还是疼,连走路都有点受影响。

"你怎么了?"顾宴盯着她走路的姿势,"不舒服?"

贺莹只能含糊地说:"没事,就是昨晚不小心摔了一跤。"

顾宴皱眉:"摔了?在哪儿摔的?摔到哪儿了?"

贺莹也不好说自己昨晚跟裴邵散步的事,只能敷衍过去:"没事,就不小心摔了一下。"

顾宴:"你走路怎么这么不小心啊。"

顾宴嘴上抱怨着,却记着她受伤了,不像平时那样让她推着自己到处转了。贺莹自己起来走动走动,他都要过问。

下午的时候,玲姨说裴邵晚上要回来吃饭,顾宴就不在房间吃了。

他是很敬爱自己这个哥哥的。之前出了车祸,他谁的话都不愿意听,唯独听得进裴邵说的话。而且自打出车祸以来,他也更加感受到裴邵并非对他这个弟弟毫无感情。所以,兄弟俩的关系反倒是比他出车祸前更好了。

贺莹和顾宴下去的时候,裴邵和裴墨刚好一同从外面进来,同行的还有褚方、褚沉两兄妹。

今天的温度又降了好几度,家里开着中央空调,温度适宜,外面却已经到了可以穿冬装的程度了,早上周阿姨从外面买菜回来的时候都穿上了羽绒服。

裴邵却依旧同往常一样只穿西装,只是里面多了一件西装马甲,更显贵气优雅。和他站在一起的褚方穿了件灰蓝色大衣,身高腿长,依旧是一副玩世不恭的样子。跟在他们身后的裴墨穿着昨晚那件棒球服,背着书包,俨然一副阳光乖巧的弟弟模样。而他旁边的褚沉穿着卫衣搭百褶裙,两条修长漂亮的长腿暴露在冷空气中,似乎一点也不怕冷。

四人站在一起的画面,贺莹看了都目眩了一阵。

顾宴看着裴墨跟着裴邵他们一起进来,脸色却是倏地沉了下来。

玲姨适时出现,热情地招呼道:"都回来啦。快去餐厅坐吧,准备开饭了。"又对贺莹说,"小贺,你过来帮一下忙。"

"好。"贺莹应了一声就准备过去。

顾宴却直接一把抓住她:"你去干吗?"说着就扭头对玲姨说,"玲姨,她受伤了,别让她帮忙了。"

一时间所有人都看了过来。裴邵先是看了贺莹一眼,视线落在顾宴抓住她手腕的那只手上。

玲姨惊讶中带着关心:"小贺,你受伤了?伤到哪儿了?"

裴墨也第一时间看向贺莹:"贺莹,你受伤了?"

顾宴听到裴墨对贺莹直呼其名很不爽,更不爽的是,裴墨毫不掩饰的关心,好像贺莹和他关系很好一样。顾宴的脸色顿时阴沉起来:"关你什么事?"

裴墨抿起唇。

气氛一下僵硬冰冷起来。

贺莹自如地笑着打圆场:"我没事。就是昨晚上不小心摔了一跤,已经没事了。"

裴邵忽然把手上的公文包往旁边一递,褚方不明所以却还是下意识地接过。随即众人只见他抬手挽起袖子,淡定地走向玲姨:"走吧,玲姨,我可以帮忙。"

玲姨着实愣了两秒,倒是裴邵先往厨房走了,她这才反应过来,罕见地,连脚步都有些失了分寸,跟了上去。

褚方拎着裴邵的公文包,突然转过头来看着贺莹,像是无语到极致,发出了一声嗤笑。

这笑声突兀,带着毫不掩饰的针对。贺莹原本柔和的脸色一下冷了下来,一双不笑时本就清冷淡漠的眼睛此时更是冷若冰霜,不闪不避地迎上褚方讥讽的视线,冷冷的,同样带着锋利的寒意。

褚方渐渐敛了笑,一张玩世不恭的脸也忽然变得锐利起来。

"哥?"搞不清楚状况的褚沉不解地叫了他一声,又用疑惑的眼神看了贺莹一眼。

顾宴察觉到褚方对贺莹的恶意,脸色瞬间沉下来,伸手把贺莹拽到自己身边,漆黑冰冷的眼睛冷冷地盯着褚方:"褚方哥,你什么意思?"

裴墨也感觉到了,他不知道褚方为什么会对贺莹产生敌意,虽然褚方对他一向很客气,可在这种时刻,他本能地偏向贺莹,表情绷起来,严肃地看着褚方。

褚方敏锐地察觉到了。他看了看裴墨，又看了看顾宴，这一瞬间，简直有点匪夷所思了。他重新看向贺莹，眉头微皱，表情有些困惑，又有些震撼、佩服："你到底是什么妖怪啊？"

他话音刚落，不等众人做什么反应，只听到外面一阵喧闹，一下子把所有人的视线吸引了过去。

贺莹往外面一看，看见大门外几辆车接连停了下来。

第一辆车停稳后，司机立刻跑下来开车门，有人弯腰从车上下来，跟司机交代了几句，然后转身往里走来。

贺莹看到他的正脸，认出他来。正是贺莹到裴家近两个月都没出现过的人——裴行正。

贺莹前几天还在手机上看到他的八卦新闻，他和一个年轻女网红在国外牵手逛街被网友偶遇偷拍传到了网上。没想到居然那么快就看到真人了。

看到裴行正正脸的第一眼，贺莹不禁明白了这人为什么能在年轻时和那么多当红女明星谈恋爱，如今快五十的年纪了，还能交上二十出头以美貌出名的网红女朋友。他看起来也就三十五岁左右的年纪，穿着一件灰黑色大衣，身高腿长，似乎并没有精心打扮，却给人一种不经意的时髦感。走路的时候，脚步十分轻快，上台阶的时候脚步加快，甚至带着点少年人才有的活泼朝气，浑身上下都透着养尊处优几十年才养出来的贵公子气派。

裴行正进到大厅里，看到大厅里这么些人，颇有些诧异地扬起眉，嘴角是含着笑的："怎么这么多人？难道是知道我要回来，特地迎接我的？"

褚方、褚沅，他自然是认识的，只有贺莹一张生面孔，叫他多看了两眼。

褚方和褚沅立刻同他打招呼，叫他"裴叔叔"。倒是他的两个亲儿子，表现冷淡。

裴墨好歹还叫了他一声："爸。"

顾宴连叫都没叫，冷着脸，显然是十分不待见他。

裴行正自认没扮演好父亲的角色，也因此并不在意儿子对自己的冷淡态度，只是例行公事，关心了一下自己儿子的身体。

顾宴态度依旧是冷冷的："死不了，谢谢。"

裴行正只笑了笑，对顾宴的顶撞不以为意，反倒是把注意力放到了贺莹身上，一开口就语出惊人："褚方，这是你女朋友？"

不仅顾宴的脸色骤变，就连褚方的嘴角都抽了抽。还是褚沅嘴快："裴叔叔，这个姐姐是顾宴哥哥的护工啦！"

裴行正讶异地看向贺莹。

这时后面的司机、保镖一行人拎着七八个行李箱从外面进来。裴行正随手一挥说道:"行李都给我放房间去,叫人收拾一下。"

突然,他神色一变,露出了像是见了鬼的表情。裴邵手里一左一右各端着一盘菜,从容地走过来,态度不冷不淡:"爸。"

"裴先生,你回来了。"和裴邵一同过来的玲姨手里也端着盘子,语气中没有惊喜,只是冷淡,还带着那么点埋怨,"怎么也不事先通知一下。"

裴行正轻咳一声:"这不是马上就要到我生日了吗?生日还是要一家人在一起过。"他说着又瞥了眼裴邵手里的那两盘菜,还是难掩惊奇。

裴邵是裴行正的第一个孩子,但说句实在话,他愿意跟顾文君生孩子完全就是为了完成老爷子交代的任务。

裴邵刚生出来的时候,裴行正倒是有过几天新鲜感,也父爱爆棚地抱过他、逗他几次,但是很快,这种为人父的新鲜感就消失了。而且他跟顾文君的关系实在冷淡,对这个孩子的父爱也十分有限,注意力很快就被分散了。

裴行正眼见着裴邵一天天长大,还记得裴邵两三岁的时候挺活泼可爱的,后来越长大,性格就越像顾文君了,小小的年纪,就跟顾文君一样古板严肃。

裴行正偶尔兴致来了,逗弄逗弄小裴邵,小裴邵却只是板着一张小脸继续做自己的事,一点反应都没有,他也觉得没意思。后来父子俩就几乎只剩下见面打招呼这样的互动了。

裴行正对自己这个大儿子的印象,就是一个没有感情的工作机器,浑身上下没半丝"人味"。不只是对他这个爸爸,对其他人也一概态度冷淡。如果不是今天亲眼所见,他是绝对想象不出裴邵自己从厨房里端菜出来的画面的。

他有种预感,自己走的这三个多月,家里一定发生了什么了不得的事。

贺莹冷眼旁观裴家这一家人的相处,倒是不觉得裴行正有多讨厌。他没有履行当父亲的义务,却也似乎很坦然地接受了没有履行这项义务所造成的后果,三个儿子对他的态度是一个比一个冷淡,顾宴更是毫不掩饰对他的排斥和反感。就连一向宽和慈爱的玲姨,都用自己的冷淡态度来表现对他的不满。

裴行正却全盘接收了,半点没有要摆弄自己父亲权威的意思,对玲姨也依旧客客气气,吃饭的时候跟褚方、褚沅两个有说有笑,完全是一副没心没肺却也无忧无虑的纨绔少爷的作风。

贺莹几乎要有些嫉妒他了。在这张餐桌上，他是命最好的那个，不缺钱也不缺爱，生来就是游戏人间享受生活的。也不知道是不是上辈子拯救了世界，这辈子才能有这么好的命。

周阿姨抱怨："这裴先生一年到头不着家，就过生日是一定要在家里过，搞得家里到处乱糟糟的，光是卫生都要搞好几天，还不知道要弄坏多少东西。"

裴行正每年生日，都会在家里办生日宴。他是最喜欢热闹的，每年的排场都搞得很大，请很多人。每次宴会一办完，就要玲姨、周阿姨他们收拾残局，提起来，自然有怨气。

顾宴看着裴行正笑嘻嘻地打趣裴墨和褚沉的关系，气不打一处来，厌烦地撂下筷子，独自出了餐厅。

贺莹饭吃到一半，玲姨进来让她过去看看顾宴，于是她立刻放下筷子过去。

顾宴跑到了外面，坐在轮椅上吹着冷风。贺莹走过去看他："怎么了？"

"没事。"顾宴别开脸，不肯让她看。

贺莹还是看见了他微微发红的眼眶。她弯下腰，俯身歪头，和他倔强的眼神碰上，微微笑了笑："哭啦？"

顾宴立刻转过脸来，瞪着眼，眼眶红红："谁哭了？"

贺莹含着笑，很温柔："那你眼睛怎么红了？"

他抿抿唇，还是一脸倔强："冷风吹的。"

贺莹没有戳破他，也没有追问其他，只问："要不要散散步？"

顾宴看着她，闷闷地点了点头。

两人都没有注意到大门口独自伫立的身影。

裴邵沉默地注视着他们离开。

褚方从里面出来，站在他身边，点燃了一根烟，眯着眼看着他们离开的方向，缓缓吐出一口烟："别告诉我你没怀疑贺莹的别有用心。"

裴邵没有接话。

贺莹推着顾宴在花园里绕了一大圈，听着他不停地吐槽裴行正。

让他们父子关系真正破裂的最重要的一件事大概就是在顾文君去世后不久，裴行正就把裴墨带了回来。

那时候，顾宴才十岁。顾文君非常疼爱他，几乎把所有的母爱都倾注在他身上，他对顾文君的感情也很深厚。

顾文君把他保护得很好，裴行正的花边新闻从来没有传进过他的耳朵里,也从来没有在顾宴面前说过裴行正半句不好。

在小时候的顾宴眼里,裴行正虽然经常不着家,但每次回来都会给他带礼物,和他玩,对他的要求有求必应,算得上是个好爸爸了。所以当裴行正在顾文君去世后不到半年时间,就把林冰玉和裴墨带进裴家之后,他在顾宴心中好爸爸的形象彻底崩塌了。

自此之后,顾宴渐渐了解到更多裴行正的八卦新闻,看清了自己一直敬爱的父亲的真实面目,父子关系也开始变得恶劣。

最后他得出结论:"我要谈恋爱就只会跟我喜欢的人谈,而且这辈子都只喜欢她。"

这样天真又孩子气的话,大概也只有二十岁的顾宴才能这么笃定地说出口了。

贺莹没有接话,只是有些羡慕。他真的被保护得很好,他可以无所顾忌地针对裴墨,甚至当着外人的面给裴行正脸色看、顶撞裴行正,却没有任何人指责他,所有人都在宠着他、让着他。

"怎么,你不相信?"见贺莹没有接自己的话,顾宴忍不住扭头看她,然后就看到她正望着他,脸上有些怔然羡慕的神色。他不禁一怔。

贺莹笑了笑:"没有不信。我只是觉得能被你喜欢的那个女孩子,一定很幸福。"

顾宴表情微微不自然起来,转过头去不看她了,脸上有点发热,小声嘟囔着:"那当然了……"

贺莹刚要再说些什么,一抬头,却看到裴邵正往这边走过来。

顾宴也看见了,有些诧异地叫了一声:"哥?"

裴邵径直向他们走过来,站定后先看向贺莹:"你先进去,我有话跟顾宴说。"

贺莹低头对顾宴说:"那我先进去了。"

顾宴点点头。

贺莹又看了裴邵一眼,他一直在看着她,眼神幽暗深邃,看不出什么情绪。

她忽然有种不祥的预感,觉得裴邵和顾宴接下来的谈话内容很有可能与她有关。她试图从裴邵脸上看出什么端倪,但什么也没看出来,只能在忐忑中先离开了。

顾宴抬起头,看向裴邵:"哥,你要跟我说什么?"

路灯照在他微扬起来的脸上,有一种不经意间流露出来的信任和天真,

情绪全写在脸上。

　　与之相比，裴邵却沉默着站在一片阴影中。半响，只听到他毫无情绪波动的声音，生硬又突兀地抛出一个问题——

　　"你喜欢贺莹？"

　　顾宴心搏骤停。

　　"哥，你、你说什么？"

　　有那么一瞬间，顾宴觉得自己大概是听错了，唯一确定的就是自己听到裴邵嘴里说出了贺莹的名字。

　　而裴邵看着他明显有些慌乱不知所措的反应，眼神沉冷下来，声音却依旧是波澜不兴的语调："我问你，你是不是喜欢贺莹。"

　　这回顾宴听得很清楚，他刚才的确没有听错。他瞳孔都震颤了一下，心跳得剧烈，苍白的面色泛上潮红，眼神闪烁。

　　居高临下将他的反应尽收眼底的裴邵，心脏仿佛被什么东西拖拽着往下坠了坠，眉心不自觉地皱了起来。

　　然而紧接着，顾宴却结结巴巴地否认了："怎么可能！哥，你胡说什么呢，我、我怎么可能喜欢贺莹……"

　　裴邵俯视他，无形中带着压迫感："顾宴，我希望你能跟我说实话。"

　　顾宴心慌意乱中并没有注意到裴邵在听到他的否认后原本紧绷的神情瞬间缓和下来，只是本能地逃避，更加坚定地说道："我说的就是实话啊！我怎么可能会喜欢贺莹？她只是我的护工，我就是、就是跟她聊得来，关系好而已，我怎么可能喜欢她啊。"

　　裴邵的眼神深幽莫测，脸上也没什么表情，只是冷淡地一点头："那就好。"随即很自然地转开话题，难得地聊起了家庭内部矛盾，"他回来过完生日就走了，待不了几天。你如果不想在家里住，我可以安排你出去住几天。"

　　这个"他"，指的自然是裴行正。

　　顾宴只觉得刚才从裴邵身上感受到的压迫感忽然消失了，又听他转开话题不再说贺莹的事了，心里悄悄松了口气，也没察觉到这话题转换得实在突兀，只说："要走也是他走，我才不走。"

　　裴邵没再说什么："外面风大，回去吧。"

　　离开的时候，他淡淡地转头扫了一眼一楼某个房间的窗户，那里漆黑一片，没有光亮，只是窗户似乎并没有关紧，开了一条缝。

　　一窗之隔，贺莹站在一团漆黑的杂物间里，在她面前是一排摆满厨房用品的置物架。

她为了听到裴邵和顾宴的谈话，以最快的速度跑进了这个杂物间。杂物间的窗户离他们刚才谈话的地方距离不到三米，她把窗户推开了一点点，足以让顾宴的声音传进来。

她并没有听到裴邵和顾宴之前的对话，却刚好听到了顾宴饱含震惊和情绪激烈的反驳。

她的脸色随着顾宴的话一点点黯淡下来，融入了漆黑之中。

裴邵和顾宴离开了许久，她仍旧独自留在漆黑的杂物间里，不知道过了多久，忽然自嘲地笑了笑。原来她做的那些事都是无用功。她像个自导自演的小丑，自以为离目标越来越近，胜券在握，实际却是一场空。

顾宴不知道是不是自己的错觉，他忽然感觉贺莹对自己冷淡了许多。

她还是跟之前一样，对他百依百顺，把他照顾得很好。但是，她不再主动跟他聊天，也不再有那些自然又亲昵的小动作了。

她还是对他笑，只是那笑容很淡，带着几分漫不经心的敷衍。是一种不动声色的疏远和冷淡。

顾宴有点心慌，心慌中还掺杂着几丝心虚。他眼巴巴地看着贺莹端着水果进来，弯腰放到他旁边的茶几上，然后就准备转身离开，他终于按捺不住，开口叫住她："贺莹。"

贺莹转过身来，看着他，很平静的表情："还有事吗？"

顾宴被她那双清亮又没什么情绪的眸子盯着，莫名地有些紧张，无意识地攥紧了手里的画笔，盯着她的脸，小心翼翼地试探着问道："你怎么了？心情不好吗？"

贺莹眨了一下眼，脸上露出一个虚浮的微笑："没有啊，怎么了？"

顾宴的喉结滚了滚，说："没什么，就觉得你好像心情不大好的样子。"

贺莹笑了一下，说："没有，可能是昨晚上吹了风吧，不大舒服。不用担心我，你继续画画吧，下面有点乱，我去帮帮玲姨，你有什么事再叫我。"

顾宴："哦……好。"

贺莹头也不回地走出了房间。

不知道为什么，贺莹一切都表现得很正常，可他就是觉得她冷淡了许多。

楼下的确很乱。因为裴行正要在家里办生日宴，他向来看重排场，每年的生日宴都办得排场盛大，宾客无数，自然得请专业的策划团队过来筹

办。今天负责布置场地的团队就开始入场了，三四十号人，在家里进进出出，还有各种布置的道具运进来，乱作一团。

裴行正倒是一大早就出门去了，把这个烂摊子都丢给玲姨处理。

玲姨忙得焦头烂额。去年的策划团队办的生日宴裴行正不满意，今年又换了家新公司，所以又要跟团队负责人沟通流程，以及家里哪些地方不能去、哪些东西不能动。

裴行正每年都要在家里办生日宴，往年也是如此，由玲姨统筹，但毕竟已经六十多岁的年纪，身体一年不如一年，现在已经受不了这么高强度的工作，一上午下来，脸色都有些不好看了，只能叫贺莹来帮忙盯着那些人。

一天下来，贺莹也忙得连喝口水的工夫都没有，倒是暂时忘记了烦心事。

玲姨总是有意无意地留心观察着贺莹。这不是她第一次观察贺莹了，贺莹刚来的半个月，她一直在观察贺莹。但刚开始，只是在观察她是否能够胜任顾宴的护工。而现在，却是一种全新的视角。

玲姨观察贺莹跟那些人沟通，态度都是不卑不亢，做事又很细心，不急不躁，遇事冷静，很能够沉得住气。

她越是观察贺莹，就越是欣赏，越是惋惜，越欣赏惋惜，就越想着要拉贺莹一把。

可贺莹这样的表现落在褚方眼里，却完全是另一种揣测。

"就这么急不可耐？连这点表现机会都不放过？"

贺莹跟策划团队的经理沟通完一些宴会布置的细节改动，刚转身走过拐角，就看到褚方正皮笑肉不笑地站在那里，眼神冷冷地看着她。

贺莹脚步一顿。她太累了，实在没有心思跟这"不相干"的人纠缠，连敷衍的力气都没有，假装没听到他的阴阳怪气，平淡地点了一下头，就准备从他面前走过。

然而褚方却打定主意要找她的麻烦。在她从他身边走过时，他忽地一下冷笑，侧身一把将她用力拽到了自己面前。

贺莹皱起眉，脸色倏地冷了下来，一双清冷锐利的眸子针锋相对地盯着褚方，半点没有紧张服软的意思。

褚方第一次在葬礼上见她，就对她这双眼睛印象深刻，甚至还被这双眼睛迷惑过，觉得或许传言不实。可这会儿却觉得这么有心机有野心的人，实在配不上一双看起来那么清亮凛洌的眼睛。他不禁讥笑冷嘲："这双眼睛长在你脸上，真是可惜了。"

贺莹忽然觉得厌烦至极，褚方曾在医院帮过她，她一直对此心存感激，可是最近接二连三的几次事件已经把她对他的感激都消磨光了。她看着站在自己面前的褚方，忽然觉得自己之前可能误解了裴邵。

原来这才是真正的居高临下。那种高人一等的轻蔑傲慢，毫不掩饰地出现在他那张矜贵的脸上。

"褚方。"平淡又无形中透出压迫感的声线响起。

贺莹听到这道声音，心里居然微微一定，咽下了刚准备好要说出口的话，转头望向正径直往这边走来的裴邵。

裴邵今天在黑色西装外套了一件同色的黑色薄大衣，更显得气质冷峻逼人。他径直走过来，目光冷淡地扫了一眼褚方攥着贺莹的那只手。

褚方识趣地松开贺莹，挑眉："别误会，我只是刚好有事要问她。"

贺莹眉眼平和，说出来的话却攻击性十足："褚先生是有什么要问还是有什么要说，直接开口就是了，请不要动手动脚。"

褚方盯着她，向来表情管理出众的脸上流露出一丝不敢置信的裂纹。

"动手动脚？"这简直是在侮辱他，还是最低级的那种。

贺莹平静地看着他，陈述事实："刚才褚先生没有不由分说就拽我的手吗？"

褚方明知道她就是故意恶心自己，也知道裴邵不会认为自己对贺莹有什么，但他不得不承认，她的确成功地恶心到他了。

褚方憋屈得在心里骂了句脏话，怒极反笑，正准备反击，却被裴邵打断了。

"你去忙吧。"裴邵对贺莹说。

贺莹看了他一眼，心里知道他这是在帮自己，也见好就收不再挑衅褚方，对裴邵点了一下头，就转身离开了。

褚方盯着贺莹离开的背影，眼睛里都在冒火。但人都走了，他只能迁怒裴邵，罕见地有些失态，极度不满地质问道："你到底站哪边的？这个女的到底给你吃什么迷药了，你这么护着她？"

裴邵将目光投向他，神情有些冷："褚方，你越界了。"

褚方难以置信地看着裴邵："我越界？"他心寒地笑出声来，"我们那么多年的朋友，你为了一个认识没几天的女人，说我越界？"

裴邵依旧很冷静，他纠正褚方："我认识她不止几天，是很多年。"

褚方一脸见了鬼的表情，半晌，都没憋出一个字。

策划团队一直到深夜才离开。贺莹也一直跟着忙到深夜，才有空看手

机信息。

顾宴给她发了很多条微信。

晚上八点多的时候，他还下楼来找过她，见她当时忙，他又自己上楼了。

21:40，顾宴：还没忙完吗？

22:01，顾宴：什么时候结束？

22:25，顾宴：我要睡了。

23:07，顾宴：晚安。

现在已经是 23:35 了。

贺莹想了想，回了一条：刚忙完。晚安。

刚要按灭手机，却没想到聊天页面上瞬间弹出一条新微信。

顾宴：上来。

贺莹盯着这条信息看了几秒，想起顾宴说的那些话，皱了皱眉，回复：有什么事吗？我躺下了，有点累，没事的话我就不上去了。

她等了一会儿，没有等到顾宴的回复，按灭手机，往自己房间走去。

贺莹回到房间洗完澡，坐在床上给自己上药，本来好得差不多了，但今天一天都在走动，伤处又开始疼起来了。

刚把药抹上，敲门声就响了起来。贺莹诧异地抬头，不知道谁会在这个时候来敲自己的房门。

"谁啊？"

门外静了几秒，然后传来顾宴的声音："是我。"

贺莹皱了皱眉，只能胡乱抹了几把，把药搓匀了，穿上鞋起身去开门。

门外，顾宴坐在轮椅上，正抬着头眼巴巴地看着她。那双初见面时漆黑冰冷的漂亮眼睛，此时却像是犯错小狗的眼睛，眸光轻晃晃的，带着点忐忑，小心翼翼地看着她："你还没睡啊？"

贺莹忽然冷静下来，顾宴又有什么错呢？从头到尾都是她想要利用他，妄想得到他的依赖和爱来满足自己卑劣的欲望。他只是太缺爱，才会在她的刻意引导下对她产生依赖，以至于她只是有意无意地疏远冷淡他，他就敏感得像是个犯了错的孩子一样变得小心翼翼。

贺莹放缓了情绪，语气也变得温软："嗯，准备睡了。怎么了？"

顾宴怔了一怔，因为他明显感觉到她的情绪变化，明明刚刚开门的一瞬间，他从她身上感受到的是一种拒人于千里之外的冰冷。

"呃……我就是睡不着，想过来看看你睡了吗……"

他在床上躺了好久，怎么都睡不着。他这段时间的睡眠状况已经好很多了，但今天晚上又失眠了，就算闭着眼睛，脑子里也一直在翻来覆去地回忆贺莹今天的冷淡态度，总忍不住睁开眼看手机，看她有没有回复自己的微信。

他很确信贺莹就是不对劲，虽然她是在忙，但就算再忙，不可能连回条微信的时间都没有，她就是不想回。

贺莹说："正准备要睡了。"她说着，又皱起眉，"你怎么穿这么少就下来了。"

这个点中央空调都停止工作了，走廊里的温度很低，顾宴只穿着单薄的棉质睡衣坐在轮椅上，看着就冷。

贺莹回房间从衣柜里拿出自己的毛毯，过来给顾宴披上，连毛毯的边角都仔细掖进他的后背，给他裹得严严实实的。

顾宴坐在轮椅上，一直眼巴巴地望着贺莹。他能够感觉到她还是关心他的，就连责备都是因为关心他，他心里悄悄松了口气，也有了点底气。

"你摔到的地方还没好吗？"他闻到了她手上的药油气味。

"今天走动多了，有点疼，已经没事了。"贺莹随口敷衍，然后走出去带上门，"我送你上去吧。"

顾宴关心地说："还没好吗？那你明天别去帮忙了，我跟玲姨说吧。"他自然也存着私心，不喜欢贺莹一整天都在忙别的事情顾不上自己。

"明天就没事了。玲姨对我很好，我很高兴能够帮到她，而且我也挺喜欢做这些事情的。"贺莹坦诚地说道。

今天忙碌的时候，她有一种很充实的感觉，不用去算计什么，肉体上的疲劳比起精神上的重压，简直不值一提。

顾宴却听出了另一层意思，贺莹喜欢做这些杂事，更多过照顾他。他一下沉默下来。

贺莹也没有再去在意。刚才开门看到顾宴那副模样的时候，她忽然就想清楚了。就算她用尽手段，顾宴也许都不会喜欢上她。她可以让他依赖自己，离不开自己，却不能让他喜欢自己。因为从一开始，顾宴就只是把她当成一个护工而已，他只是像喜欢一个护工一样喜欢她，她就像一样称手的工具。这样的喜欢，跟喜欢一个人的"喜欢"是完全不一样的。

顾宴那些脱口而出的激烈的反驳就已经充分证明了这一点。人会依赖工具，对工具产生感情，却不会和一件工具结婚。

贺莹并不是那种不达目的誓不罢休、一味钻牛角尖的人，"想得开"是她为数不多的优点之一。一条路走不通，那就换一条路再走。

裴家给她的待遇很好，上个月发的工资加上一些从裴邵、裴墨、顾宴手里赚来的杂七杂八的"外快"，是她工作了这么多年中拿过的最多的一笔钱。

现在也是她人生中最富裕的时候。就算还了一些欠款，交了学校的一些费用，但手里还有一笔富余的钱。这对过去几年来一直挣扎于贫困线的贺莹来说，是件值得振奋的事情。

如果每个月都能拿到那么多钱，贺康那边也不出什么意外的话，她再工作个一年，就能把那些欠款彻底还清了，之后赚的每一分钱，都可以用在自己和贺康的身上，不用再过得那么拮据。

以顾宴对她的依赖程度，是不会轻易换掉她的，且只要她打消对顾宴的"觊觎"，裴邵应该也会对她放心了，这份工作应该能够长久地做下去。

大概唯一的不稳定因素就是顾宴迟早是会结婚的，他未来的妻子也许会介意她的存在。

不过想想，以顾宴目前的年纪和状况，结婚可能还需要几年时间。而她在裴家再工作个几年，就能存下一大笔钱。这笔钱粗略算一算，已经足够她和贺康维持好多年的花销了，光是想一想，都能让她心里一热。

既然顾宴这条路走不通，那就换条路走。

贺莹忽然有种认命的感觉。也许她天生就是个劳碌命，走不了捷径发不了横财。既然这样，那就及时放弃那些不切实际的妄想，闷头干活勤劳致富。

想通了这些，贺莹一直紧绷的神经反而一下松弛下来。至于顾宴那些情绪的细微变化，她也无须再像以前那样仔细留意揣测，然后做出最让他满意的反应来。

贺莹照顾顾宴上了床，帮他把被子盖好。

"好了，很晚了，早点睡吧。"她说着，就要关掉床头柜上的台灯。

顾宴一直没说话，这会儿忽然问她："我是不是做错什么了？"

贺莹的动作一顿，看向他。

顾宴的眼神有些黯淡，他望着她，重复一遍："我做错什么了吗？"他心里总是觉得不安。

贺莹收回关灯的手，然后在床边半蹲下来，平视他。她心知肚明顾宴为什么会这么问，却还要明知故问："怎么这么说？"

顾宴眸光闪烁着："我就是觉得你今天有点不大对劲……"

贺莹轻言细语地解释："嗯，可能是因为今天发生了一些事，我的心情不是很好,不是因为你,你不用放在心上。"

顾宴关心地追问:"发生什么事了?"

"只是我的一点私事,不要紧。"贺莹柔声道歉,"抱歉,是不是影响到你了?"

明明贺莹的态度似乎又回到了之前,可顾宴却莫名觉得两人的距离忽然变远了,他心里忽然空了一下,有种说不上来的恐慌感。他忽然支起上半身,紧张地看着贺莹:"我不是怕你影响我,我就是、就是……关心你。"他下意识想要拉近两人的距离。

贺莹看着顾宴那双漂亮的眼睛里满是真挚恳切,不禁怔了一下,随即忍不住在心里叹了口气。如果不是听到他和裴邵的对话,顾宴这个反应,还真是让人误会。但现在她已经确定顾宴对自己并没有那方面的想法,所以也不存在误会了,反倒是因为顾宴的关心,心里微微一暖。

她弯了弯嘴角,忍不住抬起手,第一次没有任何的企图目的,就像是对待贺康一样,在他蓬松的发顶揉了揉:"谢谢你,只是一点小事,已经都过去了。"

顾宴却因为她的亲近,心脏忽然变得酸酸胀胀的,有点委屈又有点雀跃,眼神都软了下来。

贺莹拍拍他的头顶:"快躺下吧。"

他乖乖躺下来,眼睛还是巴巴地看着她。

贺莹说:"闭眼睛。"

顾宴又闭上眼,嘴角却忍不住微微翘起一个弧度。

贺莹也弯了弯嘴角:"晚安。"

刚要关灯,顾宴又忽然睁开眼睛,小声请求:"你能不能等我睡着再走?"

贺莹点点头:"好,睡吧。"

顾宴才又安心地闭上眼睛,心满意足地翘着嘴角,小声回应她刚才的晚安:"晚安。"

贺莹一直等顾宴睡着了才离开。

刚按下电梯按键,就看到电梯已经在运行中,且正从三楼下来,顿时有种不祥的预感。

下一秒,电梯停下,电梯门打开。电梯里,穿着黑色薄绒毛衣的裴邵抬眼望来,目光落在她散着的头发和睡衣上,微微一凝。

贺莹僵立在门口,进退两难,想要开口解释,又觉得裴邵都没问,她

主动解释反而像是欲盖弥彰。

电梯门眼看就要关上。裴邵忽然垂眸淡定地按了下开门键，随即抬眼看着她："不进来？"

贺莹硬着头皮走进去，干巴巴地挤出一个笑，问候道："这么晚还没休息啊？"

裴邵："嗯，下楼吃点东西。"

贺莹："哦。"

电梯里安静了一瞬。裴邵忽然再次开口："厨房还有什么能吃的吗？"

贺莹愣了一下，转头看他，下意识地回答："好像没什么……"顿了顿，她忽然意会，试探着问，"……我帮你煮碗面？"

裴邵态度矜持："也可以。"

贺莹无语，怎么有种是她求着他吃的感觉？

"多了。"裴邵站在旁边，看着贺莹下了一把面条进沸腾的锅里，提醒道，"我吃不了那么多。"

贺莹沉默了一下，转过头一脸老实地看着裴邵："我给自己下了一点，我也饿了……"

裴邵也沉默了一秒："好。"

贺莹终于忍不住，提议道："要不你去餐厅坐吧，或者我直接给你端去房间？"

她总觉得裴邵在一边看着，就跟要防着她往面里下毒似的。

裴邵似乎也意识到自己不该在这里。

"我去餐厅。"

裴邵一走，贺莹立刻放松了下来。虽说自从在医院陪护过他之后，两人的相处已经自然了许多，但刚才他站在那里也不说话就这么盯着她的一举一动，贺莹还是压力很大。

她按照上次给他煮面的配方照旧给他煮了碗面，只往自己的碗里多舀了两勺周阿姨自制的辣油，然后先把裴邵的那碗面端去餐厅给他。

不想就这么短短煮一碗面的时间，裴邵居然还上楼拿了电脑，正在工作。电脑屏幕的冷调荧光照映在他冷峻专注的面庞上，越发显得冷若冰霜，像个没有感情的机器人。但这"机器人"的外形实在帅气，英俊到贺莹的视线都忍不住在他脸上多停留了几秒。

贺莹把面碗放到他手边，随口说道："别工作了，先吃面吧。你身体都还没恢复,还是留点钱给别人赚吧。"

有时候她真是不得不佩服裴邵这样的成功人士,都已经有钱到这种程度了,居然还那么努力地工作。

裴邵手指微微一顿,抬头看她一眼,随即合上电脑,推到一旁。

贺莹准备走,裴邵却叫住她:"你的呢?"

贺莹一愣,说:"在厨房。"

裴邵:"端过来一起吃。"

贺莹委婉地拒绝:"不用了,我就在厨房吃就好了。"

她只想填饱肚子然后快点回去睡觉,跟裴邵在一张桌子上吃饭,她怕自己消化不良。

裴邵盯着她,语气很淡:"端过来。"

贺莹坐在裴邵对面的位置,面前摆着自己从厨房端来的面,连面汤都是红的,冒着腾腾的热气。

裴邵即便没有生病,平时的饮食也一向以清淡为主,此时只是看一眼贺莹那碗面,胃都有种隐隐作痛的感觉。

贺莹不管那么多,夹起一大筷子面,"哧溜哧溜"大口嗍进嘴里。她在吃上向来不拘束自己,在过去被生活压得喘不过气的日子里,唯有在吃东西的时候,她才能感觉到片刻的放松和满足。大口吃了几口面后,她又拿起汤勺象征性地拨了拨汤上的红油,然后舀了勺热汤送进嘴里,从喉管到胃,一下子整个人都暖和起来,不由得发出了一声满足的叹息。随即反应过来,抬起头看向对面。

果然,裴邵正看着她,碗里的面还没有动过。贺莹眨眨眼,厚着脸皮招呼他:"你吃啊,再不吃面都要凉了。"

裴邵这才开始动筷子。

贺莹忍不住多看了两眼,感叹这世界上居然有人在吃面的时候还能保持优雅。

裴邵原本只是胃不舒服,需要吃点东西,但其实并没有什么胃口,可这会儿胃口却忽然变好了,甚至在看到对面的贺莹埋着头一口面一口汤吃得很香的时候,也尝试着拿起勺子尝了一口面汤。他此前吃面从不喝面汤,第一次尝试,居然觉得面汤的味道还不错,胃也跟着暖了起来。

"哇,你都吃完了?味道还不错吧?"贺莹有点惊喜地说道。

裴邵看了一眼摆在自己面前,不知不觉只剩下一点浅浅的汤底的面碗,

静默了一瞬，说："还不错。"

贺莹知道这样的评价出自裴邵的口中，已经是很高的评价了，她也有点高兴："够了吗？要不要再给你煮一点？"

裴邵感受到胃里罕见的饱胀感，语气冷静："不用了，谢谢。"

贺莹起身收碗，嘴上叮嘱："那你上楼休息吧。今天晚上就别工作了，医生说了，你要多休息多睡觉……"

她忽然止住。

裴邵正目不转睛地盯着她。贺莹有些不自在地咳了两声，解释道："不好意思，平时唠叨顾宴习惯了……"

听到她的这句解释，裴邵原本称得上柔和的脸色微不可察地变冷，没说话，沉默着拿起电脑起身离开。

贺莹以为是自己刚才的"唠叨"引起了裴邵的反感，也有点无奈，不过很快就不放在心上。她现在对顾宴没了企图之后，对裴邵的态度已经不那么敏感和在意了，她做好自己的事情也就是了。

贺莹睡了个好觉，精气神都养足了，就连脚步都格外轻快。她先去照顾顾宴起床，表示自己今天还要忙，可能要顾不上他。

顾宴虽然不大情愿，但也没办法，闷闷不乐了一会儿，向她提要求："你去帮忙可以，但再忙也不能不回我的信息。"

贺莹一口答应："好。"毕竟昨天她也不是真的忙到没空回信息，只是心烦意乱不想回罢了。

顾宴见她答应得那么快，想了想，又说："那你不忙的时候要来找我。"

贺莹还是答应："嗯，好。"她贴心地提议，"今天正好是周末，你如果无聊的话可以叫你的那几个同学过来玩。"

贺莹之前对乔静书还是带着点"戒心"的，但现在她对顾宴已经没什么企图了，反而觉得顾宴和乔静书十分般配。如果真是乔静书嫁给顾宴，她倒是不担心自己的工作会受影响了，只可惜乔静书看起来喜欢的人是裴邵，不然她倒是很乐意从中撮合。

顾宴却一口否决了："不用，我画画。"

他还记得上次他生日的时候，林宙就格外留意贺莹，后来贺莹去医院了，林宙也一直问，很难不怀疑林宙是不是对贺莹有什么企图。而且林宙居然比他还先认识贺莹。顾宴想想都不开心，更不情愿让林宙过来了。

贺莹也没说什么，又嘱咐顾宴几句，就先去忙了。

贺莹刚下楼，不想却看到大厅里玲姨正在和乔静书、林宙说话，不禁也是一愣。

林宙先看到她，立刻露出一个灿烂的笑容，冲她挥了挥手："贺莹！"

乔静书也转过头来和她打招呼："贺莹姐姐。"乔静书一向很有礼貌，语气温温柔柔的，很容易叫人心生好感。

贺莹也不例外，她扬起笑走过去："我刚刚还在跟顾宴说要叫你们过来玩呢，没想到你们自己先过来了。"

乔静书也笑着，语气带着点俏皮："他肯定不会主动叫我们过来的，所以我们就自己来了。"

贺莹笑了笑："他在楼上画室呢，你们去楼上找他吧。正好我今天有点忙，就麻烦你们陪他了。"

林宙问："你要忙什么啊？"

贺莹说："玲姨身体不是很舒服，所以要帮她打打下手。"

乔静书刚要说什么，视线忽然落到贺莹身后，眼睛一下就亮了起来，表情却一改刚才的落落大方，变得有些腼腆："裴邵哥。"

贺莹一转身，就看到裴邵从电梯里出来。今天是周末，难得这个没有感情的赚钱机器也舍得休息。

虽说昨晚的"夜宵"最后有点不欢而散，但贺莹自从打消了对顾宴的想法后，自觉在裴邵面前再也不用矮半截了，腰杆都挺直了。她大大方方地跟他打招呼："今天不上班啊？"

裴邵礼貌性地向先跟他打招呼的乔静书和林宙微微点了下头作为回应，随即将目光落在贺莹脸上，淡定地说："医生说，让我多休息。"

贺莹总觉得他似乎是话里有话。

乔静书却一下紧张起来，满脸关切地看着裴邵问："裴邵哥，你生病了吗？"

贺莹看着乔静书，几乎把对裴邵的喜欢明晃晃地写在脸上了，又不禁看向裴邵，有点好奇，他知不知道乔静书对他的喜欢。

裴邵似乎察觉到贺莹的视线，莫名地先看了她一眼，然后才回答乔静书："没事。"答完，又看她。

贺莹还以为自己看好戏的视线太直白了，别开视线，轻咳了一声，说："那你们聊，我先去干活了。"说完就走了。

林宙想也不想地跟着她走了："有没有什么我能帮忙的？"

贺莹好笑地转头看他："你不是来找顾宴玩的吗？"

林宙理直气壮地说:"他不是在画画吗?我晚点再上去找他。"

裴邵目送他们有说有笑地一起离开,忽然问:"他们很熟吗?"

乔静书愣了一下,没想到裴邵居然会主动问自己问题,心里一阵雀跃,还有些紧张:"林宙跟贺莹姐姐之前就认识了,他们是挺熟的。"

裴邵没再就这个话题说些什么,收回视线,微微一点头,语气一如既往缺乏热情:"你自便。"说完就径自离开。

乔静书看着他离去的背影,心里涌起一阵失落和无力感。

"你跟他很熟吗?"裴墨也问贺莹。

他睡到十点多才起来,下楼找吃的,就看见林宙一直在贺莹身边打转。他这个年纪,该懂的都懂了,他不往那上面花心思,但不代表他不懂。至少他看着林宙跟贺莹说话时的神态,就直觉林宙喜欢贺莹。

裴墨心里有点不舒服,顾宴他争不过,可林宙凭什么?

少年不爽的表情摆在脸上。贺莹没察觉,正忙着用微信跟一位工作人员沟通事情,听到他问,头也没抬就问了句:"谁?"

少年的嗓音带着点不高兴:"林宙。"

"嗯……挺熟的。"贺莹没听出来,不过倒是抬起头来,问他,"怎么了?有什么事吗?"

裴墨被她噎住,莫名地,有点酸:"你怎么跟谁都熟啊?"

谁看不见呢,顾宴日渐一日地和她的关系变得越来越亲近,就连对家里人都很冷淡的大哥对她的态度似乎也格外不一般。

家里谁都跟她好,谁都喜欢她。她呢?也好像对谁喜欢,对谁都热情。好像那天就算生病的不是他,是家里的一只小猫小狗生了病,她也会温柔地捡回去好好照顾。

裴墨讨厌这种无差别对待的好。

贺莹的心思不在跟他说话上,听到这句,不走心地回了句:"唔……还行吧。"

裴墨更胸闷了。

贺莹却突然想起什么似的,认真地看向他:"对了,你病好了吗?昨天晚上我好像还听到你咳嗽了。"

裴墨愣了愣,昨晚上她忙得跟什么似的,他晚上回来的时候路过大厅,看见她想跟她聊聊天的,看她没空,也没去给她添乱,自己上楼了。可她居然听到了自己咳嗽,而且居然还一直记在心里。

裴墨刚才还窒闷的胸口就因为贺莹那么一句话，顿时变得酸酸软软的，也不想什么"无差别对待的好"了。贺莹就像是冰天雪地里一团温暖的火，哪怕同时烤火的人不止他一个，但他实在抗拒不了这种温暖。

他下意识地假咳两声："好得差不多了，还有一点点咳。"

贺莹说："那晚上我给你炖个冰糖雪梨吧？对止咳挺有效的。喉咙呢？难受吗？"

她是顾宴的护工，照顾顾宴是她的工作，照顾他不是。所以她对他的关心都是发自内心的。

裴墨看着她关切的眼神，又清清并无异样的嗓子，漆黑的眼睛看着她，亮晶晶的："也有点。"

贺莹点点头："好，那晚上我给你炖一个，吃了会舒服很多。"

裴墨心里又是感动又是开心，只觉得熨帖极了，嘴上却哼哼两声："你那么忙，有空给我做？"

贺莹笑着说："你放心，我说了要做，就算再忙也会抽空做给你吃的。"做个冰糖雪梨也费不了什么功夫。

贺康身体不好，一换季就容易感冒咳嗽，又很讨厌吃药，妈妈在的时候，就会给他炖冰糖雪梨吃。他很爱吃，吃了也见效。妈妈去世之后，贺莹就自己学着炖给贺康吃，贺康也吃不出什么差别。

裴墨本来是不爱吃这些听起来就甜腻腻的东西，但贺莹说要做给他吃，他却有点迫不及待想吃到了。

贺莹忽然补了句："我要是忘了，你记得提醒我。"

裴墨瞪她："你敢！你自己说要做给我吃，结果你自己忘了？"

林冰玉站在大门口，略歪着头，用一种惊奇而又怪异的眼神看着自己的儿子。这是她第一次在裴墨的脸上看到如此生动的表情。

她一进门就听到裴墨的声音。裴墨在这个家里一向是不被注意的，也从来不会高声说话，但他现在的声音听起来却像是在跟人吵架。可当她看过去的时候，却发现似乎并不是。

明明听起来像是在跟人生气的语气，可他的表情却完全不是那么回事，嘴角分明像是压不住笑似的要翘起来。

她好歹也曾经是"演技派"，怎么会分不清人脸上细微的表情区别。不是生气吵架，是"撒娇"。

裴墨居然会露出这样的神情。而那个让他露出这样神情的对象——

林冰玉的视线落在裴墨对面的人脸上，脸色顿时沉了沉。

"裴墨。"一道隐隐藏着些不悦的嗓音突兀地响起。

裴墨脸上的表情僵了一瞬,转头看向已经足足有近两个月没有见过的林冰玉,表情冷淡,语气也疏离:"妈。"

贺莹也转头望去。果然是林冰玉回来了。这位她只在入职当天见过一次的"女主人",正穿着时髦的宝蓝色大衣,拎着某品牌最新款的冬季限量款包包,摘下墨镜往这边款款走了过来,时尚得像是刚从某个秀场回来。

"林小姐。"她礼貌地打招呼,然后就准备离场。

"等一下。"林冰玉叫住她,"你叫什么来着?"

贺莹停下脚步,告诉她:"贺莹。"

林冰玉微微一笑:"哦,小贺是吧,我渴了,去给我倒杯水吧,谢谢。"

贺莹很会察言观色,自然察觉出林冰玉故意流露出来的轻视,大概是看到自己和裴墨交谈不高兴了?

她并没有被轻视的羞恼,也并不想在这种小事上表现自己的反抗精神,不卑不亢地说道:"好的,你稍等一下。"

"你别去。"裴墨却把她拉住了,然后冷冷地看向林冰玉,"她是护工,不是你请的保姆。"他说着,松开贺莹的手,对她说,"这里你不用管,先去忙吧。"

贺莹不给林冰玉反应的时间,立刻脚底抹油转身就走。这对母子的关系明显很僵,她可不想当母子冲突的炮灰,对他们的关系,她也毫不好奇,她现在满脑子只有工作。

中午林宙和乔静书自然都留下来吃饭了。吃饭的地点也从平时的小餐厅换到了空间更大的会客餐厅。

顾宴有林宙和乔静书陪着,贺莹就在厨房给周阿姨打下手,顺便帮忙上菜。

从贺莹到裴家以来,还是第一次见到餐桌上有那么多人。不过人虽然多,餐桌上的气氛并不热络,不冷不淡的,只有裴行正兴致勃勃地和乔静书、林宙说话,林冰玉偶尔带着笑插几句。

顾宴冷着脸坐在离他们最远的位置,摆弄着手机一言不发。

裴墨规规矩矩地坐着,没看手机,也没参与聊天。贺莹端菜上桌的时候,他主动站起来帮她把盘子接过去,引来好几道注目的视线。

裴邵淡淡地看过来一眼,随即目光转向坐在对面的林冰玉,看到对方似笑非笑注视贺莹的目光,眸光微微凝了凝。

贺莹上完最后一道菜准备离开,林冰玉却忽然叫住了她:"那个谁,小贺。"

餐桌上的人顿时都看向了贺莹。

贺莹也转过身来,有些疑惑地看向林冰玉。林冰玉也不知道是出于什么目的,微笑着对她说:"坐下一起吃吧。"

餐桌上静了静,没有人说话,但似乎都为林冰玉这句话感到诧异。

餐桌上的人都坐着,只有贺莹端着托盘安静地站在那里,安静地注视着林冰玉,脸上却没有半分的尴尬和难为情。

林冰玉被贺莹那双清亮又冷漠的眼睛注视着,脸上的笑容忽然有些难以为继,最后嘴角还是往上扯了扯:"没关系的,坐下一起吃呀。"

这时裴正似乎也察觉到这怪异的氛围,笑着说道:"坐吧,小贺。"

就连林宙和乔静书也都跟着附和起来。

"对啊,坐下一起吃吧。"

"贺莹姐姐跟我们一起吃吧,正好人多热闹。"

贺莹被架起来,进退两难。

就在这时,裴邵忽然起身,在众人诧异的目光中,径直走到她身边,替她拉开了离得最近的裴墨身边的椅子。贺莹也忍不住惊诧地抬起头看他。

裴邵也看向她,淡淡地说:"坐下一起吃吧,随意一点。"他说着,示意贺莹把手里的托盘交给自己,然后随手放到了旁边的矮酒柜上。

再拒绝就不礼貌了。贺莹低声道谢,然后坐了下来。

裴邵等她坐好,手才离开椅背,回到自己的位置。

乔静书看了看重新回座的裴邵,又看了看坐在裴墨旁边位置的贺莹,表情有点怔怔的。

餐桌上的其他人也都神情各异。裴邵的举动显然出乎了所有人的预料。林冰玉脸上的表情简直称得上是怪异,她这个继子平时待人有多冷漠,她是知道的。

顾宴看着裴邵,想起哥哥最近的种种反常行为,莫名地有种强烈的不安感。他盯着正扭头跟身边的裴墨说着什么的贺莹,皱了皱眉头,然后转头对坐在他身边的乔静书说了句什么。

"你不用紧张,随便一点。"裴墨担心贺莹紧张不自在,靠过来小声说道。

贺莹很淡定:"我不紧张。"

裴墨看着她,很快就确定了,她是真的不紧张,自己白担心了。

"要不要先喝点汤?"他拿起贺莹的汤碗,"我给你盛碗汤吧。"

裴墨盛汤的时候,乔静书走了过来,在贺莹的肩膀上碰了碰,然后弯

腰轻声说道:"姐姐,顾宴说让我跟你换个位置,你过去坐吧?"

贺莹往顾宴那边看了一眼,他正一脸不高兴地看着自己。她点点头,对乔静书说:"好,那麻烦你了。"

一转头就看见裴墨端着给她盛的那碗汤,也有点不高兴的样子。

贺莹忽然觉得自己很像幼儿园老师。

"我端过去吃吧。"她把汤从裴墨手里端过来,然后起身去顾宴那边了。她是顾宴的护工,坐他旁边更方便照顾,也是理所当然的。

这只是一个小插曲,餐桌上的气氛很快又正常起来。

"小乔交男朋友了吗?"裴行正忽然问道。

乔静书突然被问到这个问题,下意识往裴邵那边飞快地瞥了一眼,有些腼腆:"还没有呢,叔叔。"

林冰玉端着红酒杯笑着打趣:"静书长得那么漂亮,在学校应该很多人追吧?"

乔静书害羞地说:"没有啦,阿姨。"

裴行正半开玩笑半认真地说道:"小乔,你可别被别人追走了啊,我可是想你给我当儿媳妇的。"

这番话立刻吸引了桌上所有人的注意力。原本正在闷头吃饭的贺莹都抬起头来,下意识看了一眼坐在对面的裴邵。也不知道是不是察觉到她的视线,原本正在优雅喝汤的裴邵也抬起头,视线精准地向她投了过来。

贺莹头皮一麻,立刻扭头看向坐在自己身边的顾宴。

顾宴瞪着她,似乎在说:你看我干吗?

贺莹又看向乔静书。发现乔静书害羞得脸都红了,手足无措的样子,眼神慌乱得根本不敢往自己真正喜欢的人那里看。

裴墨则以为贺莹在看自己,露出了荒谬的表情。

林宙这时候也唯恐天下不乱地开起了玩笑:"裴叔叔,您可有三个儿子,您打算让静书嫁给您哪个儿子啊?"

乔静书羞恼地警告林宙:"林宙!"

裴行正哈哈大笑:"那当然要看小乔喜欢哪个了!"

瞬间,乔静书的脸都红透了:"裴叔叔!"

林冰玉轻晃着红酒杯,抿着笑追问:"所以静书你喜欢你裴叔叔的哪个儿子呢?"

乔静书红着脸求饶:"林阿姨,您就别开我玩笑了。"

她偷眼望向裴邵。她一直在小心翼翼地留意着裴邵的反应,却发现他始终像个局外人一样只是自顾自地用餐,始终连看都没往她这边看上一眼,仿佛无论是对她还是对这个话题都毫无兴趣。可不知道是有意还是无意,还是她想多了,他几次抬头,望去的方向,都是贺莹在的方向。

乔静书脸上的红晕还没有褪去,嘴唇却难受得紧抿起来,只好低头喝汤掩饰。

林宙适时地把饭桌上的话题转开了。

顾宴对着裴行正和林冰玉很难有胃口,吃了几口就放下筷子开始玩手机,时不时瞥一眼贺莹吃完了没有。贺莹一放下筷子,顾宴就催着她,让她推他去花园里透透气。

贺莹礼貌地打了声招呼,就起身推着顾宴出去了。

顾宴和贺莹刚离席。裴邵也放下了筷子,微微颔首致意。

"你们慢用,我还有工作要处理,失陪。"说罢,他也起身离席。

乔静书眼巴巴地望着裴邵走出餐厅,然后低头戳弄自己碗里的食物,也没了胃口。林宙对她使了个眼色,然后起身说道:"叔叔阿姨,我们也吃好了,你们慢慢吃。"

乔静书也跟着起身离开。

"我也吃饱了。"裴墨也走了。

偌大的餐厅就剩下裴行正和林冰玉了。两人距离上次见面已经是三个月前,彼此都带着点刻意的冷淡和生疏,像是完成任务似的不咸不淡地交流了几句近况,然后一前一后各自离席了。

留下一桌残局等人收拾。

贺莹和顾宴散步散到棋桌附近,顾宴就主动要求要跟贺莹下一盘。贺莹当然没意见,只是两人刚落了几颗棋子,林宙和乔静书就找了过来。

林宙有些惊奇:"贺莹,你还会下围棋啊?"

围棋本就小众,他也只会一点基础规则,还是顾宴教的。

贺莹抿唇一笑:"会一点。"

顾宴挑挑眉:"她这是谦虚,她以前下赢过张玉贤。"轻描淡写的语气却又分明带着点炫耀。

听到"张玉贤"这个名字,林宙震惊地看向贺莹:"真的假的?你打败过张玉贤?"

乔静书也有些怔愣。

近两年哪怕是之前不了解围棋的人也都认识了张玉贤,但林宙和乔静

书是见过张玉贤本人的，也清楚地了解张玉贤在围棋上的成就。可顾宴居然说贺莹下赢过张玉贤？一个护工？下棋下赢了围棋大师？

"那都是小时候的事了。"贺莹有些无奈地看着顾宴。

顾宴又挑了下眉："张玉贤小时候就已经是围棋天才了。"他似乎很看不惯贺莹的过分谦虚，又补充道，"而且你不是还下赢过我哥。"

乔静书怔怔地看着贺莹："也是小时候吗？姐姐，你跟裴邵哥小时候就认识了？"

贺莹抬头，看到她神情里的在意，微微笑了一下，淡淡地说："也不算认识，只是下过几盘棋。"

林宙的眼睛眨巴眨巴，亮晶晶的："你好厉害啊，贺莹，什么时候教教我吧？"

顾宴看不惯他往贺莹身边凑："滚，我没教你？"

林宙理直气壮地说："你又没有贺莹厉害。"

顾宴有点恼羞成怒，捏着棋子冷笑："你要么滚要么闭嘴，别打扰我下棋。"

林宙做了个给嘴巴拉拉链的动作，不说话了，开始认真地看贺莹和顾宴下棋。

乔静书说是在看棋，但目光总是忍不住在贺莹脸上停留。第一次在裴家见到贺莹的时候，她就惊讶过贺莹的年轻和对护工这个职业而言过于好看的长相。但这是她第一次这么认真地打量贺莹。

因为天气渐冷，贺莹穿了一件黑色的棉衣，毫无设计可言的款式，作用仅在于保暖并没有什么美观性，头发也是一丝不苟地在脑后扎了个低丸子头，只在额角两侧有几缕发丝垂落——可就是这样朴素的发型和衣服，却一点都不显得土。

她端坐着，腰和后背都挺得很直，微垂着眸看着棋盘，侧脸莹白，神情专注而又沉静，周身仿佛有一种特别的、静谧又幽深的气场。

乔静书将贺莹对面坐着的顾宴想象成裴邵，居然觉得那场景十分和谐自然。

林宙一开始也在认真看他们下棋，可他水平实在有限，体会不了围棋的乐趣，于是不知不觉地，视线也开始落在贺莹身上。看她乌黑浓密的头发，沉思时沉静的侧脸，眼睛眨动时随之扇动的睫毛，捏着白棋的纤长手指，棉衣后领处露出的一截纤细雪白的后颈⋯⋯

林宙的喉结微动了动，有些慌乱地别开眼，却撞上一双漆黑冰冷、饱含不悦的眼睛。

顾宴正冷冷地盯着他,毫不掩饰眼神里的不爽和警告。林宙有一瞬间的心虚,眼神躲闪了一下,但紧接着,他脑子里突然闪过一道闪电。

茅塞顿开。他终于明白顾宴最近总是莫名其妙地看他不爽的来源了。

是啊,他会喜欢上贺莹,而顾宴每天跟贺莹朝夕相处,喜欢上她也是再正常不过了。

好家伙!顾宴是在吃醋?

林宙一下子全想明白了。顾宴之前种种莫名其妙的行为,居然都是因为在暗自较劲吃醋?

林宙突兀的笑声引人注目。贺莹都抬头看了他一眼。顾宴的眼神从不爽变成了"你有病?"的困惑。沉浸在自己世界里的乔静书也茫然地看了他一眼。

林宙说:"没事,就是突然想到了好笑的事。你们继续。"他说着,意味深长地看了顾宴一眼。

顾宴皱了皱眉,莫名有种被发现了什么秘密的不安感。

棋局毫无悬念地以贺莹胜利结束。顾及顾宴在同学面前的面子,贺莹放水了,没有让顾宴输得太难看。

顾宴吐槽:"你这不是放水,是放'海'。"

"也许是你进步了,也有可能是我退步了。"贺莹面不改色地收拾桌上的棋子,对他们说,"你们去玩吧,这里我收拾就好。"

林宙立刻接话:"行,那我们先去玩了。"说着,不顾顾宴的大声反对,直接把人推走了。

乔静书看着贺莹欲言又止,但还是没有说什么,跟着林宙他们离开了。

贺莹一个人留下来捡棋子。刚捡完棋盘上的白棋,对面顾宴的座位就有人落座了。

裴邵坐下,也不看她,只是敛目捡棋盘上的黑棋:"跟我下一盘。"

贺莹当然不会拒绝,心里还有点高兴,毕竟跟他下棋可是有奖金拿的。最近他都没找她下棋了,她本来还有点担心这个月的奖金呢。

贺莹最近虽然忙,但一闲下来就在看比赛视频,研究最新的棋路战术。一是她自己本来就有旺盛的胜负欲,想要再次赢过裴邵;二是她认为如果自己一直赢不了裴邵,保不齐很快就会被裴邵嫌弃水平,不再跟她下棋了,那因为跟他下棋才有的那部分奖金就没了。两相结合下,她对围棋的热情空前高涨,临睡前都要看一会儿比赛视频才睡。

裴邵也很快就感受到了她的变化和进步。他从重逢后和她第一次下棋就已经感受到了她现在的棋路和她十几岁时与他对弈时的棋路的差别。比起她十几岁时遇神杀神、大杀四方的棋路，她现在的棋路要稳重谨慎很多。

　　可这一盘棋，却忽然再一次让他感受到了很多年前坐在她对面时那种从棋盘上掀起来的扑面而来的压迫感。

　　他不禁抬头看她。她在下棋时总是面无表情、全神贯注，垂着眸静默地凝视着棋盘。她端坐着，像一片深邃的湖，看似平静的湖面下却流淌着激烈汹涌的暗流，一不小心就会被卷入其中。

　　白色棋子落在棋盘上发出清脆的响声。裴邵凝神，重新把注意力放回到棋盘上。

　　棋盘上的黑白棋子交错纵横，对弈的两人在极度的专注和沉默中激烈厮杀。他们彼此都心知肚明，他们只要露出一丝破绽，就会被对方咬死不放。

　　顾宴他们找过来的时候，已经是半个小时以后了。他们远远地就看到两个人坐在这里下棋，离得近了，就无形中被他们之间那种凝重又特殊的气场所影响，三个人都下意识放轻了动作，没有出声打扰，只是默默站在一边看。

　　身上穿着在市场小摊上买的不到一百块钱的黑色棉衣的贺莹和穿着高级定制黑色大衣的裴邵坐在一起，画面看起来却没有任何不和谐之处，反而两人散发出来的气场异常和谐融洽。

　　围棋场上没有身份地位的高低，只有两个棋手在对弈。

　　哪怕是对围棋不感兴趣的林宙，看着棋盘上的厮杀都忍不住好几次屏住了呼吸。他终于意识到原来刚才顾宴说的都是真的了。

　　贺莹的确有那么厉害。她跟顾宴刚才下的那一把也的确不是放水，是在放"海"。

　　顾宴显然也发现了。贺莹在和裴邵下棋与跟自己下棋时的气势是完全不一样的。对比起跟裴邵下棋时针锋相对、棋逢对手的激烈，贺莹跟自己下棋的时候，完全就像是逗小孩玩。这个认知让顾宴心里忽然有种发闷的感觉。

　　二十分钟后，贺莹手里捏着一颗棋子，注视棋盘三十秒后，抬眼看向对面的裴邵，干脆地认输："我输了。"

　　她输了，但是输得酣畅淋漓，很尽兴。

　　裴邵赢了，但赢得绝不轻松。裴邵终于抬眼，目光从棋盘上抬起，落在贺莹的脸上，客观地评价："你进步很大。"

贺莹很久没有下过这么尽兴的一盘棋了，不禁也微笑起来，眉梢微挑："好像还不够大。"是明晃晃的挑衅。

裴邵的目光晃了一瞬，顿了顿，说："嗯，继续努力。"

他语气实在生硬，听起来没什么感情。可顾宴却忽然有种如临大敌的危机感。从小到大，他从来没有得到过裴邵这样的鼓励！哪怕是这种语气的都没有。可哥哥居然对着贺莹说出了这样的话。

"你们一盘棋下那么久，不冷吗？"林宙突然插话。

贺莹后知后觉地发现自己的手指冻得冰凉，于是搓了搓手，笑着说："你不说我都没觉得，的确有点冻手。"

她说着先掏出手机把棋局拍下来，等晚上休息的时候复盘，然后快速把棋子收进棋盒，起身说："那你们玩，我去干活了。"

棋局结束，她又回到了阶层分明的现实世界中。

贺莹晚上回到房间洗漱完，就把棋盘从衣柜里拿出来，看了眼下午拍的照片，在床上把下午跟裴邵下的那盘棋重新摆好。

下午结束得匆忙，没有给她记住棋局的时间，只能用手机拍下来复盘。

裴邵的这盘棋激起了她久违的胜负欲。这种只差一点点就能战胜对方的感觉是最上头的。

贺莹全神贯注地复盘，连门被敲响了都没发觉，直到声音越来越大，她才突然惊觉，从床上下去开门。

顾宴冷着脸坐在轮椅上，眼神充满控诉："你又不回我消息！"

贺莹愣了下，解释："我以为你睡了。刚刚在下棋，手机静音了。"

她都照顾他睡下了，刚才在复盘的时候担心被别的信息打断思路，就把手机静音了。

顾宴却脸色一变："下棋？跟谁？"说着自己推着轮椅往里进。

贺莹错身让开。

他气冲冲地进到里面，只看到床上摆着棋盘，却没看到跟贺莹下棋的人。

他扭头皱着眉质问贺莹："人呢？你在跟谁下棋？"好像她把人藏起来了似的。

贺莹有些好笑："没有人，是我自己在复盘。"

顾宴皱了皱眉，到床边看了一眼棋盘，一下就看出来了："下午跟我哥下的那盘棋？"

贺莹点头："嗯，我研究一下。"

事实上，她对裴邵很是佩服。

她这些年忙于生计，根本没精力再在围棋上有什么进益。裴邵当然不需要为生计发愁，但据她观察，他似乎也并没有很多空闲时间。玲姨曾向她展示过裴邵从小到大得到过的所有奖项的证书和奖杯，全被放在一间连窗户都没有的小储物间里。与此同时，他的棋力也已远超少年时期，是可以去参加国际赛事的棋手水平，而这也需要花费非常多的时间和精力。

顾宴有点酸溜溜的："都下完了，有什么好研究的。"

贺莹笑着说："研究下次怎么赢他啊。"

顾宴有点生气，但他说不上来自己为什么生气。他不喜欢贺莹和裴邵的这种关联。不管是他们少年时期就曾认识，还是现在偶尔下棋的关联，都让他不舒服。

下午他旁观贺莹和裴邵下棋的时候，他就有种感觉，好像他们才是同一个世界的人，而自己就像一个局外人被隔绝在外，参与不进。虽然心里明白他们两个不可能产生什么更深层的关联，可他就是不舒服。

可裴邵不是裴墨，他根本没有什么正当理由去要求贺莹不去跟裴邵接触。

顾宴压不住胸口涌上来的酸涩，喉咙里都是酸味："哦，你很喜欢跟我哥下棋？"

贺莹想了想，点点头："你哥是个很好的对手。"

棋品也好，下棋的时候他们基本上不怎么交谈，只专注棋局。

裴邵的棋路很稳，从不冒进，总是不疾不徐地编织起一张密不透风的网，困死对方后再慢条斯理地蚕食掉，压迫感很强。但贺莹喜欢这种棋局上的压迫感，从小就喜欢。带她的老师总说她遇强则强，是因为越强的对手就越能激起她的斗志，和比她强的对手下棋，总能激发出她的潜力。

裴邵的棋路其实有点克她。但她十三岁的时候能赢过他，现在也同样能。只不过是要再花点时间罢了。

顾宴看着贺莹，她的注意力完全不在他的身上，正盯着棋盘，眼神发亮。他胸口又闷又涩，将视线从她脸上移开，闷闷地"哦"了一声。

贺莹听到这一声，才转头看他："你不是睡了吗？怎么又起来了？是不是饿了？"

顾宴的胃口一直不大好，裴行正回来后，他和裴行正同桌吃饭更是不怎么吃东西了，每次都是第一个离席的。今天中午他只吃了几口，下午也没吃什么，晚上也吃得不多，现在是该饿了。

顾宴本来是不饿的,被贺莹这么一问,忽然觉得有点饿了。

"……有点。"

"要不要煮点面给你吃?"

顾宴看她:"你会煮?"

贺莹没说自己都给裴邵煮过两次了:"你要吃吗?要吃我就去给你煮。"

顾宴语气勉强:"那我吃一点吧。"

贺莹看他穿得单薄,本来想从柜子里找出自己的毯子给他盖上,结果发现上次给他用的毯子应该还在他房间没有拿下来,于是干脆拿出一件宽松的羽绒服让他穿上。

"我又不冷……"顾宴嘟囔着,"你的衣服我哪穿得进去。"

他虽然车祸后暴瘦,但毕竟是一米八的骨架,长手长脚,肩膀也宽,再瘦,骨架也在这里。

贺莹说:"那就盖着,手臂伸进去。"

顾宴乖乖地照着她说的做了。

贺莹的衣服和她的毯子一样都有种淡淡的桂花香气,是被挂在衣柜里的桂花香包给熏出来的,天气冷的时候闻着更多了几丝清冽的气味,顾宴很喜欢闻。

贺莹想着反正给顾宴一个人煮也是煮,不如也顺便问问裴邵,于是给裴邵发了一条信息:我在煮面,你要吗?

本来也该问问裴墨的,但考虑到顾宴和他的恶劣关系,她没有给裴墨发信息。

她刚把手机放回兜里,手机就振动了一下。

是裴邵的消息,一如既往的简洁:好。

沦陷黑月光

— 下册 —

请叫我山大王
著 /

江苏凤凰文艺出版社
JIANGSU PHOENIX LITERATURE AND
ART PUBLISHING

有爱的青春陪伴者

/第六章/
交往协议

顾宴看着端坐在他对面的裴邵，好不容易因为贺莹给他煮面吃而好一点的心情顿时跌入谷底。他尽量控制情绪，但语气还是显得僵硬："哥，你怎么下来了？"

裴邵的目光从他身上那件明显是女款的羽绒服上移开，淡定回答："贺莹叫我吃夜宵。"

顾宴一直以为贺莹和裴邵就只是偶尔会一起下盘棋而已，但他们什么时候背着他关系都进展到可以"约"夜宵的程度了？

"哥你不是睡前不吃东西的吗？"

顾宴发出这声质问的同时，贺莹端着面进来了。

裴邵和顾宴各一碗，都是一样的清淡。可顾宴却愣是发现了不同："我哥的鸡蛋怎么煎得比我的好？"

他的煎蛋看起来有点过了火候，边缘也不是那么好看，可裴邵碗里的鸡蛋却看着很完美。

贺莹看了看他碗里的鸡蛋，又看了看裴邵碗里的鸡蛋，沉默了两秒，很难承认自己下意识把煎得更好的鸡蛋给裴邵了，于是装傻地反问："不是一样的吗？"

裴邵的视线也在顾宴碗里的鸡蛋和自己碗里的鸡蛋来回扫视了一眼，没说话。

顾宴盯着贺莹："那你让我哥跟我换。"

贺莹试探性的目光望向裴邵。

裴邵在她带着几丝试探和几丝恳求的目光中，优雅地拿起勺子，优雅地喝了一口面汤,然后用他那张被面汤湿润显得有些润亮的嘴唇优雅地吐出了两个字:"不换。"

贺莹沉默了一下,扭头看向顾宴,语气温柔:"那我再去给你煎一个?"

顾宴:"不用。"

他明显是生气了,不耐烦地用瓷勺在汤碗边缘碰撞出噪音。

贺莹本来打算解释两句,裴邵却打断了她。

"你不吃?"他看着她。

顾宴:"我问过了,她不饿。"

贺莹也赶紧说:"对,我不饿。那你们慢慢吃,吃完了我再来收拾。"

她一走,餐厅里就只剩下兄弟俩面对面坐着。

顾宴的心思完全不在吃上,一眼又一眼地偷瞥坐在自己对面的哥哥。他总觉得不对劲。裴邵对贺莹的态度不对劲。怎么不对劲,他说不上来。

说起来,他对裴邵并不了解。从他记事起,裴邵就跟他不亲近。裴邵总有上不完的课,总是很忙,回家除了吃饭就是睡觉。就从来没见裴邵玩过,也从来没见他高兴过。

他在玩的时候,裴邵总是站得远远的,像个旁观者,冷漠地观察着。每当他想要过去跟裴邵一起玩,裴邵总是冷漠地拒绝或者直接走开。

他一度不明白为什么哥哥对自己那么冷漠。但他还是很崇拜自己的哥哥,不管别的人有多优秀,裴邵总是比他们更优秀。顾宴一直很以自己的哥哥为荣。

直到慢慢长大,他开始明白,明明是血脉相连的亲兄弟,为什么裴邵会那么冷淡疏离。

不是因为他们一个姓"裴",一个姓"顾",而是妈妈的区别对待。

在他眼里,顾文君是世界上最好的妈妈。后来他才渐渐发现,原来对他而言世界上最好的妈妈,对裴邵而言,却是一个冷漠失职的母亲。就连爷爷也因为对长孙寄予厚望而对裴邵格外严厉,对他这个小孙子却很纵容宠溺。

顾宴常常会觉得自己亏欠了裴邵。但每当他想要和裴邵拉近关系,裴邵都会用冷淡的态度来表达自己的拒绝。

所以说,他其实根本不了解裴邵,对裴邵的私生活也一无所知。因此他对于裴邵对其他异性的态度也并不完全了解,但根据他平时的观察,裴邵无论是对家里的一些女性亲戚,还是对像乔静书一样和他关系好的女性朋友都是一样的态度——保持礼貌却又拒人于千里之外的态度。

可他对贺莹，却全然不是那么一回事。可能表面上看起来裴邵对贺莹的态度也是冷淡，但顾宴能够感觉到，这种冷淡区别于裴邵之前对任何人的那种冷淡，他总是能够感觉到裴邵对贺莹那种若有似无的关注。

顾宴突然问："哥，你跟那位周小姐发展得怎么样了？"

优雅进食的裴邵停下了动作，抬头看他。

顾宴有些心虚，担心被看出他的"别有用心"，但脸上却装作若无其事。

裴邵语气淡淡道："结束了。"

顾宴心里"咯噔"一下，语调都变了，一连串的问题脱口而出："结束了？怎么就结束了？那天周小姐不是还去医院看你了吗？这才几天？"

裴邵淡淡地看着他，看到顾宴眼神都虚焦躲闪起来，才慢条斯理地开口："我的事情我自己会处理，你不用担心。"一如既往的冷淡却强势。

顾宴却不知道突然哪根筋搭错了，突兀地问："是因为贺莹？"话一出口，连他自己都觉得荒谬。

空气一时凝滞。裴邵面上纹丝不动，冷静而又沉默地注视着他。

顾宴自己先慌乱起来，仿佛被窥破了自己拼命想要隐藏的秘密，手里的瓷勺在碗里胡乱搅动着，前言不搭后语地解释："不是，我乱说的……我在胡说八道，跟贺莹没关系……我就是觉得你跟周小姐挺般配的，很可惜……"他说着，低下头去吃面，声音越来越含糊。

他心慌意乱的，根本没有留意到，裴邵并没有回答他的问题。

餐厅里再没有人说话。

贺莹过来收拾的时候，只剩顾宴一个人坐在餐厅里。

顾宴主动说："我哥先上去了。"

贺莹"哦"了一声："那我先送你上楼睡觉吧。"

顾宴重新刷了牙，被贺莹照顾着躺上了床。

从一开始完全抗拒贺莹对他的肢体接触，到现在顾宴已经完全习惯甚至有些渴望贺莹不经意的触碰。

明明他的腿根本没有知觉，可看着贺莹把他的腿摆弄好的时候，他就是能感觉到酥酥麻麻的感觉。

贺莹给他盖好被子，忽然环视了一圈，没发现自己要找的东西，才低头问顾宴："对了，我的毯子你看到在哪里吗？"

顾宴身上的被子被拉到下巴，只露出一张漂亮的脸蛋，刘海散开，露出光洁漂亮的额头。他一脸乖巧地看着贺莹："什么毯子？"

贺莹说："上次我怕你冷，给你盖着的那张毯子。应该是拿上来了，怎么没看见了?"

顾宴:"不知道,没看见。"

贺莹也没纠结:"嗯,没事,你睡吧。"说着就要关灯走人。

顾宴:"睡不着。"

贺莹收回关灯的手:"你下午不是没睡吗?怎么会睡不着?"

顾宴:"就是睡不着。"

"那你闭上眼睛,躺一会儿就能睡着了。"贺莹说着又要关灯。

顾宴却突然直勾勾地盯着她说:"你变了。"

贺莹再一次收回关灯的手,看向他漆黑的眼珠,有一瞬间的心虚:"嗯?"

她的确变了。如果是之前,她会顺势留下来,陪他聊天,哄着他一直到他睡着。可现在好像已经没有那个必要了。既然已经决定放弃顾宴,就不能再加深他对她的依赖,这对顾宴来说并不是一件好事。

贺莹还没来得及想出合适的理由,顾宴已经开始胡乱猜测起来。他用手肘撑着支起身来,表情紧张:"是不是我哥跟你说了什么?"

贺莹还没想好理由,顾宴倒是给她想好了。

贺莹也想借这个机会跟顾宴表明一下自己的态度:"你别多想,你哥没跟我说什么,只是我自己觉得之前对你的态度有点越界了。"

顾宴急急地撑着身体坐起来,脸上的神情焦灼又不安:"谁说的?哪里越界了?怎么越界了?"

贺莹默默地往后挪了挪,和他拉开距离。顾宴看见了,眼睛里露出受伤的神色,抿住唇不说话了。

贺莹有点受不住他这个眼神,她叹了口气,想要解释:"顾宴……"

顾宴眉头骤然皱起,盯着她:"你知道吗?你已经很久没有叫过我'小宴'了。"

贺莹微怔,想要继续说,却再次被顾宴打断。

"我知道你要说什么。"他抿了抿唇,漆黑的眼珠幽亮,一眨不眨地盯着她,"可我不喜欢现在这样……"

房间里只开了床头一盏台灯,淡黄柔和的光线照在他半张漂亮的侧脸上,好看到让贺莹忍不住愣了一下神。

顾宴紧盯着她,喉结不受控制地滚动,发出的声音又低又闷:"我不喜欢你跟我保持距离。"

贺莹看着顾宴漂亮得有些过分的脸和那双漆黑充满执拗的眼睛,不禁

心神晃动,感觉受到了蛊惑。

她垂了垂眸,避开了顾宴的眼神,也让自己定下神来。她心里很清楚地明白顾宴只是独占欲在作祟,他是在明目张胆地向她索取她的偏爱。而他膨胀的独占欲是她之前刻意放纵的,所以现在后果也得由她来承担。

她轻轻叹了口气,重新抬起头来,语气温和:"顾宴,你现在没有喜欢的人吧?"

顾宴漆黑的瞳孔颤了颤,语气都有些僵硬:"什么意思?"

贺莹好声好气地解释:"你想啊,如果你有喜欢的人了,又正好被她看到我们举止亲密,你觉得她会怎么想?"她眨眨眼,一脸认真,"客观上来说,我比你大不了几岁,长得也还算过得去……"

顾宴听到这里,视线忍不住在她脸上游移。贺莹的用词很谦虚。她的脸,绝对不是只能用"还算过得去"这五个字来形容的。哪怕是最开始顾宴还很排斥讨厌她的时候,也不得不承认,她长着一张人人都会喜欢的脸,换而言之,她长得也刚好在他的审美点上。

她的皮肤瓷白细腻,平日里看着有些清冷,可此时被柔和的光线镀上一层柔软的暖光,就呈现出一种温润柔软的光泽,连眼睛都显得格外温柔。

顾宴的心跳忽然漏跳了一拍,忽如其来的心悸感让他的手指都不受控制地蜷缩起来,脑子里短暂地轰鸣过后一阵空白,眼神都要虚焦了,只恍惚听到贺莹说了句:"你觉得我说得对吗?"

他心口一慌,心悸都加重了,发现自己根本就没听贺莹后面说的什么,眼神好不容易重新聚焦,就看见贺莹一脸温柔真挚地望着自己。他有点心虚,脑子蒙蒙的,勉强应了一句:"嗯……"

贺莹神情更温柔了:"你放心,我对你的关心并不会少,只是适当地保持距离。"

顾宴只听到了"保持距离"四个字。怎么说来说去,还是要跟他保持距离?他热涌的心脏像是被浇了一盆凉水,冷热交替,很难受。

"我不要。"他斩钉截铁地拒绝。

"我不喜欢,也不想跟你保持距离。

"谁要误会就让他去误会,我不管。

"反正我不会跟你保持距离,你也不准。"

贺莹盯着顾宴,沉默了两秒,突然问:"你喜欢我吗?"

顾宴瞳孔都震颤了一下,震惊地盯着贺莹,心里慌乱的程度无异于那天听到裴邵问出那个同样的问题,耳尖迅速红透了,想要强装淡定,可一开口声音却像是绷到极致的线,发着颤。

"你、你说什么呢?我、我只是……"

贺莹却忽然笑了:"别紧张,我只是开个玩笑。"

顾宴张口结舌,说不出话来。

贺莹站起身来,脸上笑着,语气随意:"你刚才说的那些话,的确很容易让人误会,不过你放心,我是不会误会的。"

顾宴听着却不觉得放松,反而心口发酸,喉咙哽得难受,不知道该说什么了。

贺莹在顾宴头上胡乱揉了两下:"好了,别胡思乱想了,快点睡觉吧。"

顾宴也不知道是自己的错觉还是什么,他总觉得贺莹现在连揉他脑袋的感觉都变了,以前是很温柔的,现在就跟揉狗揉小孩一样。

贺莹走了。室内一片漆黑。

顾宴盯着天花板好一会儿,心里总是有种若有似无的恐慌感。他的手在被子里摸索着,然后把被子下头卷成一团的毛毯摸上来抱住了,把脸埋进那一团暖融的桂花香气里。

贺莹忙碌了好几天,终于到裴行正过生日这天了。

"忙完今天你就轻松了。"周阿姨说,"要我说,等今天忙完了该放你两天假让你好好休息休息,我看你这黑眼圈都出来了。"

贺莹笑了笑,没有解释自己这黑眼圈不是为了裴行正的生日宴累出来的,而是这几天晚上她都在熬夜研究围棋熬出来的。

上午依旧是忙得不可开交。

裴行正还请了不少艺人来表演,其中就有前阵子参加了一档综艺节目红起来的乐队。布景早就搭好了,下午过来彩排,贺莹之前在电视上看过两眼,也凑热闹过去看了一眼他们彩排。主唱大概是还没开嗓,唱得不如她在电视上看到的好,人倒是比她在电视上看上去显得更瘦一些。

他唱了没几句就放下麦克风,示意嗓子不好,让边上的工作人员递给他一个保温杯,乐队其他人也都停了下来。

贺莹看他们不唱了,就准备走,没想到刚走出没几步,就被人叫住了。就是刚才给主唱递保温杯的那个工作人员。他手里拿着已经解锁的手机,语气娴熟道:"美女,你好。我是周老师的助理,周老师挺想跟你认识一下的,能不能加个微信?"

贺莹看向舞台那边,那位穿破洞裤的主唱手里还拿着保温杯正看着这

边，见她看过去，还对她举了举保温杯示意。

贺莹礼貌地笑了笑："不好意思。"

主唱助理却缠着她不让她走："别啊妹妹，就加个微信，真的，不会怎么样的。我们周老师就是想跟你交个朋友，你哪怕是加了以后删了都行，行吗？你看我也是个打工的，别难为我……"

一道冷肃的嗓音忽然响起："有什么事吗？"

贺莹一扭头，发现居然是裴邵，身边还跟着随行的张秘书。

张秘书和贺莹打过交道，对视的时候，礼貌地对她微笑了一下。贺莹也抿唇回了个礼貌的笑。

主唱助理当然不认识裴邵，纯粹是被他的气场震慑住，下意识地把手机收了起来，讪笑道："没事，没事。"

裴邵的视线掠过他，落在贺莹的脸上，眼神带着询问。

贺莹也没有告状的打算："没什么。"

裴邵没有追问，淡淡地说："玲姨在找你。"

贺莹连忙点头："啊，好，那我现在过去。"

裴邵补充："她在前厅。"

贺莹对他和张秘书点了一下头，就先走了。

主唱助理见贺莹都走了，也准备走。裴邵扫了眼台上一直在往这边张望的主唱，对张秘书说了句："演出取消了，让他们离开。"

张秘书一愣，略有些吃惊，随即点头应道："好的，我去处理。"

裴邵微微点头，转身走了。

主唱助理还没走，刚好听到他们的对话，蒙了，连连追问："啊？什么意思？怎么就取消了？您是哪位？我们签了合同的。"

他试图向裴邵要个解释，但显然是找错了人。裴邵只需要下命令，至于执行和善后，那都是张秘书的工作。

张秘书伸手拦了下主唱助理，掏出名片："这是我的名片，你有任何疑问可以让你们的经纪人联系我。"说完就准备离开。

主唱助理发蒙地低头看了眼手里的名片，看到上面金光闪闪的头衔，顿时变了脸，连忙拦住张秘书，僵笑着求情："不是，您等一下。怎么说取消就取消了呢？这我们都是签了合同的，您看是有什么问题我们都可以解决的，有什么事好商量嘛。"

公司对这次演出可是很看重的，通稿都发出去了，营销号也都买好了，准备借此再宣传一波的，毕竟每年裴行正生日都算是娱乐圈的热门话题了，请的也一向是今年最红的明星艺人。这要是演出被临时撤了，被人发到网上去还不知道要怎么被嘲呢。

张秘书从来没有处理过这方面的工作，毕竟之前裴邵从来不参与裴行正生日宴的任何事情，刚才就连他都吃了一惊。但他的工作就是执行裴邵下的命令，处理这样的小麻烦，对他而言毫无难度："放心，演出取消了，违约金我们这边会按照合同里写的支付，后续更详细的处理，我会让专人联系你们。"

裴行正得到乐队演出取消的消息时诧异了一下，得知是裴邵取消的时候就更惊讶了。

"知道是什么原因吗？"

要知道裴邵往年可是连他的生日宴会都会借口公司有工作不参加的，今天却不仅在家，居然还插手宴会安排了。

"不知道，只听说是小裴总过去看了一眼他们彩排，然后就把演出给取消了……可能是觉得演出效果不好？"

听到助理猜测的理由，裴行正忍不住笑出声来，反问道："你觉得裴邵会在意这乐队演出效果好不好？"

傍晚时分，裴行正邀请的宾客陆续入场，一辆辆豪车驶进裴家大门。

今天天气好，虽然气温不高，但还算干爽。宴会主场布置在室外。夜幕降临，花园里的树上都挂上了小灯串，鲜花簇拥、美轮美奂的庭院里灯火通明，非富即贵的宾客穿梭其中，衣香鬓影、觥筹交错的景象从二楼看下去像是一场盛大而又遥远的迷梦。

贺莹扶着二楼阳台的栏杆，看着楼下前所未有的热闹景象，在冷空气中轻轻吐了一口气。

她忙了好几天，真到宴会开始，反而闲了下来。就连顾宴身边也不用她照顾了，今晚乔静书、林宙他们都来了，还来了不少同圈子的同龄人，顾宴被众星捧月似的围绕着身边，也没有她的位置。楼下又到处是穿着高级礼服的宾客，她穿着一身灰扑扑的棉服，混在其中实在不伦不类，干脆跑到楼上来躲清闲了。

口袋里的手机振动了两下，贺莹拿出手机看了一眼，是周阿姨叫她吃晚饭了。

房子里今晚到处是宾客，员工的吃饭地点就改在了花房那边。裴行正是个非常大方的老板，订的高档食材还留了一份给员工，今晚周阿姨掌厨，

也算是员工福利了。

贺莹给周阿姨回了一条消息,把手机揣回兜里就离开阳台准备过去吃饭了。

下楼下到一半,却遇到了端着两个餐盘上来的裴墨。

裴墨看到她,立刻停下脚步,皱眉问她:"你去哪儿?"

贺莹说:"周阿姨叫我吃饭了,我现在过去。"

裴墨却举起手里被各种食物堆得满满的餐盘:"我给你带了吃的。要不要跟我一起吃算了?"

他说这些话的表情冷冷淡淡的,像是无所谓她会不会跟他一起吃,可因为在意她的答案而微抿的嘴角却泄露出了他的真实想法。

贺莹犹豫了一下,问:"你不用在下面招待客人吗?"

裴墨反问:"你觉得会有人在意吗?"

贺莹接过了他左手的餐盘:"走吧,去哪儿吃?你房间?"

裴墨漆黑的瞳仁中有细碎的光亮了起来,嘴角抿出一个小小的弧度,又迅速压平:"就去阳台吧。"他刚才就是在楼下看到她在二楼阳台"发呆",才上来找她的。

贺莹点点头:"也可以。"

两人端着餐盘到了二楼阳台的小桌前坐下。

裴墨说:"不知道你喜欢吃什么,我随便弄了点。你先吃,再看看还想吃什么,我下去帮你拿。"

他倒是想给贺莹多拿点,但餐盘实在装不下了。

贺莹刚刚过来的时候就看了,餐盘里堆满了食物,好多种类都有。她笑着说:"够多了,吃吧。"

裴墨翘了下嘴角,又从口袋里拿出两瓶汽水,开了盖后先递给贺莹,然后再开自己的。

两人在二楼小阳台吃着晚饭,还可以看到楼下的热闹景象。细看之下就会发现热闹景象之下,人人都在忙着交际应酬,真正放松享受的根本没有几个。

贺莹看了会儿楼下,忽然笑着转过头来,对裴墨说:"有没有觉得我们这儿像贵宾席?"

裴墨面色冷淡地抬起头来,对贺莹的说法嗤之以鼻,然而当抬起头看到她笑盈盈的脸时却怔了一下。他迟钝地转过头,将目光投向楼下。

楼下的宾客越来越多,视线掠过的时候,能看到不少熟悉的面孔。在他还小一些的时候，林冰玉非常喜欢带他出门社交。但他不喜欢，甚至厌恶，他厌恶那些人虚伪的笑脸，眼神里却充满了对他的打量。于是，在某次爆发激烈的争吵后，林冰玉放弃了带他出门。

他本来觉得他和贺莹这两个边缘人只能躲开人群在这里吹着冷风吃饭，挺可怜的，可被她这么一说，就好像完全不一样了。楼下那热闹的人群忽然变成了电影里的背景板，远处的演奏声也成了电影的背景音乐。

他收回视线，恍惚着望向坐在自己对面的贺莹，有些模糊地意识到，他们也可以是主角。

"干杯。"贺莹笑着举起汽水向他示意。

裴墨拿起手边的汽水和她轻轻碰了一下，微微笑了起来："干杯。"

少年漆黑淡漠的眉眼忽然在这冷冽的冷风中变得温柔起来。

"哎？贺莹呢？好像很久没看到她了，她去哪儿了？"林宙端着酒杯四处张望起来。

旁边一个正在吃蛋糕的女生闻言抬起头来："那个护工姐姐吗？我刚才好像还看到她在二楼阳台那边。"

林宙抬头一看就看到了。

顾宴也一样。透过栏杆的缝隙，他甚至能看到贺莹和裴墨在有说有笑。

林宙有些疑惑："贺莹跟裴墨的关系很好吗？"

顾宴的脸色沉了下来。

贺莹口袋里的手机响了起来。铃声一响，她就知道是顾宴的电话。这是顾宴特意拿她的手机设置的。

裴墨看着她问："顾宴？"

贺莹点点头，然后接起电话："喂，顾宴。"

电话那头的顾宴声音听起来不高兴："你在哪儿？"

贺莹说："我在吃饭。怎么了？"

顾宴冷冷地说："跟裴墨？"

贺莹愣了下，往楼下望去，就看到自助餐桌旁坐在轮椅上的顾宴正拿着手机冷冷地看着这边，同时听到手机里传来他冷冰冰的声音："过来找我。"

裴墨顺着贺莹的视线看了过去，也看到了面色不善的顾宴。虽说他挺乐意看到顾宴不高兴的，但他并不想看到贺莹因为他被顾宴为难："你下去吧。"

贺莹转头看他。裴墨耸耸肩，嘴角带笑："不用管我，去吧。"

电话那头的顾宴听到了裴墨的声音，脸色越发不好看了。

贺莹又扭头看了一眼被人簇拥着的顾宴。

裴墨低下头去，嘴角的笑容收了起来，手里的叉子在牛排上戳来戳去。

很奇怪，他的心情异常平静，好像忽然之间，没有了之前对顾宴的那种强烈嫉妒，只是胸腔里有股酸酸涩涩的失落。什么主角啊，不过是自己骗自己罢了。

然后，他就听到贺莹温软的嗓音："我在吃饭，可以等我吃完再下去吗？"

裴墨怔了一下，抬起头来，盯着她，漆黑的眼珠晶亮。

不知道电话那头的顾宴说了什么，贺莹神色平静地听着，然后面不改色地挂断了电话，把手机倒扣在桌上，看向他，笑了笑："看什么？快吃吧，都凉了。"

"哦。"裴墨又低下头去，把那块快被他戳烂了的牛排送进嘴里，嘴角控制不住地翘了起来。

贺莹下来的时候，林宙和乔静书他们都不知道去哪儿了，就剩顾宴一个人坐在就餐区，面前摆放的食物没动过几口，盘子上都有了油脂凝结的痕迹。

他看了她一眼，就冷冷地收回了视线，低头玩手机。

贺莹像无事发生一样问道："你还要吃什么吗？我去给你拿。"

顾宴头也不抬，面无表情，语气十足冷淡："谢谢，不用。"

贺莹并不在意他的冷脸，依旧好声好气："这些都冷了，我去给你换一盘吧。"

自助餐桌那边有服务员不停撤下冷掉的食物换上新的。

顾宴没看她，也没说话。贺莹就过去给他拿吃的了。

"那女的谁啊？"

就餐区原本已经坐了不少人在吃东西，穿着"朴素"的贺莹一出现就引起了不少人的注意，更何况她还在跟顾宴"搭话"，顾宴看起来一副不大想搭理她的样子。

"好像是顾宴的护工吧，之前看到她一直跟在顾宴边上。"

"开什么玩笑，这么年轻的护工？"另一人扭过头去，打量着走向自助餐桌的贺莹，嘴角一勾，语气带着点意味不明，"还长这样。"

不远处的另一桌有人认出了贺莹。

"那不是之前在赵家老爷子葬礼上闹事的那个护工吗？"

"什么？"

"你不知道？前一阵闹得沸沸扬扬的，说赵家老爷子的护工骗了老爷子一套房，后来赵旭章跟他老婆知道了把房子弄了回来，那护工还跑到赵老爷子葬礼上去要钱了。"

听的人来了兴趣："是个狠人啊。那要到了吗？"

"开什么玩笑，你当赵家是吃素的？赵旭章他老婆有多厉害你不知道？好像后来给了点钱打发了吧。不过这女的怎么那么有本事？出了赵家那档子事，居然一扭头进裴家来了。"

有人对此嗤之以鼻："不可能吧，你这说得也太离谱了，真有这事怎么可能进裴家当护工？你当裴家不做背调？"

这话倒是引起不少赞同。

"赵家老爷子那件事当时我听了就觉得离谱。以赵老爷子的人品，要是真留给那护工一套房，那也是人家应得的。这赵旭章两口子倒是有意思，赵老爷子送的房子，老爷子一走，他们就厚着脸皮给弄了回来，不就是欺负小护工没权没势嘛。"

一道刻薄的声音横插进来："你知道什么。我可听说了，这护工野心大着呢，哄着老的，还想勾搭家里的小的。"

贺莹听不到那些议论，却能够感觉到身后一道道带着审视的目光，她只当不知，拿着餐盘专心给顾宴拿吃的。

可惜她不想惹麻烦，麻烦却专找上门来。

"贺莹？"一道犹豫又不敢置信的声音响起。

贺莹一转头，就看到了她最不想看到的人。

赵靖正端着餐盘，一脸惊讶地看着她："真的是你？"

贺莹脸色微冷。她几乎忘记了还有这么一个人的存在，所以也就忘记了一直想继续抱住裴家大腿的赵家今天不可能不到场的。在这里遇到赵靖并不算意外，只是她一时没想到罢了。

在贺莹拉黑赵靖之后，赵靖还拿别人的手机给她打过电话，每次只要一听到赵靖的声音，她就挂断加拉黑，不给他说话的机会，给她发的"小作文"她也看都不看就删掉。但没想到这么猝不及防地见面了。

贺莹虽然不想跟他再有任何牵扯，但也不想场面难看，只冷淡地点了一下头，就转身换了个方向。赵靖却不识趣地跟了上来："你、你怎么会

在这儿的?"

贺莹脸色冷下来,反问:"跟你有关系吗?"

赵靖脸色僵了一下,还带着些对贺莹反应的讶异,到底还有些不死心,眼睛黏在贺莹脸上,嘴唇嚅动了几下,声音低低的,带着几丝乞求:"你还在怪我吗?我一直想联系你……但你把我微信和电话都拉黑了,我事后已经认真反省过了,我是真的想认认真真地跟你道歉。"

他从小品学兼优,再加上家世相貌,也是被人捧着长大的,身边不乏向他示好的优秀女性,他从来没有向谁这么低声下气过。可自从贺莹把他拉黑以后,他就像是丢了魂一样。自己的联系方式全被贺莹拉黑,他又借来朋友的手机给她打电话发信息,又都被拉黑。他才发现自己似乎一点都不了解贺莹。

事实上,最开始的时候他也对她抱有偏见,甚至有些反感,他也不知道自己是什么时候开始转变对她的看法的。他只是越来越频繁地去看望爷爷,每次去了都忍不住想要跟她说点什么,视线在她身上停留得越来越久。

在他的印象里,贺莹永远都是温柔又有耐心的,又细心又体贴,好像无论发生什么状况,她都能不慌不忙地妥善解决。

可是自从爷爷去世之后,一切都变了。父母对贺莹的态度一直很客气友好,直到他们发现爷爷居然给贺莹留了一套房子,顿时勃然大怒,认定贺莹用了肮脏手段才从爷爷那里骗得一套房子,他对贺莹的维护反而成了火上浇油。

他是最清楚其中内情的,也很清楚爷爷和贺莹的关系没有半点龌龊,只是父母的强硬态度以及在他试图维护贺莹后展现出来的令他陌生而又恐惧的狰狞面孔让他退却了。从小到大,父母对他都是和颜悦色,从没有和他发过脾气。他从来没见过父母这么可怖的模样,所以在贺莹找他帮忙的时候,他逃避了。

他给自己找借口,他只是不想贺莹和他父母的矛盾激化。他甚至想过无数次,如果贺莹再来找他,他要怎么说服她。可自那次以后,贺莹再也没有找过他,连一条消息都没有发过,只留给他一片死寂。他也一直不敢给她发信息。

直到葬礼上她再次出现。然后在收了他给她的"补偿"后,她把他所有的联系方式拉黑,决绝得不留一丝余地。

他本来也以为没什么的,他的确喜欢她,可也清楚地知道自己跟她是没可能的。贺莹本来就跟他不是一个世界的人,他身边也并不缺优秀的女孩子。可是日子一天一天过去，他却好像丢了魂似的，做什么都专心不了，每天都在不断反复地挣扎、纠结、自我怀疑。

贺莹越是这么决绝果断，他越是放不下。

赵靖今天穿着银灰色的西装套装，这段时间瘦了些，人反倒是越发清俊了。他这么低声下气地恳求她给他一个道歉的机会，可贺莹却没有丝毫动容。

她浑身透着一股拒人于千里之外的冷淡："你表达歉意的最好方式，就是离我远点。"

贺莹相信，赵靖这一刻表现出来的后悔是真的。但问题在于，她根本就不在乎。他后不后悔或者内不内疚，她一点都不在乎。她只想他离她远点。

说完这句话，她就准备走开。

赵靖这段时间魂不守舍，好不容易才见到贺莹，心里的焦灼压抑不住，顿时脑子一热，也忘了这是什么场合，下意识就抓住了她的胳膊："等等。"

贺莹转身，脸色彻底冷了下来，带着厌烦："松开。"

顾宴一直在等贺莹回来，可等了半天都没等到，手机也玩不下去了，装作不经意地抬头往自助餐桌那边看去，然后就看见贺莹正在跟一个男人交谈。他皱了皱眉，冷冷地看着，然后看见贺莹说了句什么就要走，那男的居然伸手拉住了贺莹。

顾宴顿时坐不住，立刻就要过去，轮椅却被一只手按住了。

褚方在他旁边的位置坐下来，手按在轮椅上没有松开，扭头望向自助餐桌那边，嘴角带着一种明显是看热闹的讥讽笑意："别急，再看看，他们是认识的。"

"你认识那个男的？"顾宴皱眉问。

褚方还是注视着那边。他上次见赵靖还是在赵老爷子的葬礼上，因为无聊跟着裴邵去看了一场热闹，也看见赵靖跟贺莹在路边纠缠不清。

他挑了挑眉，语气里别有意味："你爷爷的棋友赵老爷子的孙子，贺莹之前是赵老爷子的护工。"

他没挑明，但明眼人应该都能看得出来贺莹和赵靖的关系不简单。

顾宴的眉头皱得更紧了，漆黑的眼一瞬不瞬地盯着那边。

"贺莹今天不在吗？我好像没看见她。"同样受邀参加生日宴的张玉贤跟裴邵站在一起，目光在人群中搜寻着贺莹的身影，但无奈今晚宾客众

多。他之前看见了顾宴，顾宴跟朋友待在一起，却并没有看到贺莹在他身边照顾，给她发微信也没回。

他没有找到人，又拿出手机打开微信，贺莹还是没有回复。

说出口的话也没有得到任何回复，张玉贤抬起头，却发现裴邵的视线正越过他，望向他身后的方向。裴邵唇角微抿，表情很淡，似乎是看到了什么不太愉快的画面。

张玉贤转身看过去，扫视了一圈，最后视线定在自助餐桌旁，眉头也微蹙起来。

"贺莹！你居然还有脸来纠缠我哥！"一道略有些尖厉的熟悉声音响起。

贺莹望向来人，顿时脑仁都疼了。

赵雯穿着一条香槟色的缎面晚礼服搭了件白色皮毛外套，精致的妆容和发型衬托着她很是典雅淑女，楚楚动人。可往这边气势汹汹走过来时，她脸上的表情却完全破坏了这种精心营造出来的娴静气质。顾及场合，她的声音刻意压低了，但还是充满了愤怒和蔑视。

贺莹举起手臂，语气平静："请你看清楚，到底是谁在纠缠谁？"

赵雯看见了自己哥哥紧攥着贺莹手臂的那只手，脸色顿时有些发青，瞪向赵靖。

赵靖这才如梦初醒。察觉到周围隐约投过来的视线，他像是被烫到似的松开了手。

贺莹看着他快速缩回的手，意味不明地轻轻笑了一声。赵靖僵了脸色，窘迫地看着她。

"你怎么会在这里？"赵雯质问道。

"你有什么资格质问我？"贺莹冷淡反问。

事实上，之前给赵老爷子当护工时，她和赵雯并不怎么打交道。赵雯去探望赵老爷子的次数并不多，偶尔去一次，也待不了多久。赵老爷子很重礼数，所以赵雯在赵老爷子面前，总是表现出乖巧懂事的样子，跟她说话也很有礼貌。但赵老爷子不在的时候，赵雯就不那么客气了，看向她的目光总是带着警告和审视。

赵雯噎住了，眼睛瞪得圆圆的。

平时看起来温柔无害的人突然露出尖锐的棱角，莫名地很有震慑力。但贺莹身上那件穿了好几年的黑色棉服很快给了赵雯底气。

她蹙着眉,怀疑道:"你跟踪我哥?"

"雯雯!"赵靖语气严厉,"跟你没关系,你去找你的朋友。"

"哥!"赵雯一脸委屈和不满。

贺莹懒得跟他们纠缠,端着餐盘准备回去找顾宴,然而她脚下一动,赵雯就冲上来拽她:"我话还没说完,你要去哪儿?"

贺莹下意识地侧身躲闪,然而端着餐盘的手却被赵雯推到,顿时餐盘里的食物全砸到了她的棉服上,有酱汁飞到了她的眼睛里,疼得她立刻闭紧了眼睛。

赵雯倒也不是故意的,只是看到贺莹的狼狈,突然也意识到了现在的场合。她退到赵靖的身后,语气不自然地推卸责任:"不关我的事,是你自己弄的。"

贺莹压着火气,眼睛刺痛得根本睁不开,只能难受地闭着眼、弓着身,摸索着把餐盘放到了自助餐桌上才说:"给我水。"

四周忽然诡异地安静。贺莹并没察觉,听到拧开瓶盖的声音,下意识地伸手去接,然而却接了个空。

一道声音响起,伴随着水流声:"你手上都是油。我来,你低头。"

贺莹愣了愣,才听出是张玉贤的声音,于是放心地低下头去,让张玉贤帮她清洗眼睛。

张玉贤的动作很小心,还时不时地询问,贺莹并没有觉得什么不适。

裴邵面无表情地旁观张玉贤给贺莹清洗眼睛,烦闷感席卷心口,令他不适。

赵靖神情错愕。姑且不论裴邵,张玉贤这位备受推崇的围棋大师正在给贺莹用水洗眼睛,几句话和动作就透露出两人关系匪浅。

洗完,张玉贤说:"你睁一下眼看看,好了吗?"

贺莹试探性地眨了眨眼,还是有些刺痛,但勉强也能睁开了,飞快地眨了几次眼睛之后,不适感也好了很多。

一块温热的湿毛巾递过来。贺莹一抬头,给她毛巾的人居然是裴邵。

赵靖和赵雯两兄妹站在另一边,表情僵硬,脸色怪异。

周围也有不少人在往这边看,其中就包括不远处的顾宴和褚方。贺莹眨了眨眼,视线还有些模糊,看不清那些人和顾宴脸上的表情。

气氛有些怪异。

裴邵视线扫了一眼她胸口处,淡淡地提醒:"外套也脏了。"

贺莹一低头,才发现自己的棉服上也是一片狼藉,还有一大块酱料粘

在上面。

"谢谢。"她从裴邵手中接过毛巾,先把手上的油污擦干净,又把毛巾翻一面擦衣服,结果在黑色棉服上擦出一大片难看的水迹,格外显眼,于是她干脆拉开拉链把外套脱了。棉服够厚,她里面就只穿了件薄绒黑色打底衣,乍然脱下,冻得她瑟缩了一下,然后看向裴邵,"我去换下衣服,能麻烦你帮顾宴拿点东西过去吃吗?我是过来给他拿吃的来着。"

张玉贤看她穿得那么少,立刻脱下自己的西装外套,准备拿给她穿,然而晚了一步。裴邵的黑色西装外套落到了贺莹的肩头,像件大衣,把她整个包裹起来。

张玉贤愣了愣,转头看向裴邵,忽然意识到什么,缓缓攥紧了手里的外套。

贺莹也愣了一下,抬头看向裴邵,眼神有些困惑。

裴邵只穿着衬衫和西装马甲站在冷风里淡定地回看她,似乎不觉得冷,也并不认为自己的举动有什么问题。他甚至伸手把她手里的脏衣服接了过去,见她还呆愣着,又出言提醒:"穿上。"

贺莹回过神来。这已经是裴邵第二次把衣服借给她穿了,只不过态度比上次在车上随便丢给她时要好得多。

一回生二回熟,且看着旁边赵靖和赵雯隐隐震惊到不敢置信的神色,贺莹隐秘的虚荣心催使着她默默把手臂伸进袖子里。

"不是要去换衣服?"裴邵提醒,说完看她一眼,在一道道惊愕诧异的视线下,极自然地隔着过长的衣袖,牵住了她的手腕,"走吧。"

贺莹被手腕上环握上来的力道惊了一下,瞳孔震动地看向裴邵,脑子里一片空白,呆滞地被他牵着从自助餐桌边离开。

隐约路过一张张惊诧的面孔,贺莹觉得自己脸上的表情大概跟他们也差不多。

站在外围的张秘书下意识要跟上去,但迈了一步就被裴邵侧过来的一个淡淡的眼神制止了。张秘书停下脚步险些控制不住自己脸上的表情,轻咳了一声,镇定地叫来服务员收拾这里的狼藉,随即拿起桌上的餐盘,接替了贺莹的工作。

张玉贤抓着外套站在原地。站在他旁边的赵靖脸色惨白、失魂落魄,赵雯则是满脸震惊、不敢置信。周围的其他人,脸上的表情也都很精彩。就连一直似笑非笑看热闹的褚方都绷不住,变了脸色站了起来。

而坐在轮椅上的顾宴看完了整个过程,他面无表情,扣在轮椅扶手上的手指因为太过用力,关节都泛着白,脸上本就不多的血色也消失殆尽。

裴邵一脸冷静淡漠,而贺莹却一脸空茫,怀疑自己是不是出现了幻听。或者说,根本就是在做梦。

袖口下,贺莹的指甲微微用力地陷进掌心。有痛感,很清晰,所以不是做梦。

贺莹尽量保持冷静,语气谨慎:"可以再重复一遍你刚才说的话吗?我好像听错了。"

于是裴邵又用他那毫无感情的嗓音一字不漏地重复了一遍刚才的话:"当我的女朋友,限期三个月。三个月后,你会得到你想要的一切。"

贺莹这次听清楚了,依旧深感震撼。但她向来很沉得住气,沉默了几秒,定了定神,然后微微抬头,迎上裴邵的视线,很务实地问:"得到我想要的一切指的是?"

裴邵也沉默了一下,显然没有预料到贺莹的反应,随即反问道:"你想要什么?"

贺莹看着裴邵,忽然意识到人生中最大的机会就摆在她的面前了,心跳都快了几分。

她小心翼翼地斟酌着裴邵那句"你想要的一切"的分量。该提出什么样的条件呢?

贺莹咽了咽口水,各种大胆的念头在脑子里闪过,内心从来没有这么挣扎过。担心说少了裴邵答应得太轻松她会后悔,又担心说多了裴邵会认为她太贪婪结束交易。

似乎看穿了她的纠结心虚,裴邵淡淡地说:"任何你想要的东西。"

贺莹艰难地再次咽了咽口水。

她有那么一瞬间,怀疑这是一个圈套。手碰到袖口,她不禁低下头,看着自己身上这件裴邵的高档西装外套和里面那件自己花三十多块钱买的黑色内搭,很快又觉得自己想多了。她有什么值得裴邵图谋的呢?左不过是为了做戏给顾宴看,断了顾宴的念头。

其实她想告诉裴邵,自己现在对顾宴是真的没企图了,她就想安安分分地打裴家这份工。但此刻,她还是决定不说这些多余的话。

贺莹在心底快速算了一笔账,做好决定后,深深吸了口气,重新抬起头看向裴邵:"我要两百万。"

这个数字是她经过计算后,压制了自己的贪欲,得出的最合理的数字。

这并不只是她作为裴邵女朋友的价钱，而是买断她这个职位的价钱。

裴邵听到这个答案似乎有些意外，沉默地注视了她几秒。

正当贺莹试图解读裴邵的沉默是觉得她开价太高还是太低的时候，裴邵开口了。他淡淡地说："我给你三百万。今天太晚了，明天我会先给你一百万的定金，尾款会在我们的交易结束后结清。"

贺莹的第一个念头是，价钱果然开少了，第二个念头则是惊讶，惊讶于裴邵这个实打实的大资本家居然这么有良心，还主动给她"提薪"。她沉默了一下，突然说："我有个问题。"

裴邵看着她，示意她接着往下说。贺莹问："我想问一下具体的工作内容。"

裴邵明显停顿了一下，问："你没有谈过恋爱？"

"没有。"贺莹下意识地反问，"你谈过？"

气氛有一瞬间诡异的凝滞。看到裴邵罕见地吃瘪，贺莹有点想笑。她干咳了一下，压住笑意："咳，我就是想问⋯⋯"

话说到一半，余光就扫到门口有人进来，她转头看过去，正好对上褚方冷冷扫视过来的目光。

看着面无表情又气势汹汹地往这边走来的褚方，贺莹忽然有了一个大胆的念头。

"你们⋯⋯"走到近前的褚方刚出口的话骤然卡在喉咙里，连脚步都跟着停下，表情僵住，眼神愕然、不敢置信地盯着贺莹。

刚刚就在他眼皮子底下，贺莹牵住了裴邵的手。

贺莹牵住裴邵手的瞬间，就感觉到了他的僵硬和下意识的排斥，她下意识地握紧，然后露出"甜蜜"的微笑抬头看向他，想提醒一下。

裴邵垂眸看她，就看见她正一脸甜蜜地望着自己，不禁晃了一下神，然后在她饱含期待的目光中，迟疑地、缓缓地收拢手掌，回握住了她。

贺莹嘴角的笑容更甜蜜了，笑盈盈地看向褚方。

褚方的视线从他们交握的手转移到两人的脸上，在他眼里，贺莹这甜腻的笑容无异于赤裸裸的挑衅。他阴沉着脸，冷笑出声："你们这是什么意思？"

贺莹没有回答，而是无比自然地将身体靠向裴邵，又转头"含情脉脉"地望向他。

裴邵的目光在她脸上停留了好几秒才转头看向褚方，语气像是谈论天气一样平淡："我们在谈恋爱。"

褚方用一种极度陌生的眼神看着自己的好友,半响才难以置信地说:"裴邵,你是不是疯了?"

除了突然疯了,他实在想象不出来,裴邵怎么会跟贺莹谈恋爱。

一个护工。一个丑闻缠身的护工。她甚至可能还有一个孩子。

他转而用一种看怪物的眼神看向贺莹,匪夷所思地发出疑问:"你到底是什么人啊?"

他承认,贺莹长得是有几分姿色,可裴邵身边从来不缺好看的女人,比贺莹长相出众的不知凡几。他也实在没看出贺莹除了长相,还有什么异于常人的点让裴邵看上的。

无论怎么绞尽脑汁想破头,褚方都想不出来裴邵怎么会看上贺莹。难道就因为会下点围棋?

对褚方而言,贺莹跟他们根本就是不同阶层的人。在他看来,他们跟贺莹这样的人,只会产生雇佣关系。他偶尔的好心也只是端坐云端的人对在泥土里挣扎的人的一点怜悯。

所以他无法理解,简直匪夷所思。

就这么一个连他都看不上的人,居然就这么把裴邵给勾引了。褚方此时的心情就跟自己家的仙草被野猪拱了没什么两样。贺莹就是那头糟蹋仙草的野猪。痛心疾首都不足以形容他的心情。

"你们怎么都在这儿站着?"气氛僵持中,张玉贤也找了过来。

贺莹看到张玉贤过来,下意识就要松开裴邵的手。然而她的手指才动了一下,就被裴邵反手抓紧了。她一抬头,便对上裴邵垂下来的冷冷淡淡的视线。

金主大人得罪不起。于是她硬着头皮看向张玉贤。

褚方看到张玉贤,后知后觉地想起一件事来。

裴邵是少年时就认识贺莹的。那时候的贺莹还不是现在做护工的贺莹,她也不只是会下点围棋。她是曾经下赢过被誉为"天才围棋少年"的张玉贤的人,甚至连少年时期棋力还在张玉贤之上的裴邵都曾是她的手下败将。

而裴邵认识她,正是在那个时期。

难道是……褚方再一次惊疑不定地看向裴邵。

张玉贤已经走得近了,也就意味着他能看见贺莹过长的西装袖子下和裴邵牵在一起的手。他愣了愣,停下脚步。

贺莹被张玉贤的眼神看得别扭极了,佯装自然地说:"你们聊吧,我去换衣服。"说完就顺势从裴邵手里抽出手,抱着自己脏掉的棉服离开了

大厅。就让裴邵解释去吧。

张玉贤看着贺莹离开,转头看向裴邵,笑了笑,语气有些故作轻松的不自然:"刚刚那是怎么回事?"

褚方讽笑:"裴邵说他们两个在谈恋爱。"

张玉贤脸上的笑有些难以为继,看着裴邵:"不是吧?"

褚方有点暴躁:"很离谱吧?我也觉得很离谱,他居然要跟一个护工谈恋爱。"

张玉贤皱眉,语气不算客气:"褚律师,请你说话客气一点,贺莹是我朋友,职业也不分贵贱。"

张玉贤和褚方来往不算多,但因为裴邵的关系,两人虽然不算很熟,但也算得上是朋友,但显然褚方这个朋友的分量远比不过贺莹在他心中的地位。听到对方明显带有贬低的话,他心里很不舒服,再加上莫名的心情不好,就连语气都控制不住地有些重。

褚方心情差到极点,听到张玉贤的话更是不爽,冷笑着说道:"职业不分贵贱?张大师你能有现在这样的身份地位,走到哪儿都备受推崇,难道不是因为你的职业?贺莹她做护工做到行业顶级又怎么样?会有你这样的地位吗?我知道她是你的朋友,可我也只是在陈述客观事实。事实就是职业是分高低、分贵贱的,你围棋大师就是比护工要高贵,贺莹就是配不上裴邵。"

张玉贤面色越发冷峻:"我不认为我比谁高贵,我更不认为贺莹配不上裴邵,她配得上任何人。"

褚方哼笑:"配不配得上不是你说了算。"

"那是谁说了算?"冷淡的嗓音横插进来。裴邵面色也淡淡,却有种无形的压迫感,"我说的算吗?"

褚方脸色难看,怒极反笑:"当然是你说了算。你都不介意她辍学、是个护工,还有个孩子,我还有什么好说的?尊重、祝福。"

张玉贤却被他说的话给惊住了,扭头向裴邵求证:"孩子?什么孩子?贺莹有孩子?"

褚方似笑非笑地嘲讽:"我还以为你们关系有多好呢。怎么,她连自己有孩子的事都没告诉过你?何止是有孩子,估计孩子都好几岁了吧,这不是急着到处给小孩找后爸吗?"

张玉贤难以置信:"裴邵,是真的?贺莹有孩子了?"

褚方冷笑地补刀:"你还不信?上次我去医院处理工作业务,亲眼看到她因为自己小孩打了别的小孩,被对方家长扇了一巴掌,脸都被扇肿了。要不是对方认识我,卖我个面子,还不知道她后来要怎么收场呢。"

裴邵:"是谁?"

褚方一愣:"什么是谁?"然后才发现裴邵的面色很淡,是心情很不愉快的那种淡。

裴邵的面色很淡,语气更淡,淡出了一股凉意:"那个打人的家长,既然认识你,你应该也认识他。是谁?"

褚方很想纠正他刚才说的那些话的重点并不是贺莹被打,而是贺莹有个孩子。但他突然意识到,裴邵根本不在意贺莹有孩子。裴邵是已经疯了,彻底着魔了。

褚方突然有点破罐子破摔:"怎么,知道谁打了贺莹,你准备去给她报仇?"

裴邵没有回答这个问题,但答案已经显而易见。

褚方愕然地看着他:"裴邵,你真是疯了,你是真疯了。"

褚方被气昏了头,一边骂一边往外走,感觉裴邵已经完全没办法沟通了,走到大厅门口还狠狠踹了脚盆栽,骂了句脏话出去了。

大厅里只剩下张玉贤和裴邵。

张玉贤沉默了一会儿,问:"你什么时候跟贺莹在一起的?"

明明他上次来,裴邵和贺莹还一副彼此不熟互不搭理的样子。这才过了多久,他们就在一起了?

他说不上自己心里是什么感觉。他好像应该替贺莹高兴的,跟裴邵在一起,她就不用像现在这样辛苦了。这些天他也一直在试图给她一些经济上的帮助,但都被她拒绝了。

如果她跟裴邵在一起,至少不会再缺钱了。

可他心里高兴不起来,说不上是个什么感觉,胸口闷闷的,又空落落的,有点难受。

张玉贤心里其实知道,自己大概有点喜欢贺莹的。小时候他只知道成天黏着她,看她跟别的同龄孩子下棋都会不高兴。他们分开后很久,他才后知后觉地发现自己那时候应该是喜欢贺莹的。她那时候那么耀眼。

那现在呢?张玉贤原本并不确定,毕竟他们分开了那么久,贺莹也早已不是少女时期的她了,就连微信里跟他联系时的语气都是客气又生疏的,常常令他感到失落。

可此时胸口那股窒闷感又那么难受。他恍惚觉得,自己好像还是喜欢

贺莹。只是现在似乎说什么都晚了。

他恍惚着,只听到裴邵说:"刚才。"

张玉贤骤然回神,愣愣道:"什么?"

裴邵淡淡地重复了一遍:"就在刚才。"他面不改色地说,"贺莹跟我表白,我接受了。"

张玉贤更恍惚了。

贺莹也很恍惚,从大厅到自己房间的一路上都像是踩在棉花上,脚步是飘的。

她回到房间,关门,坐在床上,然后开始发怔。许久,她低头看了看身上的高档西装,再次确认自己不是在发梦。

三百万,对她这样的人来说,这是一笔天文数字。足够她还掉债务,还剩下一大笔。她可以把剩下的大部分钱存进银行,只留下一小笔钱在手里周转花销。

她可以不用再做护工,可能去开个小店,或者可以继续下棋。她的工资加上银行利息,也完全足够她和贺康平日里的花销了。

贺莹想着,心口都发起烫来,手心也微微汗湿。她下意识想往身上擦,然后及时发现自己身上穿着的是裴邵的高档西服,又连忙停下了。

她起身站起来,把西装外套脱下,拉开柜子准备找件别的外套来穿。

放在床上的手机响了一声。是微信消息。

裴邵发来的:换一身符合你现在身份的衣服。

贺莹知道他指的是"裴邵女朋友"这个身份。她从手机上抬起头来,看着自己衣柜里稀稀拉拉的几件衣服,实在找不出一件符合他要求的衣服。

于是她诚实地回复过去:我没有这样的衣服。

为了表示自己说的是实话,她拍了一张衣柜照片发了过去。颜色基本上是黑白灰,款式以保暖为主,经久耐用又实穿,走在人群里不会引起任何注意。

裴邵看到贺莹的回复以及衣柜里寥寥几件衣服的照片时沉默了几秒,随即把张秘书叫了过来。

贺莹站在衣柜前等着裴邵的消息,等了一会儿才收到。

裴邵:稍等,张秘书会过来找你。

贺莹回了个"好",然后就换上自己的衣服坐在床上等着。大概五分钟,张秘书过来敲门,态度比之前似乎要更客气几分:"贺小姐,请跟我走。"

车已经停在厅外,是裴邵的车。张秘书为她打开后座车门,她道一声谢,弯腰准备上车却发现裴邵就坐在里面,不禁愣了一下,脱口而出:"你也去吗?"

她大概知道张秘书应该是被裴邵安排带自己去买点"符合裴邵女朋友身份"的衣服,但她没想到裴邵会一起去。

裴邵转头看她,淡定地说:"上车。"

而此时站在车外的张秘书则回想起刚才自家老板交代完他以后,又忽然叫住他,神态自然地问他"女朋友买衣服,男朋友是否该陪同"的时候,他脸上的茫然以及内心的震撼。

贺莹听话地上了车。

驾驶座的小王快速地扭过头来看了她一眼,控制不住地向她咧嘴,给了她一个心照不宣的眼神。贺莹默然,谁能想到他之前那些听着都觉得离谱的话会以这种方式"成真"。

张秘书没有陪同,而是留在裴家帮裴邵应酬。实在是他对带女性做造型的工作内容不熟练,所以在征得裴邵的同意后,安排了自己那位关系户小助理过来。

他们到的时候,张秘书的助理已经在造型工作室的大门口等着了。

贺莹一眼就认出对方脚上的高跟鞋是某个奢侈品牌的限量款,从头发到脚都散发出金钱堆砌的精致,自然也感觉到了对方在看到她下车后从好奇到惊奇的眼神变化,但只是一闪而过,她就笑意盈盈地迎了上来。

"裴总。贺小姐,我是张秘的助理。我姓'赵',你叫我'小赵'就可以啦。里面我都已经安排好了,我们直接进去就好了。"

贺莹跟着她走进眼前设计得十分潮流的建筑物。

贺莹还是第一次来这样的地方,里面的造型师的穿着打扮是她在大街上看到都会忍不住多看两眼的"潮人"。

贺莹虽然没见过什么世面,但她向来会装相,心里再怎么惊讶好奇,脸上却还是不动声色,一副淡定模样。哪怕她身上的羽绒服一看就不是什么高档货,但她的气质实在太过淡然从容,耳朵上一个耳钉就能买贺莹全身上下的工作室主理人也不敢对她有任何轻视,更别说那位裴氏集团的未来继承人还坐在外间等着。

赵夏也在偷偷观察着贺莹,暗暗惊奇。

刚才在裴邵面前还一副专业态度的赵夏一等裴邵不在了,就立刻忍不住原形毕露,在造型师给贺莹量尺寸的时候,满脸好奇地问:"贺小姐,你真是裴总的女朋友啊?"

她从张秘书那里听到这个惊天大八卦的时候简直要惊掉下巴，不近女色的老板居然谈女朋友了，之前一点风声都没有。她追问的时候，张秘书也含糊其辞地糊弄她，只说等她见到就知道了。她都快好奇死了！

刚见到贺莹的时候，赵夏就暗暗吃了一惊。主要是她想象中的裴邵女朋友应该是同圈子家境相当的人，不是端庄大方优雅的淑女，也应该是清丽不食人间烟火的仙女。

贺莹从车上下来的时候，她都怀疑是不是弄错了，实在是朴素干净得过分了……穿着灰扑扑的外套，扎着低马尾，脸上看起来除了描几笔眉毛，一点妆都没有，她都不记得自己有多久没见过这样打扮的人了。

她顿时脑补了无数少女时期看过的贫苦灰姑娘遇到霸道总裁的偶像剧剧情。就是这位贺小姐和她印象中"灰姑娘"的形象不大一样。

这位贺小姐虽然完全不打扮，但她那张脸和气质的确很特别。倒不是那种叫人一眼惊艳的长相，但很经得起细看，眼神清亮笃定。而且她好像并不觉得自己的穿着打扮有多普通，在这个地方有多格格不入，她眼神很定，到了陌生的环境也不四处张望打量，只是视线环顾一周就淡定收回，不游移也不飘忽，淡然自若得好像是这里的常客。

此时听到她的问话，贺莹也一点都没有羞恼，只是微微一笑，望着她反问道："不像吗？"

赵夏有那么一瞬间，有种"这女人好像有点东西"的感觉，不过能拿下裴邵，当然也不会是古早偶像剧里那些每天只知道闯祸的傻白甜女主。她歪了歪头，也笑了："一开始觉得不像，现在觉得像了。"

贺莹嘴角微微翘了一下，没有对赵夏这句话做什么回应。说到底，她是个"假"的，没必要入戏太深。

量好尺寸，店里的店员很快拿上来好几件礼服给贺莹试穿。贺莹在几件高调奢华的礼服中挑了一件看起来最低调的浅香槟色鱼尾礼服，结果进去试穿的时候才发现后背完全是空的，布料只堪堪裹到腰线，露出了整个后背。

贺莹看着落地镜中的自己，有些愣了。礼服是完全贴身的款式，只在腰间往下延伸出一些褶皱设计，缎面的布料丝滑得如同第二层皮肤轻柔地贴在皮肉上，将她身体的线条展露得一览无遗。

"需要帮忙吗？"赵夏在外面等着，见贺莹一直没出来，就掀开帘子走了进来。

贺莹闻声也转过身来。赵夏愣了一下，没忍住，张嘴发出了一声惊叹：

"哇哦！"

贺莹皮肤本来就白，浅香槟色的礼服更是将她的皮肤衬托得如同温润莹白的上好羊脂玉一般，斜肩的设计完美勾勒出她纤薄的肩颈线条，再往下，是又细又薄的腰肢。她此时正侧着身，隐约露出一片雪白的后背，整个人看着像是笼罩在一层朦胧的柔光里一样。

这件礼服是刚才那几件礼服里赵夏最不喜欢的一件，款式太过低调简单，也没什么特别的设计，颜色也不出挑。见贺莹选了这件，她还在心里暗暗吐槽了一句贺莹的审美，但没想到穿在贺莹身上居然会那么惊艳。

贺莹摸了摸有些发凉的后背，有些犹豫："要不还是换一件吧。"

"别！"赵夏连忙过来制止，"这条裙子太适合你了，简直就是为你量身定做的！"她说着直接拉开试衣帘，对外面的造型师说，"把高跟鞋拿过来！"

造型师拿来一双裸色高跟鞋。贺莹看了一眼，只看到细细的鞋跟足足有七八厘米高。她平时没什么机会穿高跟鞋，偶尔穿一次，也只是四五厘米高，看到这七八厘米的细高跟，不禁有些望而生畏。

造型师走过来，很自然地蹲下去为她脱鞋试穿。

贺莹不习惯这种服务，往后退了一小步，说："我自己来吧，谢谢。"

贺莹出来的时候，裴邵正在接电话。听到动静，他侧身，目光淡淡地扫过来，漫不经心的视线毫无停顿地扫过走在前面的赵夏，落在后面的贺莹身上，视线停顿，冷淡的眉眼怔了一瞬。

贺莹不仅换了礼服，还重新做了妆发。她的头发散了下来，用卷发棒重新卷出随意又自然的弧度，取两侧几缕发挽至脑后，用水晶流苏发饰固定，浓密的长发遮住后背的春光，却又不会遮住肩颈精致纤薄的线条。

她的皮肤实在是太好，又白又细腻，底妆几乎只需要遮一下眼下浅浅的黑眼圈就已经够了，化妆师只能在她的眼妆上多下功夫。

贺莹的眉眼原本就是她脸上最出挑的地方，只寥寥几笔勾画，原本清冷的眉眼就有了潋滟清绝的惊艳感。

"裴总？"电话那头的人提的问题没有得到回应，谨慎地叫了他一声。

裴邵的视线没有从贺莹身上移开，简单交代了电话那头的人几句，就挂断了电话。

赵夏问："裴总，您看贺小姐这套可以吗？"

裴邵却只看着贺莹："你喜欢吗？"

贺莹怔了一下，没想到他会先问自己的想法，于是诚实地点点头："我喜欢。"

裴邵问："要再试试别的吗？"

贺莹说："不用了，就选这套吧。"

裴邵点头："好。"

店员连忙拿来刷卡机，裴邵刷卡买单。贺莹瞄了一眼上面的数字，那一长串数字看得她眼花。虽然花的不是她的钱，却也忍不住心疼地想，这钱要是能折现给她该多好啊。

她又想这礼服裴邵既然买了，应该就是给她了。等交易一结束，她挂到网上去卖二手应该也能卖不少钱。这样一想，她又开始后悔刚才裴邵问她要不要试试别的的时候怎么没想到。

考虑到今天的室外温度，主理人又额外赠送了一条浅白色的羊绒披肩。贺莹怕冷，直接披上了，倒是和裙子的颜色有些相得益彰。

出大门口有五六个台阶，贺莹来的时候走得轻松，走的时候却有些艰难。她并不习惯穿细跟高跟鞋，更何况还是这个高度的，平地尚且还能应付，下楼梯就不得不小心翼翼了。再看一眼赵夏，穿着比她还高的高跟鞋，却健步如飞，已经下到台阶下面了。

就在她犹豫着准备迈腿的时候，一只手伸到了她的面前。她一愣，抬头，裴邵面色淡淡地站在下一个台阶上，把手伸给了她。

"谢谢。"贺莹小声道谢，把手搭上去，被他握住。

她扶着他走下了台阶，然而下完台阶，裴邵却没有松手，就这么牵着她往车那边走，她也没好意思抽手，就这么被他牵着过去。

小王还在刷短视频，一抬头看到他们，连忙关掉手机，然而看到贺莹的时候，整个人都呆了呆。他一直觉得贺莹长得漂亮，但没想到贺莹这么打扮一下居然会这么好看，跟明星似的，他眼睛都看直了。

赵夏瞪了他一眼，他才反应过来，连忙拉开后座车门。贺莹路过他的时候，他都不敢正眼看她了。

裴邵先让贺莹上车，然后绕到另一边上车。

赵夏则非常自觉主动地拉开车门上了副驾驶座："裴总，我可以随行帮您照顾贺小姐。"

裴邵不置可否。

车子缓缓停下。小王先下来帮老板拉开车门，然后绕到另一边帮贺莹开车门。看见老板走过来，他忙识趣地往边上让了让。

裴邵过来的时候，贺莹坐在车里正在深呼吸。说不怵，那是假的。主要是这事发生得太突然，她完全没有心理准备。

裴邵俯身下来，深浓的眉眼注视着她："紧张？"

贺莹却不愿示弱，强装镇定："还好。"

裴邵没说什么，只是依旧将手递给她，将她从车里牵出来。

跟着裴邵走向人群时，贺莹越发紧张了，紧张到几乎看不清那些人的面孔，只觉得后背都是僵的，不知道是不是太冷了，四肢都是冰凉的。

裴邵似乎发现她的异样，停下来看她："还紧张？"

贺莹咽了咽口水，终于心虚地承认："是有点。"

裴邵扫了一眼那边的人群，然后重新看向她："你回去休息吧。"

贺莹愣了愣："啊？"

她心口重重一坠，她钱可还没拿到手，裴邵该不会是看她这么"不争气"要反悔吧？

贺莹忐忑极了，情急之下抓住了裴邵的手，像是抓住那三百万一样用力。因为赵夏就在旁边，她也不好说得太明显，只好带着点恳求说道："我没事的。我就是现在紧张，一会儿就好了。"

裴邵被她抓得一愣，视线落下去，又移上来："你不用勉强……"

"不勉强。"贺莹斩钉截铁地打断他，同时给自己找了个借口，"我可能就是有点冷。"

裴邵听了，很自然地握了一下她抓着他手臂的手。握到一手冰凉，他不禁皱了下眉。

"赵夏。"

赵夏原本很有分寸地和他们保持一米多的距离，听到裴邵叫自己的名字，才一个箭步跨上去："裴总，什么事？"

裴邵说："天气太冷了，让张秘书叫人把场地挪到宴会厅。"

赵夏不自觉地看了一眼贺莹，说道："好的，我现在去。"

贺莹惊讶地看向裴邵，这几天现场的布置都是她亲自在盯的，自然知道临时换场地得有多麻烦。

就因为她觉得冷？这裴邵也未免太入戏了。就算是为了让顾宴相信，也不用做到这份上吧？

她正胡思乱想着，忽然身上一沉。她一怔，发现自己才还给裴邵的西装外套又回到了她的身上。

裴邵给她披上西装，淡淡说道："不用紧张，一会儿就待在我身边。"

贺莹听着他语气似乎不像平时那么冷淡，也听不出不耐烦的样子，倒像是在安抚她，心里定了定，乖巧地点了点头："好。"

裴邵垂着眸，视线在她脸上停留了一会儿，在贺莹抬眸前淡淡转开视线，微微抬起胳膊。

贺莹一愣，抬头对上裴邵垂眸望过来的视线。她反应过来，连忙伸手挽住了他的手臂。

裴邵的手臂有一瞬间的僵硬，很快就恢复了自然，重新迈动脚步，带着她缓缓走向灯火通明、人声鼎沸处。

赵夏找到张秘书，传达了裴邵的指令。

张秘书看着面前这到处是人的热闹景象，不禁一阵头疼，但老板的命令，再难也要完成，立刻去安排了。

出乎意料的是，宾客倒是没有人抱怨。本来这个天气就应该在室内办，偏偏裴行正就喜欢露天的氛围，一定要在花园的草坪上办。但今晚的温度格外低，男宾客倒还好，都穿着西装，还扛得住，女宾客就受罪了，虽然都准备了披肩或小外套，但也扛不住今晚的低温，这会儿听说场地要挪到室内，都求之不得。

只有裴行正搞不清状况，见有人搬动桌椅还不知道发生了什么事，叫来人一问才知道又是自己大儿子的安排，不禁也纳闷起来，裴邵这是怎么了？又是撤乐队又是换场地的。他以前可是从来不会管这些杂事。

忽然，有人向裴行正打听："裴老弟，我听说裴邵带了女伴来啊，是交女朋友了？"

裴行正差点把刚喝进嘴里的酒又吐回酒杯，他诧异地看向这位曾半开玩笑半认真地说要跟他结亲家的影视公司老总："女朋友？哪儿呢？"

王总说："不是吗？我刚听人说裴邵带了个女伴啊，你不知道？"他说着突然看向裴行正的身后，"哎！不是在那儿吗？你看，还手挽手呢。"

裴行正立刻扭头看过去。第一眼他还没认出裴邵身边站着的年轻女人是谁，待定睛一看，看清楚了，差点惊掉下巴，那不是……那不是顾宴的护工吗？

离开宴会一个多小时不见人影的裴邵再次现身，身边却多了一个女伴，还是挽着手出现的。

众所周知，裴邵虽然早已到适婚年纪，这些年也有不少人对他的婚事虎视眈眈，但裴邵显然一心扑在事业上，除了偶尔出席一些商业性质的宴会，极少在公众场合露面，对他有想法的年轻女孩们甚至连见面的机会都没有，根本无从下手，也从来没有传出过什么绯闻。

前几天他跟周曼青相亲的消息传开了，家里有适婚女儿的老总们顿时都蠢蠢欲动起来，以为裴邵这是终于要考虑婚姻大事了。几乎所有人都认为以裴邵对事业的专注程度，应该是近几年就会找一个家世相当的女孩联姻，强强联手，让裴氏集团更上一层楼的。但这个女的是从哪里冒出来的？从来没在桐市的上流社交圈里见过。

周曼青看看站在裴邵身边，仿佛变了个人似的贺莹，眼神中有几分酸涩，又有几分恍然："是你。"

她不知道该怎么形容自己此时的心情。上次她主动打电话想要约裴邵的时候被他拒绝，他向她致歉，并且提出他们的关系到此为止。她不死心，追问原因，裴邵沉默了几秒后，告诉她，他有喜欢的人了。

她想象过，能够让裴邵喜欢上的人是什么样子，一定是比她更漂亮、更优秀的女孩子。但她没想到，会是贺莹——顾宴的护工。

可要说没想到，那次裴邵住院就是贺莹陪护，当时她就觉得怪怪的，后来也隐约察觉到裴邵对贺莹异常的关注和态度，只是她根本没敢往这上面想。谁敢想呢。

贺莹面对周曼青，也有点尴尬，毕竟不久前，她还在医院给裴邵做陪护，而周曼青是作为裴邵相亲对象的身份过来探望的。

但为了那三百万，这点尴尬当然不算什么。同时她也想到，这可能也是裴邵和她交易的一部分原因？拿她当挡箭牌？

面对神情复杂的周曼青，贺莹还能镇定微笑。可一转脸面对脸色难看到极点的顾宴时，她就笑不出来了。

轮椅上的顾宴苍白的脸色此时阴沉到了极点。

贺莹看看顾宴，又看看站在他身后小脸煞白的乔静书和神色怔怔的林宙，脸上的笑容缓缓消失了。

顾宴漆黑的眼瞳死死盯着他们，声音像是从牙缝里挤出来的："解释。"

他一直知道贺莹长得好看，可从来没有想过她打扮起来会这样好看，好看到令他刚才看到她的一瞬间就被惊艳到心跳漏了一拍，然后狂跳。可下一秒，他热烈雀跃的心脏瞬间被冰水浸透。

她身上套着裴邵的西装外套，手挽着裴邵的胳膊。

他的手死死扣在轮椅扶手上，竭力保持最后的冷静，强烈的背叛感和撕裂的痛感在胸口翻滚，因为最近心情好转而好不容易恢复一些血色的脸

庞此时只剩一片仿佛下一秒就会彻底灰败下去的苍白。

贺莹看着顾宴的脸色，忽然意识到自己好像在做一件对顾宴而言极其残忍的事，他看起来像是要碎了。她忽然涌起一阵强烈的后悔，挽着裴邵的手像是失去了力气，慢慢松开了。

然而下一秒，她准备缩回来的手被一只手捞起，然后以一种不容她拒绝和犹豫的力道握紧。

贺莹心口微颤，抬眸。裴邵正垂眸看她，薄唇微抿，深浓的眼眸中裹着一层晦暗不清的情绪，握着她的手无声地收得更紧，似乎在提醒她现在后悔已经迟了。

贺莹咽了咽喉咙，硬着头皮重新看向顾宴。

显然，牵手比挽胳膊的动作要更亲密。

林宙和乔静书的脸色都又变了变。顾宴的脸色已经彻底灰败下去，漆黑的眼睛里连最后一点光亮都快消失了，只剩下一点微茫的微光，仿佛还存着最后一丝侥幸。

然而，裴邵的话让他连最后一丝侥幸也破灭了："贺莹现在是我的女朋友。"

听裴邵亲口承认，乔静书漂亮的眼睛里流露出不敢置信，手指蜷缩起来，指甲陷进掌心。

林宙也愣住了，看向贺莹，心口处泛起酸涩。

顾宴漆黑瞳仁里的最后一点微光也彻底消失了，脸上呈现出一种空洞的茫然，失去神采的眼睛缓缓看向贺莹。

贺莹抿了抿唇，想说些什么，但嘴唇嚅动着，却什么都没有说出口。

顾宴没再说一句话，紧扣着扶手的手慢慢松开，鸦黑浓密的睫毛沉沉地垂下去，遮住了眼瞳，脸上只剩下苍白的沉寂。他似乎连说话的力气都失去了，嘴唇微抿，喉结艰难地滚动了好几下，才发出声音，低低地嘶哑："林宙，送我回去。"

林宙迟钝地答应了一声，又看了贺莹一眼，默然推着轮椅上的顾宴离开了。

贺莹下意识要跟上去，只是才往前走了一步就被拽住。裴邵面色平静："先让他冷静冷静，我晚一点会去找他谈。"

贺莹也冷静下来，点了点头，然后看向还站在那里的乔静书。

女孩怔怔地看着他们，漂亮明媚的脸上是抑制不住的难过，最后咬咬唇，什么也没说就走了。

贺莹虽然有点同情，但这同情也十分有限，她现在只担心顾宴。

"要不你还是现在去跟顾宴谈谈吧？"贺莹还是忍不住跟裴邵说，她眉头微微蹙起，满是忧虑，"我担心他。"

顾宴刚才的状态看起来实在是太不好了，那种仿佛失去生命力的颓败，让人心惊。

裴邵看着她望着顾宴离开的方向，脸上毫不掩饰对顾宴的关心和担忧，心口忽然有种微微刺痛泛酸的感觉。

顾宴似乎天生就有获得别人更多关注和关心的天赋，而他，只能用钱买来一段虚假的关系。

他脸色冷淡下来，松开了她的手，语气毫无感情起伏，只有淡淡的凉意："既然你那么担心，那你去找他吧。"

贺莹还没有察觉出他的异样，反倒是有些惊喜："可以吗？"

"当然可以。"裴邵移开视线，脸色越发冷淡，"你也可以跟他解释这一切，然后终止我们的交易。"

贺莹终于察觉出来，裴邵不高兴了。她解释："我没有这个意思，我只是担心他……"

裴邵不听她说完，转身就走。贺莹愣了愣，在原地站了几秒，下定决心追上自己的"三百万"。

她快步追上，走到他身边，裴邵却不看她，冷着脸继续往前走。

贺莹看着他冷淡至极的侧脸，心里七上八下的，那一百万定金没拿到手，他可能说反悔就反悔了。

她闷头跟他走了一阵，然后试探着揪住他的衣袖。裴邵没反应，但也没甩开，贺莹底气又足了一点。

她四下看看，虽然有不少人在注意这边，但大多数不敢明目张胆地盯着他们看。于是她离裴邵更近一些，轻轻拽了拽他的衣袖，压低了声音小声说："你别生气啦……"

她一边说，一边观察裴邵脸上的表情。不知道是不是她的错觉，总觉得裴邵那张冷淡的脸似乎缓和了一些。

于是她接着解释："我没有要破坏规则的意思，我只是刚刚看顾宴脸色很不好，有点担心他，怕他出事。"

裴邵和缓了些的面色又瞬间冷了好几度，他面无表情地把袖子从贺莹手里抽出来。

贺莹站在原地困惑地看着裴邵，实在搞不懂他到底在气什么。她深吸

了一口气，脑子里想着那三百万，觉得这点气她还是能受的。调整好心态，她又锲而不舍地跟了上去。

然而她穿的细高跟显然不大适合在草坪上走路，细细的鞋跟突然陷进松软的草地里，她急着追裴邵，反应不过来，顿时身子往前一扑，下意识伸手去撑，"扑通"一下，跪了个瓷实。

顿时四周一阵骚动。有小小的惊呼声，也有幸灾乐祸的低笑声。

贺莹埋着头，手撑在地上，人倒是没什么事，因为是草地，也没觉得哪里疼，就是丢脸，头脑都一阵眩晕，胸口也跟着发闷。

她咬了咬牙，心里发了狠。这狗屁交易不做也罢，她现在就去跟顾宴说清楚，然后继续在裴家打工，再也不看裴邵的脸色。

她正要撑着地自己起来，胳膊却被人握住，像是要扶她起来。

贺莹刚要道谢，一抬头，却看到扶她的人居然是裴邵。

她并不领情，冷着脸，动作不大，却异常坚定地挣开了自己的胳膊，垂着眸不看他："谢谢，我自己可以。"

裴邵愣了一下，被挣开的手停在半空，定定地看着她。

贺莹看也不看他，自行爬了起来，用力拔出陷进草地里的鞋，也不理会还蹲着的裴邵，转身就走。

裴邵在四周暗自窥探好奇的视线中镇定自若地起身，几步跟上她："你要去哪儿？"

贺莹目不斜视："去找顾宴。"

裴邵薄唇紧抿，心口处的闷痛感突然加剧，夹杂着晦暗微妙的酸胀涩意。他一把抓住她的手腕，不再让她继续往前走。

贺莹一挣，没挣开，于是停下脚步看向他，清艳的眼睛里带着刺人的寒意。

裴邵嘴角的线条缓缓抿紧，攥着她手腕的手也无声收紧："别去。"

贺莹学着他刚才的冷淡态度："不是你让我去找他解释的吗？"

裴邵心口收紧，声音沉冷："我现在让你别去。"

贺莹被他的态度激怒，刚要反击，突然听到一声："小裴总。"

贺莹后背僵了一下，扭头看去，就看到赵旭章夫妻俩正往这边走过来，像是要来跟裴邵打招呼。然后她就看着赵旭章脸上谄媚讨好的笑容在看到她的时候，渐渐僵住。

就在这时，裴邵问道："要过去打个招呼吗？"

贺莹转头看裴邵，裴邵一脸淡然自若。她很难不怀疑他是故意的，他分明知道自己跟赵家的恩怨。

过去打招呼，必然是要以他女朋友的身份。为的是借他的势，狐假虎威，给他们难堪。但这也就意味着，她在他面前才长出来的骨头，又得打断了收回去。

她转头去看赵旭章夫妻，就看到他们两个站在那儿不动了，正惊疑不定地打量她，像是不敢认，又像是难以置信，想走，但招呼都打了，一时间进退两难。

贺莹在心里深吸了一口气，做了选择。她突然搂上裴邵的手臂，然后仰起脸来，刚才还带着刺人寒意的眼睛此时亮晶晶的，笑容甜蜜，声音也甜得腻人："宝贝，我们过去吧。"

裴邵瞳孔微震，表情也有一瞬间的僵硬，显然不是很适应这个新称呼，盯着她看了几秒。

"……好。"

"我没看错吧？那是不是那个贺莹？"赵旭章尽量不牵动脸上的表情问，实在是长得看着像，但这穿衣打扮和气质都跟改头换面了似的。

"不是她还是谁？"赵旭章老婆的牙都要咬碎了，实在想不明白这贺莹是怎么攀上裴邵的。

"她不会告诉裴邵我们家的事了吧？"赵旭章忧心忡忡。他今天来还想找机会跟裴邵谈谈合作，可现在看到贺莹，别说合作了，别搞他们公司就谢天谢地了。

"她敢！"赵旭章老婆瞪起眼，压低了嗓子，眼睛瞥向那边的贺莹，"那事难道对她是什么光彩的事吗？那种丑事她敢跟裴邵说？我们怕什么？她才该怕。你以为她敢让裴邵知道她以前干过护工？她指不定是怎么骗的呢。"

眼看着裴邵和贺莹一起过来，赵旭章夫妻两个连忙住了嘴，勉为其难地挤出两张难看的笑脸。赵旭章老婆嘴上说得强硬，可人到了面前，心里却还是虚。

"小裴总。"赵旭章也是心虚得根本不敢看旁边的贺莹，只敢跟裴邵打招呼。

贺莹站在裴邵身边，做足了狐假虎威的派头，噙着若有似无的笑，眼神讥诮。裴邵只是微微点了下他矜贵的下巴，弧度十分有限。

贺莹则主动跟他们打招呼："赵总、赵夫人，两位好久不见了。"

没想到贺莹居然会主动跟他们搭话，赵旭章夫妻俩心里都是一紧。

"这位是……"赵旭章试图装傻。

贺莹微笑："赵总真是贵人多忘事，我是贺莹，曾经在您家做过护工，照顾赵老先生。"

"啊……是、是吗？"赵旭章尴尬地干笑了两声。他下意识用埋怨的眼神看了眼身边的老婆，毕竟刚才还是她在那儿信誓旦旦地说贺莹肯定不敢让裴邵知道她以前干过护工，可现在她居然当着裴邵的面张口就说自己以前在他们家当过护工，完全在他们的意料之外。他一时间有些措手不及，不知道该怎么回应，只好装傻到底，"哈哈，可能是年纪大了，记性不行了。"

贺莹仍是微笑，只是这微笑看在赵旭章眼里，无疑是不怀好意的。

"赵总记性不好，我的记性却还好得很。"

赵旭章嘴角强装出来的笑容也有点挂不住了，但他没有忘记自己今天来的目的，只能放低身段低声下气："贺小姐，之前要是我们之间有什么误会，或是我们有什么做得失礼的地方，实在抱歉……"

贺莹松开了裴邵的胳膊，打断了做戏的赵旭章："那你们先把房子还给我吧。"

赵旭章愕然，有些震惊，完全没想到贺莹居然会主动提起这件事。

一旁的赵旭章老婆一直没吭声，这会儿终于忍不住了："贺小姐，你别以为你今天攀了高枝，就可以怎么样了。房子的事，法院已经判了的，结果清清楚楚、明明白白的。我们没有追究你的责任是因为我们看你到底是个小姑娘不容易。当初你是怎么在老爷子神志不清醒的时候哄着他把房子给你的，你自己心里有数。"

赵旭章等她说完，才假意劝道："好了好了，别说了。贺小姐年纪还小，不懂事，你都这么大年纪了，难道也不懂事？跟个小姑娘计较什么？年轻人谁不犯错，知错能改就是好的。"

他边说，边看裴邵的脸色，想看看裴邵的反应。然而让他失望的是，裴邵喜怒不形于色，他竟然一点都看不出裴邵此时是怎么个态度。他心里不禁又打起鼓来。

贺莹听他们夫妻俩一唱一和颠倒黑白的嘴脸，简直恶心得想吐。

一口恶气堵在胸口，激得她头脑有些发昏，可她心里清楚地知道这夫妇两个就是在恶心她，想要激怒她让她在裴邵面前失态。她只能抿着唇，竭力遏制住自己的怒气，却还是气得指尖发抖。就在这时，她冰凉的手被轻轻握住了。碰到她冰凉的指尖，他顿了顿，将她冰凉的手指包裹进暖烘烘的掌心。

她惊讶地转头，裴邵深黑色的眼睛平静而温和地注视着她，像是安抚她似的，握着她的手微微用了些力气。

贺莹怔了怔，胸口激荡的愤怒缓缓平静下来。

裴邵见她冷静下来，才转头重新望向赵旭章夫妇，脸色很冷，冷到但凡是长眼睛的人都能看出来他的不悦："赵总、赵夫人，事实到底如何，我会请人调查。届时事实调查清楚后，若是真如二位所言，到时我一定带我的女朋友亲自登门致歉；可如果是二位捏造事实、造谣诽谤，也请二位准备好到时公开向贺莹赔礼道歉，澄清事实。"

赵旭章夫妇听了这话，顿时脸色大变。赵旭章算是看明白了，裴邵的态度已经表明了，事实究竟如何根本不重要，他分明就是专门来给贺莹撑腰出气来了。更何况，真要调查起来……

赵旭章冒出冷汗，强逼着自己挤出笑容："小裴总，误会，都是误会。我爸还在的时候，对小贺就跟对孙女一样，这小贺都是知道的。"他咬咬牙，"房子的事……"

赵旭章老婆一听他提房子的事就急了："那房子……"

"你给我闭嘴！"赵旭章却突然变脸，怒斥道，"还不是你一直在搅和？"他说完又转过头来面对贺莹和裴邵，语气放低，"房子的事情，肯定也有误会。小贺，这样，我们回去会再查清楚情况，要是真有什么误会，我们一定向你道歉……房子的事，我也会查清楚，到时候要是其中有什么误会，我一定给你个交代。"

他们去查，这事尽管拖着，拖到裴邵跟贺莹分手也就完了。他不信，裴邵还能跟个护工结婚不成？

贺莹当然知道赵旭章的伎俩，不禁冷笑。

裴邵依旧冷静淡定："不必劳烦赵总，事情原委如何，我会让人调查，赵总只需要静待消息。"

他说完无视赵旭章难看僵硬的脸色，转头看向贺莹，眼带询问。贺莹摇了摇头，表示自己已经无话可说了。

裴邵这才转头对赵旭章夫妇说道："祝二位今晚玩得愉快。"说完便带着贺莹离开，留下脸色阴晴不定的赵旭章夫妇站在原地。

贺莹被裴邵带离那边，说不上什么心情。要说多痛快，也没有，因为她知道她只不过是在狐假虎威，这些都是假的，并不是真的，也并不是她的。

但不得不说，看着往日里嚣张跋扈、高高在上的赵旭章夫妇俩在她面

前不得不忍气吞声、做小伏低的样子,她还是感觉压在胸口的那股恶气出了不少。

她也知道,刚才全靠裴邵那么强势地给她撑腰。

"谢谢你。"

裴邵说:"不用谢。"他说着松开了她的手,淡淡地说,"如果你现在还想去找顾宴,那你可以去了。"

贺莹心里顿时"咯噔"了一下,想到自己刚才对裴邵的态度,很有些后悔。

毕竟刚刚才仗着他撑腰在赵旭章夫妇面前出了一口恶气,她也不好意思再计较之前他的态度了,而之前裴邵主动求和,她却给他脸色看,她心里更是忐忑。

她有些心虚地眨了眨眼,试探着问:"那我们的交易还作数吗?"

裴邵看了她一眼,把问题抛了回来:"你还想继续吗?"

贺莹毫不犹豫地点头。

现在已经不只是三百万的事了,还有赵家的那套房子,说不定也能拿回来。如果连赵老爷子给她的那套房子都能拿到,那她就真的可以放心地去做自己想做的事情了。

贺莹想着那三百万,还有那套房子,心口一片火热,哪里还记得刚才被裴邵气出来的反骨。她眼巴巴地看着裴邵,表情要多诚恳有多诚恳,要多热烈就有多热烈。

裴邵被她"热切"的眼神盯得眼神闪烁了一下,喉结微动,有些不自在地移开视线:"那就继续。"

贺莹用力抿了抿嘴唇才能忍住自己疯狂想要上扬的嘴角,但眼睛还是亮晶晶的,毫不掩饰自己的讨好:"谢谢您大人不记小人过。"

裴邵很难把现在这个一脸"谄媚"的贺莹和刚才那个在大庭广众之下甩开他的手、冷若冰霜的贺莹联系起来,但奇怪的是,他并不觉得讨厌。他向来厌烦那些谄媚讨好的面孔,可他此时却一点都不反感一脸谄媚的贺莹,反而……有点高兴。

还有,她的眼睛似乎有点亮得过分了。

裴邵微微抿了抿唇,再一次把视线从她脸上移开:"下不为例。"

贺莹小声说:"我尽量。"

裴邵又看过来。贺莹眨巴眨巴眼,大概是因为裴邵刚才主动求和给了她底气,她微笑着说:"你知道,我的脾气其实也不是很好。"

裴邵沉默了一下。他的确知道。毕竟她那时候在棋院，就没怎么给过他好脸色看。

场地布置陆陆续续都搬回了室内宴会厅，宾客也随之进入室内。在外面吹了一晚上冷风的宾客们进到暖意融融的室内，都舒服多了，女宾们也终于有机会脱下披肩外套，露出漂亮的礼服造型，嘴上免不得抱怨几句裴行正的不靠谱。

"这么冷的天居然把场地搞在室外，裴邵他爸可真够可以的，看把那些人冻得，脸都乌青了。还是里面暖和。"周照随手从路过的服务员端着的托盘上端过两杯香槟，又递给对面的褚方一杯。

褚方端过酒，皱着眉一口饮尽。

周照刚送到嘴边的酒杯又被拿了下来，他纳闷道："哟，你到底怎么了？从刚才见你，你就阴着个脸，出什么事了？"

褚方还是皱着眉，忽然，视线落在周照的身后，眸间恍了一瞬，然后眉头皱得更紧了。

周照顺着褚方的视线疑惑地扭头，就看到人群中的裴邵，跟裴邵说话的那个人，他也认识，上次某个酒会上见过，最近风头正劲的科技新贵，听说最近正在准备公司上市，估计是来找裴邵拉投资了。但这人显然不是重点，重点是裴邵身边的那个女人。

"裴邵交女朋友了？"周照讶异地转过头来问褚方，"前几天我还听说他跟周曼青在相亲呢。"

裴邵交女朋友在圈子里可算得上是大新闻，但他一点都没听到风声。

褚方的脸色却有些怪异，眼睛还是盯着那边，忽然问道："你觉得这个女的怎么样？"

周照又扭头看向裴邵那边，视线落在贺莹的身上。刚才他只是乍看了一眼，主要还是惊讶于裴邵身边居然有女人这件事，没有细看贺莹到底长什么样，就这么一打眼只觉得是个漂亮女人。这回听到褚方的话，他才仔细打量起来，这一打量，眼睛就有点移不开了。

长得是漂亮，但最吸引人的还是她身上的气质，她就安安静静地站在裴邵身边，时而看着裴邵跟别人说话，时而又看看别处，不插话，时而扯扯嘴角，也带着点敷衍客气。可以看出来她的心思完全不在他们的对话上，一点都没有逢迎讨好的意思。

她的目光在人群中漫不经心地掠过，不经意间往这边看了过来，正对

上他的视线。清冷又潋滟的一双眼，跟他对视上也半点没有要躲闪的意思，就这么淡淡地看了他一秒，又看了他身边的褚方几秒，然后就淡淡地转开了视线。

周照的眼睛没从贺莹脸上挪开，喉结微微动了动，含糊其辞："以前好像没见过，长得倒是挺漂亮的，还挺有气质。什么来头啊？不会是什么小演员吧？"

周照对贺莹的评价显然让褚方不太满意，但他居然也没法反驳。毕竟他刚才乍一看到站在裴邵身边的贺莹，也愣了愣，没想到她打扮起来，居然也像模像样的。要不是先入为主已经知道她的身份，恐怕怎么也不会想到她的真实身份居然是护工。

他一脸冷嘲，真是佛要金装，人要衣装，一个护工穿上礼服，也能扮名媛了。

贺莹站在洗手间的镜子前，看着镜子里看起来精致又矜贵的自己，有些恍神。今天晚上发生的一切都有种不真实的感觉，从一个护工摇身一变成了裴邵的女朋友，站在他身边陪着他交际应酬，被人恭维讨好。

这一切都好像是她曾经费尽心机想要追求的生活。可真实体验过之后，却觉得这种生活并没有她想象中的那么美好。

贺莹坐在马桶盖上，把脚上那双价值五位数的名牌高跟鞋脱下来，再抬起腿，看了一眼脚后跟，不禁轻轻抽了口气。她刚才就一直觉得脚后跟被鞋子磨得很疼，果然，脚后跟被磨破了一大块皮，看着就疼。

她很快重新把鞋穿上了，准备去找创可贴贴上。

她尽量把脚往前抵，不让脚后跟磨到鞋边，走得有些小心翼翼，然而刚走到走廊上，就听到了一声冷嘲。

"怎么，灰姑娘当得不过瘾，又开始扮美人鱼了？"

贺莹一抬头，就忍不住皱眉。褚方正站在正前方，一脸嘲讽地看着她。

贺莹懒得理他。她之前对他的感激经过这几次的冲突已经消失殆尽，她现在就是懒得搭理他。

然而褚方看到贺莹的表情，心情突然变得更坏了。她凭什么对他露出那么厌恶排斥的表情？

贺莹不想给自己惹麻烦，决定忍气吞声，当没听到他的讽刺，也尽量调整自己的走路姿势，准备从他身边走过去。

然而，她的无视犹如火上浇油。褚方自认算是个有绅士风度的人，可是不知道怎么回事，这种绅士风度在面对贺莹的时候总是会被他抛诸脑后。

他胸口充斥着怒意和不忿，无论是贺莹刚才那一瞬间表现出来的厌恶排斥，还是现在的无视，都让他难以忍受。鬼使神差地，他一把拽住她，把她拉到自己面前，一双狐狸似的眼紧盯着她，似乎是要从她脸上找出什么答案。

然而贺莹却并不害怕，讶异也只是转瞬即逝。她微抬着下巴，不闪不避地迎上褚方咄咄逼人的眼神。

她本来清冷幽深的一双眼，因为微微上挑的眼线多了几分潋滟的艳色，然而她的眼神却丝毫不婉转多情，反而带着锋芒，直勾勾地盯着他。不是要勾他的魂，而是要像锋利的刀一样戳进他的眼睛里去。

褚方紧盯着贺莹，心脏仿佛被这目光刺伤，很尖锐地疼了一下，然后骤然紧缩，有种怪异的心悸感。他眼神逐渐有了变化，带着几分惊疑不定。

贺莹却忽然轻笑起来。

褚方被她笑得心里莫名慌了一瞬，他皱眉，质问："你笑什么？"

贺莹被他捏得手腕生疼，却依旧挑眉挑衅："你现在的样子是在吃醋？不然裴邵要跟我在一起，关你什么事？难道说……"

褚方皱眉。贺莹歪了歪头，嘴角的笑意带着讽刺："你喜欢我？"

褚方的表情跟见了鬼似的，一把甩开她的手腕。他脸色难看，冷笑连连："你还真以为你自己是万人迷了？别做梦了。"

贺莹也不羞不恼，淡定地揉了揉被他捏疼的手腕，继续恶心他："怎么，被我戳中心事，恼羞成怒了？"

褚方气得额角的青筋都要蹦出来了。他早该知道的，这女人可是敢去葬礼上闹事的狠角色。

他深吸一口气，强迫自己恢复冷静，然后冷笑道："裴邵知道你私底下是这副嘴脸吗？"

贺莹一脸无辜地眨了眨眼："你不知道吗？裴邵就是喜欢我这样的。"

贺莹忽然又说了一句："那你应该还不知道吧。"

褚方皱眉，明知道对方说的肯定不会是他想听的话，却按捺不住自己该死的好奇心："什么？"

贺莹面不改色地说："裴邵从很早以前就暗恋我了，一直对我念念不忘，不然你以为他为什么这么多年都不谈恋爱？"

褚方听着，脸色阴晴不定起来，但越想，越觉得贺莹说的话很有可能。毕竟那个时候的贺莹是棋院的天才，就连裴邵都输给她。那个时候的

裴邵在同龄人中几乎没有对手，却输给了一个比自己年纪还小的女孩，印象深刻以至于被她吸引，这的确很有可能。

裴邵这些年身边也不缺漂亮优秀的异性，却没见他对谁另眼相看，只是对贺莹明显不一般。难不成贺莹还真是裴邵的白月光？所以这么多年念念不忘，再见面哪怕对方已经沦落到现在这个地步都放不下？

褚方再一次用审视的目光看向贺莹。他第一次在葬礼上见她就对她印象深刻，穿得那么朴素，全靠一张脸撑起来。他还记得她当时无意间看过来的那个眼神、那双眼睛。如果不是后来看到她跟赵旭章的儿子在路边纠缠拉扯，只看她在葬礼上的表现，可能真以为她是什么独立自主、清苦坚韧的小白花呢。

后来在裴家见她，她也永远都是这么随意的打扮，没见她怎么化过妆，清汤寡水的，衣服除了那套淡蓝色的护工服，就是几件颜色暗淡的外套。

他本来一开始也以为赵家的事只是误会，毕竟她外表看起来实在不像是那种充满野心欲望的心机女。他也暗中观察留意过她，也没见她有过什么出格的行为，直到后来发现顾宴对她的态度那么快就从排斥到依赖，他才突然警觉起来。

今天她和以往更是截然不同，她平时不打扮的时候气质偏冷，不笑的时候身上带着点冷冷清清的疏离感，那双眼睛也是清凌凌透着冷光，可今晚她的清冷中又糅杂了几分艳色，这"艳"也半点不艳俗、不讨好，反而带着几分刺人的凛冽。

可他分明见到她刚才在裴邵面前，讨好卖乖地笑。不像现在她看他的眼神，针锋相对，毫不掩饰她对他的敌意。

褚方突然有些莫名的烦躁、不爽。他紧盯着贺莹："那你呢？你为什么跟裴邵在一起？是喜欢裴邵？还是只是为了给你的孩子找个有钱的后爹？只要有钱，随便谁都可以。"

贺莹皱眉："孩子？"

她被褚方的话说蒙了，什么孩子？什么后爹？

"你在说什么？"

褚方轻嗤一声："怎么，你都忘记自己有个孩子了？"

贺莹只觉得莫名其妙，她什么时候有过孩子了？突然，她脑子里闪过那次在医院的场景。她顿时明白过来，估计就是那次让褚方误会了。

她有些失笑，但也没打算解释，不仅不打算解释，还准备再气一气他。她一脸淡定地看着褚方："哦，你不说我还真忘了。"

褚方一时语塞，都被她的厚脸皮给气笑了，他还真是没见过贺莹这样的人。

贺莹看到他被气到失语的表情，只觉得好笑，想象着他以后知道真相的表情，也一定很精彩。不过现在她只想快点去找两个创可贴把脚后跟破皮的地方贴上，不想再跟他纠缠了。于是她淡淡地说："褚律师没有别的什么事了吧？没有别的事我就先走了。"说完她就准备离开。

褚方却突然一个箭步上来，再次拽住了她的手腕。

贺莹吓了一跳，但这回没再给他好脸色，刚要说话，就听到一阵急促的脚步和斥责声传来。

"褚方，你干什么？"

贺莹转头看去，就看到张玉贤大步走了过来，皱着眉一脸严肃。

褚方看到张玉贤，非但没松手，反而挑挑眉，语气轻松："没干什么，就是跟她聊聊天。"

贺莹一点都没有要配合他的意思，直接把手从他手里挣出来，语气冷淡："不好意思，我没什么要跟褚律师你聊的。"她说完就直接把还准备跟褚方说什么的张玉贤拉走了。

褚方站在原地，眯着眼睛看着贺莹拉着张玉贤离开，眉头忽然皱紧，心里那种莫名不爽的感觉又上来了。

"你的脚怎么了？"张玉贤很快就发现了贺莹走路的异常。

"没事，就是新鞋子磨脚。"贺莹说。

张玉贤却停下脚步，看了一眼她脚上足有七八厘米那么高的高跟鞋，顿时皱起眉："谁让你穿那么高的高跟鞋的，快去换双鞋吧。"

"不用，贴个创可贴就好了。这鞋跟衣服是一套的，换了就不好看了。"贺莹跟张玉贤说话相对要随意很多。

她一开始还有些刻意跟他保持距离，毕竟小时候虽然天天待在一起，情谊很深，但小时候是小时候，现在两人的人生道路已经截然不同了，身份相差也悬殊，她不想表现出跟他很熟的样子。但他总是主动找她聊天，跟她回忆小时候的事，慢慢地，她就抛开了顾虑，和他说话也随意了许多。

张玉贤眉头皱得更紧了，一脸不理解的表情："是你的身体重要，还是好看重要？"

贺莹很难跟他解释这是自己的"工作服"，且她现在还在"试用期"，都没签合同，得好好表现。

"真的没事,你去忙吧,我去找两个创可贴贴上就行了。"

张玉贤皱着眉头说:"那你站这儿别动,我去给你拿创可贴。"

他说完就走,贺莹都来不及拒绝。她无奈,只能站在原地等。

谁知道没一会儿他就回来了,手里还拎着一张不知道从哪里找到的圆凳:"你坐着等,我去拿创可贴。"说完人又走了。

贺莹无语了一阵,靠墙坐了下来,顺便把鞋子脱了,把受了一晚上压迫的脚掌放松放松,想着顾宴不知道怎么样了。

她之前给林宙发了一条微信,让他陪着顾宴,别让顾宴身边缺人,林宙只回了一个"好"字。

等了没多久,张玉贤就回来了,手里拎着一个小药箱。贺莹无奈:"拿两个创可贴就好了,你怎么把药箱都拿过来了?"

"看看有没有什么用得上的。"张玉贤说着,蹲下来,把药箱放到旁边打开了。

贺莹刚准备自己动手,手包里的手机就响了起来,她拿起来一看,发现是裴邵给她打的电话。她说上洗手间,结果上了小半个小时。

"你先放那儿等下我自己来,我接一下电话。"贺莹跟张玉贤说了一声,就接起了电话,"喂?"

电话那头也很安静,只有裴邵的声音:"你在哪儿?"

贺莹刚要说话,脚腕就被握住,微微抬了起来。她心里一惊,低头一看,发现张玉贤正单膝跪在地上,准备给她受伤的地方上药,她立刻把腿缩了回来,摇了摇头,表示拒绝。

大概是一直没有听到她的回答,电话那头再次响起裴邵的声音:"贺莹?"他似乎是在走路,声音并不十分平稳。

贺莹连忙说:"我上完洗手间现在准备回去了,你现在在哪儿?我过去找你。"

电话那头安静了两秒,然后就听到裴邵说:"不用了,我看到你了。"

贺莹一愣,然后猛地一抬头,就看见手里拿着手机的裴邵正站在正前方不到五米远的地方看着她,像是刚好找过来。

她顿时头皮一麻。

电话被挂断,裴邵面无表情地走了过来。

张玉贤也像是听到动静,扭头看了一眼。看到裴邵后,他又转头过来看了贺莹一眼,这才起身站了起来。

裴邵的视线淡淡扫过张玉贤,然后又扫了一眼摆在地上的药箱和贺莹踩在地上的脚,微微蹙眉,看向贺莹:"你受伤了?"

贺莹莫名心虚,连忙解释道:"没事,就是脚磨破点皮,小玉去给我拿了药过来,准备贴个创可贴就去找你的。"

"小玉",嗯,以前她就是这么叫张玉贤的。

那个时候他们的关系就很好,裴邵每次去棋院,张玉贤就总是黏着她。贺莹对他总是没什么好脸色,每次见了他,只叫他"裴少爷"。她对张玉贤的称呼却很亲昵。

"小玉",她现在还是这么叫张玉贤,好像他们的关系还如以前般亲密。

裴邵垂眸,眼底浮起一丝暗色。

裴邵屈膝在她面前蹲下,左腿膝盖抵到地面,握住她的脚腕。贺莹惊得几乎从凳子上弹起来,下意识地缩了一下脚。

"别动。"裴邵握紧她的脚腕,抬头看了她一眼,然后将她的脚微抬起来,俯身下去继续检查她脚后跟被磨破的伤口。

贺莹很有些不解,只是脚后跟磨破点皮,贴个创可贴就能解决的事,怎么现在弄得跟她骨头断了似的。

张玉贤也就算了,他们毕竟是多年的老朋友了。裴邵这是干什么?在张玉贤面前都要演?会不会入戏太深了?

裴邵看过贺莹的伤口后,微微皱了一下眉,扫了一眼被贺莹脱在一边的高跟鞋,先给张秘书发了一条信息,然后把手伸向站在一旁的张玉贤:"药给我吧。"

张玉贤手里拿着药膏,手指无声地收紧了一瞬,然后沉默地把药递到裴邵手里。

"我自己来吧。"贺莹伸手去拿药膏,别人倒还好,但要在张玉贤面前演戏,她实在觉得尴尬。

裴邵已经将药膏挤到手上,闻言只是淡淡地看了看她,然后重新低下头去,给她的伤口上药。

贺莹只能对着张玉贤无奈地笑了笑。张玉贤也扯了扯唇,胸口却有些窒闷。

贺莹怕尴尬,只能没话找话地跟张玉贤聊天:"你下个星期有场比赛吧?"

张玉贤有些诧异:"嗯,你怎么知道?"

裴邵上药的动作停顿了一下。

贺莹挑了挑眉,带着点笑意:"我当然知道了,你每场比赛我都看了。"

她逛过他的粉丝超话，还有他跟那个女棋手的CP超话。他们重逢后，她还忍不住问了问他的绯闻，结果被他澄清和那位女棋手只是朋友关系。

张玉贤怔住。他每次参加大型赛事的时候，都会忍不住想，她会不会也看他的比赛。后来她说一直在看他比赛，但他不知道，她居然每场比赛都看了。

贺莹忽然感觉到圈在自己脚腕上的手收紧了一些，她低头一看，裴邵已经帮她涂好了药，松开了她的脚腕，然后抬起头看着她："好了。"

她连忙道谢："谢谢。"

裴邵："跟我不用说谢。"

贺莹沉默了一下，她还没习惯自己的新身份。

张玉贤皱了皱眉，总觉得有哪里不对劲。

这时，赵夏拎着一双新拖鞋匆匆赶过来。

"裴总，您要的拖鞋。"她过来把拖鞋放到贺莹脚边的地上。

贺莹抬起头看裴邵。

"你先回去休息。"裴邵说，"晚一点我来找你。"

赵夏连忙对贺莹说："那我开车送你吧。"

贺莹一时语塞，不知道该怎么告诉她，自己就住在这里："呃……"

只听到裴邵用一贯淡定的语调说："不用，她就住在这里。"

赵夏根本控制不住脸上的表情，眼神震惊地在贺莹和裴邵之间来回。她听到了什么？贺莹就住在这里？他们的关系都已经进展到同居这一步了？甚至还是跟裴邵的家人住在一起。

张玉贤下意识想要帮贺莹解释，可转念想到贺莹的工作性质，她未必想要被人知道。他微微抿了抿唇，没有开口。却见贺莹坦然微笑着说道："我就在这里工作，所以也住在这里。"

张玉贤看着她，眼神有一瞬间的怔愣，随即微微亮起来。

裴邵的视线扫过张玉贤怔愣着的脸，黑眸转深，随即一弯腰，俯身拎起地上的高跟鞋，另一只手则无比自然地捞起贺莹垂在身侧的手牵住："走吧，我送你回去。"

赵夏盯着裴邵拎着高跟鞋的手，瞳孔震了震，她看到了什么？

她实在没想到自己有一天能看到裴邵这双手给人拎鞋。她每次进裴邵办公室看他签文件时握着钢笔的手都忍不住盯着看，同时在心里偷偷感叹这手就是艺术品。而现在这堪称艺术品的手，两根手指骨节微弯随意地勾着鞋后跟，不像握钢笔时那样有力冰冷，反而带着点暧昧旖旎。

327

思绪一不小心有点放飞,赵夏连忙定了定神,感觉自己亵渎了在她心里一直有圣洁光环的老板。

贺莹则有些疑惑地看向裴邵。不是让她先回去吗?

贺莹只来得及跟张玉贤说一句"那我先回去了",就被裴邵带走了。

赵夏看着贺莹被裴邵带走,然后才转头两眼发光地看向张玉贤,大胆出击:"张玉贤老师,我是你的粉丝,可以加个微信吗?"

"抱歉,不方便。"

贺莹不在,张玉贤拿出惯常应付不熟悉的人的态度,礼貌却十足冷淡,随即弯身下去把地上的药箱拎起来,看了一眼裴邵和贺莹离开的方向,又随手拎起凳子,转身走了。

贺莹换上拖鞋,脚步都轻盈了许多,回头看一眼,已经看不见张玉贤和赵夏了,她顺手把手从裴邵手里抽出来:"好了,看不见他们了。"

裴邵手里一空,手指下意识回缩握了一下,却只握到一团空气。

"鞋子给我吧。"贺莹态度殷勤地又把他另一只手拎着的鞋也接了过去,然而一抬头,却看到裴邵并不算愉快的眼神。

她心里"咯噔"一下,开始反省自己是不是又做错什么了。

贺莹一脸谨慎地问:"我是不是哪里做得不好?"

裴邵语气淡淡:"你自己觉得呢?"

贺莹一脸诚恳,毫不犹豫:"我自己觉得我做得挺好的。"

贺莹深吸了一口气,然后郑重其事地对他说:"裴邵,要是我有什么地方做得不好,做得让你不满意,你能不能直接告诉我,不要总是让我看你的脸色?你知不知道你的脸色真的很难揣摩?"

如果张秘书在这儿,听到这番话一定会忍不住狠狠点头赞同。

裴邵第一次有种哑口无言的感觉。看着贺莹满眼期待他说点什么的表情,他居然有些紧张,喉结上下滚动,薄唇微抿,半天却只说出来一个字:"好。"

贺莹不禁有些挫败,看着他直摇头,只好主动问道:"所以呢?你是对我哪里不满意?"

裴邵的视线落在她脸上:"没有。"

贺莹愣了一下,有些困惑:"啊?"

裴邵再次开口:"我对你没有不满意。"

贺莹眨眨眼,问:"那你怎么总是不高兴的样子?"

裴邵沉默两秒，很难解释，因为就连他自己都不知道原因，总是会被她轻易牵动情绪。

"是我自己的问题。"

贺莹都不知道该说什么了。以前在棋院的时候，无论她怎么挑衅、怎么冷嘲热讽，他都全然接受，淡定平和，下次还来找她下棋，衬托得她像个反派人物。

现在她又有种在棋院时的感觉了，好像她在欺负他一样。一定是错觉。

贺莹正自我怀疑中，忽然听到裴邵问："你为什么不问我，我为什么要和你做这个交易？"

贺莹回过神来，看着他，似乎觉得他这个问题问得好笑："为什么要问？总不会是因为喜欢我吧。"

裴邵没说话。

贺莹笑了笑，很坦然："你放心，我没那么自恋。我大概知道你是怎么想的，就算你有别的想法，我也不介意，我只要拿到钱就可以了。"

裴邵微微蹙眉："你很缺钱？"

贺莹挑眉，嘲讽他不食人间烟火："不然你觉得我是因为热爱才来做护工的吗？"说到这里，她又想起一件事来，试探着问，"对了，礼服和鞋子我是明天给你吗，还是？"

"不需要。"裴邵看穿了她的小心思，只是轻描淡写地说，"你留着吧。"

贺莹开心得毫不掩饰："好，谢谢。"

她一点都不在意被裴邵看穿自己的小心思。毕竟要不是为了钱，她当然也不会跟他做这个交易，他也很清楚，她就没必要再在他面前装了。她心里开始计算这身礼服和鞋子卖二手会折价多少。

裴邵看着她眉开眼笑的样子，心下微微一动，说道："交往期间我为你购买的所有物品都归你所有，你可以自行处置。"

贺莹眼睛都亮了："真的？"

"嗯。"裴邵看到她的反应，嘴角微妙地往上扬了一下，不动声色地投下更多诱饵，"如果你表现好，我也会适当增加你的报酬。"

贺莹心跳都快了，以裴邵的大方程度，"适当"两个字可能就代表一大笔钱。她一脸恳切："那什么才叫表现好？"

裴邵把诱饵高高吊起来："以后你会知道的。"

贺莹感觉自己被吊了，但拿裴邵没办法，因为她的确很馋他投下来的诱饵。

不想让裴邵太得意，贺莹及时扯开话题："那我先回去了，你去忙你的吧。"

裴邵点头："好。你先休息，我晚点会过来找你。"

贺莹突然僵了一下，有些惊疑不定地看着裴邵："那个，我还有一个问题想问。"

裴邵不知道她是想到了什么才会露出这么怪异的表情，却依旧淡定："你问。"

贺莹看着他，有些谨慎："我们的交易内容……应该不包含一起睡觉吧？"

显然她抛出来的问题完全不在裴邵的意料之中，以至于因为太过震惊，他的瞳孔都震了震，而那张常年没什么情绪起伏、淡漠至极的冷淡面孔，也隐隐有要开裂的迹象。

说不上是恼羞成怒还是别的什么，裴邵耳根处迅速攀上了可疑的红色，一向淡漠沉冷的嗓音都被赋予了强烈的情绪，声音压得极低："你说呢？"

贺莹被他的反应搞得不好意思了，跟她这么一句话就侮辱了他高贵的灵魂、玷污了他的清白似的。她尴尬地挠了挠下巴，干笑，试图缓和气氛："应该不包含哈。"

裴邵脸色隐隐有些发黑，一字一顿："当然不包含。"

贺莹打哈哈："那没事了，我就是开个玩笑。你去忙吧，我先走了啊……"她嘴上说着，脚下抹油，一边说一边走，脚步越来越快，很快就不见了。

贺莹的尴尬情绪很快就被白得的一件名牌礼服和一双名牌高跟鞋的喜悦给冲没了。她今晚的社交任务应该已经完成了，于是把高跟鞋收进衣柜，礼服也脱下来挂进衣柜，换回了自己的衣服。

贺莹脱下礼服的时候干脆利落，可在要关柜门前，还是忍不住轻轻摸了摸挂在那里的礼服。礼服很昂贵，用料自然也对得起价格，摸上去如水一般柔滑。

贺莹心里很清楚，这身礼服带给她的光环只是暂时的，对她而言，它最大的价值不是穿在身上，而是被她卖掉，换成钱。

她笑了笑，缩回手，关上了柜门。接下来就是等裴邵过来找她，她估计是讨论接下来的"工作"准则之类的。

她没敢卸妆，就怕裴邵可能会突然又叫她出去。

她此时才有空坐在床上打开微信，然后就发现在她离开宴会被裴邵带

去买衣服的那段时间里,顾宴给她发了很多微信消息还有语音电话,看时间应该就是她在试衣服的时候。

顾宴:你去哪儿了?

顾宴:你跟我哥怎么回事?

顾宴:你是不是跟我哥在一起?

顾宴:为什么不回我信息?

顾宴:人呢?

接着便是未接通的语音电话,显示着"对方已取消"的消息。

顾宴:电话也不接,贺莹你好样的。

顾宴:你到底去哪儿了?

顾宴:能不能给我回条信息。

顾宴:回我信息,贺莹。

顾宴:贺莹。

贺莹低头看着一条条微信,想到顾宴那苍白的脸色和没有一丝光亮的漆黑眼睛,心脏仿佛被一只无形的大手握紧了,沉重又窒闷。犹豫了许久,她终于下定决心,捏着手机站起来。

就在这时,手里的手机又振动了一下,进来一条微信,是裴邵:等着我,别去找顾宴。

贺莹只觉得后颈一阵发凉,下意识地抬头。有那么一瞬间,她甚至怀疑裴邵是不是在她房间里装监控了——这人才是妖怪吧?

本来她还想偷偷摸摸上去看一眼顾宴,但裴邵都特地发微信过来提醒了,她也不敢去了。

她只能老老实实地回一个"好",然后就继续等着。

贺莹本来以为要等很久,但没想到等了半个小时就等到了裴邵的信息:出来,我在大厅等你。

收到信息,贺莹赶紧拿上手机出门。她急匆匆来到大厅,就看见裴邵站在大厅中央等她,大厅吊顶上悬下来的巨大又华丽的水晶吊灯像是把所有的光都镀到了他身上,有种高不可攀的高贵冷峻,叫人望而生畏。

但有人畏惧,也有人敢于挑战高峰。

贺莹看着一位身穿水蓝色礼服的窈窕女士径直向裴邵走去。

贺莹的脚步不由得放慢了,静观其变。看到那位女士身上华贵的礼服时,她忍不住低头看了一眼自己匆忙出来随便套上的黑色棉服,然后再抬头看向站在那里一派矜贵气度的裴邵。

然而裴邵就在这时望了过来，视线越过那位直直向他走去的年轻女士，望向她，仿佛是天生就淡漠冷淡的眉眼在看到她时，缓缓变得平静温和："还不过来。"

贺莹心跳快了一拍。

那位年轻女士听到裴邵的话，顿时停下脚步，转头看过来，露出一张精致美丽的脸庞。看到贺莹时，她略有些诧异和尴尬，但还是微微笑了一下。贺莹也礼貌地向她微笑着点了点头，然后加快脚步走向裴邵。

裴邵仿佛是为了迎接贺莹，提前向她伸出了手，还往前走了两步。

贺莹知道是时候发挥自己"挡箭牌"的作用了，于是满脸雀跃甜蜜地小跑起来，跑过去抓住裴邵向她伸出的手。

裴邵似乎被她脸上雀跃欢喜的表情怔了一下，随即握紧她放在自己掌心的手，将她牵到身边。

"我以为我不用出来了，就把衣服换了。"贺莹瞥了一眼那位默默离开的年轻女士，小声问，"要回去换吗？"

裴邵垂眸看了一眼她身上臃肿但看起来就很暖和的棉服："不用，穿这身就好。"

贺莹被裴邵牵着往电梯那边走，忍不住问："去哪儿啊？"

裴邵按下电梯，语气淡淡："你不是担心顾宴吗？先去看他。"

贺莹愣了一下，被他牵着进了电梯。

"等会儿我们怎么说？"贺莹有些不安，甚至都没发现她和裴邵的手还一直牵着。

裴邵语气依旧平淡："只要不说我们的交易，你想说什么都可以。"

贺莹"嗯"了一声，出了电梯，才反应过来先松开裴邵的手。

裴邵垂眸看了一眼，没说什么。

"裴邵哥。"林宙看到裴邵，习惯性地跟以前一样打招呼，直到看到跟在裴邵身后的贺莹时才愣了愣，目光落在她脸上，眸光微微黯了黯，嘴唇动了动，却没说出打招呼的话来。

贺莹倒是很自然地跟他打了招呼，点了点头。对林宙，她并没有什么负担，她知道他对她有些好感，但也还只是好感而已。

裴邵没有忽略林宙明显异样的神情，问道："顾宴怎么样？"

林宙回神，扭头往房间里看了一眼才说："回来以后就没说话，一直坐在窗边，我跟他说话也不理。"

裴邵微微点头："谢谢，你下楼去玩吧。"

332

林宙应了一声,又看了贺莹一眼,才离开了。

裴邵往房间里走去,贺莹也连忙跟了上去。一进房间,就看到顾宴坐在轮椅上面对着落地窗,一动不动,头也不回,声音极度平静:"出去,我不想看到你们。"

贺莹犹豫了一下,看向裴邵,小声说:"你可以先出去吗?让我先跟他单独谈谈。"

裴邵看向她,微微皱了下眉,但还是点了点头,先离开了。

坐在轮椅上的顾宴听到关门声,以为他们都走了,转头一看,却看到贺莹还站在那里,离开的只是裴邵而已。他脸色阴沉,冷冷地注视着贺莹。

贺莹平静地跟他对视,然后走向他。顾宴却控制轮椅后退,冷声道:"你别过来。"

贺莹只能停下脚步,语气和缓:"顾宴,我们好好谈谈。"

顾宴的指尖深深扣进轮椅扶手的软垫里,脸色难看到极点。他死死盯着贺莹,满眼都是恨意,讥讽道:"谈什么?谈你是怎么背着我偷偷跟我哥来往,跟他谈恋爱的?"

贺莹被他充满恨意的眼神盯着,心口也揪紧了。她并不想看到他因为自己受到伤害,她试图解释:"事情并不是你想的那样。我没有背着你偷偷跟你哥哥来往,更没有背着你跟他谈恋爱,我们也是今天才在一起的。"她顿了顿,接着说道,"是裴邵说喜欢我,要跟我在一起,而我实在找不到拒绝他的理由。"

她心想,本来就是裴邵找上她的,她这么说,应该也不算"甩锅"。

顾宴愣了愣,原本几近绝望,却因为她这句话突然迸发出新的希望。他漆黑的眼睛里燃起了一丝光亮,迫不及待地向她确认:"所以你不喜欢我哥?"

贺莹:"呃……"

"那你为什么要跟他在一起?因为钱吗?"顾宴像是溺水的人抓到了一块浮木,死死抓住。他推动轮椅主动来到她面前,仰着脸,眼神热烈又执着,"你要钱,我可以给你啊!你跟我哥分手,你要多少钱,我都可以给你,好不好?"

他说着,抬起手想要去牵贺莹的手。

贺莹避开了他的手,有些艰难地开口:"对不起,顾宴,我做不到。"

顾宴的手牵了个空,怔了怔,再抬起头来时,脸色也变了。他喃喃着问:"为什么做不到?你不是不喜欢他吗?我说了,你要多少钱,我都可以给你,只要你跟他分手。"他一瞬不瞬地盯着她,忽然红了眼眶,眼神执拗,"他能给你的,我都能给你,你为什么偏要选他,不选我?"

贺莹叹了口气,在他面前蹲下,微微仰起脸看他,柔声道:"小宴,我知道你一时之间接受不了,是因为事情发生得太突然了。可即便我跟裴邵在一起了,也并不会改变什么,我还是会继续做你的护工,照顾你,陪在你身边……"

顾宴听了这话却心如刀绞,那双漆黑漂亮的眼睛红得厉害,声嘶力竭道:"怎么可能什么都不改变!"

他们只是牵着手站在他面前,他就已经嫉妒得快要发疯!

他红着眼,痛苦地看着贺莹:"你根本什么都不知道……"

贺莹怔愣了一下,忽然意识到什么:"顾宴,你……"

就在这时,房门被敲了两下后被直接推开。裴邵径自走了进来,把贺莹从地上拉起来:"你先出去,我来跟他谈。"

贺莹犹豫着看向顾宴,顾宴红着眼一瞬不瞬地盯着她,紧抿着唇什么都没说,可眼神却充满了挽留。贺莹犹豫着,却感觉到握在她手臂上的手力道收紧,她转头看向裴邵。

他正低头看着她,眸色如墨般浓稠,涌动着晦暗的情绪:"听话,你先出去。"

贺莹怔了一下,垂下眼,犹豫了几秒,反手握住他的手臂,微微用力,像是提醒,然后低声说:"那你们好好谈,我先出去了。"

她说完,没有勇气再去看顾宴的表情,转身走了。

门再次被关上了。顾宴目不转睛地看着贺莹离开,直到门关上,他才缓缓调回视线,看向面前的裴邵,表情越来越冷:"为什么?"

他怎么都想不通,为什么裴邵会跟贺莹在一起?裴邵怎么会喜欢贺莹?

虽然他之前就隐隐感觉到裴邵对贺莹的态度有点不一样,但他只以为是因为他们小时候认识,所以裴邵才会关照贺莹,还因为自己偷偷吃裴邵的醋而感到羞愧。

今天在宴会上裴邵牵着贺莹离开,他心里就有种极度不祥的预感。发现她和裴邵一起不见了以后,他给贺莹发了好多条微信,打了好几通电话,她都没有回应。于是他把电话打到了裴邵那里,而电话那头的裴邵也承认自己跟贺莹在一起,并且轻描淡写地说跟贺莹有点事情要处理。

他心焦如焚地等他们回来,却等到裴邵牵着贺莹的手站在他面前告诉他,贺莹是他的女朋友。

"为什么啊哥？"顾宴费力地仰起头看着裴邵，手扣在扶手上不自觉用力，声音都控制不住地轻颤着，"为什么非得是贺莹？"

裴邵站在他面前，居高临下地看着他，反问道："为什么不能是她？"

顾宴脸色苍白，没什么血色的唇紧抿起来，眸色闪烁："因为……"

裴邵打断顾宴，语气温和，然而他的面容却冷静到近乎冷酷："我问过你的，小宴。"

顾宴迷茫地皱起眉："什么？"

裴邵看着他，继续说道："就在不久以前，我问过你，问你是不是喜欢贺莹。"

顾宴漆黑的瞳仁顿时晃动起来，脸色恍惚间更苍白了一分。

他想起来了。那一次在花园里，裴邵支开贺莹，问了他这个问题。裴邵问他，是不是喜欢贺莹。

裴邵淡淡地问："你还记得你是怎么回答我的吗？"

顾宴恍惚起来。他当时是怎么回答的来着？

——"……我怎么可能会喜欢贺莹？她只是我的护工，我就是、就是跟她聊得来，关系好而已，我怎么可能喜欢她啊。"

顾宴一颗心沉沉地坠进冰窟。

"不公平。"顾宴不甘心，咬着牙说，"你问我的时候，我以为……"

他没有继续往下说。追根究底，还是他那时候没有勇气向裴邵承认自己喜欢贺莹，甚至，就连他自己都不确信，自己是不是真的喜欢贺莹。

裴邵神情淡漠："这世上本来就没有绝对的公平。"

顾宴怔住，张了张嘴，终于还是沉默。裴邵说得没错，因为他是最没有资格跟裴邵提"公平"两个字的人。从他出生开始，对裴邵的不公平就开始了。

顾宴一直很清楚，裴邵从小到大都在遭受不公平的对待。所以只有他，没有资格跟裴邵谈论公平。他可以跟任何人去争去抢，却唯独没有资格去抢裴邵的。

顾宴忽然像是被抽走了全身的力气，仰起的脸都无力地低垂下去，鸦黑的睫毛也沉沉地半垂下，脸色也跟着灰败黯淡下去。

房间里陷入一片死寂。

"我给过你机会。"裴邵语气平静，"小宴，如果你连向我承认喜欢她的勇气都没有，你确信自己是真的喜欢她吗？还是把对她的依赖当成了喜欢？"

顾宴抬起头看向裴邵，抿了抿唇。有那么一瞬间，他也想自己骗自己，自己并不喜欢贺莹，对她的喜欢只是依赖，只是习惯。

可事实上却是，他早已经历过这样自我怀疑的阶段了。

他怎么不是真的喜欢她呢？如果不是喜欢她，怎么会每天早上睁开眼第一个想见到的人就是她，每天晚上都舍不得入睡，想要她多陪自己一会儿？怎么会偷偷藏起她的小毯子，只有闻着她的气味才能安稳入睡？怎么会看到她和别的男人多说几句话，就吃醋不高兴？又怎么会像现在这样痛苦，难受得快死了……

他看着裴邵，喉咙动了动，最终什么也没说。他低下头，避开了裴邵的注视，调转轮椅的方向，漠然地说："你出去吧，我要睡了。"

看到裴邵从房间出来，贺莹立刻迎了上去："怎么样？"

裴邵看到她脸上毫不掩饰的担忧，淡淡道："没事了。"

贺莹还有些放心不下："我再进去看看他？"

裴邵制止说："不用，他休息了。"

贺莹微微皱起眉头："我还是有点担心。"

裴邵眸色微暗，但也只是转瞬："他没有那么脆弱。"

贺莹犹豫了一下，点了点头。既然裴邵都说没事了，那就是没事了吧。顾宴应该也只是一时之间接受不了而已。

她跟着裴邵一起走了。下到一楼大厅，裴邵忽然问："你饿吗？"

贺莹本来没觉得，被裴邵这么一问，还真饿了。虽然晚上跟裴墨在阳台上吃了不少，但这一天下来，就好好吃了那一顿，刚刚又陪着裴邵站了一晚上，因为礼服太贴身，她也不敢再吃东西，就只喝了些酒水，晚上吃的那点东西早就消化得差不多了。

只是这会儿宴会还没散，要是再出去吃，又要换上礼服，说不定还要应酬交际，她不禁有些迟疑。

不等她回答，裴邵就说："你先回房间。你想吃什么，我给你拿过去。"

贺莹愣了愣，转念一想，也没跟他客气："我不挑食，你随便给我拿一点吧。"

裴邵点头："好。你回去吧。"

贺莹又问："今天晚上我不用再出去了吧？"

现在站在大厅里，还听得到乐队的演奏声，感觉这宴会一时半会儿还不会结束。

裴邵："不用。"

贺莹松了口气:"那我先回去了。"

裴邵忽然说:"洗澡的时候注意伤口,不要碰水。"

贺莹愣了一下,有些吃惊地看他一眼,反应有些迟钝:"哦……好。"

"去吧。"裴邵等贺莹先走,才迈步离开。

贺莹回去就把妆卸了,洗了个澡。洗澡的时候,她想起裴邵的嘱咐,找了两个防水的创可贴把伤口贴上了。

洗完澡出来,她只穿着单薄的家居服,淡粉色棉质的长袖长裤,和她衣柜里的大部分衣服一样,没什么款式可言,但穿起来很舒服。

房间里开了暖气,所以只穿着家居服也暖融融的。

敲门声响起。

贺莹穿着拖鞋过去开门。

裴邵站在门外,左右手分别端着一盘吃的,看到她的时候,眸间恍了一秒。

"谢谢。"贺莹连忙双手把两盘食物接过来,忍不住嘟囔了一句,"怎么那么多啊……"

站在门口空着手的裴邵淡淡来了一句:"有一份是我的。"

贺莹低头看了看自己手里的两个盘子,尬了一秒,然后抬起头,一脸无辜地说:"我知道啊,你不跟我一起吃吗?"

贺莹本来觉得自己的房间还挺大的,但裴邵一进来,她瞬间就觉得房间变得局促起来。

房间里只有一张椅子,贺莹只能把小餐桌搬到床边,把椅子让给裴邵,她则在床上坐下。

见裴邵还端着盘子站着,她连忙招呼他:"坐呀。"

裴邵从没在这么狭窄的地方用过餐,也从没进过异性的卧室,更没有对着异性的床吃过饭。而现在,他就站在贺莹的卧室里,空气里仿佛都氤氲着独属于贺莹身上的桂花暖香,他僵站着,罕见地有些无所适从。

听到贺莹招呼他坐下,他才迟钝地拉开椅子。

贺莹洗完澡更饿了,对裴邵说:"我先吃了。"然后就拿起叉子开始吃了起来。

裴邵也拿起刀叉,目光却落在对面埋头吃肉的贺莹身上。

她洗漱过了,额前的碎发还是湿润的,脸上白白净净带着水汽,身上穿的睡衣看起来简单又柔软,一头乌黑的长发用发夹夹在脑后,发尾懒懒地垂落下来,整个人散发出一种完全放松后的懒散柔软。

似乎是察觉到他的注视，贺莹抬起头来，嘴里还塞着一块牛肉，看着他，眼神疑惑。

　　裴邵喉结微动，垂眸避开她的视线，优雅地用餐刀切开盘子里的牛排。

　　贺莹看着他优雅的动作，艰难地咽下嘴里的牛肉，然后默默挺直了背，捡起盘子上的餐刀。

　　两人在安静又诡异的和谐氛围中各自吃完了盘中的食物。见裴邵主动收拾餐桌，贺莹下意识地站起来制止："不用不用，我来就好。"

　　裴邵已经收拾餐盘端了起来，淡淡说道："明天我会准备好合同和定金。"

　　贺莹听到"定金"两个字，脸上的表情瞬间变得乖巧，点点头，说："好。"然后把裴邵送到门口。

　　裴邵的视线在她脸上停留了几秒："我走了，你休息吧。"

　　贺莹一脸乖巧地点点头："你也是，早点休息。"

　　裴邵淡漠的眉眼不自觉地变得柔和："嗯。"

　　贺莹没有马上关门回房间，而是站在门口目送裴邵离开。见裴邵走出了五六米，她刚准备回房间，就看见裴邵忽然停下回头看了过来。她吓了一跳，脸上连忙堆起笑，还热情地抬起手冲他挥了挥。

　　裴邵似乎怔了一下，随即微微点了点头，作为她挥手的回应。这回，他没有再回头，一路走到了走廊尽头。

/第七章/
越界

半夜里,忽然下起一阵急雨,雨打在玻璃上"砰砰"作响。贺莹骤然从梦中惊醒,后颈都是湿淋淋的冷汗。

她做了个噩梦,梦到顾宴割腕,血一直淌到她脚底下。

黑暗中,她睁着眼睛,眼神有些失焦,缓了好一会儿,依旧心有余悸。她迟钝地扭头,后知后觉地发现外面下了大雨,雨打玻璃的声音让她心里越来越不安。躺了好一会儿,她突然爬起来,开灯,披一件外套,然后开门出去。

她必须上去看一眼才放心。

顾宴躺在床上,睁着眼看着天花板,听着窗外的雷雨声,心里却连恐惧都消失了,像一潭死水,没有半丝涟漪,只有一片死寂的空洞。

突然,房门发出细微的声响,有人来了。

他缓慢地转动眼珠,漠然地看过去。看到房门被小心翼翼地打开了一条缝,一道身影摸黑蹑手蹑脚地走了进来,然后往床边走过来。

顾宴没有出声。他一直睁着眼睛,早就适应了房间里的黑暗,但也只能隐约看到那个人的轮廓。

是玲姨吗?总归不会是贺莹的。她怎么还会关心他的死活。

可下一秒,他就闻到了独属于贺莹身上的桂花淡香。他微微睁大了眼,看到人影逐渐靠近床边,而他也在一室漆黑中辨认出了贺莹的轮廓。

他没有出声,只是一瞬不瞬地看着她。

贺莹显然没有发现他还醒着。她在床边站了一会儿,然后弯下腰来,小心翼翼地掀开被子,先是摸到他的手臂,然后往下,轻轻摸了摸他的手腕。她没有摸到新鲜的伤口,却摸到了他手腕上以前割脉时的疤痕,手指顿了顿,在伤口上轻轻摩挲了一下,然后轻轻叹了口气。

就在她松手准备离开的瞬间,顾宴突然抓住了她的手。

"啊!"贺莹吓得差点原地弹起来,小声惊叫了一声,然后惊讶地看向他。房间里太黑了,她实在看不清,于是微微凑近了一些,然后就看到黑暗中顾宴漆黑幽亮的眼睛。

他就这么看着她,也不说话。贺莹定了定神,小声问:"我吵醒你了?"

顾宴没说话,抓着她的手没有松开。贺莹继续说:"我看下雨了,上来看看你。"

顾宴开口,声调冷得没有一丝温度:"看我有没有自杀?"刚才贺莹摸他手腕的动作,明显就是在确认他有没有割腕。

贺莹被他的话惊了一下,下意识想要把手抽回来,却被顾宴抓得更紧。他的手冰凉,贺莹皱了一下眉,犹豫了一下,反手回握,用自己掌心的温度去暖他的手,语气放得很轻:"你一直没睡吗?"

顾宴因为她的动作,冰冷死寂的眼睛出现一丝波动,但依旧只是沉默。

"睡不着吗?"贺莹像之前一样在床边坐下来。

顾宴明知道她在粉饰太平,装作什么事都没有发生过,可他却可悲地眷恋她手心的温暖不想揭穿。

"……嗯。"

贺莹见他终于有所回应,心里悄悄松了口气。她没有问他为什么睡不着,只是像之前的雷雨天一样,说:"你睡吧,我等你睡着再走。"

顾宴漆黑的眸一瞬不瞬地凝视她:"我要是一直睡不着呢?"

贺莹语气温和:"我会陪着你,到你睡着。"

顾宴定定地看了她一会儿,忽然说:"你过来一点。"

贺莹疑惑,但还是往前坐了坐。

顾宴挪动身体,将自己的脸贴近过来,依偎在她的腿侧,带着无尽的依恋。他终于闭上眼,轻声呢喃着:"你说的什么都不会变是真的吗?"

贺莹温柔地摸了摸他的头发:"嗯。"

顾宴心里明知道,这是一个谎言,可他选择自己骗自己,只是为了留住这一点点残余的温暖,让他至少今天晚上可以睡得着。

顾宴蜷缩在贺莹身边睡着了。

窗外的雨声也渐渐小了。贺莹等他彻底睡熟,才轻轻把手从他手里抽出来。

顾宴的手指不安地动了动。贺莹帮他盖好被子，小心翼翼地起身离开。

关上房门，她一转身，就看见走廊上正往这边走过来的裴邵。很显然，他也是放心不下过来看顾宴的。他并没有表面上看起来的那么不在乎。

裴邵看到她，似乎也并不意外。

贺莹主动走过去说道："我刚刚进去看过了，他已经睡了。"

她并没有说自己在里面待了多久，听起来就像只是进去看了一眼，顾宴睡了她就出来了。明天就签合同了，她可不想再横生什么枝节。

裴邵没有对她半夜跑来顾宴房间一事说什么，也没有追问，只是淡淡地说："回去睡吧。"

贺莹走了之后，他进顾宴房间看了一眼，见顾宴沉睡着，就离开了。

贺莹第二天起来，发现昨晚的事已经传得整个裴家都知道了。她刚起床，就被家政阿姨拉住问她是不是在跟裴邵谈恋爱。

周阿姨和玲姨自然也都知道昨晚的事了。

周阿姨是喜忧参半，高兴自然是为贺莹高兴的，但另一方面，又想着贺莹这样的家世背景，是不可能嫁给裴邵的。可要是谈恋爱分手了，那贺莹的工作怎么办？还能在裴家干下去吗？

"那你现在还给顾宴当护工吗？"

贺莹点点头："工作还是照旧的。"

周阿姨忍不住好奇："你是怎么跟裴邵谈上恋爱的？我平时也没见你跟他说过几句话呀。"

贺莹也不好解释，只好随口说道："其实我也不知道。昨天裴邵突然跟我表白，我想着他条件那么好，跟他谈恋爱也不吃亏，就答应了。"

周阿姨都听愣了，半天才说："这裴邵还真是看不出来啊……"感叹完又忽然拉了拉贺莹的手，小声说道，"小贺，你别怪阿姨说话不好听啊，阿姨也是实话实说。你说裴邵条件这么好，咱们谈恋爱归谈恋爱，要是结婚咱们就别想了，你自己心里要清楚，可不要犯糊涂啊。"

贺莹听了只觉得心里暖暖的，周阿姨一直对她很好，这话也是真心为她好才说的。她笑了笑说："放心吧，周阿姨，我知道的。"

周阿姨看了眼门口，又压低了声音说："你们谈恋爱，要是裴邵给你什么，你就收着。他那么有钱，给你的肯定都是好东西。咱不主动要，但他要是送你什么，你也不用跟他客气，反正他有的是钱。"

贺莹听了有些忍俊不禁，一脸乖巧，受教地说："好，我知道了。"

周阿姨又怜爱地摸了摸她的脸："我们小贺长得那么漂亮，性格又好，难怪裴邵喜欢。要是阿姨有儿子,都想让你做阿姨的儿媳妇。"

贺莹微笑着说:"是我没这个福气。"

周阿姨又拉着贺莹说了会儿话,玲姨从外边进来了。

周阿姨看到玲姨,立刻收了声。

昨晚玲姨身体不舒服,早早地就回去休息了,今天早上来上班才听说了昨晚的事,就一直不大高兴。

"玲姨。"贺莹主动跟玲姨打招呼。

玲姨也一改往日的温和,冷淡地点了点头,拿了东西就又出去了。

贺莹看到玲姨对自己的态度有点难受。

"你别怪你玲姨。"周阿姨见玲姨出去了,才低声跟贺莹解释,"你玲姨昨天还跟我说,准备培养你接她的班,今天一早就听说你跟裴邵在谈恋爱,她心里可不是不好受嘛。"

贺莹愣了愣,心里更难受了。

周阿姨又拍了拍她的背,安慰道:"你别放心上,我会跟她说说,过两天就没事了。"

贺莹点头:"那我先去照顾顾宴起床了。"

周阿姨说:"你不用上去了,顾宴早就起来了,现在跟裴邵在餐厅呢。正好,你帮他把早餐带过去,你也跟他们一起吃,等下我把你的送过去。去吧。"

贺莹接过顾宴的早餐说:"阿姨,我的就不用送了,我等下过来吃。"她说完往餐厅去了。

裴行正和林冰玉都睡着没起来,餐厅里就坐着要上班的裴邵和要上学的裴墨,以及昨晚睡得很晚今天却早早起来的顾宴。

裴邵和裴墨已经在吃早餐了。

贺莹把顾宴的早餐端过去,主动跟他们打招呼:"早啊。"

裴邵:"早。"

裴墨:"早。"

裴墨说完,才发现大哥也回应了,忍不住有些惊讶地看裴邵一眼。平时他跟大哥打招呼,大哥都只是点一下头。

顾宴也看了裴邵一眼,没说话。

贺莹把早餐放到顾宴面前,顾宴转过头来,对她微微一笑:"早。"

贺莹怔了一下。

这次换裴邵看了过来。

"你的早餐呢？"顾宴又问。

"在这儿呢。"周阿姨端着贺莹的早餐进来餐厅，笑呵呵的，就准备端去裴邵旁边的座位。

"放这儿吧，周阿姨。"顾宴说。

周阿姨停下脚步，下意识地看向裴邵。裴邵不置可否。

裴墨隐约觉得有点怪异，但他一时之间也不知道到底是哪里怪。他昨晚吃完饭就早早回房间了，对外面发生的事情一概不知，家里也没谁跟他说昨晚发生的事。

贺莹主动把自己的早餐端过来："阿姨，我自己来吧。"

周阿姨把早餐给她，就走了。

贺莹端着早餐在顾宴旁边的位置坐了下来。

裴邵没说什么。

裴墨看看裴邵，又看看顾宴和贺莹，总觉得自己昨晚像是错过了什么。

裴墨吃完早饭就去上学了，刚进教室放下书包，褚沉就一脸兴奋地凑过来："听说你大哥跟那个护工姐姐在谈恋爱？真的假的？"

褚沉昨晚给自己的好朋友庆祝生日去了，没去裴行正的生日宴，也是刚刚才收到风，震惊之余立刻迫不及待地来找裴墨确认消息真假了。

裴墨下意识地皱眉："你在胡说什么？"然而话一出口，他却忽然想起早上餐厅里怪异的气氛，还有当时周阿姨是准备把贺莹的早餐端到大哥那里去的……

褚沉说："谁胡说了？圈子里都炸开锅了。听说昨晚你大哥还带着那个护工姐姐参加了你爸的生日宴，你不知道？"

她给褚方也发微信问了，但哥哥到现在都没回她。

裴墨眉头皱得更紧了。他昨晚一直在房间没出去，的确不知道宴会上发生的事。

"哎！你看，有人发照片了。"褚沉把自己的手机递过来。

裴墨看过去，顿时愣了愣。屏幕上是一张偷拍的照片。照片里，贺莹挽着裴邵的手依偎在他身边，身上穿着礼服，披着裴邵的西装外套，只露出半张清冷又惊艳的侧脸。照片上的她，和平日里的她很不一样。

"居然是真的！"褚沉把手机收回，自己把照片放大了细看，又感叹一句，"哎，这张照片拍得护工姐姐还挺漂亮的嘛。"

褚沉说："不过你大哥是怎么想的啊？他什么样的女朋友找不到啊，居然会跟护工谈恋爱。今天群里都在说呢，说她长得那么漂亮又年轻，干什么不好要干护工，可能就是冲着这个来的。"

裴墨冷冷地看向她，极黑的瞳仁透着寒意。褚沅悻悻地说："你瞪我干吗，这些话又不是我说的。"

裴墨冷冷地说："你把我拉进群。"

褚沅"啊？"了一声。

裴墨一向不喜欢在他们那个圈子里混，虽然彼此都认识，但不怎么一起玩，更别说加群了。

"算了，不用。"裴墨直接把她的手机拿过来，打开微信，直接找到置顶下面的群，一点进去就看到群里刷屏似的聊天消息，聊的全是裴邵和贺莹，都不是什么好话。

褚沅尴尬地解释："哎，他们就是八卦一下，你别看了。"说着就来抢手机。

裴墨盯着她，按下语音键，嗓音很冷："你们继续聊，我会把你们的聊天记录都打印出来给我大哥看。"

此时，手机另一头刚刚还聊得十分起劲的人随意点开"褚沅"发的这条语音消息，发现居然是裴墨的声音，再听他话里的内容，顿时都吓了一跳。

上一秒还在疯狂刷屏的群，在他发出这条语音消息后，还有没反应过来的发了几条，但很快，再也没有一个人发消息了，死一样寂静。

褚沅抢过手机一看，群里已经鸦雀无声了。

"他们就是私底下嘴贱，你别跟他们一般见识。"

裴墨把书包往课桌里一塞，人往后一仰，冷笑着看她，帅气又漂亮的脸上写满了讽刺："要是他们说的是你哥跟你，你也能不跟他们一般见识？"

褚沅一噎，扭头回自己的位置了。

裴墨自己坐在座位上，突然扭头说："刚才那张照片发我一下。"

褚沅很快把照片发过来。裴墨点开照片，然后放大，贺莹的侧脸顿时占据了整个屏幕，的确跟平时的样子很不一样。

裴邵去上班了。

顾宴一直盯着贺莹和裴邵的一举一动，看他们并没有什么亲密举止，才松了口气。

裴邵去上班之后，贺莹又送顾宴去画室画画，依旧在他身边照顾，随叫随到。好像真跟贺莹说的一样，一切都没有变。

可他心里极度没有安全感，一会儿没见她，心里就焦躁不安，总要她在自己的视线范围内才觉得安心。一上午下来，他什么也没画出来，只浪费了几张画纸。

到了中午，裴行正跟林冰玉才下来吃午饭。裴邵不在，顾宴是不跟林冰玉同桌吃饭的。

贺莹推着餐车准备上楼的时候，刚好碰到裴行正和林冰玉下楼。

裴行正看见贺莹才想起昨晚上的事情来，张了张嘴，又不知道该说点什么好，干脆不说了。他倒是很有自知之明，知道自己也没资格对这个大儿子的感情生活指指点点，干脆就不发表意见了，正常地跟贺莹打了声招呼："小贺，给顾宴送饭上去吃啊？"

贺莹也一点都不心虚，微笑着说："是的。"

林冰玉意味深长地打量着贺莹。自然，裴行正这个亲爸都没资格说什么，她这个当后妈的就更没资格说什么了，只是似笑非笑地说："顾宴又得找新护工了吧？总不能让他哥哥的女朋友还给他当护工啊。"

裴行正皱了皱眉："不关你的事，你少管。"说完，和颜悦色地对贺莹说，"你上去跟顾宴吃饭吧。"

贺莹微笑着点点头，推着餐车进了电梯。

午饭也和往常一样，她和顾宴一起吃。

贺莹把虾剥好，又蘸了酱汁才放到顾宴的餐盘上，说道："吃完饭我陪你去花园里散一下步，回来睡个午觉吧。你昨晚睡得那么晚，今天又起得那么早，下午要补个觉才行。"

顾宴都有点恍惚了，就好像昨天晚上只是他做的一场梦，其实什么事情都没有发生过。

"怎么了？"贺莹见他愣着，问道。

顾宴回过神来，说"好"，见她又在给自己剥虾，就说："你自己吃，别给我剥了，我自己剥。"

贺莹有些无奈："你什么时候自己剥过了？每次我不给你剥，你就不吃。"她说完，又把手里剥好的虾放进他餐盘里。

顾宴被戳穿，有点尴尬："我不喜欢剥虾壳，手上黏黏的，不舒服。"

贺莹笑着说："我知道啊，所以，我帮你剥好，你只要吃就可以了，少爷。"

她说完，就发现顾宴目不转睛地盯着她，漆黑的眼瞳水汪汪亮晶晶的，嘴角也翘着，好像很高兴的样子。然而下一秒，她就看到顾宴翘着的嘴角缓缓回落下去,依旧还是看着她,只是看起来不那么高兴了。

然后,她就听到他问:"你也会对我哥那么好吗?"

贺莹听到这句话,头皮都麻了一下。这是什么"送命题"?

她迟疑了一下。顾宴已经落寞地垂下眸,浓密的睫毛沉沉地压下去,自问自答:"你对他只会比对我更好吧。"

贺莹心揪了一下,头也大了。她想,这钱是真的不好赚,脑汁都快烧干了。

她叫了顾宴一声,顾宴巴巴地抬起头来。

贺莹直接把剥好的虾塞进他嘴里,露出和善的微笑:"吃虾,别胡思乱想说些让我回答不出来的问题。"

顾宴嘴里叼着虾,一脸错愕又茫然,最终还是老老实实地吃完了这顿午饭。

吃完午饭,贺莹就推着他去花园散步。昨晚下了雨,地上湿漉漉的,空气倒是十分干净清冽。

"我们晚上出去吃饭吧。"顾宴忽然说。

贺莹有些讶异:"怎么突然想出去吃饭了?"

顾宴说:"手机上刷到一家新开的餐厅,看起来还不错,想去试试。"顿了顿,又试探着问,"你有时间吗?"

他平时不愿意出门,今天却主动想出去吃饭,贺莹当然不可能不答应,立刻答应说:"有啊。那晚上我们就去吃你想吃的那家餐厅吧。"

顾宴又高兴起来了:"好。"

贺莹看他心情好,也忍不住微笑起来。这时,口袋里的手机响了一声,进来了一条短信。贺莹顺手掏出手机看了一眼,顿时心脏都骤停了一拍,随即加速跳动起来。

她收到的是一条银行的转账信息。她低着头,谨慎地用手指点着上面的"0",一个一个地在心里默数。

个、十、百、千、万、十万、百万。

贺莹咽了咽口水,胸腔里一颗心脏激动得"怦怦"乱跳。就在刚刚,她的银行卡里转进了一百万整。她这辈子都没见过那么多钱,还是在她的银行卡里。虽然知道自己今天会收到这一笔钱,但现在真切切地出现在她的银行卡里,还是有种极度不真实的感觉。

她甚至又认认真真地重数了一遍。

"怎么了?"顾宴回头看她。

贺莹佯装淡定："没事。"

就在这时，手机又进来一条微信。

贺莹点开，是裴邵发来的：收到了吗？

贺莹知道他说的就是刚刚转进来的那笔定金，她的心跳还在加速，口干舌燥的，轻轻呼一口气沉住气，才冷静回复：收到了，谢谢。

裴邵：下午来公司签合同，小王会去接你。

贺莹想着等会儿顾宴就要睡午觉了，刚好她有空可以过去，回复：好。

回复完，发现聊天页面上方显示"对方正在输入中……"的提示，于是一直看着手机等裴邵回复。然而等了足足十几秒，才等来裴邵回复的信息。就一个字：嗯。

"谁的微信？"顾宴警觉地问，"我哥的吗？"

"不是，一个朋友。"贺莹面不改色地按灭手机，揣进兜里。

贺莹照顾顾宴午睡后，就离开了房间。刚到楼梯口，就接到了司机小王的电话说他到了。

贺莹从大堂出去，小王已经在车边等着她了，一看到她，就咧嘴笑出一口大白牙。

小王虽然有一米八几的个子，却长着一张淳朴干净的娃娃脸，笑起来一边还有个小虎牙，看起来很阳光，很讨喜。他平时虽然有点小八卦，爱聊天爱说笑，但工作起来却很稳重，车开得很好。裴邵之前的司机是他的叔叔，因病离职后，就推荐了自己的侄子过来给裴邵开车。裴邵试用了一段时间之后就把小王留下了。小王年纪小，嘴又甜，人也机灵，平时叫他帮点什么忙，他都很乐意，所以很招大家喜欢。

现在贺莹看到他那一口大白牙，却有点头疼，想到自己之前说的那些话，有点"打脸"的感觉。

小王已经把后座车门打开了，弯下腰，做出请的手势，一副恭敬的样子，可是嘴角却憋不住笑。

贺莹有点无奈，走过去说："我坐副驾驶。"

小王的笑容更灿烂了："好嘞！"他关上后座车门，把副驾驶座的门打开了。

一上车，小王的嘴巴就停不下来了："嘿嘿，你看！我就说吧！老板就是喜欢你，我都看出来了，太明显了！"

贺莹看他得意的样子，有点好笑，笑眯眯地逗他玩："哦？怎么明显了?"

小王来了精神,一边观察路况一边说:"就第一次,你在路上淋雨,老板让我停车,让你上车。要是换了别人,老板可没那么好心……咳咳,我不是说我们老板人不好啊,我们老板人挺好的,就是吧,有的时候人情世故这方面就比较欠缺,也没有那么有同情心,就是不关他的人和事,他都懒得搭理,懒得管。

"更别说我开的这辆车可是老板的专车,平时不让别人坐的,接送客户都是开的别的车,你说你都坐过几回了?"小王接着说,"那天你淋得那么湿,让你上车就当是他同情心突然发作,可他还把他的西装脱给你穿,那肯定有问题啊!"

他说完还补上一句:"我们老板又不是褚律师。"

贺莹听他这么说,也只是笑而不语。虽然回想起她和裴邵相处的种种,除了她最开始来裴家的时候,裴邵对她的态度算不上好,之后他对她的确颇为关照。但那是因为小时候有过那么点交情,还有就是看在张玉贤的面子上。

不过,她也不能跟小王解释。误会就误会吧,反正三个月后,她功成身退,就可以去做自己想做的事情了。

贺莹降下车窗,外面的冷风灌进来,她不觉得冷,只觉得冷洌清爽。她望着窗外繁华的街景,恍然发觉,她居然从未好好看过这座城市。她总是麻木又沉重地走在人群中,总有要去的地方,总有要做的事情,心里总是装着沉甸甸的事,从来没有留意过身边的景色。而此时此刻,她望着繁华的街道,才惊觉这座城市原来如此繁荣和生机勃勃。

贺莹吹着冷风,额前的碎发都被吹乱,在风中乱飞。她忽然扬起唇,有种如释重负般的轻松感,她已经很久没有感觉到那么轻松、那么自由了。

贺莹一直知道裴家有钱,但对裴家到底多有钱,其实并没有什么具体的概念。直到她站在裴氏集团总部大楼前,仰头看着面前这一眼望不到顶的巍峨大厦时,小王告诉她,这一整栋大厦都是裴家的,她才意识到,裴家到底有多有钱,裴邵又多有钱。

贺莹正惊叹中,小王突然鬼鬼祟祟地凑过来:"哎,你要是以后跟老板结婚,这楼你也有份了。"

贺莹一下回过神来。她以前一心想嫁给顾宴,成为有钱人,其实她对"有钱"这件事的概念好像并不深,至少她就从没有想过要多少财产,只觉得嫁给有钱人,好像一切的烦恼和麻烦都能迎刃而解。哪怕小王现在这

么一说，面对这栋高耸巍峨的大厦，她好像也一点贪欲都没有。她现在只觉得能安安稳稳地把那三百万拿到手，就已经心满意足了。

她定了定神，收回目光，说：“我们进去吧。”

赵夏已经在前台等了快半小时，一看到从大门进来的贺莹，立刻小跑着过去。

"贺小姐，你来啦。裴总让我下来接你的，跟我走吧。"她说完，才看到贺莹身上穿的什么。还是昨晚那件黑棉衣，下身是一条牛仔裤，脚上是一双平底运动鞋，公司里刚入职的实习生都比她穿得精致。

这会儿刚好是午休快结束的时间，一楼大厅人来人往的，都忍不住往这边看一眼。贺莹倒是淡定得很，一点都不怯场。

小王咧嘴笑着对贺莹说："你去吧，我去车上等你。"

赵夏又看了眼小王。看小王说话的语气，像是跟贺莹很熟的样子。

"走吧。"赵夏领着贺莹去坐电梯。

一路上，公司同事纷纷跟赵夏打招呼，赵夏都一一微笑回应。进了电梯，赵夏刷卡后按下顶楼的电梯按键。电梯里其他同事的表情都变了变。

随着电梯楼层越高，电梯里的人就越少。到最后，电梯里只剩下贺莹和赵夏两个人了。最后电梯楼层显示"80"，电梯门"叮"的一声打开。

"到了，走吧。"赵夏先迈步走出电梯。

贺莹跟着出去。

之前每次电梯开的时候，楼层里都是人来人往，这层却格外安静。

她刚从电梯里出来，张秘书就过来了："贺小姐，我带你过去吧。"

张秘书是知道贺莹身份的，所以对她过于朴素的打扮并没有感到惊讶，把她领到裴邵办公室外，示意她先稍等，然后敲门，推门说道："裴总，贺小姐来了。"

贺莹听到办公室里传来裴邵的声音："进来。"

张秘书先把门大推开，然后在请贺莹进去的时候小声说道："裴总忙得还没吃午饭，麻烦贺小姐提醒裴总吃完午饭再工作吧。"

贺莹说："好。"然后走进裴邵办公室。张秘书在她身后帮她把门关上。

贺莹站在门口，就看见裴邵正端坐在偌大的黑色办公桌后专注地工作，看起来很忙，她一时间也不好意思开口打扰。

也就不到一分钟的时间，裴邵从电脑前抬起头来。看见她还杵在门口，他有些疑惑地说："站在那里做什么？自己找地方坐。"

贺莹"哦"了一声，然后自己走到沙发那边坐下。沙发后面是落地窗，贺莹往下看了一眼就一阵腿软，连忙收回视线，在沙发上坐下了。面前的茶几上摆放着一个未拆封的外卖袋，精致高档的黑色纸质包装袋上印着烫金的餐厅 logo。

贺莹提高声音说："我帮你把外卖拆了？"

裴邵没有抬头，平淡地"嗯"了一声。

贺莹帮他把外卖拆出来，然后喊他过来吃饭："裴邵，你别工作了，先吃饭吧。"

本来以为裴邵还会拖延一会儿，没想到她话音刚落，裴邵就从办公桌后起身往这边走了过来。

贺莹又顺手帮他把餐盒盖子都开了。餐盒里的菜摆放得十分整齐，样式精致，色泽诱人，她不禁感叹一句："看起来好好吃。"

"我去洗手，你先吃。"裴邵说。

贺莹客气道："我在家吃过了。"

裴邵淡淡地说："这家餐厅的菜味道不错，你可以尝尝。"说完就去另一头的休息间洗手了。

餐盒里的菜看起来的确很好吃的样子，筷子也有两双。贺莹也不跟裴邵客气了，拆了一双筷子，夹了点菜尝尝。

"怎么样？"裴邵洗完手出来，衬衫袖口也挽了上去，露出一截薄韧的手腕。

"嗯，很好吃。"贺莹说着，矜持地放下筷子。

裴邵在她对面坐下，轻描淡写地说："喜欢的话，晚上我可以带你去吃。"

"不用了。"贺莹说，"顾宴让我晚上陪他出去吃饭。"

裴邵垂眸，拿起筷子，语气淡淡："嗯，好。"

贺莹问："合同可以先给我看看吗？"

裴邵没看她："在办公桌上。"

"那我去看看。"贺莹起身过去，果然看到一份合同就摆在办公桌上。

她走过去拿起合同，又瞄了一眼裴邵那张看起来非常柔软舒服的真皮座椅，忍不住问道："我可以坐这里看吗？"

裴邵抬头看她，顿了顿，说："坐吧。"

贺莹美滋滋地坐了下来，果然很舒服，然后就这么坐在裴邵的办公椅上看起了合同。

张秘书敲门进来的时候，就看见忙了一上午工作的裴邵终于坐下来吃

饭了,却不见贺莹。他正纳闷呢,下意识往办公桌那边看了一眼,就看到贺莹坐在办公桌前在那儿看什么文件。

张秘书不禁一愣。他还是第一次看到那张办公椅上坐着的不是裴邵本人。张秘书清了清嗓子:"裴总,财务罗经理找你。"说着瞥了办公桌后的贺莹一眼,毕竟财务的事还是比较敏感。

裴邵停下筷子,说:"让他进来。"

贺莹识趣地起身,手里还捏着合同:"那我先出去吧。"

裴邵看了她一眼,说:"不用,你继续看。"

贺莹又默默坐下来。

张秘书有些惊讶地看了贺莹一眼,然后把门打开,请门外的罗经理进来。

罗经理进来也不敢乱看,只偷瞄了一眼,然后过去跟裴邵汇报完工作,找他签了名,就又默默出去了。一出去,罗经理就迫不及待地跑去找张秘书打听起来:"里面那个是?"

张秘书犹豫了一下,但想着人都被叫到公司来了,裴邵应该也没有要保密的意思,于是说道:"裴总的女朋友。"

罗经理从张秘书这儿得了重要情报,拿着一沓报表兴奋地走了。

消息很快就传遍了公司,自然也很快就传到了法务部,褚方的耳朵里。

贺莹谨慎地把合同从头到尾看了好几遍,唯一值得她关注的一条是关于违约金的。

合同上写,如果裴邵提前结束交易,三百万酬劳照付。但如果她提出提前结束交易,就需要付双倍违约金。

贺莹想了想,这条的风险对她来说约等于无。于是,她慎重地在下面的乙方签下自己的名字,裴邵也在甲方签下了自己的名字。

贺莹留意到他握着钢笔的手。这样一双手,无论是捏着棋子,还是握着钢笔,都好看得令人注目。这人如果跟张玉贤一样成为围棋专业棋手,光靠这双手,也能吸粉无数吧,更别说这张脸出现在屏幕上的冲击力了。

合同一式两份,她和裴邵一人一份。

贺莹刚把合同折好收进兜里,一抬头,裴邵递过来一张银行卡。她疑惑地看向裴邵,不是说尾款是等三个月以后再结的吗?

裴邵解释:"这张卡里的钱用于你的日常花销。"

贺莹眨眨眼,先双手把卡接过来,然后才问:"那我从这张卡里花的钱会从我的酬劳里扣吗？"

裴邵："不会。"

贺莹眼睛都亮了，试探着问："那里面有多少钱啊？"

裴邵看着她一提起钱就两眼放光的守财奴模样，眼尾隐约闪过一丝笑意，嘴上仍是淡淡的语气："够你用的。"

贺莹知道裴邵说的"够用"，可能就是一大笔钱，眼睛更亮了，追问："那这里面的钱我都可以用来买什么啊？"说是日常开销，但总也有个范围。

裴邵仍是轻描淡写："买什么都可以。"

贺莹低头看着自己手里这张薄薄的卡片，有点爱不释手。

裴邵忽然问："很高兴？"

贺莹抬起头来，看到裴邵淡漠的眉眼温和含笑的样子，不禁一愣，然后重重点头，根本掩饰不住自己的开心，眉开眼笑："嗯嗯。"

就在这时，裴邵办公室的门被人敷衍地敲了两下，然后来人就直接推门进来了。

褚方一进来，就看见贺莹正对着裴邵笑得一脸"谄媚"，他视线下移，又看见她手里捏着的银行卡，顿时冷笑了一声。

贺莹看到褚方，下意识地把银行卡藏起，脸上的笑容也瞬间消失了。褚方看到她在看到他之后的表情变化，脸色也冷了几分。

贺莹对裴邵说："那我先回去了。我出来的时候顾宴还在午睡，我没告诉他我出门了。"

裴邵点头："好。让赵夏送你下去。"

贺莹点点头，余光瞥到杵在那里的褚方一脸瞧不上她的表情。她脸上缓缓露出甜笑，牵住裴邵的手，轻轻晃了晃，含情脉脉、语气甜腻："那我就先走啦。"

裴邵眸光微动，回握了一下她的指尖，冷淡的眼尾微妙地勾起一丝弧度："嗯。"

贺莹松开裴邵的手，又微笑着对褚方说："褚律师再见。"

褚方脸色僵冷，皮笑肉不笑地扯了下嘴角："贺小姐再见。"

贺莹保持微笑，越过他推门出去了。

"找我有事？"裴邵走向办公桌。

褚方跟着他往办公桌走："你不知道？你把她叫来公司，现在全公司都传开了。"

裴邵在办公桌前坐下，在褚方看见之前面不改色地把桌面上的合同捡

起来收进抽屉,淡定反问:"有什么问题吗?"

褚方一噎,有些不理解:"你到底怎么想的?你就算是跟她谈恋爱,也不用谈得尽人皆知吧?"

他谈恋爱的时候都没裴邵这么高调,还把人叫来公司。而且看看刚才贺莹穿的什么?公司里的保洁都比她穿得光鲜。

裴邵淡淡地说:"我从不过问你的私生活,我希望你也同样不要过问我的。"

褚方又被噎住:"我没让你不过问啊,是你不感兴趣。"

裴邵何止是不过问,就算他有的时候突然兴致来了主动想跟裴邵聊两句,裴邵都会以自己不感兴趣为由强行终止这个话题。

裴邵抬眸看着褚方,忽然说:"你不觉得对贺莹的关注太多了吗?"

褚方脸色一僵,心里没来由地慌了一下。他皱眉:"什么意思?"

手机铃声骤然响起,突兀的声音让褚方心脏都骤然停跳了一拍。他有些手忙脚乱地把手机拿出来,看了一眼来电显示,低着头说:"我接个客户电话。"说完,就一边接起电话,一边转身往外走去,脚步仓促。

顾宴一直睡到下午三点半才醒过来,根本不知道贺莹出去过。他想早点出门,贺莹照顾他穿上厚羽绒服,晚上风大,又给他系上围巾。

顾宴微微抬着下巴,盯着弯着腰给他整理围巾的贺莹,等整理好了,他问:"好看吗?"

贺莹笑了笑,说:"好看。"

黑白格子的宽围巾几乎遮住了他的下巴,把他的脸衬得更小了。他坐在轮椅上,黑发深眸,虽然脸色苍白看起来有些病态,但丝毫不折损他的颜值,反而有种易碎的瓷器般脆弱的美感。

顾宴望着她,微微笑了一下,苍白的脸上也仿佛多了几分血色。因为要跟贺莹单独出去吃饭,他心情很好。

顾宴要出门,除了司机,还有一个保镖随行。他负责搬轮椅,和顾宴上下车,自然还有顾宴的安全。

顾宴显得兴致很高,话也多了起来。

贺莹包里揣着自己余额有一百万的银行卡和裴邵给的银行卡,心情也异常愉快。两人一路说说笑笑,气氛融洽,就连开车的黄司机都被气氛感染跟着聊了几句。

餐厅的位置倒是离裴氏集团大厦不远。

贺莹事先查了一下。这家餐厅的确刚开业不到一个月，人均三千，一顿饭就能吃掉普通人一个月的工资。她打电话过去订位的时候，被礼貌地告知预订已经排到下月底了。

她在内心感叹了一下，这世上的有钱人真多。然后，她把这个消息告诉顾宴，想让他换家餐厅吃。顾宴却说他已经让人订好位了。

到了餐厅包厢，贺莹帮顾宴摘掉围巾、脱掉羽绒服，连同自己的棉服一起交给服务员拿去保管。

顾宴整顿晚饭都心情很好，帮贺莹介绍各种她没有吃过的食材做法，又加以点评。得出的结论是，这家店并没有网上说的那么好，随便吃吃还可以。

贺莹看他心情好，于是提起明天休假的事："我明天想休息一天。"

顾宴脸上刚才还带着笑，听到她这句话，脸上的笑容就消失了："去干什么？约会吗？"

贺莹说："我有一阵子没去看哥哥了，明天想过去看看他。最近又降温了，我想带他去买几件冬天穿的衣服。"

她现在终于有钱了，想带贺康去外面好好玩一玩，吃顿饭，再买几件好一点的羽绒服。贺康那件羽绒服已经穿了三年，去年腋下还开线了，里面的羽绒都跑了出来，她拿去店里缝好又让贺康继续穿。现在她有钱了，想给贺康买几件像样一点的衣服。

顾宴听她说是去看哥哥，握紧筷子的手又放松下来："我可以跟你一起去吗？"

贺莹犹豫了一下，还是说："如果你想去看他的话，下次吧，这次我想单独带他出去玩玩。"

顾宴虽然失落，但听到她说下次可以一起去，又高兴起来："好，那下次我跟你一起去看他。"

正说着，贺莹的手机响了。她拿起手机一看，是裴邵打来的电话，她下意识地看了顾宴一眼。

顾宴问："我哥？"

贺莹说："嗯，我接一下。"

顾宴没说什么，但脸色渐渐变冷了。

贺莹接起电话："喂？"

电话那头传来裴邵一贯没什么情绪的声音："吃完晚饭了吗？"

贺莹瞥了一眼桌上，"呃，快吃完了。"

裴邵说:"嗯,把餐厅地址发给我,我过来接你们。"

贺莹看了眼顾宴,说:"哦,好,我发给你。"然后挂断电话。

顾宴问:"他找你干什么?"

贺莹打开微信,把位置发给裴邵,说:"他说过来接我们。"

顾宴皱眉,把不满写在脸上:"你告诉他我们在外面吃饭?"

贺莹抬起头,眨了一下眼,脸上的表情有些无辜:"他约我吃晚饭,我告诉他我们已经约好了。"

顾宴顿时没了脾气,甚至还因为贺莹为了他而推了裴邵的约会有点暗爽:"哦。"

裴邵很快就到了,贺莹和顾宴刚好吃得差不多了。

"你吃过了吗?"贺莹拿出了"女朋友"式的关心。

"在公司吃过了。"裴邵说着,随意扫了眼桌面。

贺莹随手夹起盘子里剩下的最后一片薄肠,举高:"这个肠挺好吃的,你要不要尝一下?"

裴邵顿了顿,看了她一眼,随即弯腰吃下了她投喂的薄肠。贺莹举着筷子愣了一下,她只是做做样子,没想到他会真吃。

顾宴看着这一幕,脸上覆上了一层凉霜。他自己推动轮椅,冷冷地说:"走吧。"

裴邵是自己开的车。顾宴先被保镖搀扶着上了车,刚坐下,就盯着车外的贺莹说:"你跟我坐后面。"

贺莹看了眼裴邵,她也坐后面,那不是把裴邵当司机了?

裴邵倒是很淡定:"你坐后面吧。"

贺莹听他都发话了,就在后座坐下了。

"坐那么远干什么?你坐过来一点。"顾宴又不满贺莹坐得离他太远。

贺莹只能往他那边挪了挪。

"我有点困,睡一会儿,到了叫我。"顾宴说着,身子往她身上一歪,靠着她,把头枕到她肩上,还蹭了两下,闭上了眼睛。

贺莹一脸无辜地抬起头看向前面。裴邵先看了靠在她身上的顾宴一眼,然后又抬眸看了看她,没说什么,发动车子。

顾宴原本是没准备睡的,他下午睡了很久,也不觉得困,可是靠在贺莹身上,闻着她身上那股好闻又熟悉的淡淡桂花香,不知不觉就睡着了。醒来的时候,只觉得嘴边一片凉飕飕的,他下意识地伸手一摸,才发现自己居然睡出了口水。他忙检查贺莹的肩膀,果然也在上面发现了一片湿痕。

因为贺莹穿着黑色棉衣，口水在上面的痕迹尤为明显。

贺莹偏头看过来："你醒了？快到了。"

"哦。"顾宴心虚地摸了摸嘴角，慢慢坐直了。

贺莹活动了一下被他压得发麻的肩膀，

"不舒服？我帮你按一下。"顾宴说着很自然地伸手帮她捏肩。

他手上力气大，贺莹本来就发麻的肩膀被他捏得又酸又麻。

"嗞——"

顾宴好笑："我都没用力。"但手上的力气却放轻了。

"不用，不用。"贺莹心虚地往前面瞄了好几眼，伸手拨开顾宴的手，结果视线不经意地从肩上扫过，就看到刚才顾宴靠着她睡的地方有一小片湿痕，顿时有些好笑，"顾宴，这是你的口水吧？"

"胡说。"顾宴脸上一热，捏她肩膀的力道也变大了。

贺莹又疼又好笑地捂着肩膀"哎哟"了一声。顾宴握住她的后颈，威胁似的用力捏了捏，然而手掌下温热、软和又纤细的触感让他心跳漏了一拍，看着贺莹的侧脸，眼神都有些发怔。

贺莹笑着缩起脖子躲避。两人在后座打闹起来，顾宴唇角带笑，满眼都是贺莹，都没察觉到车停了。

"到了。"裴邵听不出情绪的声音突兀地响起。车里的空气骤然冷了几度。

贺莹心虚地收敛了笑意，坐直了。顾宴看到贺莹的反应，也慢慢收起笑容。

裴墨一个人在餐厅吃完晚饭，出来就看到裴邵和贺莹、顾宴一起从外面回来。他听周阿姨说了贺莹和顾宴今天晚上去外面吃饭了，但没想到裴邵也和他们一起。他看着和裴邵、顾宴站在一起的贺莹，心里忽然涌起一阵强烈的失落感。

他跟裴邵、顾宴打招呼："大哥，二哥。"随即视线落在贺莹的脸上，眼神隐隐带着几分控诉。

顾宴一如既往，当他不存在。裴邵也只是和平常一样点了下头。只有贺莹主动跟他说话："你吃饭了吗？"

裴墨说："嗯，刚吃过。"他一个人吃的，"我先上去了。"他说完就背着书包转身上楼去了。

贺莹看见他书包拉链上挂着的桂花香包。她随手做了送给他的，他却

一直挂在书包上。

然而不只是她看见了,顾宴也看见了。裴墨书包上的挂件怎么那么像贺莹送他的桂花香包?他就塞在枕头下面,每天晚上都是闻着香包的桂花香入睡的。

他扭头看向贺莹,眼神充满了怀疑。贺莹虽然有点心虚,但脸上一点都不虚,面不改色地说:"他花钱找我买的,他跟褚沅一人一个。"

她骗顾宴毫无负担,因为知道顾宴不可能去找裴墨求证。

顾宴还是不高兴,昨天晚上贺莹还跟裴墨在阳台上吃饭,他叫她都没下来。她明知道他讨厌裴墨,却还是跟裴墨来往。

贺莹早就习惯了顾宴的情绪起伏不定,也知道他的脾气来得快去得也快,倒是没什么心理负担。倒是旁边站着的这一位——

她偷偷瞄了眼站在她身边的裴邵。从下车开始,她就觉得裴邵有点不高兴了。

她忍不住在心里吐槽,这些有钱人,都那么有钱了,怎么一天到晚的,还那么容易不高兴。

她"只是"赚了一百万,已经觉得内心一片开阔明朗,岁月静好与世无争了。

贺莹回到自己房间后,对照着手机备忘录里的记账本,把欠亲戚们的钱一笔一笔地转了过去。

其中不只是父母生前欠下的。父母去世后,她为了照顾贺康,也向亲戚们借了不少。父母去世后,亲戚们有钱出钱、有力出力,帮了她不少忙,这些年,知道她的境况,也没向她催过债。

也是因为贺莹一直在陆陆续续地还,但凡手上有一点钱,无论多少,都会先还债。她每次还钱的时候,这些亲戚也都会关心她几句,让她不用着急还钱,慢慢来。

亲戚做到这份上,贺莹已经十分感激,所以现在拿到钱,第一件事就是把这些债还清。

还的最大一笔,是欠舅舅、舅妈的三万。其余的零零散散加起来,也有好几万。除了舅舅、舅妈的,她没有付利息,其余亲戚的欠款,她还清之余还付了一些利息。但总债务加起来,也不到十万。

这钱说起来其实不多,可贺莹这些年一直借了还,还了借,像个死循环,一直被这些债压得喘不过气来。现在一次性还清了,贺莹感觉一直压在自己身上的重担卸下来了。

她一下还清了三万，舅妈特地打了电话过来，并没有收到钱的欣喜，反而十分担心："莹莹啊，你怎么转了那么多钱过来啊？你哪儿来那么多钱啊？"

贺莹年轻又漂亮，偏偏身上又有那么重的负担，他们一直担心她走歪路，所以她每次还钱，舅舅、舅妈都是极力开解她，要她不要着急还钱，要是有什么困难，就跟他们说。

贺莹上个月拿了工资，一下还了舅舅、舅妈好几千，舅妈就打电话问她了。

贺莹并没有告诉家里的亲戚自己在做护工。舅舅、舅妈一直很疼她，只是他们也是普通家庭，又有两个小孩要养，帮不了她太多，但要是知道她在做护工，心里也会难受。所以她只说自己在卖房子，上个月业绩好，拿了提成。

现在也还是一样的说辞。

"我这个月卖了好几套房子，光提成就有好几万呢。"贺莹语气轻快。

"真的啊？"电话那头的舅妈又惊又喜，连忙跟旁边的舅舅分享，"莹莹说她卖了好几套房，提成拿了五万呢！"

舅舅还有些半信半疑："真的假的哦？卖房子能赚那么多钱？"

舅妈嗔怪道："那可是桐市的房子，你以为是我们这小县城里的房子啊，那一套都多少钱了？莹莹这个月卖了几套，当然有那么多钱了！"

舅舅还是有点担心，毕竟他一个月工资也才五千来块钱，贺莹长得那么漂亮，他担心她在外头一时想岔走了歪路，凑过来对着手机说道："莹莹，你自己要把握好自己啊，千万别为了钱去走什么捷径。你弟弟马上就能出去实习了，家里负担轻了，你要是有什么困难，一定要跟舅舅、舅妈说。"

舅妈也接过话："是，莹莹。你弟弟说，他到时候要去桐市实习，等他过去了，要是你那里有什么事，他就能帮上忙了。"

贺莹听了，心里暖融融的："好，舅舅、舅妈，我知道了。到时候小天过来，让他联系我吧。"

她挂了电话，又收到几条其他亲戚发来的微信，也是问她现在状况的，她一一回复并表示感谢。

还清了债，贺莹只觉得无债一身轻，像是卸掉了重担，整个人都变得轻松了。这一晚，贺莹睡觉的时候，嘴角都带着笑意。

贺莹第二天起了个大早，大概是过于期待崭新的一天，所以大脑提前把她叫醒了，早到周阿姨才刚准备做早餐。贺莹和往常一样先上楼去看顾

358

宴，顾宴果然还睡着，她就又下楼了。

她昨天已经跟玲姨说了自己休假的事，玲姨没有什么意见，只是对她的态度还是不冷不热。贺莹理解她对自己的失望，但也不知道该怎么向她解释这件事，只能先暂时搁置。

贺莹下意识地准备坐公交车，然而很快就想起，她现在也算是"有钱人"了，至少今天，她想舒舒服服地过。于是她用打车软件叫了一辆车，目的地是贺康的学校。

她提前跟贺康的老师打过招呼，但为了给贺康一个惊喜，老师并没有告诉贺康。所以贺康看到她的时候，高兴得从椅子上弹了起来，激动地跑过来把贺莹从地上抱起来转了几圈。

他智商虽然不高，但力气跟正常男人是一样的，贺莹被他转得头昏，笑着拍了拍他的胳膊，让他放她下来。

"妹妹，你来看我了！"贺康开心地看着贺莹，乌黑的眼睛干净又明亮。

贺莹很少这么勤地来看他，之前都是好几个月才来看他一次，但上次跟这次距离的时间并不太长，他都偷偷用本子记着的。

"嗯，我想你了，就来看你。"贺莹笑着说。

"我也想你！"贺康语气更激动。

贺莹看他身上穿的还是那件蓝色的旧羽绒服，笑了笑说："今天我带你出去玩好不好？"

贺康眼睛都亮了："真的吗？"

贺莹心里酸了一下。如果她没有来，贺康是不可以出去的，但她有时很忙，就算过来看他，也只是待一会儿就走了，并不会带他去外面。一年的时间里，他只有三四次机会是可以走出学校大门的。

贺莹微笑着说："当然还真的。而且，我们可以玩一整天。"

贺康高兴得都不知道该怎么好了，兴奋地跑去跟带他的老师分享喜悦，然后又很快跑回来，牵起贺莹的手："妹妹，我们走吧！"

贺莹先带贺康去吃早餐。在学校里，早餐吃来吃去都是那些样式，来到外面，贺莹就让贺康选自己想吃的。

贺康拉着贺莹进了一家汉堡店，仰着脑袋看着餐牌，选了半天，选了一个汉堡。他在电视广告上看过，很想吃，但他知道妹妹没有钱，所以他只吃一个就好了。

贺莹说："再看看，还想吃什么？"

贺康摇摇头："就吃那个。"可眼睛却还巴巴地看着广告牌上极为诱人的食物。

贺莹知道他是想给自己省钱,笑了笑说:"我最近赚了很多钱,你想吃什么都可以。"

贺康有点不敢相信,但眼神中又充满了期待:"真的吗?"

贺莹点点头:"真的,不然我怎么会带你出来玩,当然是因为我赚钱了啊。"

贺康开心得连眼睛都变得亮晶晶的,然后又扭头去看广告牌,看了半天,才小心翼翼地说:"那我再喝一个可乐?"

贺莹看了看广告牌上的招牌餐,然后对正好奇地看着他们的服务员说:"麻烦再来两杯可乐、一对鸡翅、一个小食拼盘。"

如果不是担心贺康吃不完,她真想把上面的餐食都点一遍。她现在有种强烈的、想要花钱的欲望。

贺康睁大了眼睛看着她,有些不安,小声说:"妹妹,太多了……"

贺莹微笑着安抚他:"没关系。"然后递出了裴邵给的银行卡。

贺莹完全没有想要在裴邵面前伪装掩饰的意思。既然裴邵给了她银行卡,说了她可以用,那她也绝对不会客气。反正三百万都拿了,还在乎这点钱吗?她自己的钱,自然是能省则省,先把裴邵给的钱用完再说。

不过刷卡的时候,她倒是想起来了,她今天休假好像忘记告诉裴邵了。

裴邵如往常一样,下楼后到餐厅一边看新闻一边等周阿姨把早餐端上来。顾宴进来的时候,他抬眼看了一眼,又往餐厅门口扫了一眼,没有看到贺莹。随后裴墨也背着书包下来了。

等周阿姨把早餐都端上来,也没看见贺莹现身,裴邵才开口问道:"贺莹呢?"

周阿姨一愣:"啊,小贺今天休假呀,她没跟你说啊?"

顾宴看向裴邵,表情有些怪异。裴墨沉默地低头吃早餐。裴邵合上手边的电脑,淡然自若:"嗯,我忘了。"

顾宴喝了口豆浆,忽然问:"哥,你知道她今天休假干什么去了吗?"

裴邵表情微凝。与此同时,放在桌面上的手机振动了一下,他翻过来扫了一眼,随即解锁,点开微信。

贺莹:忘了告诉你,我今天休假,去看我哥哥。

裴邵看完,不动声色地把手机倒扣在桌面上,抬眸望向顾宴,淡淡地说:"她去看望她哥哥了。怎么了?她没告诉你吗?"

顾宴佯装若无其事地端起豆浆:"哦,没事,我就随便问问。"

裴墨抬起头来，看了看裴邵，又看了看顾宴，隐约感觉到了暗流涌动的微妙气氛。

贺莹带着贺康吃完早餐，又带他去商场买衣服，去的是桐市最大最高档的商场。

贺康出门都少，更别说来这么高档的商场了。他既兴奋又紧张，紧紧牵着贺莹的手，挨在她身边，左顾右盼，眼花缭乱，根本看不过来。

贺莹带着他随便进了一家品牌男装店。门口两个店员看到他们进来，其中一个当作没看见，另一个年轻些的店员却很热情地走上前来："欢迎光临。"

她并没有因为两人的穿着就态度冷淡，热情又友善："两位好，想看点什么类型的衣服？我可以给你们介绍一下。"

贺康很少和陌生人接触，这会儿紧挨着贺莹，低着头不敢说话。

贺莹对店员说："我想要看看羽绒服。"

年轻店员一边带着他们往里走，一边微笑着介绍道："我们今年出了好几个新款的羽绒服，款式都很好看，卖得很好。这位先生个子高，身材又好，穿了肯定很好看。"

贺莹挑中了一件深蓝色的羽绒服，她下意识先看了一眼吊牌，价格是5788元。

年轻店员说："这件羽绒服是我们家的主打款，也算是个小爆款了，款式也不挑人，特别衬肤色，现在还有会员 8.8 折的折扣。"

贺莹面不改色地把衣服递给年轻店员："我们试一下这件吧。"

"好的。"年轻店员把衣服从衣架上取下来。

贺莹帮贺康把身上那件旧羽绒服脱了下来，年轻店员替他穿上新衣服。

贺康穿上新羽绒服，顿时整个人都亮了好几度。他本来就长得好看，清俊秀气，又高，皮肤又白，换上这件新羽绒服，更衬得他俊气逼人。他看了看镜子里的自己，都有点害羞不好意思看。

年轻店员真心实意地赞叹道："这件衣服真是适合他，我还没见过比他穿得更好看的。"

贺莹也觉得好看，满意地点点头，微笑着说："那就拿这件吧。再拿那件黑色羽绒服试一下，然后再帮我给他搭几套里面穿的衣服还有裤子。"

闻言，年轻店员顿时有些惊喜，她原本只是觉得上午反正生意也不好，就带他们随便看一看，毕竟他们两个穿着打扮看起来不像是会买这个价位的衣服的人，但没想到，居然是大客户。此时，仍懒懒站在门口的店员也听到了贺莹的话，转头看过来，也有些惊讶，同时又有些后悔，要是她刚刚积极一点，这单子就是她的了。接待贺莹他们的年轻店员高兴地忙前忙后，给贺康搭配了好几套。

贺康的确是个衣服架子，穿在身上的衣服只要码数对了，就没有他穿着不好看的。贺莹一口气买了四万多的衣服、裤子，刷卡的时候，她还有点忐忑，担心裴邵给的卡里头余额不足，但显然她的担心是多余的，年轻店员很快就操作好，双手把卡递了回来。

贺莹接过卡，说："谢谢。旧的衣服就麻烦你帮我扔了。"

买的新衣服除了贺康身上穿的这套，其余的她都写了学校的地址，让年轻店员发快递了。

贺康里里外外焕然一新，站在那里非常惹人注目。

贺莹又带他去买了两双鞋，花了几千。

贺康虽然买了新衣服、新鞋子很高兴，却表现得很不安，因为家里很穷的思想一直深植在他的脑子里，就连学校里的老师也一直会说他妹妹赚钱很辛苦，所以他在学校要乖一点。因此看到贺莹给他买那么多新衣服、新鞋子，他拉着贺莹的手摇着头说："莹莹，不要了，不买了。"

贺莹握住他的手，柔声安慰他："没关系，我赚了好多好多钱呢，我现在有钱了。"

贺康还是皱着眉头忧心忡忡，不大放心的样子。

贺莹给贺康买完，也给自己买了衣服、鞋子，顺便还给舅舅、舅妈买了羽绒服，给表弟、表妹也买了礼物，都是刷裴邵的卡。

贺莹一上午就刷了裴邵十几万，第一次体验到了花钱如流水的感觉。她刷裴邵的卡，一点负担都没有，唯一担心的就是会不会余额不足，但好在暂时没有出现这种情况。

她事先问过裴邵，是不是她买什么都可以，裴邵当时给了她肯定的答复。她没刷他的卡去买车买房已经是良心未泯了。

"褚方，你在看什么呢？"褚方妈妈顺着褚方的视线看过去，只看到一对年轻男女手拉着手离开的背影，她好笑道，"干什么？羡慕人家啊？我早就跟你说过了，要你别一天到晚乱谈恋爱，要谈恋爱就好好找个女朋友认认真真地谈。"

难得今天褚方肯陪她出来逛逛，她抓住机会就教育他几句："你也到

年纪了，玩也玩够了，该收收心了。你看看，人家裴邵要么不找，一找就认认真真地找。我看了照片，他那个女朋友气质多好呀，看着又漂亮又稳重，一看就知道不是那种浮夸造作的女孩子，你能不能也认认真真找个女朋友，带回家里让妈妈看看？"

褚方差点没忍住冷笑出来。因为他妈妈嘴里裴邵那个又漂亮又稳重的女朋友，现在正牵着一个小白脸的手光明正大地逛商场呢。

褚方盯着前面贺莹的背影，都要被气笑了。她到底哪儿来的胆子，居然在跟裴邵谈恋爱之后，还敢这么明目张胆地牵着别的男人的手在这里招摇过市？

即便他知道她不是什么好人，但还是被她的无耻和无下限给震惊到了。

褚方妈妈皱起眉来："褚方，我跟你说话，你听见没有啊？"

看着贺莹和那个小白脸手牵着手消失在拐角处，褚方才收回视线，冷笑着说："妈，我要真找个跟裴邵女朋友那样的，我怕你心脏不行。"

褚方妈妈愣了一下，不得其解："什么意思？裴邵女朋友怎么了？"

褚方嘴角动了动，还是没把贺莹的事说出来，只敷衍道："没什么。走吧，你不是还要逛吗？还要逛哪儿？"

逛到一家服装店，褚方妈妈去试衣间试衣服了，褚方坐在沙发上，拿出手机，点开相册，点开最近拍的一张照片，上面赫然是贺莹的背影。褚方滑动手指，往前滑了几张，定格在一张照片上，照片上贺莹扭头去看一家店的橱窗，露出了大半张侧脸，而她的手，正亲密无间地和她旁边那个男人的手牵在一起。

褚方盯着这张照片，眼神像裹了层寒霜，随即点开传送，选择微信，点开裴邵的头像，然而就在即将要发送出去的时候，他的手指停住了。他垂着眸，盯着手机屏幕，停顿了许久，选择了取消发送，眸色莫名。

但他没想到，晚上在餐厅居然还能偶遇贺莹。而坐在她对面座位的，依旧是那个小白脸样的年轻男人。

褚方简直不敢置信。她居然跟这个男人厮混了一整天？黏在一起到现在都没分开？

他盯着贺莹耐心地把盘子里的牛排切成小块，然后把切好的牛排推给那个男人，还"柔情似水"地冲他笑了笑，说了句什么。

褚方看着这一幕，嗤笑了一声，脸色肉眼可见地骤冷了好几度，眼神阴沉，心口处莫名地又酸又涩又痛，怒火中烧，仿佛被贺莹出轨背叛的人是他。

363

"好吃吗？"贺莹看着贺康大口大口吃着她切好的牛排，笑着问道。

贺康嘴里塞得满满的，一边咀嚼一边用力点头，眼睛亮亮的，把"超级好吃"四个字写在了脸上，他从来没吃过这么好吃的肉。

贺莹弯了弯眼睛，拿起桌上的餐巾纸帮他擦了擦嘴角沾上的酱汁："你慢点吃，等一下还有你最喜欢吃的冰激凌。"

贺康听到等会儿还有冰激凌吃，惊喜地睁大了眼睛，然后乖乖地放慢了进食的速度。他觉得今天是他过得最快乐的一天，妹妹带他吃了很多好吃的，买了好多衣服和玩具，去了好多他以前从来没有去过的地方，下午妹妹还带他去了他最想去的游乐园玩了好久好久，还去动物园看了大老虎、大象，他好开心！

贺康一边吃，一边好奇地偷看餐厅里的其他客人。突然，他看到不远处有个坐在那里的男人正冷冷地盯着他看，面无表情，但眼神看起来很凶。

他吓了一跳，连忙收回目光，低头吃东西。吃了一会儿，他又偷偷抬起头看过去，结果发现那个男人居然还在恶狠狠地瞪着他，他顿时把头埋得更低了。

褚方看着那边，冷笑出声。贺莹是从哪里找的小白脸？胆子那么小，被他看了一眼就吓成这样？

"你不吃东西，一直看什么呢？"褚方妈妈奇怪地问道，说着又顺着褚方的视线看过去。

"没什么，就是没什么胃口。"褚方把妈妈的注意力又吸引回来，并不想让她看到贺莹。

他下意识又往贺莹那桌扫了一眼，却发现贺莹也正好转头看过来，两人隔着两张桌子，视线在半空中交汇。然而出乎他意料的是，贺莹看到他，并没有他想象中的惊慌失措，只是微微愣了一下，然后就若无其事地收回目光，转过头去继续吃东西了。

褚方先是狠狠皱了皱眉头，随即像是觉得太荒谬，嗤笑出来。

褚方妈妈奇怪地看着他，说："你今天到底是怎么了？"时不时怪笑一声，怪瘆人的。

褚方刚要说话，忽然看到贺莹起身，然后径直往他这边走了过来。他愕然，直勾勾地盯着贺莹，隐隐有些不敢置信，她未免胆子也太大了。

贺莹走过来，笑吟吟地和他打招呼："褚律师，好巧。"

褚方盯着她，一时间说不出话来。倒是褚方妈妈仰着脑袋看了她半天，

突然认出来，一脸惊喜地说道："哎，你……你是裴邵的女朋友吧？"

贺莹落落大方地向她问好："阿姨好，我叫贺莹。"

褚方妈妈十分热情，不住地打量着贺莹："哎，你好。好巧啊，你也来这里吃饭啊？你一个人吗？"

贺莹微微弯下身子，微笑着说道："不是的，阿姨，我跟家里人一起过来的。刚刚看到褚律师在，就过来打个招呼。"

褚方看着贺莹，几乎要冷笑出声，家里人？是以为他没看到他们手牵着手逛街吧？说实话，他真的要佩服贺莹了，她是怎么做到被人发现这么大的爆点，还能这么镇定自若甚至反客为主的？

褚方妈妈见贺莹姿态落落大方，还会尊敬长辈主动弯下腰来说话，说话也温温柔柔，长得更是说不出的顺眼舒服。

贺莹长着一张讨长辈喜欢的脸，既不美艳高调，也不小家子气，眉目舒展，五官标致，气质清冷又有几分沉静温婉，好看得恰到好处。她脱了外套，只穿着打底的燕麦色半高领毛衣，头发也只是简简单单扎了个低马尾，看着简单又大方。

褚方妈妈真是越看越喜欢。

贺莹看了褚方一眼，仿佛看不到他嘲讽的目光，微笑着说："褚律师、阿姨，那你们慢慢吃，我就不打扰了。"

她说完微笑着直起身，点头致意后往洗手间的方向走去。

褚方妈妈目送贺莹离开，收回视线看向对面的褚方，又有点恨铁不成钢地埋怨道："你看看人裴邵的女朋友！"她又看了眼贺莹离开的方向，有点可惜，"裴邵跟她是在哪里认识的？你怎么就没遇上呢？"说着又觉得有点不对劲，皱眉问道，"刚刚人家跟你打招呼，你怎么不跟人说话呢？"

褚方一向是礼数周全的人，对待女士更是绅士，绝不会令人冷场难堪。可刚刚贺莹过来主动打招呼，他却一句话都没跟人说，只是盯着人看。

褚方妈妈脸色忽然怪异起来："你该不会也喜欢人家吧？"

褚方像被踩到尾巴的猫一样瞬间炸毛："我品位有那么差吗？"

褚方妈妈说："什么品位差啊？人家裴邵都喜欢的女孩子，能差到哪里去啊？我刚刚看了，人长得漂亮，又温柔又稳重，一点都不轻佻浮躁，你要是能给我找个这样的儿媳妇，那你妈我就心满意足了。"

褚方都忍不住被逗笑了："她过来跟你说了两句话，你就看出她不轻佻不浮躁了？"

什么又温柔又稳重，不都是她装出来的？他都开始怀疑这世界上是不是只剩下他一个清醒的人了,还是贺莹随身携带迷香了,怎么一个个的都那么容易被她蒙骗?

褚方妈妈说:"你妈我看人什么时候看走眼过?我刚刚看她的眼睛,她眼神就很定你知道吧?有些小女孩你多打量她几眼,她就心虚得感觉自己做错什么了似的。你看她,很淡定的,这说明这个人心志坚定……哎?你去哪儿?"

实在听不下去的褚方站起身,头也不回地走了:"去厕所。"

贺莹上完洗手间出来,就被褚方强行拽进了安全通道的楼梯间。她途中挣了几次都没挣开,只能放弃抵抗。

她对褚方一次次的找碴儿感到厌烦疲倦,忍耐也到了尽头,但她此时的情绪却极度冷静。

昏暗的楼梯间里,她面无表情地看着褚方,没说话,但眼神很分明地表达出"这次你又要发什么疯"的意思。

褚方接收到了她眼神里传达的信息,额角的青筋都跳了跳。他也很奇怪,为什么自己总能被贺莹轻易挑起情绪。

"贺莹,你一定很得意吧?"他讽刺道,"把所有人都耍得团团转,玩弄于股掌中。"

贺莹就这么看着他,也不说话,想知道他还会说些什么。

褚方问:"你说外面那个男的是你家里人是吧?是你家里什么人?"

贺莹回他:"我哥,怎么了?"

褚方冷笑:"你哥?你跟你哥手牵着手逛街?"

贺莹挑眉,猜到他大概之前就看到她和贺康了。她没有要解释的意思,只是学着他冷笑:"怎么,不行吗?"

褚方眯了眯眼:"贺莹,你是不是觉得所有人都是傻子?"

贺莹盯着他,带着一种探究的眼神。半晌,她嘴角忽然微微往上一勾,往前迈了一步,瞬间拉近了她和褚方之间的距离。

褚方被她吓了一跳,看着近在咫尺的贺莹,心口一跳,有种莫名的慌乱,下意识想要后退一步,然而下一瞬他又意识到这个时候后退就是落了下风,于是硬生生停在了原地。

"褚方。"贺莹微微抬起下巴,似笑非笑地看着他,"你其实喜欢我吧?"

褚方瞳孔一缩,心脏重重跳了一下,下意识就要呵斥反驳。然而贺莹却打断了他:"不然我实在不能理解,既然你觉得我把所有人骗得团团转,那为什么你不去找那些被我骗的人,向他们戳穿我的'阴谋诡计',让他

们知道我的'真面目'？而是一次又一次地跑来警告威胁我呢？你明明知道，你这些警告威胁对我来说根本就不起作用。"

贺莹嘴角微微勾着，视线下移，扫过他不知道是因为紧张还是因为渴而缓慢滑动的喉结。她重新直视他的眼睛，清冷到近乎寡淡的脸在昏暗的光线中只有一双眼睛幽幽地发着亮，摄人心魄。她声音很轻，带着淡淡的嘲讽笑意："但事实是，你的目的根本就不是要警告我，而是想要引起我的注意。对吧？"

褚方看着近在咫尺的贺莹，仿佛受到极大的震撼，脑子里一阵轰鸣。寂静的楼道里，他恍惚间听到自己胸腔里又急又重的心跳回声，心脏像是被一只无形的大手攥住，不停地缩紧，心悸不止。他突然一把将她推开，恼羞成怒地说道："贺莹，你未免也太自恋了，你以为你是谁？"

贺莹被他推了一把，也不生气，站稳后继续嘲讽："除了你暗恋我，我实在找不出别的理由来解释你的行为。褚律师要是不想被人误会，最好还是离我远一点，不要总是动不动就把我拉到这种僻静角落里来，免得别人也以为你对我爱而不得，才会处处针对我。"

褚方不知道想到什么，脸色青一阵白一阵，被噎得说不出话来。

"你怎么了？脸色怎么那么难看？"褚方妈妈看着去而复返的褚方，有些惊讶，"怎么还把头发弄湿了？"

"没事，洗了把脸。"褚方敷衍地说着，目光看向重新回到座位的贺莹。他只看得到她的侧脸，她依旧在笑，对着她对面那个男人，浅淡地笑，心满意足的样子。仿佛察觉到他的视线，她微微偏过头来，扫过来一眼，嘴角依旧带着笑，可那双眼，却分明冷淡得没有丝毫笑意，毫无感情地看了他一眼，没有任何停顿又收回去。

胸口像是压了一块重重的石头，压得他胸闷。

褚方妈妈见他一直往贺莹那边看，也不禁皱眉："褚方，你今天到底怎么回事？别一直盯着别人看，不礼貌。"

褚方却看见贺莹忽然起身，他不知道怎么回事，心里突然一紧，下意识移开了视线，然而余光却扫到贺莹带着那个小白脸径直往这边走了过来。

"阿姨，我们吃完了，就先走了。"贺莹带着贺康走过来，跟褚方妈妈打招呼，微笑着说完，又介绍身边的贺康，"这是我哥哥贺康。"

褚方愣了一下，抬头看向贺莹，然后发现细看之下贺康的确和贺莹有几分相像。他忽然意识到自己好像真的误会了贺莹，脸色变了变，忍不住看向她。

贺莹却没有看他,而是对贺康说:"哥哥,跟阿姨问好。"

褚方妈妈有些惊异于贺莹对贺康说话的语气,听起来像是妈妈教导自己小孩的语气。然而,贺康的反应则更令她诧异。

贺康向她鞠了一躬:"阿姨好。"明明是个二十多岁的成年男人,但是说话的语气和动作却都像小孩。

褚方妈妈有些吃惊,但很快反应过来:"哎,你好。"

贺康又偷偷看了褚方一眼,见他还在盯着自己,有些害怕地往贺莹身边躲了躲,抓住了贺莹的手,小声说道:"妹妹,我们走吧。"

贺莹反握住贺康的手安抚他,然后带着几丝歉意对难掩惊讶的褚方妈妈解释道:"我哥哥出生的时候被脐带缠住脖子,因为缺氧造成大脑损伤,只有几岁小孩的智力,您别见怪。"

褚方妈妈一脸惊讶地看着贺莹,然后又看向她旁边又高又帅的贺康,一时间都不知道该作何反应:"啊?真是……可惜了。"

比起褚方妈妈,褚方受到的震撼更大。他想起刚才他盯着贺康看时,贺康看过来时的好奇的眼神,和对视后胆怯的回避。所以她才会跟她哥哥手牵着手逛街,因为她哥哥只是个智商只有几岁的小孩……

这还没完。贺莹又接着说道:"上次在医院,我因为哥哥的事情在医院遇到点麻烦,碰巧褚律师也在医院,帮了我很大的忙。"她说着,转向已经彻底被她的话弄蒙的褚方,"真是谢谢你了,褚律师。"

褚方彻底愣住。医院?也就是说,她那次在医院被别人的家长扇耳光不是因为她自己的小孩,是在处理她哥哥的事?

是他误会了?那她为什么在他质问她的时候不解释?

他茫然又困惑地看向贺莹。贺莹只是微笑着说:"那我们就先走了。"

褚方妈妈立刻说道:"你们去哪儿啊?让褚方送你们吧。"

褚方看向贺莹,下意识要起身送她。

"不用了,阿姨。"贺莹笑着说,"我哥哥难得从学校出来一趟,我还要带他四处转转。"

褚方妈妈温和地说道:"那好,那你们好好玩。"

贺莹笑着点点头,对贺康说:"跟阿姨还有哥哥说再见。"

贺康乖巧地说:"阿姨再见,哥哥再见。"说后面那句的时候,他飞快地瞥了一眼褚方,很明显,还是被褚方之前那阴沉的眼神吓到了,有点害怕。

褚方胸口堵得慌，勉强挤出一个尽可能温柔和善的笑容："再见。"但大概是他的这个笑实在太难看，贺康更害怕了，看都不敢看他，往贺莹身后躲了躲。褚方看到他的反应，胸口更难受了。

贺莹对褚方妈妈笑了一下，同时也对褚方点了一下头，然后就牵着贺康离开了。

褚方目送他们手牵着手离开，内心有什么东西轰然崩塌了，崩塌后只剩下无尽的懊恼、后悔。

"真是可惜了，不说话的话还真看不出来，长得白白净净、高高帅帅的。"褚方妈妈还在惋惜，又满是赞赏地说，"不过贺莹这个女孩子真是不错，要是换了其他人，都不好意思让别人知道，她还主动带过来介绍，大大方方的，多好啊。看她哥哥应该也是被家里人教育得很好，看着乖得很。哎，你之前知道她哥哥的事吗？"

褚方摇了摇头。他忽然发现，他之前对贺莹的认知全是基于自己看到的片面的东西，以及从一开始就根深蒂固的偏见和自己的自大造成的臆断。他根本对贺莹一无所知。

魂不守舍地陪妈妈吃完晚饭，褚方起身去收银台买单，结果却被告知他那桌的单已经被买过了。

回去的时候，贺康累得在出租车上睡着了，怀里抱着从娃娃机里抓来的大玩偶，很幸福的模样。贺莹看着贺康的样子，心里也觉得既平静又幸福。

到了学校，贺康就直接被老师带去睡觉。他实在是太困了，只跟贺莹说了声"再见"，揉着眼睛迷迷糊糊地被老师哄着带走了。

贺莹走到公交站台，正准备打车回裴家，就接到了裴邵打来的电话。

"回家了吗？"

贺莹说："还没有，准备打车了。"

裴邵说："把你的位置发给我，我刚好下班，顺路过去接你。"

特殊学校的位置偏僻，本来就难打车。贺莹也不跟他客气了："好。"挂断电话，给裴邵发送了自己现在的位置。

刚发完她就忽然反应过来，裴邵都不知道她在哪儿，说什么顺路？

二十分钟后，裴邵的车停在了路边。驾驶座的车窗降下，露出裴邵那张英俊冷淡的脸："上车。"

"怎么是你开车，小王呢？"贺莹上车后问道。

"我偶尔也会自己开车。"裴邵说。

贺莹想起来，昨晚他来接她和顾宴的时候，也是自己开的车，于是"哦"了一声，觉得太冷淡，又加了句"挺好的"。然后就冷场了。

车里过于安静了。想到今天花了裴邵十几万，贺莹主动关心道："你吃晚饭了吗？"

裴邵："吃了。"

贺莹努力找话题："……吃的什么？"

裴邵似乎认真地回忆了一下，然后说："寿司。"

贺莹说："我中午也去吃了寿司，很贵，但我有点吃不惯那些生的。"

裴邵说："那下次就吃别的。"贺莹又一次语塞了。

前方红灯，车子缓缓停了下来。裴邵转头，看了她一眼，说："你买了新衣服？"

贺莹心里"咯噔"一下，随即心虚地裹了裹身上的新大衣："嗯，在商场买的，挺贵的，刷的你的卡。"

裴邵淡淡地评价："挺好看的。"

贺莹看他反应那么平淡，接着说道："我还刷你的卡买了很多东西。"

裴邵也只是"嗯"了一声，表示自己知道了。

贺莹说："我好像用了很多钱。"

裴邵似乎听出了她的心虚，转过头来，语气平静："那张卡是专门给你开的，你可以自由使用里面的金额，不需要经过我的许可，也不需要向我报备。"

贺莹心里一块石头落地，松了口气。

"比起这张卡，我更需要你报备别的事情。"裴邵淡淡地转移到另一个话题上，"我想作为你的男朋友，我应该是第一个知道你休假的人。"

贺莹诚恳地认错："……对不起，我一时忘记了，下次不会了。"

裴邵："好。"

车子开过红绿灯。贺莹看着窗外倒退的景色，忽然反应过来："这好像不是回家的路？"

裴邵说："带你去个地方。"

贺莹怎么也没想到，裴邵会带自己来棋院。十年前，她就是在这里赢了他。

十年了，棋院的外观居然还大致保持了以前的样子，只是大门从以前的铁门换成了玻璃门，在旁边一些现代化建筑的衬托下，显得有些老旧。

贺莹站在车门边，看着棋院的大门，迈不动步。裴邵走了几步，才发

现她还站在原地，回过头来："你不过来吗？"

贺莹没动："如果你想下棋的话，我们可以回家去棋室下。"

这里曾经记录了她这一生中最耀眼、最巅峰的时期，她并不想去打破这份回忆。她也不知道以前带她的老师还在不在，她也并没有做好要见到他的准备。

裴邵耐心地站在大门前，语气平静："里面没人，只有我们两个。"

他已经提前跟棋院打好招呼了，今晚不会有人留值。

贺莹愣了一下。

裴邵："过来。"

贺莹终于迈动脚步，向他走去，和他一前一后走进了棋院。

棋院里果然空无一人，只是到处都亮着灯，像是知道他们要来，给他们留的灯。

棋院的内部进行了重新装修，但贺莹一眼就看出，布局没怎么变，她甚至还记得裴邵每次来下棋时的小包间的位置。所谓的包间，也是半开放式的，跟大厅做了隔断，但并没有门可以关起来。

贺莹走进去，坐在自己常坐的位置上。她总是喜欢坐在靠门的位置，这样她可以在对手犹豫思考的时候，看大厅里别人的棋局，还有那些人脸上的表情。

她坐在椅子上，抬头看向站在门口的裴邵："你还记得吗？我就是坐在这里下赢你的。"

裴邵当然记得。她离开棋院的每一年，他都会来棋院，每次都是坐在这个位置。但他没有告诉她，这个小包间是他专人用的，他从来没有让人坐过她现在坐的位置，也没有人在这个小包间里跟他下过棋。

他总是一个人在这个小包间里跟自己下棋。偶尔跟张玉贤对弈，都是在隔壁的小包间，或者是在大厅。

他看着贺莹冲他伸出三根手指，嘴角微扬，眼睛里闪着光，有些得意："三次。"

裴邵走进来，走到她对面，拉开椅子坐下，淡然自若："我再给你一次机会。"他抬眸，深邃的眼睛望向对面的贺莹，"如果你能在这里下赢我，我会送你一件礼物。"

贺莹好奇："是什么？"

裴邵垂眸揭开棋盒盖："这应该是你赢了以后问的问题。"

贺莹挑眉："那不应该叫礼物。"

裴邵抬眸再一次望向她，眼睫在头顶投下来的灯光下显得越发深浓。贺莹迎着他的视线，嘴角微微勾了一下："应该叫赌注。"

裴邵淡然反问："既然是赌注，那应该是双方都要投注，你的赌注是什么？"

贺莹微笑："那我还是选礼物吧。"

裴邵的嘴角淡淡地弯了一下，又抿直："开始吧。"

贺莹瞬间收敛了脸上的表情，捏起手边的黑子，凝神望向棋盘。

这盘棋下了一个多小时。贺莹还是没有下赢裴邵。她看着胜负已定的棋盘，缓缓皱起眉，内心忍不住有些挫败。她不得不承认，自己已经不是小时候的自己了，哪怕是回到棋院，坐在自己以前坐的位置上，也没有办法再赢过以前赢过的人了。但她并不愿意向裴邵展露自己的沮丧，只是舒展开眉头，抬起头，故作轻松地笑了一下："是不是没有礼物了？"

裴邵只是一边捡棋盘上的棋子，一边淡淡地说："明天继续。"

贺莹开玩笑问："那明天还有礼物吗？"

裴邵看了看她："我会替你保留，一直到你赢过我为止。"

贺莹忽然歪了歪头，怀疑地看着他："你该不会是觉得我永远都赢不了你吧？"

裴邵深深地看她一眼："正相反。"

贺莹怔了怔。

在棋院下了一盘棋，回到裴家已经是接近凌晨了。贺莹在车上回完顾宴的微信就睡着了，不过睡得不沉，车一停她就醒了，往车外一看，发现顾宴就坐在大门口等着他们。

"我先下去了。"贺莹说着解开安全带下车。

裴邵面无表情地看着她下车，关上车门，头也不回地走上台阶，走向坐在那里的顾宴。他看到她脸上露出温柔的神情，弯下腰去和顾宴说话。

"这么冷的天，你怎么在这里坐着？"贺莹问。

顾宴微微仰起头来看着她："我在等你。"

贺莹皱眉："等多久了？"

顾宴吸了吸鼻子，说："没多久，我算着时间出来的。"

贺莹看着他被冻红的鼻尖，弯下腰摸了下他冻得冰凉的手，有些无奈："我不是告诉你了我什么时候到吗？"

顾宴抿了抿唇，可是他一天都没有见到她了。

他的视线忽然投向她的身后。裴邵正下车走过来。

"这么晚了,你怎么还没睡?"

顾宴迎着他的目光,说:"贺莹不在,我睡不着。"

裴邵看着顾宴,语气淡淡:"那我建议你尽快习惯,因为最近每天晚上她都会跟我出去。"

顾宴脸色微变,被冻得冰凉的手扣紧了轮椅扶手。

"哟——外面好冷,先进去吧。"贺莹见势不对,马上绕到顾宴身后,把轮椅掉了个头,把他推进去了,还不忘扭头用眼神警告裴邵。

裴邵面不改色,跟着她一起进屋。

顾宴不死心,扭着头问:"我哥说你每天晚上都会跟他一起出去是什么意思?"

贺莹还在想要怎么回答,就听到身后的裴邵回答:"约会。"

贺莹再一次扭头用一种疑惑不解的眼神看向裴邵。裴邵一脸淡定坦然地看着她。

"我们就是去棋院下棋。"她实话实说。

顾宴问:"为什么要专门跑去棋院下?不能在家里的棋室下吗?"他没办法,他就是嫉妒。

"呃……"贺莹看向裴邵,因为她也是这么想的。

"去棋院不会有人打扰。"裴邵说。

"很晚了,我送你上去睡觉吧。"贺莹再一次试图终结这种暗流涌动的气氛,把顾宴往电梯那边推去。

顾宴沉默着不再说话。裴邵也在贺莹的再次眼神"警告"下保持沉默。

三人一起进了电梯。到了二楼,贺莹径直推着顾宴出了电梯,裴邵则独自坐电梯上去了。

顾宴坐在床上,脸色不悦地看着贺莹:"你以后真的每晚都要跟我哥出去吗?"

贺莹说:"只是最近一段时间。"这段时间有多长,大概取决于她多久能下赢裴邵。

顾宴听到贺莹的回答,没有说话,安静地躺下去。

贺莹走上去给他盖好被子。顾宴翻过身,用背对着她。

贺莹有些无奈,但也没说什么,替他关上台灯准备出去。她刚走到床尾,就听到顾宴的声音在安静的房间里低低地响起:"你不是说一切都不会变的吗?"

贺莹没有回应顾宴说的那句话。如果回应，她也只能骗他、哄他。但她没有这么做，现在已经过了他情绪最浓烈激动的时候了，应该让他自己慢慢消化和接受了。

她今天过得圆满幸福，但身体却很疲惫，毕竟陪着贺康去了很多地方。她回到房间简单洗漱一下，头一沾上枕头就沉沉睡了过去。

裴行正和林冰玉在过完生日的第二天就又出门了，像两个游客，裴家似乎又恢复了往日的平静和冷清。

贺莹早起的时候正好遇到在花园里跑完步回来的裴墨。

"早啊。"贺莹和往常一样跟他打招呼，"去跑步了？"

裴墨看到她的时候，脚下的步伐慢了下来，犹豫了一下，还是点点头："嗯。"

贺莹看他头发都湿了，又穿着单薄的运动服，说道："快上去换衣服，别又感冒了。"

裴墨本来不想理她，可又见她和往常一样关心自己，心里忽然有点委屈："你是不是有什么事情忘了告诉我？"

贺莹看着他那张漂亮到具有侵略感的脸上流露出委屈的神色，一时间有些没反应过来："什么？"

裴墨抿了抿唇："你跟大哥的事。"

贺莹恍然，然后有些不好意思地说："我以为你知道了，就没再专门告诉你。"

裴墨脸色黯淡，声音也低落下去："在这个家里，除了你，没有人会告诉我。"

贺莹怔了一下，内心不禁升起一丝内疚。

裴墨很快提起一个微笑："对了，我还没有恭喜你。"

贺莹笑笑："谢谢。"

"我以后该怎么叫你？"裴墨也笑了笑说，"是不是该改口叫你'大嫂'了？"

贺莹一脸抗拒："千万别，你还是跟之前一样叫我名字就好了。"

裴墨看着她脸上嫌弃的表情，忍不住真的笑了。

"其实我挺高兴的。"他说，"你要是能嫁给我大哥，以后我们也算是一家人了，对吧？"

那在这个家里，至少有一个真正会在意他的"家人"了。

贺莹眨眨眼，跟他开玩笑："那我再努努力，争取让你大哥娶我。"

裴墨刚想说什么，视线却忽然凝住，然后对着她身后叫了声："大哥。"

贺莹扭头，看见身后的裴邵时，头皮顿时一麻，也不知道他有没有听到她的"狂言"。该不会误会她对他有什么企图吧？

"早啊。"她若无其事地跟他打招呼。

"早。"裴邵先回应完她，然后看向旁边的裴墨，罕见地和颜悦色，"去跑步了？"

裴墨显然因为裴邵对自己的温和态度有些受宠若惊，点头："嗯，去跑了几圈。"

贺莹看得出来，他在裴邵面前不是装出来的乖巧，是真的乖巧。

裴邵点头："嗯，上楼去洗个澡再下来吃早餐。"

裴墨嘴角都扬了起来："好，那我先上去了。"说完还偷偷瞥了贺莹一眼，然后才走。

"你别误会啊，我刚刚在跟裴墨开玩笑呢。"贺莹见裴墨走了，忙跟裴邵解释。

"你指什么？"裴邵问。

"呃……你听到我刚刚跟裴墨说的话了吗？"贺莹反问。

裴邵眸光微动，他当然听到了，有人说要努力争取让他娶她。他压平嘴角，面不改色："没有。"

贺莹放心了，笑眯眯道："没什么，就是我跟裴墨在开玩笑。"

裴邵看着她，没有戳穿。

"早餐马上就好了，你先去餐厅坐吧，我上去叫顾宴起床了。"贺莹说着就上楼去了。

贺莹上楼到顾宴的房间，他已经穿着整齐坐在轮椅上等她了，看起来并没有什么异常。

早餐的时候，玲姨进来告诉裴邵，最近家里的一些人事变动，说完她正准备离开。

顾宴一边吃着早餐，一边用很平静的语气对玲姨说："玲姨，帮我招个护工吧。"

餐桌上瞬间安静下来。贺莹愣了愣，转头看他。裴邵也看过来。坐在斜对面的裴墨连咀嚼的速度都放慢了。

顾宴却没看他们任何人，只是看着玲姨："怎么了？有什么问题吗？"

玲姨看了贺莹一眼，又看向裴邵。裴邵微微点头示意。玲姨这才对顾宴说道:"好,那我去安排。你吃早餐吧。"

顾宴跟玲姨说完就继续吃早餐了,没有要跟任何人交流的意思。贺莹看着顾宴漠然的侧脸,如鲠在喉。

这时,裴邵淡淡说道:"既然这样,贺莹你搬到三楼客房住吧,你那间房空出来给新来的护工住。"

顾宴捏紧了手里的勺子,唇线微抿,什么也没说。贺莹愣了愣,看向裴邵。

只有裴墨看着顾宴难看的脸色,忽然意识到了什么,又看了看裴邵和贺莹,最后嘴角翘了一下。带着点对顾宴的恶意报复,他语调轻松地对贺莹说:"是啊,大嫂,三楼还有好多间空着的客房,你想住哪间都可以。"

顾宴在听到裴墨叫的那声"大嫂"后,脸色难看到极致,他看向裴墨,眼神充满厌恶,语气像是结了冰:"你有什么资格在这里说话?"

裴邵淡声制止:"顾宴。"语气算不上严厉,带着警告的意味。

顾宴沉默了两秒,蓦地冷笑出声:"所以你们现在是相亲相爱的一家人了,是吧?"他的脸色瞬间阴沉下来,"那我就不打扰你们一家人用餐了。"他说完推着轮椅掉头就走。

"顾宴。"贺莹跟着站起身。

"贺莹,不用管他。"裴邵说。

贺莹停下往外的脚步,回头看他,犹豫了一下,说:"至少在新来的护工来之前,我得管他。"她说完就跟着顾宴走了出去。

餐厅里只剩下裴邵和裴墨两个人。裴墨小心翼翼地看了一眼裴邵,抿了抿唇,低声说道:"对不起,大哥,是我说错话了。"

裴邵抬眸,淡漠的眼神带着一种无声的压迫感压向他:"你的错不在于你说错话。"

裴墨瞬间领会了他的意思,脸色微微一变,羞愧地低头认错:"对不起,我下次不会了。"

裴邵不置可否。他无心调解两个弟弟之间的矛盾,只觉得嘴里的食物索然无味,他勉强吃了几口,还是放下筷子,拉开椅子起身离开餐厅。裴墨也很快起身离开。

周阿姨来收拾餐桌的时候,惊讶地看着一桌子没吃完的早餐,不禁怀疑是不是自己今天做的早餐出什么问题了。

"别跟着我。"顾宴头也不回地操纵轮椅往前,嘴里冷冷地说道,"我

很快就有别的护工了,你终于可以解放了,大嫂。"

"大嫂"两个字他是咬着牙说出来的,可悲的是,纵然他胸口充满怨愤,可心底深处却依旧可悲地为她毫不犹豫地跟着他出来而涌出丝丝窃喜。

贺莹惊奇地发现自从她变成"有钱人"后,心胸似乎越发宽广了,好像什么事都不再值得她生气发愁了,万事都可原谅。就像现在顾宴的冷言冷语,也没能在她心里激起多少波动。

贺莹握住轮椅的推手,顺手按下电梯键,平静而又温和地说:"至少在你招到新护工来接手我的工作之前,我还是你的护工。"

顾宴唇线抿紧。虽然是他自己主动提出要换新护工的,可是现在被贺莹这么一说,他却心里难受得说不出话来。

玲姨做事的效率很高,大概也是因为裴家开出的条件实在优渥,下午就有护工来面试了。

顾宴要求亲自面试,贺莹自然也在一边陪同。

招聘并没有限定性别,第一个来面试的是个男护工。三十七岁,身材高大,五官端正,有五年从业经验,还有各种相关证书和好几家雇主的推荐信,说话也给人一种很值得信赖的稳重感。但贺莹只跟他简单聊了几句,顾宴就让他走了。

第二个是个年轻的女护工,在同行业来说已经算是很年轻,二十七岁,长相清秀顺眼,个子比贺莹还要高一些,同样也是一排证书摆在桌上,说话也是落落大方很有条理,不像护工,倒像个中学老师。

贺莹下午连着面试了四个护工,却突然发现,如果她不是被裴老爷子指定,可能连来裴家面试的资格都没有。今天来面试的护工都人手三本证书以上,而她就一本最没有含金量的护工证。

贺莹本来觉得自己在护工这一行也算是优秀人才了,没想到今天替顾宴面试了几个护工,才知道自己根本算不上什么。经验算不上丰富,技能也没有别人多,唯一一点就是比他们年轻,可在这行里,年轻也实在算不上优势,反倒很多时候是劣势。

"到了。"小王的声音让贺莹回过神来。她望向窗外,车子停在了棋院门口。

"再见。"她和小王道别,然后开门下车,推门走进棋院。

和昨晚一样,棋院已经下班没人了,只是一路的灯还亮着,像是专门等她一样。她轻车熟路地路过大厅,到了小包间,裴邵已经在等着她了。

贺莹恍惚间,感觉像是回到了小时候第一次见他的时候。那时候张玉贤下棋输给裴邵，很不服气，把她叫来替他"报仇"，还在电话里绘声绘色地形容裴邵有多"嚣张"，现在想来，那都是张玉贤怕她不来，所以故意这么说的。

当时她来的时候，裴邵已经坐在里头等她了。他教养极好，并没有因为她年纪小就看轻她，依旧郑重其事地从椅子上起身向她问好："你好。"

而贺莹当时因为张玉贤在电话里描述的裴邵的"嚣张气焰"对他印象很差，还有在大厅又被当时棋院的院长拉着叮嘱暗示不能赢他，顿时充满了对他的偏见，敷衍地说了句"你好"，然后就直接揭开棋盒盖，开始下棋，下赢了后还不忘在院长发绿的脸色中得意扬扬地嘲讽了裴邵一波。

现在想想，裴邵那时候也不过十六七岁，就已经很有修养了，甚至第一次被她这种态度对待，第二次居然还专门来找她下棋，态度依旧。

时间回到现在。贺莹没有废话，坐下就揭开棋盒盖，凝神几秒，执黑子先下。

苦撑了近两个小时，贺莹还是输了。她皱着眉看着棋盘，在脑子里复盘，发现裴邵在棋盘上不知不觉地织出了一张大网，耐心地等待她掉进他的陷阱，所以后面的大部分时间，她都是在挣扎求生，基本上已经失去了进攻的能力。

"你现在的下法保守了许多。"裴邵一语点破。

贺莹不得不承认，她现在的棋风跟小时候已经有了很大的变化。那个时候，就连她那些厉害的前辈偶尔也会被她的攻势和气场吓到，都说她未来不可限量，所有人都对她充满期许。

那是因为她那时候对自己有绝对的自信，哪怕面对比她棋力更高的前辈，她也丝毫不会生怯，主动进攻，拼尽全力，哪怕输了也输得酣畅淋漓。

可现在对上棋力比她高的对手，她已经没有那种锐气和不服输的劲了，而是会选择谨慎保守的下法，但谨慎保守中，又偶尔会忍不住骨子里的攻击性，反而被抓住破绽压制，十分被动。说到底，不是棋风变了，而是她这个人变了。

裴邵淡淡地说："后天玉贤比赛，你跟我一起去看。"

贺莹惊讶地抬头看他："真的吗？"

后天的比赛地点就在桐市，是每年一次的国内名人战总决赛，是张玉贤跟另外一位九段棋手争夺冠军。那位九段棋手是他们的前辈，贺莹曾经和他对弈过，虽然输了，但那位前辈当时也半开玩笑半认真地说贺莹再成长几年，他也下不过她了。但没想到，第二年她就放弃了围棋，张玉贤却

已经成长为可以与之分庭抗礼的九段棋手了。

裴邵说:"去现场看比赛,也许会对你有所帮助。"

"后天是工作日,你有空吗?"贺莹问。顶级的围棋比赛动辄就要三四个小时,比赛又是在白天进行的。

裴邵开始低头捡棋盘上的棋子:"钱是赚不完的,工作也是。"

贺莹不禁挑眉。前半句是她跟裴邵说过的话,很显然被他引用了。她笑眯眯地说:"嗯,不错,知错能改,善莫大焉。"

她都开始怀疑裴邵是不是想培养她当他的陪练了,不然怎么对她的围棋水平要求那么高?甚至为了提高她的围棋水平,不惜"旷工"带她去看比赛。

贺莹拿起手机,兴致勃勃地说:"那我跟小玉说一声,我们后天去看他比赛。"

裴邵听到"小玉"两个字,抬起头来,看了她一会儿,忽然说道:"他现在是围棋大师,你叫他'小玉'显得不太庄重……也过于亲密,会让人误会你们的关系。"

贺莹疑惑地抬起头来:"不会吧?我小时候就这么叫他的,他也没说什么。"

裴邵淡淡说道:"小时候是小时候,今非昔比,更何况……"他顿了顿,提醒她,"你现在是我的女朋友。"

贺莹找不到理由反驳:"……好吧。"说完,她又准备继续给张玉贤发微信。

裴邵再次开口:"不如给他一个惊喜。"

贺莹抬头看他。裴邵语气平淡:"他应该会很高兴。"

贺莹想了想,再一次被他说服,笑着说:"那好吧,那我们给他一个惊喜。"

到了比赛当天,贺莹才发现这次比赛就是裴氏集团赞助的,所以裴邵和她一到现场,就有专人接待他们去了VIP厅等待。

没多久,张玉贤得到消息匆匆赶了过来。他很惊喜,走到近前来,只扫了裴邵一眼,就只顾看着贺莹了:"你怎么也来了?"

他刚才只知道裴邵来了。这还是裴邵第一次在工作日过来看他比赛,所以想着先过来打声招呼,但没想到贺莹居然也来了。

贺莹也很高兴:"来看你比赛啊。在网上看了你那么多次比赛,这还是第一次到现场来看,过来感受一下,不会影响你比赛吧?"

张玉贤难得在公众场合表现得那么开心,眼睛看着贺莹,脸上全是笑:"当然不会,哪有那么容易被影响,就算有影响,也是好的影响。"

被冷落在一旁的裴邵面色冷淡,突兀地打断他们,对张玉贤说:"你该去准备了吧?"

张玉贤看了他一眼,反应过来,说:"听工作人员说你过来了,我就先来打个招呼,没想到贺莹也来了。那我先过去,等会儿现场见。等我比赛完,再一起去吃饭。"

贺莹点点头,笑着目送他离开。

她以前参加过很多次比赛,知道赛前都是要跟教练开会讨论战术的。每次比赛,她的心态都很轻松,因为同年龄同级别里,她就是最强的。她只需要吃饱喝足,保持好状态,专心比赛就好了,都是教练他们忙前忙后。这还是她第一次以观众的身份来现场看比赛,心境已经大不一样了。

比赛前十分钟,贺莹和裴邵被请进了比赛会场。一般情况下,围棋的比赛现场是没有观众的,只能在外间观看直播,但裴氏集团不仅是这场比赛的赞助商,也是大大小小的围棋比赛的赞助商。从裴老爷子开始就大力支持围棋推广,到了裴邵掌权集团,不知道是不是因为跟张玉贤的私交,经费还增加了不少。所以这点特权还是有的。

他们的位置就安排在裁判边上,可以非常直观地看到两位棋手对弈。

张玉贤先进来,一进来就径直向他们走过来。

和他争夺冠军的另一位九段棋手谢宏后脚进来,下意识找张玉贤,看到坐在那里的贺莹的时候,不禁面露惊讶,也往那边走了过去:"你是贺莹吧?"

贺莹看到谢宏,连忙起身打招呼:"谢老师。"

"真是你啊?"谢宏脸上也满是惊喜,伸手和她握了一下手,终究还是忍不住问一句,"你现在还下棋吗?"

当时贺莹可以说是备受瞩目的围棋新星,几乎囊括了青少年各种赛事的冠军。他也和她下过一次棋,她棋风实在凶猛,连他都有些惊叹,虽然最后毫无悬念地赢了,但他也不得不承认,他是赢在年龄和经验上,如果自己在她那个年纪跟她对上,可能都赢不了她。

可不到一年时间,这么一个被寄予厚望的围棋新星突然就销声匿迹了。大概过了几年时间,他才偶然听说她家里的情况,不禁惋惜,否则到今天,她的成就不会低于如今的张玉贤。毕竟此时已经是围棋大师的张玉贤,彼时还在给她当"小弟"呢。

贺莹笑了笑,说:"只偶尔下着玩了。"

谢宏也笑了笑,也没再继续这个话题。他之后也没在各种赛事见过她的名字,就知道她是放弃成为专业棋手了。只是此时再见,仍旧忍不住惋惜。

他又微笑着跟裴邵握手:"裴老爷子身体还好吧?"

裴邵露出社交式的标准微笑同他握手:"多谢关心,爷爷一切都好。"

"那就好。"谢宏笑着对他们点点头,然后就先去入座了。

"你也快过去吧。"贺莹对张玉贤说道,说完压低了声音,"加油,拿了奖金请我们吃饭。"

张玉贤笑了:"好。"

现场的记者又连忙举起相机,拍下了张玉贤难得在比赛会场露出的笑脸,以及难得在现场遇到的裴邵和他身边那位看起来跟他关系颇为密切而且跟张玉贤关系也很亲近的年轻女人。

贺莹的右侧方摆着一个电子屏幕,屏幕上是同时直播的两个镜头拍下的高清画面,一边的画面上只有棋盘和棋手落子时的手,另一边的画面则是两位棋手的近景镜头。

棋手下棋时需要全神贯注,不被外界的任何事物所影响,不仅要计算自己的棋路,还要算对方的棋路,脑力消耗的同时也非常消耗体力。顶级的赛事一场下来,对棋手的精神和体力是极大的消耗。

一边的画面落子时快时慢,另一边的画面上是两位棋手凝神屏气的脸。

虽然场内还偶尔有记者走动拍摄,比赛的范围也只有那一张棋桌,但整个会场内的气氛却几近凝滞。

看现场和看直播是完全不同的氛围,更别说是已经知道结局后的录播了。贺莹虽然没有坐在比赛桌上,却也完全被笼罩在这种气场之中,可是她却一点都没有感受到压迫感和不适,反而兴奋得后颈的毛孔都张开了。她目不转睛地看着他们的每一步棋,脑子里不停地算两人的棋路、分析他们每一步棋的意图。

裴邵侧头看过来的时候,只见她双手规规矩矩地放在大腿上,上半身却情不自禁前倾,侧脸是极度的专注却又亢奋得两眼冒光。

他就这么静静地看了她一会儿,然后继续看比赛,没有出声打断她这种状态。贺莹现在需要的就是这种刺激。

一个半小时过去了。谢宏举手示意,需要上洗手间。裁判宣布封盘休息二十分钟,由专门的工作人员陪同他去洗手间。

张玉贤没有去上洗手间,喝了两口水就靠在椅背上闭目休息。

这段休息时间是不允许跟外界有任何交流的。

贺莹前倾的身体也回到原位，紧绷的神经短暂地跟着放松下来。虽然她没在比赛，但她的脑力消耗，可以说一点都不比张玉贤和谢宏少。

裴邵拧开瓶盖把矿泉水递过来。

"谢谢。"贺莹接过矿泉水，小口抿着，眼睛依旧落在定格的直播画面的棋盘上。

这并不是谢宏和张玉贤第一次对战，毕竟国内外大小赛事那么多，他们又都是顶级棋手，很容易在赛事中见面。两人各有胜负，但总体来看，两人对战的棋局中，谢宏的胜绩更多。

就目前棋盘上的局势来说，也是谢宏稍占上风，但优势并不明显，而张玉贤又是出了名的抗压型选手。一般棋手一盘棋下到三四个小时，到下半场无论是精神还是体力都已经很疲惫了，很容易在高压下出错，但张玉贤却是越下到后面状态就越稳，越能沉得住气，棋也下得越来越缜密。他的状态是会给对手很大压力的，压力越大，就越容易露破绽。现在就看下半场张玉贤能不能找到谢宏的破绽了。

谢宏很快回来了，他显然还在洗手间洗了把脸，额发有些湿润，人也看着精神了许多。

张玉贤也睁开眼，坐直了身体。比赛继续。

4小时09分。比赛结束。

张玉贤起身，跟谢宏握手："谢老师，承让。"

谢宏跟他握手，苦笑中夹杂着几丝欣慰："看来我是该退役了，以后是你的天下了。"

张玉贤实在太年轻，未来还有很长的路可以走，现在甚至还不是张玉贤的巅峰期，而他已经不是巅峰期的状态了，想必接下来很长一段时间，年轻的棋手们都要笼罩在张玉贤的阴影之下了。

张玉贤谦虚地笑了笑，然后望向已经起身的贺莹和裴邵，笑着走过去："走吧，我请客吃饭。"

贺莹笑着说："恭喜啊，小……张老师。"

"小玉"两个字都到嘴边了，贺莹突然想起裴邵的话，临时改口成了"张老师"。

张玉贤脸上的笑容微微一顿："你叫我什么？"

贺莹说："你现在是公众人物，再叫你'小玉'也不合适，以后在外面我就叫你'张老师'吧。"

张玉贤看了裴邵一眼，他直觉就是裴邵让贺莹这么叫的。他心里有点不舒服，脸上却微笑着说："我没觉得哪里不合适，每次你叫我'小玉'我都像是回到小时候一样，听着挺开心的。"

"真的？"贺莹开玩笑说，"你小时候还求我别这么叫你呢。"

张玉贤笑了笑："人长大了，想法自然就变了。"

完全融入不了两人聊天的裴邵抬起手腕看了眼时间，打断他："你不用去庆功吗？"

贺莹也想起来。像张玉贤这样的大师级棋手都是签了俱乐部的，会有一支团队负责后勤，今天比赛拿了冠军，当然要庆功。

张玉贤说："我让他们自己去了。今年已经庆功好几次了，缺席一次无所谓。"说完，对贺莹说，"你应该也饿了吧？想吃什么？我请你。"

三人转场去吃火锅了。最近天冷，火锅很受欢迎，又正好是饭点，他们到的时候已经开始排队了。

贺莹拿了号，前面还有三桌要等，一扭头，就看到穿着黑色大衣的裴邵和穿着黑色长羽绒服的张玉贤站在一起聊天。

张玉贤穿着一件黑色长羽绒服，白净清俊，年轻又帅气，但更像是生活中偶尔能够遇到的叫人眼前一亮的帅哥，哪怕是站在路边等位，也没有那么突兀显眼，只是会叫人忍不住多看几眼。

对比起来，站在他身边穿着黑色大衣的裴邵就显得尤为格格不入。裴邵的帅并不是日常生活中能够常见的那种帅，他的脸是那种即便在人群中也能够一眼就看到，非常具有冲击感的英俊。再加上他的形象气质，过于矜贵气派，适合出入高档写字楼和高级餐厅，而不是站在路边一排鲜艳红塑料凳边，手里还拿着张玉贤塞给他的装着温水的一次性杯子。

贺莹都忍不住盯着裴邵多看了几眼，直到他捏着一次性杯子看过来，眼神带着询问。她走过去，展示了一下手里的号码，对裴邵说："前面还有三桌，服务员说十几分钟就好了。要等吗？"她不确定裴邵这位大老板是不是愿意把宝贵的时间花在等一顿火锅上。

裴邵淡淡地说："你不是想吃吗？"

张玉贤递来一杯热水，说："就等十几分钟而已，等一会儿吧。这个点，估计去别的店也要排队。"

贺莹接过热水暖手："谢谢，好暖和。"天气越来越冷了，手放在外面一会儿就冰冰凉了。

"你现在怎么跟我这么客气？"张玉贤忍不住拍了拍她的脑袋。

今天贺莹正好穿了她新买的长款羽绒服,白色,和穿着黑色长款羽绒服的张玉贤站在一起,像是穿了情侣装。

"冷吗?"裴邵不动声色地把一次性杯子从右手换到左手,空出来的右手牵住她的手,同时也把她从张玉贤面前拉到了自己身边来,把她和张玉贤隔开。

张玉贤脸上的笑意微微凝滞了一瞬。

贺莹抬头看了裴邵一眼,有些不理解为什么在张玉贤面前还要故作亲密,不过她也只有配合的份。

"你的手好暖和啊。"她冲裴邵甜甜一笑,然后连同他的手一起塞进了他的大衣口袋里。

裴邵低头看了她一眼,默默将她的手握得更紧了一些。

张玉贤调开视线,手里的一次性杯被捏出了声响。他把温水一口喝完,随手把空杯子丢进了路边的垃圾桶里。

等了不到十分钟,就叫到了他们的号。包厢自然没有了,三人被安排在了人声鼎沸的大厅边上的一张四人小桌。

裴邵不能吃辣,贺莹就点了个鸳鸯锅,然后拿着菜单一顿勾勾画画,最后交给服务员。

"走吧,我们去调酱碟。"张玉贤起身,然后对裴邵说,"你反正也不会调,就在这里等吧,我和贺莹去就好了。"

裴邵并没有要在这里等着的意思,起身跟着他们一起去了酱料区。但他吃火锅的次数实在有限,也从来没有自己调过酱,对于哪种调料加上哪种调料会形成什么样的味道一无所知。他端着小碗,站在几十样酱料前,罕见地有些束手无措。

贺莹看他站在那里,皱着眉头有些无从下手却又矜持着不肯开口求助的样子,又好笑又带着几分同情。她把自己调好的辣酱碟塞到他手里,然后把他手里的小碗拿过来,熟练地给他调了个清淡的酱碟。她以前在火锅店干过兼职,经常要补充酱料,对调酱也算是颇有心得了。

"我很少吃火锅。"裴邵接过贺莹给自己调的酱碟,低声解释自己为什么不擅长调酱这件事。

贺莹点点头,表示理解,想必就算吃火锅,也不需要他亲手去调制酱碟。

店里温度很高,他们三个都脱了外套。

贺莹和张玉贤吃的是在辣锅里烫熟的食材,再在辣酱碟里滚一圈,辣上加辣,两人都吃得鼻尖冒汗,甚至还互相比较起谁调的酱更好吃,又互

相蘸了对方的酱碟吃。

裴邵一个人吃着清汤锅里烫熟的食物,看着张玉贤不停地往贺莹碗里夹肉,两人吃得热火朝天,又互相分享酱料,忽然觉得清汤锅里的食物寡淡无味起来。

"你干什么?"贺莹突然惊讶地盯着裴邵说道。裴邵的筷子正从辣锅里夹走一片裹着红油的肥牛。

她说:"你不是不能吃辣吗?而且你胃病都没好呢,吃这个肯定会胃疼的。"

裴邵说:"我想尝尝。"

他看着她,像是在征求她的意见。贺莹皱起眉,从他筷子上夹走那块肥牛,往清汤锅里涮了涮才放回他的碗里:"这样还差不多。应该还有点辣味的,你尝尝。"

裴邵先是有意无意地淡淡看了对面的张玉贤一眼,然后才夹起被贺莹"加工"过的肥牛卷送进嘴里。

"怎么样?能接受吗?"贺莹问。

裴邵感受着舌尖上火辣的刺痛感,违心地点了点头:"嗯。"

"那我先走了,下次再见。"张玉贤站在车边,忍了忍,还是没能忍住,上前一步飞快抱了贺莹一下,抱住她的瞬间,又忍不住收紧了一下手臂才松开,随即退开半步,半开玩笑半认真地笑着说,"要是裴邵对你不好,你就告诉我。"他说着,还看了裴邵一眼。

贺莹弯了弯眼睛:"一定。"

她是真的很高兴,和张玉贤分开那么多年,现在重逢还能像小时候那样亲近。

裴邵一伸手臂,搂住她的腰把人搂过来,对张玉贤说:"放心。"

张玉贤眸光微暗,笑了笑:"好,那我就放心了。我走了。"他说完,拉开车门上车走了。

小王开着裴邵的车缓缓停过来,然后下车小跑着过来给他们开车门。裴邵递过去他一直拎着的打包的红糖糍粑:"这是贺莹帮你打包的。"

贺莹说:"我觉得挺好吃的,就给你带了一份。"

"啊,给我的?"小王一脸惊喜地双手接过来,喜滋滋的,"正好我还没吃饭呢,那我待会儿吃。"

"你先吃吧。"贺莹说。

小王忙说:"不用不用,我晚点再吃。"

贺莹说:"现在还热着,等会儿都凉了,吃吧。"说着,她看向裴邵,知道他不发话,小王大概是不敢吃的。

裴邵这才发话:"吃吧。"

小王有点不好意思地说:"那我就吃两个垫一垫。"他说着,打开打包盒,夹了两块红糖糍粑塞进嘴里,满口赞美,"唔,真不错。"

贺莹说:"都吃完吧。"

小王也不好意思让老板等自己,三五口就把糍粑全塞嘴里了,一边嚼一边说:"好了,出发吧。"

贺莹在车上收到了几条舅妈发来的微信。她给舅舅、舅妈买的衣服,以及给表弟、表妹买的礼物,他们都收到了。舅妈发了一大串语音信息过来,贺莹特地转换成文字。

舅妈:莹莹啊,你寄回来的东西,我们都收到了,但你妹妹说你给我们买的那个羽绒服是名牌啊,一件都要好几千!你还给你弟弟妹妹买那么贵的手机,你就算赚了钱也不能这么花呀!

舅妈:你以后花钱的地方还多着呢!赚的钱要自己存起来!你这个月赚的钱多,不一定以后每个月都能赚那么多的呀,我让你妹妹把东西都给你寄回去,你赶紧拿去退了。我跟你舅舅的衣服都穿不完!太浪费了。你弟弟妹妹的手机又没用坏,哪里用得着买新的,还买那么贵的!

舅妈:我都不敢跟你舅舅讲,他要是知道,都要去桐市找你了。

贺莹低头回消息,安抚好舅妈后,下意识转头看了眼坐在她旁边的裴邵。裴邵后脑勺靠着座椅靠背,闭着眼,像是睡着了。

贺莹收回目光,下一秒,又觉得不对劲,再看过去,就发现裴邵的脸色看着有点不好,眉头也微微蹙着。

"裴邵?"她小声叫他。

裴邵睁开眼,转头看她,脸色隐隐有些发白,偏偏嘴唇却异常红润,是辣出来的。贺莹担心地看着他:"你怎么了?是不是胃不舒服?"

裴邵抿了抿唇,此时他的胃里是一阵又一阵的灼烧感。

他说:"有一点,没事。"

贺莹皱起眉:"什么没事,你的脸都白了。"

开车的小王听得心惊,忍不住询问道:"裴总没事吧?要去医院吗?"

"不用。"裴邵皱了皱眉,习惯性忍耐疼痛,"我回去吃点药就好了。"

"是不是很疼?"贺莹问。

"还好。"裴邵说。他并不"擅长"应对别人的关心。

贺莹看着他苍白的脸色和紧皱的眉头,猜到他大概是在忍痛,心里也莫名跟着难受焦灼起来。她皱着眉往窗外看去,想看看路边有没有药店,恰好余光扫到前面路口就有一家,连忙叫小王停车。

车子靠边停了下来。

"你平时吃什么胃药?"贺莹问裴邵。

裴邵也看到了路边的药店,再看面前贺莹皱着眉担心的表情,眸光微微动了动,说出他一直在吃的药的名字。贺莹记下,只点点头说"好",就开门下车了。

小王知道她要去买药,忙说:"我去买吧。"

贺莹说:"不用,我马上回来。你照顾好你老板。"

这……这他要怎么照顾啊?小王扭过头去,想关心老板两句,就看到老板正目不转睛地看着窗外贺莹离开的背影。他干咳了一声,没话找话:"裴总,贺莹真关心你哈……"

裴邵却忽然转头过来,问他:"你觉得她很关心我?"

小王被问蒙了,然后赶紧说:"可不是嘛。她刚刚多紧张你啊,车都没停稳,她就急着下车给你买药了。"他往外瞥了一眼,又说,"你看,她都急得跑起来了。"

裴邵望向窗外,果然看到贺莹一路小跑冲向药店的背影。他微微怔了怔,仿佛连胃里的灼烧感都缓解了。

贺莹很快就买好药回来了。她一路小跑,气息还有些不稳,坐到车里先把装了温水的一次性水杯递给裴邵拿着,然后就开始低头拆药盒,一边拆一边说:"这个是你吃的那个药,还有这个药,药师说可以一起吃,见效比较快,应该就没那么疼了。"

裴邵认真地看着她。

贺莹说着抠出两片药来,放到裴邵手心里:"先吃这个。"

裴邵把两片药一起咽了。

贺莹提醒他:"喝口水。"

他又喝了口水。

"还有这个也吃了。"贺莹又抠出另外一种药片给他,同时不满地说,"我就说你胃病还没好,让你别吃辣,你还一直吃,下次不能再吃了。"

小王听得有点心惊,小心翼翼去看老板的脸色。结果发现老板半点不高兴的样子都没有,乖乖地把药吞了以后又喝了口水,"嗯"了一声。

啧，女朋友说话就是不一样。

"好了，你闭着眼睛休息吧，等会儿应该就没那么疼了。"贺莹把一次性杯子接过来。

"好。"裴邵温和地应了一声，听话地闭上了眼睛。

小王叹为观止。贺莹转过头来对他说："继续开车吧。"

小王才反应过来，重新开车上路。

车开了没几分钟，贺莹就忍不住问："好点了吗？"

以裴邵过往的服药经验来看，药效并不会那么快，可不知道是不是他的错觉，胃里灼烧的感觉的确减轻了："嗯。好多了。"

"那就好。"贺莹松了口气，"那你继续休息吧。"

小王忍不住在心里吐槽，药见效哪有那么快。他心里吐槽归吐槽，自然不敢说出来，只专心开车。

车里又恢复了安静。可安静了没几分钟，贺莹的声音又响了起来："现在怎么样？胃还疼吗？"

小王没忍住，说："又不是仙丹，哪有那么快。"

贺莹就想表现一下对裴邵身体的关心。

裴邵睁开眼睛，看着她，眉眼异常温和："我没事，已经好多了，不用担心。"

小王不敢吭声了。

贺莹看裴邵这副明显被她打动了的样子，有点心虚："那就好……"

"你上去早点休息吧。"贺莹站在大厅对裴邵说，他看着脸色还不是很好。

裴邵说："跟我一起上去吧。你的东西我已经让玲姨叫人搬上去了，以后你就住三楼的客房。"

贺莹有些惊讶。她没想到是真的要她搬到三楼去，而且现在护工都还没招到。这两天贺莹也面试了不少，她几乎觉得个个都不错，毕竟是被玲姨筛选过一遍，才会把资料送到顾宴这里来，可顾宴却不满意，都被他筛掉了。

她跟着裴邵一起上了三楼，发现她的房间就安排在了裴邵隔壁。三楼客房很多，把她安排在裴邵隔壁，也不知道是玲姨的意思，还是裴邵的意思。

客房和保姆房的规格自然差得很远。光是房间就大了不止两倍，有一个套间，还有一个大露台，里面还摆上了鲜花，床铺也铺得整整齐齐，看着

像酒店的总统套房。她的洗漱用品都摆到了梳妆台上,衣服也挂进了衣柜里,收纳得十分整齐。床上的四件套也不是她之前用的那套了,换成了看起来就十分高级的面料。

贺莹站在这间房里,觉得这笔生意做得真是值了。哪怕只有三个月呢。

裴邵说:"你有什么不满意的地方可以直接跟玲姨说。"

贺莹斩钉截铁地说:"完全没有。"

她住过三百多块钱一个月的城中村,白天也一点光都没有,要开灯,水是要自己抽的,用水桶储水,用完再抽。现在住着这样的房子,她实在很难有不满意的地方。

裴邵问:"你是要先洗漱还是先下棋?"

贺莹一愣,惊讶地问他:"你还要下棋?"

裴邵反问:"你不想下?"

贺莹:"……想。"她可太想了!

看完张玉贤的比赛,她整个人都处在一种亢奋状态。吃火锅的时候,她也跟张玉贤讨论了许久,很久没有这么想找人下棋了,就想等吃完饭跟裴邵去棋院下一盘。结果他半路胃疼起来,就只能送他回来休息了。没想到他现在居然还主动提起来。

不提还行,一提起来,她就有点心痒难耐了。

可她看着裴邵还略有些苍白的脸色,还是有些犹豫:"算了,还是明天再下吧,你现在人不舒服,我下赢了也是胜之不武。"

实在想下,她去虐一虐裴墨也行,虽然跟裴墨下很难过瘾,但也只能这样了。

裴邵淡淡瞥她一眼:"你下赢再说。"

裴邵的建议对于贺莹来说非常有效,现场看一场比赛,而且还是顶级赛事,对她的帮助是很大的,现场紧张的氛围和压力都给了她足够的刺激和亢奋感。她已经很久没有这种亢奋感了,那是她小时候在面对比她强的对手时才会产生的感觉。对手越强,她斗志越强,而且她是遇强则强的类型,越强的对手越能激发她的潜能。所以教练常常利用自己的人脉关系叫来厉害的前辈棋手来跟她下棋,就是为了刺激她的潜能。

贺莹常常因为下棋的时候状态太过亢奋被教练敲打,让她状态收一点,容易出错。

同级的小棋手跟贺莹对弈,常常会被贺莹在棋盘上的气场压得喘不过气来,被虐得一度失去对围棋的信心和兴趣。张玉贤曾经就是其中之一。

那时候他刚来棋院,在此前,他也是因为同年龄层无对手的辉煌战绩被冠以"少年天才"的光环,被众星捧月的。

教练看他太骄傲,就决定让贺莹来磨一磨他的锐气。

一开始被安排跟贺莹下棋,张玉贤是有些瞧不起贺莹的,他一直觉得男棋手天生就比女棋手厉害,同年龄层的男棋手都下不过他,更别说女棋手了。结果跟贺莹下完一盘棋,惨败,他失魂落魄地回到家,当天晚上就做了个自己突然不会下棋了的噩梦。

第二天缓过神来,他又觉得是自己一开始轻敌了,便主动找到贺莹要跟她再下一盘。他一开始就做足了心理准备,结果还是被贺莹虐得死去活来。她甚至好几次故意放他一条生路,然后又一点点把他困死。像猫抓老鼠,明明可以一口咬死,却要拨弄来拨弄去耍着玩。张玉贤感觉自己就是那只老鼠,贺莹就是那只猫。

他白着脸抬起头来的时候,就看到贺莹脸上兴致盎然的表情。

张玉贤依旧不死心,回家复盘,把这盘棋研究了一个通宵,第二天顶着熊猫眼去找贺莹要求再下一盘。贺莹却不肯跟他下了,说他水平太差,跟他下棋她进步不了。

张玉贤气得差点呕血,他从三岁就开始学下棋,很小就展露天赋,连他的教练都是自己主动找上门来要当他教练的,那些前辈也都夸他天赋好未来可期,到哪儿都被捧着,还从没受过这样的侮辱。

但他气归气,确实怎么也咽不下这口气,于是梗着脖子说要跟贺莹决一死战,如果他输了,就服输,以后都认她当老大。

然而结果他还是输了。这回他是彻底被贺莹下服了,之前那种目中无人的傲气收敛了不少。

教练对此很满意,私下里请贺莹的教练和贺莹吃饭以表感谢。

张玉贤能成长为现在的抗压型选手也有贺莹的一份功劳在。毕竟贺莹的棋风就是以攻击性强的,明明看着像个人畜无害的小女孩,可下出来的棋路却异常凶猛,侵略感极强,如果抗压能力弱的,很容易从一开始就被贺莹压制,然后一路被打到最后。

张玉贤的抗压能力纯粹就是被贺莹虐出来的,越下到后面,就越稳,对手越强,他越处于下风,脑子反而越清醒冷静。

媒体形容他棋风"稳如磐石,风吹不动,雨击不穿"。看他下棋是一种享受,心里总是很安定,给人一种极大的安全感,局势再差,也能让人相信他能够反败为胜。

外界并不知道，这都是因为他小时候就已经承受过狂风暴雨的洗礼，才慢慢打磨成现在的样子。

贺莹却被生活打磨得失去了攻击性。

下棋如做人。少女时期的贺莹是最耀眼、最自信的时候，所以她的棋风也带着一种无所畏惧、一往无前的攻击性。而现在的她早已经在生活的磨砺下磨圆了棱角，棋风也少了攻击性，偏于保守谨慎，因为她首先想到的不再是侵略别人，而是自保，特别是遇到明知道比自己更强的选手的时候。但今天看完张玉贤和谢宏的比赛，她忽然感觉自己身体里似乎有什么深埋许久的东西苏醒了，正在蠢蠢欲动准备破土而出。

"你确定你真的可以吗？"贺莹落座后，还是问了坐在她对面的裴邵一句。

他的脸色看着实在算不上太好，之前被辣红的嘴唇恢复了正常，唇色看着很淡，显出了几分病容。

裴邵揭开棋盒盖，周身沉静："开始吧。"

"等等。"贺莹把手边装着黑子的棋盒推过去，挑了挑眉，"既然你生病了，那就你下黑子，就不算我占便宜了。"

裴邵抬眸，眸光微动，随即淡色的唇微微扬了一下，将手边的白棋棋盒推向她："好。"

他知道，那场比赛对她的影响已经开始了。

黑子先落盘。棋子碰撞棋盘，发出清脆的响声。几乎没有间断，白子紧跟着落下。

不过走了不到二三十步，裴邵已经察觉到贺莹和前几次棋局中的表现截然不同了，那种扑面而来的压迫感和攻击性像是让他回到了十年前的棋局上。

棋子落在棋盘上的声音陆续起伏，或轻或重，时间或短或长。棋盘两头的裴邵和贺莹都端坐着，环绕在他们两人周身的气场又沉又重，几乎凝结，可两人脸上的神情却一个比一个淡，只是偶尔蹙眉，偶尔扬唇，视线始终落在棋盘上，没有抬过眼。

两个半小时后。

裴邵凝视棋盘许久，悬在棋盒上方的手缓慢落下，手指却没有落进棋盒中，而是捡起棋盒旁在对局中被他提走的贺莹的死子，轻而郑重地放在棋盘之上，发出一声细微的轻响。

他抬眸望向对面正在笑吟吟等待着这一刻的人，一如十年前，平静而又坦然:"我输了。"

贺莹嘴角的笑容控制不住扩大,微微抬了抬下巴,眉梢眼角散漫的笑意和锋芒也一如十年前:"我赢了。"

裴邵嘴角也微微向上提了一下:"恭喜。"

贺莹也笑眯眯地说着客气话:"承让。"

她现在表现得很轻松随意,但实际上她赢得并不轻松。裴邵极擅长布局,好像只是随意落下的一颗子,在之后却会突然和别的棋子联动,变成一个陷阱。他是个耐心极佳的布局者,他的棋路不疾不徐却又密不透风,慢慢把自己的对手困死。

贺莹今天的棋路却不再是只求自保,而是带着一股拼死的气势横冲直撞——你想困死我,我就把你的网都撞得稀巴烂。虽然撞得头破血流,但还是取得了最终的胜利。

她有些得意:"事先说好的,我让你拿黑棋,不算占你便宜。"说完身体前倾,向裴邵伸手,掌心朝上讨要礼物,"我的礼物呢?"

裴邵淡定地说:"那不是能随身携带的东西。"

贺莹说:"那你回去拿吧。"

她好不容易才赢了裴邵,迫不及待想要品尝到胜利的果实。裴邵向来大方,想必送给她的也不会是什么便宜的东西,可能一转手就是一大笔钱。

裴邵似乎有些无奈:"也不是可以拿取的物品。"

贺莹一脸疑惑:"那是什么?"

裴邵起身:"明天你会知道的。"

贺莹被他吊起了胃口,跟着起身,紧跟他的脚步往外走,不停地追问:"你先告诉我是什么嘛。你就算不告诉我,给我点提示让我猜一猜也行。"

裴邵偏过头用审视的目光看了她一眼,似乎是在评估她够不够聪明,最后得出结论:"你应该猜不到。"

她怎么感觉被侮辱了?

"那你给我点提示,看我能不能猜到。"贺莹穷追不舍,"你不告诉我,也不让我猜,我今天晚上会睡不着的。"

这句话似乎起了作用。裴邵停下了脚步,看着她满脸期待、眼巴巴的表情,淡淡说道:"跟围棋有关。"

"跟围棋有关?"贺莹下意识回头看了一眼棋室里的棋盘,"你该不会要送一副围棋给我吧?"

裴邵用一种"我说了你猜不到还非要猜"的眼神看了她一眼。贺莹立

刻反应过来，刚刚裴邵已经说过了，礼物是不能拿取的东西。

"好吧，那我就再问一个问题。"

裴邵看着她，默许了。

贺莹问："值钱吗？"

裴邵：你就这点出息？

贺莹看懂了裴邵的眼神，佯装无奈地说道："没办法，你这样的有钱人是理解不了我们这样的穷人的。"

她现在其实已经不能说自己是穷人了，甚至在她的标准里，她现在已经可以称得上是有钱人了。只是她当"有钱人"的日子太短，她还有点不适应这个新身份，还带着贫穷的惯性。

裴邵却微微皱了下眉，看着她问："我给你的钱不够用？"

贺莹咽了咽口水，从裴邵的表情中看出来，如果自己现在跟他说不够用，他可能会再给她一笔钱。她犹豫了一下，还是选择实话实说："够的。"说完又笑了笑，诚实地说，"我只是做惯了穷人，所以本性难移。"

裴邵因为她的话，微微怔了一下。他忽然想起在赵老爷子葬礼上的那一幕，她站在那里，被人把钞票砸到脸上，她也只是沉默地弯腰下去把钱一张张捡起来。

他看她的眼神里多了些什么。

"别。"贺莹看到了，用开玩笑的语气说道，"你别露出这种怜悯我的眼神。我以前挺可怜的我知道，不过过去了。多亏了你，我已经脱贫致富了。"

裴邵并没有回应她的玩笑话，也没有解释。那并不是怜悯。

贺莹等裴邵回了房间，才下楼去看顾宴。

顾宴已经睡了。

她下午就出门看围棋比赛了，他却一条微信都没有给她发。他这两天对她的态度冷淡了许多，话还是说的，只是不像之前那样爱笑爱黏着她了，说话的语气也总是淡淡的。

贺莹知道，他这是在故意冷淡她。虽然知道这对他对她都好，但心里还是有一丝丝失落的。

贺莹帮他盖好被子，又温柔地摸了摸他的头发，小声说："晚安。"

门缝投进来的光线随着她的离开而熄灭。床上"熟睡"的顾宴却在黑暗中睁开了一双毫无睡意的眼睛。

餐桌上，贺莹每一个向裴邵望去的眼神，都像是在说——我的礼物呢？

裴邵对上她的视线很淡定，不知道是不是没看懂，只是慢条斯理地享用他的早餐，并没有给她回应。

裴墨拿着三明治，咬一口，看看裴邵又看看贺莹，总觉得这两人谈恋爱都谈得很冷静的样子。

顾宴没有抬头，一直默默地吃早餐。

"这是今天来面试的护工的简历。"玲姨把简历放在顾宴手边的桌上，顿了顿，提醒道，"今天只有两个。"

这几天来面试的都是行业里最好的护工了，甚至还有别的城市专门过来面试的，但资源依旧是有限的。更何况早在贺莹之前，顾宴就已经筛掉一批人了。玲姨的意思是让顾宴别再挑了。

顾宴瞥了一眼两份简历，扫了一眼上面那份，然后就直接拿起来递给玲姨："就这个，你直接通知她下午过来上班。"

语惊四座。桌上的其他人都看了过来。贺莹看着顾宴漠然的侧脸，微微皱了下眉。

玲姨错愕地看着递回来的简历，犹豫着接过，说："直接上班？是不是先叫过来让你看一眼？人你都还没见过……"

顾宴扫了贺莹一眼，语气淡淡道："她我不是也没见过吗？"

玲姨也跟着看了贺莹一眼，欲言又止。贺莹当初是裴老爷子定下的，都没有经她的手，就直接安排贺莹过来上班了。

裴邵端起水杯，抿了一口，才淡淡地说道："玲姨，就按照顾宴说的办吧。"

裴邵发话了，玲姨也无话可说了："好，那我这就打电话通知她。"说完连带着另一人的简历也一起收起来出去了。

裴邵并没有对顾宴这个看似草率的决定发表什么意见。

裴墨自从上次在餐桌上"说错话"后，也再次变得谨慎，不再轻易开口，只是默默地留意着裴邵和贺莹的表情反应。

贺莹看着顾宴，欲言又止，但终究什么也没说。

顾宴自顾自地继续吃着早餐，好像刚刚什么事情都没有发生过。只是餐桌上的气氛却无形中变得更滞涩了。

裴邵率先吃完早餐，放下筷子，起身对贺莹说："我在车上等你，你吃完就出来。"

贺莹愣了一下，裴邵并没有告诉她今天白天要出门。

"好。"

顾宴咀嚼的速度停了一下，很快又恢复正常，就像没听到一样。

等裴邵离开餐厅，贺莹才转头对顾宴说："我等会儿出去一下。"

顾宴："随便。"

贺莹把豆浆都喝完，然后跟顾宴说："那我先走了。"

顾宴没抬头，"嗯"了一声。

"我也吃完了。"裴墨跟着起身，拿上书包追上贺莹。今天是周末，他不用去学校上学，却依旧不能放假，上午和下午都有不同的课程安排。

餐厅只剩下顾宴一个人，低头吃着剩下的早餐。吃着吃着，他突然停下，面无表情地离开了餐厅。

第八章
天才从未陨落

小王眼尖,大老远看到贺莹出来,就立刻下车给她拉开后座车门。

"早啊,你吃早饭了吗?"贺莹问。

小王笑嘻嘻道:"吃了吃了,快上车吧,老板等你半天了。"

他心里美滋滋的,看看,还是他眼光好,贺莹现在都是老板的女朋友了,也一点没有跟他摆架子,对他的态度还跟以前一样。所以他也没跟贺莹生分,还是跟以前一样。

贺莹坐进车里。裴邵正在手机上看邮件,见她上车,就把手机熄屏收了起来。

贺莹问:"去哪儿啊?"

裴邵:"去取给你的礼物。"

不是说礼物不能拿取吗?怎么现在又说去取?

贺莹刚想问,小王就上车了,关上车门,语气上扬道:"那我们就出发啦!"

裴邵不禁抬眼往前面看了一眼,总觉得他的司机最近似乎"活泼"了许多。他并不知道,已经给他开了快两年车的小王,其实一直很活泼。

"我们是去哪儿啊?"贺莹又忍不住开口问。

裴邵说:"到了你就知道了。"

贺莹被吊足了胃口,往前探了探,问小王:"我们是去哪儿?"

小王从后视镜里瞥了眼后面,老老实实地说:"你别问我,老板不让我说。"

贺莹余光忽然瞥到外面掠过的一栋眼熟的建筑,惊觉道:"我们是要

去棋院?"

她是不认路的,去远一点的地方,一直是开导航。可刚才那栋建筑,她却印象很深,这分明就是去棋院的路。

小王张嘴刚要搭腔,又想起老板的命令,便把嘴闭上了。

"你不会真的要带我去棋院吧?"贺莹却忽然紧张起来,表情都有些发僵,盯着裴邵,非要个答案。

裴邵转头看她,深邃的黑眸凝视着她,仿佛能洞悉她的内心:"你害怕?"

贺莹瞳孔微微颤了一下,喉咙干咽了两口,却并不想在裴邵面前示弱,于是佯装镇定,直视他的眼睛:"我有什么好怕的?"

裴邵看出她的强装镇定,却没有戳破:"没错,我们是要去棋院。"

小王也听不懂两人的机锋,但还是竖着耳朵听着。他感觉自己给裴邵开了快两年的车,除了跟张秘书说工作上的事,就从来没有听裴邵跟谁说过那么多话。

贺莹皮笑肉不笑:"不是说去取给我的礼物吗?"如果最后裴邵给她的礼物是安排她跟教练见面"叙旧",她可能会连杀了裴邵的心都有。

如果说这世界上她最怕见的人是谁,无疑就是她的教练。当初教练对她寄予厚望,几乎在她身上费尽心血。她决定放弃围棋的时候,教练简直不敢置信,暴跳如雷,把她痛骂了一顿,甚至还高高举起手来,想要给她一巴掌把她打醒,可最终还是没有下得了手。她却在他面前梗着脖子理直气壮地说这是她自己的人生,他没资格干涉。

后来她才听说,教练被她气得住院,大病了一场。她那时候只看得到父母对哥哥的偏心和对她的忽视、冷漠,满腔的委屈和不甘,被怨恨和嫉妒蒙蔽了双眼,却看不见身边真正关心她爱护她的人。只可惜她明白得太晚,后知后觉,已经无法挽回。

人在年纪还小的时候会做一些蠢事。只是她犯的蠢,几乎毁掉了她的人生。

如果说这世界上还有她不敢见的人,那这个人就是那个颤抖着用手指着她鼻子说她有一天一定会后悔的教练。

因为她的确后悔了。如果她放弃围棋,却依旧过得很好,那么她或许还有底气去见他。可事实却是她放弃了围棋,几乎毁了自己的人生,这些年过得穷困潦倒、狼狈不堪。她又哪里还有勇气再去见曾悉心教导她把她当成自己的女儿一样看待、对她寄予厚望期盼着她有一天能够攀上顶峰的教练。

她甚至很长一段时间都很担心会在街上和教练偶遇,于是尽量避开教练平时的活动范围。

裴邵淡淡地说:"如果你害怕,我可以让小王掉头。"

他分明就是在用激将法。可贺莹偏偏受不了他的激将,认怂的话到了嘴边,可牙关却紧闭,怎么都说不出来。

"我说了,我没什么好怕的。"贺莹说完转头望向窗外,内心怀有一丝侥幸,也许教练已经不在棋院工作了,毕竟他的年纪也到了,可能早就退休了也说不定。

车停在棋院门口。

"还不下车?"裴邵站在贺莹这边的车门前,看着坐在里面不肯下车的贺莹。

小王也扭头看她,不明白她为什么会那么不想来这个地方。

贺莹看着站在车外等着她的裴邵,牙一咬心一横,从车上走了下来。

因为这些年裴氏集团一直在大力推广围棋,同时近年以张玉贤领头的一些年轻棋手都颇受关注,为围棋的推广做了很大贡献。现在有很多家长都愿意让自己的孩子把围棋发展成兴趣爱好,棋院也开设了对外的免费兴趣班,以及公开课,让对围棋感兴趣的大人、孩子多了解围棋,激发他们对围棋的兴趣,同时也有更多有天赋的孩子被发掘。

只是在门口站了几十秒的工夫,进进出出的人就有不少。是周末的缘故,还有不少被家长带来的孩子。

贺莹看着棋院门口的热闹景象,不禁有些恍惚,好像也看到了自己小时候每天进出这里的景象。不过在她小时候,棋院还远没有现在这样繁荣。

"进去吧。"裴邵说完却没有先走,而是站在原地等她走到他身边来,才继续往前走,又替她推开了玻璃大门。

白天棋院的热闹景象和晚上空无一人的棋院截然不同。就连前台都有在排队咨询的人,前台两个女孩子忙得不可开交。

裴邵带着贺莹径直往里走去。

晚上空无一人的大厅此时却座无虚席,男女老少相对而坐,或苦思冥想或抓耳挠腮,也有人神态轻松,还能抽空研究邻座的棋局。

墙上贴着大大的"静"字标识,但依旧有人窃窃私语,只是声量不大,并不影响,管理员也没有管。

他们两个进来,也有人抬头看他们,但都只是好奇地看看,又很快把

注意力放回棋盘上。

　　出了大厅,到了走廊,另一侧就是专业棋手的专用场地。场地虽然小了一半,但气氛却截然不同,哪怕是隔着门,也能感受到那种沉静凝重的氛围。

　　贺莹的脚步不禁停留。忽然有个看起来十三四岁年纪、正在对弈的少年抬起头来,似乎有些无聊地四处张望,而此时坐在他对面和他年纪差不多的少年则正对着棋盘冥思苦想。

　　少年不经意地往门外看过来,跟贺莹对视上的时候愣了一下,撇了撇嘴,又收回了目光,看向别处。显然他跟正在与他对弈的对手并不是同级别的。

　　贺莹看到这个少年,莫名想起了自己小时候。教练那时候就经常敲打她,叫她端正态度,就算面对比自己弱很多的对手,也要尊重对方。

　　她后来就收敛不少,不好的态度只针对她看不惯的对手——比如裴邵。

　　贺莹收回目光,望向裴邵。他正站在前面不远处等着她,见她在这边停留,也并不出声催促,只是安静地等待。她心里似乎被什么东西轻轻撞了一下,情不自禁地加快脚步向他走去。

　　到了一间办公室前,裴邵却只让贺莹在门口等着,他自己进去。

　　贺莹站在办公室外,等了不到一分钟,门就再度打开。裴邵先走出来,随后出来的是个矮胖还有些轻微秃顶的中年男人,他脸上原本带着笑,但在看到贺莹之后就变成了惊讶:"贺莹?你是贺莹吧?"

　　贺莹也愣了愣,却没有立刻认出对方。

　　她一愣神的工夫,对方已经爽朗地笑起来:"哈哈,我结婚以后胖了,认不出来了吧?我是熊文,你小时候跟张玉贤那群小孩老是叫我'大熊叔叔',记不记得?"

　　贺莹一听这个名字,顿时想了起来,定睛一看,依稀从他五官间找出了他年轻时的影子。

　　不怪她没认出来,毕竟那时候眼前这位矮胖中年男人还是一位斯文清瘦的青年,头发也很茂密。那时他才三十出头,是棋院的人事专员兼后勤,因为他是出了名的好脾气,对棋院里的小孩也格外包容宽和,所以棋院里的小孩都没大没小地叫他"大熊",她就是其中之一。

　　"啊,是您。"她同时留意到他胸口挂着的工作牌,上面写着他的职务是行政主管,"您都升主管了。"

　　"哈哈,我都在这儿干多少年了。"熊主管说着扫了两把自己稀疏的头发，笑着说，"不怪你认不出来，我这是胖了也秃了。你跟小时候倒还是一个模样。"他看着贺莹感叹道，"长大了，是大姑娘了。"

正说着，他像是突然反应过来，打了个激灵，扭头问裴邵，满脸惊愕："你电话里说要带来的人不会就是贺莹吧？"

贺莹也看向裴邵，不明白这是什么意思。事实上她到现在都没弄明白裴邵今天带她来棋院到底想干什么。

对比起熊主管的惊诧、贺莹的疑惑，裴邵就显得尤为平静淡定："嗯，就是她。"

贺莹很想问，什么叫"就是她"？

熊主管又有些惊讶地看着她："你不是不下棋了吗？"

贺莹不知道该怎么回答这个问题，只下意识地看了裴邵一眼。裴邵说："她的水平还在。"

熊主管又看了看贺莹，说："要是你的话，估计是没问题。行，那我们现在就过去吧，他现在这会儿估计正在下呢。"说着，带着他们往前走去。

"谁啊？"贺莹小声问裴邵，"你带我来这儿到底是干什么的？"

她完全搞不清楚状况，听熊主管和裴邵说话，就像看两个谜语人，她每句话都听懂了，就是不懂这些话连在一起是什么意思，跟她又有什么关系。

裴邵只回了她四个字："少安毋躁。"

贺莹只能勉强沉住气，继续跟着他们。

熊主管在他们刚刚路过的棋室停了下来，一边推门，一边回头对他们说："那你们先等一下，我进去把他叫出来。"

贺莹有些好奇他是要去叫谁，然后就看到熊主管进去后四处看了一圈，然后径直走向了之前她留意过的那个少年。

只见熊主管弯下腰跟他说了句什么，那少年就转头往这边看了过来，看到她后，眼中闪过一丝惊讶，随即眉头紧紧皱了起来，似乎在跟熊主管确认什么。确认完之后，他又往外看了贺莹一眼，随即又跟熊主管说了几句什么，一边说还一边往外看，眼神不善。

两人说了一会儿话，熊主管就起身回来了。

门还没关上，熊主管就说道："再等会儿啊，他那边快完事了。"说完几乎不停顿地皱着眉头抱怨起来，"这个陈远星，刚从别的地方调过来的，一点都不服从管理，脾气犟，难搞得很。新来的这一批苗子里，他天赋是最好的，但也最难管，仗着自己有天赋，那个傲啊，态度也不好，比

你跟张玉贤当年还有过之而无不及。"

突然被点名的贺莹脸上不禁一热。她当年在棋院也因为态度不端正被批评过很多次，还是教练不停地敲打，她自己也在这上面吃过亏才渐渐收敛。

熊主管又看着贺莹说："正好，说是别人我还不放心，要是你的话，估计还真行。当年张玉贤刚来棋院的时候不也是被你磨好的，再加上这小子的偶像就是张玉贤，估计你真能降得住他。"

贺莹之前还有点云里雾里不知道裴邵到底想要她干什么，这会儿听熊主管噼里啪啦说了那么多，心里也有点数了。这是把她拉来当"磨刀石"了。

她扭头"微笑"着看向裴邵。这确定是给她的礼物？

裴邵还是一脸的淡定。

他们在外面等了不到几分钟，就看到那个叫陈远星的少年对面的对手一脸沮丧地从棋盒里拿起两颗他自己的棋子放在了棋桌角落里，认输了。

陈远星直接站起来，往这边走过来，皱着眉垮着脸，一脸不情愿、不耐烦。

贺莹看着他这种表情，也有点不爽起来。他现在再强能强得过她小时候？凭什么比她那时候还傲？

陈远星拉开门出来，依旧是一脸不耐烦，丝毫没有要收敛的意思。然而当他看到贺莹身边的裴邵的时候，表情就变了，脸上的不耐烦和不情愿都收了起来，倒是变得有点乖巧了。

贺莹忍不住在心里"啧"了一声。这小子，还会看人下菜碟。

张玉贤是他的偶像，他不可能不认识自己偶像的好友，再加上裴氏集团还是各大小赛事的赞助商，他认识裴邵再正常不过了。

贺莹倒不认为他是因为裴邵的身份而改变态度，大概纯粹是因为对方是自己偶像的好友，所以不想给对方留下坏印象。

熊主管对陈远星介绍说："这是贺莹，是你的前辈，当年她在棋院的时候你偶像……"

贺莹没让熊主管再介绍自己的"光荣历史"，及时打断道："要不我们就直接开始吧？"

贺莹这句话倒是让陈远星正眼看了她一眼。陈远星隐约觉得，这个名字有点耳熟，好像在哪里听过，但是看贺莹的长相，却全然陌生，没什么印象。

熊主管干咳了一声，说："行，那我们就直接去吧。我给你们单独安排了一间棋室。"说完，他对裴邵做了个请的手势，在前面带路。

有年轻的棋手留意到门外的动静，抬头看过来，恰好贺莹离开时转头往里面看了一眼，被他看到了正脸。他不禁愣住。

对手见他看着门口发呆，屈指敲了敲桌面提醒："干吗呢你？"

那年轻的棋手有些呆怔地回过头来，有些犹豫地说："我刚刚好像看到贺莹了。"

对手愣了一秒，很快也反应过来他在说谁，立刻扭头往门外看去："在哪儿？"

到了棋室，贺莹主动坐在了白子那边。陈远星看了她一眼，哼笑一声。

他喜欢研究对手，国内但凡厉害点的棋手，无论男女，他基本上都研究过，但这个女人，他没有半点印象，可见是个无名之辈，能厉害到哪里去？

贺莹和陈远星入座后，裴邵也在一旁的椅子上落座观战。熊主管则先拿上准备好的相机架上三脚架，调整好角度对准他们和棋盘，按下录影键才去到裴邵旁边的椅子上坐下。

"开始吧。"贺莹揭开棋盒盖，按下计时器，淡声说道。

陈远星坐得懒散。他的长相是那种带着点痞气的帅，所以就算坐没坐相，也不难看，倒是挺符合他的长相和气质。他懒懒看了贺莹一眼，也揭开了手边的棋盒盖，拈起一颗黑子，几乎不做思考，落在棋盘一角。

贺莹紧随其后，在棋盘另一角落子。

两人一前一后，交替落子，只听到棋子落在棋盘上的声音轻重起伏。

不过三四十步，陈远星脸上的散漫之色就已消失殆尽，取而代之的，是微蹙的眉头和逐渐凝重起来的面色，就连刚刚松松垮垮的肩背，也都不由自主地挺直起来。

反观坐在他对面的贺莹，从一开始就坐得十分端正，脸上的神色只是淡淡的，眼神却无比清亮专注，看着云淡风轻，但她落的每一颗棋子，都带着一股杀气。

熊主管虽然是管行政的，但这么多年耳濡目染，不说下棋的手法多么高明，至少能看得懂棋，也能看得出棋手的水平。

他本来以为贺莹这些年在圈子里毫无消息，应该是不下棋了，就算下，也只是个业余爱好。

职业棋手，每年都要经过无数次比赛和训练，积累经验，才会不停进步。

无论天赋多高,如果没有在一场又一场的实战中锻炼,跟不同的棋手交手,找到自己的不足,不断地累积经验,棋艺是没有办法精进的。

贺莹放弃围棋的时候年纪又太小,那时候纵然是当之无愧的天才,但到了现在这个年龄阶段,她这些年没有参加各种比赛,去精进自己的棋艺,也已经完全不能拿出来和同年龄的职业棋手做比较了,甚至很大的可能性是连当年的水平都不如。

陈远星现在的水平,跟张玉贤当年刚来棋院时的水平相当。如果贺莹真的跟裴邵说的一样,还保持了当年的水平,应该也能磨一磨陈远星了。

熊主管对贺莹的期待就只是她能够保持之前的水平,但他观战了一会儿却惊讶地发现,贺莹的棋艺不仅没退步,居然还精进了不少,完全是职业棋手的水平。

陈远星明显应付得很吃力,根本无暇分心,目不转睛地盯着棋盘,眉头也皱得越来越紧。

他一开始就轻敌了。而且他也从来没有遇到过像贺莹这种棋路的对手,一上来就是一种要把他剥皮拆骨的架势。

他本身也是攻击性强的棋手,喜欢主动出击,享受那种步步紧逼、看着对手慌不择路的感觉。但这一次,被步步紧逼、慌不择路的人变成了他。

贺莹的攻击性几乎是压倒式的,不停地侵略吞食他的领地,他却根本抽不出身来反击,只是不停地被动防守,防止失去更多领地。他试图去抓贺莹的破绽,毕竟进攻性强的选手,也很容易忽略掉自己的破绽。

然而他很快就发现自己根本无暇去抓她的破绽,看着自己的棋子被贺莹一颗颗从棋盘上提走,放在她的棋盒旁,逐渐堆积起来,他的神经就越发紧绷,甚至他发现自己去拿棋子的手都开始控制不住地发抖。

他意识到自己的状态不对,试图转移一下注意力,从这种令人窒息的压力感和紧迫感中抽身出来。他抬起头,看见贺莹的脸,她垂眸看着棋盘,手里捏着一颗黑子,思索几秒,就干脆地落子。

她抬起眼来,眼神有些漫不经心,隐约还有几分讥讽,像是在讥讽他之前的狂妄自大。

陈远星愣住,仿佛看到了在跟比自己水平差很多的对手时的自己。然而下一秒,他却在她幽黑的眼睛里看到了自己僵硬又苍白的面孔。似乎是在提醒他,这才是真实的他。

有那么一瞬间,他的脑海里突然一片空白,脑子里的布局全化为乌有,一种前所未有的恐慌感漫上来,他的腿不受控制地颤抖。

他强迫自己把视线移开,重新落在棋盘上,然而之前清晰的棋盘此时看着却是一团模糊。

熊主管都发现陈远星的状态不对了,他身体微微前倾,密切关注起来。他忍不住嘀咕:"这贺莹……怎么这么多年一点没变啊,可别把人打击得太狠了……"

看着陈远星这脸色苍白、摇摇欲坠的样子,虽然平时常常很恼火他的态度,但看着他这副受了大打击的可怜样,熊主管又忍不住开始可怜他了。

可怜之余,又有点担心。他们是想找个人来磨一磨陈远星,可没想直接把人给磨废了啊。陈远星是这一批里最好的苗子,院长可是打算把他当成下一个张玉贤来培养的,要是被打击得一蹶不振,那可就损失大了。

熊主管越想越担心,屁股都忍不住从椅子上悬空了。坐在旁边的裴邵就显得镇定很多,淡然地说:"放心。她有分寸。"

熊主管看着贺莹,想着她小时候的种种"劣迹",第一时间实在很难完全信任裴邵说的话,毕竟贺莹的"没分寸"是出了名的,那时候他们都不敢安排贺莹跟心态不是很好的小棋手下棋。但他又不得不承认,长大以后的贺莹看着的确比小时候要"稳重"多了,刚刚在办公室外,他一晃神,都差点有些不敢认。

毕竟她的气质跟小时候的她简直就是翻天覆地的区别。

她小时候也是棋院里出了名的"刺头",难管教,关键是棋院里那些小棋手还都很服她,她又很会装乖,抓到她,她就一脸老实地承认错误,但下次还敢。她天赋又实在太强,平时嘴又甜,全院上下都舍不得打舍不得骂的,管教起来难度就更大了。要不是后来教练把她的性子磨了出来,她估计比之今天的陈远星好不到哪里去。

看着贺莹现在的模样,再加上裴邵"作保"。熊主管拧开矿泉水,灌了小半瓶,勉强冷静下来,屁股往里挪了挪,但还是忍不住压低了声音说道:"这贺莹下手也太狠了,当年磨张玉贤都没磨那么狠啊。"

裴邵没接这句话。熊主管又忽然反应过来,他旁边这位,当年也是被贺莹下过死手的……

正走神,棋室的门忽然发出一点声响,熊主管立刻看了过去,结果错愕地发现棋室的玻璃门外不知道什么时候围满了人,还有几个小棋手被挤在最前面,只能蹲在地上,后面也都是职业棋手。

眼看着都要把玻璃门给挤开了,熊主管一皱眉,起身走过去。

见熊主管过来,门外围着的棋手们纷纷后退,把门口的空间让开。

熊主管走出去，反手带上门，说道："你们这一个个的都围在这里干吗呢？"

有棋手问："熊主管，里面跟陈远星下棋的那个女棋手是贺莹吗？有人说看到贺莹了。"

那个在下棋的时候偶然看到贺莹的棋手激动地说："就是我，我看到了。熊主管，就是贺莹吧？好像裴郡也在。"

另外有棋手也犹豫着说道："我刚刚下棋的时候好像也看到她在棋室外面，但不是很确定是不是她。"

"贺莹是谁啊？"还有好奇的小棋手的声音夹杂其中。

"你先别打岔。"有前辈拍了他的小脑袋一下，然后问熊主管，"熊主管，你快说啊，她到底是不是贺莹啊？"

熊主管看着这些年轻棋手的面孔，忽然反应过来，现在围在这里的这群人，大部分是小时候跟贺莹下过棋的，就算没有机会跟贺莹下过棋的，也都认识贺莹。

那个时候的贺莹，在那群年纪小的棋手眼里，可以说是个传奇。几乎所有人都认为，贺莹在不久后的未来会成长为大魔王级的人物。那时候几乎国内所有和她同年龄层以及比她年纪更小一些的小棋手，都是以她作为追赶的目标在努力，就连比她年纪更大一些的青少年棋手也会感受到她的压力，在拼命进步。

结果有一天却得知贺莹不再下棋了。没有人能够理解贺莹做出的选择。

那时候传什么的都有。他们或多或少地受到了一些影响。特别是棋院里每天都跟贺莹见面的小棋手们，在那一段时间里，状态很低迷。

张玉贤是受影响最大的那个。先是"威胁"棋院里的领导，让他们把贺莹找回来，不然他也不下棋了；后来在贺莹离开十来天的时候，也隔了好几天都没来棋院，把棋院的领导吓得每天让他的教练跑他家里给他做心理疏导。

院里已经损失了一个贺莹，实在是损失不起第二个了。

后来张玉贤再回来，性格就越发沉静了，也不像之前那么爱吵爱闹了。渐渐地，他成为像贺莹那样的存在，成为棋院里同年龄小棋手里的"队长"。

熊主管看着那一张张充满热切的年轻的脸，心里忽然有些百感交集。贺莹如果当初没有离开棋院，现在的成就可能不亚于张玉贤，甚至有可能在张玉贤之上，他们才是最符合围棋界金童玉女称呼的组合。

405

他又扭头看了里面一眼，然后迎着他们满怀期待的目光点了点头："是贺莹。"

熊主管的话犹如一石激起千层浪。

"真的是贺莹？她回来棋院了？"

"她这些年去哪儿了？怎么都没有听说过她的消息啊？"

"她还在下棋吗？不应该啊，她要是参加比赛我们肯定知道啊。"

熊主管被他们七嘴八舌的话吵得头疼，抬起手往下压了压："行了行了，你们也都别在这儿围着了。里面下棋呢，都别吵，别影响他们。"

这时，一位年轻的女棋手放低了声音，问出了一个所有人都关注的问题："贺莹是不是要回棋院了？"

熊主管被问住了，含糊地说道："还是没谱的事儿，别瞎猜。要是有消息，你们会知道的。"

这话听起来像是糊弄，但细究之下却还是透露出了不少信息。他们还想追问，熊主管做了个"停止"的手势："打住啊。我要进去了，都别吵。"说完，警告地用手指了指他们，不给他们再发问的机会，又转身进去了。

然而他们并没有要散去的意思，熊主管一进去，门前的空间空出来，很快就被人填满了。

里面的对局还在继续。时间悄然流逝，墙上的挂钟从8：40指向了10：20。棋盘上的战局可以用"惨烈"来形容。白棋以压倒式的绝对优势占据了棋盘的各个角落，而黑棋则零散地分布着，多数被白棋围困起来，只剩几口气在苟延残喘。

贺莹棋盒边的黑子已经快摆满了。这些都是在对局中被她困死提走的陈远星的棋子。

陈远星已经走到绝境，不过是垂死挣扎，困兽之斗。此时他脸上已看不出半点之前散漫什么都不放在眼里的样子了。

他身体前倾着，肩膀却垮下去，不是之前那种懒散的松垮状态，而像是被重物压住，抬不起肩膀的僵硬垮塌，脸色也呈现出一种紧绷状态下的苍白，频繁地抿唇、喝水。

可明明喝了很多水，他整个人却看着虚弱得像是要脱水了。他的落子变得越来越慢，每颗棋子都变得异常沉重，明知道已经无力回天，却还在垂死挣扎。

秒钟"咔嗒咔嗒"不停歇地运转，指针指向了10:38。

陈远星盯着棋盘数十秒，终于意识到自己已被"杀"得片甲不留，没

406

有再继续下去的必要了。他捡起桌角上的一颗白子,慢慢放在棋盘上,脸色煞白。

"我输了。"

他并不是没有输过。他这样的水平,在同年龄阶段里的确是最厉害的,但比他大一些的棋手,还是有不少比他更强的。然而他就算是输给了他们,心里却觉得等自己到他们那样的年纪,一定会超过他们,并不会影响自己的心态。

即便遇到再厉害的对手,也从未让他有过这样的感受。他从来没有像今天这样输得这么惨烈,不仅仅是棋局,他甚至感觉他的精神世界也被狠狠碾压了。

他从来没有下完一盘棋,整个人像是虚脱了一样,浑身的力气似被抽干,身体和精神都提不起劲来。下棋的过程中,他不断地自我怀疑,甚至到后面,都没有办法正常思考了,棋路也乱了。

他从来没遇到过这么变态的对手。现在想想,他怀疑贺莹根本就是在故意折磨他,明明可以把他逼到死路,可偏偏又要给他一点生的希望,看着他努力挣扎,然后又把那一点希望掐灭,让他无数次体验到希望破灭的感觉。

然而此时这个变态正对他露出如长辈般"和蔼温和"的微笑,说:"你挺厉害的,但是还不够厉害。"

陈远星的脸色青一阵白一阵,一句话都说不出来。

贺莹说完就站起身。她的"任务"已经完成,到了向"某人"索要报酬的时候了。

"这就是你送给我的礼物?"贺莹皮笑肉不笑地走到已经起身的裴邵面前。

"不是全部。"裴邵淡淡说道。

贺莹愣了一下。

"那我们就先去找院长了。"裴邵对熊主管说。

熊主管说:"哎,好,我待会儿过去。"说完又看了贺莹一眼。

贺莹有些莫名,总觉得他这一眼似乎别有深意。

"走吧。"裴邵叫她。

贺莹一转身,就看到门外不知道什么时候站满了人,其中隐约还有几张有几分熟悉的面孔,她不禁愣了愣。

熊主管扭头看到外面那些人,顿时也是一阵头疼,先顾不上陈远星了,急走几步推门出去，压低了声音说道："堵这儿干吗呢？都回去下棋去。赶紧散了。"

裴邵带着贺莹走出去。

年轻的棋手们都没说话，只是默默地看着贺莹，眼神复杂。有人忍不住张嘴叫了她一声："贺莹。"

贺莹在人群中找到发声的人，对视上的瞬间，对方似乎有些紧张，耳朵根都红了，忐忑又期待地看着她。

她张嘴就叫出了他的名字："周得。"

叫周得的年轻棋手被贺莹叫出名字，很高兴，隐隐有些激动，红着耳朵，有些羞涩地看着她："你还记得我啊？"

贺莹弯了弯眼睛，笑了笑："当然记得。"

周得比张玉贤还小两岁，是他们那一届年纪最小的一个，性格腼腆，不爱说话，不熟的人要是跟他说两句话，他就紧张得脸红，平时干什么都是慢吞吞的，但下棋的时候却很老到，表情严肃得像个小大人，棋院里的大人都喜欢逗他玩。

棋院里他最崇拜的就是贺莹，每次贺莹跟他讲话，他都要紧张害羞半天。那时候他人小，个头也小，矮矮瘦瘦的，头大身子小，像个小萝卜头，头发却尤为茂盛，头发还是向上长的，像只小刺猬。贺莹每次看到他，都会在他脑袋上揉几下。张玉贤说她摸周得脑袋的时候，跟摸狗一样。

他现在也有二十岁了，小萝卜头长成了青竹般高挑清瘦的青年，戴着一副银框眼镜，斯斯文文的，看着还是有几分小时候的腼腆。

"那你还记得我不？"人群后面传来声音。

贺莹又看过去。看见人群后面站着一个高高壮壮、皮肤黝黑的棋手，正咧着嘴看着她。贺莹一看他，就笑了："你是赵乐。"

他长得跟小时候实在太像了。他小时候就是高高壮壮一身黑皮，但贺莹见过他爸爸妈妈，皮肤都挺白的。他说他爷爷就是一身黑皮，他这是隔代遗传。他从小特别调皮，还是个话痨，逮着谁都能说几句，嗓门又大，一点都不像是下围棋的。

据他自己说，他爸就是看他太闹，跟有多动症似的，就想让他学围棋静静心，没想到他一接触还真喜欢上了。用他自己的话说，他在下棋上还有点天赋。之后他就被送到棋院来了。在他看来，最难的不是下棋遇到的困局，而是下棋好几个小时不能说话，每次比完赛，他都要叽里呱啦说上半天。

那么多年过去,他还跟小时候差不多,看起来一点都不像是围棋选手,倒像是运动员。他在网上还有个"暴力黑熊"的称号。贺莹私以为很是贴切。

她没有说,这些年她一直有看他们比赛,也一直在网上关注他们的消息。近些年来,张玉贤和一些年轻棋手在网络上颇受热捧,他们现在在网上都有粉丝了,所以网上有很多关于他们的趣事可以看,贺莹一有空就会去网上看看。

还有人想问,刚张口就被熊主管打断了。

"你们是打算一个个问是吧?"熊主管又好气又好笑,"院长还在等着呢,你们能别堵着路了吗?等见完院长,你们要叙旧也不迟。"

听熊主管这么说,棋手们的表情纷纷有些异样。

赵乐连忙说:"贺莹,那你快先去见院长吧,见完院长再来找我们。"

贺莹总觉得他们的表情有点怪怪的。她忽然想起来,都过了这么多年,棋院院长还是以前的院长吗?

她正想开口问,突然,裴邵牵起了她的手。

显然,这一幕对于棋手们的震撼有点大。毕竟这里大部分人都知道贺莹小时候跟裴邵不对付,那时候裴邵来找贺莹下棋,要院长亲自去给贺莹做思想工作,她才肯去的。

就连熊主管都一脸错愕。贺莹虽然是跟裴邵一起来的,但他可半点没把两人的关系往那上面想。

贺莹自己也吓了一跳,有些诧异地看着裴邵。隐隐约约地,她察觉到了什么。

裴邵淡淡地看了她一眼,说:"走吧。"说完,就把她从众棋手面前带走了。

棋手们面面相觑,楼道里鸦雀无声。熊主管也有点震惊,不知道该作何感想。

半晌,赵乐发出一声惊叹:"我的妈……他们在谈恋爱?"

要知道,贺莹还在棋院的时候,可是很讨厌裴邵的。

熊主管目送两人走远了,轻咳了两声:"咳咳,行了行了,人都走了,你们哪儿来的都赶紧回哪儿去。等会儿她办完事,再来找你们就是了。都散了吧,散了。"

他双手做驱赶状,把人都赶走了。

赶跑了看热闹的棋手们,熊主管又回到了棋室。

陈远星还坐在那里,弓着背,魂不守舍地盯着那盘已经下完的棋。他那张总是张扬肆意、充满锐气的脸,此时却充满了无力的苍白感。

怎么可能呢……他居然输给了一个不知道从哪里冒出来的女人。一个甚至都没有参加过职业赛,他根本不认识的女棋手。他不仅输了,还输得这么惨,毫无还手之力。

熊主管看他这状态是真有点担心了,过去拍拍他的背,问他:"你知道刚刚跟你下棋那人是谁吗?"

陈远星抬起头来,眼神迷茫又空洞:"谁?"

熊主管看着他苍白的小脸,再想到他平时那嚣张不可一世的样子,忍不住有点幸灾乐祸,你小子这回踢到铁板了吧?让你平时那么狂。他心里这么想的,可脸上仍是一副和善可亲的样子,问:"'贺莹'这个名字,你没听说过?"

陈远星慢慢皱起眉头,想了想,有点耳熟,像在哪里听说过,可现在怎么也想不起来了。

但哪怕只是小有名气的棋手,他也不可能不认识。更何况以刚才那个女棋手的棋力,即便去参加职业赛,也不可能是无名之辈。

"连她你都不认识,你还说张玉贤是你的偶像。"熊主管在他对面的椅子上坐下来。

陈远星愣了愣。她跟张玉贤有关系?

他脑子里飞快地思索着印象中跟自己偶像有关联的女棋手。

熊主管嘿嘿一笑:"别说是你了,就连张玉贤在你这个年纪的时候,也是她的手下败将,那时候,她才十二三岁。你说你输得应不应该?"

陈远星因为下棋下僵了的脑子突然闪过一道闪电,脸上的表情变得错愕。

是她?

符合熊主管描述的人,就只有一个。那个十三岁就退役的天才女棋手——贺莹。

没错,那个退役的天才少女,名字就叫贺莹。

陈远星曾在张玉贤的采访中,听张玉贤提起过在他的围棋生涯里影响最深的人,除了教练,以及一位大前辈,还有一位小时候曾经跟他一起在棋院下棋的天才棋手。

张玉贤在采访中只是一语带过。但陈远星事后特地去问了棋院里的前辈,知道了"贺莹"这个名字。但不知道是什么原因,前辈也只是含含糊糊地说了几句,所以并没有给他留下太过深刻的印象,因此他才会没有立

刻想起这个名字来，又觉得这个名字像是在哪里听说过。

熊主管说："你不认识也正常。贺莹退役以后，棋院里就没人敢提起她的名字了。"

那时候贺莹的教练因为贺莹退役大病了一场，从医院出来，人像是老了十岁。院长叮嘱他们，以后不要再在棋院里提起"贺莹"的名字。之后"贺莹"这个名字，很快就被大家刻意回避、遗忘了。

陈远星这样的年纪，如果不是刻意去了解过，不认识她也是正常。

熊主管感慨道："张玉贤像你这么大的时候，也是谁都不放在眼里，自以为最厉害。"

陈远星听到自己偶像的事，又渐渐打起精神。听到熊主管这么评价小时候的张玉贤，他有些惊讶。因为从他知道张玉贤这个人开始，外界就一直是以"谦和""沉稳"之类的形容词来形容张玉贤，说张玉贤年纪轻轻就有大将之风。

纵观张玉贤以往的比赛，无论是面对比自己强或者弱的棋手，张玉贤都是报以同样的态度。从出名开始，他就从来没出过负面新闻，无论是外界媒体还是围棋界的前辈，提到他，都是溢美之词。就连陈远星的父母、教练也总教育他，说他既然将张玉贤视作偶像，为什么不学学张玉贤的谦逊。

但是熊主管却说张玉贤小时候和他一样？

面对陈远星怀疑的目光，熊主管瞪起眼说："我是看着张玉贤长大的，还能骗你？"

陈远星撇撇嘴。这他倒是知道，熊主管已经在棋院工作很多年了，张玉贤从小就在这里下棋，直到现在，张玉贤也会常来棋院。他只是怀疑熊主管是为了趁机教育他，乱编故事。

熊主管接着说道："知道张玉贤后来是怎么变成现在这样的吗？"

陈远星像是猜到了他要说什么："你该不会是要告诉我，就是因为贺莹吧？"

熊主管反问："你不信？"

他喝了口水，润了润喉咙，然后从张玉贤来棋院的初始开始说起，到后来张玉贤三次挑战贺莹，三次皆以失败告终。

陈远星一开始并不信，可是听着听着，却忍不住入了迷。

一开始，他只是好奇自己偶像小时候的故事，可到后来，他却情不自禁地被故事中的另一个角色吸引了。

大概是为了塑造张玉贤围棋天才的形象,所以过去所有关于张玉贤的报道,从来没有过他小时候的这段经历,仿佛他一直就是那么强,即便遇到比他更强的对手,输给对方,下一次,再下一次,也都会取胜。可贺莹退役太早,并没有给张玉贤赢过她的机会。

贺莹退役的时候,媒体也曾大肆报道过,只是时间久远,陈远星到底年纪小,也不会去关注在他刚出生时就已经退役的、只是短暂地划破过夜空就急速陨落的少女棋手。

如果是在跟贺莹下棋之前,熊主管与他说这些,他肯定是不信的。可是他刚刚已经见识过贺莹的"恐怖",所以熊主管描述的那些情景,他都像是身临其境一般感受过。

他能够感受到张玉贤三次挑战贺莹三次失败的挫败、沮丧,同时也能感受到贺莹带给他的阴影和恐惧。

然而,那个时候的贺莹,跟现在的他差不多年纪。被同年龄段的棋手几乎是碾压式击败,而且还是一而再、再而三,对一个棋手的打击是巨大的,特别是此前他还被冠以"天才"之名。

熊主管最后总结:"也是从那以后,张玉贤意识到人外有人,山外有山,收起了身上的傲劲,慢慢磨炼,才成了今天的张玉贤。"

陈远星突然问:"她为什么退役?"

熊主管一愣,心想,这关注点是不是歪了?

贺莹有很多问题想问,但知道现在并不是提问的时候。她现在有另外的问题需要裴邵解答。

"现在棋院的院长已经不是易院长了,对吧?"贺莹站在院长办公室外,在裴邵敲门前,忽然问道。

裴邵放下准备敲门的手,转头看她。他说:"现在的院长姓吴。"

贺莹脸色僵了一下。

她的教练也姓吴。联想到之前熊主管还有那些年轻棋手在她面前提到院长时微妙的反应,她几乎可以确定,这位吴院长,就是她的教练。

"他知道你要来。"裴邵似乎看出了她的胆怯,语气放缓,带着点安抚的意味,"不用担心。"

"你到底想做什么?"贺莹有些困惑地看着裴邵。

她不明白,裴邵这么大费周折的目的是什么。难道只是为了让她变得更强,然后他再战胜她?

裴邵定定地看了她一会儿，忽然后退了一步，把门口的空间让给她，没有回答她的问题，而是说："你应该自己敲门。"

贺莹抿了抿唇。她看着眼前这扇门，想起很多年前，教练亲自到她家里，请求她的父母，让他们把她交给他来带。他向她父母承诺，一定会把她培养出来。之后的几年里，他的确费尽了所有心血来培养她，不仅是围棋，生活琐事他也事事操心，比她的父母还要关心她。

他曾说过，她会是他带的最后一个徒弟。

可是这个不争气的徒弟，却辜负了他。

贺莹站在门口，久久抬不起手来。裴邵并不催促，只是耐心地等着。

贺莹忍不住又看了他一眼。裴邵的眼神竟是前所未有的柔和，平静地注视着她。她好不容易鼓起勇气，抬起手，手指屈起，往门上敲去——

然而就在她的指节即将叩到门上的前一秒，门却自己开了。里面的人似乎着急出去，直接把门大拉开，整个人差点撞到贺莹举起的手上，他下意识地赶紧往后一仰，随即站稳了定睛一看，顿时脸上的表情僵住。

贺莹也愣住了，随即放下手，瞬间喉咙干涩，一时间不知道怎么称呼面前的人。

里面的人倒是很快就反应过来，皱起眉头，不自然地假咳两声，语气生硬："在门口堵着干什么？还不快进来？"说完自己扭头又进去了。

贺莹怔了怔，看着男人急急忙忙进屋的背影，眼眶突然发热。

她真是太久没有听到这熟悉的语气了。

贺莹忍不住看向身边的裴邵，后者对她微微点了点头，面容沉稳，眼神中带着鼓励。

她深吸了一口气，迈步进去。

教练，或者说是现在的棋院院长，已经走到了办公桌后。办公桌前面摆放着两张椅子，他抬了抬下巴，态度依旧显得有些冷硬，也不怎么看贺莹："坐吧。"

贺莹一句话也不敢说，像个犯了错的学生，闷头闷脑地在椅子上坐下。

裴邵随后在她旁边的椅子上坐下来，跟贺莹对比起来，沉稳淡定得像陪同她来的家长。

院长泡了一杯热茶，放裴邵面前，然后就坐了下来。

贺莹抿了抿唇，不敢说话。

裴邵从容地把自己面前的茶杯推到贺莹面前。

院长瞥了他一眼，又看了看贺莹。

就在这时，办公室的门被敲响。

"进来吧。"院长说。

外面进来一个小青年。院长又冲贺莹抬了抬下巴，说："给她吧。"

小青年跑过来，把一瓶可乐放在贺莹面前。

贺莹看着这瓶可乐愣了愣，抬起头来。

院长一瞪眼，说道："看我干什么？以为我还记你的仇，连茶都不给你喝？你小时候不是不爱喝茶就爱喝可乐吗？"说完，贺莹又去说裴邵，语气也是硬邦邦的，半点没给他面子，自然得像是训斥自己的小辈，"你又是干什么？把给你倒的茶给她，真以为我这么小肚鸡肠？只给你倒茶？"

裴邵被无辜"迁怒"，也没有半点不高兴，把推到贺莹面前的茶杯又端回自己面前，态度端正、语气谦和："抱歉，是我误解了您的意思。"

贺莹眼眶一热，嘴角却忍不住扬起来，终于开口说了第一句话："教练，您还跟以前一样一点都没变。"

他老了许多，已经有了白发，身材也发福了，但说话的语气却还像以前那样中气十足，语气也硬。不熟悉他的人，常常以为他是个严厉的人，实际上，他是嘴有多硬，心就有多软。

正因为这样，她才更觉得愧对他。

院长听了她的话，又一瞪眼："什么教练？我现在是院长了。"他哼笑着，语气也有点阴阳怪气，"哼哼，说起来还要谢谢你，要是你还在下棋，说不定我还在给你当教练，当不成这个院长呢。"

"教练。"贺莹叫了他一声，喉咙瞬间哽得难受。她抿了抿唇，看着院长，郑重地道歉，"对不起。"

她一直没有对教练说过一声对不起。他们见的最后一面，是她决绝地说她以后都跟他没关系了。现在想想，教练那时候一定很伤心。

这声对不起，迟到了很多年。

院长愣了一下，张了张嘴，似乎想说什么，嗓子眼却被堵住似的发不出声音来。他忙把脸别过去，许久没有把脸别过来。

院长心里暗骂自己不争气，自己都那么大年纪了，还那么绷不住。他有些恼羞成怒地看着贺莹说："你现在说对不起有什么用？你是对不起我吗？你是对不起你自己！"

这是他最后带的一个徒弟，他那么多年，就没见过比她更有天赋的苗子，怎么可能不当成宝贝似的，倾尽所有心血，说是把她当自己女儿也不为过。可就是这么个被他当成宝贝似的小兔崽子，说不干就不干了，梗着

脖子说自己再也不下棋了,他没资格再管她了。

他气得差点吐血,想给她一巴掌,可手举得再高,看着她那张倔强的小脸,却怎么都下不了手。

他知道她为什么不下棋了,无非就是要跟她妈犟那一口气。她家里的特殊情况,他是知道的。他心疼贺莹,但他也是为人父母,也能理解她父母的感受。

他劝不动她,又低声下气地去劝她妈。可这对母女,却是一样的犟脾气。他两头劝,却谁也劝不动,倒是把自己气进了医院。

贺莹眼眶微微发红,低下头去,声音哽咽着:"教练,我错了。"

院长闻言,眼眶也一下红了,语气也激动起来:"你自己说说你当初错得有多离谱,啊?你那么好的天赋啊!可能一百年就出你这么一个,别人求求不来,你说放弃就放弃了,啊?"

他站起身来,痛心疾首:"你就只觉得自己受了委屈,你要跟你妈犟那口气,你就没想过那些对你好的人?棋院里那么多人,哪个不是捧着你、惯着你,把你当宝贝似的供着?你要是没放弃,你想想你现在该到什么位置了?你现在跟我说你错了,还有什么用?你早干吗去了?啊?"

这些话,他一直憋着,没有跟谁说过。大家知道他不好受,这么多年,没人敢在他面前再提起贺莹。可他自己会想,每次看到张玉贤参加比赛,拿了冠军,他就忍不住想,要是贺莹还在……

这么多年,他真是憋得慌啊,终于可以在现在这一刻宣泄出来。

贺莹本来就低着的头在院长的声声斥责中埋得更低了。她一直都不敢想,因为只要往那方面一想,就会陷入无尽的痛苦和悔恨之中,所以她选择逃避不去面对。而现在院长的责骂让她不得不直面自己曾经被毁掉的人生。

"院长。"裴邵沉冷的声音骤然响起,打断了院长洪水般汹涌的情绪。

院长愣了愣,看到裴邵望过来的冷静眼神,忽然意识到自己的失态,再看旁边的贺莹,她已经要把头低到地上去了。他又想起之后听到的贺莹家里的变故,胸口闷了闷,眼神中的怨怪逐渐消失,变成了心痛。

他慢慢坐了下来,问贺莹:"之后你家里出了那样的事,你为什么也不来告诉我?你放弃了围棋,就连曾经的师徒情分都不要了?"

他骤然听到那样的消息,十分震惊,立刻赶去她家里,却被邻居告知她已经带着哥哥搬走了,至于搬去哪里,没有人知道。这些年,贺莹几乎成了他的一块心病。

贺莹仍低着头，声音也低低的："是我自己没脸来见您。"

院长的眼眶又是一酸。是他那时候对贺莹太过严厉，所以她就算是家中遭逢如此大的变故，也不敢来向他求助。

他又激动起来，可语气却分明放软了："怎么就没脸了？啊？一日为师，终生为父，就算你不学围棋了，难道我们以前的师徒情分就没有了？你家里遇到那么大的事情，你就连通知都不通知我一声？"

他越说越难受。他不知道他这个小徒弟这些年就自己一个人带着她那个跟孩子似的哥哥去了哪里，又是怎么生活的。她父母出事的时候，她自己还是个孩子，要怎么照顾另一个孩子？

他这些年多方打听，后来终于在贺莹老家找到了她舅舅、舅妈，但他们也不知道贺莹的具体地址，好像是贺莹怕他们不放心来找她，所以故意不让他们知道。

他特地留下一笔钱，让贺莹舅舅转交给贺莹，又交代贺莹舅舅不要告诉贺莹是他给的。之后他再联系贺莹舅舅，想要继续给钱让对方转交给贺莹，舅舅却在电话里婉拒了，说是贺莹连他们给的钱都不愿意接受，他给的钱，他们送不出去。但他一直和贺莹舅舅保持联系，前阵子刚听说贺莹找到一份卖房子的工作，赚了些钱，没想到第二天裴邵就找上门来了。

院长鼻子泛酸，责怪道："难道你觉得你教练就这么小气？"

要是贺莹肯来找他，他怎么也要为她想办法的。那个时候她年纪也还不大，以她的天赋，再把围棋捡起来，也不是难事。可偏偏，她就是不来找他。

贺莹从他逐渐放软的语气里听出了他的态度，她终于抬起头来，小声说："是您说以后就算在街上遇到您，也要装作不认识您的。"

院长一噎，脸色发红，有些恼羞成怒："我那时候不是在气头上吗！人气头上的话能当真吗？那你那时候怎么说？你不是也说你永远都不后悔吗？"

裴邵冷静旁观这师徒俩，他们看起来像是在吵架，他却分明感受到了一种诡异的融洽气氛。

就在这时，谁也没听到敲门声，门被推开了。熊主管探头进来，正好看到院长正大声对着贺莹说什么，顿时吓得缩了缩脖子，他是不是来得不是时候？

他正犹豫着要不要等他们吵完架重新敲门，院长的眼风就扫了过来，无差别扫射，怒斥道："你在那儿鬼鬼祟祟、探头探脑的干什么呢？进来！"

熊主管扭头看了站在他后面的陈远星一眼。

陈远星显然也愣住了，在他的印象里，院长从来没有大声训斥过谁，每次跟院长谈话，哪怕是指出他的错处，语气也很温和。这还是他第一次听到院长那么大的嗓门。原来前辈们说院长以前是个暴脾气，是真的……

熊主管用眼神示意他先等一下，然后硬着头皮进去跟院长汇报说："院长，我把陈远星带过来了，要叫他进来吗？"

院长听到他说带了陈远星过来，看了贺莹一眼，心里松了口气，干咳了一声，调整了一下状态，然后才说："让他进来吧。"

熊主管这才又转身出去把陈远星叫进来。

陈远星一进来，就下意识先去看坐在那里的贺莹。

贺莹也正扭过头来看他。

陈远星愣了愣，她眼眶红红的，看起来像是要哭的样子。难道是被院长骂哭了？

他又转头看了一眼院长。他刚才还从熊主管那里得知，贺莹以前的教练就是现在的院长。贺莹退役以后，院长就再也没有带过人了。

贺莹则在打量着陈远星。他看起来比之前那桀骜不驯的样子"老实"了许多，连站姿都端正了许多，看起来顺眼多了。然后，她就听到院长说："让你来当陈远星的陪练，你愿意干吗？"

贺莹惊讶地回头看向院长，显然一点心理准备都没有："啊？"

院长看到她的反应，看向裴邵："你没跟她说？"

贺莹也转头看向裴邵。她刚才本来以为裴邵所谓的礼物，真的就是让她跟教练来一场久别重逢的和解大戏。可现在看来，好像不是？

裴邵被这两人盯着，依旧很淡定："是惊喜。"

贺莹转头看向陈远星。

陈远星这才知道，贺莹给自己当陪练不是已经说好的，而是要看她愿不愿意。这会儿被贺莹看着，他莫名有些紧张，脚趾都绷紧了。

贺莹问他："你愿意我来当你的陪练吗？"

陈远星没想到她会问自己，手指都蜷缩起来，脸上却是不在乎的样子："随便。"说完又有些忐忑地去看她的反应。

贺莹忍不住有点想笑，这么小的孩子，再怎么装，也是错漏百出。他的手指都快捏成拳了，不会以为她没看出来他其实很紧张吧？她有点想逗逗他，故意叹了口气："随便啊？那看来你不是很想要我当你的陪练了，还是别勉强了……"

陈远星果然上当，一听这话就急了，甚至急得往前走了一步，急忙说：

"我没有！我、我愿意……不勉强。"他声音低下去，脸都红了。

熊主管看陈远星难得这么乖巧听话，有点无奈地对贺莹说："贺莹，你就别逗小孩玩了。"

贺莹忍不住笑了："对不起，忍不住。"

院长看到贺莹这样，就像看到了她小时候，眼神柔和起来。

陈远星也反应过来贺莹刚才就是故意的，顿时有点羞恼，一双眼睛有些委屈地瞪着贺莹，一冲动就想走。有什么了不起的？他就不信他找不到比她更好的陪练！

贺莹看陈远星又气又委屈的模样，很有经验地哄道："别生气，我就是跟你开个玩笑。"她微笑的时候格外温柔，"我也很愿意当你的陪练。"

她当然愿意。她原本就准备等和裴邵的合同到期后，就去某个围棋道场找份陪练的工作。能在棋院当陪练当然最好，棋院的职工待遇可比普通的道场要好多了。而且棋院有很多国家级的职业棋手，她想要找人下棋也十分方便。

她和张玉贤差的，不只是这十年的时间，更是这十年里他跟无数职业棋手对战时积累的经验。她现在的水平，如果以职业棋手的身份去参赛，也很难拿到很高的名次。她"退役"的时候围棋段位只是三段，以她这个段位，只怕是连权威一点的大型比赛都报不上，只能通过升段赛先升段。

她并没有很大的野心，她只是有点不甘心，她想要再试试，试试重新再走一次，自己究竟能走到哪一步。

陈远星看着贺莹，满腔的羞恼和怨愤奇异地被抚平了。他只觉得自己突然就生不起气来了。

熊主管看到陈远星的反应，觉得十分欣慰，心想，这真是卤水点豆腐，一物降一物，这回可算是找对人了！再看院长，他看着贺莹，脸上也隐约带着点欣慰的样子。

熊主管忍不住微笑起来。贺莹能回棋院，哪怕只是当个陪练，院长应该也很高兴吧。却只见贺莹一把头转回去，院长脸上的欣慰之情眨眼就收了起来，露出严肃的神情。熊主管立刻知道，院长这是还在跟贺莹别扭着呢。

院长说："行，那就这么定了。熊主管，你带她去办一下入职手续吧，明天就正式过来打卡上班。"

贺莹愣了愣，办入职手续？这么快？她现在还在当护工呢。

她看向裴邵。

裴邵已经起身站起来："走吧。"

贺莹跟着站起身，还是习惯性地称呼院长为"教练"："教练，那我先走了。"

院长像是不耐烦地挥了挥手："走吧走吧。把可乐也拿走。"

贺莹拿上可乐，抿着唇笑着跟裴邵、熊主管他们一起往外走去。快出门的时候，她忽然发现门口的墙上挂着一些照片，最中间的是一张合照。是十年前裴老爷子带着裴邵来棋院的时候，跟他们拍的合照。

她忍不住停下脚步。裴邵留意到她停下脚步，也走了过来。

照片上有老院长、教练，有她，还有裴邵、裴老爷子，以及头发还很茂盛的熊主管和棋院里的一些棋手。

教练应该是早就原谅了她，否则不会把有她的合照挂在他办公室的墙上，还挂在最中心的位置。

她站在老院长和教练的中间，对着镜头散漫地笑。她旁边是当时个头比她还矮一点的张玉贤，但照片上看起来他却比她还高了一点，应该是偷偷踮脚了。他皮肤黑黑的，咧开嘴对着镜头露出了一口小白牙。老院长的另一边坐着裴老爷子，裴老爷子身边则站着少年裴邵。

她忍不住凑近了看，端详起来。少年裴邵穿了一件白色的POLO衫，唇红齿白，还带着点高冷贵气，帅得十分突出。和现在的他对比起来，还有几分青涩稚气。

她忍不住偷偷转头看向自己身边的裴邵，他也正看着这张合照，侧脸如刀刻般深邃。

贺莹忍不住想，那个时候大概自己还没有到欣赏帅哥的年纪，居然能对着这样一张脸毫不留情地阴阳怪气。

她正胡思乱想，裴邵忽然侧过脸来看她。他眉眼间已经没有了少年时期的稚气，如同一片深邃沉静的湖泊，平静之下，静水深流。她的心跳莫名快了一拍。

就在这时，院长突然说道："裴邵，那个什么，今天晚上你带她来家里吃个饭。"

贺莹连忙错开视线，看向院长。裴邵又看了她一眼，才转头回答院长，说："好。"

院长又补充说："她师母特地交代的。"他瞥了眼贺莹，说，"你师母知道你要回来，一大早就去菜市场买了好多菜，都是你小时候爱吃的。"

贺莹心里像是注入了一股暖流，渐渐充盈了整个心脏。她弯了弯眼睛，点头："我知道了，请您转告给师母，我今天晚上一定到。"

419

院长的脸色和缓了不到一秒,又立刻板起脸来,说:"行了行了,快走吧。"

贺莹这才跟裴邵出去了。

熊主管跟陈远星走在前面,贺莹跟裴邵走在后面,她小声问裴邵:"我现在就入职,你家的工作怎么办?"

裴邵说:"不影响。顾宴的护工今天下午就入职了,你明天可以过来上班。"

说实话,贺莹还是有点舍不得给顾宴做护工这份高薪工作,陪练的工资待遇当然也比不上在裴家上班拿的钱多,但她现在已经不缺钱了,她也只是有点可惜。

"行了,你就别跟着了。"到了办公室门口,熊主管对陈远星说。

陈远星看了贺莹一眼。贺莹笑眯眯道:"明天见。"

陈远星的表情还有点别扭:"明天见。"说完走了,背影也是酷酷的。

"这小子。"熊主管笑着推开办公室的门。

办公室里的职工,贺莹有些认识,有些不认识。认识她的,都是棋院里的老职工了,知道她回来棋院都很惊讶,知道她要给陈远星当陪练就更惊讶了。

"不过那小子也就你能压得住他。"有人开玩笑说道。

熊主管给了贺莹一张工作证。

贺莹拿着这张写着她名字的工作证,还有些不真实的感觉。她真不敢相信,她就这么回到棋院了?

熊主管说:"明天早上八点半。第一天上班,可别迟到啊。"他开玩笑,"你现在可是上班,不是小时候了。"她小时候经常带头迟到早退。

贺莹回过神来,抬起头,也笑了:"一定。"

裴邵陪着贺莹出了办公室,见她把工作证挂在了脖子上,还宝贝似的拿在手里看来看去,嘴角也不禁带了丝淡笑。

贺莹突然反应过来,举起自己的工作证,一脸惊喜地问他:"这是不是就是给我的礼物?"

裴邵问:"送得合你心意吗?"

贺莹抓着工作证,诚实地用力点头:"非常!"

她怎么也没想到,裴邵说的礼物居然是让她可以重新回到棋院。今天的一切,都是他提前安排好的。

她突然看着他问:"裴邵,我能问你一个问题吗?"

裴邵："问吧。"

贺莹没有拐弯抹角，直接问道："你为什么对我那么好？"裴邵做到这份上，实在让她很难不多想。

裴邵显然没想到她会问出这个问题，面色有一瞬间的不自然，但转瞬就恢复了常态，淡淡道："我只是不想看到你浪费天赋。"

贺莹心想，裴邵是从小就喜欢围棋的人，不然也不会主动去棋院找她下棋，所以现在不忍心看到她浪费围棋天赋，安排这些事情让她重新回到棋院，也非常合理。

得到明确的答案，她也就不纠结了，真心实意地对他说道："谢谢。"

裴邵眸光闪烁了一下，转移了话题："我要去公司了，你是留在棋院还是回去？"

贺莹想了想说："那我再去跟我以前那些朋友打声招呼吧，晚点我自己回去就好了。你快去上班吧。"

裴邵说："好。你要回去就给小王打电话，让他过来接你。"

贺莹点点头，殷勤道："那我送你到门口吧。"她今天收到了裴邵送的大礼，殷勤一点也是应当的。

裴邵没有拒绝，和她一起往外走去。两人走到大门口，却迎面撞上了穿着一身西装、拎着公文包拉门进来的褚方。

褚方迎面撞上他们，也愣了愣，下意识就看向贺莹。上次在餐厅见过之后，这还是他们第一次见。

贺莹也有些惊讶会在这里看见他，他穿着正装，又拎着公文包，明显就是因为工作过来的。

褚方飞快地瞥了贺莹一眼，就收回了视线，若无其事地问："你们怎么在这儿？"

裴邵回答："有事。你呢？"

褚方："我过来找吴院长。"他说着，又忍不住瞥了一眼贺莹。

她安静地站在一边，始终没有开口搭话，对他们的对话也兴致寥寥的样子，看起来像是希望他们快点结束对话好走人。

褚方知道她现在大概很讨厌自己，心里莫名地发闷，嘴上却笑了笑："那不打扰你们了，我先过去了。"说完，拎着公文包从贺莹身边走了过去。

裴邵敏锐地察觉到褚方对贺莹态度的微妙变化。

"你们最近发生什么事了吗？"

"啊？没有啊。"贺莹装傻，心里却猜到褚方的态度变化大概是因为上次在餐厅遇到贺康。

这样也好,不然他三天两头地找她麻烦,她心里也烦得很。

"走吧。"贺莹替他拉开门,开玩笑地说,"裴少爷,请。"

裴邵微微扬了扬眉,他已经许久没有听到过这个称呼了。看她脸上促狭的笑意,他没有拒绝她的"服务",提步走了出去。

贺莹送走裴邵,就回去找她在棋院的朋友们了。她本来找他们是为了跟他们叙旧的,但刚进棋室,就被赵乐抓着按在了椅子上。

贺莹有点困惑地看着围过来的棋手们,感受到了他们诡异的兴奋感和"不怀好意"。

"这是要干什么?"贺莹好笑地看着他们。

赵乐在她对面坐下来,按了按手指关节,露出一口森森白牙,嘿嘿笑了两声:"也没什么,就是也想尝试一下虐你的感觉。"

边上的棋手也跟着起哄:"这就叫'君子报仇,十年不晚'。"他们当年可没少被贺莹虐。

贺莹看着他们,哑然失笑。随即她挑挑眉,微笑着说:"行,那你们要报仇的一个个去后面排队吧,我保证你们人人有份。"

褚方跟院长谈完事已经临近中午。

院长说:"褚律师要不要去试一下我们棋院的食堂?"

"今天就算了,改天吧。"褚方笑着说道。他今天实在没什么心情。他起身告辞,"那我就先告辞了,后续有什么问题,您可以随时联系我。"

走到门口的时候,他忽然被墙上的照片吸引了目光,视线扫过去,突然,脚步一顿,随即情不自禁地往那边走了过去。

照片墙的最中间,挂着一张大合照。他一眼就看到了站在裴老爷子身边的少年裴邵,以及站在老院长身边的贺莹。

也就十二三岁的样子,小小少女的模样,巴掌大的小脸,扎了个马尾。她的模样和长大后的样子差不多,但气质却截然不同。

照片里的少女直视镜头,嘴角带着几分懒散漫不经心的笑意。明明是一张清秀无害的脸,可整个人的气质却散发出一种锋利的感觉,是让人很难移开视线的独特,耀眼得几乎要把另外一边的裴邵身上的光芒都遮盖。

他忽然想到那天晚上,贺莹在楼梯间挨近他时,她的眼神也是这样锋利……心口骤然悸痛了一下。

褚方盯着这张照片上的贺莹看了许久,忽然有点明白了,少年时期遇

到这样一个人，的确是让人有点难忘。

褚方离开了院长办公室，路过一间棋室的时候，发现棋室里的棋手们围成一圈，像是在看人下棋。

什么人下棋，能有那么多人围观？

褚方鬼使神差地推开门，走了进去。

他没想到，下棋的人居然是贺莹。

褚方愣了愣，她不是刚刚跟裴邵一起走了吗？

和她对弈的人，他也认识，是赵乐，八段棋手。目前国内的九段棋手，也不过四十余位，八段棋手二十几位。越往上，升段自然越难。张玉贤他们那个年龄段的棋手，他是第一个到达九段的，但绝对不会只有他一位，只是要花费更多的时间。

褚方的目光落在贺莹沉静的脸上。她端坐着，垂着眸，全神贯注地凝视棋盘，面容沉静，没什么表情，但整个人却无形中散发出一种割人的锋利感。

他见过她下棋，之前分明还没有这种气势的……

赵乐也被贺莹吓了一跳。他本来以为贺莹断了这么多年，棋艺就算没退步，应该也进步不了多少，他现在应该是可以彻底拿捏贺莹的，但没想到，贺莹铺面而来的那种压迫感让他一瞬间回忆起了很多年前被贺莹支配的恐惧，他本能地慌了一下，结果却被贺莹抓住机会穷追猛打。

虽然他最后还是赢了，却完全没有达到"虐"的程度，甚至还有点心有余悸。

贺莹一点也没有输了棋的沮丧，笑着说："赵乐，你进步了很多啊。"

赵乐被贺莹夸，先是忍不住咧嘴笑了，但很快就反应过来，说："你不是这些年都没下棋吗？骗人的吧。"

贺莹在棋院的时候才三段，当然，当时她的真实实力是不止三段的，那一年的升段比赛她都没有参加，全国青少年围棋比赛她又退赛了。如果那年她在，那冠军必然被她收入囊中，协会评级，怎么也到四段了。但她现在分明已经接近职业七段的水平了。

"大概是平时看你们的比赛对我帮助很大吧。"贺莹弯了弯眼睛，"我一直有在看你们的比赛。"

不只是看，每次看完他们的比赛，她都会自己在家里复盘一遍。所以她对他们的棋路有一定的了解，只是缺少对弈的经验而已。

昨天晚上看张玉贤的现场比赛对她的刺激很大，回去后跟裴邵下的那盘棋，也让她找回了状态和自信。让她确信，她的天赋并没有消失，只是一直在等待她重新使用它而已。她现在需要的只是时间。

她抬起头问围观的棋手们："下面你们谁来？"然后她就看到了人群中的褚方，不禁一怔，随即微微点了一下头。

赵乐说："都到饭点了，下午再接着下吧，现在先去吃饭。你很多年没吃过棋院食堂的饭了吧，走吧，我们带你吃食堂去。"

贺莹收回视线，笑着说："好啊，以前做糖醋排骨的阿姨还在吗？"

赵乐说："还惦记着呢？人家早回老家享福去了，不过后来的那个大叔做得也很好吃，不比阿姨做得差。"

又有人说："现在食堂好吃的可多了，还有西餐和日料呢，就看你爱吃什么。"

贺莹笑着起身，和他们有说有笑的。她被簇拥着往外走去，路过褚方的时候，她停下来，仿佛毫无芥蒂地微笑着问："褚律师，一起去吗？"

褚方没想到她还会主动跟他说话，愣了愣，下意识想要拒绝，可是张开嘴，说出来的话却是："好。"

贺莹小时候棋院的食堂是不对外开放的，都是内部的工作人员和棋手，现在也开放给来棋院下棋的业余下棋的人了。

因为是周末，人很多，大厅里人声鼎沸，打菜窗口大多排队。

褚方想跟贺莹道歉，却发现自己根本没机会，他甚至连贺莹身边都挤不进去。她身边总是围着人，她也忙着和那些棋手说话。她在那些棋手中的人气让他很意外，几乎所有职业棋手都认识她，特别是总围在她身边的那几个年轻棋手，看起来却跟贺莹的关系十分亲近热络。那都是近些年在围棋上崭露头角的棋手，他们却都把贺莹众星捧月似的捧在中间，围着她有说有笑。

褚方之前对贺莹以前下棋很厉害这件事并没有一个太清晰的认知，直到今天，他才意识到她曾经是多么厉害的人。

他的视线控制不住地长久关注着贺莹，看着她毫不伪装、放松又自在地说话、大笑。如此自由、耀眼。他好像也能感受到她此时此刻的快乐。可是他心底，却莫名生出一丝苦涩来。

贺莹吃过午饭后没有再留在棋院，她还需要跟那个新来的护工交接工作。褚方终于找到机会，主动说要送她回去。

贺莹犹豫了一下，还是答应了。因为她无数次感觉到了褚方的欲言又

止,他似乎有话要对自己说,而且态度也分明不像之前那么倨傲了。

褚方带着贺莹到了棋院外的停车场,找到自己的车后,还帮贺莹拉开了副驾驶座的车门。

贺莹挑眉,随即道谢:"谢谢。"

她弯腰上车后,褚方替她关上车门,然后绕到另一侧,先把公文包丢到后座,才拉开驾驶座车门上车。

贺莹看了一眼被他丢到后座的公文包,主动开口:"你来找院长谈工作吗?"

褚方惊讶于她居然主动开口跟他聊天,甚至有种受宠若惊的感觉,一边把车开出停车位一边说:"嗯,他找我谈一些棋院的法律业务。"

贺莹"哦"了一声。

褚方抓住机会换个话题继续聊:"你以后在棋院工作了?"他看到了贺莹脖子上挂着的工作牌。

贺莹说到自己的工作,嘴角就忍不住上扬:"嗯。给一个小孩做陪练。"

"挺好的。"褚方干巴巴地说。

他第一次感觉到自己语言匮乏,顿了顿,才接着问道:"那你不做护工了?"

贺莹点点头:"嗯,顾宴找了一个新护工,我等会儿回去和她交接。"

褚方想了半天,还是一句干巴巴的:"那挺好。"

贺莹笑着说:"是挺好的。"

褚方:"恭喜你。"他看得出她很喜欢她在棋院的工作。

贺莹微笑:"谢谢。"

两人都保持着一种客气又带着距离的态度。

褚方还想说什么,贺莹包里的手机铃声响了起来。

"我接个电话。"贺莹说着接起电话,"喂,裴邵。"

褚方转头看过来,看到贺莹接到裴邵电话后,脸上的神情都变得柔和了许多,她似乎不自觉,连眉眼都带着温柔的笑意,和刚才跟他说话时那种礼貌式的笑是不一样的。

"我刚刚在棋院食堂吃了,你吃了吗……那你快去吃饭,胃没有不舒服吧……不用,我现在已经在回去的路上了。"贺莹说着,看一眼褚方,"我刚好遇到褚律师,他送我回去了。嗯,好,你先去吃饭吧……好。晚上见。"

褚方听着贺莹的回应就能大概猜到裴邵说了些什么。他从来都不知道裴邵也会关心这些"琐事"。

褚方一路安安稳稳地把贺莹送到了裴家。

"谢谢你送我回来。"贺莹道完谢，开门准备下车。

褚方突然倾身过来，叫住她："贺莹。"

贺莹转过头来："嗯？"

褚方微抿了抿唇："抱歉，之前的事是我误会了，我为我之前对你做的不得体的行为和恶劣态度郑重向你道歉。"

贺莹愣了愣，没有想到褚方会这么郑重其事地向自己道歉，忽然觉得他也不是那么讨厌了。她并不是记仇的人，微微一笑说："好，我接受你的道歉。"

褚方也扬了扬唇："谢谢。"

贺莹点点头："那再见了。"

褚方也微点了下头："再见。"

他目送贺莹一直进了大厅，才驱车离开。

"顾宴吃饭了吗？"贺莹回来，先去厨房找周阿姨。

"吃完早饭就进画室了，这会儿都还没出来呢，叫他吃饭说不饿。正好你回来了，你去叫他吃饭吧，也就你能叫得动他。"周阿姨说着，看见了贺莹手里拎的东西，问，"你从外面给他带吃的了？"

贺莹点点头："嗯，我在外面给他打包了一个菜。那我来给他准备吃的送上去吧。"

饭菜都热着，贺莹又把糖醋排骨放进微波炉重新加热了下，然后都装好，送上楼。

贺莹敲门进画室的时候，顾宴并没有在画画，而是在看着画布发呆。听到动静，他转过头的动作都有些迟钝。看到贺莹的时候，他眼睛亮了亮，然后又迅速黯淡下去，连头也转了回去。

"我不饿，不想吃。"

贺莹推着餐车过去："那你要不要尝一下糖醋排骨？是我从棋院食堂给你打包的，是我小时候最爱吃的。虽然换了厨师，但我觉得味道没变，所以给你打包了一份。你要不要尝尝？"

顾宴听她说是特地给自己打包的，又忍不住心软。他转过头看了一眼餐车上看起来色泽很诱人的糖醋排骨，问："你去棋院了？"

"嗯。"贺莹嘴角弯起来，"我今天去棋院下棋了，还得到了一份工作。"

顾宴脸色一僵："工作？"

贺莹走过来，把他推到餐车前，才说："是给棋院里的一个小孩子当陪练。你以前去过棋院吗？明天要不要跟我去棋院玩玩？"

她说话说得极有技巧，后面那句话成功地把顾宴的重点带偏了。顾宴嘴硬想要拒绝，但话到了嘴边，却又留了余地："棋院那种地方有什么好玩的。"

小时候因为裴邵常去棋院，他也想跟着去，后来去过一次却只觉得无聊，就再也没去过了。

贺莹想了想，对不喜欢下棋的人来说，棋院的确没什么好玩的，只能说："棋院很热闹，而且食堂的饭菜也很好吃。"

顾宴："……哦。"

贺莹说："你先尝尝这个糖醋排骨吧。要是喜欢吃，明天我带你去食堂吃啊。"

顾宴勉强拿起筷子，尝了一块，酸甜口的酱汁比例调得正好，口味浓郁又不会腻。他刚才还毫无胃口，但尝了糖醋排骨，就想再吃点米饭了。

贺莹问："怎么样？"

"还行。"

"那明天要不要跟我去棋院食堂试试别的？"

顾宴低着头，用勉强的语气说："……行吧。"

贺莹弯了弯嘴角："好。"

"还是你说话管用。"周阿姨看着贺莹推回来的餐车说道，拿上去的饭菜都吃得差不多了。

贺莹说："阿姨，晚上我跟裴邵在外面吃，就不用做我们的饭了。"

周阿姨笑眯眯道："去约会啊？"

贺莹心情很好，笑了笑说："去我以前的教练家里吃饭。"

周阿姨也由衷地为她感到高兴："小贺，你现在是苦尽甘来了。"

贺莹笑着点了点头。是啊，苦尽甘来了。

下午的时候，新来的护工过来了。是一位年纪三十五岁的李姓女护工，有着非常丰富的从业经验，本人看起来也沉稳和善又健谈，很有亲和力，和贺莹说叫自己"李姐"就好。对于自己的上任是贺莹这样年轻的护工，她也只是表现出了微微的诧异。

顾宴并没有像之前抗拒贺莹一样抗拒这位新护工，反而很配合对方的工作，看起来相处得还不错。

玲姨的脸色也好看了一些。大概是周阿姨私下里也劝解了她很多,她对贺莹的态度也不像之前那么冷淡了。

顾宴从周阿姨那儿听说了贺莹和裴邵晚上要去她以前的教练家里吃饭,居然问贺莹,他能不能一起去。

贺莹只能给教练打个电话问方不方便。吴院长听说顾宴是裴邵的弟弟,自然说方便。

贺莹又发微信给裴邵,告诉了他这件事情。裴邵也没说什么,晚上来家里接上他们一起去了。

下车的时候,裴邵打开后备厢,先从里面取出了顾宴的轮椅,随即拿出几袋礼品。

贺莹这才想起自己忘记买上门的礼物了,一路上也完全没想起来,幸好裴邵准备了。

"谢谢。"贺莹小声道谢。

"不用。"

教练还住在老房子里,贺莹小时候没少过来蹭饭,所以轻车熟路。到了门口,敲门,门从里面打开,然而开门的人却是张玉贤。

贺莹吃了一惊:"你怎么在这儿?"

张玉贤笑了笑:"怎么,就你能来院长家吃饭?别愣着了,快进来吧。"他是知道顾宴也要来的,所以看到顾宴也不惊讶。

吴院长还住在老房子里,离棋院不远,走路也才不到二十分钟,就一家三口,户型不大但也完全够住。

贺莹当时没少来教练家里蹭饭,现在一看,家里的家具摆设都没怎么变,就是电视机换成了七十寸的大电视,角落里还摆了个大立式空调。

"怎么还拎那么多东西来!"吴院长看到裴邵手里拎着的礼品后皱眉说道。

裴邵从容温和:"第一次登门,不知道院长和师母的喜好,所以随便买了点。"

张玉贤和顾宴都有些讶异地看向裴邵。他看起来像一个来长辈家拜访的普通小辈,一切都很正常,但放在裴邵身上就显得不正常。裴邵从来就不是一个"正常人"。

吴院长刚想再说什么,听到动静的师母拿着锅铲从厨房跑了出来:"来了吗?在哪儿呢?"她看到贺莹,激动地站在原地挥了两下锅铲,"莹莹!"

贺莹一阵鼻酸,快走几步过去,抱住了师母:"师母。"

她只是叫了一声"师母",别的什么都没说。师母回抱住她:"哎。"也只是应了一声,别的话都在这个深深的拥抱中了。

吴院长像是见不得这样煽情的场面,过来打断道:"好了好了,你还炒着菜呢,别煳锅了。"

谁想师母松开贺莹,却直接把锅铲塞到吴院长手里,交代:"快去,盐都放了,炒几下盛出来就行了。"

贺莹笑,教练和师母的相处方式还是一如既往。吴院长无奈地交代他们随便坐,然后就拿着锅铲进了厨房。

师母牵着贺莹的手,又怜又爱地摸了摸她的脸:"长大了,变漂亮了,要是师母在街上看到,都认不出来了。"

她只有一个儿子,一直想要个女儿。那时候儿子上大学了,家里经常只有她一个人,老吴经常带贺莹来家里吃饭,又听老吴说贺莹家里的特殊情况,她几乎是把贺莹当作自己的女儿一样疼爱。贺莹也和她亲,有时候还舍不得回家,晚上和她睡一张床,迷迷糊糊地抱着她叫"妈妈",把她叫得心都化了。

贺莹弯了弯眼睛:"师母一点都没变,还是那么年轻。"

这不是恭维话,师母本来就比教练年纪要小六七岁,她是爱打扮的,最近新染了一头红发,衬得脸色极好,看着的确和贺莹小时候的印象里差不多。

师母乐得合不拢嘴,又看向一直安静地站在一旁的裴邵,眼前一亮,惊喜地说:"你就是莹莹的男朋友吧?"

裴邵微微点头:"师母好,我是裴邵,是莹莹的男朋友。"

贺莹听到裴邵嘴里吐出"莹莹"两个字,头皮都麻了一下。

师母把裴邵从头看到脚,又从脚看到头,满意地点头,笑眯眯道:"长得这么帅,跟电影明星似的。"

裴邵显然不大会应对长辈这样直白的夸奖,只是礼貌地微笑。贺莹笑着替他解围,很自然地挽了下他的手,说:"怎么样,师母,我眼光好吧?"

裴邵微怔了一下,随即垂眼看她,眉眼都不自觉地变得温柔。

师母看着裴邵,笑了:"是,你眼光好。"

张玉贤也在一旁微笑,只是笑容有些淡。

贺莹松开裴邵的手,又跟师母介绍顾宴:"师母,这是顾宴,是裴邵的弟弟。我怕他在家无聊,就带他一起来了。"

顾宴坐在轮椅上一脸乖巧:"师母好。"

师母也笑着说:"你好你好。"

吴院长从厨房里把菜端了出来,招呼道:"都别站着了,准备吃饭了。"

师母就笑着带着他们去了餐厅。

餐桌上已经摆了七八个菜,都用碗倒扣着保温。

"你师母一早就去菜市场了,做的都是你爱吃的菜。"吴院长说。

师母不好意思地笑了笑:"就是随便做做,做的都是你小时候爱吃的,也不知道你现在喜欢吃什么。"

贺莹笑着说:"我现在也爱吃这些。"

师母说:"那你多吃点,看你瘦的,身上都没肉。"说完又招呼其他人吃菜,"小宴,你也多吃点啊,你看着比莹莹还瘦,要多吃点。"说完夹了一大块粉蒸肉进到他碗里,"多吃点肉!"

顾宴笑得乖巧:"谢谢师母。我本来都没什么胃口的,吃了师母做的菜感觉能吃两大碗饭了。"把师母逗得眉开眼笑,和他有说有笑十分热闹。

裴邵安静地吃着自己碗里的饭菜。他说不来顾宴说的话,也做不到像顾宴这样招人喜欢。一向是这样的。

就在这时,有人往他碗里也夹了一块粉蒸肉。他转头看向给他夹菜的贺莹,贺莹对他笑了笑:"你也吃啊。我师母做的粉蒸肉最好吃了,一点都不腻人,快尝尝。"她说完,又往他碗里夹了一块排骨,"多吃点菜。师母做了那么多菜,不多吃点,他们要吃好几天剩菜呢。"

裴邵望向她的眼神异常温柔。

师母笑着说:"可不是嘛。你们都多吃点,玉贤,你也吃。"她说着,开起了玩笑,"小时候你就爱黏着贺莹,那时候我还以为你们俩长大要成一对呢。"

张玉贤面色微微一怔,下意识地看向贺莹。如果贺莹没有离开棋院,也许就跟师母说的一样,他们会自然而然地在一起吧。

贺莹笑着说:"师母,那都是小时候的事了。"

张玉贤也淡淡地笑了笑:"是啊,都是小时候的事了。"

顾宴盯着张玉贤,莫名有点不爽:"我哥也很早就认识贺莹了。"

师母显然很感兴趣:"是吗?"

裴邵终于开口:"我在棋院见过贺莹几次。"

那的确是很早就认识了。师母有些惊讶地看着他:"你也是棋手?"

"他不是,他是我们的赞助商。"吴院长一边吃饭一边提醒,"他姓裴。"

姓裴?裴氏集团的那个裴?师母惊疑不定地问裴邵:"那裴誉德老先

生是你的……"

裴邵："是我爷爷。"

师母作为家属，当然也一直关注各种围棋赛事，对一直赞助各种围棋赛事、大力推广围棋的裴氏集团当然一点都不陌生。裴邵自我介绍的时候，她也完全没想过他这个"裴"居然是裴氏集团的"裴"。

所以贺莹是在跟裴氏集团的继承人谈恋爱？师母震惊了，同时担心自己精心准备的这一桌子菜突然显得简陋了。

她忍不住瞪了丈夫一眼，怎么也不提前告诉她，贺莹要带上门的男朋友是裴氏集团的继承人？这桌上做的都是贺莹小时候爱吃的家常菜，怎么也得买只大龙虾来撑一下场面吧。贺莹父母都不在了，他们眼下不就是贺莹的娘家人吗？怎么也不能让人看轻了。

"那你们两个，是怎么谈上恋爱的？谁追的谁啊？"师母好奇地问。

张玉贤看向贺莹，他记得上次裴邵说是贺莹主动追求的他。

顾宴则看向自己的哥哥，贺莹说过，是裴邵向她表白的。

贺莹看了一眼裴邵，见后者也在看她，似乎是想把这个回答权交给她。她心领神会，然后一脸理所当然地回答说："当然是他追的我了。"

裴邵已经预料到贺莹会怎么说了，所以也很淡定，默认了贺莹的说法。

张玉贤看向裴邵，他上次听到的似乎不是这个版本？

师母笑呵呵道："你们俩在一起多久了？裴邵年纪也不小了吧，有没有结婚的打算啊？"

贺莹正喝着橙汁，闻言差点呛到。张玉贤微微变了脸色。顾宴心里也"咯噔"了一下。

谈恋爱是一回事，但结婚又是另外一回事。

贺莹看裴邵张嘴就要回答，连忙打断他，干笑着说道："师母，我们才谈几天恋爱，说结婚的事还太早了。"

她可不知道裴邵那张嘴里能说出什么话来。最后合同时间结束，她可要负责收场的。

听到贺莹这个回答，顾宴偷偷松了口气。不管怎么样，至少他现在还接受不了贺莹真的跟裴邵结婚，真正成为自己的嫂子。

张玉贤面色缓和，微微笑着说："是。结婚和谈恋爱不一样，要谨慎考虑清楚，确定对方是不是真正合适的人。"他说着，把剥了小半碗的虾仁放在圆桌的玻璃转盘上，然后转动转盘停在了贺莹面前，示意她拿走。

师母看到了，乐呵呵地调侃道："你还跟小时候一样给她剥虾呢。"

贺莹小时候总是缺乏耐心，吃虾懒得剥虾壳，就命令张玉贤给她剥，张玉贤每次都是一边抱怨一边给她剥虾。后来几乎养成习惯，只要餐桌上有虾，他就很自觉地给贺莹剥虾。

张玉贤笑了笑："习惯了。"

顾宴越看张玉贤越不爽，似笑非笑地说："什么习惯啊？十几年都没变。"

张玉贤敏锐地察觉到顾宴对自己的敌意，也只是淡淡一笑说："习惯这种东西，不是轻易就能改的。我是个固执的人，从小喜欢下棋，就一直下，从小养成的习惯，也不好改。"

裴邵的目光投向他，眸光微冷。

师母隐约感受到了微妙的气氛，打着哈哈说道："贺莹跟玉贤从小在棋院就跟亲姐弟一样。"

贺莹笑着说："那我就不客气了。"说着就准备去拿转盘上的虾。

裴邵却不小心碰倒了手边的橙汁，半杯倒在了桌面上，还有小半杯则全倒在了他的黑色毛衣上。

师母吓一跳："哎哟，小心，橙汁都倒出来了。快，拿纸巾擦一下。"

贺莹立刻顾不上转盘上的虾了，连忙抽了几张纸巾递给裴邵："快擦一下。"然后又抽了纸去擦倒在桌上的橙汁。

"抱歉。"裴邵低头擦拭衣服上的橙汁。

"你又不是故意的。"贺莹说完又看着他衣服上的湿迹，微微皱眉，"衣服湿了没有？"

裴邵看她担心的样子，淡漠的眉眼变得柔和："没事，不影响。"

顾宴忽然端起转盘上那盘被遗忘的虾仁放到自己面前，对张玉贤说："我试试围棋大师亲手剥的虾是不是比较甜，玉贤哥，你不介意吧？"

张玉贤只是微微一笑，笑意很淡。

饭后，师母拿出一大本相册来："来看看，这里面好多贺莹小时候的照片。"

这里面的照片都是吴院长拍的，相机是他儿子上学时拿了奖学金送给他的生日礼物，那阵子他到哪儿都要把相机挂在脖子上显摆，对着路边的狗都能拍几张。

拍得更多的当然还是棋院里的人，拍得最多的就是贺莹了，大多数是在棋院的，还有去各地参加比赛的。她单人的照片反倒不多，更多的是跟

张玉贤的合照。

一张张照片看过去,有时候他们根本不知道有相机在拍他们,有时下棋,有时在一起吃饭,有时凑在一起说悄悄话,反正他们好像总在一起。

似乎贺莹的每一张照片里,都有张玉贤的存在。还有几张镜头对准的是贺莹,而张玉贤则站在远处对着镜头比"耶",做鬼脸。他似乎执着地出现在贺莹的每一张照片里。

那时候他们年纪不大,勾肩搭背是常态。照片里,张玉贤不是搭着贺莹的肩,就是勾着她的脖子,不然就要紧挨着她,在她脑袋上比"耶",还有他趴在地上,贺莹骑在他背上,坐骑马状的——那是他跟贺莹打赌输了,接受的惩罚。

张玉贤从刚开始就一直嘴角带笑,看到这张照片时,也是瞳孔一震,脸上隐隐有点发热,主动把相册翻到了下一页。

顾宴看着这些照片,从心里一直酸到喉咙口,咬着牙要笑不笑地说:"玉贤哥,看不出来你小时候原来那么活泼啊?"

照片上的张玉贤活泼得跟现在的张玉贤简直判若两人。

裴邵看着相册上的照片,沉默不语。那是独属于贺莹和张玉贤的记忆,他没有参与。他一直知道贺莹和张玉贤在棋院时关系很好,但他不知道他们曾经这样亲密无间。张玉贤望向贺莹的每一个眼神,都带着掩饰不住的亲近,而贺莹也总是在张玉贤身边笑得一脸灿烂。

他感到嫉妒。因为他从未见过她这样灿烂的笑脸。她那个时候,很讨厌他。

师母看着贺莹和张玉贤以前的照片,也有些忍俊不禁:"他小时候是比较活泼。哎,真好,那时候正好你桐哥哥给你教练买了个相机,天天举着到处拍,当时我还嫌他,现在看看,拍得多好啊,真有意思。"

"哎?等等,这不是我吗?"

这时,相册又翻过一页,其中有一张合照,看起来就是挂在院长办公室里的那张。顾宴却指着照片说上面有他。

贺莹不由得定睛看去,居然真的在那张合照上看到了顾宴。

这似乎是院长办公室里挂着的大合照的另一个版本,因为贺莹他们和那张照片上穿着一样的衣服,但这张照片上却多出来一个顾宴。

那时候的顾宴应该还不到十岁,看起来好像不高兴,蔫头耷脑地站在裴邵身边,也不看镜头,但还是可以看出来是个很漂亮的小男孩。

贺莹含笑看向顾宴:"原来那个时候你也在。"

顾宴抬头看她,也有些恍惚。是啊,明明那个时候,他也在的。原来他并不比裴邵晚认识贺莹的。可是,他却一点都不记得了。

他对于棋院的记忆就只是无聊、不好玩,之后就再也没有去过了。原来那个时候,他也是见过贺莹的。

"这是你?"师母指着相册上的顾宴惊奇地问道,然后又突然发现了照片上的裴邵。也实在很难不发现他,在那张大合照里,他俊得实在鹤立鸡群。

师母眼前一亮:"哎呀!这不是裴邵嘛!这长得也太好看了,你那时候在你们学校是校草吧?"

裴邵矜持地表示:"我对这些事情不大在意。"

贺莹毫不怀疑裴邵说的这句话,因为他看起来完全没有关注过自己的外表,帅而不自知。或者说,他是根本不在意自己帅不帅,而这种不在意,本身就很吸引人。

对比起来,照片上的她和张玉贤两个人就像两个小土包子,特别是张玉贤,那时候他又黑又瘦,穿了一件深蓝色的圆领T恤,还穿得歪歪扭扭的,一点也看不出现在白净清俊的样子。

相册里还有很多她捧着奖杯、挂着奖牌的照片,笑得都很灿烂,都是拿冠军的时候拍的。只有一张,她脖子上挂着一块银牌,是一副不服气的表情。那是她唯一一次在大赛里拿亚军,是因为感冒了,头昏沉沉的不舒服,输了也很不服气。

顾宴之前也听张玉贤说过贺莹曾赢过他,但并没有什么感觉。可现在看这些照片,看到贺莹无数张捧着奖杯、挂着奖牌的照片,他才知道贺莹小时候有多厉害。可他之前却因为她现在的职业,否定了自己的心意。

张玉贤把相册翻到最后,翻到空白的一页,心脏突然下坠了一下,然后就像这空白的相册页一样,空出了一块,好像过去的一切就这么翻篇了。

如果不是当年那场变故,这本相册后面,本应该还会有很多他和贺莹的合照的。

看完相册又喝完一杯茶,吴院长把贺莹叫去了书房单独谈话。

"你是怎么打算的?是打算一直做陪练,还是怎么样?"在贺莹面前,吴院长就不再是院长,而是又变成了她的教练。

贺莹想了想,还是如实说了自己的想法:"我想比赛。"

吴院长毫不意外贺莹会这么说,或者说他早就猜到了,所以才会这么

一问，但听贺莹亲口说出这句话，他心里还是有些五味杂陈。

"那你好好准备吧。下个月就有升段赛，院里会帮你报名。到时候再看看有什么小一点的比赛，你可以先去感受一下氛围，练练手。"

吴院长给她安排得明明白白，贺莹只有点头的份："好。"

吴院长话锋一转，又说："你准备比赛归准备比赛，现在在院里的工作也要好好干。陈远星是个好苗子，既然听你的，你就好好磨一磨他，以后可能能接张玉贤的班。"

贺莹一脸严肃认真："院长放心，我一定好好干。"

吴院长皱眉："我怎么听你叫我'院长'叫得那么别扭呢？别叫了，还按以前的叫。"

贺莹顿时笑了："好的，教练。"

"你哥哥现在怎么样了？"谈完公事，吴院长开始关心贺莹的私事。

贺莹说："我给他找了所特殊学校，寄宿制的，各方面都挺好的。"

吴院长放心了："那就好。哪天放假了，你带他来家里吃个饭，我也好久没见他了。"他犹豫了一下，还是问，"你家里的情况，裴邵都知道吗？"

说到这个，他语气都放缓了。他最初听裴邵说自己在跟贺莹谈恋爱的时候，就犹豫过要不要问裴邵知不知道贺莹的家庭情况，但想想这事不该由他来说，于是闭口不言，现在才来问贺莹。

贺莹点点头："他知道的。"反正他们是假的，裴邵知不知道都不影响什么，她这么说只是让教练放心。

"那就好。"吴院长松了口气，"裴邵这孩子品行不错的，不骄不躁、宠辱不惊，你好好谈。"

贺莹还是点头答应。

吴院长说："行了，你出去吧。帮我把张玉贤叫进来，我有话跟他说。"

贺莹忽然觉得有点不对劲："我怎么感觉我现在在你的办公室呢？"

吴院长叹了口气："你以为我想啊？这个鬼院长当的，一天到晚不知道多少事要管。好不容易张玉贤现在有空，我正好跟他聊聊之后比赛的事。"他说完，又怨愤地看看贺莹，"要不是你，你以为我稀罕当这个院长？"

贺莹麻溜地起身出去了。

从院长的书房出来，就看到师母和裴邵、顾宴、张玉贤都坐在客厅的沙发上看电视。

电视里放的是最近颇有热度的古装爱情偶像剧。此时男女主正因为误会发生争执，女主哭得撕心裂肺。

师母入戏很深，拿着抽纸不时擦一擦眼角。与此同时，裴邵用一种仿佛正在开会的端正坐姿坐在单人沙发上，神情专注地看着电视机。另一边的顾宴皱着眉，脸上露出不能理解的表情。张玉贤看起来最自在，还能跟师母讨论几句剧情。

贺莹忍不住掏出手机，对着他们拍了一张照。

拍照的声音让明显没在认真看电视的三个男人都转过头来。

"你拍什么呢？"张玉贤问。

"没什么。"贺莹笑着放下手机，"教练让你进去找他。"

"好，那你们看。"张玉贤起身，对着贺莹的时候，脸上分明带着自己终于解脱了的表情。

贺莹往沙发那边走过去。

顾宴仰着脸看着她，一脸"我们什么时候能走？"的求助表情。裴邵看到她回来，也明显松了口气，神情放松了些。

贺莹看到他们备受折磨的样子有点好笑。她对正沉浸在剧情中的师母说："师母，时间不早了，顾宴要早睡，我跟裴邵明天也都还要上班，我们就先走了。"她说着给裴邵递了个眼神。

裴邵领会，起身说道："师母，那我们就先告辞了。"

师母也忙跟着站起身来："啊？就要走了？"

顾宴也非常配合地打了个哈欠，然后一脸歉意地说道："对不起啊师母，我身体不大好，每天都睡得挺早的。"

他坐在轮椅上，这话说得很有说服力。师母挽留的话都不好说了，只好说道："好，那你们早点回去休息吧。"

贺莹点点头："我去跟教练说一声。"

裴邵说："我跟你一起去。"

贺莹敲了敲教练的书房门，然后推开。吴院长和张玉贤都看了过来。

贺莹说："我跟裴邵顾宴先回去了。"

张玉贤一愣："你不等我了？"

裴邵面不改色地说："小宴身体不舒服，想早点回去。"

贺莹扭头看裴邵。这人撒起谎来也是眼睛都不眨一下的。

吴院长说："那你们先走吧。我跟他还有事要谈，就不送你们了。"

"不用，我们不打扰了，你们继续。"裴邵说着，一手拉住贺莹往后，一手握住门把手，把书房门带上了。

"你撒谎也很自然嘛。"门一关上，贺莹就小声调侃道。

"跟某人学的。"裴邵说。

贺莹："嗯？你说的'某人'不会就是我吧？"

裴邵："不要对号入座。"

门关上了，张玉贤却还没有回过神来。

"别看了。"吴院长说。

张玉贤垂了垂眸，把身体转过来，但情绪却收不回来。

吴院长看出来了："再看也没用了，她都跟裴邵谈上了。"

张玉贤沉默了半晌，淡淡地说："只是谈恋爱而已。"

"辛苦你了，陪我演了一晚上的戏，一定很累了，回房间早点休息吧。"贺莹在房间门口客气地对裴邵说道。

裴邵："我不觉得累。"如果不是贺莹，他大概不会有机会吃那样一顿饭，最寻常的，他却没有体验过的人间烟火气。

贺莹想到他当时看电视时认真的样子，心下微微动了动，一时间却也不知道该说些什么。

裴邵微抬了抬下巴："进去吧，早点睡。"

贺莹点点头："那明天见。"

裴邵微抿的唇线微微松开："明天见。"

顾宴原本说好要跟贺莹一起去棋院，结果早上却没能起得来。贺莹无奈，只能自己去上班了。

裴氏集团和棋院顺路，裴邵去公司的时间也和她去棋院的时间差不多，所以吃完早饭，她理所当然地坐上了裴邵的车。

车子在棋院门口停了下来。裴邵说："下班我来接你。"

贺莹也不跟他客气："好。"

裴邵："好好工作。"

贺莹："知道！"她开门下车，又转身弯下腰来冲他挥挥手，"我先走啦，你记得按时吃饭。"

裴邵淡漠的眉眼因为她这句随口的叮嘱融出一片暖意来："好。"

"拜拜。"贺莹又冲他挥了挥手，才关上车门走了。

贺莹站在棋院的玻璃门前，低头看了看自己胸口的工作牌。从今天开始，对于她，就是崭新的生活了。

她握住门把手,忽然不知道想到什么,回头看去,发现裴邵的车还停在那里,没有开走。隔着车窗,她仿佛能感觉到裴邵的视线。

她朝着那边笑了笑,然后转回头来,深吸一口气,推开了棋院的玻璃门,大步迈了进去。

陈远星看到贺莹,还是有些别扭。

昨天贺莹一走,他就在网上搜索她的资料。贺莹出名的那段时间,网络并没有现在那么发达,但他还是从网上能找到的那么几段资料里,窥见到了贺莹当年的恐怖。她几乎囊括了所有青少年围棋赛的冠军,唯一一次拿亚军,还是因为感冒发烧了,状态不好。

院里的前辈们知道贺莹来棋院是给他当陪练,昨天下午看他的眼神都带着羡慕、嫉妒、恨,酸话说了一箩筐。

陈远星的教练姓秦,是从地方一直带他的教练。一般来说,进了棋院就要换教练,特别是他的教练只是职业五段退役,棋院里的教练都是七段、八段棋手退役,但陈远星死活不愿意换,棋院也拿他没办法,只能让别的教练辅助指导。

秦教练矮矮胖胖的,看起来很憨厚,对贺莹很热情:"小贺,那小星就拜托你多多关照了。"

贺莹笑盈盈地点头:"您放心。"

陈远星看着贺莹这个笑容,感觉脖子一凉。

"昨晚没睡好?"贺莹坐下后,才留意到陈远星眼下的青色。

"挺好的。"陈远星当然不肯承认自己昨晚复盘了一整晚他们下的那盘棋。

贺莹点点头,然后示意他可以开始了。

一开始还只有秦教练在边上看,不知不觉间,边上围的人越来越多,还有听说贺莹回到棋院,今天特地来看她的棋手。

吴院长来上班的时候,看到里面围满了人,随便薅了个人问了句,说是贺莹在跟陈远星下棋,他就站在门口看了一会儿,然后背着手哼着小曲走了。

贺莹陪陈远星下了一场,毫无意外地赢了。陈远星还在对着棋盘发愣,贺莹已经被人抓走下棋去了。

昨天下午她就走了,不少要排队跟她下棋的选手都没轮上号,看她跟陈远星下完,就立刻把她给抓走了。

秦教练急了:"哎!那是我们的陪练!"

有人笑眯眯地说:"先让陈远星复盘吧,这局够他消化半天的了。"

说话的棋手才二十来岁,却已经是职业七段棋手,跟赵乐差不多的水平。秦教练顿时熄火了,再扭头一看,陈远星果然还在对着棋局苦思冥想。

贺莹被抓去下了一盘,还是输了。这次对战的是去年刚升七段的选手。不过无论是她昨天跟赵乐下的那一盘,还是今天下的这一盘,都让她获益良多,特别是她现在的状态已经被调动起来了。

下完棋,贺莹才发现张玉贤不知道什么时候也站在了人群里,正看着她笑。

"你怎么来了?"贺莹有些意外。张玉贤现在可是大忙人,平时就算没有比赛,也有各种活动邀请。

"最近没有比赛,正好来棋院调整一下状态。"张玉贤说,"顺便过来找你玩。怎么,不欢迎?"

"我哪有资格不欢迎你啊。"贺莹有点好笑,"你可比我受欢迎多了。"

张玉贤挑了挑眉:"是吗?我听说现在找你下棋都要排队啊。"

贺莹无奈:"那是排队找我下棋吗?那是排队报仇。"

张玉贤被她逗笑:"那都是你小时候欠的债,慢慢还吧。"

贺莹"喊"了一声,然后说:"走吧,去食堂吃饭去。"她说完,就看见陈远星正站在那里看着他们。见她看过去,他立刻低头假装玩手机。

她叫了一声:"陈远星,过来。"

陈远星抬起头,想要矜持一下,但看到自己的偶像,腿脚已经不受控制地走了过去。

贺莹对张玉贤说:"陈远星,你认识吧?我现在就负责带他,听说你是他的偶像。"

陈远星一脸乖巧地站在一边。

张玉贤微微笑了一下:"我认识,我还跟他下过棋。他跟你小时候挺像的。"

贺莹质疑:"他哪里跟我像了?"

陈远星听出她的嫌弃,抿了抿嘴,不高兴了。

张玉贤笑着望向陈远星:"你可要好好珍惜机会,她可是我小时候的偶像。"

陈远星闷闷地点了一下头。可他看得出来,贺莹不怎么喜欢他。

"行了,走吧,我快饿死了,先去吃饭吧。"贺莹说着拽了把张玉贤的手臂。

张玉贤怔了一下,唇角不自觉地上扬:"好。"

贺莹跟张玉贤走出几步,突然回头,看着站在原地的陈远星,奇怪地问:"你不跟我们一起去?"

陈远星愣了愣,然后"哦"了一声,默默跟上了他们。

贺莹算是见识到了张玉贤现实生活中的人气。打完饭刚坐下没几分钟,来找他签名的、合影的,就都围了上来,张玉贤耐心地解释自己现在要先跟朋友吃饭,不能签名合影,但下午他有时间可以签名合影。

见陈远星隐隐有些羡慕,贺莹说:"你现在努力,以后也能跟他一样。"

陈远星认真地点了点头。

贺莹看张玉贤也忙着,她就顺便给裴邵发条微信关心一下:吃饭了吗?

裴邵:在吃。

他算得上秒回。

贺莹又回:吃的什么?

她顺手拍一张自己食堂的伙食发过去:我吃的这个。

餐厅包厢,一场商务饭局上。裴邵作为这次饭局的主宾被请到了主位,旁边是张秘书陪同。

饭局已经进行了一半,但餐桌上的气氛却始终不冷不热,实在是裴邵的态度让人捉摸不透,不管餐桌上的人多努力想要暖场,他看起来都兴致缺缺的样子。好在他身边还有个张秘书跟他们搭话说笑。

其他人看似在聊天,实则都在暗中留意裴邵的动静。刚才也不知道是哪位"重要人物"发来消息,他看了一眼,就立刻拿起手机回消息,回完消息也没有放下手机,而是依旧拿在手里,似乎是在等着对面回信。

就在这时,裴邵忽然抬起头来,淡定地问:"抱歉,我可以拍张照片吗?"

桌上的其他人都是一愣,然后纷纷说道:"当然当然,你随意。"甚至还帮忙调整了一下桌上的盘子。张秘书则有些疑惑地看着自家老板。

裴邵举起手机,拍了一张餐桌全景,发送给贺莹。

贺莹看到裴邵发过来的照片,忍不住感叹一句:真丰盛。

随即她不忘叮嘱:别吃辣,小心胃疼。

裴邵冷淡的眉眼多了几分情绪:好。

有人趁机开启话题:"裴总也会在吃饭的时候拍照啊?"

另外有人附和道:"现在的年轻人都这样,喜欢记录。我女儿也是一样,出去吃个什么都要拍一拍。裴总也是年轻人嘛,哈哈。"

裴邵没有解释，可唇角却牵起一丝淡淡的微笑，整个人都显得平易近人了许多。

坐在他身边的张秘书却分明看到裴邵把那张照片发给了贺莹。原来老板谈起恋爱来，也……挺正常的。

"你在跟谁发信息？"张玉贤忽然问道。

贺莹抬起头来，发现那群人都走了，随口说道："裴邵。他胃不好，我提醒他别忘了吃饭。"

见裴邵没再回消息，她就把手机倒扣在了桌上。

张玉贤的筷子拨弄了一下餐盘里的米饭，笑了笑："你们谈得似乎挺顺利。"

之前见他们，彼此间分明还有一种生疏感，虽然在谈恋爱，但好像又不太熟的样子。可是这两天见他们，却感觉他们之间的生疏感没有了，有种自然的亲近。她的变化尤为明显。

贺莹低头扒拉了一口饭，含糊着说："还行吧。"

张玉贤的语气轻描淡写，眼睛却盯着她："裴邵的家里人都同意你们交往吗？"

贺莹说："好像都没什么意见。"家里最大意见的就是顾宴。现在看来，也已经没什么了。

"裴邵他爷爷还不知道。"贺莹用开玩笑的语气说道，"不过也没必要让他知道，说不定在他知道之前我跟裴邵就分手了。"

张玉贤心脏骤然一跳，紧盯着贺莹："什么意思？"

贺莹本来只是随口一说，看张玉贤这么认真的样子，想了想，决定为三个月后的分手打一打铺垫，于是用手撑住脸，微微皱眉，故作忧愁地说："很难说啊，我们俩身份悬殊那么大，说不定他只是图个新鲜呢？"

张玉贤抿抿唇，克制住自己的情绪，缓声问："那你呢？你怎么想？"

贺莹嘴角弯了弯，一脸无所谓的态度："谈一天算一天嘛，反正跟他谈恋爱我又不亏。"

张玉贤的表情却忽然严肃起来，皱着眉看着她："你怎么会有这种想法？你对待感情怎么能这么随便？"

他克制不住情绪，语调不受控制地上扬。不仅是坐在贺莹身边的陈远星抬起头一脸惊讶地看着他，就连周边也隐隐投过来几道视线。

贺莹则有些错愕地看着他。张玉贤察觉到自己的失态，压抑了一下自己的情绪。他只是生气,气贺莹这么轻率又不负责地开始一段感情。可是生气之余,他又有些可耻的庆幸。

"既然你不喜欢他,那就跟他分手。"

贺莹更错愕了:"啊?"

陈远星看看张玉贤又看看贺莹,表情有些怪异。

张玉贤还想说什么,但突然看见正盯着他看的陈远星,忽然意识到这里不是说这些的场合,到嘴边的话又咽了回去:"算了,这里不方便说,你先吃饭吧。"

饭局结束,裴邵坐在车后座,再次点开贺莹给他发来的照片。是棋院食堂的餐桌,她对面也坐了人,一只手拿着筷子放在桌面上入了镜。

裴邵忽然眉心微皱,放大了屏幕上的那只手。比赛的时候,镜头常常会给棋手的手特写。这是张玉贤的手。

"去棋院。"

张秘书听到后座传来的声音愣了愣,转过头看向后面的裴邵,发现明明刚才还心情不错的老板此时正隐隐透着一股低气压。张秘书不敢多问,对小王说:"前面掉头吧。"

"你在食堂里说的那些话是什么意思?"张玉贤问。

午休时间,棋室里就他们两个。

"什么什么意思?"被张玉贤叫过来说有事要跟她谈的贺莹有些困惑。

张玉贤抿了抿唇,只好把她说过的话重复一遍:"你说跟裴邵谈一天算一天,跟他谈恋爱又不亏的那些话。"

贺莹有点头疼,她哪里知道张玉贤会较这个真:"我只是开个玩笑。"

张玉贤不信,他想到贺莹最开始对裴邵那种生疏甚至是隐隐抵触的态度,皱起眉来:"你跟裴邵在一起,是不是因为经济原因?"

贺莹正不知道该怎么回答。

伴随着玻璃门被拉开的声音,一道沉冷的嗓音突兀地响起:"你似乎管得太宽了。"

贺莹惊愕地看过去,就看见穿着西装大衣的裴邵仿佛带着一股凛冽的寒风,大步向她走来。

张玉贤显然也没料到裴邵会突然出现在这儿。

场面一时气氛凝滞。

"你怎么来了？"贺莹惊讶地问，以为裴邵还在饭局上。

"想见你，就过来了。"裴邵轻描淡写地说，然后无比自然地牵住了她的手，握在掌心里，沉冷的视线望向张玉贤，语气很淡，"我似乎听到你在议论我和贺莹的关系。"

张玉贤面色微凝。

贺莹看气氛有些怪异，连忙笑着打圆场："没事啦，就是我随口开了句玩笑，小玉就当真了。怪我，怪我。"

然而她这话说出来，非但没有让气氛缓和，反而更紧张了。裴邵只听到她亲昵地叫着"小玉"，言语中，也是为了维护张玉贤不惜把责任揽到自己身上，好像生怕他会为难张玉贤。

可张玉贤呢？却也只看到贺莹从裴邵出现开始，她的注意力就一直都在裴邵身上，还很自然地一边说话一边摇着裴邵的手，跟撒娇似的，是他从来没有见过的样子。

无形之中，气氛越发紧张了。

"你们三个在这儿干吗呢？"再次突兀响起的一句话打破了紧张的气氛。

原来是吴院长正推开门探头进来，大概也察觉到了他们之间的怪异气氛，表情带着几分疑惑。此时门外已经聚集了几个棋手，看起来像是看到他们三个在里面"谈话"，所以没好意思进来。

"我们聊天呢。"贺莹笑着说。

吴院长说："聊完了吗？聊完了贺莹你出来，跟我去趟办公室。"

"好！"贺莹巴不得能快点走，立刻答应，然后扭头对裴邵和张玉贤说，"那我先过去了。"

"去吧。"裴邵和张玉贤异口同声。

话音落地，两人对视。气氛又凝固了。

贺莹头皮一麻，不想做夹心饼干，赶紧溜了。

"你们在外面干吗？进去啊。"她出去了还不忘把在外面观望的棋手叫进去，然后跟上吴院长的脚步。

棋手们听了贺莹的话，都进了棋室。

有了其他人，谈话就不方便了。裴邵率先往外走去，张玉贤跟上。

两人毕竟认识很多年，虽然不比裴邵和褚方关系更近，但以裴邵的冷淡性格，能跟张玉贤来往这么多，已经算得上是好友。同样，张玉贤也一直视他为好友。贺莹一走，两人之间的气氛也不再那么剑拔弩张。

到底还是张玉贤更心虚一些，刚想开口主动解释缓和，就听到裴邵说："你应该跟贺莹保持距离。"

张玉贤立刻皱起眉头，脸色也冷下来，嘴角带着一抹冷笑："凭什么？我认识贺莹比你还早，就因为你跟她谈恋爱，我就要跟她保持距离？"

"我只是想提醒你，她现在是我的女朋友。"裴邵用平静而又冷淡的语气提醒他，"或者我应该提醒你，如果你不想保持距离，那就把你的'企图'藏得更好一点。"

张玉贤像是挨了一闷棍，脸色骤变。他没想到裴邵会这么直白地戳穿他。他在外界一直展现的都是自己沉稳冷静的一面，可他并不是面对任何事情都能有这份冷静。

裴邵淡淡地接着说道："至少不要被贺莹发现，如果你还在意你们的'友情'。"

张玉贤听到这句话，心口骤然下坠，然而他的头脑却异常冷静起来。他沉默了两秒，承认："没错。我是喜欢贺莹。"

说出这句话的刹那，他居然觉得轻松，甚至有种豁然开朗的感觉。他清醒地认识到，自己的确喜欢贺莹，从来没有变，自己一直喜欢她。

裴邵说："那是你的自由。"他嘴上这么说，眼神却瞬间冷了好几度。

张玉贤带着种破罐子破摔的心态继续说道："我一直喜欢她。"

裴邵眉眼冷淡至极："喜欢她是你的自由，但她现在是我的女朋友。"

张玉贤说："所以我不会跟她表白，至少在你们结束之前，我不会告诉她。"

裴邵的手掌无意识地收紧。他心里清楚，他和贺莹的关系只是一纸合约，而他很难保证三个月后，贺莹会对这段关系有所"留恋"。如果届时张玉贤向她表白，她会同意吗？

张玉贤现在已经功成名就，也一向很受女性喜爱，从他拥有众多女性粉丝就可以证明这一点。而且他还在围棋领域有那么高的成就，那正是贺莹所向往的。他们小时候关系就很亲密，就连贺莹的师母都认为他们长大后会成为一对，他们从朋友转变成爱人，似乎也理所当然。

裴邵再一次感到嫉妒。分明他现在才是贺莹的男朋友，可是他却控制不住地嫉妒起张玉贤来。

"那就守好做朋友的界限，不要越界。"内心的嫉妒越强烈，裴邵脸上的神色就越是平静冷淡，"不过可能要让你失望了。"他冷冷地说，"我们不会结束的。"因为他不准备放手。

"你找我过来干吗？"进了院长办公室，贺莹问道，语气随意。

"干吗？"吴院长皮笑肉不笑地看她，"怎么，你想在那儿待？"

贺莹立刻在椅子上坐下，问他："你也看出来了？裴邵和小玉是不是发生什么事了？我觉得他们两个最近关系好像有点紧张，是闹什么矛盾了吗？"

吴院长看着贺莹，内心一阵无语。不过他也存着私心，不想让贺莹因为这些感情问题影响她下棋，所以也不打算点破，含糊地说："他们两个的事让他们自己解决就行了，你别管。"

吴院长："你的报名表准备好了没有？没准备，就去找熊主管让他给你弄。你现在别操心别的，就两件事，第一给陈远星当好陪练，第二你自己好好准备比赛。现在的选手跟你那个时候比，实力整体都强了不少，你不要大意，别花心思在别的事上，多下棋，习惯习惯。"

贺莹也认真起来，点点头："我知道。"

吴院长抬抬下巴："行了，出去吧。"

"好嘞。"贺莹起身出去。

吴院长忍不住笑了笑，仿佛看到了小时候的贺莹。虽然绕了一大圈，好歹她又走回来了。

贺莹刚拉开门，就看到等在外面的裴邵。

"你在这儿干吗？"

"等你。"

贺莹喉咙莫名地有点痒："等我干吗？"

裴邵："过来跟你说一声，我回公司了。"

贺莹心里有些异样："你给我发微信说一声不就行了？"

裴邵："想再看看你。"

听到裴邵这句话，贺莹脑子空了一下，有些发怔。

裴邵又说："可以送我出去吗？"

贺莹点点头。

和裴邵并肩走在路上，贺莹心里七上八下。真是不能怪她自作多情，裴邵最近的言行，实在很难不让她多想。

贺莹胡思乱想间，已经跟着裴邵到了棋院外面。

外面的停车场上，张秘书跟小王正凑在一起抽烟聊天，看到裴邵出来，连忙把烟灭了，挥了挥空气里的烟雾，但都识趣地没有过来，而是站在原地等着。

"你快去吧。"贺莹说。

"嗯,我走了,你专心工作。"裴邵说。

贺莹莫名地觉得他嘴里这"专心工作"四个字里含着别的含义。她目送裴邵走向张秘书他们,临上车前还朝她看了一眼,才弯腰上车离开。

贺莹站在原地,有些困惑,为了裴邵最近对她的态度——如果只是为了演给顾宴看,但好几次顾宴都并不在场;如果说是拿她当挡箭牌,只有他们两个人的时候,他也态度"暧昧"。

如果他是褚方那种人,她大概也不会如此困惑。因为像褚方那样的人,大概是遇到个好看一点的女孩子,不管喜不喜欢,都想上去撩拨一把的。但裴邵并不是褚方。

贺莹想到刚才从院长办公室出来,裴邵望过来的那个眼神,心里突兀地一跳——裴邵不会真的喜欢上她了吧?

她讨厌自作多情,但也不会妄自菲薄。她的异性缘不错,自然知道自己是具有一定吸引力的。

可这是裴邵……贺莹脑子有点空。

"不冷吗?"张玉贤开门出来,站到她旁边来。

贺莹转头看了眼他,回过神来,脑子里杂乱的念头也瞬间收了起来。

"还好。"她随口应了一句,又想起什么,转过头问他,"你跟裴邵怎么了?"

"你问裴邵了吗?"张玉贤不答反问。

"没有。"

张玉贤有点高兴,因为她没有问裴邵,而是来问他,这似乎代表她和他的关系要更亲近。

"那你为什么不问他?"

贺莹有点奇怪地看了他一眼,随即摇头说:"算了,我不想知道了。你们俩的事你们自己解决吧,不过下次别把我夹在中间。我最近很忙,可没精力哄你们两个。"她一边说一边往里走。

张玉贤有点哭笑不得,跟上去问:"你忙什么?"

贺莹有点不服气:"怎么,就你这个围棋大师忙?我就不能忙?我也要准备比赛。"

张玉贤已经从院长那里听说了贺莹准备重新开始比赛的事,也由衷地替她感到高兴:"你有什么需要我帮忙的,尽管说。"

贺莹斜睨他一眼说："放心，有需要的时候我会开口的。"

张玉贤不知道想到什么，有些低落地说："你回棋院做陪练都没有告诉我，准备比赛也没有告诉我。"

贺莹不好意思地说："我忘了。"

或许是因为身边有个裴邵第一时间分享了她的喜悦，所以她想不到还要再和别人分享。

可张玉贤在意的正是因为她忘了。他有些失落："你以前有什么事情都会第一时间告诉我的。"

贺莹笑了笑："那是小时候了，我们都分开多久了。"

张玉贤说："但在我心里，你还是跟小时候一样重要。"

贺莹很感动，拍了拍他的肩膀："我也一样，你永远是我的好朋友。"

张玉贤一口气闷在胸口，说不出话来。

顾宴一觉睡到下午，才发现贺莹已经去棋院上班了。他郁闷地在床上骂贺莹是骗子。

李姐听了，好笑地说："小贺出门前上来叫了你好几次，是你自己赖床叫不起的。"

顾宴狐疑："我怎么没有印象？"

李姐笑着说："你睡得太香了呗。"

顾宴被李姐笑得有点没面子，低头给贺莹发微信，却还是理直气壮地控诉她为什么不叫自己起来。

贺莹也很冤枉：你睡得跟猪一样。

顾宴：[省略号.jpg]

他又往后仰躺下去，他今天一天都不想再起床了。然而手里的手机又响了一声。他摸起来一看，嘴角又翘了起来。

贺莹：晚上要不要来棋院食堂吃刚做出来的糖醋排骨？

…………

棋院食堂。

"你现在工作很闲吗？"顾宴盯着坐在自己对面的裴邵不解地问道。

"再忙，吃饭的时间还是有的。"裴邵淡定地说，"公司离棋院也不远。"

"那你呢？"顾宴又扭头看向自己左边的张玉贤，"你现在那么红，应该很忙吧？"

张玉贤也很淡定："最近没有比赛，我要休息一段时间。"

顾宴不满，要休息就去度假啊，去外省，去外国，总之不要在棋院。

小王正在啃香喷喷的排骨，无意间跟顾宴的眼神对上，不等他问，就主动说道："我跟裴总来的。"

贺莹"扑哧"一声笑出声来，引得一桌人都在看她："没事没事。"

小王一脸无辜，又继续低头啃排骨。

连续一周，裴邵每天的午饭和晚饭都是在棋院食堂解决的，小王也每天跟着过来蹭食堂。

贺莹觉得这倒是挺好的，至少裴邵的吃饭时间变得规律了。

顾宴在家里待得无聊也会跑过来找她玩，贺莹就安排他跟比他水平高不了多少的业余棋手下棋，他居然慢慢找到了下棋的乐趣。

张玉贤也是每天来棋院报到。他在棋院也是不得闲的，有任务，要指导年轻棋手和一些有天赋、被看好的小棋手，偶尔还有媒体找上门来做采访。

贺莹还撞见过外面有蹲他的粉丝，都是年轻女孩。

有棋手笑着打趣过一回，贺莹也附和着开了几句玩笑，张玉贤却似乎生了气，出去严肃地警告那些粉丝不准再来了。

他从来不在意自己所谓的人气，频繁在公开场合露面也纯粹是为了推广围棋，粉丝的追捧只会让他觉得不自在。但每次遇到线下蹲他的粉丝，他虽然不喜欢，也只是温言劝阻，极少这样疾言厉色。

自此，棋院外蹲守他的粉丝不见了，贺莹也不敢再开他的玩笑。

自从她回棋院的消息传开后，每天都有棋手闻风来找她下棋，其中不乏知名棋手。

贺莹曾有好几年完全称霸了同年龄阶段的青少年组的围棋赛事。现在张玉贤这一届的知名棋手，有一个算一个，都曾是她的手下败将。得知贺莹重新回到棋院，都一个个摩拳擦掌想要报仇。

贺莹倒是不介意他们上门找她报仇，只是她时间实在有限，毕竟她还领着棋院的工资，每天要先给陈远星当完陪练，才能抽出空来跟别人下棋。

他们甚至私底下建了个群，排了队，准备一个个轮番上场。

贺莹甚至开始"加班"，晚上棋院下班后她还是待在棋院下棋，回去的时间一天比一天晚。

可无论多晚，晚上回去的时候，都是跟裴邵一起回的。

裴邵下班后就会自己开车来棋院，也不打扰贺莹。贺莹下棋，他就在棋室的角落里找张桌子工作。

448

贺莹最近下完棋总是习惯性地抬头往角落里看过去，总能看到裴邵坐在那里安静地对着电脑处理工作。仿佛对她的视线有所感应似的，他也总能在她看过来的下一秒就抬起头来回望过去，眼神一日比一日柔和。

贺莹觉得，她这回应该不是自作多情了，这人应该是真的喜欢她。不然他图什么？

但她没有要开口戳破的意思，她觉得现在这种状态很有意思。好像他在明，她在暗。她就这么暗中观察，一点点收集他喜欢自己的证据。

下完一盘近三个小时的棋，贺莹屁股都坐痛了。而此时在她对面同样坐了三个小时的棋手却因为下赢了她而容光焕发，脸都要笑烂了，嘴里还要说着："承让承让。"

十年前那场青少年全国围棋大赛，他原本有机会进八强的，谁知道运气太背，抽签早早地遇到了贺莹这个大魔王，毫无意外被虐惨，一轮游就被淘汰了，深以为耻。这也算是君子报仇十年不晚了。

贺莹扯了扯嘴角："厉害，厉害。"

对方心花怒放，心情很好："我明天没空，改天还来找你。"

贺莹笑眯眯地道："我档期很抢手，你先预约上再说。"

因为在室内，她只穿了一件白色的薄绒半高领毛衣，领子往上是一张标致素净的脸。不同于她在下棋时沉静冷肃、叫人不敢小觑的气场，此时她笑起来，眼睛里仿佛有粼粼的波光漾开，那张沉静素白的脸也瞬间生动起来。

年轻棋手看着，忽然就晃了一下神，回过神来后，耳根有些发热，正准备说什么，却瞥见了角落里那位从棋局开始就坐在那里忙工作的男人，此时已经合上电脑，正淡淡地、无表情地注视着这边。

年轻棋手顿时后背一凉，感受到了无声的压迫感和寒意，到嘴边的话咽下去，重又挤出一句话来："那我先走了。"说完，礼貌又客气地向角落里那位微笑着点头致意。

他这几天隐隐听说贺莹在跟裴氏集团的继承人谈恋爱，没想到是真的，而且看起来对贺莹挺上心的，不然怎么可能一等就是三个小时。

等人走了，贺莹也从椅子上站起来，扭扭腰动动腿，活动自己僵化的身体，顺便等裴邵收拾好东西拎包走过来。

"走吧。"

他们走到外面的时候，刚刚那个年轻棋手刚好打车离开，还对着他们挥了挥手。

外面不知道什么时候下雨了,路灯下坠落的雨滴细细密密,门廊都湿了一片。

裴邵的车停得有些远。贺莹正准备回棋院找有没有伞。裴邵说:"你在这里等,我去车上拿伞。"不等贺莹反应过来,他已经大步走入雨中。

寒风卷着雨飘进门廊,又湿又冷,贺莹忍不住瑟缩着往后退了几步,再看刚才毫不犹豫冒雨去拿伞的裴邵,心里有了点异样的感觉。

裴邵很快举着伞回来,他的头发和黑色大衣上都被雨淋湿,在灯下反射出润亮的光泽。

"过来。"他向她伸手,伞也随之移动。

他英挺的眉眼上仿佛也沾了雨水,有些湿润,仿佛浸出几分温柔来。

贺莹被他拉进伞下。明明伞足够撑下他们两个人,可贺莹却留意到裴邵撑伞的手,正不知不觉地向她倾斜,人却始终跟她保持距离。

她故意挨近试探,他却不动声色地再次拉开距离。

贺莹有些不解,开始怀疑之前对于裴邵喜欢她的推测是不是脑补过度了,随即余光瞥见他被雨打湿的肩头,不禁微怔,他是怕她被他身上的雨水沾湿吗?

她忽然停下脚步。裴邵跟着停下,雨伞随之移到她的头顶,看了一眼她的脚下,并没有看出什么异样:"怎么了?"

贺莹抬着头,直勾勾地盯着他,眼睛莹莹发亮:"裴邵,你是不是喜欢我?"

伞下,裴邵的眼神怔了一瞬,随即变得又深又暗。

贺莹把话说出口的时候连自己都吓了一跳。她没想挑破的,至少没想这么早就挑破。至少,不应该在这又湿又冷的雨夜里挑破,甚至还有雨从外面飘进来飞到她脸上。但话已经说出口,就收不回来了。既然收不回来,那就干脆问个明白。

她心定了定,目不转睛地仰头望着裴邵,等着他的答案。

裴邵脸上没什么情绪,只有一双深不见底的黑眸,深处仿佛翻涌着旋涡,要将人的魂魄都卷进去。

贺莹看着裴邵一张没什么表情的脸,心里渐渐开始发虚,却恍惚听到他说:"是。"

贺莹微怔。裴邵再次开口,依旧是平静得没什么波澜的语气:"我喜欢你。"

贺莹的心口骤然悸动了一下。虽然她一直有感觉,裴邵大概是喜欢她

的，但到底只是感觉。就像之前她也感觉顾宴喜欢她，却被证实只是她的自作多情。现在裴邵亲口承认喜欢她，她内心还是震动了一下。

明明是她先开的口，可现在却突然不知道该说什么了。她张了张嘴，又闭上，心里乱乱的，脑子也跟着乱。

一阵风卷着雨飘进来，卷乱了她颊边的碎发，也打湿了她的面颊，她不禁瑟缩了一下。裴邵很自然地抬手擦了擦她面颊上的雨水："要不要先回车上？有什么话，可以在车上说。"

贺莹被他的动作惊了一下，后知后觉地发现伞外的雨越来越大了。

"啊……好。"

裴邵把车里的暖风打开，贺莹很快感觉到车里升起一股融融的暖意。裴邵又抽出几张纸巾递给她："擦一擦。"

贺莹接过，默默地擦了擦脸上的雨水。裴邵自己也抽了几张纸巾，把自己擦干。

"还有什么想问的吗？"他转过头来，看着她问。

贺莹窒住，紧接着又有点郁闷。明明是他喜欢她，怎么搞得她那么被动？想到这里，她心里生出几分底气，连腰都挺直了一些，坦然地回看过去，说话的语气都硬气了很多："你从什么时候开始喜欢上我的？"

裴邵认真地思考了几秒，说："我并不确定。"

贺莹："嗯？"

裴邵凝视着她，平静地说："也许是从嫉妒顾宴开始。"

从嫉妒顾宴，到平等地嫉妒她身边出现的任何一个和她关系亲近的男性。他终于确定，他的确喜欢上她了。

贺莹理了理思绪，接着问道："那是我们签合同之前，还是之后？"

"之前。"

贺莹沉默。她记得裴邵问过她，为什么不问他原因。她怎么回来着？

——"总不会是因为喜欢我吧？"

那是她认为唯一可以排除的错误答案。结果……居然那个她自以为的错误答案，才是正确答案。

贺莹突然问："我作为护工刚刚来裴家的时候，你是讨厌我吧？"

"没有。"裴邵说。

贺莹不信，小声"喊"了一声："你那时候明明就讨厌我。"

裴邵："我从没有讨厌过你。"他顿了顿，接着说，"我那时只是不够了解你的处境。"

不了解，所以不理解，但没有讨厌。即便最开始并没有喜欢，但也从来没有对她生出过讨厌的情绪。

哪怕是很多年前，她那样讥讽他，他似乎也并不觉得她讨厌。他始终记得那天在棋院外看到她母亲亲近另一个孩子而将她彻底忽视后她漠然离开的样子，就像看见了他自己。可一转头在棋院里看见她，她已经像没事人一样跟张玉贤嬉笑打闹。于是，他对她多了些淡淡的好奇。

再后来，就得到了她不再下棋的消息。

他初听说时很讶异，她的天赋就连他都在心底暗暗惊叹过。他向来对别人的事缺乏关心，但听到这个消息，却莫名地在意，难得多打听了几句，得知居然是因为跟她妈妈怄气。他才知道，原来她只是装作若无其事。

在那十年间，他其实见过她一次。是比这晚的雨还要大的暴雨天，只是那天晚上她魂不守舍，抱着比她还高一头的哥哥不住地安慰，两人明明就在一辆车上，她却根本没有认出他来。

再见就是在赵老爷子的葬礼上了。再然后，她就到了他家，成了顾宴的护工。

时隔多年，她不再是棋院里那个桀骜不驯、爱笑爱闹、唯独对他冷言冷语阴阳怪气的小少女。看起来，她也似乎并不记得他了。他更不知道该用什么样的态度跟她相处。他早已经习惯跟所有人保持距离。他只是偶尔留意她。

贺莹的脑子昏沉了几秒，乱糟糟地胡思乱想了一些东西，冷不丁地看着裴邵问："你不介意我有孩子？"

裴邵很平静地说："这件事褚方已经向我解释过了，是他误会了。"

他没有说，在褚方解释之前，他已经做好了接受她有一个孩子的准备。

贺莹一愣，这是她没有想到的。

大概是上次在餐厅她跟褚方说过之后，褚方去跟裴邵解释的。

这样想想，褚方这人也还不算太讨厌。

又安静了几秒。

"其实我想过要让顾宴喜欢上我，然后嫁给他的。"贺莹突兀地说了这么一句，顿了顿，又说，"或者应该说是计划。"

裴邵却说："我知道。"

他早就看出来。她伪装成温顺柔和的样子，跟顾宴相处的时候，带着些刻意的亲近，目的似乎并不单纯。

贺莹讶然地看着他，他知道？知道还喜欢她？但她讶然只有一瞬，抬

了抬下巴，说："我知道你知道。"

跟她的棋风一样，明明落了下风也绷着股不服输的劲。

裴邵不说话了，只是看着她。

贺莹见鬼地从他那双一贯冷漠没感情的深浓眼眸里看出了那么点温柔纵容来。她没由来地心悸与心虚了一阵。她咽了咽喉咙，脸上依旧是镇定的表情："你知道还喜欢我？"

裴邵说："不可以吗？"

贺莹嘴角微不可察地抽动了一下："……可以。"

裴邵忽然问："我一直有个疑问，你能为我解惑吗？"

贺莹精神一凝，点点头："你说。"

裴邵问："如果你是因为钱想要嫁给顾宴，那么嫁给我，对你来说会是更好的选择。为什么你的目标不是我？"

贺莹看着一脸诚心求问的裴邵，心想，这人该不会不知道自己看起来有多高不可攀、多不好追吧？她干笑着说："大概是觉得自己高攀不上。"

裴邵："不试试怎么知道。"

贺莹继续干笑："是，要是早知道，我就直接追你了。"

裴邵淡淡地说："所以你要不要试试？"

贺莹："嗯？"

试什么？追他？好家伙！她警醒，差点被他带坑里。于是她理直气壮地质疑："不是你喜欢我吗？要追也应该是你追我吧？"

裴邵闻言，像是认真思考了一秒，随即很淡定地点点头，说："也行。"

她怎么好像避开了一个坑，又跳进了另一个坑里？

贺莹在床上翻了个身，再次睁开眼睛。她上床已经快一个小时了，今天明明很累了，可脑子却亢奋得一点睡意都没有。她盯着窗，听到外面还有"呼呼"的风雨声。她觉得今天晚上发生的一切都太不真实了。

裴邵那算表白吗？算吧？

他说的那些话一直从贺莹脑子里冒出来。

贺莹脑子乱，心里也乱，盯着窗外看了半天，最后发出一声哀叹，一拉被子蒙住头，强迫自己闭眼睡去。

这一睡就睡过了头，居然还是裴邵过来敲门把她叫醒的。

贺莹顶着一头睡得蓬乱的浓密长发，有些呆愣地看着门外衣着整齐、清贵俊挺的裴邵。

裴邵的目光被她狂乱的发型吸引了一秒，随即视线回到她微微浮肿的脸上，泰然自若道："早上好。"

　　贺莹："……早。"

　　裴邵看她还迷糊着，提醒道："你要迟到了。"

　　贺莹蒙了一下："几点了？"

　　裴邵抬起手腕扫了一眼："八点零五分，路上需要十五分钟，你还有十分钟的时间洗漱。"

　　门"砰"的一声关上。裴邵默了一默，隔着门说："我让周阿姨打包了早餐，你可以在车上吃。"

　　贺莹也隔着门回应："谢谢！我马上好！"

　　她冲进浴室，然后看到镜子里自己一头张牙舞爪的头发，想必是昨晚睡得不安稳，翻来覆去导致的。还有一张浮肿的脸。想到刚才自己就顶着这样的造型开门见到了裴邵，她不禁懊恼。

　　她洗漱很快，刷牙洗脸，扫几下眉毛抹个唇膏，扎头发连梳子都不用，用手拢了拢随意扎了个低丸子头，一气呵成，再换上衣服，拿上手机、工作牌，开门出去，一气呵成。

　　看一眼时间，只用了九分钟，她飞奔下楼。

　　裴邵已经在楼下大厅等着她了，手里拎着周阿姨帮她打包的早餐。

　　贺莹从他手里接过早餐，嘴里嘟囔："快走快走，要迟到了。"她嘴上说着，脚步也不停，一下就越过裴邵往外去了，却还有空拉开袋子往里看一眼今天的早餐是什么。

　　她答应了教练不能迟到早退的，至少上班的第一个月要做到吧？

　　外面还有阴绵细雨。

　　小王已经在车里等着了，见人出来，立刻撑了一把大黑伞过来接。

　　贺莹心里着急，小王还没到，她就迈开步准备先冲下台阶，然而脚刚一抬，就被裴邵从后面拽住了胳膊，沉稳的嗓音在她头顶响起："路滑，别着急，不会迟到的。"

　　贺莹悻悻然收回脚。

　　小王跑过来，把伞递给裴邵就识趣地冒雨跑了回去。

　　裴邵一只手撑着伞，原本抓着贺莹胳膊的手，很自然地往下，牵住了她的手，就这么牵着她走下台阶。这回他没有再刻意保持距离，毕竟手都牵在一起了。

　　贺莹之前对裴邵牵自己的手好像并没有什么感觉，毕竟心里清楚，这

454

是在做戏。可今天这么一牵手,真是怪了,她居然有一丝紧张,心口还"怦怦"乱跳了两下。她忍不住侧头去看他,他倒是和平时一样,脸上依旧一派波澜不兴的从容镇静。

贺莹心里有点怪,他们俩的身份是不是倒过来了?明明是他喜欢她,牵她的手,心里头小鹿乱撞的人不应该是他吗?

她并不知道,裴邵心里的小鹿已经撞死了好几头了。

/ 第九章 /

假戏真做

　　小王敏锐地觉得,今天后座的氛围跟平时有点不大一样。贺莹今天话尤其少,上了车后就只顾着在那袋子里翻找吃的,然后埋头苦吃。十五分钟的路程,后座的两人只说了一句话,还是老板说的,让贺莹慢点吃。

　　车一停下,贺莹就立刻开门蹦下了车,丢下一句:"我要迟到了,先走了。"然后就拎着吃剩下的早餐飞奔进了棋院大门,提前一分钟把卡打上了。袋子里还剩一个茶叶蛋,她随手给了陈远星。

　　陈远星经过这一周的"锤炼",几乎是肉眼可见地沉稳内敛了许多,秦教练私底下还专门感谢了贺莹。

　　陈远星对贺莹的好奇心已经超过了自己的偶像张玉贤,还会主动问她以前参加比赛的事。他表面不说,但心里对她对自己的态度却很在意,昨天还给贺莹带了他妈妈亲手做的雪花酥,但特地跟贺莹强调是他妈妈非要他拿的。

　　贺莹当着他的面品尝的时候,他却忍不住在意她的评价,听她说好吃,又拆了一颗吃,才高兴起来。

　　贺莹见陈远星受教,也很欣慰,一开始看他的不顺眼也渐渐变了,毕竟他也算是自己的半个徒弟了,自然是越看越顺眼的。

　　"把吃剩下的给我。"陈远星嘟囔道。

　　"你不吃还来,我给你偶像吃去。"贺莹说。

　　"我又没说不吃。"陈远星听她这么说,非但没有不高兴,反而心里有点甜滋滋的。

　　人总是这样,大家都有的不稀罕,大家都想要,却独只有你有的才显

得出你的独特。

贺莹上午都在陪陈远星下棋还有复盘,一到下班的点,立刻毫无留恋地起身:"走吧,吃饭去,下午再复盘。"

见陈远星还坐着不动,她直接拿起封盘的盖子把棋盘盖住:"走了,去放空一下脑子,说不定又会多几条思路。"

陈远星这才站了起来。

张玉贤正等在大门口,看着像是在等他们一起去食堂吃饭。

"拍完了?"贺莹问。上午看到有媒体扛着一堆道具进了棋院,听说是来给张玉贤拍杂志封面的,跟棋院沟通用了棋院做拍摄地。

"嗯。"张玉贤点点头。

"拍杂志有钱吗?"贺莹好奇地问。

张玉贤瞥了她一眼:"不多。"

"出名就是好啊。"贺莹感叹,又瞥了眼他身上的名牌大衣,"你现在应该很有钱了吧?"

张玉贤听到这句话,下意识地要说点谦虚的话,可是看着贺莹,他却突然转了念头,说:"嗯,这几年是赚了点钱。"

他想让贺莹知道,他比不上裴邵有钱,但也并不缺钱,至少养她和贺康没问题。

贺莹点点头:"看出来了。"

张玉贤对她的反应有点失望。

贺莹忽然上下打量了他两眼,像是发现了新大陆:"你还化妆了?"

贺莹的话让陈远星都忍不住往张玉贤的脸上看去。只见张玉贤俊气斯文的一张脸今天格外唇红齿白,眉毛也比平时略浓一些。

张玉贤脸都红了:"杂志的化妆师给我化的,我不想化的,她们偏说这样上镜。"他不自在地搓搓脸,"化得很明显吗?很浓?"

贺莹笑眯眯地揪了把他的脸:"那倒不是,化得挺好的,更像个小白脸了。"

这一周,张玉贤天天来棋院报到,两人的关系似乎又回到了小时候。张玉贤没躲,看向她的眼神是无奈又喜欢。

"咳咳!"两声警告意味明显的咳嗽声响起。

贺莹望过去,正望见发出咳嗽警告对她挤眉弄眼的小王。她视线谨慎地往边上移了移,就看见了他旁边站着的面无表情的裴邵。裴邵的目光正淡淡落在她揪张玉贤脸蛋的那只手上。

那道目光分明没什么情绪，贺莹却感觉自己的手被穿了个洞。她做贼心虚似的把手缩回来，露出阳光般的笑脸，干笑着打招呼："来吃饭啦？"

裴邵凉凉地看着她："我给你发了信息。"

贺莹觉得他这话凉飕飕的，解释道："刚刚还在跟陈远星复盘，手机静音了。"

裴邵依旧是淡淡的："嗯。"

虽说昨晚才被表白，但合同还背在身上，客观来说，裴邵算是她的老板，她实在没什么矜持的立场。在裴邵的眼神暗示下，她十分自觉地主动走过去，挽住他的胳膊，露出一个标准的甜笑："我都快饿死了。快走吧，去吃饭了。"

裴邵没有任何反抗地被她拉着走了。

小王顿时松了口气。刚刚他看到贺莹跟张玉贤举止亲密，先是小心翼翼地瞥了眼老板的脸色，虽然什么都没看出来，但他却明显地感觉到老板不高兴了，身上嗖嗖冒冷气。谁乐意看到自己的女朋友跟别的男人举止亲密呢？

他冲站在那儿的张玉贤和陈远星咧嘴一笑，然后跟上了自己的老板。

陈远星扭头看了张玉贤一眼，张玉贤依旧是一脸的平静淡然，只是丝毫不见刚才在贺莹面前时的开朗了。

贺莹吃饭的时候忍不住想，昨晚的表白似乎对裴邵并没有什么影响。他并没有表白过后应该有的害羞、腼腆、不知所措，面对她的时候，依旧从容冷静。不愧是裴邵，喜欢人都能喜欢得这么冷静。

贺莹不禁怀疑，他理解的所谓对她的喜欢是不是大众认知的那种喜欢？这很难说。毕竟这人看起来也不像是什么"正常人"。

似乎察觉到她的视线，裴邵转过头来看她，眼神中带着一丝疑惑。贺莹眨了眨眼，若无其事地继续低头扒饭。

裴邵能那么淡定，没理由她要心烦意乱。

"今天就不送你了，我还要陪陈远星复盘刚才那盘棋。"刚走出食堂，贺莹就对裴邵说。其实也不用抓紧这么一会儿，可她心里莫名不爽，就想晾晾裴邵，不想像往常那样殷勤。

她态度自然，可裴邵却还是察觉到了她的异样，眸色中有些不解，但周围都是人，不方便直接问她。他点头说："好，那我回公司了。"

贺莹微笑着点点头："嗯，那我们先去棋室了。"然后就跟张玉贤、

陈远星他们往棋室那边走了。

裴邵目送她离开，还是不明白自己哪里做错了，不禁微微蹙了蹙眉。

小王正偷瞄老板的脸色，见老板皱眉，顿时警铃大作。下一秒，就见老板转过头来，微微皱着眉头问他："她是不是生气了？"

"啊？谁？贺莹吗？没有吧？"小王绞尽脑汁回忆了一下，刚才不就一起吃了个饭吗？贺莹还跟他们有说有笑的，看起来心情不错呢。"刚刚吃饭的时候她还有说有笑的呢。"

裴邵眉头皱得更紧了。是，她是有说有笑，但不是跟他。

裴邵：你在生气？

看到这条微信的时候，贺莹微微扬了扬眉，随即回复：没有啊。

想了想，她又故作无辜地加了一条：怎么会这么问？

裴邵很快回了过来：感觉。

贺莹：那你感觉错了。

裴邵：好。

贺莹看到这个字，没有再回复，放下手机。谁知刚放下几秒，手机就又振动了一下。她等了一会儿才拿起来看。

裴邵：我订了餐厅，晚上一起吃饭。

贺莹本来想回个"加班没空"，但想了想，又觉得自己有点莫名其妙，于是回道：好。

裴邵：晚上见。

贺莹没有再回，放下手机，静了静心，把注意力重新放回棋盘上。

裴邵开会的时候罕见地走神了，而且走神得很明显，一眼又一眼地望向倒扣在桌面上的手机，像是在等谁的信息。张秘书都忍不住看来好几眼，心里犯起嘀咕。

会议结束，其他人纷纷起身离开会议室，裴邵却坐着没动。

张秘书小心翼翼地提醒了一句："裴总？"

裴邵抬眼看过来："张秘书。"

张秘书直了直腰，等他的下文。只见裴邵微微蹙了蹙眉头，似乎有些困扰。半晌，张秘书听到他问："女朋友生气了该怎么办？"

"老板在开会走不开，让我先过来接你去公司。"小王解释道。

贺莹没说什么上了车，裴邵不在，她就坐副驾驶。

"你中午生气了吗？"裴邵不在，小王也放松了许多，什么话都敢问。

贺莹挑眉："谁说的？"

"裴总啊。"小王说，"中午你一走，老板就问我你是不是生气了。"

贺莹有点奇怪，裴邵看出来了？她表现得很明显吗？没有吧？

小王自问自答："没有吧？我看你中午不是挺高兴的吗？"

贺莹也很自然地说："是没有。"她的确没有生气，只是心里有那么点微妙的不爽。也不过是一时的，她很快就把心态调整过来了。

"我就说嘛。"小王完全没多想。

这回是张秘书下来接的贺莹。裴邵还在开会，张秘书就让贺莹在裴邵的办公室里坐着等一下，随即又送上了咖啡、甜品、果盘，还贴心地告诉了贺莹WiFi密码，然后才出去。

贺莹等了十来分钟，觉得饿了，就端起桌上的小蛋糕开始吃。刚吃了几口，裴邵就开完会回来了，跟在他身后进来的还有两位公司部门经理，看到她的时候都愣了一下。

裴邵对她说了句："饿了？再等我几分钟，马上就好。"

贺莹端着蛋糕，点了点头。见他们像是要谈工作，她主动说道："我先出去？"

"不用，你就在这里。"裴邵说着往办公桌那边走去。

两位部门经理对视了一眼，也都收回目光跟了过去。很快，他们就各自拿上资料离开了办公室。

贺莹抹了抹嘴，站起来："可以走了吗？"

裴邵点点头，随即从办公桌后拎起一大袋什么，走了过来。贺莹一眼就看到高档的黑色纸袋上大大的奢侈品牌logo。

裴邵把袋子往她面前一递："给你的。"

贺莹接过袋子，手沉了沉。她有点蒙："啊？"

裴邵淡淡地说："礼物。赵助理说你会喜欢。不知道你喜欢什么款式，我让赵助理选了个最贵的。如果你不喜欢，可以自行处理。"

自行处理的意思就是可以转卖出去。他并不大在意她怎么处置，毕竟这份礼物的意义只是让她开心。

"啊……这怎么好意思。"贺莹嘴上说着，脸上却已经控制不住地笑开了花。这么贵的包，她每天去棋院上班，也不可能背的，全新的转手出去，又是一大笔进账。

虽说为了遏制自己的贪念，贺莹常常在心里告诫自己，现在已经不缺

460

钱了，不要再贪心。可说到底，谁能不爱钱呢。

她也很想矜持，很想视金钱如粪土，可她实实在在对钱没有半点抵抗力。她缺钱缺了那么多年，都缺成了惯性，一时半会儿是改不了这穷人本色了。

裴邵见她笑得如此真情实意、毫不掩饰，眉眼彻底舒开，居然也有了几分笑意："这么高兴？"

贺莹这才觉得自己有点高兴过头了，于是勉强压了压嘴角，但还是真心实意地点了点头："高兴！"

说这两个字的时候，她抱着那个大袋子，眼睛巴巴地望着他。有什么亮晶晶的东西在她眼睛里一闪一闪的，有点孩子气，又有点可爱。

裴邵的视线凝在她脸上，有些移不开视线，心里软软的，有些麻麻的痒意。不知道为什么，他格外喜欢她在他面前露出这样的表情，就好像她已经将他当成亲近的人。

贺莹被他看得都有点不好意思了。不过她看得出来，裴邵并没有因为她的"拜金"而心生反感，他的眼神里干干净净的，只有脉脉流动的温柔。

她都忍不住开始反省内疚了。她今天在棋院还故意冷落他，真是太不应该了。

裴邵说："我们先去吃饭吧。"

贺莹抱着袋子，脸上漾着甜蜜的笑："好。"跟中午的冷淡态度简直判若两人。

裴邵嘴角不自觉带了丝笑："走吧。"

办公室的门一打开，张秘书和赵夏同时扭头看了过来，目光在从办公室里走出来的两个人脸上睃着。

贺莹手上拎着今天下午赵夏亲自跑了趟专柜买回来的包包，脸上笑盈盈的，显然是对这份"礼物"很满意。看来是哄好了。

再看裴邵。他居然也在笑，虽然那笑很淡，但张秘书看出来了，不是裴邵平时交际的时候常用的那种礼貌式的微笑，而是心情愉快时不由自主露出来的笑。

张秘书内心居然有种欣慰的感觉。

电梯里陆陆续续有人进来，恭恭敬敬地跟裴邵打完招呼之后就尽量离远一点站着，目不斜视，不敢乱看，但视线还是免不了被贺莹以及她手里拎着的名牌包装袋吸引。

裴邵有女朋友的事公司已经传开了，但大多数人没见过贺莹。

贺莹穿得简单随意，黑色高领毛衣外面搭了件黑色大衣，都是上次刷裴邵的卡买的，款式虽然简单，但她极适合这样简单的搭配。她四肢纤长，肩背都很薄，很能撑得起大衣的版型，皮肤又白，一点都不会被黑色大衣压住肤色，反倒衬得她清冷又脱俗。站在同样穿黑色大衣的裴邵身边，气场异常和谐。

电梯在16楼又停了下来。电梯门打开，电梯外站着两个男人，其中看着三十多岁的西装男人正在数落另一名看起来才二十来岁、穿着白衬衫的青年。他数落得太专注，电梯门开了，也没留意里面站着的人，一边往里走一边继续讽刺道："我真怀疑你的学历是假的，居然能犯那么低级的错误，人事到底是怎么把你招进来的？"

周天有些难堪，也没有解释那个错误是同组的另一个实习生犯的，因为他已经解释过了。然而，就因为那个实习生是公司某个高层主管的侄子，他的上司就把责任全归咎于他的身上。进来实习几天，同组五个实习生，只有他受到了上司毫不掩饰的针对和刁难，大概是因为他是同组实习生里家境最差的那一个，也不会逢迎奉承。

他从小到大都品学兼优，从来没有被这么刻意打压刁难过。他想过离开，但裴氏集团的实习机会实在太过难得，朋友们都很羡慕他能拿到裴氏集团的实习机会，家人也同样对他寄予厚望。他只能忍气吞声，等着挨过实习期转正后能分到别的部门。

他正低着头暗暗忍耐，就听到一个陌生又熟悉的声音叫了他一声。

"小天？"

周天愣了一下，一抬头，也是满脸错愕："姐？"

贺莹怎么都没想到，会在这里碰到舅舅的儿子，自己的表弟。周天更没想到，自己会在这里遇到几年没见的表姐。上次见贺莹还是在他考上重点大学的宴席上，贺莹专门从桐市赶到老家亲手给了他一个厚厚的红包，让他好好学习。

然后一晃好几年过去了。他最近听到她的消息是妈妈跟他说，她找了份卖房的工作，赚了很多钱，债都还清了。他听了，也很为她高兴，给她发了一条微信祝贺。

他们小时候也曾很亲近，因为年纪差得很小，贺莹又格外有主见、有主意，他很爱找她玩。有一段时间，他很崇拜这个姐姐，至今书架上的书页里还夹着报纸上称她为天才少女的报道。后来贺莹全家搬去了桐市，他

们见面就少了,只是在过年时能见上一面。再后来,贺莹家里突遭变故,她更是连过年都很少回老家,只是打个电话回来拜年,他也只是在电话里问候她两句。

这次他来桐市,爸爸还叮嘱他去看看贺莹,要如实汇报贺莹这里的情况,显然是不放心。他本来想这周放假就联系她的,但万万没想到,居然会在公司电梯里遇到她。

贺莹很高兴:"舅妈说你要来桐市实习,你来了怎么也不联系我?"

周天高兴不起来。被几年没见的姐姐撞见自己被上司训斥,他只觉得难堪又窘迫,丝毫没有留意到站在他身边的上司不知什么时候噤声了。

周天勉强地笑了笑:"我本来打算这周末就联系你的。"

"这是你弟弟?"就在这时,一道声音响起。

周天这才发现,站在贺莹身边的人,赫然就是他们公司的老板,裴邵。而老板开口询问的人,好像就是贺莹?他们认识?

"啊,对了,忘了介绍。这是小天,我表弟,是我舅舅的儿子。"贺莹向裴邵介绍完周天,又含糊地介绍了一下裴邵,"这是裴邵,你应该认识哈。"

周天脑子里一片空白,只是僵硬地点了点头。他当然认识!关键是,贺莹怎么会认识裴邵的?难道是卖房子认识的?但听贺莹说话的语气,好像跟裴总很熟?

他脑子有点转不过来,然后就看见裴邵主动向他伸出手,自我介绍道:"小天,你好,我是你姐姐的男朋友。"

周天脑子里"轰"的一声,瞳孔放大,人傻了,只是凭借本能,双手恭敬地握住了裴邵伸过来的手,身体也控制不住地微微鞠躬:"裴、裴总……"他是不是出现幻觉了?还是幻听?裴总主动跟他握手,叫他"小天"?还自称是姐姐的男朋友?

傻了的不止周天一个,还有站在周天旁边很想从电梯里逃出去的上司。他现在只希望他们能彻底把他忽视掉,千万千万别注意到他。他脚底下偷偷地挪动,试图挪到他们的视觉死角去。

然而下一秒,他就看到裴总那位女朋友转头向他看了过来,笑盈盈道:"小天,你怎么也不介绍一下跟你一起的同事?"

上司听到这句话,顿时浑身一僵,脸上扯起来的笑比哭还难看。

周天跟着裴邵、贺莹走到大门口就停了下来:"裴总、姐,你们去吃吧，我就不去了。我就在公司食堂吃了，还有工作要做。"

贺莹见他在裴邵面前紧张得浑身都不自在的样子，也没勉强他，点点头说："好，那去吃饭吧。"

周天如释重负："好，那我先走了。"说完又看向裴邵，依旧恭恭敬敬地弯了弯腰，"裴总，我走了。"

裴邵微微点头，尽量让自己看起来平易近人："好好工作。"

周天却立刻挺直了腰杆，更恭敬了："好的，裴总。"

贺莹忍住笑，对周天说："快去吧。"

周天对着她，才抿着嘴角笑了一下，然后转身走了。

贺莹上车后给周天发了条微信：小天，我跟裴邵的事，你先帮我保密，不要跟家里人说。要是让舅舅舅妈知道，肯定又要担心了。

周天秒回：放心。我谁都不说。

贺莹看着聊天页面顶栏上"对方正在输入……"，等了好几秒，周天都没有下文。她很能理解他现在的心情。

周天低头打字，打了又删，删了又打，最后还是删了打的字，按灭了手机。

他跟贺莹这些年联系得少，彼此之间都生疏了不少。他问什么，可能都会给贺莹压力，想了想，还是不问了，反正后天就放假了，到时候有什么话也可以当面再问。

"关于你弟弟的事，需要我做什么吗？"晚饭的时候，裴邵主动问道。

贺莹想了想，摇摇头："不用。我知道小天，他很优秀，我相信他可以靠自己得到自己想要的。"

她了解自己这个表弟，从小优秀，有志气也要强，她刻意去帮他，反而会让他不舒服。

裴邵点了点头，没有勉强："那好。"

贺莹却歪了歪头，开玩笑地问："你这么问我，就不怕我给你提无理的要求？"

贺莹开玩笑的话，裴邵却回答得很认真："那要视无理的程度而定。如果只是一般无理，我会尽量满足；如果太过，我需要慎重考虑再决定。但只要你提出来，我都会尽力去帮你解决。"

贺莹微怔，裴邵的回答太过认真，以至于这个回答听起来更像是允诺。她垂眸避开裴邵专注的视线，端起水杯喝水试图压下自己内心如潮水般涌

起的悸动。

她忽然瞥见了脚边的奢侈品包装袋，目光落在上面三秒，随即抬眸望向裴邵，问："你会跟我结婚吗？"

这话问得实在太过突然。裴邵都愣了一秒，随即微微蹙眉。

贺莹看着裴邵蹙起的眉头，心脏的悸动逐渐归于平静，刚要开口佯装只是玩笑，却听到他问："现在吗？"

这回换贺莹愣住了。

裴邵微蹙着眉，考虑着："如果是近期就要结婚，时间上可能有些仓促，至少要先通知爷爷，他还不知道我和你在谈恋爱。但你不用有什么顾虑，我做的决定，不会有人反对。"

什么什么？怎么还没有谈上恋爱，就突然开始走结婚的流程了？

贺莹开始慌了："……不是，我不是那个意思。"

裴邵疑惑地看着她。

"我不是那个意思……我不是现在就要跟你结婚。"贺莹脑子都乱了，费力组织语言。

裴邵已经明白了她的意思："你是想知道，我有没有想过要和你结婚。"

贺莹有点尴尬地点了点头，含糊着："大概是那个意思吧……"

裴邵没有含糊其辞，也没有任何犹豫，回答："我想。"

贺莹脸上一阵发热，躲闪着眼神，干咳了两声，再次端起水杯喝水掩饰自己内心的慌乱。她原意是想试探裴邵，但没想到他一个直球打得她措手不及。

她定了定神，接着问道："我们相处的时间不算太久，你就这么草率地认为我们可以结婚了？你就不担心我是冲着你的钱来的？"

裴邵依旧淡定，神情纹丝不动："如你所见，我很有钱，而且会一直很有钱。你喜欢钱，而我正好很有钱，对我而言，这难道不是一种优势？"

贺莹被裴邵这一番言论震撼到，有些叹为观止，情不自禁地点头说："说得好有道理。"

贺莹接着问道："你不在乎我们没有感情基础？"

"感情可以培养。"裴邵微顿了顿，"况且，我们也不算是没有感情基础。"

贺莹挑眉，一脸愿闻其详的表情。

裴邵："我们年少就认识，虽然相处机会不多，但对彼此的过去、品性，都有一定了解，最近一段时间又生活在同一屋檐下，感情基础可以说少，但不能说没有。"

贺莹说："我怎么以前没发现你这么会说？"

平时他总是寡言少语，没想到这种时候，居然能说会道起来。

裴邵："事关终身，不能不尽力。"

贺莹抿着唇，想笑，但又想表现得矜持一些，假装清了下嗓子，压住笑意。

裴邵忽然问道："你讨厌我吗？"

贺莹摇了摇头。

裴邵："那你喜欢我吗？"

他面色平静地问出这句话，但握住叉的手指却微微发僵，心跳沉而缓，并不如表面上看起来那样轻松镇定。

贺莹喉咙哽了哽，没说出话来。

裴邵这样的人，的确很容易获得异性的爱慕。但她一开始并不喜欢他，认真说起来，反而有点讨厌，后来又将他视作嫁进裴家的绊脚石。她不大会主动去喜欢一个人，之前的赵靖，后来的顾宴，她都是另有所图，并不是出于喜欢。

她对裴邵的那一点喜欢，来源于他对她的那份喜欢，还有他那份不遮遮掩掩、坦荡赤诚的态度。这喜欢或许还很浅薄，但不能否认它的存在。

于是她迎着裴邵的目光，坦荡地点了点头："嗯，喜欢。"

然后就看到裴邵在她说出这句话后，毫无表情的脸正以肉眼可见的速度变红。

本来"喜欢"两个字说出口，贺莹挺自然、挺坦荡的，可是对面的裴邵的脸一红，她忽然就不自在起来了，像被传染了似的，脸上也开始发热。

两人面对面坐着，大眼瞪小眼，脸都渐渐红了。贺莹干咳一声，决定先发制人："你的脸红了。"

裴邵眸光闪动，面色有些赧然，却还绷着脸佯装淡定："大概是餐厅里的冷气开得不够低。"顺便将她也拉下水，"我看你的脸也有点红。"

贺莹装模作样地摸摸脸："好像是有点热。"

她也有点不好意思，眼睛到处乱瞥，突然瞥到餐厅门口有熟人进来，立刻眼前一亮，岔开话题说："是褚律师。"

裴邵转头望去，果然看到褚方跟一位年轻女性结伴进来。

褚方不经意地往这边一看，也看到了他们两个，脚下顿时一顿，似乎犹豫了一下，才转头跟身边的女伴说了句什么，然后一起往这边走了过来。

"这么巧。"他笑着打招呼，目光在贺莹的脸上略微停了一秒，也没错过她脚边放着的奢侈品牌的袋子。

他身边的漂亮女伴笑盈盈地跟裴邵打招呼："好久不见啊，裴邵。"

裴邵以一贯的矜贵态度，微微颔首以作回应。

漂亮女伴看了看贺莹，笑着问："女朋友？"

裴邵介绍："我女朋友，贺莹。"

贺莹朝她微笑着点点头："你好。"

女伴却没有自我介绍，而是随意地用手肘捅了捅旁边罕见话少的褚方："哎，介绍一下啊。"

褚方干咳了一声，然后介绍道："余悦，我朋友，也是我客户。今天刚好有点法律上的问题咨询我，就顺道过来吃个饭。"

余悦听到这个完全不像褚方风格的介绍方式，目光落在他微微有些不自在的脸上，略挑了挑眉，目光又落在贺莹的脸上，有些意味深长。随即她有些不怀好意地挽住了褚方的手臂，促狭道："我还是他的前前前任。"

褚方脸色僵了一下，下意识地看了眼贺莹，把手臂抽出来，笑容勉强："她喜欢开玩笑。不打扰你们了，我们先过去了。"

裴邵点头。

余悦对贺莹笑了笑："拜拜。"

贺莹也笑着对她点点头。

"你发什么神经？"两人走开了一些，褚方就忍不住压低了声音，有些恼怒地对余悦发了脾气。

余悦平时也喜欢拿这个打趣，却是第一次见褚方反应那么大，挑眉说道："干吗？生气了？不就是开个玩笑嘛。"

褚方僵着脸色不说话，刚落座，就看到裴邵和贺莹起身准备离开。

"你喜欢她吧？"

冷不丁听到这句话，褚方头皮一麻，收回视线，看向坐在自己对面的余悦。

余悦挑了挑眉，兴致盎然地托着腮，眨巴眨巴那双漂亮的大眼睛："你以前不是不喜欢这种类型的吗？审美变了？"

裴邵的女朋友看起来是那种清冷气质型的，褚方以前对这种类型不感兴趣，觉得这种类型的人内心世界往往太过丰富，对男朋友的要求很高，相处起来太累。

褚方皱眉："你胡说什么。"

"喊,别装。"余悦似笑非笑,"你不知道?你从一进餐厅,眼睛就黏在人身上下不来。"

褚方愣了一下,然后深深皱眉,但嘴还是硬的:"放屁。"

余悦盯着褚方几秒,一直把褚方的脸都盯得开始发麻了,才"啧"了一声。她眯着眼:"褚方,你这反应不对劲啊。"

褚方不是开不起玩笑的人,相反,他一向玩世不恭,从不计较这些。

褚方脸皮发僵,冷笑:"余悦,你是不是有病?"

余悦挑眉:"你不会是'真心'喜欢上人家了吧?"

她加了"真心"两个字,是因为褚方从来就没"用"过这东西。她虽然只跟褚方谈了两个月的恋爱,但他们认识已经快十年,她太了解褚方了。

褚方以前那些所谓的喜欢,只不过是一点好感。只需要那么一点好感,他就能开始一段恋情。他从来不会把太多的注意力放在自己的女朋友身上,对他而言,恋情只不过是他生里里的调剂品,绝对不可能成为他生活中的重心。在任何一段感情里,他永远是占据主动的那一方,是被追随的那个人,而不是追随对方。

可他刚才对贺莹却展露出了不同寻常的关注,甚至连他自己都没有察觉到他的目光在情不自禁地跟随对方。在毫不自知的情况下,注意力全被人牵引着。

褚方也知道余悦是什么意思,他刚要不屑地张嘴反驳,然而话到了嘴边,心里却突然"咯噔"了一下。他想起自己最近因为贺莹而产生的种种困扰,忽然有了一种极度不祥的预感。

余悦看着褚方骤然难看的脸色,眼睛却"噌"地亮了起来。她直起身,幸灾乐祸似的笑了:"褚方,看来你的报应来了。"

玩弄感情的人终于被感情玩弄了,他喜欢上了一个不应该喜欢的人。

余悦的心情很愉悦,也是时候让褚方吃一吃爱情的苦了。

贺莹和裴邵离开餐厅的时候,又迎面撞上了一个人。是赵靖,他身边还有一个穿着白色羽绒服、长相斯文秀气的女孩子。

赵靖看到贺莹和裴邵,错愕地张了张嘴,却没说出话来。他身边的女孩子见赵靖停下脚步,也不明所以地跟着停了下来。看到裴邵的时候,她眼神中的惊艳和怔愣一闪而过。裴邵这样形象气质的人,日常生活中其实很难见到,乍一眼看上去,很难不恍神。

裴邵看到赵靖后,脚步微顿了一下,看向贺莹,似乎觉得她会停下来

跟赵靖说话。然而贺莹像是没看见赵靖一样，反手牵住他的手，径直往外走去。

裴邵垂眸看了一眼贺莹的手，毫无表情的脸只有眼神晃动了一秒。在贺莹牵住他的手的一瞬间，他的心跳依旧很不争气地又跳快了一拍，他还是不太能适应和贺莹突然的"亲密"接触。

但这种心跳加快的感觉并不难受，是一种全然陌生的，却有点让人微微上瘾的感觉，隐隐掺杂着想要更多的渴望。

他情不自禁地收拢手掌，将她的手握得更紧一些，掌心更大范围地贴紧贺莹的手，心口的空洞仿佛也因为这个动作被填满了一些。他牵着贺莹的手，冷静地想，他总有一天能够全部填满它。

"是你认识的人吗？"女孩问道。

赵靖回过神来，看着面前的女孩。她不是他们这个圈子里的人，自然不认识裴邵。

在清吧初遇的时候，看到她的侧脸，他恍惚间感觉看到了贺莹。她脸上没什么表情的时候，侧脸跟贺莹有那么一点像。他忍不住上去跟她说话，之后很自然就在一起了。可是刚刚看到贺莹本人，他忽然觉得她跟贺莹一点也不像，之前好像都是他自己的脑补和幻觉。

她明明跟贺莹的年纪差不多，却还是一脸单纯不谙世事的样子。贺莹脸上从来没有过这样的神情，她总是很淡定的样子，很难猜得出她脑子里在想些什么。

想到刚才贺莹牵着裴邵的手离开的场景，他的胸口突然有种强烈的窒闷感，最后勉强扯了扯嘴角掩饰："不认识。"

女孩看着他难看的脸色，忍不住回头看了看，然后笑着挽着他的手，说："那我们快进去吧，我都快饿死了。"

赵靖看着她好像一点都没有察觉的天真模样，隐隐有些内疚，主动说道："等会儿吃完饭我陪你去逛逛吧。"

女孩眼睛一亮，笑容越发甜美了："好啊。"

"今天晚上我说的那些话，我希望你能够慎重地考虑。"回房间前，裴邵忽然说道。

贺莹愣了愣，今天晚上说的那些话？关于结婚的那些？

她干笑说："我们连恋爱都没谈，就说结婚的事有点太早了吧？"全然忘了今晚就是她自己先提起结婚的话题的。

裴邵忽然皱了皱眉,似乎有些苦恼,随即舒展开眉头,认真地说:"是我考虑不周,我会尽快跟你确定恋爱关系,然后再讨论结婚的事情。"

贺莹迎来了来棋院上班后的第一个周末。虽然她很喜欢下棋,也享受在棋盘上厮杀的刺激感,但高强度地下了一周的棋以后,终于能够休息一天,也有种久违的放松的感觉。

她跟周天约好了吃饭,顺便两人一起去学校把贺康接出来。

贺莹刚出来打工那两年,贺康就寄住在周天家,跟周天很熟,一见面就热情地给了周天一个熊抱。可见在舅舅家那两年,周天对他很不错,他只有对自己喜欢的人才会这么热情。

周天看到贺康也很高兴,倒是比跟贺莹的关系还亲近一些,一路上都主动照顾贺康。

吃饭时选的是贺康最喜欢吃的火锅。

周天一开始还有些拘束,不只是因为跟贺莹好几年没见,也有她现在在跟他的老板谈恋爱的缘故。但是吃着东西聊着天,在贺莹的主动亲近下,他也慢慢放松了下来,放开了不少。

周天终于问出了自己最想问的那个问题:"姐,你真的在跟裴总谈恋爱啊?"他眼巴巴地看着贺莹,眼睛里闪烁着旺盛的求知欲,可见他真的憋得不轻。

贺莹点点头:"嗯。"不等周天追问,她就接着说道,"我们现在只是谈恋爱,就是正常的恋爱,但也随时都有可能分手,所以我不想让舅舅、舅妈他们知道,免得他们想太多。你也不用想太多,在公司该怎么样还是怎么样。"

周天说:"我知道。我跟爸妈说了,说你一切都很好,也告诉他们你现在在棋院上班的事情了,他们也放心了。"他说着又忍不住笑了笑,"不过你是裴总女朋友的事已经在公司传遍了,不管是同事,还是领导都对我很客气,我也算是沾了你的光了。"

贺莹说:"那就好。不管他们怎么样,你心态不变就好。"

周天稳重地点了点头:"嗯。我知道的。"

贺莹又笑着开玩笑说:"如果公司里有谁欺负你,你要告诉我,姐姐给你撑腰。"

周天也笑了:"现在谁还敢欺负我啊。"顿了顿,他说,"姐,看到

你过得好,我很高兴。"

贺莹微微笑了笑:"以后会越来越好的。"

火锅吃到一半,贺莹就接到了裴邵的电话。

"吃完了吗?"他说,"吃完了我过来接你们。"

贺莹说:"不用接,我们还准备到处走走。"

周天好奇地看着她,从贺莹的回答中,猜想着两人的对话。到现在他仍旧有种不真实感,贺莹居然在跟裴邵谈恋爱,真是不可思议。

"去哪儿?"电话那头的裴邵问。

贺莹说:"公园、游乐场什么的。"

"我可以一起去吗?"裴邵说,"我今天休息,在家无事可做。"

这听起来实在不像是他会说的话,裴邵怎么可能无事可做?但贺莹实在很难拒绝他的请求,隔着电话,裴邵的声音听起来有些落寞。

"好吧,我把定位发给你。"

她挂了电话,周天马上问道:"裴总要过来吗?"

贺莹说:"嗯。等会儿他跟我们一起去,你不介意吧?"

周天把头摇得像拨浪鼓,甚至有些隐隐的兴奋:"当然不介意。"说完这句话,他又忽然有些担忧地看了贺康一眼,"裴总他知道康康哥哥他……"

贺莹点了点头:"他知道。"

周天松了口气。

贺莹想了想,又给裴邵发了条微信:今天外面很冷,出门多穿点。

裴邵正准备出门,收到这条微信,眉眼间多了几分暖意,随即重新返回衣帽间,准备挑选一件厚一些的冬装。

裴邵穿着黑色长款羽绒服出现,比穿大衣的时候看起来要好亲近得多,帽檐上厚而蓬松的灰色毛边衬得他整个人都柔和了一些。

周天都没那么紧张了,但还是第一时间站了起来,微微鞠躬:"裴总。"

裴邵点点头:"坐吧,不用拘束。"

贺莹也笑着说:"这不是在公司,你不用当他是你老板。"说完,又问裴邵,"你在家吃饭了吗?"

裴邵在她身边坐下:"还没有。"

他出门的时候,周阿姨刚做好饭菜,他说要出去吃,就离开了。

周天忙说:"那我去给您调个酱碟,您是吃辣的还是清淡的?"

贺莹清楚地记得裴邵的忌口："不要辣，清淡一点，也不要香菜。"她还记得他上次跟她和张玉贤吃火锅，非要吃辣，结果吃完胃病就犯了。

裴邵听着她叮嘱周天的话，淡漠的眉眼消融般露出暖色。

周天立刻去了。只剩下贺康坐在那里，好奇又有些紧张地看着裴邵。

裴邵也注意到了他的视线，有些生疏地露出尽可能温和的表情，对他点了点头。

贺康依旧一眨不眨地看着裴邵，他主动跟裴邵说话："你好，你是我妹妹的好朋友吗？"

贺莹有些稀奇，贺康一向畏惧生人。他跟裴邵应该是第一次见面才对，他居然不怕裴邵。

裴邵没想到贺康会主动跟自己说话，态度温和地回答道："我是你妹妹的男朋友。"

贺康显然有些难以理解"男朋友"的定义，他睁着乌黑的眼珠，好奇地问："什么是男朋友？"

裴邵显然没有跟"小朋友"交流的经验，一时语塞，转头看向贺莹。

贺莹看着因为不知道怎么跟贺康交流而向自己投来求助信号的裴邵，有点想逗逗他，于是对贺康说："你就叫他'妹夫'就好了。"

然后她看到裴邵眼神微怔了下，随即脸色又开始不自然起来。

贺莹发现自己似乎有些恶趣味，有点喜欢看到总是一贯淡定的裴邵出现这种羞涩腼腆的反应。

贺康困惑地看着裴邵："妹夫？"这是他以前没有接触过的称呼。

贺莹眨眨眼，问裴邵："这么叫你可以吗？"

裴邵看着她。他明知道她是故意的，心里却还是生出了一些莫名愉悦的感觉，他没有表现出来，只是"淡定"地点了点头："可以。"

周天回来的时候，就看到贺康正热情地往裴邵碗里夹肉，嘴上说："妹夫，你吃这个肉！这个肉好吃！"

这就叫上妹夫了？那他是不是得叫姐夫？周天把调好的蘸料放在裴邵面前，"姐夫"两个字在嘴边滚了一圈，还是咽了回去，脸都差点红了："那个……裴总，我调了两个酱，您看看哪个好吃。"

裴邵彬彬有礼地道谢："谢谢。"

周天坐下，傻笑了两声："不客气。"

他还是觉得好不真实。他曾在公司里见过裴邵，简直跟天神下凡一样，冷峻高贵、生人勿近、高不可攀，没想到私底下这么平易近人。

贺莹看着周天傻笑的样子，忍不住也笑了，完全能够理解周天的心情。

裴邵似乎有些不解，优雅地用餐之余，略带困惑地看了她一眼。

吃完火锅，按照原计划一行三人带贺康去公园玩，公园里有大型游乐场，贺康很喜欢那儿。

虽然天气冷，但因为是周末，公园人也不少。

贺莹裴邵一行人走在一起，实在显眼。走过去的路人，十个有九个都忍不住看他们几眼。

裴邵极少出现在人流密度这么大的地方，最开始的不适应过去之后，他居然有种罕见的淡淡的放松舒缓的心情，路人的视线也并没有让他感觉到不适。

"你应该很少来这种地方吧？"贺莹问道。

感觉裴邵平时出入的都是各种高端场所，大概是没什么机会来公园里散步。

"嗯，很少。"裴邵说。

在他的印象里，几乎没有过。他在桐市生活了那么多年，可是对桐市很多地方，他都只是听说过、路过过，却从来没有踏足过。

他的人生只是在一个限定的圈子里打转。他对圈子外的世界，并不好奇，也没有探索欲。准确来说，他对这世上大部分事物都缺乏好奇，他像一个被设定好程序的机器人，日复一日按部就班地工作、睡觉、休息。

他能够感觉到，自己跟这个世界的联系一直非常薄弱、疏离。

可最近他觉得不一样了。他好像被贺莹拉进了一种他完全没有体验过的生活中。

他去棋院找她，她会一个个给他介绍她认识的那些棋手。他跟那些棋手明明彼此都认识对方，但这些年，却从来没有交流过。因为贺莹，他们才算是真正认识，互相打了招呼，会坐在一起吃饭、聊天。

贺莹甚至会带他认识食堂窗口的厨师。

他们在棋院院长家吃饭，他也是第一次体验到那种热闹又温暖的氛围。饭桌上没有冰冷的沉默、冷嘲热讽，或是虚伪的奉承、谄媚的笑脸，每个人脸上的笑都是真心的。

他刚刚还跟贺莹的家人吃了火锅。而现在，他们在公园里散步，像这世界上最普通的人一样。

手忽然被牵住了，贺莹微微诧异地扭头看向身旁的裴邵。

他低垂着目光望着她，那双大多数时候都没什么情绪而显得漠然的眼眸，此时却静静流淌着某种柔软的东西。

贺莹的心脏被他的眼神轻轻触动了，她朝他笑了笑，然后反手握紧了他的手。

游乐场有拿着气球到处兜售的小贩。贺康只是眼巴巴地看着，并不开口索要。

裴邵给他买了一个。

贺康拽着气球的绳子，高兴得跳起来："谢谢妹夫！"

裴邵又递给贺莹一个。贺莹愣了一下，没接。

"你不要吗？"裴邵扫了眼周围拿着气球的年轻女孩们。她们年纪跟贺莹差不多，他以为她也会喜欢。

贺莹没有拒绝他的好意，她接过线头，然后抬头看了一眼飞在上面的粉色小猪造型的气球，嘴角忍不住翘了翘。

为了"报答"裴邵，她在摊位上挑了个粉红色毛毛的兔子发箍，藏在身后，然后对裴邵说："裴邵，你弯一下腰。"

裴邵不明所以，但还是按照她说的做了。他微微弯下腰，安静又顺从地看着贺莹。

贺莹居然从他脸上看出了几分"天真"。她飞快地把粉红色的兔子发箍戴到了他的头上。

裴邵下意识要伸手拿下来。贺莹抓住他的手，一脸真诚地劝说道："戴着吧！很可爱。"

裴邵的脸长得实在太好看了，脑袋上出现了一对粉红色的兔子耳朵居然也不显得违和，反而怪好看的。

他从出生到现在，从来没有人用"可爱"这个词汇来形容过他。很古怪。但看着贺莹兴致勃勃的表情，他无奈地放弃了抵抗。

周天在旁边看得目瞪口呆，只能调转视线尽量不去看顶着一对粉红色兔子耳朵的裴邵，但裴邵在他心里高贵冷傲的形象已经摇摇欲坠了。

没想到贺康看到裴邵戴了兔子耳朵，他也想戴，于是贺莹给他买了一个戴上，顺便，也给周天买了。

"我就不用了吧……"周天一边摆手一边后退，但一对上裴邵淡淡的视线，顿时收了声。老板都戴上了，他还有资格拒绝吗？于是老老实实地弯腰低头让贺莹给自己也戴上了那粉嫩的兔子耳朵。

贺莹看着他们三个戴着兔耳朵的画面，忍俊不禁，并且飞快地掏出手

机,背对着他们三个,拍了一张自拍。

"姐!"周天看到贺莹居然还拍照,有点气急败坏。

贺康却很高兴:"妹妹!给我看照片!"

裴邵没说话,很淡定的样子。周天看裴邵都那么淡定,顿时也不好意思了,只哀求道:"姐,你可千万别把照片发给周晓,她一定会发朋友圈的。"

贺莹笑眯眯道:"放心吧,我独家收藏,不发。"

贺康还在叫着要看照片。贺莹打开相册给他看,周天忍不住凑过来。裴邵也站到她身边,看向手机屏幕。

照片上,她露出了半张笑脸,而在她身后,是发现她在拍照而一脸"惊恐"的周天、完全没有发现她在拍照的贺康,以及静静注视着她的裴邵。

在周天嘟囔着自己这张照片拍得不好的抱怨声中,贺莹不禁抬起头来,看着裴邵,心口好像被什么东西,轻轻撞了一下。

贺莹和裴邵对游乐园里的设施都兴趣不大,但为了不让贺康失望,他们还是陪着贺康玩了好几个项目。

裴邵从海盗船上下来的时候,脸都白了。

"你没事吧?"贺莹有些担忧地问。在海盗船上的时候,裴邵快要把她的手给握断了,脸色惨白,一句话都说不出来。

她也因为海盗船强烈的失重感而感到难受,但没有裴邵反应那么强烈。

裴邵摇了摇头:"没事。"但他惨白的脸色一点都没有说服力。他闭了闭眼,"就是有点头晕。"

贺莹扶着他去长椅上坐着。周天连忙跑去给裴邵买水。贺康弯着腰站在他面前,一脸担心地盯着他。

"很难受吗?"贺莹看着裴邵皱眉忍耐的样子,也有点担心,"要不要在我身上靠一下?"

裴邵高大的身躯靠了过来,把头枕在她肩上,闭上眼缓解难受的感觉。贺莹帮他把头上的发箍取了下来。

"裴总,喝口水吧。"周天买了水回来,把瓶盖拧开了。

裴邵不得不坐起来:"谢谢。"他喝了两口,然后又很自然地靠回贺莹的肩上。

"先休息会儿吧。"贺莹说。

"妹妹,妹夫他生病了吗?"贺康小声问。

"没事，他就是有点不舒服。"贺莹说，"我在这里陪他缓一会儿，你们先去玩吧。"

"没事。"周天说。

"妹夫生病了，我们陪着他。"贺康虽然也很想去玩，但他也很担心这个对他很好的"哥哥"。

裴邵睁开眼睛："我休息一会儿就好了，你们先去玩吧。"

周天还想说什么，看到裴邵的眼神，突然反应过来："啊，好，那你们先坐这儿休息一会儿，我带康康哥哥去玩，等会儿再来找你们。"

"我不想玩了，我想陪着他……"贺康的拒绝没有管用，周天把他拉走了。

裴邵又闭上眼睛。

"好点了吗？"贺莹问。

"还是头晕。"裴邵靠着她，声音隐约比刚才说话还要虚弱了几分。

"我还以为你什么都不怕呢，怎么坐个海盗船吓成这样。"贺莹侧头看他，带着点取笑。

"我不是害怕，是生理性的不适。"裴邵辩解。

"好，那你再休息会儿吧。"贺莹哄着小孩似的摸了摸他的头，发现裴邵的头发摸起来细细软软的，很蓬松，忍不住又摸了几下。

裴邵只是安静又温顺地靠着她，任由她的手在他脑袋上揉来搓去。

贺莹又把裴邵被她揉乱的头发拨整齐，然后放下手，安静地看向正领着贺康去玩飞椅的周天那边。

贺康看起来很开心，蹦蹦跳跳的。她忍不住微笑起来。

休息了五六分钟，裴邵不得不坐了起来。

"感觉怎么样？"贺莹问。

"没那么难受了。"裴邵说，"去找他们吧。"

"他们自己玩得好着呢。"贺莹抓住他的手，"走吧，我带你去个地方。"

公园里离游乐场不远的地方有一棵大树，巨大的树冠下摆了几张围棋桌。

今天天气不错，树下的围棋桌已经坐满了人，还有人好奇地围观。得益于围棋近几年的推广力度很大，吸引了一些年轻人，下棋的不仅有中老年人，也有年轻人。

贺莹拉着裴邵溜达了一圈。其中有一桌年轻人在用围棋下五子棋，她还饶有兴致地看了一会儿才拉着裴邵离开，最后站定在一张围棋桌旁。

对弈的是一个六十多岁的老先生和一个青年。贺莹只是扫了一眼，就知道这盘棋很快要结束了，而胜利方毫无悬念的是那位青年。

果然不过五分钟，老先生就苦笑着认输了。

"承让了。"青年笑着捡起了棋子。

本来两人下完棋就准备离开了，却看到贺莹跟裴邵坐了下来，不禁又停下脚步。

"我最近进步很快，让你拿黑子吧。"贺莹挑眉对裴邵说。

裴邵没有异议。

青年看了一会儿，掩不住惊讶之色，他意识到这是两个高手。

不知不觉间，他们这桌的围观人群越来越多，几乎把两人包围在了最中心。围观的人一边看一边小声讨论，不时还发出一声叫好声，可处在包围圈中心的两个人却仿佛毫无所觉，只专注于面前的棋盘。

正如贺莹所说，她最近的确进步很快。实战才是最能激发人的潜力的，更何况是每天高强度地跟不同的职业棋手下棋。贺莹本来就悟性高、天赋强，在这么高强度的锻炼下，棋艺和状态都得到了很大的提升。

裴邵明显感觉到贺莹比在去棋院之前强了不少，最明显的感受就是，他开始觉得吃力了。像是回到了少年时面对贺莹，压迫感扑面而来。

周天中途带着贺康过来找了他们一次，好不容易才挤进围观的人群里，看他们下棋下得认真，跟贺莹说一声又带贺康去玩了。

"我输了。"裴邵抬起头来，看着贺莹，从容地认输。

贺莹挑眉："我这些天在棋院可不是白干的。"

"小姑娘，你太厉害了！"旁边围观的大爷称赞道，引起一阵附和。

"请问你们是职业选手吗？"看他们下棋看了一个多小时的青年问道。

贺莹微笑着说道："我在棋院工作。棋院现在对外开放，下周还有大师公开课，你们可以关注棋院的公众号，感兴趣的话可以过来看看。"

"可以过去找你吗？"青年眼睛有点发亮。

"可以啊。"贺莹爽快地应道。

"那方便加个微信吗？"青年大大方方地问道。

贺莹刚准备掏手机，就感觉到一道凉凉的视线正看着自己。她瞥了眼裴邵，干咳了一声，对青年说道："不好意思啊，我男朋友不喜欢我加异性的微信。"

青年才反应过来，尴尬地说道："呃，我没有别的意思，就是想过去的话方便联系，不加也没关系……"

贺莹礼貌地微笑了一下。

周天和贺康也玩够了，过来找他们了。

晚上贺康吃得不多，因为在游乐园又是烤肠又是冰激凌、爆米花吃了一堆，晚上就吃不下了，还累得直犯困。于是要先送他回学校。

周天没让裴邵送，自己打车回去了。

回学校的路上，贺康就困得靠在贺莹身上睡着了，怀里还抱着裴邵给他抓的娃娃。

"妹夫，你下次还跟妹妹来看我吗？"回到学校，贺康站在老师身边，一脸期待地看着裴邵问。

他觉得这个叫"妹夫"的"哥哥"对他很好，陪他玩，还给他买吃的，给他抓娃娃，他下次还想跟他一起玩。

老师听到贺康叫裴邵"妹夫"，吃了一惊。她留意到裴邵开的是很贵的车，人又那么帅，没想到居然是贺莹的男朋友。贺莹非但没把贺康"藏"起来，居然还把贺康带出去跟他见面了。

"好。"裴邵答应。

贺康高兴了，咧开嘴对他们挥挥手："妹妹再见，妹夫再见。"

贺莹温柔地叮嘱他："要听老师的话。"

贺康用力地点点头，然后恋恋不舍地跟老师走了。

"我们也走吧。"贺莹说。

"好。"裴邵点头。

"时间还早，你想看电影吗？"上了车，裴邵忽然问道。

"啊？去哪儿？电影院吗？还是回家看？"贺莹问。

裴家家里就有影音房，听说音响都花了几十万。至于电影院，她都不记得自己上一次在电影院看电影是什么时候了。

"去电影院吧。"裴邵说。

他不希望有人打扰。他在网上查过，追求女孩子，除了送礼物，就是请对方吃饭、看电影。

"好啊。"贺莹答应了。没道理裴邵陪他们玩了一天，现在要她陪他看电影她还拒绝。

刚好有一场十分钟后开场的场次，是一部新上映的爱情片。

结果电影开场不到十分钟，裴邵只觉得肩膀沉了沉，扭头一看，贺莹歪着头靠在他肩上睡着了。她看起来累极了。

裴邵看了她许久，心底异常柔软。他小心翼翼地把她脸上的发丝拂开，

然后偏了偏头，让自己的脸贴近贺莹的发顶，慢慢地，也闭上了眼睛。

电影落幕，灯光大亮。贺莹迷迷糊糊地睁开眼，看到屏幕上滚动的字幕，才发现自己居然从电影开场睡到了电影结束。

"醒了？"头顶传来裴邵的嗓音。

贺莹坐起身，忽然觉得嘴角一片凉意，摸了摸，发现是自己的口水。她扭头一看，裴邵肩头的羽绒服上有一片可疑的深色水渍。

"电影好看吗？"她镇定自若地问。

裴邵也淡定地回答："你并没有错过什么精彩情节。"其实他也只不过比贺莹早醒了不到二十分钟。

贺莹揉着酸痛的脖子走出了电影院，被外面的冷风一吹，清醒了不少。她转头对裴邵一笑："我们回家吧。"

裴邵望着她冷风中粲然的笑脸，眉眼异常温柔："好。"

接下来，裴邵每天来棋院都会给贺莹带上一束花。贺莹为此买了个花瓶放在自己的办公桌上用来插花。但由于裴邵每天都会送一大束，一个花瓶显然是不够的，于是贺莹每天只留几枝插进花瓶，剩下的都分给办公室的女同事了。

女同事们难掩羡慕之情，但没有人认为贺莹配不上裴邵。因为在围棋这个圈子里，贺莹是个传奇，哪怕只是曾经的传奇，她配得上任何人。

除了花，贺莹还会收到裴邵送的各种价值昂贵的礼物。裴邵说，这是他追求她的必要流程。

贺莹礼物照收，每天还是照常拎着她那个在菜市场买的几十块钱的黑色大包去棋院上班，只是手腕上戴上了裴邵送的手链。虽然她不理解这么一条细细的手链居然能卖到上万块，但款式她挺喜欢，看起来也不像是奢侈品，她就戴上了。至于其他的，全被她好好地收在了衣柜里，必要的时候可以拿去变现。

贺莹每天在棋院忙碌着，时间过得很快，很快就到了升段赛。

升段赛的赛场在外省省会。贺莹跟棋院里一群参加升段赛的棋手一起坐高铁列车出发，提前一天入住了裴氏集团旗下的酒店。这次参赛的所有棋手都安排住在这家酒店，因为这次的升段赛也有裴氏集团的赞助。

原本像升段赛这种不对外的比赛，裴氏集团是不赞助的。这次裴氏集团却反常地赞助了此次升段赛，甚至连参赛的所有棋手的住宿和餐饮都一并赞助了。其中桐市棋院的棋手的待遇却明显比别的棋院的棋手高上一截。

不仅住的是豪华套房,房间里还备了精致礼盒,价值超过两千。

桐市棋院的棋手不知情,还以为所有棋手都有,乐呵呵地拍照发了朋友圈,结果别的棋院的棋手发现他们搞特殊待遇,在棋手群里闹了起来。

桐市棋院本来就因为跟裴家在一个市,所以这些年凡是裴氏集团赞助的比赛,待遇都比其他棋院要好一些,但也没有区别待遇到这种程度。早就不满被区别待遇的棋手们顿时在群里发泄起了这些年积攒的不满。

最后还是桐市棋院的棋手出来解释:

"我们特殊待遇是因为裴郎的女朋友就是我们院的,我们属于是沾光了。如果你们也想有这种特殊待遇,欢迎转院!"

顿时又引起一阵热烈讨论。

棋手没有人是不知道裴郎的。毕竟裴氏集团多年来一直在推广围棋,真金白银的赞助费砸了不少。

至于区别待遇,赞助商要给自己女朋友所在的棋院搞特殊待遇,谁也没办法。更何况以往升段赛棋手都要自费食宿的,这次有裴氏集团赞助,也是因为贺莹来参加升段赛,再闹就不礼貌了。

升段赛用的是积分制,贺莹是五段组,要进行六轮比赛。以她现在的实力,升六段基本上是十拿九稳,可以冲击一下七段。

只是听说这次的五段组也有一个天才少年叫罗文,比陈远星大两岁,因为上次青少年全国围棋比赛期间他在住院没有拿到名次,所以没有升段,这次才来升段赛比赛升段。如果要冲击七段的话,就必须击败这个对手。贺莹看了一下对方的一些比赛视频,实力的确很强。

陈远星也跟罗文在比赛中遇到过,毫无意外地输给了对方,但陈远星也认为他差的只是那两年的时间,如果他们在同一年纪,他自信自己能赢。

他自己倒是心态轻松,他在同年龄段的选手中已经是最强的了,提前看了四段组的参赛选手名单,所以心态很稳,再加上这段时间贺莹的"特训",他也觉得自己进步很大。他给自己定了一个全胜的目标,并且督促贺莹也要加油。

比赛前一晚,他还跑来贺莹的房间找她,想陪她下盘棋帮她找找状态。贺莹却表示不需要。

她是竞技型选手,她几乎感觉不到比赛的压力,只有兴奋感。这种兴奋对她来说是一种好的状态,可以激发出她更多的潜力。

十年前她还在棋院的时候就从来不需要赛前心理辅导,心态好得出奇,

参加越大的比赛,她心态越稳。

她洗漱完躺在床上刷了会儿手机,微信消息从顶端弹了出来。

裴邵:明天比赛,早点休息。

贺莹:等会儿就睡,你下班了吗?

裴邵:刚开完会到家。

贺莹:那你也早点休息。

裴邵:方便接电话吗?想听听你的声音。

裴邵发出这条微信的下一秒,贺莹就打了过来。他略显疲惫的眉眼都舒展开了,接起电话。

"喂。"

"喂。"

电话两端同时沉默了两秒,随即传来贺莹的轻笑声:"不是要打电话?又不说话。"

裴邵的眉眼也不禁沾染了一丝笑意:"明天就比赛了,紧张吗?"

"不紧张。"贺莹语气轻松,"升个六段而已。"

裴邵嘴角微扬:"嗯,升六段对你来说应该没什么难度。"

"你晚饭按时吃了吗?"贺莹问。

平时她在棋院的时候裴邵不是陪她在棋院吃,就是跟她在外面吃,他倒是按时吃的,她不在就说不准了。

她自己都没有察觉到,关心裴邵似乎已经成了一种习惯。

裴邵说:"嗯,张秘书提醒了。"

贺莹说:"那就好,我不在你也要按时吃饭。"

裴邵嘴角的弧度不自觉更深了些:"好。"

贺莹张嘴打了个哈欠。裴邵声音放轻了:"你困了,睡觉吧。"

贺莹睡眼蒙眬:"那我睡了,你也早点睡觉。"

"好,晚安。"

"晚安。"

第二天一大早,贺莹就被门铃声吵醒了。一看手机,才七点。比赛时间是九点。

她一开门,门外站着以陈远星为首的一群小棋手。

"你怎么还没洗漱啊?"陈远星看着贺莹一脸没睡醒的样子说。

贺莹有点无奈:"你们起那么早干什么?九点才比赛。"

有小棋手兴奋地说:"我们早点去楼下吃早餐,自助的。有很多好吃的!"

贺莹仿佛看到了小时候的自己和张玉贤:"……你们先去吧,我等会儿再去。"

"那你快点下来。"陈远星带着那群小棋手先走了。

贺莹进了洗漱间洗漱。刚洗完,门铃声又响了,她过去开门。这次门外是教练们还有几个青年棋手,也是过来叫她下楼去吃早餐的。

"小贺你好了吗?一起下去吃早饭吧,等会儿一起去赛场。"

贺莹让他们先下去,自己马上下去。她收拾了一下东西,穿上外套,刚拿上包,门铃再一次响了起来。

还能有谁?贺莹疑惑地过去开门。看到门外站着的人时,她先是诧异地愣了一下,随即笑着问道:"你怎么来了?"

站在门外的张玉贤也笑了:"你不是好久都没比赛过了,怕你紧张,我过来给你加油打气。"

"喊。"贺莹让他进来,笑着关上门,挑眉问他,"我会紧张?"

"是,你厉害,是我担心得多余了。"张玉贤笑着陪着她一路往电梯走去。

能被他这么记挂着,贺莹还是挺高兴的:"你什么时候走?"

张玉贤说:"跟你一起啊。"

"嗯?"贺莹疑惑地看他,"你那么闲的吗?过气了?"他们比赛要比三天。

张玉贤说:"反正要来,我顺便过来当几天裁判。"

贺莹说:"那你真是闲的。"现役九段棋手过来当升段赛裁判,就叫大材小用。

张玉贤笑笑不说话了。

餐厅几乎被棋手们包场了。十几岁的小棋手们到了这种场合和同年龄阶段的孩子也并没有什么区别,凑在一起打打闹闹。餐厅里闹哄哄的,贺莹和张玉贤走进去的时候,原本吵闹的餐厅都安静了。

"张玉贤!"一个小棋手大声叫出了他的名字。然后下一秒,张玉贤就被他的狂热粉丝们包围了。

贺莹很没义气地在被包围之前跟张玉贤拉开了距离,然后对包围圈里的张玉贤说:"我先过去等你。"然后就把张玉贤独自丢在那里,往陈远星他们那桌走去。

张玉贤看着贺莹潇洒离去的背影，又气又无奈。

陈远星他们那一桌摆满了吃的，大概是不要钱，所以哪样都拿了点，贺莹就没再去拿食物，直接过去了。

"他看起来好惨。"陈远星一脸同情地看着被包围的张玉贤。

张玉贤前阵子天天去棋院，陈远星见得多了，就没那么激动了。

"好好珍惜你现在，再过几年，说不定就轮到你了。"贺莹在他旁边坐下说道。

陈远星看着被包围脱不了身的张玉贤，开始为自己的未来担忧了。

"还有好多人在看你呢。"陈远星忽然说。

"看我干什么？"贺莹抬眼，发现的确有一些年纪比陈远星大一点的棋手在偷偷打量她。

"我看到他们在群里讨论你了。"陈远星说。

贺莹一口一个小笼包，含糊着问道："讨论我什么？"

陈远星说："说你以前的光荣历史啊，还有你跟裴邵哥谈恋爱的事。"

贺莹挑了挑眉。

"罗文也在看你。"陈远星突然说。

"嗯？"

"就在你背后那桌。"陈远星说。

贺莹直接扭过头去，然后就看到一个十五六岁、戴细边眼镜的少年正看着她。她看过他比赛的视频，所以认得他，他显然也认识她了。两人的目光对视，他镜片后的眼睛慌乱了一下，僵住了。贺莹冲他笑了一下，扭过头来继续吃早餐。

张玉贤在教练们的帮助下，终于脱离包围圈过来了。

"你可真有义气。"他在贺莹旁边坐下，一脸怨念。

"他们又不是冲我来的。"贺莹毫无愧疚之心，又吃了一个小笼包，然后把剩下的一笼推给他，"这个小笼包还不错，尝尝。"

吃过早饭，酒店又安排了专车接送，一路把他们送到赛场。

"您有任何需求请随时给我打电话。"下车的时候，酒店经理恭恭敬敬地把自己的名片双手递到了贺莹面前。

贺莹接过名片，微笑着点了点头，然后快走几步跟上了陈远星他们。

比赛一共三天，一天两场。

上午的比赛贺莹的对手是一个十九岁的男棋手，只花了一个半小时的时间就让对方投子认输了。

下午她的对手是一个二十一岁的女棋手。女棋手是肉眼可见的紧张模样，甚至差点被椅子绊倒。

"小心。"贺莹提醒她。

女棋手被贺莹提醒后反而更紧张了，小声说了句"谢谢"，就局促地在贺莹对面坐下。她抽签运气不错，抽到了黑子，她小声松了一口气。

贺莹对她笑了笑："不用紧张。"

女棋手怔了怔，随即点了点头。

对弈开始。女棋手屏气凝神，慢慢进入了状态。

两个小时后，贺莹以胜女棋手六十子的战绩赢了："承让。"

胜负已定，女棋手反而如释重负般放松下来，一脸诚挚地说："我拼尽全力了，你真的很厉害。"

"谢谢。"贺莹微微一笑，起身离开赛场。

贺莹刚走出赛场找工作人员拿回手机，回了几条裴邵的微信，正准备走去休息厅休息，女棋手紧随其后出来，叫住了她。

"我以前跟你下过棋的。"

贺莹转头看她，回忆了一下，但对她毫无印象。

"你应该不记得我了。"女棋手笑了笑，"是在青少年围棋大赛，第一轮我就遇到你了，惨败。"

贺莹歉意地笑了笑："抱歉。"

"不用啦，你不记得我也很正常。"女棋手说，"你那时候很有名。"

贺莹谦虚地说："还好。"

女棋手语气上扬了一些："你那时候是很多人的偶像，特别是像我这样的女棋手。"

贺莹的出现，打断了各种比赛冠军被男棋手垄断的局面，也成为无数女棋手为之向往的棋手。

女棋手看着贺莹，眼睛里有光在闪闪发亮："虽然不知道你那时候为什么突然放弃围棋，但你能重新回来下棋，我很为你感到高兴。"

贺莹怔愣了一下，然后也露出一个由衷的笑容："谢谢你。"

"要加油呀！"

"站在大门口发什么呆呢？"张玉贤走过来，顺着贺莹的目光望去，看到一个女棋手正走出大门。

"没什么，只是受到了鼓励。"贺莹微笑着说。

张玉贤有些不解。

贺莹转开了话题:"晚上去吃烧烤吗?他们说这附近有家很好吃的烧烤,等会儿他们都比完了要一起去吃。"

张玉贤说:"去啊。"

两人正聊着,张玉贤忽然说:"宋培玉老师过来了。"

贺莹一愣,转头望去,一位满头银发的年长女士正被人簇拥着往这边走过来。

张玉贤拉了一下她,然后主动跟那位银发女士打招呼:"宋老师。"

贺莹硬着头皮跟着叫了一声:"宋老师。"

宋培玉是世界围棋史上第一位九段女棋手,地位崇高,当年也亲自教导过她,对她寄予厚望。贺莹面对这些曾经栽培过她、对她有过期望的前辈总是羞愧的。

宋培玉往这边看了过来,看到张玉贤的时候脸上带了笑,点了点头,看到贺莹的时候也并不惊讶,态度温和:"回来了?"

贺莹怔怔地看着宋培玉老师。她的眼神里没有一丝责怪,只有无限的温和和包容。贺莹胸口顿时一阵酸涩,喉咙哽住,说不出话来,只能点点头。

"很久没比赛了吧?别紧张,好好发挥。"宋培玉老师说道。

贺莹又点点头。

宋培玉老师笑着说:"我记得你小时候爱笑爱闹的,怎么长大了,变得那么文静了。"

张玉贤笑着说道:"那是因为她刚见到老师您,还紧张呢,她私底下话可不少。"

他这么一插话,气氛轻松不少。他又提议:"我给你们拍两张照片吧?"

"好啊。"宋培玉老师朝贺莹招招手,"过来呀。"

贺莹连忙站过去。

"把你手机给我,我手机还没去拿。"张玉贤说。

赛场上是不允许携带手机的。

贺莹把手机解锁递给他。

张玉贤半蹲下身:"来看镜头,笑一笑。好,别动啊,我多拍几张。"

他连拍了几张,才笑着起身说:"好了。"

"你今天比完两场了吧?感觉怎么样?"宋培玉老师又问贺莹。

"挺好的,都赢了。"贺莹说。

见她们在聊天,张玉贤点开相册看刚才拍的照片。他忽然发现贺莹很上镜，每张都拍得很好看。他往后滑动，突然手指顿了顿，嘴角的笑容也凝固了。屏幕上是贺莹跟裴邵还有贺康、周天的合照。

他面无表情地继续往后翻，瞳孔忽然缩紧。屏幕上是一张合同的照片，标题上赫然写着"交往协议"四个字。

他心口骤紧，手指僵硬地在手机上滑动放大图片，继续往下看——

甲方：裴邵

乙方：贺莹

他呼吸都放缓了，仿佛有什么东西呼之欲出，视线下移……

手机屏幕上骤然出现裴邵发来的视频通话邀请。张玉贤面无表情地盯着屏幕几秒，然后接通了视频。

当视频电话接通，手机屏幕上出现张玉贤毫无表情的脸时，裴邵的脸色肉眼可见地冷峻起来。他并没有质疑贺莹的手机为什么在张玉贤手里，开口问的第一句是："贺莹在哪儿？"

张玉贤不知道自己此时此刻是一种什么样的心情，只是竭力压制住内心汹涌的情绪和几乎要脱口而出的质问，压制得太狠，反而显得语气有些生硬："她在旁边。"

他并不想质问裴邵那份协议是怎么回事。有了上次的教训，他不会再从裴邵这里要答案。

裴邵并没有察觉到他的异样，淡淡地说："帮我把手机转交给她。"

张玉贤往那边看了一眼："她正在跟宋培玉老师聊天，暂时没空。你有什么话要跟她说，我可以帮你转达。"

他的情绪绷得太明显，裴邵终于看出了异样。裴邵微皱了下眉："你怎么了？"

"没怎么。"张玉贤语气生硬，"她现在没空，你晚点再打吧。我挂了。"他说完，挂断了视频。

宋培玉老师看着长大成人的贺莹，有些感慨："上次见你，你还是扎两个小辫子的小姑娘，一晃眼就长那么大了。你绕了一大圈，但最后还能回到这条路上来，我很欣慰。"

贺莹听着宋培玉老师的话，心里也有一股暖意。

宋培玉老师温柔地拍了拍她的后背，温和道："既然回来了，那就努力去做。你天赋那么高，不要浪费，不管最后能够得到什么样的结果，尽

力去做。"

贺莹郑重地点了点头:"我也是这么想的。"

宋培玉老师笑了笑,看着走过来的张玉贤说道:"我就说怎么协会邀请了你那么多次你都推了,这次居然主动申请来当裁判。是来给你的好朋友加油打气的吧。"

张玉贤淡淡一笑:"也是最近刚好有空。"

宋培玉老师说:"好了,你们年轻人聊吧,我这个老人家要回酒店休息了。"助理陪着她一起走了。

贺莹目送宋培玉老师离开,轻轻松了一口气,转头看向张玉贤,却发现张玉贤正一脸严肃地盯着她。

"怎么了?"贺莹不解地看着张玉贤。

张玉贤说:"说吧,交往协议是怎么回事。"

贺莹心里"咯噔"一下,第一反应就是装傻:"什么?"

张玉贤举起她的手机,表情罕见地有些冷:"你知道我在说什么。"

贺莹一看手机就明白了。她之前担心把原件弄丢了,就用手机把协议拍了下来,刚刚张玉贤帮她们拍照,肯定是无意间发现了。

张玉贤看到贺莹的反应就明白了,他心跳加快:"所以那张协议是真的,你跟裴邵不是真的在谈恋爱?"

贺莹镇定地看着他:"你能假装不知道吗?"

张玉贤不敢置信地看着她,音量都不自觉扬高了:"你还想继续下去?"

比赛已经陆陆续续结束了,棋手们都从赛场走了出来,大厅里不知不觉聚集了不少人。张玉贤本来就是焦点,更何况他说话那么大声,不少人都往这边看了过来。

"你先冷静。"贺莹注意到了周围人的视线,干脆把他从大厅拉走了。

张玉贤默不作声地被她拉到一条僻静的走廊,等站定了还是冷着脸皱着眉头,一脸不能理解地看着贺莹。

贺莹更加不解地看着他:"你看完那份协议了吗?"

张玉贤皱着眉头点了点头。他粗略扫了一遍,该得到的信息都得到了。

贺莹问他:"那你知道三百万是一个什么样的概念吗?"

不等张玉贤回答,她就继续说道:"是普通人一辈子都赚不到的钱,我只要跟裴邵演三个月的戏就能赚到了。"

她盯着张玉贤,情绪并不激动,只是平静地叙述:"那你知道这三百万对我来说意味着什么吗?这三百万能让我把债都还清,能让我交上贺康的学费，能让我终于能够不为了钱东奔西跑，能让我可以喘上一口气，让我晚上终于可以什么都不想安稳地睡个好觉，让我重新开始下棋，让我终于能够为自己而活。"

张玉贤怔愣地看着她。重逢以后，她从来没有提起过她这些年是怎么过的。他问，她也只是轻描淡写地说自己挺好的。他知道她肯定过得不好，但此时亲耳听到她说，他心里还是难受得要命。

贺莹说："所以，请你给我一个不继续的理由。"

张玉贤："我给你三百万。"

贺莹愣了愣。

张玉贤说："你跟裴邵结束协议，这三百万我来给你。"

贺莹笑了："看来你的确赚了很多钱。"

张玉贤没有跟她开玩笑，而是认真地说："是，我赚了很多钱，比三百万还要多得多。所以这三百万我可以给你，除了结束跟裴邵的那份协议，没有任何附加条件。"

贺莹不笑了。她看着张玉贤，她一点都不怀疑只要她答应，张玉贤会立刻给她三百万。她轻轻叹了口气，带着点无奈地笑着说："你为什么不能早点找到我呢。"

如果再早一些，在她处境最艰难的时候，张玉贤愿意给她这笔钱，她会接受的。可现在她已经不需要了。她可以通过交易得到这笔钱，就没理由接受张玉贤的无偿赠予。

她只是一句感叹，听在张玉贤耳中却犹如一道惊雷，胸口都被震得闷痛。

是，他来晚了。在贺莹处境最艰难的时候，他享尽了风光。他想过找她，可是总有一个又一个的理由阻碍他。他只是以为自己没有那么在意她，直到她再次出现在自己面前。归根究底，是自己出现的时机太晚。

胸腔里闷痛掺杂着苦涩，他张了张嘴，想说些什么，贺莹的手机却响了起来。

"是陈远星，我先接一下。"贺莹接起电话，"喂。"

"你在哪儿呢？到处找你都没找到。"

"你比完了吗？"

"早就比完了，我们在大厅集合了。"

"好，那你们等我一下，我现在过去。"她挂断电话，对张玉贤说，"他们在大厅等我们了，先过去吧。"

张玉贤脑子很乱,只是闷闷地点了下头。

"你也看了协议,我是不能把这份协议告诉任何人知道的,当然你也不是我告诉你的,但你要帮我保密。"贺莹边走边说。

张玉贤看她一眼,胸口更闷了,没答话。

贺莹没听他答应,扭头看他:"听到没啊你?"

张玉贤皱眉,罕见地有点生气:"知道了。你别跟我说话了,我脑子乱得很。"

贺莹说:"你脑子乱什么。这是我跟裴邵之间的事,你就当作不知道就行了。"

张玉贤更气了,直接调转视线不去看她。他好像一到她面前,就总是沉不下来气,好像这些年磨炼心性的功夫都白费了。

贺莹到了大厅跟陈远星他们会合,互相交流了一下彼此的胜负,然后商量着先回酒店吃个晚饭休息一下,晚一点再去吃那家烧烤。贺莹没有异议,于是一起坐酒店的专车回酒店。

晚饭也是在酒店吃的自助餐。下棋对精神和体力都是一种很大的消耗,特别是陈远星这群小棋手又刚好都在长身体的年纪,全部敞开了肚子吃。还是教练喊着让他们留点肚子吃夜宵,他们才收敛一点。

张玉贤胃口不佳,就吃了一份沙拉、几个寿司、几只虾就不动了。

贺莹胃口不错,光牛排就吃了两块。

张玉贤看她吃得那么香,他说的那些话好像对她一点影响都没有似的,心里别说多难受、多别扭了。

"你就吃这么点?"贺莹咽下最后一块牛排,顺手又拿起筷子夹了一块三文鱼,蘸了点芥末塞进嘴里,看着早早放下筷子的张玉贤说,"棋手是免费的。秦教练他们说这自助餐要四百多一个人呢,你多吃点啊,别浪费了。你尝尝这个三文鱼,很好吃。"

这三文鱼她上次带贺康去吃寿司第一次吃,觉得跟吃肥肉差不多,不是她能欣赏的口味,没想到这次吃居然觉得怪好吃的,她都吃了一小碟了。

张玉贤还有点赌气,故意说:"有什么好吃的,又不是没吃过。"

贺莹却附和地点了点头:"是,你肯定什么好吃的都吃过了,我这还是第二次吃呢,上次带我哥去吃过一次。"

她随口一句话,却瞬间让张玉贤后悔得恨不得打自己一巴掌,心里涌起一阵强烈的内疚。想也知道,她以前肯定是没有机会吃到三文鱼这种贵价食物的。

"对不起。"张玉贤后悔又内疚，认真地看着贺莹向她道歉。

贺莹抬头看着他，疑惑："什么？"

旁边的陈远星也看了过来。张玉贤心里一梗："没事了。"

贺莹眼神古怪地看了他一眼。

秦教练又去拿了一次食物，专门给她拿了一小杯冰激凌："小贺老师，给你拿了个冰激凌。你们小姑娘爱吃这个吧。"

"谢谢。"贺莹笑着接过，然后放到了张玉贤面前，"给你吧，我记得你小时候最爱的就是冰激凌了。"

她对冰激凌不是特别喜欢，张玉贤小时候特别喜欢吃，夏天基本上每天都要吃一个，冬天也会偷偷吃。

张玉贤的心又被软软地戳中了。他早就不爱吃冰激凌了，但贺莹还能记得他小时候的喜好，让他无法拒绝。

他拿起勺子，低着头小口小口地吃着，忽然发现很久没吃了，好像又尝到了童年的味道。

在酒店吃完晚饭，大家就各自回房间休息了。

贺莹回到房间，拿出手机后看到多了几条微信消息，点开后却发现不是裴邵发来的，而是顾宴发来的。

顾宴：比完了吗？

顾宴：赢了吗？

顾宴：我在家好无聊，可不可以去找你？

最近的一条是十分钟前发的。

顾宴：还没比完？

贺莹坐到床上给他回消息：刚吃完饭回房间，你吃晚饭了吗？

顾宴秒回：吃了。

顾宴：你还没回我上面的消息。

贺莹：比完了。赢了。

"我要比赛，没空陪你"，贺莹编辑好这条信息，刚要发出去，又犹豫了。顾宴平时很少出门，来这里到处逛一逛也好。于是她删掉那行文字，重新编辑。

贺莹：你想过来玩可以，但是我要比赛，没空带你到处玩。你要过来的话，要带上李姐跟保镖，也可以约几个朋友一起过来玩。

顾宴：哦。

他看着贺莹发的信息，脸色都黯淡了。在他看来，这就是变相的拒绝，

不想让他过去。也是，他过去就只会给她添麻烦。他郁闷地把手机丢开。

"怎么啦？有什么事情不开心吗？"李姐刚好给他倒了一杯水过来，就看到他气呼呼丢手机的样子，关心地问道。

"没事。"他接过李姐递过来的水，喝了一口。

"对了，你晚上不是说想去南州玩吗？你问贺莹了吗？还去吗？"李姐问道。如果顾宴要去，她就要帮顾宴收拾行李了。

顾宴脸色沉了沉，把水杯递还她："不去了。"

"哦，那好。"李姐看着顾宴的脸色，猜测着估计是又跟贺莹闹别扭了。

就在这时，顾宴被丢在沙发上的手机响了一声。顾宴控制不住地看过去，强忍着没有去拿。等了几秒，又响了一声。他盯着手机两秒，还是忍不住捡起来，滑开手机。

贺莹：我还没来得及到处去看看，但我在网上查了查，还是有挺多地方可以去逛逛的。

贺莹：而且这里的美食也很出名，我跟棋院的同事约了夜宵去吃烧烤，是当地很有名的一家店，我先去帮你试试，要是好吃，等你到了我带你去吃。

"李姐。"顾宴突然叫住转身离开的李姐。

"哎？怎么了？"李姐问。

顾宴一脸淡定地说："你帮我收拾一下行李，明天我们去南州。"

"啊？又要去啦？"李姐惊讶地问，毕竟刚才顾宴还斩钉截铁地说不去了呢。

顾宴很想忍住，但嘴角却不受控制地翘了起来："贺莹说南州很多好吃的，让我过去玩。"

李姐也忍不住笑了："那好，我等下就去给你收拾行李。"

顾宴说："嗯，你跟我一起去。"

李姐高兴地说："好，我还没去过南州呢。我们过去玩几天啊？"

顾宴说："就两三天吧。贺莹比赛两三天就比完了，到时候我们一起回来。"

贺莹回复完顾宴，就切出去，点开跟裴邵的微信聊天页面，结果发现五点的时候裴邵给自己打过视频通话，而且这通视频还被接了。她回忆了一下，那会儿应该是张玉贤拿着手机。

通话时间只有不到一分钟。张玉贤没告诉她这通视频。之后裴邵也没有再发微信过来。

贺莹想了想，解释了一下：你给我打视频的时候我在跟宋培玉老师聊天。是有什么事吗?

一般情况下,她主动给裴邵发微信,裴邵无论再忙,都会给她回消息,而且回得很及时,少有不回消息的时候。但这次贺莹洗完澡出来看手机,裴邵都没有回她。

倒是顾宴回了几条。

顾宴:那我明天去。

顾宴:你有没有什么东西要我带给你的?

顾宴:又干吗去了?

贺莹无奈地回复:在洗澡。

顾宴:哦。

顾宴:那你洗吧。

顾宴:对了,你晚上吃烧烤别喝酒。

贺莹心想他这担心纯属是多余的:放心,我明天还有比赛,不喝。

顾宴:别吃得太晚,不安全。

贺莹忍不住笑了笑:都是棋院的同事,一起十几二十个人,不用担心。

贺莹:你早点睡觉,休息好。

贺莹:明天见。

顾宴看到"明天见"三个字,嘴角又情不自禁地咧开了。

顾宴:明天见!

李姐路过大厅,就看到顾宴坐在轮椅上巴巴地捧着手机乐滋滋的样子,忍不住又无奈地笑了笑,真跟小孩一样,一会儿一个情绪。

贺莹洗完澡舒舒服服地躺在床上看电视,准备看困了就睡一会儿,晚点再跟他们去吃夜宵。但看着看着,她总忍不住拿起手机看裴邵有没有给自己回消息。

距离她给裴邵发微信已经一个多小时了,裴邵还是没有回复她。这种情况以前从来没有发生过。

贺莹莫名地在意起来,盯着那条不到一分钟的视频通话记录一会儿,然后切出去给张玉贤发微信:比赛完的时候你用我的手机接了裴邵的视频通话?

张玉贤回得很迅速:接了。

贺莹:你跟裴邵说什么了?

张玉贤:怎么?

贺莹:你先回我。

492

张玉贤：我就说你在跟宋培玉老师聊天，没空。

贺莹：你怎么不告诉我？

张玉贤：哦。忘了。

贺莹：[省略号.jpg]

张玉贤：怎么？

贺莹：没事了。

张玉贤：你在干吗？

贺莹：看电视。

张玉贤：我来找你。

贺莹：我准备要睡了。

张玉贤：你要睡了我就走，我一个人在房间，无聊。

贺莹犹豫了一下，正好她也需要转移一下注意力，于是回道：过来吧。

张玉贤的房间在楼上一层，过了五分钟才过来按门铃。贺莹开门，看到他，诧异地上下打量了他一眼："你怎么穿成这样就来了？"

门外的张玉贤穿着一身淡蓝色的棉质睡衣，脚下还穿着酒店的一次性拖鞋，看起来像是刚洗完澡，头发上还带着一点没完全吹干的湿润，脸蛋白白净净，唇红齿白的，一点都不像白天那个成熟稳重的张玉贤大师，反倒像个清爽帅气的男大学生。

"舒服啊。"他很自然地走进来，"我洗完澡就喜欢穿睡衣。"他说着扭头看了贺莹一眼，"你不是说准备睡了？你就穿这个睡觉？"

贺莹穿了件宽松的黑色毛衣，一头蓬松乌黑的长发用鲨鱼夹挽着，带着几分慵懒随性。

"等会儿不是还要出门吃夜宵嘛，懒得换，到时套件羽绒服就能出门了。"

床尾的电视还在放着综艺。张玉贤径直走到里面的房间，随意地往床上一坐："叫客房服务送点吃的上来吧。"

"你还吃？晚点还要去吃烧烤呢。"贺莹跟着进来，直接脱了鞋上床。

"饿了。"张玉贤说。

贺莹无语地看了他一眼。

"晚上那么多吃的你不吃？"

"那时候没胃口啊。"他说着挪到床头，直接拿起床头的电话拨了前台的电话，"你要吃什么？"

贺莹不看他，专心看电视："什么都不吃。"

张玉贤要了一些吃的,挂了电话,看了一眼抱着枕头坐在床上的贺莹:"我可以上来吗?"

贺莹转过头来,看他斜坐在床边,姿势别扭,想到他们小时候也经常一起在床上看电视,不大在意地说:"上来啊。"

张玉贤心情愉快地脱了拖鞋,坐到床上,像她一样随手抓了个枕头抱住。

看着电视,他忽然笑了一下。贺莹看综艺里并没有好笑的镜头,扭头看他:"你笑什么?"

张玉贤脸上带着笑:"没什么,就感觉像是回到了小时候。"

贺莹也忍不住笑了,心里有些暖融融的。她好像正一点一点回到她真正的位置上:"是有点像。不过我还是来比赛的,你倒是成裁判了。"

张玉贤看着贺莹笑,心里也泛起暖意。

他们小时候去外地参加各种比赛,都是住一个房间的。最开始他们并没有安排在一起住,是他非闹着要跟贺莹住一个房间,教练没办法,才把他们俩安排在一个房间,后来每次参加比赛他们就都被安排在同一个房间了。那时候他们也像现在这样,一起窝在床上看电视,还会偷偷打电话叫酒店送吃的进房间,退房退押金的时候教练才发现。

贺莹离开以后,他每次去外地参加比赛住酒店,都会想起和她在一起的时候。他再也没有住过标间,都是自己一个人住一间房。

那时候他还小,心思很单纯,每天跟贺莹待在一起,只觉得开心,什么都没想过,就算棋院里的大人们都笑他是贺莹的跟屁虫,他也还是一天到晚地黏着她。

贺莹是真的困了,看着看着就躺了下去,听着声音迷迷糊糊地睡着了。

半睡半醒间,她听到门铃声响了起来,想着应该是陈远星他们过来叫她去吃夜宵了。张玉贤去开门了。

贺莹半睁开眼,脑子昏昏沉沉的,不太清醒,隐约想到,张玉贤穿着睡衣去开门,被他们看到了不会误会吧?

她挣扎着坐起来,然后就看到有人走了进来,穿了一身黑,明显不是张玉贤。她定睛一看,顿时一个激灵,彻底清醒了。

贺莹看着穿着黑色大衣、拎着黑色行李箱、面无表情地站在那里的裴邵,错愕又心虚地咽了咽口水:"你、你怎么来了?"

裴邵没说话,沉默地扫视了一圈。

贺莹却感觉到了一种"暴风雨前的平静"般的危机感,不由自主地坐

直了,觉得自己有必要解释一下这很容易令人误会的情况:"我们刚才在看电视。"

话一出口,她就发现张玉贤不知道什么时候把电视关了。她看了眼一片漆黑的电视,忍不住愕然地看向紧跟进来的张玉贤。

张玉贤皱着眉看看她,不能理解贺莹在紧张什么。她跟裴邵本来就是假的,有必要跟裴邵解释吗?

裴邵看了一眼黑屏的电视,终于开口:"看来电视看完了,你可以离开了。"后半句话,他是看着张玉贤说的。

张玉贤没动。贺莹冲他使眼色:"小玉,你先走吧,先回去换衣服。"

张玉贤皱眉,看了她两秒:"那我先走了。"

张玉贤一走,贺莹就从床上溜下来穿上拖鞋"哒哒哒"走到裴邵面前,一脸热情地问他:"你怎么会来的?"

裴邵冰冷的视线落在她脸上,看着她明显带着讨好示弱的态度,神情不由得放缓了一些,微抿了一下唇:"过来看你。"

贺莹听到这个答案,心里突然一软。明明他看起来就不开心,却不会因为不开心而对她甩脸色闹别扭,还是会说是过来看她的。

她心里软软的,声音也变得柔软:"难怪给你发信息也不回,是在坐飞机吧?"

裴邵:"嗯。"

贺莹觉得自己有必要解释一下刚才的状况:"你不要误会,刚才就是小玉说自己一个人在房间无聊,就过来找我玩。我们在看电视,我看着看着就不小心睡着了。"

裴邵说:"我没有误会。"

他没有误会,他只是纯粹因为贺莹跟张玉贤交往过近而感到不开心。

贺莹感觉到了。她又往前走了一步,主动拉住他的手,轻轻牵住:"你吃晚饭了吗?"

裴邵眸光微微闪动。这里没有别人,只有他们两个,她不需要扮演他的女朋友,但是她却主动牵了他的手。

裴邵眉眼间的淡漠在贺莹牵住他的手,又用温柔的语气问他有没有吃晚饭的时候彻底消融,手指仿佛是有自我意识般回牵住她的手,语气也不再冷淡:"在飞机上吃了。"

贺莹问:"你住哪个房间啊?我陪你过去。"

裴邵:"819。"

贺莹一愣:"我对面那间?"

"嗯。"

贺莹入住的时候就发现了,她所在的棋院同住在这一层,她隔壁斜对门都住了人,怎么就她对面那间没人住。本来还以为是被别的客人住了,现在看来,应该就是给裴邵留的房。

"你是不是早就准备要来了?"贺莹问。

裴邵点点头。他的原计划是明天早上的飞机,但在那通视频通话之后,他改变了主意,让张秘书买了今晚的机票,一开完会就直飞过来。

贺莹把裴邵送到走廊对面的819号房。这间房的房型结构跟她那间是一模一样的,但餐桌和茶几上却摆了她那边没有的鲜花和果盘,暖气也被提前打开了,房间里暖融融的。

"这就是老板的待遇吗?"贺莹四下打量,啧啧称奇。

裴邵把行李箱放进房间:"应该是张秘书事先打电话给酒店安排的。"

贺莹问:"你累吗?等会儿我跟棋院的同事们要去吃当地一家有名的烧烤,说是很好吃,你去吗?"

裴邵:"去。"

话音刚落,贺莹的手机就响了起来。是陈远星给她发的微信:我们准备出发了。

贺莹回:好,五分钟后,大厅集合。

陈远星:OK!

贺莹对裴邵说:"他们准备出发了,我回去穿件外套。"

他们开门出去,然后就迎面撞上棋院的陈远星、秦教练等一行人。

"哎!裴邵?你什么时候来的?"秦教练他们看到裴邵,都一脸惊讶。

裴邵基本上每天来棋院报到,刚开始他们都对裴邵敬而远之,实在是裴邵的身份、地位摆在那儿,再加上身上那股子生人勿近的气质,让人不敢接近,顶多就是平时见了点点头、笑一下打声招呼。但时间久了,也渐渐熟悉起来,也不知道是不是他们的错觉,总觉得裴邵看起来好相处了很多,甚至在棋院遇到,还会主动跟人打招呼了。所以现在大家相处起来都自然了许多。之前大家一口一个"裴总"地叫,还是贺莹让他们改的称呼。

裴邵说:"刚到。"

"哎,正好,一起去吃烧烤吧!"秦教练热情地邀请。

贺莹笑着说:"我们正准备过去跟你们会合呢。我去穿件外套,你们先下去吧。"

她回房间穿上衣服,顺便给张玉贤发了条微信,通知他到大厅集合,然后就跟裴邵先下去了。

到了大厅,才发现张玉贤已经到了。他原本站在人群里微笑着跟棋院里的教练和棋手们聊天,看到贺莹是跟裴邵一起下来的,嘴角的笑容就有些难以为继。

他其实也不想表现得那么明显,可明知道贺莹跟裴邵是假的,却还要看着他们两个出双入对,心里就很不舒服。

"好了,人到齐了,我们打车吧。"秦教练说。

"我已经让酒店安排车了。"裴邵说。

酒店经理小跑着过来:"裴总,车已经安排好了,司机在外面等了。"

于是,聚在大厅里一群人乌泱泱往外移动。

省去了打车的环节,很快就到了那家很有名的烧烤店。因为这家店小有名气,所以店里的客人很多,看着很热闹。秦教练先过去问老板还有没有位置。

老板一看他们那么多人,热情地说:"有!您稍等,我让人给你们搬桌子。"说完,招呼店里的服务员搬了几张折叠桌出来拼成了一张大长桌。

棋院的教练和棋手们也纷纷过去帮忙,搬凳子的搬凳子,摆凳子的摆凳子,还有的过去点单。

贺莹突然扭头问裴邵:"你吃过烧烤吗?"她好像想象不出裴邵在这种摆在大马路上的烧烤店里吃烧烤的样子。

裴邵想了想,说:"吃过。"

高中的时候,被褚方拉着跟几个同学一起去吃的。就那么一次,五六个同学一起去的,就他一个吃完食物中毒还进了医院。那之后他再也没有在这种看起来卫生环境不过关的路边小店里吃过东西。

凳子摆好了,贺莹挑了个靠边的位置坐下,裴邵在她右侧的座位落座。张玉贤正准备在贺莹的左边位置坐下来,陈远星却快他一步,一屁股在贺莹左边坐下了。

张玉贤沉默两秒。

"张玉贤老师,过来这里坐啊!"有年轻的棋手热情地喊道。

张玉贤走过去,却没有坐他们给自己留的中间位置,而是在贺莹跟裴邵对面的座位坐了下来。

"裴邵,你喝什么饮料啊?"秦教练问道。

"不用饮料,他喝水。"贺莹说。

张玉贤看过去，皱了皱眉。既然是假的，怎么贺莹把裴邵的喜好记得那么清楚？

烧烤上来了。为了照顾不能吃辣的人，所有烧烤都是一份辣一份不辣。

"你吃这个。"贺莹把不辣的那一盘烧烤挪到裴邵面前，"这个是不辣的。"

张玉贤又抬眼看过去。

贺莹抓起一串烤得焦香的牛油，张嘴撸下来两个，焦香混合着油脂的香味在口腔里爆开。

"唔，好吃。"她被味道惊艳到，立刻转头看向裴邵，"你尝尝。"

裴邵拿起一串牛油，审视了一眼，随即优雅地送到嘴边。

周围其他人都看向他。裴邵才嚼了两下，就有人迫不及待地问："怎么样？好吃吗？"

裴邵礼貌地停下咀嚼的动作，回答："还不错。"

发问的人正是强烈推荐来这家吃的棋手，听到这样的评价，顿时放松地笑了起来："我就说嘛。我在网上做了攻略，好多人都推荐吃这家店。"

"真的好吃。"贺莹笑着说。

她本来晚饭吃了不少，一点都不饿，出来只为了凑个热闹，然而吃了一口烤牛油，胃口一下就打开了。

她吃完牛油，又拿起一串鸡翅，用筷子拨了一个下来，剩下的一个很自然就递给对面的张玉贤："这个给你。"

主要是裴邵跟陈远星都是不吃辣的，所以自然而然剩下的就给张玉贤了。

裴邵看着他们。

张玉贤嘴上说着："又给我吃你剩下的。"手却很诚实地伸过来接过扦子。

贺莹说："我又没碰过，怎么就成剩下的了。"

张玉贤也不知道是有心还是无意，似笑非笑地说："我以前吃你吃剩的还少吗？"

她吃了一半的冰激凌、吃不完的牛肉面，就连在棋院食堂吃饭，吃不完的剩饭剩菜，也全扒拉进了他的碗里。在外面买到不好吃的，她尝了一口，就给他。他也一点都不嫌弃，来者不拒，全替她吃了。

有教练听了笑着说："哎，这个我可以做证。小时候玉贤像跟屁虫一样跟在贺莹屁股后面，天天黏在一起。"

这话引起席上一阵笑声。又有教练接着这个话题聊起贺莹跟张玉贤小时候的事，气氛一时热闹起来。

裴邵在这欢声笑语中冷静得格格不入。他忽然有种抽离感，感觉这热闹的一切都与他无关。就像小时候到外公外婆家，所有人都喜欢逗顾宴，环绕着顾宴，但只要一面对他，态度就会变得又生疏又别扭。

贺莹原本正笑着听他们聊天，忽然察觉到裴邵的沉默，担心他融入不了这样的氛围，觉得被冷落，面上笑着说道："那都是小时候的事了，现在我可不敢让张玉贤大师跟在我后面。"

桌子底下，她却找到了裴邵的手，轻轻握了上去。

裴邵怔了一下，面上不动声色，心跳却无声跳快了一拍。他转头看向身边的贺莹，她正笑着跟别人说话，可是桌子下的手却紧紧地牵着他的手。

一瞬间，他所有的不适都被抚平，抽离感消失了，他被贺莹从半空中拽了回来。他收紧手指，攥紧她的手，脸上的冷漠消失了，有股暖意逐渐盈满了胸腔。

吃得差不多了，贺莹压低了声音问裴邵："你累不累？我有点吃撑了，要不要去河边散会儿步？"

"好。"

秦教练准备起身去买单，贺莹叫住他："秦教练，单我买过了。"她刚刚去洗手间的时候顺便把单买了。

秦教练："哎呀，你怎么还把单买了？"

本来他们就沾了贺莹的光，裴邵这又是赞助又是给他们搞特殊待遇的，现在还要贺莹请他们那么多人吃夜宵，真是让他们不好意思了。

贺莹笑着说："这次先我请，下次秦教练再请。"

秦教练哈哈一乐："行！"

其他人纷纷起身准备回去了。

贺莹说道："你们先回去吧。我吃撑了，跟裴邵去散步，等会儿自己回去。"

张玉贤说："我也去。"

有张玉贤开头，陈远星突然说："那我也去。"

几个小棋手纷纷应和，都不想那么早回酒店。

有教练笑着说："你们干吗呢？人家那是去约会，你们去当什么电灯泡。走了走了，回去了。"

还有教练开玩笑说："玉贤怎么还跟小时候一样啊，贺莹去哪儿都想跟着。"

"不过现在不行咯,贺莹有男朋友了,谁让你不把握机会的。"

一句无心的玩笑话,听到有心人耳朵里却无比刺耳。

贺莹担心陈远星他们真跟上来,趁他们开玩笑的时候,拉着裴邵走了。张玉贤看得清清楚楚的,是贺莹主动拉的裴邵的手。那份协议要求她要做到这份上吗?

贺莹跟裴邵沿着河边的长廊散步。

南州比桐市的天气要暖和一些,但毕竟已是冬天,又是深夜,还是有点冷的。

贺莹穿得多,倒不觉得冷,反而刚吃撑了,现在走一走吹一吹河风只觉得清爽。

"你冷吗?"贺莹扭头看向旁边穿着黑色大衣的裴邵。

"不冷。"裴邵说。

刚才还置身于喧闹之中,现在却忽然只剩下他们两个人,深夜车少人也少,只有路灯和树影,格外静谧。

裴邵深夜睡不着的时候也曾独自下楼在花园里漫无目的地走一走,那时候他从未想过身边会有这样一个人陪着自己。哪怕四周都很安静,也不会觉得孤独。

虽然他们住在一个屋檐下,每天都见面,但他们见面时总是置身于人群之中,独处的时间其实并不多,很难得有这样无人打扰的独处时刻。裴邵甚至隐隐希望这条路可以再长一点。

"你应该不习惯刚才那种环境吧?"贺莹问道。

"还好。"裴邵说。

贺莹说:"以后这种场合,你要是不喜欢的话,可以不去的,不用因为我去勉强自己。"她不希望裴邵因为她的原因去忍耐他不舒服的环境。

"我不觉得勉强。"裴邵说,"我只是还不是很适应,但是我并不觉得讨厌。"

他过往出席的饭局聚会都是商业性质,从来没有参加过只是约在一起吃吃喝喝的局。刚开始他的确感觉自己格格不入,但贺莹似乎总能察觉到他微弱的情绪,就那么拽着他,硬生生把他拽进了她的世界里。当他试图融入那种氛围后,虽然还是有点不适应,但他似乎也并不讨厌那种感觉。大概是因为贺莹不厌其烦地、一次又一次地在席上的喧闹声中转过头来跟

他说话。

她牵他的手，凑过来小声跟他聊天，都是因为她在意他、关心他、担心他。他第一次感觉到，被人在意着，是这样的感受。陌生的、温暖的，内心的空洞仿佛被填进去很多东西，一点一点充盈起来。

"那就好。"贺莹笑着说，"我还担心你会不喜欢这种太杂乱、太吵的环境。"

"不会。"裴邵说。

他以前的确不喜欢那种环境，但因为今天，他开始喜欢了。在那样吵闹的环境中，所有人都在聊天、玩笑，而贺莹在桌子下牵住了他的手。

"对了。"贺莹忽然想起来，"顾宴明天也要过来玩，他告诉你了吗？"

"嗯，玲姨已经告诉我了。"裴邵说。

贺莹说："正好你在。我比赛的时候，你就带着顾宴到处去玩玩吧。南州有挺多地方值得一去的，等我比完赛再跟你们会合。"

裴邵说"好"。

贺莹这些年东奔西跑，大多数工作都需要她站着干，小时候最讨厌走路的人，硬是把耐力给练出来了，一口气走个好几公里完全无压力。她穿着羽绒服倒是不冷，不禁扭头看旁边的裴邵，又问他一句："冷吗？"

"不冷。"裴邵说。

贺莹看了看他身上的黑色大衣，有点不信，直接捞起他的手摸了摸，结果就摸到一手冰冷。明明平时牵他的手，他的手都是热乎乎的。她顿时皱起眉："你的手都冻得冰冰凉了，还说不冷。"

明明是责怪的语气，可听起来却全是关心。裴邵恍神了一秒。

贺莹把自己的围巾解下来，然后示意他把头低下来。裴邵下意识低下头，带着贺莹体温的围巾暖融融地围到了他的脖子上。

他反应过来，想把围巾还给她："我不用。"

贺莹抓住他的手，不让他去扯围巾："你用。要是冻感冒了，我又得照顾你。"

裴邵一张俊脸被红色的毛线围巾围着，微微抬眸看着她，眼神里晃动着细碎的光亮。鸦黑浓密的睫毛下一双乌黑深邃的眼睛一眨不眨地望着她，居然露出了几分脆弱而又珍贵的天真稚气。

贺莹的心口猝不及防地软了软，抬起手帮他整理了一下围巾，然后又对上他的眼睛。他的眼睛好像就一直没有离开过她，眼神亮亮的、软软的，还带着几分克制的灼热。

贺莹脑子有点发热，她恍惚间听到自己说："我想亲你一下。"

话音落地的瞬间，她忽然意识到自己说了什么，脑子直接过热宕机了，但脸上却还强行维持着镇定，甚至还追问了一句："可以吗？"

裴邵怔住了，怀疑自己是不是听错了，然而马上就听到贺莹追问的那一句"可以吗"。

他原本平稳跃动的心脏有一瞬间的停跳，然后发了疯似的狂跳起来。随即那张裹在红色毛线围巾里的脸以肉眼可见的速度红了起来。他不知道该怎么回答贺莹这个问题，心跳得很快，已经快到影响他思考了。

然而贺莹像是还在等着他的回答，眼巴巴地看着他。他并不知道自己的脸有多红，喉结剧烈地滚动了几下，僵硬地点点头，低低地回答："嗯。"

在贺莹的预想中，裴邵应该主动过来亲她，可是他在"嗯"完之后，居然就这么直勾勾地盯着她，像是在等着她主动过去亲他。虽然看起来已经在竭力保持冷静，但他僵硬的姿态已经泄露出他的紧张，眼神却亮晶晶水汪汪地看着她，羞涩紧张中还带着几分虔诚的期待。

他那张矜贵冷静又英俊的脸上露出这样的神情，简直纯情得要命。

贺莹咽了咽口水，心口也"怦怦"乱跳起来，开始紧张。她试探着往前探了探。

因为帮裴邵整理围巾，他们的距离已经够近了。她一探身，裴邵就自觉将腰弯了下来，头也低得更低了。两人离得极近。

裴邵的呼吸都屏住了，喉结艰难而缓慢地滚动了一下。贺莹盯了他两秒，咽了下喉咙，然后仰起头，靠过去，下巴蹭过毛绒绒的围巾，闭上眼亲了上去。

裴邵在贺莹亲上来的瞬间，不受控制地闭上了眼，长而浓密的睫毛剧烈地轻颤着，胸腔里的心跳却比睫毛颤动的频率还要快。心跳声太过激烈，连头骨都听到回响。

贺莹的心跳也很快，亲到裴邵嘴巴的瞬间，脑子都停止思考了。只剩下一个想法，裴邵的嘴巴有点凉，但是很软，让人忍不住想咬一口。

贺莹及时制止了自己大脑里大胆的想法，跟裴邵分开来。她睁开眼，入目所见，是裴邵紧闭的眼和震颤的睫毛。

裴邵缓缓睁开眼睛，胸腔里的心跳依旧"怦怦"急跳着，没有要平息下来的迹象。他喉结动了动，想要说话，却又不知道在这种时候该说些什么。

"我想抱你。"他学着贺莹刚才的征求方式，问，"可以吗？"

贺莹点点头："可以。"

裴邵把她抱进怀里，头埋下来贴着她，手臂也紧紧地圈着她。刚才发生的事情都太不真实了，让他产生了一种强烈的虚幻感，只有这样抱着她，切实地感受她的存在和体温，才能让他心悸不止的心脏感到安宁。

　　贺莹蹭了蹭毛绒绒的围巾，围巾上熏染的桂花香混合着裴邵身上冷冽的气息让人安心。她安静地贴上他的胸口，隐约听到胸腔里震动的心跳声。

　　"我听到你的心跳声了。"贺莹把手贴到他的心脏位置，她轻声说，"好快啊。"

　　裴邵只是将她拥得更紧。他从未与人拥抱过，原来拥抱的感觉这么好，比牵手还好。胸口好像被什么填满了，有一种异常的满足感。

　　裴邵好像忽然明白了"幸福"这两个字的意思。从小学就开始学的两个字，他却从来没有真正体会过它的意思。他现在的这种感受，大概就是幸福的感觉吧？

　　抱了好久好久，贺莹的脚底板都站麻了，感觉裴邵还没有要松开她的迹象，她突然忍不住笑出声来。

　　裴邵有些不知所措："怎么了？"

　　她抬起头来，笑着看他："你不会是准备在这里抱一晚上吧？"

　　裴邵才意识到时间的流逝，有些羞赧地松开了手臂："抱歉。"

　　"咳咳，我们回去吧，明天还要比赛呢。"贺莹说。

　　裴邵抬眼看了眼还有很长的河廊，有点遗憾，但还是点头："好。"

　　"走吧。"贺莹说完，很自然就牵住了他的手往马路边走去。

　　裴邵怔了怔，垂眸看了一眼贺莹牵他的手，抬眸时，唇边带了笑意，眉眼异常温柔。

　　回到酒店，贺莹用房卡刷开房间，转头对裴邵说："我去睡觉啦，你也快点洗漱一下早点睡。"

　　"嗯。晚安。"裴邵说。

　　"晚安。"贺莹推开门准备进房间。

　　"贺莹。"裴邵忽然叫住她。

　　"嗯？"贺莹回头。

　　"接吻是情侣间才会做的事。"裴邵像是有些不确定，问，"所以我们现在是情侣了吗？"

　　贺莹忍不住笑了，清亮的眸弯起来，粲然生辉："嗯，我们现在是情侣了。早点睡吧，晚安，男朋友。"

　　回到房间，贺莹倒是很坦然，现在手也牵了，抱也抱了，亲也亲了，再矜持就不礼貌了。

裴邵喜欢她,她也的确对裴邵动心了,那就谈恋爱试试。说不定最后还真能嫁进裴家呢。

她坦然地睡去。然而一廊之隔,裴邵却失眠了。明明身体已经十分疲惫,可是意识却迟迟舍不得睡去。

他躺在床上,闭着眼,脑子里一遍又一遍地回放今天晚上跟贺莹相处的每个细节。牵手、拥抱、亲吻,还有她对他说的每一句话。每回放一遍,心口就会随之悸动、缩紧,心跳加快,胸腔里一直萦绕着一种陌生的、甜蜜的感觉。

裴邵从来不知道自己的内心会产生如此多如此复杂的情绪,好像他的灵魂都充盈起来,最后困到极致了才沉沉睡去。

贺莹比完上午一场比赛,从赛场出来拿回自己的手机,然后就看到屏幕上微信显示了三十几条未读消息。

她点开微信,这三十几条微信毫无意外的,都是裴邵跟顾宴发的。

顾宴发了二十几条,这并不意外。他平时就喜欢给她发微信,一次就发四五条,她半天没看微信,十几条也是有的。

令她诧异的是,裴邵居然也给她发了一堆微信。她今天早上从酒店离开时裴邵都还没醒,给他发微信没回。

9:40,裴邵:我醒了。

裴邵:昨晚失眠了,没睡好。去比赛了吗?

10:00,裴邵:我去吃早餐了,祝你比赛胜利。

10:13,裴邵发来一张早餐的照片:吃早餐了。

11:02,裴邵:顾宴到了。

11:10,裴邵:中午你想吃什么?

裴邵:我们在酒店休息,你结束了给我打电话,我过去接你。

11:15,裴邵:还没比完吗?

裴邵向来话少,就算发微信,也只跟她有来有回地发,语句也很精简,这还是第一次连续给她发那么多条微信。

她低头回复:刚比完。

贺莹:吃什么都可以,好饿。

裴邵秒回:好,我过来接你。

裴邵回完贺莹的信息,立刻起身从书桌前离开,走出卧室,找到在外面跟李姐一起看电视的顾宴。

"贺莹比赛结束了，我们现在出发。"

顾宴的第一反应却是拿起手机打开微信，却发现贺莹没有回他的消息，心里顿时涌起一阵失落。

而此时在会场大厅的贺莹还在看他发的微信，实在是太多了，她划拉好几下才看完。

从早上起床到出门、上飞机，再到下飞机、到达酒店，他发了二十几条，其中还掺杂着各种表情包。

最新的两条是问她怎么还没下完棋。

顾宴：还没下完吗？

顾宴：我哥在办公，我跟李姐在酒店看电视，好无聊。

贺莹回复：刚结束。在等你们来接我，快饿死了。

顾宴听到声音拿起手机看了一眼，原本阴云密布的脸色顿时多云转晴。虽然心里还是有点介意贺莹先回裴邵再回他，但这点介意只是存在一下就消失了。

顾宴：来了。你想吃啥？

贺莹：都可以，我现在饿得可以吃下一头牛了。

昨晚吃得太多，早上没什么胃口，只吃了一个茶叶蛋，但下棋遇到一个难缠的对手，消耗了很多脑力，肚子也饿得不行了。

贺莹今天的对手是一个十八岁的女棋手。她剪了很短的短发，染成金色，连眉毛也染了金色，贺莹注意到她鼻子上还有一个小洞，看起来像是穿了鼻环，但取下来了。她这个造型搭配上浅浅的瞳色和很白的皮肤，有种独特的美。但她下棋的风格却老成稳重，防守非常严密，有点难缠。

贺莹这两天比赛观察到，现在年纪小一些的这批棋手中女性占比变多了。在棋院的时候，家长带来参观上课的小孩中女孩子的比例也大大增加了，这是一件好事。

贺莹走到大厅门口等裴邵他们。身后传来交谈的声音，隐约听到自己的名字，她有些诧异地转头看过去。然后就看到了那个短金发的女棋手跟她的教练正往这边走来，看起来像是在讨论刚才的对局，所以提起了贺莹的名字。

贺莹一回头，他们就看到她了。那位教练的表情顿时变得有点尴尬，金发女孩的反应倒是很淡定，甚至还直接开口说："我们刚好在说你呢。"

贺莹礼貌性地笑了笑。

金发女孩说："听他们说你很厉害，我本来不信的，现在我信了。"

贺莹刚要客气两句，就见她微微抬了抬下巴说："不过等我跟你一样大的时候，一定比你厉害。"

她旁边的教练尴尬得笑容都凝固了。

贺莹微微笑了笑："那就祝你成功。"

她相信等女孩到了她这个年纪，或许会比现在的她厉害，可那个时候的她，也同样比现在的自己要厉害。她有这个底气，所以并不在意一个小女孩一句不服输的挑衅。

那位教练感激地看着她："不好意思啊，小孩不会说话，她这是拿你当目标呢。"

贺莹微微笑了笑，表示自己并不介意，余光瞥到一辆黑色轿车在路边停了下来。她看过去，看见车停稳后，驾驶座的车门先打开，顾宴的保镖从车上下来，小跑着打开了后座车门。

接着裴邵从后座下车，径直朝她走过来。

顾宴则坐在车里，在车门后探身喊道："贺莹！"

贺莹对他招招手，然后微笑着跟那位教练和金发女孩点点头："那我先走了。"

"怎么来得那么快？"贺莹刚走下台阶，裴邵就已经走到了她面前，她笑着看着裴邵问。

"不远。"裴邵说着，递给她一个小纸袋，"帮你打包了一个面包，饿了就先吃一点。"

"太好了！我先吃两口。"贺莹饿得前胸贴后背，迫不及待地接过纸袋打开，从里面拿出一个酥皮面包，用纸袋兜着先低头啃了两口。

"你们两个在那儿干吗呢？还不上车？"坐在车里的顾宴催促道。

贺莹听他催，就准备先过去。

"别急。"裴邵淡定地说，"先吃完。"

贺莹又啃了一口，就把剩下的半个面包装回纸袋："就吃两口吧，留肚子等会儿吃好吃的。"

"好。"裴邵笑着接过纸袋，"你想吃什么？"说完，抬起手把她嘴唇下沾的面包上的酥皮蹭掉，指尖不小心碰到她的嘴唇下缘，脑海里瞬间想起昨晚嘴唇触碰到的触感，心跳漏跳一拍，眼神不自然地微闪了一下，缩回手。

贺莹也怔了怔。她脑子还没转过来，突然意识到自己现在跟裴邵的关系已经从假男女朋友变成真男女朋友了。

"你们到底上不上车了？"顾宴见他们俩迟迟不上车，都开始生气了。

"先上车再说吧。"

两人一起往车那边走去。

贺莹跟之前一样坐进后座，裴邵却没有去坐空着的副驾驶，而是也跟着上了后座。贺莹不得不挨着顾宴给他腾出位置来。

顾宴想说什么，张了张嘴，却发现自己好像没有立场让裴邵去副驾驶坐，又把话咽了回去。

他们最后决定去吃一家南州特色菜。

刚到餐厅，贺莹就接到了张玉贤的电话，问她在哪儿。

贺莹才发现自己把他给忘了，顿时一阵心虚："顾宴过来了，我忘了叫你了，我们刚到餐厅，我发定位给你。"

对面的张玉贤沉默了几秒，说："不用了，你们吃吧。"

电话挂断了。

"他要过来吗？"顾宴立刻问。

"他说让我们吃。"贺莹听出张玉贤有点不高兴了，不禁有些懊恼，"我太饿了，都忘记叫他了。"

"少吃一顿又没什么。"顾宴说。他巴不得张玉贤不来。

裴邵没说什么，拿出手机打通了张玉贤的电话："你现在在哪儿？"

"还在会场，怎么了？"张玉贤的语气听起来很平静。

"我让人过去接你。"裴邵说。

"不用，你们吃吧。"张玉贤说，"我准备回酒店了。"

裴邵停下脚步，用眼神示意贺莹跟顾宴先进去。等贺莹推着顾宴进去了，他才接着说道："你不来，贺莹会不开心。"

电话那头的张玉贤安静了两秒，然后说："发定位给我，我自己过去。"

贺莹跟顾宴先到座位坐下，看到裴邵进来，贺莹问："他来吗？"

裴邵说："他等会儿就到。"

贺莹松了口气，然后说："你怎么没叫他？"

裴邵落座，淡定地说："我以为你会叫。"

她给张玉贤发微信道歉，打开微信才发现他还给她发了两条微信，问她人在哪儿，她没回复，他才给她打的电话。

贺莹：对不起，我以为裴邵叫你了，原谅我。

她毫无负担地把"锅"甩到裴邵头上。

张玉贤过了一会儿才回她：知道了，在打车了。

贺莹：快来，我快饿死了。

张玉贤：先吃，别等我。

好在比赛会场离餐厅不远，也就两公里，张玉贤到的时候，菜正好上桌。

"快坐，快坐。"贺莹热络地招呼他，以弥补自己把他忘了的亏欠。

张玉贤在顾宴身边的空座坐下来，抬了抬下巴："不是快饿死了，吃啊。"

"吃吧。"裴邵往贺莹碗里夹了一块肉，然后抬手叫来服务员给贺莹叫了米饭。

贺莹是真饿了，就着米饭就开始狼吞虎咽。

"你吃慢点，又没人跟你抢。"张玉贤说。

"她饿了。"顾宴说，看不惯张玉贤对贺莹"指手画脚"。

"饿了更要慢点吃，对胃不好。"张玉贤也看出了顾宴对自己的敌意，并没有要回避的意思。

裴邵不参与，只是给贺莹盛了碗汤，又往她碗里夹了块鸡腿肉。

张玉贤看着裴邵不动声色地给贺莹盛汤夹菜，对他的行为简直有些匪夷所思。他问过贺莹，裴邵这么做的目的是什么。贺莹含糊地解释说是为了给裴邵当挡箭牌。

他料想大概是裴老爷子给裴邵压力让裴邵早点结婚，裴邵才会弄出一份交往协议来，找贺莹堵裴老爷子的嘴。但如果只是当挡箭牌，在裴老爷子面前装就可以，何必在他们面前也要故作亲密？而且他看裴邵那个样子，总觉得裴邵不像演的。不会是想假戏真做吧？

张玉贤看裴邵的眼神渐渐变得怪异起来。

顾宴盯着张玉贤，真是越看越不顺眼。自从知道张玉贤跟贺莹小时候就认识，而且关系还很好以后，他以前对张玉贤的那份敬重之心就逐渐转变成了嫉妒。现在看张玉贤对贺莹管东管西的，就更看不惯了。

裴邵也就算了，他不能跟裴邵争，但张玉贤凭什么还要来抢贺莹那点已经为数不多的关注？

顾宴自认跟裴邵是同一阵线的。他已经成功地说服了自己，贺莹虽然跟裴邵在一起了，但她还是每天都会回到裴家，他每天都能看到她，她也依旧每天晚上都会去看他，跟他说晚安再睡。除了不像之前做护工一样一天到晚围着他打转，好像一切都没有变。

/ 第十章 /

独占月光

贺莹吃饱喝足，就开始犯困。这是最近在棋院养成的习惯，每天中午棋院的同事棋手们都会午睡，贺莹随大流，也养成了午睡的习惯。

贺莹一上车，就很自然地闭上眼，歪倒在裴邵的肩头上："好困，我眯一会儿。"

副驾驶座的张玉贤扭头看过来，皱了皱眉，没说什么，又把头扭回去了。车停稳在酒店门口。

张玉贤扭头往后看去，就看到贺莹依旧歪靠在裴邵的身上，却不知道什么时候把裴邵的胳膊也搂住了。他眉心一跳，冷声喊道："贺莹。"

贺莹被叫醒，迷迷糊糊地睁开眼。

张玉贤皱着眉说："醒醒，到了。"

贺莹"哦"了一声，坐直了，顺便放开了裴邵的胳膊。裴邵把略有些酸麻的胳膊收回来，顺手替她理了理凌乱的头发："上去再睡吧。"

他温柔的语气跟张玉贤冷硬的语气形成鲜明的对比。张玉贤忍不住看了他一眼，心里的疑虑更深。

贺莹躺到床上却睡不着了，按开手机，发现有两条未读短信。她顺手点开，一条是广告短信，另一条则是银行短信。

她点开看短信内容，然后呆了呆。短信显示她的银行卡上午十点转进了整整两百万。

她又惊又喜，立刻点开微信，给裴邵发信息：你给我转钱了？

裴邵：尾款。

贺莹：那不是应该三个月以后再给我吗？

裴邵：鉴于你的表现优良，帮你提前转正。

贺莹的嘴角忍不住咧开了。她原本还有那么一丝忧虑，觉得他们都谈恋爱了，那么那份协议自然就失效了，那剩下的两百万要是裴邵不提，她好像也不怎么好开口主动找他要。没想到裴邵一早就把钱给她打过来了。

贺莹毫不掩饰自己的喜悦：爱你！！！

裴邵被扑面而来的"爱你"以及后面三个惊叹号给冲击到了，怔愣地盯着这行字半晌，脸渐渐红了。

他垂首打字，看着自己编辑出来的信息发了一会儿怔，犹豫了一下，又红着脸删除，最后只发出两个字：午安。

贺莹根本睡不着，一直举着手机盯着那条银行短信，嘴角带笑、眼神发痴。以前她总幻想要是以后有钱了如何如何，可现在她突然真的有钱了，居然有些不知道该怎么花它了。

她对理财一窍不通，也不感兴趣，她选择最稳妥的办法——把钱存在银行里吃利息。之前那一百万除了一部分还债，又留了一小部分在手里用来日常花销，剩下的就都存了银行。这两百万肯定也是要存银行的。

她现在在棋院的陪练工作工资也不低，再加上升段后又能拿一笔工资，日常花费是完全足够的。

她暂时不考虑买房子。这钱看似很多，但如果在桐市买房子，那就剩不了多少了。贺康是个不稳定因素，不知道什么时候会出意外状况，需要钱，钱还是拿在手里最稳当。在老家买套房子倒是不用花很多钱，但完全没必要，她工作在这里，老家也没有适合贺康上学的学校。所以还是存进银行最好。

贺莹收到一笔巨款，心情异常好，午觉只在车上睡了不到二十分钟，下午到会场却精神抖擞、异常亢奋，看每一个人都和善可亲。

"小贺老师，你这是怎么了，那么高兴？"秦教练看了都忍不住问道。

"没事。"贺莹笑盈盈地说道。

"你这场排到罗文了吧？"秦教练问。

陈远星也看着她。

贺莹点点头："嗯，是他。"

秦教练想叮嘱贺莹几句，但是想想，又觉得对贺莹来说，什么叮嘱都显得没必要："那我们就在外面等着你胜利的消息了。"

贺莹笑着点点头。

"你一定要赢。"陈远星说。

他对贺莹很有信心。可他跟罗文下棋已经是去年的事了，一年的时间，对罗文那种资质的棋手来说，变化可能是天翻地覆的。

贺莹摸摸他的头："你也要赢。"

陈远星哼唧一声："那是肯定的。"说完，忽然余光瞥到一道瘦高的身影从大厅进来，他对贺莹使了个眼色，"罗文来了。"

贺莹转头望去，看到一个瘦高的少年从大厅进来。他穿了件棕色卫衣，戴了副浅棕色眼镜，一边走一边推了推镜框，像是一边走路一边在思考着什么的样子。他进了会场，正好抬起头往这边望过来，看到贺莹，好像认出她了，呆了呆。

贺莹对他微微点头，笑了一下。他愣了愣，随即有些腼腆地对她回点了一下头，然后推了推眼镜，走开去找他比赛的棋桌了。

比赛快开始了，棋手们陆续找到各自比赛的棋桌。

贺莹在罗文对面坐下来。罗文立刻抬起头看她，唇角紧抿，有些紧张的样子。

"你好。"她笑着跟他打了声招呼。

"你好。"罗文显然有些不大擅长跟陌生人交谈，似乎也想对贺莹笑一笑，但又好像不大习惯笑，最后抿着嘴角，有些生疏僵硬地点了点头。

还没到比赛时间，贺莹跟他闲聊："我看过你的比赛视频。"

罗文忽然挺直了腰，镜片后的眼睛微微亮了一下："我看过你比赛。"

贺莹微微挑眉。他说看过她比赛，不是看过她的比赛视频。不过她那时候网上直播还不那么普遍，她留下的一些视频资料只是一些大比赛，像素都很"感人"。

"你看过我比赛？现场？"

罗文推了推眼镜，点点头。贺莹留意到他的眼镜并没有滑落的迹象，推眼镜似乎只是为了掩饰紧张。

"第46届全国青少年围棋大赛总决赛，你跟张玉贤大师争夺冠军那一场。"罗文镜片后的眼神闪着异样的光彩。

他当时就坐在赛场外，看着直播的大屏幕，看着贺莹跟张玉贤对弈，最后贺莹战胜张玉贤拿到了青少年冠军。就是那一场比赛，让刚学围棋两年被父亲带来感受气氛的他完全感受到了围棋的魅力，并为此深深着迷直至今天。

他曾想过自己终有一天能在赛场上见到贺莹跟张玉贤，却绝没想过会在这种比赛上遇到贺莹。

赛场的铃声响起。

"开始吧。"贺莹微笑着抬手按下计时器。

计时器开始计时的瞬间,她敛了神色,所有外放的情绪都收了起来,周身的气场骤然变得无比沉静。

罗文只是微怔了一下,就迅速调整状态,推了推眼镜,镜片后的黑眸开始凝神。

赛场其他棋手的比赛陆陆续续结束了,棋手们陆续起身离场。

陈远星这一场对弈的棋手跟他实力相差较大,他只用了一个半小时就轻松取胜了。他下意识地看向贺莹的方向。

贺莹跟罗文还在对弈。从陈远星的角度看过去,只看得到罗文,以及贺莹的后背。

贺莹下棋的时候习惯坐直,就算她现在身体前倾,单手托腮,腰背也是直的。

罗文一开始也是坐直的,但下着下着,腰就塌下来了,背也弓了起来,他眉头皱得很紧,全神贯注地盯着棋盘。

陈远星跟罗文对弈过,罗文跟他下棋的时候都没皱过眉头,可见贺莹给罗文带来的压力有多大。

陈远星余光瞥到在门口探头探脑的教练,有点无奈,不过反正也看不到贺莹跟罗文的对局,干脆起身出去了。

赛场中只剩下贺莹跟罗文留在最后。

不少棋手都没有离开回酒店,而是留在大厅等他们棋局结束。

罗文是公认的这次升段赛的最高水平。他去年因病错过了大赛,不然他早就升段了。但谁也没想到,居然会半路杀出个贺莹来。

如果不是各棋院的教练跟小棋手们科普了一下贺莹当年的光荣历史,小棋手们连贺莹是谁都不知道。毕竟贺莹名声最盛的时期对他们来说年代实在太久远了。

时间过去了两个小时十五分钟。棋手们终于看到贺莹跟罗文一起从赛场走了出来。

两人所在的棋院教练和棋手们纷纷围了上去。陈远星冲在最前面,丝毫没有避讳旁边的罗文,迫不及待地问贺莹:"赢了吗?"

贺莹笑了一下,点了点头。

升段比赛采用的是积分制，最后裁判会根据选手们的积分情况定段。贺莹赢了，但赢得并不轻松。罗文的确很强，而且潜力巨大，贺莹从他身上隐隐看到了几分张玉贤的影子。

他输给贺莹，并不十分难受，也没有表现出丝毫的挫败来，离开的时候不卑不亢地对着贺莹点了点头，然后就跟自己棋院的人一起离开了，很有大将之风。

贺莹目送他离开，对陈远星说："再过几年，罗文会是横在你面前的一座大山。"

陈远星现在还不足以成为罗文的对手，但几年后，他势必会跟罗文坐在同一张棋桌上。他们年龄相近，意味着他们的巅峰期会有很长一段时间的重合。

陈远星看着罗文被簇拥离去的身影，皱了皱眉，感受到了压力。但很快他就收回了视线，看着贺莹说："不管这座山有多高，我都会攀过去的。"

贺莹看着他，笑了笑，然后摸了摸他的脑袋："嗯，我相信你可以做到的。"

陈远星看着她，眼睛亮亮的，仿佛有星辰闪烁。她并不知道，他此时更想翻越的，是另一座山。

罗文是贺莹这次升段赛威胁最大的对手，赢过他以后，最后一天的两场比赛，贺莹都毫无悬念地赢了。

在裁判们手中的积分表里，她以全胜的战绩，名字后面的积分在罗文之上，超出了好几十分。

"真没想到啊，贺莹应该很多年没下过棋了吧，再回来居然还能有这样的水平。"其中一名裁判看着积分表感叹道。

"贺莹是跟你一个棋院的吧，玉贤。"另一名裁判忽然转头问道。

张玉贤点了点头，微笑着说："嗯。我们是一起长大的。"

那名裁判说："我记得那时候的青少年围棋大赛，都是你跟贺莹抢冠军啊。"

张玉贤笑了笑："我没抢赢过她。"

"要是她那时候没退役，现在应该也九段了吧……真可惜啊，我们本来应该有两位九段女棋手的。"

国内目前只有宋培玉老师一位九段女棋手。所以当初贺莹横空出世，颇为受人瞩目，宋培玉老师甚至亲自过去教导了一段时间。

然而最后的结果令人惋惜。并不是因为她最后天赋耗尽、泯然众人，而是她自己放弃了。

"也许再过不久,我们依旧会有两位九段女棋手。"张玉贤说道。

但裁判们显然理解成了另一种意思,附和道:"是啊,现在学围棋的女孩子比例多了很多,这次升段赛也有表现亮眼的,潜力很大。"

"玉贤老师,你在其中做了很大贡献啊。"

张玉贤没有解释。因为终有一天,贺莹会自己证明的。

定段的结果并不是当下就出来的,需要一段时间之后才会给出定段结果跟证书。

明天就该回桐市了。今天晚上是在南州待的最后一天,棋院的教练和棋手们都提议去南州有名的小吃街逛逛。

贺莹跟裴邵、顾宴三人也跟着棋院的大部队行动,李姐跟保镖也都随行。

虽然说贺莹本身就是竞技型选手,比赛不会让她感到太大的压力,但这次比赛对她的意义非同凡响。这几天虽然表面上看起来轻松,实际上神经还是一直紧绷的状态。现在比赛结束,她也终于能够彻底放松了。放松的结果就是食欲暴涨。

为了在小吃街能多吃点当地的特色美食,大家晚上特地没有吃晚饭,贺莹从街头一直吃到街尾,吃到肚子都鼓起来。好在穿得多,也看不出来,可以放松地把自己的胃展开。

"我们去南河上坐缆车吧。"那位热衷于做攻略的年轻棋手说,"我看网上说来南州必须要坐一次南河缆车的。"

南河缆车是横跨河东河西的缆车,可以看到河两岸的夜景,是南州有名的旅游打卡点。大家兴致都挺高的,纷纷附和。

"离得也不远,正好吃饱了,咱们散步过去吧。"

于是,一行人又散着步往南河缆车的方向移动。

贺莹是很喜欢这种感觉的。从学校离开后,她就几乎没怎么过过集体生活了。在外面打工的时候,她要省钱,除非是有同事请客,她通常不参加各种聚会和聚餐。但同事请客,她后来也不去了,毕竟不好意思每次都白吃白喝,可她也实在没有多的钱去请同事吃饭。更何况有空闲的时间,她都尽量找些能赚钱的事情来做,希望能多挣点钱。

出了社会,她才知道自己一直被保护得很好。父母在的时候,除了在感情上亏欠她,从未在物质上亏待她。她了解家里的经济状况,那已经是

父母尽可能给她的最好的了。

在棋院的时候更是所有人都把她当宝贝,每天都有棋院的前辈给她投喂各种好吃的,就算出去比赛,也是跟着教练还有棋院里的棋手们一起,被照顾得很好。

这种感觉让贺莹觉得自己又回到了那段在棋院无忧无虑的时光。

缆车晚上九点半就停运,他们刚好赶上了最后一批运营的缆车。

缆车限载两个人,贺莹跟裴邵自然被安排在一辆缆车里。

缆车挂在缆绳上,平稳地向着对岸驶去。缆车两岸的站点地势很高,可以清楚地看到河两岸的夜景。远处是灯火通明的南河大桥,冷冽的夜风卷起河面上的湿气从车窗刮进来,吹在脸上有股冰凉的寒意,但因为走了一路,所以不觉得冷,反而觉得舒服。

贺莹扒拉着窗往外看,红色的毛线围巾松松垮垮地裹在脖子上,脸上没有化妆,白白净净的,只有鼻尖上冻得一点点红,显得有几分可爱稚气。

贺莹是被迫长大的,父母去世留下的债务,还有贺康以后的人生,全沉甸甸地压在她的肩头,她很多时候都忘了自己今年才二十二岁,还很年轻。回到棋院后,她好像在一点一点回到她原有的生活轨迹上,也终于可以像这样认真地看一看世界了。

裴邵坐在贺莹的对面,没有去看缆车外的夜景,只是安静地看着她。

他一直很好奇。他曾经见到她在棋院外受到母亲冷落后漠然走开,回到棋院后,又若无其事地跟棋院里的小伙伴说说笑笑。就如同此时,明明经历过那么多不好的事情,可是现在却依旧能扒着窗户充满新奇地看着这个世界。好像吃再多的苦,只要给她一点甜,她就能立刻忘掉那些吃过的苦,变得高兴起来。

贺莹转过头来,额边的碎发被夜风卷到脸上,她正要伸手去拨开它,裴邵倾身过来,认真又细致地把她脸上凌乱的碎发拨开。

贺莹怔了怔,看着他。裴邵也看她,眼神干净又温柔,给她拨头发这个举动没有半点暧昧意味,只是纯粹地想要照顾她。

贺莹忽然发现,她尤其喜欢裴邵这样单纯干净的样子,不掺杂任何暧昧的、不带有欲望的深层含义的想法,再暧昧的动作他都能做得很纯粹。

对比起来,她好像更不单纯。因为她现在就很想亲他。但鉴于上次她已经主动过一回,她决定这次要让裴邵主动。

"裴邵。"她凑近他。

裴邵因为她的忽然靠近眼神微微晃动了一下:"嗯?"

贺莹眨了眨眼，眼睛水水亮亮的："你有没有觉得这里很适合接吻？"

裴邵怔了怔，喉结滚一圈，眼眸就深一圈，却还是没忘记征求她的意见："我可以亲你吗？"

贺莹又心动又无奈，眼睛里出现一点笑意："可以的，男朋友。"

话音还未落地，裴邵右手托住她的脸，吻上来，将她的尾音都堵在嘴里。

他轻轻亲一下就退开，睫毛颤动着睁眼看她，贺莹也睁开眼。两人对视上，他喉结滚了一下，又凑上来，继续亲她。

裴邵似乎比昨晚第一次亲吻还要紧张，生涩而又僵硬地贴着她的唇，不舍得分开，所以开始小心翼翼地在她唇上轻蹭。他毫无经验，只能遵循自己的心意和本能，试探着含住她的下唇柔柔地吸吮。

他的喉结剧烈地翻滚着，心跳剧烈，呼吸也有些不稳，然而他握住她后颈的手却无比沉稳，带着一种强烈的占有欲，将她掌控在自己手中，另一只手寻到她的手，握住，然而握住后却尤嫌不够，最后手指分开她的手指，插入她的指缝，交叉、扣紧，似乎想要占有她的全部。

贺莹原来预想中的接吻是跟昨天晚上那样纯情地亲一下，却没想到突然滑向了失控的边缘。裴邵生疏的技巧忽然变得充满侵略性，他只是本能地渴望，想要汲取更多。

贺莹心脏"怦怦"乱跳，感觉自己的嘴唇都被吮到发麻了，要是嘴巴肿了等下还怎么见人？想到这里，她忍不住后退想要躲开。

裴邵握着她后颈的手却骤然收紧，不让她再后退，半睁开的眸，眼尾染上浅淡的红色，喉结滚动，微微喘息着，不等贺莹说话，又闭眼吻了上来。

…………

"哈哈哈，小贺老师，有这么冷吗？都把脸给蒙上了。"秦教练下缆车后一看到贺莹就忍不住笑了。

其他人也纷纷看过去。只见贺莹把脖子上的围巾拉得很高，跟面罩一样围在脸上，只露出一双眼睛在外面。

她用手扯了扯往下掉的围巾，很淡定地笑着说："是啊，风太大了，脸都刮疼了。"

因为地势高，又在河边，风的确很大，这个解释倒是很让人信服。

本来也就是随口打趣一句，大家也都没多关注。只有张玉贤皱了皱眉，依旧盯着贺莹，看了几秒，视线又转到裴邵身上，眉头皱得更紧了。

他总觉得裴邵有点怪怪的。这种怪很难形容，就感觉裴邵跟平时不一样。

裴邵向来没什么情绪的，给人的感觉就是冷静淡漠中带一点疏离的冷感，让人觉得很难接近。可此时他却在这冷峭的地方整个人散发出一种温润和煦的气息，有种怪异的反常。

等缆车上的人下完了，秦教练又清点了一下人数，确定人到齐了，大家才一起往外走。

贺莹跟着大部队往外走的时候，裴邵很自然地走到她身边来，又很自然地牵住她的手，牵了一会儿，就变成了十指相扣的姿势。就连在车上都要牵着，她任由他牵着。

贺莹很明显地感觉到裴邵之前那种若有似无的距离感一下子消失了。缆车上的那个吻好像打破了他的某种界限，或者说，他的界限没有被打破，只是她被完全圈进了他的这个界限之内，所以感觉不到了。

贺莹这一天又费脑子又费体力，回到酒店已经累得不行了，简单洗漱一下，往床上一倒，倒头就睡。刚要睡着，就被电话吵醒。她抓起手机，接听后，眼皮就又合上了："喂？"

她声音里睡意明显。裴邵停顿了一秒，问："你睡了？"

贺莹侧躺着，把手机放在脸上，贴着耳朵，嗓音含糊着，懒懒的："嗯，刚睡着……"

"抱歉。"裴邵语气都放得很轻，"那你睡吧。"

贺莹就沉沉睡去。然后第二天早上被门铃声惊醒。

贺莹挣扎着睁开眼，摸起手机一看，发现手机居然没电关机了，明明昨晚睡前还有百分之五十多的电量，她太困了就想着明天再充。

脑子里闪过一丝疑惑。门铃声还在响，她只能先下床开门。

外面是过来叫她去吃早餐的顾宴还有陪同的李姐。贺莹这才知道已经快九点了。

棋院订的车票是十点多的，从酒店到车站的车程只要不到二十分钟，倒是还有时间可以吃个早饭。但贺莹显然来不及了，她都还没洗漱，行李也还没整理，本来昨晚定了个八点的闹钟，结果手机关机了闹钟也没响。

"给你发微信不回，电话也打不通，我就知道你肯定睡过头了。"顾宴说。

"你们去吃吧，给我随便打包点，我到路上吃，我还要洗漱收拾行李。"贺莹说。

"行吧。"顾宴说。

"裴邵呢？你叫他了吗？"贺莹忽然问道。

顾宴:"他没跟你说?哦,你手机关机了。他临时有事,早上七点多就走了。"

贺莹有点意外:"发生什么事了?"

顾宴说:"不知道,应该就是公司有事吧。"

贺莹点点头,想来也是,又不是节假日,裴邵都过来两天了。

"我知道了,你去吧。"

贺莹回到房间先把手机充上电,等洗漱完出来,点开微信,果然有裴邵给她发的微信。

七点多发的,只有一条:临时有事处理,我先回桐市了。

贺莹没有多想,切出页面,发现周阿姨居然给她发了微信,她点开来看。

周阿姨:小贺,裴邵的爷爷回来了!听玲姨说今天的飞机。他在国外待得好好的,突然回来别是因为你跟裴邵的事吧?

贺莹皱起眉,原本以为裴邵是为了公司的事情回去,这样看来,大概是因为裴老爷子回来了。

她突然意识到,她之前只考虑过她跟顾宴在一起如果遭到阻力该怎么办,却从来没有考虑过跟裴邵在一起,遭到的阻力可能更大。

裴邵不只是裴老爷子的孙子,更是裴氏集团的继承人,他的婚姻大事,远比顾宴的要更受重视。

她跟裴邵的事已经传开了,裴老爷子知道也是迟早的事。但此前贺莹并没有考虑过裴老爷子知道以后要怎么办,毕竟她跟裴邵只是一纸合约,她到期拿钱走人。可现在,合约作废,弄假成真了。

贺莹忍不住担心起来。

"你怎么了?"去车站的路上,顾宴看出了贺莹的心神不宁,"让我给你买早餐,你又不吃。"

"没事。"贺莹说,然后拆了筷子把打包盒打开,夹起两个连在一起的蒸饺,一口送进嘴里。

饺子还热着。贺莹麻木地咀嚼着,冷静地想,最坏也不过就是跟裴邵分手。

她已经拿到三百万,裴邵还送了她那么多贵价礼物,折算下来也是不少钱,她总归是不亏的。即便最后跟裴邵分手,她也比之前预想的得到的要多了。这两天,就当是做了一场梦。

她早已习惯预想好最坏的结局,这样坏事来临的时候,她永远有一丝可以值得庆幸、可以喘息的余地。可酸涩感却从胸口蔓延开来,情绪跟着

低落下去，连咀嚼都需要花费很大的力气。

"你怎么了？"顾宴皱着眉头问。

"怎么了？"贺莹抬起头看他，嘴还在不停地咀嚼，掩饰情绪。

"别装。"顾宴眉头皱得更紧了，漆黑的眼睛紧盯着她，"到底怎么了？发生什么事了？"

贺莹看着他眼睛里担心的神色，心里微微一暖，嘴角勉强扬了扬："没事，可能就是没睡好，有点晕车，难受。"

顾宴皱着眉盯着她，明显不信，但看她嘴角勉强的笑意，心一软，不想再逼问她，语气也软了下来："你不想说我就不问了。你要是吃不下就别吃了，等会儿饿了在高铁列车上再吃点。"

贺莹的确没胃口，于是放下筷子。顾宴把袋子拎过去，把打包盒扣好，袋子也重新系好丢到自己那一边去了。

"晕车你就休息会儿吧。"

贺莹"嗯"了一声，闭上眼睛。

顾宴看着她，又皱了皱眉，明明早上去找她她还好好的，怎么突然就这样了？难道是因为裴邵走了她不开心了？想想又觉得不可能。

贺莹闭着眼，脸上并没有露出什么端倪，可顾宴就是能感觉到她身上那种低落的情绪。他发现自己还是很在意她。看她不开心，他就有种心焦的感觉。

"别不开心。"他小声说，犹豫着，小心翼翼地握住她的手，不敢握紧，"不管你遇到什么事，只要你需要，我都会帮你的，任何事情都可以解决的。"

贺莹睁开眼，转头看着他，手指微微蜷缩，轻轻地回握了一下他的手，微微笑了一下。

顾宴仿佛受到了莫大的鼓励，眼睛亮亮的："所以你能不能告诉我到底出什么事了？"

贺莹听到他这些话，心情好多了，精神也稍微振作起来："我只是在担心还没有发生的事情。但是你放心，如果有需要，我会第一个向你求助的。"

"真的？"顾宴听到贺莹把自己排到"第一个"，忍不住开心，嘴角都翘起来了，却还要故意再确认一次。

贺莹也笑了，松开他的手，摸了摸他的头："真的。"

顾宴心满意足，他紧挨着她坐着。他想，他没办法跟裴邵争，但只要在裴邵之后，他是贺莹的"第一位"，那也足够了。

贺莹的情绪波动只持续了很短的一段时间,她很擅长调节自己的情绪。她没有试图联系裴邵问裴老爷子的事,只是给裴邵发了一条他们上高铁列车了的消息。

接下来的三个多小时的车程,贺莹一直在跟顾宴还有李姐他们聊天,中途吃了一份盒饭。饶是她现在已是"百万富翁",仍旧会觉得这只有几块排骨、几颗玉米、几片青菜跟一点汤的盒饭要卖五十九块着实有点离谱。

她尽量不去看手机,不去看裴邵有没有给她发消息。然而,随着人群出站的时候,她一眼就看到了站在不远处的裴邵。

他也看到了她,在人群中搜寻的目光忽然有了定点,漠然的眉眼也有了情绪,嘴角浮起轻浅的笑意,同时朝她走来。

贺莹停下脚步,有些怔愣地看着裴邵穿过人群来到她面前,很自然地弯腰接过她手里的箱子,换到另一只手,然后用空出来的手牵起她:"饿了吗?先去吃午饭吧。"

贺莹没说话。顾宴默默地说:"她才在车上吃了份盒饭。"

裴邵说:"那就去随便吃点。"说完,看向后面陆续出来的秦教练等人,"大家一起去吧。"

张玉贤作为裁判还要在南州多待一天,并不在其中。

教练们纷纷婉拒:"我们就不去了,上车前在酒店吃了一顿,现在没消化。你们去吃吧,我们就都回去了。"

可几个小棋手都露出渴望的眼神。陈远星眼巴巴地看着贺莹,分明是想跟她走。贺莹说:"那他们几个小的跟我们走吧,等吃完了我跟他们一起回去。"

教练们还有点不好意思,陈远星他们已经欢呼着围到贺莹身边来了。

秦教练无奈道:"还是小贺老师你魅力大啊,有你在,我们这群教练,他们说不要就不要了。那行吧,那就麻烦你们了。"

他倒是不用交代让他们听话,陈远星在贺莹面前都会装乖,更别说那几个平时就挺乖的小孩了。

贺莹带着陈远星他们跟裴邵、顾宴吃完午饭,然后就回了棋院。

裴邵让小王先把顾宴跟李姐他们送回去,他留了下来,终于找到机会可以跟贺莹单独说话了。

最近最让他烦恼的,大概就是贺莹的身边总是围绕着很多人。而他却自私地只想让贺莹的所有注意力都在他身上。

"听说你爷爷回来了。"

两人坐在他们的专属隔间里,贺莹很自然就捏起一颗黑子下在了棋盘上,棋子入局的瞬间,她原本浮躁的心也跟着定了不少。

裴邵看着她,明显有些意外:"你知道了?"

"周阿姨告诉我的。"贺莹笑了笑,帮他解答了疑惑。

裴邵了然,捏起一颗白子落在棋盘上。

贺莹的人缘很好,无论是他的司机,还是裴家其他雇员,与她都相处得很好,时常能看到她跟他们有说有笑。周阿姨大概是从玲姨那里得到的消息,然后又告诉了她。

"你今天那么早走,是因为你爷爷回来吗?"贺莹问,棋盘上又落下一颗黑子。

他们很少在下棋的时候聊天,但坐在棋盘前,实在很难忍住不下棋。

裴邵点头,紧接着落下一颗白子:"他是因为我们的事回来的。"

贺莹早就预料到了,毫不意外,也没有接话,只是不假思索地又下一颗子。

裴邵垂着眸注视棋盘,语气平静:"他反对我们在一起。"

贺莹抬眼看他。虽然她并不意外,但被裴邵这么突然说出来,心里还是免不了微微惊了惊。她冷静地想到,从裴邵去车站接她时的态度来看,他显然没有接受裴老爷子的建议。

裴邵说:"他想跟你谈一谈,我替你拒绝了。"

贺莹怔了一下:"为什么?"

裴邵微抿了一下唇角,抬眼看她:"我怕他开出让你拒绝不了的条件,你会被动摇。"

贺莹不禁心虚地想,裴邵有这样的担忧,实在很应该。毕竟他们的开始,就始于一场交易。她也不能否认,她对裴邵的喜欢,跟他非常有钱脱不了关系。

她点点头,佯装附和道:"嗯……你担心得的确很有道理。"

裴邵却皱起眉,语气都严肃起来:"贺莹。"

贺莹这才笑了。她捏起一颗黑子,落在棋盘上,发出清脆的响声,然后抬头看着他:"你当我是傻瓜?这么简单的账都算不清楚。你爷爷能开出什么样的条件比你更值钱?"

裴邵皱着的眉舒展开了,居然还带着点赞赏的意味表扬她:"嗯,你能算清楚就好。"他接着说道,"我爷爷那边你暂时不用见,最近你先不要回去了。我在福明路有一套房子,你先去那里住,行李我已经让人帮你整理好拿过去了。等事情都谈妥了，到时候我再安排你们见面。"

贺莹点了点头："好。"

她对裴邵的安排没有异议。她现在每天那么忙，实在没精力去应对裴老爷子，既然裴邵都帮她安排好了，她也就心安理得地躲起来了。

裴邵又落了一颗子，然后抬眼看着她，问："顾宴说你早上不开心，是因为这件事吗？"

贺莹手里无意识把玩棋子的动作顿了顿，她没想到顾宴会跟裴邵说。她有点不好意思，她从刚才到现在就一直在装作若无其事、云淡风轻的样子，结果顾宴早就把她早上的反应告诉裴邵了。既然裴邵都知道了，那她也不用装了，捏着棋子坦诚地说："不是不开心，只是有点担心。"

裴邵望着她，语气温和下来："你不需要担心任何事，我会处理好的。"

如果不是顾宴给他发微信告诉他，他几乎要被贺莹骗过去，以为她对此毫不关心。

知道她会因此心情不好，他却莫名地对此感到高兴。这代表她会担心他们的未来，不想跟他分开。

贺莹的心彻底安定下来，弯了弯唇："好。"有一种天塌下来都有人会帮她顶着的感觉。

就在这时，陈远星忽然探头进来，先是看了两人一眼，随即瞥了一眼棋盘："呃，你们在下棋吗？"

棋盘上只落了寥寥十几颗棋子。

贺莹给了他一个"显而易见"的眼神。

"哦。那等你们下完。"陈远星说完却没打算走，而是走了进来，看着像是准备看他们下。

"我先回公司了，这局留着下次再下。"裴邵起身，对贺莹说，"我晚上过来接你。"

贺莹跟着起身，对陈远星说："等我会儿，我先送他出去。"

裴邵没有拒绝，等着她一起往外走。

"走啦？"路上有贺莹办公室的同事笑着跟裴邵打招呼。

裴邵也回以微笑，点了点头。

贺莹看着他跟那位同事互动，忍不住嘴角翘了起来，笑着说："你现在看起来有人情味多了。"

裴邵转头看她，略带一丝疑惑。

贺莹挑了一下眉："你自己没发现？以前别人跟你打招呼，你都是很

高冷地点一下头，现在会笑了。"

棋院里的同事们在背后说，一开始裴邵看着就跟冰山一样，很难接近，每次碰见了，跟他打招呼都怪紧张的，没想到这段时间见得多了，相处起来才发现，其实裴邵也没看起来那么难相处，还挺温和的，甚至还记得他们每个人的称呼。

裴邵有些怔愣："是吗？"他并没有发觉自己刚才笑了。

"是啊。"贺莹主动牵住他的手，"你难道没发现最近大家对你的态度热情了很多吗？"

裴邵察觉到了。他这些年每个月会来一两次棋院，却都没有这一小段时间以来认识的人多，之前多数人他觉得面熟，但是叫不出名字，而现在，就连贺莹办公室里的那些同事，他都知道他们叫什么了。他不怎么认人，如果不是印象深刻的人，他很难记住对方的样子和名字，但贺莹每次都会不厌其烦地提醒他。

"那是王姐，还记得吗？上次在食堂遇到过的，是后勤组长，还给了你一把自己做的雪花酥。"

如此反复介绍几次之后，他就都记住了。棋院里那些面容模糊、毫无印象的人忽然一个个变得面目清晰生动起来。

他们会笑着跟他打招呼，还会突然塞给他一些吃的，水果、糖、买的奶茶，或者是自己做的小蛋糕、小零食，没有给他拒绝的余地，直接塞到他手里，还让他给贺莹一份，就笑呵呵地走了。

"怎么样，融入集体的感觉还不错吧？"贺莹笑着问道。

裴邵慢慢地点了一下头："嗯。"

于他而言，又是一种全新的体验。他刚开始会有些不知所措，因为在他过去的人生中，从未有过这样的待遇。这样的事情往往只会发生在顾宴身上，而他通常只是站在一边冷眼旁观。

当这种事情发生在他身上的时候，度过那个不知所措的阶段之后，反而有种他仿佛已经融入这里了的感觉，很陌生，但是很奇妙，又很温暖，是他从未感受过的。

"我今天会有点忙，你晚上不用等我吃饭。等我工作结束，再过来送你去福明路的房子。"裴邵说。

贺莹说："嗯，你好好工作。"

裴邵看了她两秒，忽然俯身蜻蜓点水似的亲了她一下，然后盯着她的眼睛说："万一，我说万一，你避免不了跟爷爷见面，那他提出的任何条件，你都不准答应。"

贺莹眨了眨眼，随即抿唇笑了："知道啦。"

裴邵这才松开她的手，离开了。

贺莹目送他上了车，轻轻舒出了一口气，笑了笑，转身进去了。

晚上来接贺莹的，却只有小王。小王解释道："老板被老爷子叫回去了，让我先送你过去，他说晚点就过来。"

贺莹点了点头，裴邵已经事先发过微信告诉她了。

裴邵的房子是福明路的一栋三层小洋楼，离棋院大概三公里的距离，倒是比裴家离棋院还要近不少。从院门进去有个小花园，看起来像是请了专人打理，哪怕已经到冬天，院子里也有耐寒的植物蓬勃生长着。

"顾宴没出车祸之前，老板一直是住在这里的；顾宴出车祸以后，老板就搬回家里去住了。这里就交给管家打理，都好久没回来了。"小王说，"不然住这里还方便，离公司近多了。"

正说着，两人进到院子。里面有人开门出来，是一位穿着朴素却得体的中年女士。

"这是这房子的管家，姓文，你叫'文姨'就行了。"小王介绍道。

文姨从台阶上走下来，面带微笑："贺小姐你好。你的房间已经收拾好了，我带你过去。"

贺莹微微点头："谢谢。"

小王说："那我就不进去了。我还要去接老板，你有什么事就找文姨。"

文姨也说："是，你有任何需要都可以找我。"

贺莹说："你去吧。"

小王摆摆手，直接走了。

"那我们进去吧。"文姨带着贺莹进了房子。

她的房间跟裴邵的房间都在二楼，是相邻的两个房间。文姨只告诉她哪里是裴邵的房间，倒没有自作主张地打开裴邵的房间给她看，而是把她带到了她的房间。

贺莹的房间很大，还有一个小阳台，很适合在夏天的时候摆上一张躺椅，躺在这里吹夜风。

她的行李已经被归置好了，衣服甚至都被熨烫过，整整齐齐地挂在了衣柜里，洗漱用品也摆放得整整齐齐。

文姨说："毛巾都是新的，已经洗过烘干了，可以直接使用。你看还缺点什么，随时可以添置。"

贺莹笑了笑说："暂时不用，谢谢。"随即好奇地问，"你是也住在这里吗？"

文姨说道："不是的，我只是在裴先生出门工作的时候过来，不过其余时间你有任何需要都可以随时联系我的，会有专人为你处理。"

贺莹说："好。"

文姨问："需要我带你到处熟悉一下环境吗？"

"不用了。"贺莹说。

文姨说道："那你还有需要吗？如果没有别的需要的话，我就不打扰你了。"

贺莹："没有了。"

文姨又加了她的微信，让她好好休息，然后就离开了。

文姨一走，就只剩贺莹一个人了。她在房间待了一会儿，就走了出去，决定自己四处逛逛，熟悉一下环境。

三层的小洋楼从外面看并不觉得有多大，但身处其中，却觉得大得有些空荡。绝大部分的房间是空着的，干净得一尘不染，完全没有人居住或者活动过的痕迹。

裴家比裴邵这栋小洋楼要大得多，可裴家人也多，光是员工就有数十人，走来走去，总能见到人。不像这里，空荡荡的，一个人都没有。走廊还铺上了地毯，走在上面一丝声响都没有，安静得有些空寂。

贺莹很难想象，裴邵之前居然一直一个人住在这么冷寂的地方。

裴邵回来已经是九点多了，他推开院门，看到窗户透出来的灯光。他输入密码打开门，面前是一片光亮，还有客厅电视机传来的声音。

从十七岁时，他一个人住进来，每晚回来，这栋房子都是漆黑又寂静的，这是第一次，他晚上回来的时候房子里有灯光，客厅里有声音。

他站在玄关好一会儿，等起伏的心绪平复下来，才低头换鞋，然后就看到鞋柜里贺莹的运动鞋整整齐齐地摆放在那里。他顿了顿，弯腰拾起自己的皮鞋，挨着她的运动鞋摆放好。

他走进客厅，客厅里的电视正在放某档综艺节目，一群人在一起吵吵闹闹的，而贺莹正躺在沙发上睡得正香。

裴邵放轻脚步走过去，不想贺莹却忽然醒了过来。像知道他回来了一样，她从沙发上抬起头来，看到他的瞬间，表情还有些茫然，随即温温柔柔地笑了："你回来啦？"

裴邵无法形容这一刻的感受，心脏像被瞬间填满了。

"嗯,我回来了。"他走过来,蹲在她面前,举起手里的袋子,语气温柔,"周阿姨晚上做了虾饺,她说你爱吃,所以打包了让我带给你,还给你带了汤。要不要起来吃一点?"

贺莹立刻爬起来坐好:"要,我都好久没吃了。"

她去棋院上班后,一日三餐基本上都在棋院解决了,在裴家吃饭变少了,的确好久没有吃过周阿姨做的虾饺了。周阿姨做菜很好吃,她还会经常在网上学一些新菜式,各地的菜式,她都能做得有模有样,不然也不可能在裴家干那么多年了。

裴邵坐到她旁边,拿出两个保温餐盒,然后一层一层地打开,摆放在茶几上。

贺莹震惊了:"怎么这么多?这哪里吃得完?"

里面不仅有虾饺,还有香芋蒸排骨、虎皮凤爪,都是她爱吃的。知道她喜欢吃辣,还给她装了一小盒辣酱。汤是鲍鱼花胶乌鸡汤,汤汁炖得鲜亮,热气腾腾的。

裴邵把筷子跟勺子都取出来递到她手里:"我晚上没吃多少,再陪你吃一点。"

贺莹捧起汤碗,看着他,开玩笑说:"是特意少吃等着回来跟我一起吃吗?"

她似开玩笑提出的问题,裴邵却回答得很认真:"嗯。我喜欢跟你一起吃饭。"

贺莹吃饭的时候喜欢聊天,东一句西一句,分享她觉得有趣的事情,有的只是一些微不足道的小事,似乎没什么值得提起的。可他很喜欢听她说这些他以前从不会去留意在乎的微末小事,只是不知道该怎么表达自己的喜欢,也不知道该怎么接她的话,即便是努力想要回应也常常显得干涩又冷淡。

贺莹捧着汤碗怔了怔,她心里常常会被裴邵这种完全不委婉的表达给撞一下。她忍不住翘起嘴角:"我也喜欢跟你一起吃饭。"

两个人一起吃饭如果不说话,她总会觉得有点尴尬,所以总是会找些话题来说,大部分是些琐碎又无聊的小事,但裴邵总是听得一脸认真,还会认真地给出自己的观点,哪怕那些观点听起来并不是很实用。但这种被认真对待的感觉让她感觉很好。

裴邵听到她的话,深邃的眸都微微亮了亮。

贺莹捧着碗喝了一口汤,热汤一直顺着食道暖进胃里,感觉整个人都

变得暖和起来。

茶几上的手机弹出一条微信消息。贺莹拿起手机，是顾宴给她回了消息。她睡觉前才想起来给他发了微信，告诉他，她要暂时搬出去住。

顾宴：我哥已经跟我说过了，你放心在外面住几天，我爷爷待不了多久，等他走了你再搬回来。

顾宴：我晚上还跟我爷爷吵了一架。

顾宴：你现在住哪儿？酒店？

贺莹问：吵架？

发完信息，她又扭头看向裴邵："顾宴跟你爷爷吵了一架？"

裴邵看了一眼她手里的手机："顾宴告诉你了？你不用担心，只是争执了几句。"

事实上是顾宴在餐桌上直接说裴老爷子老古板、封建大家长，气得老爷子拍了桌子，晚饭都没吃完。

贺莹微微皱眉，顾宴替她出头，只怕会让裴老爷子更不高兴。

顾宴：他说我哥，又说你。我忍不了，就跟他吵了几句。

贺莹：这件事你不要管，更不要跟你爷爷吵架。

顾宴：你别担心，我爷爷不会拿我怎么样的。

贺莹无奈：我是担心你爷爷，他心脏不大好，你别气他。

顾宴：[省略号.jpg]

贺莹：我知道你是为了我才跟你爷爷吵架的，但我不希望你因为我跟你家人发生争吵，裴邵会处理好的。

顾宴看着贺莹发来的微信，一阵郁闷。他为了维护她跟爷爷吵架，结果她却一点都不领情，把他跟裴邵分得那么清楚。他不想回消息了。

贺莹又发了个摸小狗的表情包过来：但为了感谢你为我吵架，明天请你吃棋院食堂，菜系任选，所有消费，贺小姐买单。

顾宴看到这条微信，顿时被逗笑了，脸色由阴转晴，嘴角翘起来，手指飞快打字：喊，没诚意。

贺莹看到这条消息也笑了，回复道：那顾少爷想吃什么？你定，我负责买单。

这条消息刚发出去，裴邵就淡淡说道："先吃东西吧，要凉了。"

"好。"贺莹把手机放下，开始专心吃东西，手机振了她也没再去管。

等吃完了，她正要收拾，裴邵说："你现在可以回顾宴的消息了，我来收。"

他没让贺莹沾手，把餐盒整理好，垃圾也都清理了。

贺莹拿起手机看顾宴刚刚回过来的微信。

顾宴：现在想不出来，先欠着。

贺莹：好的，顾少爷。

顾宴：你现在住哪儿？哪个酒店？

贺莹沉默了一下，回：我没住酒店。

顾宴秒回：你住我哥那儿去了？？？福明路那儿？？？

从他的问号中可以看出他的惊讶程度。

贺莹很平静地回：对。

聊天顶栏上显示"对方正在输入中……"，但是足足过了将近三十秒，顾宴的消息才发送过来：你跟我哥同居了？

贺莹又沉默了两秒：这跟我在你家住是一样的，我住客房，不跟你哥一个房间。

顾宴很抓狂：那也不行！那怎么能一样！在我家那么多人！我也在，在我哥那儿就你跟我哥两个人！你们这就是同居。

顾宴：你现在就搬出来去住酒店！

顾宴：或者我过去跟你们一起住。

贺莹：我们是男女朋友，就算是同居不是也很正常吗？

顾宴：爷爷本来就对你有偏见，你还跟我哥同居，那不是对你的偏见更深了？你们才谈多久就同居？不行！你马上搬出来！

贺莹有些无奈地看向裴邵，说："顾宴知道我住在这里了，说让我搬出去。"

裴邵微微蹙眉，说："你不用回了，我给他打电话。"随即拿着手机走出了客厅。

贺莹真就不管了，吃饱了有点犯困，起身走出客厅，裴邵正站在走廊里跟顾宴打电话，抬眼看了过来。

贺莹比了个手势表示自己先上楼了，裴邵拿着手机微微点了点头，贺莹从他身边走过的时候，还隐约能听到电话那头顾宴的声音。

她回到房间简单洗漱了一下，出来的时候刚好听到裴邵敲门的声音。她过去开门。

"怎么样？"

贺莹刚洗完澡，身上穿着淡纹格子的长袖长裤睡衣，头发松松地扎一个饱满的丸子头，刚洗过的脸庞白皙水润，看着软软嫩嫩的。

裴邵眸光微顿，语气如常："顾宴是小孩子脾气，我已经处理好了。"

贺莹说："那就好。"

裴邵："嗯，你早点休息。"

贺莹说："好，晚安。"

"晚安。"裴邵说完就准备离开。

贺莹却眨眨眼，问："没有晚安吻吗？"

裴邵怔了一下，看着笑盈盈的贺莹，喉结微动，随即微微俯身，在她还有些湿润水汽的额头上轻吻一下。

贺莹却勾住他的衣领，将他拽下来，在他怔愣的瞬间，在他嘴巴上"啵"了一下，心满意足地说："晚安。"

裴邵深眸微闪，冷白的面皮浮现出异样的红色："晚安。"

贺莹早上在厨房找到裴邵的时候很震惊："你还会做饭？"

但很快她就发现了，裴邵的动作生疏中带着几丝慌乱，看起来实在不像是会下厨房的人。而且蒸笼里小笼包的卖相看起来也实在漂亮得像是店里卖的。

裴邵用筷子把小笼包从蒸笼里一个个夹到盘子里。雾气蒸腾中，他说："是阿姨做的，还有豆浆跟牛肉饼。"

贺莹一脸"果然如此"的表情。大概是做饭阿姨早上过来做好放在蒸锅上保温的。除了小笼包，还有鲜榨的豆浆跟牛肉饼。

"我来吧。"贺莹看不下去裴邵慢吞吞的动作，把他推到一边，然后利落地把小笼包夹到盘子里，顺手把电蒸笼的插头拔掉，又拿出两个杯子，把豆浆倒出来，牛肉饼也端出来。看到裴邵站在一旁有些无措的样子，她把装着牛肉饼的盘子递给他，"端出去吧。"

裴邵像是被分配到什么重要的任务一样，慎重地用双手接过盘子，说："好。"

贺莹看着裴邵像端着什么宝贝一样端着牛肉饼出去了，忍不住有点想笑。

裴邵很快又折返回来，把豆浆也端出去了。

贺莹试图在冰箱里找到辣椒给自己调个辣味的酱汁，结果不出意外地没有找到。裴邵显然平时滴辣不沾。冰箱里东西也少得可怜，双开门的大冰箱，大概只有十分之一的空间在使用，看起来很浪费。

贺莹关上冰箱，拿上碗筷出去了。

裴邵似乎对自己在厨房的表现十分在意，说："我不怎么熟悉厨房的事情，但我以后会尽量去学。"

贺莹看着裴邵微微皱眉似乎对自己的表现很不满意的表情，忍不住笑了："你知道吗？一个人再怎么厉害，也总会有些事情不擅长。你看，就像我，很多事情都很擅长，但是不大擅长赚钱。"

如果裴邵什么都很擅长，她只会望而生畏，感到压力。他偶尔表现出来的笨拙跟无措，反倒会让她觉得安心。

她笑着说："所以你就做你擅长的事情就好了，这些你不擅长做的事，就让我这个擅长做的人来帮你做吧。"

裴邵微微一怔。似乎从小到大，他身边所有人给他传递出来的信息都是要求他在每件事情上都做到最好。从来没有人像贺莹这样告诉他，他不需要把每件事情都做到最好，因为那些他做得不好的事情，她会帮他去做。

他微抿的唇角缓缓扬了起来："好。"

临出门前，裴邵忽然问道："你要不要请假休息几天？"

贺莹很快反应过来："担心你爷爷找到棋院去？"

裴邵说："我不确定他知不知道你现在在棋院工作。"

贺莹笑了笑："你爷爷要真想找到我，不管我在哪里他都能找到的。如果他找到这里来，我又该往哪里躲？"

裴邵微微皱眉。

贺莹牵住他的手，捏了捏："别担心，我向你保证，不管你爷爷开出什么样的条件，我都选你。"

裴邵眉头舒展，又很快蹙起来，反握住她的手："我不只是担心这个。"

贺莹知道他是担心自己，心里一暖，抓着他的手晃了晃，笑眯眯地宽他的心："那你就更不用担心了。你放心，我没那么脆弱。而且棋院还是我的地盘，我不会吃亏的。"

裴邵忽然意识到，这大概就是爱一个人的感觉，明知道她并不脆弱，却依旧想要排除掉任何她可能受到伤害的可能性，担心她受到任何一点伤害。

他早猜到她不会接受他的建议，但他还是忍不住说了，结果也并没有出人意料。她并不是温室里的花朵，也不想被移植到温室里。

他尊重她，但担心并没有减少："如果爷爷真的去棋院找你，你给我打电话。"

贺莹毫不犹豫地点头答应："好，第一时间通知你。"说完不再给裴

邵说话的机会，拖住他往外走，"好了好了，快走，我上班都要迟到了。"

"小贺老师，裴氏集团的裴老先生在八号棋室，说请你过去一趟。"某位同事进来棋室传话。

陈远星正凝神看棋盘，闻言抬起头看贺莹。

贺莹已经有了心理准备，所以也不怎么意外，镇定地对着过来传话的同事说："好，我马上过去。"

"裴邵哥的爷爷怎么来这里找你啊？找你干吗啊？"陈远星好奇地问。

"跟你没关系。"贺莹拍了下他的脑袋，"给你机会好好研究，我等会儿回来。"

陈远星"哦"了声，看着贺莹起身走了。

"贺小姐。"八号棋室外等着一个四十岁左右的中年男人，看到贺莹后，对她点了点头。

"于秘书，好久不见。"贺莹微笑着上前跟他打招呼。

她在赵家当护工的时候，裴老爷子每次来跟赵老爷子下棋，身边都是于秘书陪同的，也算是半个熟人了。

于秘书看着贺莹，心里不禁有些感慨。他们只是大半年没见，贺莹却已经今时不同往日。上次见面，她还是赵老爷子身边那个长得漂亮、沉稳话少的护工，年纪轻轻，气质却罕见地沉着，下棋也很厉害。谁能想到一转眼，她居然成了裴邵的女朋友。令人意外的是，她的气质并没有因为身份的转变而有什么变化，依旧是那样沉静内敛的样子，就连穿着打扮也还是低调不张扬的风格，只是神态中多了几分舒展自在。

"好久不见。"他对贺莹一直保持着良好的印象，也并没有因为她成了裴邵的女朋友就对她有诸多猜测偏见，此时也依旧保持尊重和礼貌，"先生在里面等你。"

于秘书敲了两下棋室的门，然后才推门请贺莹进去。贺莹对他点了一下头，才迈步进去。

八号棋室是 VIP 棋室，是用来接待一些重要客人的。裴老爷子已经坐在棋桌一侧，抬头看她一眼，语气随意："过来坐吧。"

贺莹镇定自若地走过去，在裴老爷子对面坐下。

裴老爷子端起旁边茶桌上的茶杯，喝了一口热茶，说："下一盘吧。我们也好久没下棋了，听说你重新回来下棋了，棋艺应该大有长进了。"

贺莹看着许久未见的裴老爷子，忽然发现裴邵最像的人，应该就是他这位祖父。裴家父子的英俊相貌一看就是自他这里继承的，明明已经八十二岁高龄，却依旧高眉深目，轮廓深邃，就算头发、眉毛都已花白，一双眼却依旧深邃明亮，仿佛将一生的智慧都凝聚在了这双眼睛里。他并不严肃，也没有高高在上的压迫感，倒像是一位和善可亲的老人，对待贺莹的态度也如同以前一般随和。

贺莹并不拘谨，在赵老爷子那里工作时，她就时常替赵老爷子上阵跟裴老爷子对弈。大概是因为这里是棋院，而他们此时对坐在棋盘两侧，所以她有足够的底气坐在裴老爷子对面，并不觉得紧张，语气如常："那跟以前一样，您用黑子吧。"

裴老爷子爱下棋那是众所皆知的事，他棋下得臭，却鲜为人知。不仅棋下得臭，棋品……也不是很好。

"哎！你怎么一上来就吃我子呢！"

下了不过三十余步，贺莹已经毫不客气地提走了裴老爷子被困死的三颗黑子。

裴老爷子瞪起眼，不敢置信似的盯着贺莹。

贺莹微笑，不说话。

裴老爷子拿她没办法，埋怨道："你这小丫头怎么一点人情世故都不懂……"他嘟囔着，"跟裴邵倒是天生一对。"说着，皱着眉头盯着棋盘，犹豫半天都落不下子。

裴老爷子嘴里埋怨着贺莹不懂人情世故，可真懂人情世故的棋手，他偏不爱跟他们下，没意思。

贺莹听到裴邵的名字心里一跳，但裴老爷子声音太小，她没听全话，忍不住抬眼看了下裴老爷子，他只是皱着眉盯着棋盘苦思冥想。

又走了三十几步，裴老爷子捏着棋子半天不落子，嘴里嘟囔着："我怎么觉得你下棋比以前还凶了。"

裴老爷子棋艺实在不佳，贺莹之前在给赵老爷子当护工的时候，裴老爷子就完全下不过她，更别说现在了。她都觉得神奇，像裴老爷子这种下了一辈子棋，还下得那么差，是怎么保持对围棋的热爱的。

她也不着急，耐心地等裴老爷子慢慢想。

突然，棋室的门被毫无预兆地推开。贺莹转头一看，只见裴邵冷着脸大步走了进来。

她一愣。她没告诉裴邵，他是怎么知道的？

于秘书跟着进来，看向裴老爷子："先生……"

"没事了，你出去吧。"裴老爷子淡定地摆摆手。

于秘书停下脚步，转身带上门出去了。

"你跑过来干什么？"刚才还一脸随和的裴老爷子此时却冷着脸看着裴邵，语气也带着严厉。

裴邵没有回答他，而是第一时间看向贺莹，试图从她脸上的表情辨别出她有没有受过委屈。贺莹微微摇了摇头，他随即将目光转向裴老爷子，脸色微沉，嗓音带着凉意："我跟您说过，不要来找她。"

裴老爷子的脸色顿时沉了下来："你这是在威胁我？"

"裴邵。"贺莹忽地站起来，抓住他的手，触手一片冰凉。她微惊了一下，将他的手握紧，看着他，"爷爷是来找我下棋的，别的什么都没说。"

裴邵皱了皱眉，随即看向裴老爷子。

裴老爷子冷哼一声："怎么，这棋院我还不能来了？"

贺莹微笑着说："您当然能来。您要是提前通知一声，我们都要给您拉个横幅热烈欢迎您来。"

裴老爷子怪异地看她一眼。正要说什么，突然棋室的门又被大力推开了，伴随着于秘书无奈的声音："吴院长，您不能就这么闯进去……"

第二个闯进来的人，正是院长本人。他一看裴邵也在，顿时愣了愣："哎？裴邵你也在啊。"

裴邵微微颔首："我刚到。"

吴院长"哦"了一声，随即反应过来，脸上堆起笑，走过来对裴老爷子说道："裴老爷子，您看您来了怎么也不事先通知一声，我们都没做好接待工作，连横幅都没来得及拉。"

这话听着似曾相识，裴邵跟裴老爷子同步望向贺莹。

"你们这……下棋哪？"吴院长像才看到棋盘一样，惊讶地问。很显然，他这么急匆匆地跑过来，一脸如临大敌的样子，显然不是来迎接裴老爷子的，而是以为裴老爷子上门来找贺莹麻烦了。

裴老爷子看看吴院长，又看看裴邵，再看看贺莹跟裴邵紧紧牵在一起的手，最后目光落在贺莹的脸上。

他像觉得好笑似的笑了声，然后说："行了，看来咱们今天这盘棋是下不成了，晚上回家里来吃饭吧，到时候再继续下。"

贺莹愣了愣："啊……好的。"

裴老爷子站起身，接着说："也不知道你给我的孙子们灌什么迷汤了，我好不容易回来一次，没一个人给我好脸色看。"

他尤其点了裴邵一眼。

他的孙子们，一个为了贺莹家都不回了，一个在饭桌上跟他顶嘴，说他是封建老古板。

裴邵跟顾宴，他也能理解，但就连一向从不发表意见的裴墨居然都附和顾宴的话，说贺莹的好话。

贺莹没有反驳，也不说什么讨巧的话，只是一脸乖巧地听着，装傻充愣。

裴邵却淡淡地说："也许您应该反思是不是您自己的问题。"

裴老爷子一阵语塞。

吴院长惊讶地看着他，惊讶于裴邵居然敢当面质疑裴老爷子，但惊讶之余，又带着几丝毫不掩饰的赞赏——好小子，可以。

贺莹脸上乖巧的表情差点裂开，用力捏了捏裴邵的手掌心，"微笑"着提醒道："你先送爷爷回去吧。"

裴邵低头看她，点了点头："好。"

吴院长像才反应过来似的，客气地说："这就要走了？不如去我办公室喝口茶再走吧？"

"不喝了。"裴老爷子说，"我还准备去趟公司。茶留着，我改天来喝。"

"那行，您随时来。"吴院长说着跟贺莹一起把裴老爷子送出了棋室。

裴老爷子摆摆手："行了，你们不用送我，都工作去吧。"

贺莹停下了脚步。吴院长却说自己这会儿闲着，非要送裴老爷子出门。

等到了门口，吴院长看了眼裴邵。裴邵立刻意会，微微点头后先离开了。于秘书也说道："我去把车开过来。"

等只剩下吴院长跟裴老爷子了，吴院长才开口说："裴老爷子，您应该也知道，小莹她爸妈早就不在了。我呢，给她当过几年教练，俗话说得好，一日为师终身为父，我心里把她当自己的孩子一样看待。小莹要是有什么不妥当的地方，您尽管跟我说，我去教训她。"

这话表面意思是教训贺莹，但深层意思却是：我家的孩子，除了我，谁都不能教训。贺莹是有家里人撑腰的。

裴老爷子听出来了。他是真有点好奇了，怎么贺莹身边的人一个个都对她那么好。裴邵就不说了，直接被她给拐跑了；顾宴也是，居然为了她跟他发脾气，说他封建老古板；连一向不怎么发表意见的裴墨，也为她说话。他找管家了解情况，管家话里话外居然也对她颇为维护。想想那时候在赵家，老赵对她也像对自家孙女一样爱护。

这也是他后来安排她去照顾顾宴的原因。那些传言，他自然也听到了，

不过他更愿意相信自己眼睛看到的，老赵对贺莹的爱护是对孙女一样，贺莹也是个懂规矩的。

吴院长接着说道："当然了，我这些话或许说得多余了，但也希望您能体谅一下，我这个小徒弟一个小女孩孤苦无依的，我这个当师父的，不能不多操点心，请您多担待了。

"我也知道，小莹跟裴邵两个的确出身背景悬殊，但除了出身背景，小莹不差什么。前两天她刚比完升段赛，估计能到七段。她还年轻，天赋又高，以后能到九段也未可知。也是耽误了那么多年，不然以她的天赋，早就是九段了。而且我也看得出来，裴邵是真心喜欢小莹，以前冷冰冰的一个人，现在见了谁都给笑脸了。"

裴老爷子的关注重点却在前半段话上："贺莹重新开始比赛了？她不是在你们这儿做陪练吗？"

吴院长说："嗐，陪练那是因为就她能镇得住陈远星那小子。陈远星您大概还不认识，今年刚转到院里来的，才十三岁，很有天赋，院里是把他当下一个张玉贤来培养的，就是太傲了，不服管，也就贺莹能降得住他，所以就让她来给陈远星当陪练了。也不影响她自己比赛，先把段升了，然后下个月还有女子围棋赛，准备让她去试试。"

裴老爷子知道吴院长这是明里暗里地夸贺莹，但他也知道吴院长说的是实话，并没有夸大，贺莹下棋的确很有大师风范。他想起当初在赵家看到贺莹时的错愕。他还记得这个小姑娘，在棋院的时候，被当成宝贝似的推到他面前来，很骄傲的一个小姑娘，也的确有资本骄傲，就连裴邵都下不赢她。后来听说她不再下棋了，他也曾惋惜过。没想到她最终还是又回到这条路上来了。说起来，倒是一件值得高兴的事情。

"她能回来，吴院长很高兴吧？"

吴院长脸上露出了真心实意的笑容："是啊，我很高兴。"

裴老爷子看着吴院长脸上的表情，知道对方刚才说的把贺莹当自己的孩子的话丝毫没有作假。他不得不在心里重新审视起贺莹来，她一定有过人之处，才会得到那么多人的真心爱护。

吴院长笑了笑："说得有点多了，就不耽误您的时间了。您慢走，有时间过来喝茶。"

裴老爷子温和地点了点头："吴院长回去吧，我走了。"

吴院长站在原地，目送裴老爷子上了车，才深深叹了一口气，有些忧虑地皱起眉来。

虽说裴邵看着对贺莹感情很深的样子，可要是裴老爷子反对，只怕也要多生波折。贺莹好不容易才重新回来下棋，感情上的事难免会影响到她，下个月就是女子围棋大赛了……

吴院长忧心忡忡地回到棋院，心里不放心贺莹，想去看看她，结果隔着棋室的门就看到她正专心致志地跟陈远星下棋。他扒着门看了半天，看到贺莹半点没有被影响的样子。他不禁摇了摇头，松了口气，看来是自己多虑了。贺莹从小就这样，只要一下棋，就会进入忘我状态，什么都忘了。

在国外疗养的裴老爷子突然回国，而且来了集团总部，公司上下议论纷纷。有人说裴老爷子是专门为了裴邵交女朋友的事回来的，听说是对裴邵的女朋友很不满意，所以亲自回国来拆散他们。

倒没有人怀疑裴邵的继承人地位会被动摇，毕竟众所周知，裴老爷子的儿子不争气，早就被放弃了。他虽然有两个孙子，但只有裴邵是从小被当继承人培养的。

周天也听说了，虽然担心，但还是忍住了没有给贺莹发信息。

而此时，裴老爷子就坐在裴邵的办公室，听着公司高层汇报这一季度的公司营运状况，可他的目光却落在裴邵办公桌上的相框上，表情有几分古怪。

相框里贴着一张照片。照片上贺莹对着镜头笑得一脸灿烂，而在她旁边，紧挨着裴邵，他那个从小到大都不苟言笑的孙子，脑袋上戴着一个粉红色兔子耳朵的发箍，面对镜头，微微笑着。他从没见裴邵脸上出现过这样的笑容。

不得不承认，他对这个长孙是有亏欠的，因为自己的儿子被养废了，所以对自己的长孙的要求就格外严厉。为了不让裴邵变得像裴行正一样，从他小的时候就不敢有一丝松懈，请最好的老师，用裴氏继承人最高的标准去培养他、教导他。裴邵也没有辜负他的期望，成长成了完美的继承人。

裴老爷子也是在裴邵渐渐长大之后才后知后觉，他这个孙子，似乎没有自己的喜怒哀乐。

裴行正有多不负责、不靠谱，他是知道的，当初是他做主安排让裴行正跟顾文君结婚生子。裴行正接受了他的安排，但在裴邵出生后，裴行正却并没有做到父亲的义务跟责任。

顾文君也是个有野心的，当初愿意嫁给裴行正，就是为了能够从他这里获取资源，完成她自己的野心，从怀孕到生下裴邵，都一心扑在事业上。裴邵五岁了，她都不记得裴邵的生日是哪一天。而他这个爷爷，为了能够

弥补在裴行正身上的缺憾，对裴邵也只有严厉的教导，没有过作为爷爷的慈爱。

他得偿所愿，培养出了一个完美的集团继承人。但当他意识到裴邵似乎过于理性冷漠的时候，已经晚了。直到此时看到照片里的裴邵，看到他脸上那从未有过的温和柔软的神情。

或许不晚。

裴老爷子只是走个流程，大概了解了一下公司的运营情况，就准备回家了。裴邵把他送到楼下坐车。

裴老爷子坐进车里，又降下车窗，对裴邵说："晚上把贺莹带到家里来吃饭，我也通知你爸爸了。我好不容易回来一趟，一家人聚在一起吃个饭。"

裴邵略一迟疑，裴老爷子就瞪起眼说道："怎么，怕把贺莹叫过来我把她吃了？"

裴邵淡淡点了下头："我会带她回去的。"

裴老爷子还想说什么，可是看着裴邵淡漠的脸色，忽然想起了办公桌上那张照片，欲言又止，最后忽然语气转缓，说道："行了，你回去吧，我走了。"说完就让司机开车离开了。

棋院那边，贺莹跟陈远星下完棋，吴院长就把贺莹叫到了办公室探听情况："裴老爷子跟你说什么了？他是不是反对你跟裴邵谈恋爱啊？"

贺莹摇摇头，说："没有，什么都没说，一见面就下棋了，然后裴邵就来了，然后你又来了。"

"那他对你跟裴邵的事是个什么态度？"吴院长问。

"应该不大赞同吧。"贺莹很淡定，"不赞同也正常，我的确是高攀了。"

吴院长听这话却不乐意："什么叫高攀？你要是小时候没放弃下棋，这会儿比张玉贤都厉害，九段女棋手啊，谁你都配得上！"

贺莹悻悻："这不是……没上九段嘛。"

吴院长也语塞了一下，恨铁不成钢地瞪她一眼，说："那还不是怪你自己！"

贺莹干笑两声，没顶嘴。

吴院长被她自己拆台弄得都不知道该怎么往下说了，缓了会儿才说："反正你不差什么。晚上要是真去他家里吃饭，也挺直了腰杆，别畏畏缩缩的，丢我的脸。就算最后真跟裴邵成不了，咱们棋院这么多棋手，好多还没结婚呢，你随便挑！"

贺莹忍不住笑。

吴院长说:"你笑什么?不说别人,就说张玉贤那小子,他从小什么都听你的,你要跟他结了婚,保管他对你百依百顺。钱他也赚了不少,绝对不会亏待了你。"

贺莹越听越不对,赶紧制止他继续往下:"行了行了,你赶紧打住。你以为你在这儿给我选妃呢?这话跟我说说就行了,可别去外面胡说。"

吴院长却来了精神:"怎么胡说了?你去问张玉贤,看他愿不愿意。"说起来,比起裴邵,他倒是更情愿贺莹跟张玉贤在一起。

贺莹脸上的笑意收了起来,认真地说:"教练,以后不要再开这种玩笑了。我跟小玉都长大了,再开这种玩笑,只会让我们之间变得尴尬。"

吴院长看贺莹的表情,不禁在心里嘀咕。他这个徒弟人看着机灵,一副万事通透的样子,却在感情的事上一窍不通,张玉贤对她的心思,明晃晃都摆在脸上了,她愣是没看出来。

"我这是让你知道,你也不是非裴邵不可,男人多的是,实在不行你就换一个。"

贺莹知道教练是在宽慰自己,可她听了这样的话,却不觉得安慰,反而胸口有点闷闷的,不舒服。她想了想,忽然发现,裴邵在她心里的地位开始跟别的人区分开来了,不知道从什么时候开始,他有了不可替代性。

半晌,她认真地说:"裴邵跟别人都不一样。"

贺莹站在棋院门口看着裴邵从车上下来,他看到她在等,脚步不自觉地加快了一些。

贺莹两步并作一步从台阶上跳下去,奔向他,然后在他错愕的眼神中扑进他怀里,给了他一个热情的拥抱。

裴邵伸手拥住她,被她的热情弄得有些无措,有些疑惑,一只手拥着她,一只手安抚似的抚摸她的头发:"怎么了?"

贺莹贴着他的胸口:"就是有点想你。"

是教练的话让她忽然意识到,裴邵不知道什么时候已经在她心里占据了那么重要的位置。想到他们可能会分开,她的胸口就闷得难受。

裴邵怔愣了一瞬,将她拥得更紧,低声说:"我也想你。"

他的手碰到她冰凉的面颊,不禁蹙眉:"那么冷,怎么在外面等?"

贺莹仰起脸来,神情认真:"因为想你,想快点见到你。"

裴邵垂着眸看她,闻言黑眸微微晃动,心像是被烫了一下,淡漠的眼

睛里瞬间翻涌起浓烈情绪几乎要将人溺毙。

他极力忍耐住想要亲她的冲动,这毕竟是棋院门口,进出都是她的熟人同事,他并不想让她难堪,但心口的躁动难以平息。最后心底叹息着将人紧紧拥进怀里,低下头将脸埋进她温软的颈窝,闭上眼深深感受她身上的气息。

小王站在车边,一直看着这边,看到这一幕,顿时脸一红,扭头假装四处看风景,偶尔忍不住又偷瞥一眼,心里还有点酸酸的。他也想谈恋爱了。

"这是怎么了?你们俩在拍偶像剧呢?"贺莹跟裴邵抱了不到两分钟,就有带着笑的调侃声从她身后传来。

贺莹扭头看过去,发现是赵乐他们几个棋手从棋院出来正看着他们笑呢。她松开裴邵,转而牵住他的手,冲赵乐挑了一下眉,嘴角翘着:"干吗?嫉妒啊?"

裴邵安静地站在她身边,紧紧牵着她的手,看着她跟他们交谈。

赵乐笑嘻嘻地说:"不是嫉妒,是羡慕。谈个恋爱跟拍电影似的,搞得那么唯美。"

"贺莹,我们去吃烤肉,你们一起去吗?"周得依旧是腼腆斯文的样子。

贺莹对待赵乐跟周得是两种态度,对赵乐是挤对来挤对去,对周得就温柔多了:"你们去吧,我们今天就不去了,改天一起。"

周得点了点头。赵乐说:"咱们这几个电灯泡就别打扰他们两个谈恋爱了。"他说着促狭地对贺莹抬抬下巴,"你们继续,我们先走了。"

"我们也走吧。"贺莹看他们走了,也牵着裴邵往停车的地方走去。

小王连忙把后车门打开。

车里的暖气没关,坐进去就暖融融的,带着点冷调的香薰融在暖空气里,也格外清爽。

贺莹把围巾摘了,忽然想起来:"我是不是该回去换身衣服?"

她上班的时候穿衣服一向以暖和舒服为主,今天也一样,里面是黑色高领羊毛衫,外面还是她最近最常穿的黑色羽绒服,跟以前的穿搭没有什么不同,只是衣服的材质跟价格都翻了好几倍。但是看起来似乎太随意了,怎么说也是"见家长"。

裴邵转头看了看她:"不用,穿这个就很好。"

贺莹想了想,反正今天在棋院老爷子都看到她了,那就这样吧。于是就穿着这一身去了。

"贺莹!"裴墨感觉自己已经很久没有见到贺莹了,看到她,脸上就忍不住露出了笑容，向她跑来。

"你今天不是有大提琴课吗？上完了？"贺莹问道。

"今天取消了。"裴墨说着，又规规矩矩地对刚下车的裴邵打招呼，"大哥。"

裴邵对他微微点了一下头："进去吧。"

"我帮你拿包吧。"裴墨伸手去拿贺莹手里拎的包，他总想表现得跟贺莹亲近一些。

贺莹刚要拒绝，看到裴墨那张漂亮到近乎艳丽的脸上那种不易察觉的小心翼翼和试探。她心里微动了一下，笑了笑，顺手把包给他了："我还给你带了南州的特产，不过现在没带在身上，下次拿给你。"

"真的吗？"裴墨漂亮的眼睛亮亮地看着贺莹。

贺莹被他看得心软软的，笑着说："当然是真的，难道还骗你吗？"

裴墨开心地笑了，他帮贺莹拎着包，跟着她还有裴邵一起走进门去，像是得到了某种权限一样，说不出来的开心。

只有贺莹在的时候，他才感觉到自己在这个家里不孤单，甚至连大哥对他的态度都温和了许多。

顾宴知道贺莹要回来，早早就在大厅里等着了，却没想到看到裴墨跟着他们一起进来，手里居然还拎着贺莹的包，脸色顿时阴沉下去。

贺莹却加快了几步，到了他面前，皱着眉头问："你怎么穿那么少啊，不冷吗？"

顾宴在家就穿了一件薄薄的灰色毛衣，宽大的版型将他衬托得格外苍白消瘦，脚上穿着棉拖鞋，却没穿袜子。虽然说裴家到处开着暖气，但因为空间太大，大厅还是有些凉的。

贺莹又刚从外面进来，看到顾宴穿得那么少，光看着都觉得冷，于是很自然地把自己的羽绒服脱了给他当被子盖住了腿。

顾宴刚才还满心不爽，一下就被贺莹这一连串的关心给砸蒙了，却还没忘记瞥了一眼裴墨，看到他难以掩饰的羡慕表情，心里舒服多了，脸上却佯装不耐烦，嘟囔道："我又不冷。"

这时玲姨走了过来，通知道："晚餐已经准备好了，去餐厅入座吧。"

当林冰玉看到贺莹跟裴邵一起走进来的时候，脸上的笑容凝固了。她今天晚上被于秘书通知回来吃晚饭，本来以为是这么多年，裴老爷子终于认可她是这个家的一分子了，正高兴，却没想到贺莹也会出现在这里。

裴行正倒是挺高兴的，招呼贺莹入座。

主位左侧依次是裴邵、贺莹、顾宴的座位。裴墨很自觉地没有坐在顾宴身边，而是绕到另一边，在林冰玉身边落座。

等他们都坐好了，裴老爷子才压轴登场，坐上了主位，看向贺莹："来了？等会儿吃完饭，跟我上楼去把下午那盘棋下完。"

贺莹乖巧地点点头："好的，爷爷。"

裴老爷子眼神古怪地看她一眼，她倒是不见外，一口一个"爷爷"叫着。

餐桌上，裴行正的话最多。从他对裴老爷子的态度里没有多少敬畏就可以看出来，他被宠成这样，裴老爷子也是出了一份力的。

林冰玉比之上次，话少了许多，几乎不开口。因为知道裴老爷子不待见她，裴老爷子在的场合，她都尽量低调。当初她要嫁进裴家，裴老爷子就不同意，是她答应签了那份条件严苛的婚前协议，裴老爷子才松口让她进门。再加上她跟裴行正婚后感情也越来越淡，近几年已经算是貌合神离，各玩各的，好在裴行正还算大方，之前给她开的卡一直任由她用，也从不查账。虽说圈子里都知道裴氏集团以后没她的份，但她还是能顶着"裴家太太"的光环，到哪儿都能被奉为座上宾。要不然她也不至于到了今天还要在这里做小伏低。

说起来原本今天她接到于秘书的电话，说是裴老爷子叫她回家吃饭，她高兴得立刻推了晚上的饭局赶回来，结果发现这场饭局她就是个陪衬，顿时那股子高兴劲也没了。只是她看着坐在裴邵跟顾宴中间的贺莹，怎么看怎么不顺眼。当初裴老爷子不同意她进门，无非就是因为她是娱乐圈的，瞧不上她。可贺莹呢？一个护工，难道比她高贵？她怎么也想不到裴老爷子居然会同意让他的宝贝长孙跟一个护工在一起。

裴墨小声叫贺莹："贺莹，把醋给我一下。"

小醋瓶就放在贺莹的手边，贺莹闻言拿起小醋瓶递给裴墨。

裴老爷子却看过来，语气颇为不悦地对裴墨说道："贺莹比你大好几岁，你就这么直呼其名？礼貌都学去哪儿了？"

对于这个长相更像林冰玉而过于漂亮艳丽的小孙子，裴老爷子总是没有太多好感。裴墨跟着林冰玉来到裴家的时候已经八九岁了，性格内向沉默，裴老爷子不喜欢林冰玉，厌屋及乌地，连带着对这个成天看着阴沉沉的孙子也喜欢不起来，虽说没有明面上的差别待遇，但态度却很明显地表现出亲疏。

听到裴老爷子斥责裴墨，林冰玉不由自主地挺直了腰杆，皱着眉头看向裴墨，没有要替他说话的意思，眼神中反而充斥着责怪。她早就看不惯裴墨跟贺莹走得近了,看,这下好了吧,被贺莹连累得挨了训斥。"

裴行正也没有要替他说话的意思。

裴墨拿着醋瓶的手指收紧了,难堪地抿了抿唇,正要开口道歉,贺莹却笑了笑,语气轻松地对裴老爷子说:"您别怪裴墨,是我让他这么叫的,平时小宴也是这么叫我。"

顾宴不满的视线投过来,不高兴她拿自己去给裴墨开脱。

裴墨却怔住了,这是第一次,在这种情形下,有人站出来维护他。他愣愣地看向贺莹,而她也正看向他,视线交汇时,她对他微微笑了笑,眼神温和,带着鼓励和安慰。一瞬间,裴墨仿佛被一种难以形容的温暖包裹住,胸腔里溢满了酸涩却又柔软的情绪,让他鼻子发酸,眼眶也发起胀来。

裴老爷子淡定地看着这一幕,眼神里倒是多了几丝了然。他算是知道贺莹的好人缘是从哪儿来的了,神色不自觉放缓了,却还要佯装不高兴地说道:"你倒是好意思说?我的孙子都让你给教坏了。"

裴邵却当了真,一皱眉就要说话,贺莹连忙在桌子底下按住了他的手,没让他开口,然后对着裴老爷子点点头,一副受教的样子:"您说的是,我一定改正。"说完,一脸温柔地笑着对顾宴、裴墨说道,"你们以后还是叫我'姐姐'吧。"

顾宴哼笑了一声:"你想得美。"心里还是不爽贺莹帮着裴墨。

除了不爽,他心里还有点堵。虽说席上裴老爷子什么都没说,但既然贺莹都上桌吃晚饭了,他的态度已经表达得很明白了。

裴老爷子反对裴邵跟贺莹在一起的时候,顾宴在餐桌上跟裴老爷子顶嘴吵架。可是眼看着裴老爷子不反对了,他却也一点都高兴不起来,心里像堵了团棉花,他想要高兴,可胸口却被塞得密密实实,闷得透不过气来,表面上还要装作若无其事。

裴行正对裴邵跟贺莹的事倒是很乐见其成,他也没有那些什么门户之见,他本人更是包办婚姻的受害者,自然支持自由恋爱结婚。不过,他的意见在这个家里也不重要。

所以事后裴老爷子问他意见的时候,他只说:"我的意见不重要,裴邵喜欢就好。"

裴老爷子哼笑:"你倒是有自知之明。"

裴行正的确很有自知之明,在裴邵眼里,恐怕他这个父亲的地位还比不上给他开车的司机。

饭后,贺莹就被裴老爷子叫走了,说是要继续下午那盘棋。

裴老爷子看着跟上来的裴邵，实在是看不过眼，忍不住训斥道："你怎么谈个恋爱变得这么黏黏糊糊的？她去哪儿你都要跟着？平时是不是出门都要揣兜里带着？"

裴邵一点都没有不好意思，反而淡定地反问："你们下棋，我不能旁观吗？"

裴老爷子被裴邵堵了一肚子气，又扭头冲贺莹发作："你给裴邵吃什么迷药了你？"

贺莹一脸无辜。

很快，顾宴也过来了，坐在另一边看他们下棋。

接着，裴墨也过来了。顾宴看他进来，脸色沉了沉，但也没说什么。裴墨也很自觉，自己站到了另一边。

裴行正也出于好奇过来看了两眼。不过，他对围棋的感兴趣程度跟顾宴差不多，看了一会儿就嫌无聊走了。

裴老爷子的棋艺跟自己对围棋的热爱完全成反比。贺莹也没有放水，连续两局，把裴老爷子杀得片甲不留。

顾宴都忍不住嘲笑道："爷爷，您这水平比我都强不了多少。"

连输两局，裴老爷子的脸都输青了，他忽然瞥了眼旁边一直不作声的裴墨，说："你的棋下得怎么样？过来跟我下一盘看看。"

裴老爷子上次跟这个他不待见的小孙子下棋还是在好几年前。这个家里除了裴邵有围棋天赋，剩下的似乎都遗传了他的基因，对围棋没有天赋也不喜欢。裴墨倒是喜欢围棋，却全然没有天赋。听说裴墨这几年也一直在学围棋，他也想看看裴墨学得怎么样了。

裴墨没想到裴老爷子居然会主动叫自己下棋，有些受宠若惊，下意识看向贺莹。贺莹已经从位置上起身，见他看过来，带着鼓励地点了点头。

裴墨忐忑着在裴老爷子对面坐下了。

贺莹自从跟裴邵谈恋爱，就没空再陪他下棋了。不过贺莹在棋院上班，他有时候也会跑去棋院找她，她没空的时候，就会推荐他去听棋院里的大师课，还会把他介绍给职业棋手，请他们指导。

她总是跟那些棋手介绍他是她的一个弟弟。她在棋院的人气很高，好像每个棋手都跟她很熟，关系很亲近，所以大家都很乐意教他。不知不觉，他的棋艺也有了一些进步。

他其实并不喜欢围棋。学围棋只是为了能够让裴老爷子注意到自己而已。而现在，这个机会就摆在他的面前了。

裴墨坐下来后,有那么几秒,脑子里几乎是一片空白,直到一只手轻轻落在他肩上,拍了拍。他扭头看了站在自己身后的贺莹一眼,深吸了一口气,脑子里想着她跟他说过的话,抛开杂念,把精神都凝聚在了面前的棋盘上。

对弈开始了。

裴老爷子的棋艺水平差,是被贺莹这样的职业水平对比出来的,但放到业余爱好者中,也能算得上是个高手了。但裴墨自从激发了对围棋真正的兴趣之后,就好像开了窍一样,棋艺突飞猛进,再加上最近在棋院里被不同的顶级职业棋手指导,更是受益良多,就连他的围棋老师都对他突然进步那么快而感到震惊,简直就像是突然打通了任督二脉一样。

实力就是底气,裴墨一开始还有点紧张,可越下,心就越稳,气场也逐渐沉淀下来。

裴老爷子也对他的进步感到惊喜,两人倒像是棋逢对手似的下得有来有回,颇为激烈。

下完一局,裴老爷子输了,却上了瘾,兴冲冲地要跟裴墨再来一局。

裴邵及时制止:"很晚了,于秘书说您要在十一点前上床睡觉,现在已经十点半了。"

裴老爷子正在兴头上,没当回事:"偶尔一次没所谓。"

裴邵没再试图劝说他,而是转头对裴墨说:"裴墨,你可以走了。"

裴墨没有一丝犹豫,乖乖站了起来,说:"爷爷,大哥也是为了您的身体着想,今天就下到这里吧。您要是还想下棋,明天我放假,可以陪您下一整天。"

裴老爷子冲着裴邵悻悻地抱怨道:"你可真会扫兴。"

裴邵淡淡地说:"裴墨,你送爷爷回房间。"

裴墨有些受宠若惊,随即难掩高兴地点了点头:"好。"然后过去把裴老爷子搀扶起来,送他回房了。

顾宴见贺莹跟裴邵一个两个都"偏帮"着裴墨,心里不爽到了极点,一句话没说,自己推着轮椅往外去了。

裴邵不解地看着顾宴离开。贺莹说:"我去跟他聊聊。"

裴邵微微一顿,克制住想要制止她的想法,点了点头:"嗯,我在楼下等你。"

贺莹牵住他的手,握了握,温温地笑:"好,你等我,我们一起回家。"

裴邵的嘴角微微扬起:"嗯。"

"干吗？"顾宴瞪着跟着自己进房间的贺莹。明明很想被哄，他却还要装出不想跟她说话的样子。

贺莹一眼就看穿了他的虚张声势，笑了笑说："想跟你聊聊天，我们好久没聊天了。"

顾宴眸光闪了闪，唇微微抿起。

贺莹现在越来越忙，精力有限，就算住在家里的时候每天晚上都会来他房间见他一面再去睡觉，可是看着她上了一天班又困又累的样子，他也不好缠着她说很久的话。他们已经很久没有跟以前那样，在他睡觉前聊很久的天了。他拒绝不了贺莹的这个提议。

贺莹推着他到了窗边，然后蹲到他面前，微微仰起脸看他。在顾宴面前，她总是很温柔："能告诉我你为什么生气吗？"

顾宴漆黑的眸盯着她，不信她不知道，语气里也带了点情绪："你看不出来？"

贺莹也摊开来说："是因为裴墨吗？"

顾宴抿住唇，只是看着她。

"小宴。"贺莹轻声叫他，"我没办法跟你一样去讨厌裴墨……"

顾宴听到这里，已经忍不住打断她，语调冷冷的，带着讽刺："你是不是觉得他很无辜、很可怜？"

贺莹看着他："我不觉得他可怜，但我的确觉得他无辜。成为谁的孩子并不是他能够选择的，如果有的选，他未必想要成为'裴墨'。"

顾宴的脸色彻底冷了下来："所以呢？你就是来告诉我裴墨有多无辜的吗？"

贺莹叹了口气，有些无奈地看着他："你能不能有点耐心，听我把话说完？"

顾宴不说话了，冷冷地盯着她。贺莹接着说道："你讨厌裴墨，是你的自由，今天以后你也可以继续讨厌他。"

顾宴皱起眉来，不理解她既然这么说，那刚才说那些话又是什么意思。

贺莹说："但是我希望你可以不要求我去讨厌他……"看顾宴脸色又变了，她又微笑着补上下一句，"当然，不管怎么样，他都比不上你在我心里的地位。"

这句话算是顺对毛了。顾宴一肚子气都被这句话给抵消了，哼了声："你拿我跟他比？"

贺莹一脸诚恳："当然不是，你在我心里是独一无二的。"

顾宴绷着脸，防止自己的嘴角不受控制地翘起来。明知道她是在哄自己，可是她的表情那么真诚，眼睛又那么亮。他就是吃贺莹这套。

"哼。"

哼一声，已经是他最后的挣扎。

贺莹站起来，笑着摸摸他的脑袋："好啦，别不开心。"

顾宴把她的手抓下来，问她："那你什么时候搬回来？"昨晚他都没睡好。

贺莹犹豫了一下说："我可能不准备搬回来了。我现在已经不是你的护工，一直在这里住也不好，我准备自己去租个房子住。"

她从去棋院上班开始就有这个想法了，只是棋院的工作忙，又要比赛，也没空去找房子，这次从裴家搬出去倒是个很好的契机。自己租房的话，周末她不上班也可以把贺康接过来跟她住两天。

顾宴一听，脸色都变了，下意识地攥紧了她的手："为什么？你不是在这里住得好好的吗？那么多房间，你随便住哪间都可以，又不要你交房租，怎么就不好了？"

他已经不奢求什么了，只是想着能天天在家里看到她，得到她的一点关注罢了。可是现在就连这点，他都要失去了。

贺莹看顾宴反应那么大，只能说道："我只是有这个想法……"

"别想了，我不同意。"顾宴仰着脸看她，漆黑的眸里透着一股不容拒绝的执拗，"你明天就搬回来。"

贺莹忍不住笑了："你爷爷都还没走呢。"

"不管。"顾宴抿唇盯着她。

贺莹无奈，哄着他说："好了好了。你要是不想我搬走，那我就继续回来住。反正你也不收我的房租，我还能吃周阿姨做的饭。"

顾宴神色稍缓："真的？"

贺莹点点头："真的。"

顾宴这才满意了："这还差不多。"

这时，李姐敲门进来了："小贺，你在呀。"

她看到顾宴拉着贺莹的手，也有些见怪不怪了。顾宴很黏贺莹，她是知道的，只觉得两人相处起来就像亲姐弟一样，倒比裴邵这个亲哥哥还亲些。

"嗯，我正准备走了。"贺莹把手从顾宴手里抽出来，顺手在他脑袋上揉了一把，"我走了，晚安。"

贺莹下楼看见裴邵独自站在大厅里，正低头看手机。他听到动静，抬头望过来，看见她的瞬间，眉眼间的淡漠消融。他按灭手机，安静地注视着她，等她过来。

贺莹小跑着奔向他，牵住他的手，笑着仰起脸望他："走吧，回家了。"

裴邵没让司机开车，自己开车载贺莹回家。

贺莹刚坐上副驾驶座，手机就响了起来，是张玉贤打来的电话。已经晚上十点半了，贺莹有点奇怪张玉贤怎么会这么晚打来。

"喂？小玉。"

电话那头安静了两秒，才传来张玉贤的声音："你在哪儿？"

贺莹听出他声音有点不对劲，看了裴邵一眼，说："在回家的路上，你在哪儿？"

"棋院。"

"你在棋院？"贺莹惊讶地问道。这么晚，棋院应该没人了。

裴邵转头看过来一眼，没说话。

电话那头的张玉贤低低地应了一声："嗯。"他沉默了两秒，忽然问，"你可以过来一趟吗？我有话要对你说。"

贺莹听他声音低沉，明显有些不大对劲，开始担心起来："怎么了？你是不是出什么事了？"

裴邵听着贺莹的问话，微微蹙了一下眉，但并没有开口插话。

张玉贤只是问："你现在能过来吗？"

贺莹说："好。我现在过去，你在那里等我。"

张玉贤的语气轻快了一些："嗯，好。"

贺莹挂断电话，转头看向裴邵："去棋院吧。小玉不知道怎么了，他现在在棋院，说有事要跟我说。"

裴邵握着方向盘的手指收紧了一瞬，情绪全被压在眼底，面上却依旧是无波无澜的一片淡然："好。"

车子放慢速度，贺莹看见了站在棋院门口路灯下的张玉贤。他穿着一件蓝色长款羽绒服，毛领上绒绒的长毛被寒风吹得瑟瑟摇摆，他的脸裹在毛领中显得格外白净清俊，像个男大学生。

看到车开过来的时候，张玉贤的眼睛亮了亮，但很快他的眉头就皱了起来，因为他发现那是裴邵的车。

副驾驶座的车门打开。

"那你在车里等我一下,应该很快的。"贺莹转头对裴邵说,然后解开安全带,推开车门准备下车。

"贺莹。"裴邵忽然叫住她。

"嗯?"

贺莹转头的同时听到了安全带系扣弹开的声音,然后就看见裴邵蓦地倾身过来,低垂的眸深不见底,滚烫的手掌握住她纤细的脖颈,将她压向他,带着汹涌的占有欲和侵略感吻了上来。

张玉贤迈下台阶的脚步骤然停住,浑身僵硬,只有瞳孔震颤着缩紧,脸上的血色骤然褪了个干净。

一吻结束,裴邵的手掌松开贺莹的脖子。他重新坐好,仿佛刚才什么事都没发生过一样平静,淡定地说:"去吧,我在车里等你。"

贺莹恍惚着下了车,看到张玉贤站在台阶上面无表情地盯着她,顿时有些不自在,硬着头皮快步过去。

"你怎么……"

"这也是你们协议的一部分吗?"张玉贤站在台阶上居高临下地看着她,面无表情地打断她要说的话。

贺莹尴尬地挠了挠脸,不知道该怎么解释现在的状况。她组织了一下语言,然后说:"那个,其实那份协议已经作废了,我跟裴邵现在是真的在谈恋爱……"

张玉贤的心脏像是被重锤猛锤了一下,钝痛在整个胸腔蔓延开,呼吸都带着彻骨的寒意。

他不知道是哪里出了错。明明在南州的时候,他们还是假的,怎么才过了不到两天的时间,假的就变成真的了?

他明明已经预感到了。他明明已经尽自己最大的努力想要阻止了。他今天好不容易才下定的决心,要向她表白心迹。

张玉贤感觉自己像是沉入了漫无边际的冰层里,逐渐变得麻木失去知觉。他听见自己问:"什么时候……"他嗓子突然变得嘶哑,"是什么时候你们在一起的?"

这已经是他第二次问这个问题。第一次是假,第二次却成了真。

"就是在南州的时候……"贺莹在张玉贤面前说这些还是有些不自在,含糊快速地说道,"裴邵跟我表白,然后就在一起了。"

"对了。"她突兀地转开话题,"你怎么了?有什么话要跟我说的?"

张玉贤无声地握紧口袋里的精致首饰盒,掌心被首饰盒上尖锐的棱角

割得生疼，可他却握得更紧了，仿佛这样就能够转移心口的痛感。

他牵起嘴角，笑容很淡："没有，就是我明天就要走了，所以今天晚上想见你一面。"

贺莹微微怔了一下，忽然感觉到什么，心里有些异样，却也只是若无其事地问："去哪儿？"

张玉贤语气轻松："国外有个邀请赛，我正好这段时间有空，过去玩一下。"

贺莹笑了一下："挺好的。"

"嗯，可能要下个月才能回来了，到时候回来看你比赛。"张玉贤说。

"好啊。"

张玉贤沉默了几秒，忽然用开玩笑的语气说道："我要出远门了，要不要抱一下？"

贺莹笑了一下，大大方方地张开手臂："来吧。"

张玉贤迈下台阶，用力抱住她："贺莹。"

"嗯。"

"你要幸福。"

即便这幸福不是他给的，他也真心希望她能过得幸福。他们以前是最好的朋友、伙伴，以后也将会是。

贺莹有些动容，轻轻地拍拍他的背："你也一样。"

张玉贤笑了一下，压下心底的苦涩，主动松开她，说："走吧，我看着你走。"

贺莹看到他的车就停在一边，点点头："那我走了，你也快点回去。"

张玉贤笑看着她："嗯。再见。"

贺莹摆摆手："再见。"

张玉贤目送车子渐行渐远，直至看不见，他才转身朝自己的车走去。车里暖意融融，他的心脏却麻木冰冷没有回暖的迹象。他掏出口袋里几乎被他捏到变形的小礼品盒，拆开上面精致的装饰蝴蝶结，打开盖子。里面静静摆放着一条光芒璀璨的钻石项链，是他在珠宝店里挑了一个多小时才挑中的款式。可惜，再也送不出去了。

裴邵没有问贺莹，张玉贤跟她说了什么，也没有追究那个拥抱代表的是什么。倒是贺莹上车后主动说道："小玉要去国外打邀请赛了，可能要下个月才能回来，所以过来跟我告别。"

她感觉到，裴邵在她下车那一刻爆发出来的占有欲源自患得患失的

549

不安全感。

　　裴邵的私生活干净得跟没有七情六欲一样，身边没有任何能够让她感觉到威胁的女性存在，但即便她无法体验到裴邵的感受，却也完全能够理解。所以她只能尽力去给他安全感。

　　然而裴邵的安全感不是靠给予的，而是靠索取。贺莹跟在裴邵身后进门，顺手把门带上，一转身，一道高大修长的身影极具压迫感地逼近了，她的腰被搂住，柔软的脖颈再一次被炙热的手掌掌控，被迫仰起头，就被裴邵低头吻住了。

　　是今天的第二个毫无预兆的吻。没有事先征求，也毫不温柔。是激烈的、充满占有欲和渴求的吻。

　　贺莹只觉得自己的心脏都被烫了一下，有些承受不住这样的热度，蜷缩起来。

　　裴邵抓开她的手，低下头，额头抵住她的额头，微微喘息着，竭力平息身体里不受控制的躁动情潮，心脏满胀到极点，却不知道该如何表达自己心里几乎要满溢而出的爱意，只是抓着她手腕的手往下，手指插入她的指缝中，用力握紧，然后将脸埋进她温软的颈窝，不同于刚才激烈的吻，温柔地蹭了蹭，将她拥得更紧，发出沉沉的一声叹息。

　　贺莹喜欢这样热烈而又紧密的拥抱，她将脸贴过去，静静地窝在裴邵怀里，感觉自己像是被无比深浓的爱意包裹着，无比温暖、安心。

　　他们就这样静静抱了许久。

　　"贺莹。"裴邵将头埋得更深，低沉的声音在她颈侧响起，"我们结婚吧。"

　　对裴邵提出的结婚请求，贺莹给出的答复是等下个月的全国女子围棋大赛结束再说。

　　裴老爷子待了四天，见了一些老朋友，然后就又飞去国外了。桐市的冬天太冷，不适合他这个老人家久待。

　　贺莹又被顾宴催着搬了回去，裴邵自然也跟着她一起搬回了裴家。

　　又过了两周，升段赛的评级结果终于出来了。经过对贺莹在升段赛中的表现评估，协会最终给贺莹定的段是七段。

　　贺莹收到证书的当天，给裴家的周阿姨等雇员都买了礼物。

　　她现在正式成为职业选手了，获得了参加各种大小赛事的资格。

　　因为第二天是周末，她也放纵了一把，在聚餐上喝了不少酒。裴邵在

公司忙完工作，下半场赶到的时候，她已经喝得满脸发红，一看到他就满眼放光，格外热情地扑上来，整个人都挂到了他身上。院里的棋手同事都有些紧张，担心裴邵怪罪。

不想裴邵非但没有生气，反而面色尤为和善地搂着贺莹回来坐下，甚至还道歉说自己来晚了。

"不好意思啊裴邵，我们没看住。她说今天高兴，要喝酒，谁知道一喝就成这样了。"有人不好意思地说道。

裴邵没有怪罪他们的意思。之前贺莹给他发了聚餐的照片，说想喝酒庆祝。今天贺莹拿到证书后第一时间拍了照给他看，罕见地给他连续发了七八条消息，带了很多个惊叹号，兴奋之情溢于言表，他也为她高兴。聚餐的都是棋院的同事棋手，在绝对安全的环境下，他希望她能够自由地做自己想做的事情，包括喝醉。

贺莹并没有醉得厉害，只是脸发红，精神亢奋，却还是清醒的。她高兴，想要喝酒，裴邵也不制止她，只是在边上陪着她，一直到聚餐结束。

贺莹坚持留到最后。等送走最后一车人，她才放心地把自己埋进裴邵的怀抱。

她抱着裴邵，额头抵在他的胸口，笑着落泪："我好开心啊，裴邵。"

重新找回自己的幸福感是如此强烈，她忍不住跟每个人分享自己的快乐，却拼命忍着，要把自己最复杂最浓烈的情绪都留给裴邵。

只有在裴邵面前，她才会肆意地倾泻自己所有的情绪，因为她知道他会无条件接纳她的所有。而她最珍贵的、最热烈的情感，也只想跟他分享。

裴邵感受到了，这一刻贺莹的情绪完整而又无比清晰地传递给了他。他拥紧她，什么也没说，只是温柔地、一下又一下地轻抚她的后脑勺，亲吻她的发顶。

贺莹在车里睡着了。裴邵将她从车里抱了出来，小王下意识想要上来帮忙，被制止了："不用。"

贺莹乖顺地窝在他怀里，甚至主动搂住了他的脖子，身体的重量沉甸甸地压在他手上，他被这重量压着，并不觉得吃力，反而有种异样的满足感。

玲姨还没睡，看到贺莹喝醉了，只简单询问几句，就帮忙按电梯，又帮忙打开了贺莹的房门。

玲姨跟进房间，看着裴邵把贺莹放在床上，又俯身下去替她脱鞋。她往前说道："我来吧。"

"不用。"裴邵依旧拒绝，把贺莹两只鞋都脱下来摆放好，又脱下两只厚厚的毛袜，握了握她的脚掌，然后塞进被子里，才转头对站在那里面露惊讶的玲姨说，"玲姨，你去休息吧，我会照顾她。"

玲姨本来想着裴邵哪里做过照顾人的事，可亲眼看着裴邵给贺莹脱鞋脱袜子，心里的震动难以言喻。她收起面上的惊讶，心情复杂地点了点头，说道："好，那你有事叫我。"

裴邵神色温和："不会有事了，你早点休息吧。"

玲姨愣了愣，然后笑着点了点头，出去了。

裴邵又帮贺莹脱掉了外套跟裤子。他已经认定她是他未来的妻子，心中坦然，但视线落在她光裸莹白的腿上时，脸上还是一阵热气上涌，有些狼狈地错开视线。他为她把被子盖好，然后去浴室拧了块热毛巾帮她擦脸。

贺莹喝醉了格外乖巧，被热毛巾擦脸也只是哼哼两声。裴邵忍不住用手去摸她的脸，却不想贺莹主动把脸贴了过来，小小白净的脸贴进他的掌心，他的心底酸软一片，爱意漫开。他俯身下去亲她，原本是轻浅的一个吻，却因为贺莹迷迷糊糊的回应而逐渐失控。

最后是贺莹八爪鱼似的缠在他身上，嘟囔着让他陪自己睡觉。

裴邵"被迫"留了下来，只脱了外衣，穿着并不舒适的衬衫西裤就这么抱着她睡了一晚。

早上毫无意外的是裴邵先醒了过来，贺莹还睡得很熟，被头发糊满的脸埋在他的颈窝，呼呼大睡，呼吸热热的，像只熟睡的小动物。

裴邵温柔地拨开她面颊上凌乱的头发，让她睡得更舒服一些，然后就这么安静地看了她好一会儿，忍不住在她脸上亲了又亲。想到自己今天还有重要的事情要做，他才轻手轻脚地起床，帮她盖好被子后又忍不住弯下腰在她软软的面颊上亲一口，才拿上丢在地毯上的外套，离开房间。

贺莹醒来已是中午，头脑昏沉了好一会儿。她都不记得自己昨晚是怎么回的家，上车后她就睡着了。

洗漱完，顿时神清气爽，她穿好衣服，拉开窗帘，外面暖融融的阳光顿时洒了她一身，居然是个难得的晴天。

她推开落地玻璃门，想要走到露台上呼吸一下新鲜空气，然而门推开的一瞬间，外面的声音随着风飘了过来。

贺莹听到楼下传来一道熟悉却又不该在这里出现的声音。她不敢置信地走到露台边，从三楼看下去。花园里，贺康正在跟园丁的小孙女在花园里追逐打闹，发出阵阵笑声。

不远处，裴邵端坐在遮阳伞下处理工作，而顾宴则坐在太阳底下，捧

着一本书在看。

贺康被接来了裴家,平时还是去学校上课,那里有很多他的朋友,还有他喜欢的老师,每天都会安排很多事情给他们做,他很喜欢那个学校,只是不再在学校住宿了,有司机专车接送他每天上学放学。以前他经常会问贺莹什么时候他们才可以住在一起,现在他的愿望成真了。

原本贺莹担心贺康会适应不了裴家的环境,但很快贺莹就发现是自己多虑了。

贺康在裴家融入得很好,他长得白白净净,本来就招人喜欢,又乖巧,一开始还有点怕生,也不熟悉环境。渐渐熟了以后,他见了谁都乖乖地叫人,还跟园丁的小孙女成了好朋友,就连顾宴那只经常失踪、谁都不爱搭理的黑猫都能被他抱着撸。

顾宴也很喜欢贺康,因为贺康在看过他画室里的那些画后,就两眼放光地把他当成了偶像。

顾宴送了贺康一幅画,贺康就宝贝似的摆在了自己房间的床头柜上,可以说极大地满足了顾宴的虚荣心,还骗贺康要叫他"哥哥"。贺康也乖,顾宴让他叫,他就真的叫。

贺莹也没有纠正贺康,反正各叫各的。

裴墨就很规矩地叫贺康"哥哥"。

周阿姨对贺康也格外喜欢,看着贺康带着园丁的小孙女蹲在那里乖乖给她择菜的样子心都要化了,经常给他做各种好吃的甜品还有小吃。贺康来了不到半个月,就被周阿姨喂胖了五斤。

贺康也很喜欢裴家,在学校跟自己的那些朋友和老师说自己现在跟妹妹住在城堡里。他还自己偷偷问裴邵,能不能请他的朋友来家里做客,因为他们都不相信他住在城堡里。

裴邵答应了。刚好过几天就是贺康的生日,索性就在裴家给他办了个生日派对,请了专业的团队策划,甚至还很有仪式感地定制了邀请函,要贺康去学校发。

因为特殊学校的学生都有残障,所以也一并邀请了他们的家长过来参加。当天贺康的同学、家长,以及学校的老师一共来了六七十号人,生日派对办得很热闹。那些不相信贺康住在城堡里的同学参加完生日派对之后便相信贺康是真的住在城堡里了。

那天晚上贺康在睡觉前悄悄对贺莹说,今天是他最幸福的一天,然后抱着顾宴送给他的生日礼物——让人从国外买回来的一只毛绒小熊,幸福又安稳地睡去了。

贺康的生日紧挨着全国女子围棋大赛。

这次比赛一共有七十多位职业女棋手报名。当贺莹的名字出现在比赛名单中的时候,引起了不小的震动。

除了一些年纪较小的棋手不认识贺莹,跟贺莹年纪相当或者年纪更大一些的前辈都是认识贺莹的。当年她是被寄予厚望的天才少女棋手,是整个行业都为之侧目的人,她的比赛棋路也会被拿出来当成范例来拆解。而且她又是女孩,对同为女性的女棋手们而言,意义也是非凡的。

比赛分为预赛和本赛,七十多位棋手,其中有八位积分高的棋手可以直接进入本赛,而剩下的六十多位棋手则要通过预赛争夺八个名额进入本赛。

这次参加围棋大赛的女棋手中,其中就有张玉贤的"绯闻女友"王帆——两年前成为职业七段棋手,已经是七段棋手里最强的棋手,正在冲击八段,也因此获得了直接进入本赛的资格。

"王帆"这个名字听着比较中性,但本人却是一头长发、高挑又明艳的漂亮美女。像她这样的人气选手,一到现场就被记者包围了。

张玉贤的出现更是引起了一阵骚动。张玉贤是这届女子围棋大赛总决赛的特邀嘉宾,还会参与总决赛的解说。

近年来围棋推广的力度很大,再加上包括年轻一代如张玉贤这样的围棋选手都非常受大众欢迎。王帆作为有实力长得又漂亮的女棋手,人气也一直很高。再加上她跟张玉贤站在一起的感觉实在太般配,CP感很强,吸引了众多CP粉。两人在社交平台的账号都有数百万粉丝,人气比一些娱乐圈的明星还要高。

官方直播赛前预热,王帆跟张玉贤同框出现时,弹幕数立刻翻倍增长,观看人数也一直猛增。

张玉贤跟王帆站在一起被记者还有一些参赛的棋手以及看热闹的路人包围,接受媒体的采访。

贺莹拎着给张玉贤带的早餐出现在大厅的时候被这阵仗吓了一跳,然后就听到旁边有人说是张玉贤跟王帆在直播。她犹豫了一下,也不知道他什么时候结束,就准备先找个地方等他。

谁知道她刚准备开溜,就被张玉贤看见了。然后他对着直播的镜头歉

意地说道:"不好意思,我还没有吃早餐,我先去吃个早餐,晚点再见。"说完跟王帆打了声招呼,从人群中走出去,径直走向贺莹。

王帆自然而然往那边看去,直播的镜头也随之偏移。然后直播间的几万观众就看到张玉贤径直走向大厅里拎着一袋早餐站在那里的贺莹,还从她手里拿过了袋子,看她带了什么。

直播间的弹幕顿时炸了锅,都在问贺莹是谁、她跟张玉贤是什么关系。

这时镜头外有人认出了贺莹,说道:"那不是贺莹吗?"

又有一群人在问贺莹是谁。很快,就有张玉贤的粉丝在弹幕科普。

这时只见王帆两眼放光,顾不上直播,也径直往那边走过去:"那是我偶像!我先过去打个招呼!"

王帆小跑着过来跟贺莹打招呼:"你好你好,我是王帆。"

直播镜头也跟着她一起过来了。

贺莹点头微笑:"你好,我是贺莹。"

王帆笑得十分爽朗,说:"你根本不需要自我介绍,你是我小时候的偶像!我还跟你下过棋呢,运气不好,初赛就跟你碰上了,然后就被淘汰了,听说你重新开始下棋了,恭喜你!"

贺莹笑着说:"我也看过你很多场比赛,很厉害。"

王帆捂着一张明艳动人的脸,眼睛亮晶晶的,一副受宠若惊的样子:"真的吗?谢谢!"又一脸雀跃地问,"可以抱一下吗?"

贺莹诧异于她的热情,但还是大方地张开手臂跟她抱了一下。

"哇!"王帆用力地抱了抱贺莹,"好开心!我圆梦了。"

这时,直播的记者适时插入进来:"贺莹你好,跟我们直播间的观众打声招呼吧。"

贺莹有些不熟练地对着镜头挥了挥手,微微笑了笑:"你们好,我是贺莹。"

"恭喜你啊贺莹,听说你刚通过升段赛定段七段了,真是非常了不起。"记者说道。

贺莹矜持地微笑:"谢谢,谢谢。"

记者客气完后,开始提问:"你是特地给我们的张玉贤老师带了早餐是吗?"

贺莹看了旁边的张玉贤一眼,说:"呃……对,他给我发微信说自己没吃早餐,要我给他带一份。"

记者说:"很难得啊,你们的关系还跟小时候一样好。"

张玉贤很自然地搂住了贺莹的肩,微笑着说道:"不好意思啊,比赛要开始了,她还没吃早餐呢。我们先去吃早餐了,等她比赛完到时候再聊吧。"

记者笑着说:"哈哈,好的,那你们快去吃早餐吧。最后很高兴贺莹能够回来继续下棋,也希望你能在这次比赛中拿到好的成绩。"

贺莹笑着道谢,然后就被张玉贤带走了。

弹幕再次炸开了锅。

张玉贤在公众面前一直是清冷安静的形象,在一群还不是那么成熟的年轻棋手中显得格外稳重,就算参加各种公众活动,对女性嘉宾也都会保持社交距离,就算跟王帆很熟了,也从来没有过类似对贺莹这样自然的主动肢体接触。

当天比赛完,这场直播的画面就上了热搜,各种动图,还有现场照片。围棋超话格外热闹,一些资深粉丝都在科普贺莹的辉煌历史,包括她跟张玉贤的关系,给她增添了很多传奇色彩。

但热搜挂上去不到半个小时,就被撤了下去。

张秘书都没想到自己有一天居然会接到这样的命令,也没想到自家老板有一天居然会为了宣示主权不惜把自己曝光在公众面前。

在热搜被撤下来五分钟后,桐市棋院官微发了一张照片,附文:我们棋院院花小贺老师已经名花有主喽,张玉贤老师还是大家的!

附图是一张贺莹跟裴邵牵手离开棋院的背影照,也不知道什么时候拍的。

虽然只有一个背影,但贺莹只穿着黑色贴身打底羊绒衫,身形窈窕,背薄腰瘦,只是扎一个低马尾也很有气质。而她身边的裴邵穿着黑色大衣,站在贺莹旁边比她高出一大截,光看背影就能感觉到那种矜贵的气质和冷峻的气场。可偏偏他的手却紧紧牵着身旁的贺莹,臂弯里还挂着贺莹蓝灰色的羽绒服外套。有种强烈的氛围感,让人忍不住产生很多想象。

因为张玉贤以及周得、赵乐等一些人气选手都在桐市棋院,官微还经常会发一些棋院棋手们的日常小花絮,所以棋院官微也有两百多万粉丝,粉丝活跃度也很高。还有不少相关账号联动转发,营销号也闻风出动。

一时间,张玉贤跟贺莹的CP才刚有要冒头的迹象就立刻被掐灭了。张玉贤跟王帆的CP超话倒是一片欢欣鼓舞的景象。

贺莹这段时间没什么时间上网,所以完全错过了网上的这场热闹。她全身心投入比赛中,并且成功从预赛突围,进入本赛,最后成功进入决赛,

击败了两位女棋手后，以极小的差距输给了王帆，成为季军。

王帆拿到了亚军。冠军是一位八段女棋手前辈。

贺莹虽然拿的是季军，却是这次比赛最受关注的棋手，解说也把非常多的关注放在了贺莹的身上。特别是后台的张玉贤，对贺莹的点评是最多的，偏心得明目张胆。

客观来说，作为时隔十年重新下棋的职业棋手，回归的第一次大赛就拿到季军，甚至淘汰掉了两位同为七段的棋手，证明贺莹的潜力是巨大的，进步的空间还有很大，这点才是最恐怖的。

王帆在比赛结束后的采访中也坦言，贺莹给她很大的压力，同时也表达了对贺莹重新回来下棋的开心。

因为贺莹的关注度，赛后她也接到了很多媒体的采访，包括官方的以及娱乐性的。贺莹恍惚间像是回到了小时候被众星捧月的那种感觉。

她不得不承认，这种感觉实在是太好了，让她极大地满足了自己的虚荣心的同时又让她有一种安心的感觉。这些荣誉都是她通过自己的努力得来的，是她曾经失去很多年，重新拿回来的荣誉。

比赛中她拿到了三万块的奖金。这笔奖金对她来说意义非凡，于是她用这笔奖金给裴邵买了一块手表，刚好三万，不多不少。

裴邵衣帽间里专门放手表的抽屉，随便抽开拿出一块，都是七位数以上的手表，但收到贺莹的这块手表后，他就再也没有戴过别的手表。

比完赛后，贺莹利用假期带裴邵回了一趟老家，看望舅舅、舅妈以及拜访其他帮过她的亲戚。周天也刚好放假，就跟着他们一起回去了，还有贺康。

贺莹虽然提前跟舅舅、舅妈打了招呼说自己要带男朋友回家，但舅舅、舅妈看到裴邵时却傻眼了，怎么都没想到贺莹会带回来一个这样的男人。

本来周天提前私下跟他们打过招呼，告诉他们，贺莹的男朋友是他公司的老板，他们还很担心是不是上了年纪的老男人，谁知道非但不老，还那么年轻，长得跟电视里的明星似的，感觉跟他们都不是一个世界的人，那周身的气派，让一辈子生活在小县城的老两口都不由得局促起来。

舅舅在厨房里跟舅妈嘀咕，第一次知道什么叫蓬荜生辉。虽然他们老两口特地花了一整天的时间搞了大扫除，舅妈甚至还去楼下的花店买了花回来插瓶。可毕竟是几十年的老房子了，又是个小三居，家里的家具都不新了，看着一身矜贵的裴邵坐在那个买了快十年的老沙发上，拿着一次性塑料杯喝茶，他们都有点揪心。

两口子在厨房里恨不得做出一顿满汉全席来招待。

本来两口子昨晚上聊天计划要问问贺莹的男朋友什么时候结婚的，可是饭桌上看着裴邵却怎么都问不出口了。

两口子在桌子底下你踢我一脚我踢你一脚，都想让对方问。没想到贺莹喝了口汤，就轻描淡写地说："对了，舅舅、舅妈，我跟裴邵打算明年春天结婚。"

她已经答应了裴邵的求婚。

舅舅、舅妈顿时大松了一口气，高兴得都不知道说什么好了。

贺莹又带着裴邵去拜访了几家亲戚，给每家都准备了礼物跟一个厚厚的大红包。

裴邵全程陪在她身边，听她跟亲戚聊天，没有半点架子，也没有半点不耐烦。

晚上贺莹怕裴邵在舅舅、舅妈家住不惯，带着他一起去住酒店，但小县城里最好的也就是快捷酒店。住惯五星级酒店的裴邵没有抱怨，只要有贺莹陪着他，他并不在意什么环境。

谁知裴邵半夜身上起了一大片红疹，看着像是过敏了，贺莹赶紧陪他去医院，医生说是过敏，给他打了一针，也不敢再回酒店住了，于是又回了舅舅、舅妈家。

舅舅、舅妈原本就想他们在家睡，床也早就铺好了，虽说不是新的四件套，但都是洗过、在太阳底下晒过的，盖着有种干爽的感觉。

折腾了半夜，贺莹跟裴邵终于重新躺下了，两人在表妹的小床上相拥而眠。

很快就到了新年。

自从父母去世后，贺莹就很讨厌过年，因为过年的时候，似乎所有人都有家可回，只有她已经没有家了。

但今年不一样。裴邵让人去老家把舅舅一家接了过来在桐市过年。

舅舅、舅妈第一次来，简直不敢相信自己的眼睛。他们知道裴邵有钱，但显然没想到有钱到这种程度，这么大的房子他们在电视里都没见过。表妹也惊呆了，来的第一天，拍了几百张照片，在几个好朋友的群里疯狂刷屏。周天来过几次，对比之下就淡定了很多。

贺莹第一次过那么热闹的春节。她在这世上最亲的人、最爱的人都在自己身边了。

烟花在黑夜中绽放的时候，在贺康他们的欢呼声中，她和裴邵在无人注意的时候在烟花下接吻。

顾宴看到漂亮的烟花，下意识想要跟贺莹分享，然而一转头，脸上的笑容就凝固了，心里涌上一丝涩然，然后默默移开了视线。

年后突然下了一场大雪。

自从车祸后，顾宴就没有更新过的社交账号忽然上传了一条新视频。

视频里，正在下雪，地面上也已经积了一层厚厚的雪。贺康跟园丁家的小孙女还有裴墨蹲在雪地里堆出了一个胖雪人，裴墨大方地把自己脖子上的围巾取下来围在了胖雪人的脖子上。

不远处新搭起来的棚子下烧着暖和的炭火，炭火上放着烤架，上面煮着热茶，边上烤着板栗、红薯还有橘子，旁边还摆着一张棋桌。裴邵和贺莹正在下棋，而顾宴坐在炉子边烤着火、剥着板栗看他们下棋，剥好了，随手塞一颗进贺莹的嘴巴里，又剥一颗，塞进裴邵的嘴里。

冰天雪地里，他们躲在一个温馨又暖和的小世界里，彼此关爱，岁月静好。

/ 独家番外 /

　　裴贺是冬天出生的。
　　任谁也想不到，裴邵这样的人，居然能生出裴贺这样的小孩来。

　　裴贺三岁半了，长相完美遗传了父母的优点，双眼皮，高鼻梁，皮肤雪白，白里还透着红。因为不挑食，饭量还大，长了一张可爱的肉团子脸。
　　这不算出奇的，出奇的是，他还特别嘴甜爱笑，半点不认生。
　　要不是他轮廓眉眼活脱脱就是一个小裴邵，简直要叫人怀疑他是不是裴邵亲生的。

　　裴老爷子在裴贺满月的时候回来一次，那时候还没觉得有什么，等到年底回来的时候，裴贺已经快一岁了，虽然还不会说话，但是对谁都笑。
　　裴贺对裴老爷子这个太爷爷，更是有种天生的亲近，见到他的第一面就目不转睛地盯着他瞧，甚至还主动张开手臂要抱抱。
　　一向没什么孩子缘的裴老爷子一时有种"受宠若惊"的感觉，原本还想维持自己在裴邵面前一贯保持的威严形象，可看着怀里软乎乎的小肉团子，嘴角的笑纹怎么都压不住，怎么看怎么喜欢。

　　晚餐开始前，裴邵示意保姆过来抱走孩子，结果裴贺扭头扑在裴老爷子怀里，一副只肯让裴老爷子抱的样子。
　　把裴老爷子乐得眉开眼笑，不仅抱着裴贺吃完了整顿晚饭，还一边喂饭一边煞有介事地跟还不会说话只知道"咿咿呀呀"、手舞足蹈的小裴贺

搭腔。

　　那次之后，裴老爷子每年都要在国内多待上一两个月，就是为了自己这个宝贝小曾孙，就连在国外的时候，也要算着时差给裴贺打视频电话，期间还有各种礼物漂洋过海地从国外寄过来。

　　裴贺三岁生日的时候，裴老爷子更是送了他手上百分之十的集团股份给裴贺。

　　裴行正知道后还忍不住酸了一把，要知道就连他这个亲儿子、独生子，手里也就百分之五，还是母亲离世时给他留的遗产。

　　不过裴贺也是他的亲孙子，他除了嘴上说几句酸话，倒也没说什么，而且他对裴贺也是发自内心的疼爱。

　　也是奇怪，不知道是不是年纪大了的缘故，裴行正年轻的时候对自己的亲儿子都没什么血脉相连的感觉，可裴贺这个孙子却让他有种打心眼里的亲近和疼爱。

　　大概真是年纪大了。近两年他开始没那么热衷于参加各种活动聚会了，反而开始享受起家庭的温暖来了。

　　兴许是因为小时候家里总是冷冷清清的，所以他喜欢热闹，就喜欢往人堆里扎。可大概是从贺莹嫁进裴家，带来了她那个跟小孩没两样的哥哥，又生了裴贺以后，以前那个冷冷清清没什么人气的裴家，忽然就变得热闹起来了。

　　在餐桌上吃饭的时候，看着一桌子人热热闹闹，贺康还热情地又是给他盛汤又是给他夹菜的时候，他居然罕见地感受到了家庭的温暖。

　　近两年，他是越来越懒得去外地了，无聊了也就参加一下本地的活动，平时基本上都在家，偶尔还主动带着裴贺一起接贺康回家。

　　虽说裴家完全有这个条件给贺康请家庭教师，也可以给贺康换一所更好的特殊学校，但贺康就喜欢之前那所学校里的老师和同学，所以贺莹也依旧让贺康去之前的学校，只是不再住校，每天有司机接送他上下学。

　　裴贺有一个八十平方米的玩具房，里面全是各种长辈送的礼物玩具，每个月还要定期捐出去一些。其中裴老爷子送的占了大半。还有各种最新型的儿童车，地下车库里，裴贺的小车比他爸跟他爷爷的车加起来都多。

　　偏偏裴贺异于别的小孩，对大部分玩具还有车都不感兴趣，倒是别人送的大乐高，他还能兴致勃勃地摆弄一阵，最后全是贺康在玩。

裴贺长到三岁半，才开始逐渐显露出自己的天赋。

裴贺还在贺莹肚子里的时候，大家就猜测裴贺以后的围棋天赋会有多逆天。张玉贤甚至在贺莹才刚怀上的时候就提前预定了裴贺当自己的弟子。裴贺每年生日，他都会贴心地送上各种跟围棋相关的礼物。

但出乎意料的是，裴贺的模样基本上遗传了自己的父母，可是对围棋的兴趣和天赋却似乎一点都没有遗传到，甚至可以说，他对围棋一点都不感兴趣。张玉贤送的关于围棋的礼物和各种周边，他每次只是敷衍地摆弄一下，然后就丢到一边了。

贺莹则负责把张玉贤这些精心搜集来的礼物好好地收起来。

裴贺对围棋完全不感兴趣，反而逐渐展露出对画画的兴趣跟天赋，他可以整个下午都跟顾宴待在他的画室里，入迷地看顾宴作画，还撅着小屁股趴在地上像模像样地在画纸上乱涂乱画。

虽然"画"出来的东西完全不成章法，但他对色彩天然的敏锐度跟天赋灵气却几乎要从画布上溢出来了。

贺莹对裴贺没有遗传到自己跟裴邵的围棋天赋这件事情倒是没有太多遗憾，虽然周围很多人包括棋院里的棋手们都对裴贺报以很大的期望，但她自己倒是没什么太大的感觉。

毕竟她对裴贺最大的期望就是他能够健康快乐地长大。这一点是她在怀孕初期就已经跟裴邵达成共识的。

所以，对自己的孩子没有遗传到他们的围棋天赋这一点，无论是贺莹还是裴邵，都坦然接受了。

顾宴更是得意得不得了，总是骄傲地宣称自己这个侄子遗传了他这个叔叔的艺术细胞，每逢张玉贤在的场合，他都要得意地炫耀一下。

事实上，对裴贺来说，比起自己的父亲，他反而跟顾宴这个叔叔更加亲近。

贺莹现在已经是八段职业棋手，每年都有各种赛事，虽然她已经尽量减少参加一些小比赛，但如果要参加全国乃至世界级的大赛，必须通过参加各种赛事赢得一定程度的积分才能参赛，所以每个月她都需要去外地参加比赛。

裴贺对此倒是没有什么意见，毕竟他在家里从来不缺人陪伴，对妈妈

的依赖并没有那么深。对此有意见的人是裴邵。

裴贺含着金汤匙出生，从小众星捧月、娇生惯养，偶尔少爷脾气犯了，也会仗着所有人都宠着他作天作地，这个时候谁哄都不管用，但只消裴邵淡淡的一个眼神，他就乖巧得像只小绵羊了。

那还是他三岁的时候裴邵给他留下的心理阴影。

那次是因为他跟舅舅吵架闹别扭，被贺莹斥责以后，他犟脾气上来了，吵闹着不肯吃饭，又吃醋妈妈对舅舅太好，也不知道是怎么回事，往妈妈脸上抓了一把，抓出了一道红印子，那是他第一次见爸爸生气。

爸爸平时虽然看着冷冰冰的，也不怎么爱笑，但也从不发脾气，偶尔也会温柔地抱着他玩。那次却生了好大的气，让他对着墙罚站了一下午。就连一向最疼他的叔叔都没帮他说话。只有舅舅一直陪着他罚站。

那天最后是贺莹把他抱到沙发上，轻声细语地跟他讲道理。裴贺又内疚又委屈，抽噎着道歉，又搂着她的脖子哇哇大哭，又是口水又是泪水地把贺莹的肩膀都沾湿了，最后不知道是哭得累了还是罚站站累了，趴在她肩上睡着了。

也就是从那天开始，裴贺对裴邵的敬畏又多了一层。

不过在裴贺眼里，裴邵也会流露出很温柔的时刻。比如妈妈去外地比赛，而爸爸不能一起去的时候，那么在晚上吃过晚饭后，爸爸就会把他叫去客厅的沙发旁，抱着他给妈妈打视频，还会跟妈妈说是因为他想妈妈了。但没说几句话，爸爸就会把他放下，让他自己去玩，然后爸爸自己继续跟妈妈视频。

他曾偷偷竖起耳朵偷听过爸爸跟妈妈打电话，连语气都明显变了。爸爸只有在跟妈妈说话的时候才会用那种语气，放松的、平和的，整个人散发出一种温柔平稳的气息，就连身上那种冷冰冰的、不好亲近的距离感都没有了。

裴贺总觉得，爸爸跟妈妈在一起的时候，像变了一个人。

事实上，裴邵在婚后对贺莹的依赖程度跟婚前比起来可以说是有增无减。

贺莹婚后依旧在棋院上班，裴邵依旧跟婚前一样几乎每天中午都会去棋院食堂跟贺莹一起吃午饭。如非必要，他晚上也会准时下班，然后来棋院接贺莹一起回家。

贺莹每次去外地参加比赛，裴邵只要不是很忙，都会陪同。

他实在抽不开身,也会每天数条微信报备自己的行程,同时按照贺莹的要求,吃饭的时候拍下照片发给她,证明自己按时吃饭了。每天临睡前也要跟她通完电话再睡。

贺莹在重新成为职业棋手之后,很快就再次被公众关注。

其一是张玉贤有心帮她重回公众视野,所以先是在接受各种媒体采访的时候有意无意地提到她,又专门去看她比赛。

那只不过是一个省级比赛,参赛的也大多数是没什么名气的棋手,张玉贤的出现引起了轰动,被选手们拍了很多合照跟视频上传到社交媒体上。

他跟贺莹赛后的互动,包括一起离开,又一起在附近的餐厅吃饭,也都被拍了下来。

而贺莹少女时期的经历也被翻了出来,被大肆宣传,一时间居然也有了不少粉丝。

同时也因为贺莹少女时期跟张玉贤在同一个棋院的经历,以及近期两人频繁的互动,再加上张玉贤对待贺莹的特殊态度也很值得琢磨,一下居然有了不少 CP 粉。

哪怕棋院官方已经发布了贺莹名花有主的微博,也没能阻挡住 CP 粉的热情。粉丝们建起了两人的 CP 粉丝超话,甚至制作的关于两人过去和现在的点点滴滴的合集一度冲上热门话题。

贺莹不怎么上网,对此并不知情,只是隐隐觉察到自己受到的关注似乎变多了。于是她在某天晚上被裴邵要求以后必须戴婚戒的时候还有点不明所以。

婚戒是她自己选的款式,当初裴邵要她挑婚戒的时候,她很务实地挑了钻最大颗的那枚。

她还不大能适应自己由穷转富的身份变化。大概是穷人乍富,还是不免有强烈的危机意识,就算是手里已经有了赵家还给她的那套房,还有了一大笔存款,但对钱的渴望几乎已经成了本能。

但是她光考虑了价值,却完全没有考虑到它的"实用"性,以至于除了婚礼,这枚钻戒在任何一个场合出现都显得太过突出。

当裴邵询问她为什么不戴婚戒的时候,她也只能借口自己不喜欢戴戒指。

于是当裴邵用不容拒绝的语气要求她戴上婚戒出门的时候,她只能委婉地说:"你不觉得这枚婚戒不是很适合戴出门吗?"

婚后,贺莹衣柜里的衣服鞋子都逐渐换成了名牌,但她还是偏爱低调简单能让自己舒服的款式,平时最喜欢拎的包也还是婚前几十块钱买的帆布包。她实在想象不到自己戴着这枚大钻戒下棋的样子。

裴邵的解决办法是第二天就让秘书购买了一对戒指,简单的素戒上镶嵌一圈小钻,低调又好看。贺莹挺喜欢的,就戴上了。

结果比赛那天接受采访被眼尖的记者看到,立刻向贺莹提问。

贺莹也完全没有要隐藏已婚的意思,坦诚地回答说这是自己的婚戒。

贺莹自然想不到自己这个回答会掀起多大的波澜。

她跟张玉贤的CP粉首当其冲,之前虽然知道贺莹有男朋友,但男朋友终归只是男朋友,毕竟大家嗑的就是她跟张玉贤从少年时期到现在的相知相惜,男朋友可以分手,但领了证就不一样了。

一时间超话里哀声遍野,还有部分"死忠粉"危险发言,表示领了证也能离。毕竟对贺莹的另一半的印象只限于棋院官方发的那条微博,一个背影而已。

但很快,也不知道是哪里放出来的消息,网上忽然流传开贺莹的老公是裴氏集团掌权人的消息。网友开始抽丝剥茧地寻找各种蛛丝马迹。

于是网友很快发现贺莹参加比赛时的穿搭看似低调,但都不便宜。比如她身上的风衣是几万块的大牌,脚上的小皮鞋是大牌高级定制款,手腕上那块不起眼的小绿表的价格能抵一套房。

实在是贺莹平时总喜欢拎着一个米白色的帆布包,穿搭也是以舒适为主的随性风格,连粉丝都没有想过要去扒她的穿搭,以为全是便宜货,真是不扒不知道,一扒吓一跳。

顾宴的社交账号也是网友们的重点关注对象,他更新频率不高,但还是可以扒到一些蛛丝马迹。比如去年春节,他曾上传过一条视频,虽然很快就被他删除了,但还是有不少粉丝看到了视频内容,里面就有极少在公众面前露面的裴邵的镜头。

虽然镜头离得远远的,也只是一个侧面,但只看他的身形气质,已经能让人浮想联翩了。

当时镜头里那个跟裴邵下棋的女人就引起了网友注意,纷纷留言询问。

但很快顾宴就删除了视频,现在也无从查证那个女人是不是贺莹了。

不过还是有别的线索可以扒。

裴氏集团一直是各种围棋比赛的赞助商,裴老爷子就是出了名的喜欢围棋，跟很多棋手都关系密切，也一直有传闻张玉贤跟裴邵是少年时期就熟识的朋友，张玉贤还代言了裴氏旗下的酒店，以及家具城。

既然张玉贤跟裴邵是少年时期就熟识，那作为当时比张玉贤更瞩目的天才少女，裴邵大概率不会不认识贺莹。

这样一理，那乍一听很离谱的传言，突然就变得真实性很高了。

而很快，这传言彻底得到了证实。

也就是在贺莹承认自己已婚的这场比赛的决赛结束后，她再次接受记者采访。当记者用开玩笑的语气问到网上的传闻，贺莹还在犹豫是该承认还是否认的时候，裴邵出现在了现场。

摄影师敏锐地立刻把镜头对准了裴邵，裴邵淡淡地扫过来一眼，并没有制止。

贺莹有些愕然地看着他："你怎么来了？"

裴邵走动间隐约露出黑色风衣里的白色衬衫，下身也是黑色西裤跟皮鞋，看起来像开完会套了件外套就过来了，完全是一副高冷矜贵的精英派头。

记者愣了两秒才问道："请问这位是？"

他问的是贺莹，可是目光却黏在裴邵身上，心中有所猜测，却并不敢确定。

贺莹含蓄地抿唇微笑望向裴邵，把问题抛给他。

裴邵很自然地接过话自我介绍："我是贺莹的丈夫。"

记者试探地问："请问您贵姓？"

"免贵姓裴。"

记者顿时激动了，他真没想到自己今天居然搞到一个大新闻！要知道就算是业内的大佬级人物都约不到裴邵的采访，这样的好运，今天居然被他撞到了！

裴邵问："采访结束了吗？我想我太太应该饿了。"

围棋需要大量的脑力计算，比赛尤其，贺莹每次比赛完都会很饿。

"啊，已经结束了，贺老师快去吃饭吧。"记者说完，又想起什么，赶紧谨慎又小心地询问裴邵，"那个，刚才您出镜的这一段我想放在贺老师的采访内容里，不知道您方便不方便？"

裴邵淡定地望向贺莹，用戴着跟她同款婚戒的手牵住她，语气轻松："这个问题你应该问我太太，这是她的采访。"

记者立刻跟着转头看向贺莹，年轻的面庞上是满满的期待与恳切。

贺莹看了眼裴邵，随即转头对着记者微笑着点头："没关系，你想用就用吧。"

记者顿时如获至宝，又惊又喜难掩兴奋："感谢！真的太感谢了！"

贺莹轻轻一笑："不客气。那我们先去吃饭了，再见。"

裴邵也礼貌地微一点头，自然又熟稔地拎过贺莹肩上的帆布包，两人在众多目光的注视下手牵着手离开了。

当晚，这条采访视频就发布在了微博上。

裴邵第一次在公众面前露面，毫无意外地引起了一波轰动。

不只是裴氏集团掌权人的身份令人好奇，实在是镜头里的裴邵太过英俊，疏离漠然又矜贵的气质几乎穿透屏幕，可每当望向身旁贺莹的眼神又含着脉脉温柔。

只一晚，贺莹跟裴邵的 CP 超话就建起来了。只一天时间，就有了近两千的粉丝，那一小段采访视频被截成无数张动图反复品味。

同时，裴邵选择在这样一个敏感的时间点高调出场，也让人品出了那么点宣示主权的特殊意味。

裴邵在浴室洗澡，贺莹先洗完上床，终于有空上一会儿网，却刷到了有关自己跟裴邵的微博，又顺着这条微博点进超话，津津有味地看了起来。

裴邵从浴室出来，就看见贺莹放下手机，坐在床上似笑非笑地看他。

裴邵被她盯得有些不自在，却还是向她走过去："怎么了？"

贺莹从床上爬起来，张开手臂去搂裴邵的脖子。

裴邵不明所以，却还是弯下身让她搂上，他则极自然地环住了她的腰。

贺莹双手搂着他的脖子，脸往后仰，笑盈盈地望着他，眼底带点促狭："你吃醋啦？"

裴邵眸光微动，手掌在她后腰微微收紧，佯装不解其意："什么？"

贺莹搂着他脖子的手转而捧住他带着冰凉湿气的脸，瞪他："装傻？"

裴邵一张仿佛天生冷漠的脸被她这样捧着，向来镇定自若的神情微有些不自然。他不愿承认自己的幼稚行为，但内心深处，却又觉得理所当然。她已经是他的妻子，他有权介意，或者说是"吃醋"，但他依旧耻于承认。

就在这时，贺莹忽然在他唇上轻啄了一下。

裴邵微怔，有些茫然地看着贺莹，似乎不解她为什么会突然亲他。

"就是觉得你好可爱，想亲你。"贺莹依旧捧着他的脸，笑眯眯的，眼神里是毫不掩饰的甜蜜爱意。

裴邵心口悸动了一下。他看着贺莹,心底发出一声无奈的叹息。他的妻子好像太知道怎么"拿捏"他了。

他的心绪总是能被她轻易牵动,心口涌起的甜蜜跟悸动混合在一起,环住她腰的手臂收紧,反客为主地将人压进怀里,低头吻上去。

直至她身上的温软香气和他身上冰凉潮湿的湿气彻底交融。

—全文完—